苦涩与浪漫

郭天印 著

山西出版传媒集团
山西人民出版社

图书在版编目（CIP）数据

苦涩与浪漫／郭天印著. —太原：山西人民出版
社，2025. 7. -- ISBN 978-7-203-13754-2

Ⅰ．Ⅰ247.5

中国国家版本馆 CIP 数据核字第 202580476J 号

苦涩与浪漫

著　　者：郭天印
责任编辑：翟丽娟
复　　审：魏美荣
终　　审：梁晋华
装帧设计：陈　婷

出 版 者：山西出版传媒集团·山西人民出版社
地　　址：太原市建设南路 21 号
邮　　编：030012
发行营销：0351－4922220　4955996　4956039　4922127（传真）
天猫官网：https://sxrmcbs.tmall.com　电话：0351－4922159
E — mail：sxskcb@163.com　　发行部
　　　　　sxskcb@126.com　　总编室
网　　址：www.sxskcb.com

经 销 者：山西出版传媒集团·山西人民出版社
承 印 厂：山西出版传媒集团·山西新华印业有限公司

开　　本：720mm×1020mm　　1/16
印　　张：32.25
字　　数：420 千字
版　　次：2025 年 7 月　第 1 版
印　　次：2025 年 7 月　第 1 次印刷
书　　号：ISBN 978-7-203-13754-2
定　　价：98.00 元

如有印装质量问题请与本社联系调换

目 录

引子
两个高中毕业生

公元1973年的正月初六，年的氛围还没消散。村子里不时传来孩子们燃放鞭炮的声音。那声音，断断续续，一听就是那种将成挂鞭炮拆散了分开来放的。鞭炮是拆开了，可年的气氛更浓了。过大年是孩子们最快乐的节日，也是大人们最放松的日子。忙活了一年的农民，几乎所有的社交活动都要浓缩到这短短的几天里来进行。搓麻将，下象棋，原本普通的娱乐，因了"农业学大寨"运动的开展和几年来隔三岔五的运动，平日里大家根本没有时间消闲片刻，便也集中在这短暂的时间里突击完成。于是乎，偌大的村子里、街道上虽然不显繁华，可每当你走进那一串院子，或者仅仅是走近那一户人家附近，十有八九便能听到人们放纵的嬉笑与吆喝："二饼""三条""白板""红中""一条龙"，或者是"啪"的一声惊天动地，稍等片刻才是傲气十足的那一声通报"将"！就在这人们各自忙碌的日子里，两个与村里所有人都显得格格不入的年轻人，两个春节前刚刚高中毕业回到家乡准备投入农业生产当中的"闲人"古英俊和鲁云生却趁着这消闲日子，找到村里人都称作"老支书"的支部书记张成才递交了由学校团委转出来的共青团组织关系。老支书一脸高兴，接过学校开来的介绍信，看也不看，往办公桌上一放就说："好啊，咱村一下子回来两个高中生，我看你们一时半会儿也走不了。这样吧，你俩给咱写个入党申请书，我和公社说一下，让你们赶紧入了党，这样工作好开展。"古英俊和鲁云生先是一愣，正要赶忙表态立即照办，老支书又说："另外呢，青年民兵和共青团的工作就交给你们两个了。英俊你给咱把民兵营长当起来，云生呢，你就给咱当共青团的支部书记。"老支书的话没有任何试探或商量的味道，古英俊和鲁云生也知道，在村子里，老支书的话那就是"最高指示"。

毫无疑问，在任何情况下，你都得承认，对于两个乳臭未干的青年学生来说，他们从学校到社会的第一天就得到领导者如此的信任，并委以重任，这肯定是一种惊喜，一种从未想过的际遇。但是，面对这种信任、这种重用，他们在一开始的时候是忐忑异常的。因为他们知道这种信任的分量，今天开始，自己就再也不是可以随性想怎么消闲就怎么消闲的自由人了。这一刻，要说古英俊和鲁云生的心理状态，可以用四个字来形容，那就是：不知所措。鲁云生还好说，共青团的工作，大家在学校里也是做过的，无非上传下达，多多配合党支部就是。也正因如此，在此之前，正庄生产大队团支部的工作在原任团支书赵卫东两个月前当兵走了之后，基本上就是老支书顺便兼着的。这也是老支书着急要把两个刚刚回村的高中生给用起来的直接原因之一。真正让人有些头大的是古英俊，因为从今天起，古英俊就是青山县杏花公社正庄生产大队民兵总数将近300人，光基干民兵就足足100多人的民兵营营长了。而在此之前，纯而又纯的高中生古英俊连枪杆子都没有摸过，更没有任何军事生活历练。一向号称精明强干又多谋善断的老支书，一个省级劳动模范，连续20多年的优秀支部书记为什么就敢于将这么一份沉重的担子交给一个十足的"外行"，一个纯粹的生瓜蛋子呢？这一点，即便在后来古英俊凭借自己出色的民兵工作成为闻名省内外的民兵工作典型模范之后，他自己也还是不敢想象这竟然就是现实。

有必要交代一下古英俊与鲁云生所在的这个村子——青山县杏花公社正庄生产大队。在公社化之前和公社化之后，它都叫正庄村。1973年的时候，正庄有着250多户人家，将近1000口人，在太岳山区是标准的大村大队。正庄大队或者说正庄村在太岳山中的青山县那是大名鼎鼎。这个村子的历史，有据可查的是在金代。因为在20世纪70年代末80年代初古英俊带领村民修建青年渠的时候，曾经在村南的凤凰岭下挖出两座墓葬，那里面有着完整的壁画和清晰可辨的墓志铭。上面写着这是金世宗完颜雍大定年间父子两代三位进士的墓葬。也就是说，早在900年前，正庄就是一处人气旺盛所在。子子孙孙，世代繁衍，其间也曾出过一些在《青山县志》上留有大名的人物甚至还有一位在大明嘉靖年间做过大明朝的礼部侍郎。但是，真正让正庄出名，在方圆百里之内都令人尊敬起来，那还得说是在抗日战争期间正庄村走出了那么一位著名的抗日英雄——古维成。古维成的故事，可以说车载船装都装不下。这里先说一件，1943年的春天，春耕在即，但是大家面临着一个非常棘手的问题：没有大牲口。因为几乎所有的牛驴骡马都在日本鬼子年关大"扫荡"时让交口据点的鬼子和伪军给赶到据点里去了。鬼子要那么多大牲口干什么？一是为了解决他们的食物补给，因为青山县的抗日军民对敌人采取了围困战的战略决策，隔三岔五就将鬼子的运输线给断了，所以鬼子的补给就成了问题。好在那些大牲口身上就带着肉，鬼子把它们当作食物来源自然也算不错的办法之一。再者，鬼子也知道老百姓春耕种地离不开牲口。你想啊，边头地角的零散地块用镢头刨、人工种，那也就算了，成块连片几十亩上百亩的大庄稼，没有牲口拉犁，你让人工耕种，谈何容易？所以，鬼子的如意算盘就是，用这些牲口来引诱老百姓，让他们到据点里来领回自家的牲口，前提当然是要给"皇军"搞"维持"。古维成知道这一切，也巧妙地利用了这一切，他的办法是乔装哑巴，到据点边上的大清河河滩挖野菜时让鬼子"抓"了回去，然后在几个伪军的监视下给鬼子放牧。他只用两天时间便取得了鬼子的信任，背上背着一块醒目的告示："我给皇军放牛，皇军给我吃肉。"然后便在只有两个伪军监视的情况下将牲口赶到了距离据点足足有四五里路的地方，再然后，一个人缴了两个伪军的枪，将一百多头大牲口浩浩荡荡赶回了村里。这件事，可谓轰动一时，气得鬼子为古维成开出了高价："生擒古维成者，赏大洋1000元；报告古维成准确地址者，赏大洋500元。"我太岳军区司令部则授予古维成"一级战斗英雄"的称号。当然，有关古维成的故事很多，我们容后再说，现在需要了解的是正庄大队的老支书张成才。

张成才，时年45岁，别看年龄不是很大，资历可是不浅。抗战参加儿童团，解放战争成为支前模范，17岁加入中国共产党，23岁从他父亲的老战友——也是张成才自己敬重的老前辈谷维成手里接过党支部书记的班。从合作化到人民公社、"农业学大寨"，正庄村或正庄大队党支部作为全县乃至全上党地区的一面旗帜始终不倒。而张成才也就成为在县里说话有分量，在公社办事有地位的一位基层干部。大凡本大队大一点的事情，基本上是张成才一个人说了算，而有关全杏花公社的事情，公社党委也一定要征求一下老张的意见。当然了，老张的态度一如既往，只要上面定了的事，那就一定执行，只要上级说了的话，那就一定正确。但是，你可别以为这位老支书真的就是对上面所有的事情都那么唯命是从，如果你真这么以为，那可就大错特错了。且举一例，古英俊和鲁云生两个高中生按照自己所学知识对本大队土地面积进行了测量，全正庄大队，包括村主体和24个附属山庄的可耕地面积为2400亩略多。而在杏花公社和青山县的土地统计簿上，这个数字却是1800亩。也就是说，比实际的土地拥有量少了整整600亩。这不是一个非常容易被忽略的数字，但是历年来上面的工作组也好，蹲点干部也好，对于这个数字却从没有人提出过质疑。甚至本村一些干部（遑论社员）也对这个数字深信不疑。这又是为什么呢？原因在于正庄大队的辖区面积以一个村子或一个大队来说，实在是有些"辽阔"得很。它不仅包含了三块紧邻大清河又互不相连的冲击"平原"，而且背靠连绵五六里路的绿色山岗，光县林业局统计在册属于集体所有的森林面积就有两万多亩，这还不说与这些集体所有林相连的更加广袤的"国有森林"。除此之外，也正因这些山岭的存在，正庄村的土地上还有各据一隅的24个山庄。严格地讲，这些山庄最早出现在抗日战争时期。当时，在中共青山县委的领导下，青山人民从县城和繁华的集镇撤出来，搬到山上去，誓死不"维持"。这些山庄就是在这种情况下建立起来的。等到抗战胜利，人们自然也就搬回村里去了，但是留在山上的基础设施并没有被毁掉。可谁知，当时光来到20世纪60年代初的时候，这些山庄再一次显示出了它们自身的特殊价值。原本寂静落寞多年的山庄上，一下子住满了从河南、山东、安徽等省逃荒上来的人们。而这些曾经被当地人冷落的山庄，它们所不缺的就是可以让勤劳者生存下去的自然条件。甭看这些山庄地处深山，偏偏不缺水。你只要在山上随便刨几块荒地，将种子扔进地里，到秋天便保证你可以填饱肚子。24个山庄，36户人家，短短几年时间，就开垦出了可以亩产四五百斤的良田五六百亩。当然，那些逃荒上来的人们之所以能够在正庄村的山庄上立足生存，一切都离不开正庄大队党支部书记张成才的包容与支持。要知道当年收留这些人是担有一定政治风险的，谁知这些人是什么成分，有没有"地富反坏右"五类分子。然而张成才只有一句话："五类分子也不能眼睁睁看着饿死吧，日本鬼子当了俘虏咱八路军还优待呢。再说'地富反坏右'不是有钱吗？人家还往咱这山上跑？"一句话镇住了所有的场子，这些逃荒人也因此在那个特殊的年代得以生存下来。所以这些人感恩戴德，绝大部分即使在后来三年灾荒过后也坚决不走，成为真正的移民。他们就在这山庄上安顿下来，甚至呼朋唤友，将一众亲属三亲六故也招将过来。此种现象直到1966年才算正式停止下来。但是你不能不承认，正是这些山庄的存在，正是这些山庄所生产出来的粮食，使正庄大队得以每一年都可以在轻松完成国家任务粮的上缴之后，仍然能够保证全大队所有人在当时那种情况下分配到足以支撑一整年的口粮。再靠后一点，1962年起，上面有了可以适当分配自留地的政策，张成才当机立断，全大队每人划拨2~3分自留地。为什么是2~3分呢，这里面学问可就大了。首先，自留地的划拨，上面的政策是有，但并没有硬性规定一个标准，而是"适当"和"少量"，唯一硬性的条件是"耕地面积的5%~7%"。前提是"小河"不允许冲击"大河"，也不能够与集体需要、集体经济发生冲突。根据古英俊后来的调查了解，以青山县为例，就一般情况来讲，一般大队都是以每人1分地来作为自留地的，类似县城附近几个大队甚至每人只有半分地或者干脆就没有。因为上面也没有说这个自留地是必须有的。而在正庄大队，这2～3分地又意味着什么呢？首先，以每分地生产40斤粮食计算，加上生产大队所分配的口粮（400斤左右），就可以保证全村人都不饿肚皮。其次，如若每户4口人，仅拿一个人的自留地用以种菜，就可以解决全家常年的吃菜问题。再次，其实这也是最重要的，将全大队近300亩土地划为自留地，就保证了主体劳动力不用再为那些处于犄角旮旯的坡地、散地分散精力，也保证了这些原先可有可无的土地充分发挥它们自身的潜力，从而为整个生产大队和全体社员确立了加油机制，真的是一举三得的好办法。只是，有关张成才与自留地的这个秘密，张成才自己是不会说的，正庄人得了便宜也不敢卖乖，大家心照不宣就是了。

话扯远了，回过头来说一下古英俊将要上任的民兵营长这个位置和正庄大队民兵营。

正庄大队民兵营的前身是诞生于抗日战争时期的正庄民兵连和正庄民兵轮战队。当时的正庄民兵对于距离正庄只有5里路的交口据点里的日本鬼子来说，那简直就是噩梦。在太岳军区民兵一级战斗英雄古维成的带领下，正庄民兵与八路军决死队主力部队密切配合，一次次截断鬼子的运输线路，一次次以奇兵巧计袭扰鬼子，打得鬼子夏日里睡不了安稳的觉，冬日里喝不上干净的水，出门有地雷，走路怕冷枪，当时在鬼子和伪军内部就盛传着这样一首民谣："过了青山岭，进了鬼门关，如若死不了，便是活神仙。"正因如此，在1945年9月的抗战胜利庆祝大会上，正庄民兵被授予"模范民兵连"称号。这模范是打出来的，所以，从那时起，这个民兵连的武器配置也显然与众不同，而且这种待遇一直延续到古英俊接任民兵营长的时候。据古英俊在民兵营长任上第一次开会时对武器的统计，截至1973年正月底，一个正庄民兵营的武器就有：日本造三八式步枪16支，日本造大正十一式轻机枪（歪把子机枪）两挺，德国造马克沁重机枪一挺。更重要的是，这些武器并不是有枪无弹的"烧火棍"，在前任民兵营长留下的弹药柜里，完整地保存着步枪子弹上百发，轻重机枪子弹也各有几十发。只是，即使作为一个完全的外行，一个武器常识方面的白丁、生瓜蛋子，古英俊还是发现这些武器的保养和保管方面存在诸多的问题和漏洞。机枪不带枪套，步枪不抹黄油，机枪浑身上下灰尘满满，步枪再使劲也拉不开枪栓。对于这种情况，古英俊还没有吭气，刚从部队服役期满复员回来的几个老兵可就看不惯了，拿起枪来，一边心痛地擦着，一边怒斥那些枪械的保管人员。尤其是老兵古建文，从小在家乡的时候就随父亲上山打猎，家里几支猎枪玩得烂熟，那枪也被他视若生命。因为这猎枪也确实救过他的命。后来到部队，他接受的教育当中珍爱武器就更是必修课了。所以，古建文一看到有人竟然将武器当作烧火棍般对待，自然就火从中来，止不住要发脾气了。

应该说，正是这一次古建文的发脾气而使古英俊对这位本家有了进一步的认识，从古建文的身上似乎发现了一丝豁然开朗的光亮。自己确实对军事、对民兵工作一窍不通，可是，这所有的知识和本领不正是古建文拥有的吗？于是，古英俊当即找到老支书，把自己想让古建文深入参与民兵工作的想法一股脑倒了出来。老支书先是抽着烟斗听着，直到古英俊说完，将那烟斗往自家炕沿上"吧嗒、吧嗒"一磕，高兴地笑了："英俊啊，我就说我不会看错人嘛。刚才你找我，我还以为是你不想干这个民兵营长，想把这个营长推给建文去做呢。"

古英俊不由一惊，脱口问道："成才叔，你怎么知道我是想把营长让出去的？"

老支书道："你们那个会上的情况我知道了，这也正是我让你抓民兵工作的原因。咱村的民兵工作再不抓抓不行了，建文当营长的事我也不是没有考虑过，但他的档案我在县安置办看过了，好得很！而且还在部队立了功入了党，这样的人才咱是留不住的。一旦上面有了分配指标，很快人家就会走，咱还能扣着不放？你就不一样，至少可以给咱干三五年吧。至于军事训练方面的事情，能有多难？又不是真打仗。再说咱还有几十个复转退伍军人呢。那些人，说话不行，做个示范还是没有问题的。有他们做保障，你还怕啥？现在你提出来想让建文当教导员，这个好啊。让他协助你先抓训练，其他的事还是你管不就行了？"

于是，古建文被任命为正庄大队民兵营的教导员，作为民兵营长的古英俊也从这时起完全进入了状态。

一

天上掉下俩美女

青山县里有俗语："官儿好做事难办"，又说"当官不做主，不如卖烧土"。古英俊当了民兵营长，首先考虑的并不是如何抓好训练，而是想着如何让上百号青年人活跃起来，让他们成为一股涌动的热流。回想自己多年的学校生活，什么时候才是最能让人激动活动加互动的呢？答案只有一个：运动会——每年春秋两季的学校田径运动会以及班级和校际篮球比赛。只有这时候，才能让最广大的同学和老师团结起来，运动起来，齐声呐喊，拼命追逐，赢了同喜，输了共扛。也只有在这个时候，才可以将一个班级、一个学校的集体主义精神最好地凝聚在一起，迸发出一种炽热的能量。同理，如果在青年民兵的工作中能够适当地引进学校运动会的氛围，岂不就能够将正庄大队青年民兵这一潭死水给搅动起来？然而，古英俊面对的现实是什么呢？村子里原本有一个篮球场，场子上也有那么两个用两根木料一块板支起来简陋得不能再简陋的篮球架子。虽然架子简陋，但它的功能并不简陋。20世纪50年代初，这个篮球场刚刚弄好的时候，无论春夏秋冬，每天傍晚总有一群甚至两大群青年人乃至中年人围在场子周围，打球的、看球的，那叫一个热闹。村子里好多事情也就在这个时候用极其简短的语言便可安排就绪。只是，这球场的热闹随着先后到来的几次运动一去不复返了，尤其是大食堂的到来，人们连饭都吃不饱了，哪还有气力去浪费在篮球场上？再后来，虽说正庄大队实际上是不存在什么饿肚子了，可是老支书下了一道命令，把那个弄不好会惹事的篮球架子给当劈柴烧了。为什么要烧掉呢？其中的奥秘任你去猜，反正当1973年春古英俊当民兵营长的时候，这个场子早已变成了一个垃圾堆放点。篮球场子没有了，其他运动场所那就更甭提。怎么办？古英俊在和古建文、鲁云生两人商量以后找到了老支书，把三个人的想法向老支书和盘托出。其实也简单，无非就是两条：一是重新开辟一块篮球场，让年轻人动起来；二是建立一个图书室，让青年人聚起来。老支书一听就笑了："好啊，这两个事我都支持。不过呢，现在可有一件更紧要的事情得先交给你和云生去办。"

原来，就在老支书把青年民兵和共青团的工作交代给古英俊和鲁云生的同时，县里也交给正庄大队一件当紧的事情：要把正庄大队作为一个新的知青点专门安排县里刚刚从各中学和高中毕业的非农业人口子女。说白了，就是安排本县吃"皇粮"的干部和职工子女在本县范围内"上山下乡""插队落户"。

"英俊啊，"老支书拿出一份花名册交给古英俊，接着说，"听说这名单上的知青好多都是你和云生的同学。既然都很熟悉，以后这知青工作就由你们两个给咱负责了。这不，县里给知青点上有拨款，让咱尽快建起一个知青大院，不仅盖房子，还要配备相应设施。我考虑呢，这篮球场子还是咱自己弄，不要和人家知青点上的钱搅在一块。但是其他设施，你们就可以看情况适当安排了。"

三天以后，古英俊、鲁云生还有负责安排知青住房的妇女主任钱慧兰三人一气紧忙，刚刚安排就绪，21个知青就坐着一辆披红挂彩的大卡车，在一阵锣鼓声中进村了。在这辆卡车的后面，还有一辆当时属于稀有之物的老式嘎斯–69型吉普。本来县里的安排是让嘎斯拉着县知青办的领导为知青们领路开道以示重视的。可是谁知走着走着，嘎斯就开始闹情绪，据说是40里路修了两次，倒让敞篷的解放停下来等了它两次，最后实在看着知青们在敞篷车上让三月的春风吹着冷得够呛，这才让卡车先走，领导随后来到。

闲话少说，知青来了，21个人中间就有12个女的，男生只有9人，21个人中间又分为高中毕业生12人，初中毕业的同样也是9人。奇怪的是这12个高中生就有8个女生，只有4个男生。为什么男女比例会失调？只因当时的制度，无论初中还是高中，都实行冬季毕业。这季节正好赶上征兵，在县里，知青们的家长那是什么人？一个个都是掌权的露脸的，孩子的去向不像多年以后的家长们要考虑让孩子报哪所"一本""二本""985""211"，在当时，当兵就是最好的出路。而这些家长们又总有各式各样的办法、各种各样的门道让自己的孩子去当兵。所以那一年应当算作知青的高中毕业生只要是男的，但凡身体条件差不多的就都当兵去了。剩下这4个，不是说人家就有什么大毛病，但总体而言是各有各的特殊性。关于这一点，县知青办的主任曹志中同志一下车就和老支书张成才讲了，临走又把古英俊和鲁云生两个专管知青工作的大队干部叫了过来，看着他俩青涩的样子，拿出一副蛮不相信的腔调"叮嘱"或教训道："二位干部，这知青工作可是事关党中央毛主席伟大战略部署的大事，也事关县里的安定团结，你们两个年轻人可不敢给咱瞎胡闹啊！"

平心而论，古英俊本来是准备向这位曹主任认真请教一番的，毕竟这知青工作在整个正庄大队都是新课题，何况古英俊、鲁云生两个又是小青年的新干部呢？可是一看曹主任这副德行，古英俊忍了忍，还是不客气地说道："曹主任，你要不放心，自己留下来，我们不反对，相信正庄大队广大贫下中农也不反对。你要不能留下来，把你的知青带走得了。"

曹主任当然不能也不敢把知青给带走，真带走的话，那他这面子可就彻底栽了。更何况说到底你一个县知青办主任也管不着连芝麻绿豆官儿都算不上的一介小小民兵营长。所以呢，看看比他这个科级干部还要牛气的小小村干部，曹主任只好强作笑颜，硬生生从嘴角努出一点笑意来，自我开解道："嘿，你也别生气，不是我说话重，是真出点问题，咱们都担不起啊。我这也是为你好。"说完，嘎斯车屁股间隔性地"呜、呜"冒了两次烟，好不容易"呼"地一声打着火，赶紧溜了。

村里来了一帮知青，这在村子里可就是一桩十分重大的新闻。这些年来，青山县也先后来过几批上山下乡的知青，而且人家都是从北京、天津那些大城市来的。正庄大队新来的21个知青都是本县子弟，看上去和农家孩子大致也没有太大的差别。但偏偏这21个人中间居然有两个大美女，这就足以让村里的婆姨们把眼睛睁得大大的，各种议论也随之而来。有的说："瞧瞧人家那俩姑娘，怎么生的呢？要模有模，要样有样。那皮肤白得比白萝卜都白，怎么能到地里干活呢？那不简直是糟践人家了吗？"

又有的说："这回咱村上可不得安生了，有这么俩美人摆在那里，后生们还不争得滴血？"

马上又有人说："快拉倒吧，人家那俩姑娘能看上咱村哪一个呢？癞蛤蟆想吃天鹅肉了。"

其实，农村婆姨们哪里能够知道城里姑娘的心事？正相反，她们所说的两只"天鹅"——两个大美人仅仅是刚来正庄第一天，两人的心里可就分别充满了某种莫名的冲动、莫名的憧憬。因为她们发现，接待他们并且据说还要"管理"他们的"贫下中农"代表居然是她们的老同学古英俊和鲁云生。嘿嘿，这不巧了吗？两个曾经的老同学，两个多少有些捉摸不透和清高或者是假清高的家伙，这次让你俩来"管理"我们，看你（你们）往哪里跑？

两个大美女之所以这样想，自有她们的道理、她们的原因。这两个美女，就是被县知青办任命的正庄知青点双点长章玉儿和范香儿。先说章玉儿，1米68的身材，高挑而匀称，白皙而富有弹性的皮肤，彰显着少女的青春，两只炯炯有神的大眼睛荡漾着生命的光芒与火焰。如果仅仅看看也就罢了，章玉儿一旦说话，那就更叫个引人注目，一口纯正的普通话，在山里人听来，无疑就是"广播匣子"里的真人来到眼前，她说什么那就一定是什么。范香儿呢？应该说与章玉儿又属不同，她的美，不事张扬，像一潭温馨的湖水，纯净深沉而富有活力，像一幅莫奈的画，韵味悠长而色泽幻化。她绝大多数的时候是宁静的，这宁静中却蕴含有不可抗拒的诱惑力，她绝大多数的时候是聆听的，那聆听中又让你止不住想探寻聆听者内心深处的奥秘。当然，并不是所有人都对范香儿有这样的认识、这样的感觉，准确地说，这个感觉只存在于古英俊的心中。他不曾对人讲过，也不曾对范香儿说过，他只是以自己的行动诠释了对于两位美女同学的真诚欢迎与无限希冀。就在知青到达的当天晚上，古英俊、鲁云生和章玉儿、范香儿等知青们围坐一起，就在由几间库房改造而成的临时知青点兼做会议室的那盘最大的炕上，大家一起聊，聊曾经走过的校园岁月，聊即将到来的农村生活。聊着聊着，那些年龄更小的初中生们一个个回自己宿舍睡觉去了，几个高中生也各自找个理由走了。偌大的炕上，只有古英俊、鲁云生和章玉儿、范香儿四个老同学兴头正浓，言辞也更放得开。

章玉儿问："鲁云生你给我老实讲，在学校宣传队那会儿，你为什么总和我作对？"说话时一脸怒气，可是话没说完，自己绷不住先笑了。

鲁云生却不敢笑，而是一本正经道："好我的大小姐，您的谕旨咱家可是从来不敢怠慢的，只是架不住您老人家一会儿一个主意，一会儿换一个曲子，我们这些为您服务的人员哪里跟得上啊？"

古英俊也说："章玉儿，云生不说我还想不起来呢，你那会儿给咱学校排练节目，总给我们搞突然袭击，以后咱大队要是也搞个宣传队，村里的乐队可是适应不了的。"

章玉儿脖颈一扭反问："那有啥适应不了的，我给你们把谱子写出来不就行了？"

鲁云生这下可找到反驳的理由了："你看，说你是大小姐，主观行事，你还不认账。你以为村里的乐手们是照着谱子来伴奏的吗？"

章玉儿不解："你什么意思，难道还有人不看谱子伴奏？"

古英俊笑道："不是有人，而是基本上，村里这些搞乐器的，他们不识谱，但你不能说他们不能给你伴奏。怎么说呢，他们就是靠记忆、靠感觉，只要大概记住你这个曲子调子就可以了。这方面，云生可是家传，他爹就不识谱，可人家什么乐器拿不起来？从提琴到小号，板胡二胡笛子扬琴，十八般武艺样样拿得起放得下，可你要把一张乐谱交给他，那就等于多了一张手纸而已。"

一番说辞，把章玉儿和范香儿两人给说愣了，章玉儿瞪着眼不容分辩地对鲁云生道："鲁云生，明天带我去拜访你爹去，不许推辞！"一个"爹"字，音色加重了两倍，说完，颇有些得意地笑了。

说起来，古英俊、鲁云生、章玉儿、范香儿，四个人在高中时期就是同学，只是四个人四个班，同级不同班，说相互之间不了解那是假的，说有多了解也不够现实。但是他们与她们之间又有着那么一点可以更多了解的渠道，那就是学校宣传队。说来也巧，当时的青山一中宣传队号称有"八大金刚"。其中四个就偏偏都在正庄大队又凑到了一起，分别是女演员、队长兼编舞章玉儿、舞蹈队长范香儿、乐队主管鲁云生和编剧古英俊。想一想这些"角儿"在一个学校宣传队的分量，几乎就是半壁江山。当时的青山一中宣传队在这个县里的宣传战线到底有多强多重要，后来的人们是很难体会到的。据统计，仅仅1972年一年，这个宣传队的正式演出就有21场，各种节日，县大礼堂的演出那是必不可少的，概因当时文娱活动原本太少，电影院也好，戏剧舞台也好，无非是"三战"（地道战、地雷战、南征北战）"两曲"（钢琴协奏曲《黄河》、钢琴伴唱《红灯记》）和八个样板戏。而青山一中宣传队的演出虽则大多也是配合政治形势却总有自编自创的节目让人耳目一新。所以，这些学生们的每一场演出都是座无虚席，当然，这种演出是没有任何票房的，因为不卖票，所有的演出票都是由县里统一发放。对于演出人员来说，这也只是纯而又纯的尽义务罢了。演出之外，每周还有至少两次排练。对于古英俊来说，那就意味着没完没了的创作：小戏、快板、相声、对口诗、各种应景唱词，应有尽有。同样，作为编舞的章玉儿，作为舞蹈队长的范香儿和乐队主管鲁云生，也把正常上课之外的一大半时间留给了宣传队。在这种情况下，尽管不是一个班，但你说少男少女之间，接触多了，能不擦出一些儿火花？奇怪的是，在当时，鲁云生与章玉儿之间，更多的并不是爱慕或者讨厌之类可以简单总结的关系，而是不断的摩擦，不断的调整，不断的进化。在章玉儿眼中，鲁云生是个奇才，这家伙无师自通的音乐才能，对曲谱的理解，对舞蹈与声乐苛刻的挑刺，经常使得自恃清高的章玉儿恼火万丈。譬如说有一次，章玉儿在编创一段反映青山县人民在抗日战争中英勇奋战的故事和军民鱼水深情的舞蹈时，大胆引用了当时最流行的一段舞曲《万泉河水清又清》。要说，这曲子配上舞蹈倒也热闹好看，几次演出效果都不错，章玉儿也颇为得意，可是，作为乐队总管的鲁云生却颇不以为然，他当着大家的面就说："这舞曲不伦不类的，人家一听就是《红色娘子军》，跟咱青山县的抗战有什么关系？"

　　章玉儿自然不服气，为此还和鲁云生辩了几句，意思就是你不懂就别掺和。咱们各管各的，铁路警察，各管一段，哪里就露出你个外行来了。鲁云生呢，总归男生在这方面是不能和女生太过计较的，甩个冷脸子扭头走了，弄得章玉儿那个难受，决计再也不理鲁云生。可是，万没料到，没过几天，县里搞"八一"建军节晚会的时候把章玉儿的父亲章部长给请到大礼堂前的第一排观看节目。老头知道是女儿深度参与了这台晚会的，所以看得兴致勃勃，可是回到家里却对女儿说："你们这个节目大部分都不错，就是不应该让青山人去跳什么海南岛上的黎族舞蹈。这么做不是胡闹嘛！"也就从这时候起，章玉儿对鲁云生的看法发生了根本性的变化。但是，无论怎么样，骄傲的公主，全青山一中所有男生众目所归的"校花"（那时在山里并没这个称呼，但也不妨碍大家看章玉儿就是一朵花），怎么能够低下高贵的头颅！

在鲁云生来说，他又是怎么看章玉儿的呢？要说暗地里不喜欢那是瞎说。章玉儿的美丽与大方，除非你是个盲人，否则没有任何不喜欢的道理。可是喜欢归喜欢，那是别人家的，人家一个军队高干子女，迟早是要回到大城市里去的，人家的另一半，最少得跟她一样必须是靠粮票吃饭、靠工资生活的城市人。你一个农民的儿子，怎么有可能……所以，彼时的鲁云生在章玉儿面前就一定要表现出一种"另类"，一种自尊，一种默然。

范香儿呢？身材长相自不必说，能够在美女成群的舞蹈队成为队长已经证明了这一点。作为青山一中几百女生中和章玉儿齐名的大美女，向她暗送秋波的男生可以说成排结队，但是范香儿从未与任何人传出过"绯闻"。而她心中铭刻印记的那个人却偏偏没有向她表达过半分信息。这个人，就是古英俊。说起来，古英俊之所以能够在范香儿心中留下那么一种特殊的印记，这故事还真的有点"狗血"。话说范香儿与古英俊的接触除了学校宣传队之外，还有一个重要的途径，她与他都是住校生。古英俊住校是因为家在农村，而范香儿住校则是因为家在深山。深山里有一座正在建设中的三线工厂，范香儿的父亲正是这家工厂的厂长。虽说正处青春旺盛时期，外冷内热、眼界高阔的范香儿并没有真正的芳心萌动。但是，就在去年五月一日的那个晚上，一个人——一个原本只是欣赏，并不曾喜欢的人却一下子走进了她的心房，这个人就是古英俊。

那一天，趁着五一假日，县里灯光球场举行"五一·五四"篮球赛，比赛双方是青山一中篮球队和县化肥厂篮球队。在青山，所有喜欢篮球的人都知道，连续几年，化肥厂都是最具冠军相的球队，原因是这个厂的厂长、书记两人都是资深球迷，所以在厂子招工的时候就专门网罗了一批在部队、在学校早已成名的篮球人才，尤其是招来了几名身高在1米9以上的大个子。而青山一中队则是全县最具有冲击力也最不可预测的队伍。今天晚上安排这两支球队比赛，也是县体委同志们的一番良苦用心。因为只要有这两支队伍中的任何一支，你都不愁冷场，何况是让他们两家捉对厮杀。晚饭以后，同宿舍的女生大多跑到教室里自习去了，范香儿却不屑于利用这个时间去做什么数学题、背什么英语单词，反正她的成绩向来都是在班里排前五名的。而篮球则是她一向所爱，何况这山里也没有什么更能吸引人的体育赛事，能看场篮球，而且是有青山一中参赛的球赛，应该说是这假日里最惬意的一种享受了。

　　比赛很精彩，也很激烈，双方比分一直交替领先。化肥厂队的优势在于他们的身高与技术，场上五个人，平均算下来，他们要比一中的球队高出一头。人常说得篮板者得天下，而在篮板这一项，他们至少要比对方多出三分之一。但是他们也有他们的薄弱之处，那就是速度。一中小青年，一个个都是十七八岁，跑得快跳得高，永不乏力。往往能看见这样的情况，明明是化肥厂的大个子摘下篮板了，可当他刚一停球想要调整姿势投篮，早已守在他跟前的小个子突然就纵身一跃，将那球捅了下来，然后以迅雷不及掩耳之势一个长传，将球送到另一端的篮下，人到球到，轻轻松松一个训练似的跑篮动作，将球稳稳放进篮筐。将近半场结束的时候，球队只有1米72的后卫古英俊在对方两个高大队员的拦截下，一个背后传球，将球神不知鬼不觉地塞到空切篮下的己方——中锋胡守金手中，胡守金虽然身高也只有1米85，却是个天生的跳高奇才，刚刚结束的上党地区中学生田径运动会上他就以1米92的成绩夺得第二名。这下一看眼前无人，他纵身一跃，双手将球扣进篮筐。

人们沸腾了，那个年代，在县一级的篮球比赛中，任何一次扣篮都足以引起人们的轰动，更何况是一个仅有1米85身高的中学生。而会看门道的行家就更深一层要为小个子后卫古英俊鼓掌叫好，甚至就连化肥厂队的替补席上也是一片掌声。不过这所有的掌声欢呼声中最为独特的那还要说是一个女声的呐喊："好！古英俊！胡守金！"这声音，在雷鸣般的掌声欢呼声中刺破夜幕，直上云霄，引得周围人群都忍不住将目光投了过去。问题就出在这一瞬间，发出这个声音的不是别人，正是范香儿。美女范香儿的叫好声也引起了她周围几个街头小混混的注意。这帮人大多是一些无业青年，看范香儿一个女孩子独自一人看球，而这个女孩又是那么的光彩照人，他们互相之间一递眼色便开始往范香儿身边靠了过来，人为地造成一种混乱，进而一个混混就将手摸向了范香儿的身上。范香儿感觉到了周围的异动，再想走开时已经被那些家伙围了个严实。但范香儿并不是那种能为某种淫威所吓倒的女孩，当那只手摸到范香儿身上的时候，她就拼了命地又想大叫一声，以期吓退那些家伙，可是，她的声音根本发不出来了，因为两只肮脏的手已经将她的嘴巴给严严实实地捂住。范香儿急了，使劲晃动，企图摆脱那些人的控制，而那帮家伙也企图将这个漂亮的女学生在他们的围堵之下拖向球场旁边的小树林中。危急时刻，也正是球场上的焦灼时刻，人们的注意力百分之九十九都集中在了比赛双方交替上升的比分和精彩迭出的较量中，反倒是古英俊，听到那一声熟悉的呐喊，他就知道这是范香儿在为自己的球队加油，可是当他趁着双方一次争球间歇想找一下这个声音的来源时，却发现刚才范香儿呐喊的地方有些异样。再一仔细看去便发现了其中的问题。古英俊也不管场上球权争得结果如何，只朝胡守金大叫一声："老胡，有流氓。"然后便一个箭步飞奔过去，紧跟着，胡守金、宋成元等几个一中的队员甚至化肥厂队的几个高大队员也都跟了过去，年轻人年轻气盛，而且篮球场上的对手往往一场球下来就是肝胆相照的朋友。这一看几个流氓居然在这种场合之下为非作歹，几个打篮球的把那几个小子围住就是一顿胖揍，直把几个家伙教训得哭爹喊娘，找不着东西南北。最后惊动了公安，连同双方球员和那几个被揍的流氓一起带回派出所。一场精彩的比赛就以这样不分胜负的方式结束了，但是观众纷纷赞扬这比赛最后的加赛比篮球本身更精彩。

为了这件事，学校给古英俊、胡守金、宋成元一人背了一个记过处分，派出所却给三位学生球员送来了一面"见义勇为"的锦旗。据说，这锦旗是范香儿的父亲范厂长亲自送到派出所，派出所又送到学校来的。这件事当时搞得学校也很被动，从内心讲，学校领导也不希望自己的女生在外受欺负时没有人管，可是有的领导却说管是该管，但那是公安的事，古英俊他们发现这个问题向公安报警就可以了，怎么能自己用暴力手段去处理呢？如果把人打残甚至打死，那学校岂不是要背更大的责任吗？好在派出所的同志没这么看问题，当天晚上做完笔录就把古英俊、胡守金、宋成元和化肥厂的两个主要"打人凶手"给放了，而那几个流氓虽说送到医院给包扎一番，却还是让他们老老实实地在看守所吃了几天"公家饭"才放出来。

也就是在那个时候，在范香儿张不开嘴、动不了手的最危险时刻，在只有1米72的古英俊像一头暴怒的狮子率先冲过来的时刻，古英俊的形象就永远定格在范香儿的脑海中。多少次，她想和古英俊促膝相谈，多少回，她想向古英俊一吐纯情，可是，那个似乎纯粹懵懂未开的男孩，在情感上或许是过分晚熟，或许就是对范香儿毫无感觉，总之是每一次他都一副很忙的样子，似乎那件留在范香儿心中，也曾轰动了全校全城的事情根本就和他无关。范香儿毕竟不是章玉儿，她也很想冲破那无形中束缚自己的"牢笼"，扑上去和他一吐为快，可是，每到关键的时刻，她又不由得悄然退缩了。再后来，很快就赶上毕业考试，定毕业去向，那叫一个忙。谁知这"上山下乡"的结果却是来到了古英俊的根据地，自己就像一只扑腾的飞蛾般扑向那个不开窍的家伙来了。

那天晚上，四个人，准确地说是两位男生和两位女生或者说两位知青的"管理者"和两个知青的"点长"聊得非常愉快又非常隐晦，因为大家都觉得这是一个好的开端，当一件事情一个愿望重新开始的时候，随之而来的一定是漫长的进程。当夜深人静的时候，他们决定下来的事情是让知青和村里的青年尽快地融到一起，第一个行动就是上山砍伐树木，为篮球场以及其他运动场地的建设齐心合力做贡献。

二

劳动与运动

上山砍伐树木是老支书批准的，批准之前老支书往公社打了一个电话。其实这个电话不打也可以，因为似乎没有人会干涉你以集体的名义砍伐几棵树。但老支书说你们不懂其中的奥妙，请示自有请示的好处。老支书这话古英俊和鲁云生当时都不太理解，这山这树不都是属于大队集体所有吗，有公社什么事？然而，时光流水，仅仅几个月之后，他们就明白了老支书的英明与正确。

知青们是第一次和贫下中农一起劳动，而且是带有很强运动性质的集体行动，往深一点说，这就类似于一次集体春游，所以大家的积极性都很高涨。具体的时间选在公历3月26日这一天，为什么要选这一天呢？因为这天是各生产队统一安排各家自留地备耕送粪的日子。也就是说，这一天上山伐树并不影响生产队的生产进度，而青年民兵的集体行动则是大家自觉自愿的义务劳动。早饭后，24名青年民兵和12个高中毕业的知青每人一把明晃晃的斧头，大家各自穿戴整齐，集合起来向山上进发，那架势，还真有点半军事化的味道。正庄大队背后的群山连绵起伏，山上风景美不胜收。迎春花、山桃花，迎风绽放，整个山梁上简直就是花中海洋。章玉儿首先唱起了当时人们并不怎么敢唱的山西民歌《桃花红杏花白》"桃花儿你就红来，杏花来你就白"，原本只是村里民兵和村里民兵、知青和知青之间窃窃私语的氛围一下子被点燃了，不知是谁跟着章玉儿的歌声接了下句："翻山越岭俺眊你来呀，啊个呀呀呆。"再接下来可就是全体大合唱了："榆树树你就开花，圪节节你就多，你的心眼可比俺多呀，阿格呀呀呆。"

一曲唱完，又有人唱起了青山秧歌中最具"群众基础"的情歌："一颗谷子一颗米，人人都说我和你，本来咱是没的事，闹出了一股子好名誉。"

这样的民歌，你要说山西人有几个不会唱，那是假的，可你要说在什么时候也敢唱，那同样是假的。一般情况来说，应该是公开的场合就没人唱，私下里各自悄悄唱，人多了大家都不唱，人少了你唱我也唱。但是，像今天这样搞成大合唱，那还真是许多年见所未见。唱歌，唱这样的民歌，最大的好处是爬山不累，不知不觉间已经翻过了两座山头，眼看就来到将要砍伐树木的目的地。也许是翻山越岭有点累，觉得大家需要放松，也许是你唱我唱入了情，来不及想得更多。直到这时，古英俊才突然意识到，今天这个唱歌的场景显然是不适合让更多的人知道的。于是他停下脚步来，让大家集中一下，一方面将现有人员分组调配，一方面强调一声：今天这民歌大家唱就唱了，但这是最后一次，这种"有争议"的歌谣咱以后正式场合就不这么唱了。大家知道，在许多场合，这样的民歌是会被批为"黄色"的。

砍伐树木是一项非常劳累又充满了危险系数的作业，古英俊原本的想法是不让知青参与这项活动的。但章玉儿与范香儿坚持要带着高中毕业的知青一起来，说是为了让大家真正接近贫下中农，与贫下中农打成一片。从最艰苦最危险的工作做起，难道不是一种最有意义的开端吗？对于这个理由，古英俊与鲁云生也不好反驳，但为防万一，还是做了充足的准备。怎么准备呢？就是把12名知青和24名青年民兵分为每3人一组，每组两名民兵一名知青，让知青和其中一位民兵轮流砍树，另外一位民兵专门负责安全观察。要说起来，每人砍一棵树，就算本次计划采伐的是直径需要15厘米以上、树干需要4米以上的成材油松，在普通农民来说那也不过是吸袋烟的工夫。安全问题在他们来说就更不成问题。可是今天不一样，古英俊和鲁云生不能不考虑知青的安全，尤其不能不考虑其中还有8个女生，剩下4个倒是男生，干起活来却还怕不如女生。原因呢，前面已经说过，人家本来就是身体有所欠缺，否则也都当兵去了。所以呢，既要照顾知青们的情绪，又要确保大家的安全，那就不得不将所有人进行统一分配，谁知这样一来，反而让大家干活的劲头更足了，进度也更快了。真正印证了一句劳动人民从实践中得来的俗语"男女搭配、干活不累"乃是放之四海而皆准的真理。虽说是艰苦的劳作，可是整个山洼里，歌声、笑声、"顺山倒"的吆喝声，此起彼伏，好不热闹。不知不觉间他们已经完成砍伐树木32棵的任务。不过，将树砍倒才只是任务的一半，接下来就是要将这些树木按照每棵先截下来直径15厘米以上、长度4米以上的檩条一根，剩下的也要按照材质的大小粗细一一绑成捆，带回山下去。回来的路上，扛檩条的任务自然要全部交给青年民兵，都是二十啷当岁的小伙子，再加上有8个如花似玉的城里姑娘就在身边，大家那个卖力，根本不用分配，小伙子们一人一根将近200斤重的檩条扛起来就像肩上多了一条麻袋似的，一个个身轻如燕。反倒把只是拖着扛着一些胳膊粗细树枝的知青们甩上八丈远。又因为青年民兵只有24人，而檩条是32根，这也就是说，青年民兵们每人一根还剩8根，于是，大家就想起了倒来回的老办法。也就是跑得快的人先将一根檩条扛到一个点上，然后回去扛第二根。但剩余的檩条只有8根，能够有机会扛第二根的可就平均不到每人一次了。于是，青年民兵之间又展开了竞走比赛，第一批檩条扛上一个山岗，再有8个人回去扛第二根，结果这些扛了两次檩条的反倒比扛着枝条细木的知青走得更快。于是，在距离村子最近的一个山头上，古英俊不得不让扛檩条的人先停下，等待知青们到来再一起走。这时，有人就拿出随身携带的香烟，散开来给大家抽。古英俊和鲁云生原本是不抽烟的，可是他们知道，在农村，你要和大家打成一片，互相递烟抽烟是最最简捷且高效的途径之一，最起码不比生意场上的"酒精"考验差多少。于是古英俊与鲁云生生平第一次接过香烟，学着别人的样子将那点着的烟卷叼在嘴上。可是，也许这烟卷本身品质有点次，想想也是，一包只要1角4分钱的"火车"牌香烟，你想叫它好到哪里去？不过当古英俊后来欣赏到比"火车"牌还要便宜得多的"白皮烟"和"勤俭烟"后，他就不再纠结这"火车"牌的味道了。总之，仅仅这第一口烟，就将英姿飒爽的古英俊给呛得咳嗽连连，眼中充泪。这狼狈相正好让拖着一捆树枝过来的章玉儿给看见了，高兴得捂着嘴不住地笑。

就要下山了，有道是上山容易下山难，其实这话只说对了一半，如果你是肩挑手提压着重量下山去，自然是有点艰难，盖因那重量会变成重力，推着你往山下去，这时，对于两条腿的考验就颇有些沉重，不要多走，500米山路下来，保准你两条腿都打战。可是如果你只是肩头不负重，光棍一身轻，那下山路上可就真是一种惬意的享受。今天的下山路对于那些原本肩扛200斤檩条来回倒的青年民兵来说就是一种可以称得上惬意的享受。只见他们一个个将那檩条扛到山顶最高处，然后将那200斤重的檩条一根根推到了悬崖边上，用脚一蹬，就听得山谷里"轰隆隆"一阵响动，那木料转瞬间已经来到山下，等着人们前去将它们扛回家去。此时再看原本轻松，只是扛着背着一些树梢枝条的知青们，这下山的路可就成了一条"筛糠之路"，两条腿都止不住哆哆嗦嗦颤抖着，就连人说话都带起了"抖音"。看到知青们这副受罪样，古英俊二话不说，一挥手，青年民兵们一个个冲上前去，早已将知青们真的有些"肩不能扛"或压得喘不过气来的树枝也罢、边角料也罢接在了自己肩头，就像每人肩扛一捆谷草般说着笑着，山路上，人群中，再一次恢复了无边的轻松和愉快。

三
独木桥上的吻

上山砍伐树木的这一天，范香儿和古英俊分在一个组，古英俊让另一个伙伴担任安全观察，他自己和范香儿砍树。那么粗的大树，又是木质坚硬的油松，范香儿拿着英俊给她借来的一把斧刃上还闪着寒光的斧头，按照古英俊事先说过的，握紧斧柄铆足了劲，向着大树抡了过去，结果大树上只留下浅浅一处似乎孩子们做游戏铅笔刀划过的印痕，反倒是将自己的双手震得几乎把斧柄给扔掉。然而，古英俊却笑着说："不错啊香儿，斧头没有挣脱，说明要领掌握得还可以。"然后是古英俊自己上阵，很快就将一棵大树给砍倒了。当时，看着英俊的英姿，香儿很想和他多说说话，最好是把自己憋在肚子里的话都说出来，可是，古英俊砍树的时候她怕影响他的注意力，古英俊停下来的时候又轮不上她去说话，反倒是有人不停地跑过来，揪住古英俊要问一些问题。尤其是章玉儿。她与鲁云生一组，鲁云生根本不要她插手砍伐，而是让她在山上转转，摘点刚刚绽放的野花去。这个确实符合章玉儿的喜好，说明鲁云生确实是了解这位公主并不隐秘的习惯。然而，鲁云生忘记了这个时候山上的野草刚刚泛青，野花除山桃花之外还未到开放时间。所以章玉儿转了一圈就来到古英俊和范香儿这边，颇为羡慕地问古英俊："英俊啊，你和云生怎么这么有劲儿呢？你们也和我们一样成天在校上学，怎么干起活来就和农民一样样的。"

古英俊无奈地笑笑回道："这算什么？我和云生10年前就开始上山砍柴了。那时我8岁，云生9岁，和村里的孩子一样，十几个半大小子相跟着，每到周日或冬天一放寒假就每天早上天不亮上山，等到人们吃早饭的时候就把几十斤重的柴火扛回家了。根本不觉得累。"

"啊！你8岁就干活了？"章玉儿不由感叹，"那一定很好玩儿吧。"

古英俊回答："好玩？让你玩一次就怕再也不想玩了。"古英俊绘声绘色地讲起了一个让他永生难忘的真实故事：那年冬天，一个初雪纷飞的早晨，大部分的孩子看见下雪就不上山了。古英俊、鲁云生和古建文还有宋俊明四个人却想着这雪应该下不大，因为古建文说他特意听了广播喇叭里边的天气预报，今天凌晨有小雪，早饭后就天晴了。下这点雪道路上不会结冰，反而有点空气清爽的感觉。于是四个人毫不犹豫地上了山，很快就每人打好两捆柴火挑着往回走。这时，天已大亮，果然雪停了，远远的，东方一轮红日蓬勃欲出，照得山头一片金光。四个人中年龄最大的古建文不过15岁，最小的古英俊才刚刚10岁，第一次看到雪后日出，那个壮观，那个迷人。正好来到一个山梁，大家止不住停下来，就想看看日出，缓缓气。然而，就在这时，四个人几乎是同时发现，有两只狗一样的动物在他们的前后两个方向正以密切跟踪的速度，不紧不慢地向他们靠拢。古英俊和鲁云生只有10岁、11岁，好奇心起，伸手向一前一后两只动物打着招呼，"啾啾啾啾"唤它们过来，而已经15岁的古建文因为从小跟随父亲打猎，一下子就认出了这俩家伙可不是什么狗，而是两条狡诈凶狠的狼。建文不由得吓出一身冷汗，幸亏太阳这时升起，幸亏正好来到山梁，否则，挑着柴火正常走路是很难发现这两个家伙的。如果它们来个突然袭击，后果真是不堪设想。古建文一边从柴火捆中抽出扁担，一边告诉三个同伴："狼，这是狼，咱们赶快围成一圈，把扁担抽出来，握在手里。"

"就这样，就这样啊，我们四人围成一圈，我们站着不动，两条狼也不动，我们往前走走，它们就朝后退退，我们往后退退，它们又朝前走走。就这样僵持着，直到十几分钟后，村里有大人说笑着往这边过来了，那两个家伙才悻悻退去。"说到这里，古英俊双手一摊，长吁一口粗气。章玉儿竟不由自主地用两只手把自己的眼睛捂住，似乎一睁开眼就会发现那两只狼。范香儿自然也全程听到了古英俊讲的故事，心中一阵激动，一阵叹息。想不到，说是同学，他们的经历怎么竟这么与众不同，这么丰富多彩，农村可真是一个值得自己生活、值得自己欣赏的广阔天地。

应该说，这时候起，范香儿对古英俊的情感已经跨越了同学那道门槛，她很想向他表白自己，可是又总也找不到一个合适的机会。她本以为这个机会将很快到来，可是，她万万不曾料到，古英俊在情感问题上的遭遇正使得她与他之间突兀间崛起一座大山。

上山伐树后两三天的光景，公社通知各大队民兵营连长、团支部书记和妇联主任去公社开青年民兵和妇女工作会议。正巧鲁云生到县城为大家采购篮球和球网去了，就由古英俊和大队妇联主任慧兰儿（钱慧兰）代表正庄大队去开会。会议进行了整整一天，从早上开到傍晚，光传达文件就有几十份，古英俊的笔记也记了几十页。慧兰儿见英俊记笔记记得又快又好，直一个劲地夸："有文化就是好，英俊，你记上也就省得嫂子记了。

回去你连妇女们的文件一块儿传达好了。"

终于散会了，古英俊与慧兰儿两个人相跟着往回走，为了抄近道，他们不走公路，而是从公社所在地穿过一片大清河冲击的小平原，来到横亘在正庄与姜庄两个村子之间的大清河边，只要跨过一座用两根檩条并排搭起来的便桥就可以回到正庄村这边了。

一路上，两人说说笑笑，很快来到河边。可是，就在将要上桥的时候，古英俊傻眼了：早上来的时候，这整体长20多米，由两对桥桩6组檩条组成的桥上架着的还都是两根并排的檩条，每根檩条四五寸宽，加起来就有差不多一尺宽，可现在，出现在他们眼前的这桥上最靠近正庄这边的桥桩和岸基之间却分明只有一根檩条，另一根不知是自动掉下去随波逐流了，还是被什么人给抽走。总之现在这桥最窄处已经是一木独跨东西，而桥面只有区区4寸多宽5寸不足。

怎么办？如果是古英俊独自一人，这个毫不成问题，虽然说没有练过平衡木，但4寸宽的桥面也足够了，就算不慎掉了下去，充其量也就湿透下身，春日河水流量不大，最多两尺多深，作为一介男儿和运动健将，一个加速跑就可以回到家的。可是，慧兰儿呢？人家一个弱女子，和你一块儿开会一块儿回来，你过去了，她怎么办？一旦落水，又该怎么办？真是左右为难，进退维谷。有心返回去再绕大路，可眼看天色已晚，还要多走6里路，这账实在不够划算。恰在此时，慧兰儿说话了："英俊兄弟，这么窄的桥，我一个人可不敢过。"说着眼睛闪着某种直刺心底的光芒，又道，"你拉住我，我就敢过。"

有必要说一下妇联主任钱慧兰了。钱慧兰，人们都叫"慧兰儿"，初中毕业，22岁，在杏花公社、在方圆十里八村，那是出了名的大美人。

慧兰儿的美不同于知青章玉儿和范香儿，也不同于几十年后那些骨瘦如柴的明星们，套用中国古代审美标准，环肥燕瘦都不适用于这一个独特女子的存在，但似乎又没有一条不适用于她的存在。在更多男人的眼中，慧兰儿就是美的化身，该肥则肥，该瘦则瘦，唇红齿皓，怎么看怎么舒服，怎么看怎么入眼。尤其那白里透红的细腻皮肤，纵有天生姿色，也不知身在农村整日劳作的她是怎么做到的！而慧兰儿的一双眼睛，永远含羞带笑，永远清澈明净，又使人不敢轻易对她妄生匪念。慧兰儿不仅长得好，也很聪明好学，初中时是学校里老师精心培养的尖子生，想的是让她为学校小学会考争个光，慧兰儿也不负所望，在1965年的小学会考中取得了全县第三名的好成绩，算是为一所公社办的高小大大地扬了一回名，慧兰儿也成为县一中老师新一轮的重点培养对象。可是，好景不长，这学上着上着就停课了，"革命"了，而慧兰儿的父亲却得了一场疾病突然去世了。十五六岁的慧兰儿不得不回到家里帮着母亲养活3个弟弟妹妹。按说，别样的劳累，别样的心累，慧兰儿承受了同龄人尤其是同龄女孩不可承受之重，然而，坚强的她没有倒下，在别人面前，美丽的慧兰儿越来越出脱得风采照人，成为周边所有小伙子们心中追逐的那一个。慧兰儿或者说是慧兰儿的母亲也是挑来挑去没个够，直到前年，也就是慧兰儿整整20岁那年，遇到了正庄村的王铁。王铁小伙子长得确实叫个壮实，1米80以上的身高，不胖不瘦，两眼炯炯有神，一般女孩一眼看上去起码不讨厌。但你要说王铁有多少优点能让万里挑一的慧兰儿看得上，原因其实很简单，那便是就在这次相亲前不久，王铁鲤鱼跃龙门，从面朝黄土背朝天的农民一跃成为城里人，成为"吃皇粮"的工人阶级了。因为王铁的叔叔在太原一家煤矿的某次事故中不幸遇难，矿里规定，为了照顾工伤家属，可以有一个子女顶替进矿。而王铁的叔叔正好没有适龄子女，于是王铁顺利成为令许多农村青年朝思暮想的矿工。虽然那活儿事实上比当农民也轻松不到哪里去，而且王铁作为井下采掘工，一上班就见不到太阳，这一点甚至还比不上农民。可是不管怎么说，人家每月可以拿到七八十元的工资，差不多就是农民半年的收入，何况还有领导阶级的光环。所以，当王铁母亲请人带着太原城里百年名店"老香村"的点心和专门为慧兰儿母亲量身定做的紫色平绒外套去慧兰儿家里提亲的时候，慧兰儿母亲都等不及和女儿商量就一口答应了。慧兰儿呢，对这门亲事虽然不冷不热，但也并没有反对。无论如何，慧兰儿的生活、慧兰儿的境况由于这次婚姻而得到了天翻地覆的改变。她的穿戴、她的喜好甚至已经成为正庄大队少妇和姑娘们的共同喜好、共同追求。有的人家，往往就因为丈夫没钱给媳妇儿买回来同样的东西而吵架甚至离婚。慧兰儿呢，一副任凭风浪起，稳坐钓鱼台的样子，每日里只是勤勤恳恳地响应生产队的安排该干什么干什么，对待自己的公婆也就是王铁的父母亲也是有礼有数，从不逾矩。在外人看来，慧兰儿是幸福的，也是人人喜欢的那么一个人儿，所以老支书让她当了妇联主任，慧兰儿也在这个岗位上工作得很卖力，正庄大队的妇女工作自从慧兰儿干上就成了杏花公社的第一先进。总之，慧兰儿的一切似乎都是幸福的美满的。可是，有谁知道，同样是这个慧兰儿，当夜深人静的时候，当遇事不顺的时候，当遭人调戏的时候，她的心里是多么的惆怅、悲哀、怨愤、悔恨，诸般交织，不可名状。她刚刚22岁，毕竟新婚刚过，可是，她的那个他每年只能回来两次，每次只有不到半个月的时间，如果遇上特殊情况，如果正巧慧兰儿身体不爽，他与她的夫妻生活就更是少得可怜。更何况，生活本身是由点点滴滴的琐碎组成的，慧兰儿的青春年代注定了一开始就以一种独特的独守空房而度过，这又岂能让人心里敞亮。当然，在当时慧兰儿所有的苦恼作为古英俊来说是根本不可能也没必要去理解的。在他的眼中，慧兰儿就是让人看起来令人羡慕的邻居媳妇，一个美得让人叹息的标志女人。以至于在村干部们开会的时候，只要有机会，他就忍不住要多看慧兰儿几眼。虽说这一颦一笑之间并无更多的杂念生成，就算是爱美之心人皆有之的一种规律再现吧。

然而，现在不同了，现在摆在古英俊面前的难题是要不要按照这个女人的"指示"去拉住她那看起来就让人心动的香酥巧手，进而像牵引机牵动机车在轨道上前行一样拉着她渡过这虽然只有不到5米之遥却一定是一段漫长道路的"桥面"。

"英俊，拉住我呀。"慧兰儿伸出了两只粉嘟嘟的手，古英俊完全没有任何感觉地牵住了这两只手。慧兰儿又说："英俊，拉紧点，是嫂子怕，你怕什么？"是啊，我怕什么呢？古英俊问自己，又有什么好怕的呢？那么，就让18岁的自己生平第一次去拉住一个女人的手，为了这个让人值得呵护的女人安全跨过那只有5米长的独木桥吧。

"英俊，伸过你的手呀，你得离我近点，嫂子不吃你的。"这话里，似有幽怨，似在嘲讽，古英俊热血上涌，大胆地伸出了双手，紧紧地与那两只粉嘟嘟的手握在了一起。两个人，古英俊在前，慧兰儿在后，一步一步、一寸一寸地行进在只有不到5米长的独木桥上。这中间慧兰儿还说了什么，古英俊一句都没有听进去，那两只手所传递过来的温柔与欢娱，深深地穿透了18岁小伙儿曾经荒芜的田野，在他的心中掀起了一道道翻滚的波浪。5米，5分钟？10分钟？也许更长。两个人，似乎都不愿意结束这"艰难的旅程"，这期间，慧兰儿还说了什么，古英俊当时一句都没有听听进去，可是，许多年以后，这5分钟里慧兰儿的每一次呼吸、每一次脉搏的跳动都牢牢铭刻在他的心底，慧兰儿所说的每一个字也都深深地烙印在他的脑海之中。终于结束了，当古英俊的两脚踏上岸边的时候，慧兰儿也呈惯性地向前一扑，整个身子不由自主地倒在了古英俊不能说很宽大却依然算得上很厚实的怀抱。古英俊一愣，就在这电光石火之间，成惯性地将脸颊往前一探，恰巧与慧兰粉嫩而充满了活力的嘴唇紧紧地贴在了一起。慧兰儿不躲不闪，更像顺势而为地将两只手齐齐搭在了古英俊的肩上，也将那粉唇缓缓地移动到古英俊的唇边。

这件事成为古英俊永远的记忆，也就从这个时候起，他感觉到自己再不是那个单纯到纤尘不染，一心只是读书做事的青年学生，也不再是那个回到乡间便只能顺其自然的青年农民和民兵干部，生活的颜色突然间就多了起来，赤橙黄绿青蓝紫，烂漫天空。

四
章玉儿的爱

　　章玉儿与鲁云生的关系在无所顾忌中逐步升级，而促成这种升级的关键环节便是鲁云生的母亲毛青兰。毛青兰，时年刚刚40岁，人很精干，也很好动。这个年龄的女人，尤其是农村妇女，如果不是家庭生活负担过重的话，那么她们对社会的关注点便大多会聚焦于自己身边的某些人和事上。毛青兰就是这样，但凡正庄大队张家长李家短，王家夫妻吵架，赵家婆媳不和等等等等，在她这样的女人聚集的地方就是信息传播中心。那个传播的速度，绝对不比美国中央情报局和苏联克格勃慢上半拍。毛青兰又是一个热心肠的好人，周边邻居、远房亲戚，谁家有事也一定会先告诉她，而受人之托的毛青兰则一定会把别人所托之事比人家能够想到的办得更好。唯有一样，她们这样的女人最反感那些红杏出墙的事情，而相反地，如果她们看好谁和谁，某男与某女应该是一对，那同样会不惜代价，不怕讥讽而去尽力促成某桩好事。

　　初夏的一天，正庄大队的知青们集中到县里开完大会后基本都留在县城各自回家度假去了。章玉儿因为是点长，又恰好轮值当班，当晚便骑着自行车趁天黑之前赶回了知青点。谁知就在将要进村的时候，一场不期而遇的大雨将她淋了个浑身透湿。回到知青点上，看见大队派遣给知青点的炊事员鲁成旺还在，章玉儿赶紧和鲁成旺要了碗汤面喝下去，感觉身子暖和一些就早早睡下。而鲁成旺看看没什么事，也就收拾收拾回家去了。谁知道，鲁成旺刚走不一会，章玉儿就高烧起来，一个人躺在被窝里，横着不是，竖着也不是，怎么都是个难受，想喝口水，但怎么着挣扎也下不了那盘大炕。恰巧这时鲁云生的母亲毛青兰去别人家串门回家路过知青点，也亏毛青兰长着一双顺风耳，夜阑人静的村子里原本又静得大地上掉下一根针都能听见声音。毛青兰远远就听见一声声低沉的呻吟。这是什么声音？毛青兰本能地静止下来再听可就觉察到了某种不祥。她赶紧走到知青大院门前，使劲敲门，无人应答，再敲，还是没有人开门。毛青兰情急生智，倒退两步，往前拼命撞去，吭当一声，大门两边洞开，倒把毛青兰给闪了一个大马趴，原来门并没从里面闩上。毛青兰也顾不得自己，爬起来拍拍身上的土，顺着那呻吟一下子找到了正在炕上辗转反侧，已经有点神志不清的章玉儿。毛青兰一把将章玉儿抱过来，背在肩上就往大队卫生所赶去。也亏得毛青兰干活是把好手，身高力气都不吃亏，也亏得章玉儿身材苗条，体态轻盈，这才使得毛青兰一路不停便赶到了相距300米开外的村卫生所，一脚踹开那门，大叫一声："建青，快！"

毛青兰口中所喊叫的建青，全名叫作王建青，本大队社员，复员军人，时年25岁，在部队当兵5年，干了5年部队卫生员，如今的正式身份是正庄大队卫生所的"赤脚医生"，但按照本大队社员们习惯的叫法，都叫他小王大夫。为什么王大夫还要加个小字？这是因为王建青的父亲乃至父亲的父亲都是大夫。王家本身就是祖传八代的中医世家。20世纪50年代初，王建青的父亲那时是一个颇有些名气的游方郎中，来到正庄也是应人之邀前来看病，看着看着就和正庄村里一位秀气的姑娘相知相好上了。再然后游方郎中就成为上门女婿，有了王建青和他的三个兄弟两个妹妹。老中医或者说老游方郎中的意图是把一身本领传授给自己的大儿子，让他来撑起王家世代中医这块牌匾，可是王建青在部队5年，因为干得好，光部队送到军医大学进修就有两次，加起来差不多有一年时间。这期间聪明好学又底子深厚的王建青成了部队的名人，普通点的伤病疾患基本没有他不敢治不能治的。本来按照这个轨迹发展下去王建青留在部队是没有任何问题的了，可是，就在当兵第四年的时候，探家期间，家里给王建青找了一个对象，对象很快就怀了孩子，王建青的超期服役也就服到了头。有句话说，是金子放到哪里都会发光。对于有技术有本事的人来说，这话一点不假。王建青的回归，最高兴的不是他的父母妻子而是老支书张成才。事实上，老支书盯上这个本村的人才也不是一天两天，只是碍于人家当兵保家卫国，不便拉后腿的。现在王建青回来了，老支书立即就把大队卫生所全盘交给这个复员军人负责，并承诺大队会给他以足够的支持。后来的人们想象不到，正庄大队的卫生所，正庄大队的"赤脚医生"王建青在当时有多么风光，多么的威风八面。在当时，这个小小的卫生所不仅保证了全大队干部社员人民群众小病不出村，而且一般的大病也基本要在村里有个先期治疗。不只是人们头疼感冒拉肚子发烧这样的小病可以在大队卫生所吃药打针吊瓶子，老人们有个风湿腿疼半瘫在床的，王建青照样可以用针灸给你治疗缓解。那时候公社医院是有妇科（无产科）可以接生孩子的，可你听说过村里谁家生孩子是在医院解决问题？如果去了，那就一定是难产大出血之类的大问题。更令人不可思议的是，就在王建青刚刚接手卫生所并自己掏钱增添了一些简单的手术设备之后的一天，三队的饲养员古小林在用切草机给牛切草时一不留心把两根手指头给切下一多半来，古小林在社员们的帮助下赶到卫生所时，王建青一看，那两只手指头可以说也就仅仅是连着一层皮了。情急之下，王建青一边叫人给县医院打电话要救护车，一边先给古小林做神经缝合包扎，等救护车来到以后又陪着古小林到县医院去做真正的断指再植手术。别说，当第二天上午，县医院从省里请来的专家打开王建青给缝合包扎的那两截手指仔细察看时，不禁摇头又点头，点头又摇头，他们根本就不敢相信，这虽说简单却绝对必要的保护性手术竟然是一个村级"赤脚医生"的手笔。专家还说，如果不是王建青这个简单的神经缝合那就不可能让那两根断指存活到专家到来。这件事通过省里专家的解说使得王建青和正庄大队卫生所的名声像春天的花粉很快就传遍了十里八乡附近几个公社。而天生胆大或者说艺高人胆大的王建青也更加放得开了，类似于阑尾炎之类的小型手术，干脆就都在自己所里做了。附近一些大队的社员，为了方便与省钱，大病小病也都成群结队地来正庄大队卫生所专门找王大夫看。所以，一个小小的大队卫生所，还不得不在经费极其有限的情况下让大队给腾出两间房子来，给卫生所做了病房，以期为一些外村的患者做必要的住院治疗。也正因为如此，大队卫生所就必须做到24小时有人值班。

毛青兰背着章玉儿，气喘吁吁地来到卫生所的时候，王建青正在给一位外村来治疗腰腿痛的病人针灸，一看章玉儿这情况，赶紧腾出手来先给测体温。已经高烧39度，于是，王建青立即给章玉儿输上液体，同时给予物理降温。年轻人，烧起来很快，降体温也快，将到凌晨三四点钟的时候，章玉儿的体温已经恢复到37度。这时毛青兰才想起自己几乎整夜不回家这算怎么回事？再说章玉儿女孩子一个，你叫人家一个人留在这卫生所又算怎么回事？想一想，干脆，她跑回家去，把儿子叫起来，又拿了一床棉被，让鲁云生推了辆平车，把章玉儿直接拉到自己家里去，让章玉儿和自己睡在一盘大炕上，把个鲁云生的爹和儿子一块轰到厢房里挤去。

　　章玉儿的病在毛青兰一口汤水一口药，又是炖鸡汤又是熬稀饭无微不至的关怀照顾下，很快好转。但是毛青兰好人做到底，帮人帮到家，三番五劝，直到知青们都从城里返回知青点上这才让章玉儿回到知青点。这样一次特殊的经历，使得章玉儿这位在外人眼中总是高高在上的高干家庭"小公主"生平第一次体会到了母爱的滋味。回想童年，章玉儿确实生活无忧，锦衣玉食，但也确实从来没有享受过正常的母爱。她的母亲，那位16岁就跟着她自己相中的男人私奔参加革命，而后成为1955年授衔的开国大校夫人的章太太小梁同志（章大校对爱妻的昵称），对于章玉儿以及她的兄长姐姐们的贡献除了生下他们，就是把他们一个个委托给形形色色的各种公字号组织——保育院、幼儿园、子弟学校去抚育去管理。在章玉儿的记忆中，"小梁同志"从来没有过像人家的母亲一样抚摸过自己的女儿，更不可能像别人家的母亲一样让孩子叼住自己的奶头安然入睡。章玉儿从小就养成了一种习惯，熄灯睡觉，听哨声起床，她依稀记得，从打3岁起，她就完全可以将自己小小的床位收拾得整整齐齐，当然，管理者的要求也不允许她让别人替自己叠被子、打水和扫地。后来上学了，她终于可以回到自己的家里，有自己的房间自己的桌子自己的床，可是，依旧没有属于自己的母爱。因为在章家，吃饭的房间有两个，一间是属于章部长和章夫人小梁同志的，当然部长很忙，在家吃饭的机会并不多。这时，那个房间里吃饭的就只有小梁同志一人。孩子们呢，不管你多大，不管你干啥，都必须在另外一个房间里吃饭。孩子们与母亲的相见，大多也在这个时候。母亲吃完饭，从孩子们的饭桌前走过，然而，话是很难有一句的。如果某一天，小梁同志突然对谁说一句："XX，你来我房间一下。"那对于这个某某来说无异于大祸临头。因为，这一定是学校或者单位领导给章夫人打电话告什么状了。冷冰冰！这就是章玉儿对那个高干家庭的印象。或许正因为如此，当章部长被以莫须有的名义驱赶回山区休养而回到青山县之后，家里大人们那种沉重的心情在章玉儿身上心头是体会不到的。恰恰相反，她甚至有些庆幸，因为正是在这里，她开始多少点点滴滴地体会到享受到母亲对于自己的爱了。原因也简单，几位年长的哥哥姐姐都在广州，或服役于军队，或工作于地方，唯有她这个年纪最小的跟着父母回到了青山。这也使得章夫人每每感到了孤独与寂寞，于是也就每每会找女儿说上几句话，问问女儿学校或外面的情况。只是，这种谈话往往更类似于领导与部下的训诫与汇报。唯一的区别在于母亲终于很少对女儿冷脸相待，而作为女儿，章玉儿差不多觉得这就是一般意义上的母爱了。可是毛青兰无微不至的关爱、贴心细致的照顾、絮叨却深入心房的女人与女人之间的谈话，包括她对于村子里谁与谁相好，谁与谁暗恋，谁与谁是几世仇家的"八卦"，这一切都让章玉儿有如刘姥姥掉进大观园，一下子发现了母爱世界中光怪陆离的五彩斑斓和无限温柔。以至于，当这天毛青兰握着章玉儿温柔细腻的双手，目中含泪温情脉脉地说："玉儿，以后经常过来啊，反正咱家人也不多，有什么需要的就来，不想吃大灶饭了告我一声，阿姨一定给你做你最喜欢的吃。反正吧，你就把咱家当作你的家好了。"就在这一刻，伴随着毛青兰即将溢出的泪花，章玉儿感情的大闸突然放开了，一个意念涌上心头，章玉儿突然紧紧抱住毛青兰，将自己的脸颊贴在这位中年妇女的肩上，颤颤地说道："阿姨，我能叫你一声妈妈吗？以后你就做我的干妈好吗？"

眼泪夺眶而出，毛青兰愣住了，很快又清醒过来，紧紧抱住章玉儿同样颤颤地说："玉儿，我的小玉儿，这是真的吗？你说的是真的吗？好玉儿，你叫我干妈了吗？你从今天起就是我的干女儿了！"

毛青兰成为章玉儿的干妈，章玉儿从此之后再到毛青兰的家里那就更加名正言顺。毛青兰还隐隐觉察到，这位干女儿所喜欢的可不只是她这个干妈，这就使她更加兴奋异常，她很清楚，章玉儿是高干女儿，如果当真能和这样的人家攀上亲，那可是祖坟冒青烟，八辈子都没敢想的好事。当然，作为母亲，她不能说，作为干妈，她不敢说，但她知道自己的儿子正在或明或暗地追求这个女孩儿。本来，无论毛青兰自己还是她的丈夫都觉得儿子是痴心妄想，是癞蛤蟆想吃天鹅肉。可是，当她看到章玉儿养病期间他们的儿子每天总是早出晚归，一有空就往堂屋里钻时，毛青兰和她的丈夫就很配合地躲到厨房或院子里去，尽量干一些费手不费心的事情。当然，这一切，她不能说，不只不能对章玉儿说，也同样不能对自己的儿子说。

对章玉儿来说，认干妈的举动又何止是因为感恩呢？前面我们说过，早在学校宣传队的时候，章玉儿与鲁云生就是一对欢喜冤家。但你要说在那时让他们之间产生什么男女之间的特殊情感，则又无异于天方夜谭。对章玉儿来说，鲁云生是个奇才，但也仅此而已。学校里追求章玉儿芳颜一顾的男生多的是，比鲁云生高大威猛英俊的有，比鲁云生家庭地位高得多的也有，但这对于章玉儿来说全部可以视若无睹。她的家庭，章部长与章夫人也不允许自己的女儿在这个小县城里待上一辈子。章部长虽然休养在深山，但他耳不失聪目不失明，心中装着的更非山中之事。一部可以打长途的电话机就安装在他的床头，每到一定的时间，这部电话就会铃声大作，将千里万里之外的事情讲个清楚，而章部长也会在适当的时候说上几句适当的话语。所以，就在章玉儿决定到正庄大队知青点来插队的时候，作为父亲，章部长还是少有地叮嘱女儿："你在知青点上就老实给我待上两年，两年，跟我回广州去。听见了吗？可别无事生非。"父亲的教导，永远是军令式的，可是在女儿看来，这一次的命令多少有点缺乏底气，既然把广州视为根，那你老人家为什么要到这山里来呢？在正庄，与鲁云生相逢的那一刻，一种莫名的冲动在她的心中蓦然升起，而一场不期而遇不大不小的病痛又恰在这时到来，章玉儿被毛青兰感化的同时，也被鲁云生日复一日的表现所征服。

严格地讲，章玉儿住在鲁云生家里的那几天，鲁云生并没有任何乘人之危的举动，也没有向这个自己心中暗恋日久的女孩说出哪怕一句多余的话。他只是每天午饭以后和傍晚收工之后会出现在章玉儿身边，像一个大哥哥似的给她讲一些村里的奇闻轶事，给她拿几本自己曾经视若珍宝的老旧书籍让她解闷。每逢这个时候，章玉儿就像一朵肆意开放的花朵，尽情地为那些可笑的事情去笑，也为那些感人的故事去抽泣。譬如有一次，章玉儿问鲁云生："云生，我们刚来那天英俊给我们讲的老英雄古维成的故事，那一切都是真的吗？我们来了这么长时间了，为什么至今没有见到有关古维成的纪念碑呀什么的，就连文字材料也没有？"

鲁云生道："这你就不懂了，其实别人也不懂，这就是古维成的伟大之处或者说是与众不同之处。你要知道，古维成生前一直是村里的党支部书记，也是咱们村的第一个共产党员。他的故事多了去了，但人家就在支部大会上给大家立了一个规矩，不许任何人为他树碑立传。理由是正庄民兵连如果没有已经牺牲的那20多位烈士，哪有什么活着的任何一个英雄！你听听，这是什么？这才是古维成立在人们心中的英雄碑啊。"

章玉儿听得有些愣住了，鲁云生又说："其实我和英俊我们两个人是有自己想法的，成才叔——就是老支书要遵守当初的誓约，但我们不能，因为我们不能让正庄村的英雄史在我们这一代人手里给失传了。"

"对，包括老支书，你们都应该写下来，我也愿意和你们一块把这些写出来，唱出去。"章玉儿激动得竟握紧了两只其实很柔软的拳头。

正是这样，年轻人在交流中产生了情感，干哥哥与干妹妹之间的交流就更加漫无边际，所产生的情感也在越发不可遏制，何况幸福中的两人都没有想把这种洪水猛兽般的东西给予控制的念头。章玉儿人是回到知青点上去了，一颗少女的心却久久地依偎在她曾经享受过的那盘农家土炕上不能伴随着她的肉体回归到知青点的大家庭中。终于，有那么一天，也就是章玉儿回归知青点后不到半个月的时候，毛青兰和鲁云生的父亲鲁大力到20里外的毛青兰姨姨家去为姨姨家的独生子筹备娶亲事宜去了，这一去就是至少七八天的时间。偌大的鲁家院子，只剩下鲁云生一个。时间空间完美具备，于是，一幕应该发生的故事真实地发生了。这天晚上，和章玉儿同屋的三个女孩左等右等等不回来她们的室长兼点长，太晚了，实在是太晚了，三个女孩敲开了另一位点长范香儿的门，悄声问道："范姐，章姐到现在还没有回来，我们还等不等？要不要找她去呀？"

范香儿问："章姐没说她去哪儿吗？"

"说了，她说她要去鲁云生书记家，一会儿就回来，可现在都11点多了。"

范香儿沉默片刻，又问："你们没和别人说吧？"

三个女孩点头。

范香儿低声道："这事儿你们别管了，院门虚掩上就行，你们休息吧，我等着就行了。"

三个女孩走了，范香儿心里却久久不能平静，她处在一个有些两难的位置。章玉儿和鲁云生的关系在最近一个时期发生了质的变化，这事儿章玉儿不说，但她的行动、她语言中总是时不时地会表现出来某种特定的需求和特定的遗漏。就连说话中偶然提到鲁云生，她的表情都是一种莫名的自豪。那么，她与他到底发生了什么还是将要发生什么？范香儿觉得自己有必要和章玉儿进行一次善意的交流。可是，范香儿天生没有章玉儿那样的简洁明快，就那么几句话，她是琢磨了又琢磨，总也拿不定怎么和章玉儿说，又怕说得不合适让章玉儿不高兴。可是，她等来等去，却等来了章玉儿今晚的夜不归宿。

章玉儿没有撒谎，晚饭以后她确实是去了鲁云生的家里。门开着，家里却没人。在农村，这样的情况并不鲜见，只不过主人一般都是很快就会回来的。熟门熟路，章玉儿推开鲁云生房间的门，拖过一把可以作为文物的废旧躺椅，又从鲁云生的炕上抽下一条半新不旧的毛巾被给自己垫上，看见炕头有一本塑料封皮包着的本子，本能地顺手抽了过来，然后自由自在地躺了下来。微风习习，将已经有些燥热的空气送走，章玉儿顿时感到无限的清爽。她打开那本子，却发现这用正经塑料书皮包着的本子其实只是一个上面密密麻麻写满了并不太工整汉字的笔记本。鲁云生有记笔记的习惯，但这显然不是鲁云生的字体，既然不是鲁云生自己的本子，鲁云生又为什么要把这本子拿回来呢？一种好奇心促使章玉儿将这日记翻到它的最前面。《曼娜回忆录》五个歪歪扭扭的大字跳了出来。啊！一个女孩的回忆录？鲁云生为什么会有这样的东西，这位叫曼娜的女孩何许人也？章玉儿止不住加快了翻看的速度。

直到鲁云生悄然出现在她的身旁，章玉儿都未察觉。鲁云生看看挂在墙上的闹钟，时针已经指向子夜11点，他先将窗户上的帘子拉上，然后坐到章玉儿身边，轻轻问道："玉儿，你哪会儿过来的？"

章玉儿没有说话，却将一只手放在了鲁云生的手上，鲁云生迟疑片刻，大胆地抓住了这只柔绵而散发着高温的纤纤细手。

"鲁云生，你给我老实说，你这笔记本哪来的？为什么一个女人的笔记会到了你的手里？"章玉儿半似撒娇半是真地问道，"我可是你干妹妹。"

鲁云生面不改色心不跳，镇定地答道："玉儿，你真不知道这个？我还以为你们知青比我至少要先进一点呢。"

章玉儿不解："你什么意思？这和知青什么关系？"

鲁云生道："前两天到公社开会，这个本子是关村的团支书春福悄悄塞给我看的。他说这是他从他们关村知青点上弄来的。我才拿回来准备看的，又不能让我娘我爹他们知道了。今天他们走了，我才把它拿出来。"

鲁云生的心在悸动中七上八下，这么一本手抄本，其实他是和人家春福苦苦讨来的。他原本也想让章玉儿看一下，可并没有想到是在这样一种情况下让她看到。万没料到，章玉儿不仅没有半个字的非难，反而顺口就是一句："我觉得挺好的。"

喜出望外！鲁云生有种喜出望外的感觉，不由得把那只已经握在自己手中的手再次紧紧地握住，不料章玉儿却又一仰脖，将自己的嘴唇翘了翘，轻声问道："云生，你就不能主动吻我一次吗？这可是本姑娘的初吻。"

啊!鲁云生猝不及防，但迅疾俯下身子，将章玉儿紧紧地搂在怀里，又从那破旧的躺椅上将她抱起来，轻轻地放到炕上，尽情地热吻。

天快亮的时候，章玉儿回到了知青点上，整夜警觉又不敢轻举妄动的范香儿朦胧中听到院门"咯吱吱"的轻轻响动，知道这应该是章玉儿回来了。一颗悬着的心扑通掉了下来，可是她马上就为另一件事发愁起来：要不要问一下章玉儿？这事要不要给她保密？怎么保密？

然而，范香儿想多了，章玉儿可没有这么多想法，范香儿还没有完成自己的心理准备，章玉儿已经推门而进，照直走到范香儿炕头，把一根手指竖在嘴缝中间，"嘘"了一声，然后凑在范香儿耳边颇有些兴奋得压抑不住地说道："姐们，告诉你一个好消息，本姑娘恋爱了。姐们儿不给祝贺祝贺？"

"啊!"如此直接，范香儿再做多少精神准备也还是被这个天大的响雷给炸晕了。"玉儿，你说什么？什么恋爱？你和谁恋爱？"范香儿一连三问，但实际上有些明知故问。

章玉儿却不厌其烦，再次凑近了贴住范香儿的耳朵说："老范，我告诉你，我，章玉儿，和鲁云生那小子恋爱了。不过这事现在我只告诉你一个人。至于别人怎么看怎么说，随他便。"

章玉儿和鲁云生的爱在飞速发展着，何况毛青兰是章玉儿的干妈，干女儿往干妈家里多跑几次，干哥哥和干妹妹多见几面，按说也没什么大不了的。然而，章玉儿与鲁云生恋爱的事情还是被章玉儿的母亲——部长夫人小梁同志给知道了。把这么重要的情报送达章夫人的是谁呢？这件事章玉儿本身虽然只告诉过范香儿一人，但是你要说知道这事的人那可就多了去了。起码知青大院的所有人都是心知肚明的，毛青兰喜形于色的表现与中年妇女之间的那么一种交流也必不可少地将这件事渲染甚至夸大。虽然人家不会当着当事人的面说你，但是谁人又能挡住人家背后议论？所幸，在村里人的眼中，这件事并不是什么见不得人的或者说要与所谓生活作风牵扯上关系的问题，而是人生之常事，必要之幸事，更多的人，村里的男男女女对于鲁云生是羡慕，对于章玉儿是爱慕，唯独没有鄙视与仇恨。也就是说，正常情况下，村里人也不屑于去把这个情况反映给章玉儿的父亲母亲。更何况，章家的电话、章家的地址也不是村里人轻易能够知道的，他们就算是想去反映这个情况，怕也是出师无名，上告无门。那么，知青点上除去章玉儿本身之外其他知青是否会去做这事呢？按说也不会。因为知青们所谓的知道也只就泛泛而已，捕风捉影，并无什么可以拿得住、说得出的实证。而且他们和章部长章夫人充其量也就是一面之识，他们又怎么可能去专程告这个密呢？那么唯一知道这件事来龙去脉的范香儿是否有可能呢？章玉儿认为这绝不可能。因为在她的心里，"老范"是自己最可信任的姐们儿，是无可替代的闺蜜。你要说"老范"会去告密，那章玉儿是打死也不会相信的。然而，章玉儿漏掉了一个人，一个隐蔽到极致却便利到极端的人，这个人就是村里专门派到知青点上给知青们做饭喂猪的老光棍鲁成旺。

　　鲁成旺将近40岁了，结了几次婚，都没有维持下去。不是他不想维持，也不是他条件不好，确实是事出有因。鲁成旺的家境应该算是殷实得很。概因祖一辈父一辈有一门厨艺绝招。但凡村里人家办个红白喜事，十有八九要找他的，如果遇上春节前后娶亲嫁女的人家多了，弄不好还得排队，可见鲁成旺在业内名声有多好。如果你吃过鲁成旺做的菜，那就更是不能不为他竖个大拇指。当然，你要鲁成旺做什么海参鱼翅鲍鱼螃蟹那是难为他了，但你要说就地取材，做一桌本地的菜肴，却真的可以说无所不会、无所不精。一般老百姓家里或者机关食堂能够提供的材料，不过鸡鸭牛肉、白菜豆腐、金针蘑菇、木耳猴头。往现代走，或许还有一些当地河里或水库打捞的淡水鱼类等。只要经过鲁成旺的手，那就一定是一桌子丰盛且精致的美食，虽说人们都讲究食不厌精、脍不厌细，但鲁成旺的宴席总能让你余味回旋，三日难忘。可以想见，作为一个颇有名气的厨师，鲁成旺在金钱上是不会困难的。因为所有人家无论谁，只要请他这个级别的厨师掌勺一次，即便以一席两日来算，那也少不得十块八块，也就是说，他这一次宴席所得，差不多就是普通农民半个月甚至一个月的收入。也正因如此，给鲁成旺张罗媳妇的人不少，能看上鲁成旺的妇女也不少。从他最早21岁第一次结婚到他38岁第三次离婚，其间找过的或同居过的女人当以两位数计算，但最终没有一个能和他共度三年的。原因就是鲁成旺这个人虽然是农民，却天生有一些洁癖，尤其见不得女人特殊时期的生理特征。这就导致他与每一个曾经爱得死去活来的女人最终都不得不分道扬镳。再后来，村里人就不给他介绍任何女人，鲁成旺也落得自在逍遥。一人吃饱，全家不饿，一人穿暖，举家不冷。鲁成旺开始了另一种生活，一年四季，不管冬冷夏热，反正不下地里去干活。早上不起床，晚上不睡觉，除了时不时给人家去做一两天厨师，其余的活儿一概不干。就连属于他自己的那二分自留地都能长满一人高的蒿草，让人看见都心痛。眼看着鲁成旺是在自甘堕落或随波逐流的道路上就这么走下去了，关心他爱护他的人也有些不知所措。突然，一件不期而遇的事情来到正庄大队，上级指定要分来21位知识青年，插队落户，接受贫下中农再教育。古英俊也好，鲁云生也好，还是范香儿章玉儿的记忆也好，在当时，其他点上的知青们，包括北京天津那些大城市来的知青和本县的知青在内，基本都是自己开灶，自己做饭的。而这些孩子在他们家中的时候又大多娇生惯养，会做饭的极少，何况是那种大锅饭。所以当时知青们的生活确实要苦一些，即便有粮有菜有肉，他们也做不出什么美味。更何况一般情况下，知青们只有在第一年的时候是吃商品粮（也就是城市供应粮）的，从第二年开始，就要和农民一样，庄稼地里长啥你就吃啥。而每到这个时候，知青们的生活也就真正艰难起来。唯独在正庄大队，正庄这个知青点就有些大不一样。最开始的时候，老支书张成才一听知青要来，首先就把他们当作自己家的孩子来看待的。自己家的孩子，那是要父母每天给做好饭等着吃的。所以，老支书决定由大队给知青点派一个厨师，挣大队工分，按全劳力待遇。派谁呢？鲁成旺！这事儿一定下来，所有的干部都说是一举两得，既解决了知青吃饭的问题，也解决了鲁成旺人生道路的问题。他喜欢做饭，就让他做饭，人尽其才。说不好过两年这个家伙还能再找一个媳妇呢。后来的事实也证明了老支书的决策与干部们的预判是多么的准确与正确。因为鲁成旺的手艺确实了得，他做的饭菜，每每比知青们家里的饭菜还要好上许多。譬如说，仅仅一个豆腐，他就能给你做出红烧豆腐、卤味豆腐、蒜泥豆腐、鲇鱼钻豆腐、白菜炖豆腐、酸菜炒豆腐等30多样美味菜肴。直把这些个年轻人们吃得，每一个人回家都要夸一下知青点上的伙食，说一下他们的成旺叔叔手艺巧。而鲁成旺这个人呢，他的弱点正好就是吃软不吃硬，你越夸奖，他越来劲，那厨艺展示就越有劲头。一来二去，连人的精神面貌都大不一样，好像越活越年轻了。

返回来说鲁云生与章玉儿恋爱的事情，这事儿鲁成旺压根没有向任何人打听，他也不需要打听。知青们到厨房吃饭打水的时候在那里窃窃私语几句已经足够。还有一个情况也为鲁成旺搜集此类信息（且不要说成是情报）提供了保证。那就是知青们太喜欢吃"成旺叔"做的饭了，所以有事没事都爱和他闲聊几句。而有着极其丰富生活经历的鲁成旺每每又总是给孩子们以笑脸，而从不多说一句不应该他说的话。有关这个情况，也许是章玉儿在某种情况下和她的母亲章夫人说过，也许是在章夫人仅有一次的专程看看女儿生活环境的行程中有所发现，反正是具有绝对侦察能力和识人功力的章夫人在不为人知的情况下居然交给了鲁成旺同志一项秘密任务：请鲁师傅帮忙照看着点儿我那女儿。今后鲁师傅有什么事情，也请告诉我们一声，一定不会亏待鲁师傅的。话不仅这样说了，与此同时章夫人还把两包"牡丹"牌香烟和一张写有电话号码的纸条塞给了鲁师傅。

要说鲁成旺那是见过不少世面的，在村里属于"高消费"级别。但是，做了半辈子宴席，鲁成旺见过最好的香烟也就是端庄大气的"大前门"或者典雅精致的"恒大"牌香烟。当时有句民谣："工人阶级是伟大的，抽的纸烟是恒大的。"后来又说："有后门的抽前门，没后门的看前门。"一般而言，抽到前门已经非常了不起了。鲁成旺给人家做宴席，东家给他的报酬一般除了现金之外，还会给两包香烟，但基本也就是"金钟""黄金叶"或本省的"云冈"而已，大前门，让你抽几支算是高待。所以，鲁成旺同志从来没有见过这种产自上海的包装精致、色彩艳丽、香气扑鼻的香烟。一开始，老实说鲁成旺并没有把章夫人的嘱托多当回子事，但当他怀着惴惴之心试探着问点上的知青、县委办公室主任的儿子任建刚那种名叫什么"牡丹"的香烟多少钱一包时，任建刚的举动使他大为震动。县委办主任的儿子居然吃惊似的反问："成旺叔，你牛啊！居然抽上'牡丹'烟了？这烟你知道有多难弄到吗？县委书记都不一定保证能抽上呢？我听我爸说，咱县好像每年只能批回来那么几十条，还是要到部队慰问时才有的。"

鲁成旺骤然感觉到了这份礼物的分量或者说是质量。俗话说，受人之托忠人之事，能受到章夫人这样人物的托付那对我鲁成旺来说也是一种荣耀啊！两包"牡丹"牌香烟被小心翼翼地藏于老鲁家唯一带锁的油漆柜子最底层，上面还加包了两层干净的布头。鲁成旺本身则毫不含糊地投入对章玉儿的盯梢或曰关爱之中。好了，这一下好了，鲁成旺一半晦气，一半喜气，晦气的是这鲁云生和他老鲁自己乃是未出五服的正本宗族，按理说，两人见面，鲁成旺还得叫上鲁云生一声叔叔。侄儿给叔叔告密，而且告的是如此私密之事，这事说出来总归不好听，在鲁家门上也不够光彩，所以说，这是晦气。可是任何事情都有它的正反两个方面，我鲁成旺既然答应了章夫人，那就不能白收了人家那么贵重的两包香烟。再说了，能为章夫人这么高贵的人物服务，难道不也是一种荣耀？将来说起来，我鲁某还给那么大的官太太办过事，而且是人家求我办的事，这无论如何都够吹一阵子的。总而言之，鲁成旺趁着到县城采办调料的空档，按照章夫人曾经给他留下的地址，径直找到了部长夫人。他用短短几句话便简明扼要地把整个事情给说了个清澈见底，然后，带着章夫人硬要塞给他的另外两包"牡丹"牌香烟，颇有些得意地骑着自行车赶着回村里做午饭去了。

五
棒打鸳鸯

　　章夫人小梁同志怒不可遏，这还了得？如果这样，那我的女儿还不得毁在那个农民的儿子手里！而这一点是她与她的首长绝对不允许的。不是为了什么门当户对，而是为了女儿的未来与章家的名声。章夫人行动起来，首先要到正庄大队，去了解一下那个鲁云生与他的家庭到底是一个什么状况。正所谓不打无把握之仗，也不打无准备之仗。小梁同志曾经在八路军和人民解放军的大熔炉里浸润几十年，本身虽然不曾上过枪林弹雨、硝烟弥漫、出生入死的战场，但是有关的军事知识还是储备了不少。这一仗必须慎重，为了女儿，她不得不亲自出马。

　　夏日的一个傍晚，一抹红云将大地映照得一片通红，就在这一片红色的光芒中，一辆北京牌212吉普缓缓停在了刚刚入住不久的正庄大队知青点大院外，司机先下车，绕过半个车体，将另一边的车门轻轻打开。车门开处，一位远看近瞧都显得雍容大方、气度不凡的中年妇女款款走了下来。几个知青正在院外的大树下纳凉嬉笑，看见中年妇女，赶忙迎上前去，向这位尊贵的客人打招呼并往里面请。中年妇女点头感谢，一副笑意盈盈的样子，却并不往院里去，而是问道："我家玉儿在干啥呢？怎么不见她出来呀？"

几位女生互相你看看我、我看看你，都有些不好意思，章玉儿去哪里了，她们当然都知道，从那天以后，只要大队和知青点上没有什么特殊安排，章玉儿几乎就是雷打不动地要到鲁云生家去，干什么呢？有时说去聊天，有时说是借什么东西，有时又说要去商量团的工作，总之都是有事。其实她去干什么，根本没有人过问。反正大家心知肚明的，问什么呢？人家也是光明正大的，干什么去，你管得着吗？可是今天这事有点不太好办，章夫人显然有备而来，她是章玉儿的母亲，作为同学和伙伴，你没有任何理由隐瞒章玉儿的行踪，再说原本也没有什么见不得人的啊。于是，两位女生引路，一位则从旁边小路跑步赶去先给章玉儿打个招呼。

几百米的距离，章夫人在女孩子们的引导下很快就来到鲁云生家那串围了一圈木头栅栏却有两扇完整大门的农家小院。院子很干净，体现了主人的勤劳，院子里靠近栅栏的地方转着圈种满了各种各样的蔬菜，茄子、黄瓜、西红柿、青红椒、菜豇豆、小油菜，应有尽有，这又体现了主人的精明与见识。因为在青山一县，直至20世纪70年代初的时候，在绝大多数人家的菜谱上仍然是以萝卜、土豆、大南瓜主打天下的，黄瓜、茄子、西红柿那就是并非经常可以吃到的精致菜蔬了。像鲁云生家这样将大青椒、红菜椒、菜豇豆这样的蔬菜种到院子里的还真不多见。章夫人在家里虽然不会亲自下厨，但是县城两个不大的蔬菜店有什么菜还是一清二楚的。因此，鲁家这个院子，让她初见之下便产生了一种看来这个家庭不得不重视的感觉。这倒不是说章夫人感觉到鲁云生与鲁云生的家庭令人尊敬，而是感觉到了这个家庭的人太会算计。从这个时候起，章夫人便坚定了自己早前的初步看法：女儿是在这家人的步步算计之中误入迷途的。

但是，章夫人出现在鲁家人面前的时候，却给人一种极其庄重又极其亲切的感觉。"鲁家妈妈呀，我可真的要好好感谢您呢。玉儿生病，要不是您那么精心照料，还背上她去看病，那可真不知要病成什么样子呢。"说到这里，章夫人回头叫了一声："小刘，把东西拿上来。"

毛青兰被章夫人一顿表扬而有些头晕，正在不知如何应对之时，县武装部的交通员兼司机小刘提着一大筐子东西走了进来。

毛青兰连忙阻拦："不可以，不可以，这怎么可以呢？"毛青兰看着筐子里那些根本没有见过甚至听都没有听过的水果，诸如香蕉、菠萝、火龙果等，眼睛太不够用了，这些水果无疑是别人给章部长从遥远的南方托运过来的。在当地，即便水果店里也是没有的。就毛青兰来说，这些东西的价值，这些东西的用项，甚至这些东西的吃法，她都一无所知。但她知道这是章家的东西，它原本就应该由章家的人去享受。就这么想着，毛青兰嘴里不由冒出一句："留下也好，留下让咱们玉儿补补身子。那一场大病，可不是一下就能补起来的。今天你这个亲妈给她送来了，我这个干妈一定会看着咱女儿吃下的。"

"干妈！"毛青兰言者无心，但在章夫人听来却不亚于一声惊雷：什么！玉儿竟然认这个女人为干妈？这么大的事，女儿居然没有和我这个做母亲做亲妈的说一声。是可忍孰不可忍！章夫人小梁同志已经出奇愤怒了，可是看着从另外一间小房子里姗姗来迟的女儿，她还是做出了丝毫不失体面与礼节的动作，一把抱住女儿，似乎很亲昵地说道："玉儿呀，你怎么才过来？你看你病了也不告我和你爸爸一声。"

章玉儿不冷不热地说了一句："那不是怕你和爸着急嘛，再说我生病的那会儿深更半夜的，到哪里给您打电话？"

章夫人不待理会自己的女儿，也不去追究关于干妈的话题，只和毛青兰说几句不咸不淡的话就要离去。这时，鲁云生满头大汗从刚才章玉儿出来的那间小房间跑了出来。见到章夫人，他略显紧张地张口就说："阿姨，对不起，我们刚才正在赶团县委要的一个材料，正写最后几句。您不回屋里坐坐吗？喝点茶，消消暑气。"

鲁云生虽是农家子弟，抬手动脚说话办事却不失儒雅，这让章夫人多少有些刮目相看。为了更多地了解这个能让自己的宝贝女儿动心的年轻人，她也就顺水推舟地在毛青兰的热情礼让下走进堂屋，坐在一张小方桌前端起了一杯散发着浓浓芳香土味的黑茶。

当月牙儿升起在东方天际的时候，章夫人心事重重地离开了鲁家，离开了正庄，但是她的心却就在那个地方纠结着不能舒展。鲁云生这个小伙子看来确实不错，但是，他不应该是章家的女婿。这一点是毫无疑义的，这绝不是对鲁云生本人和农民兄弟的歧视，而是一个母亲在为自己女儿做必要的考虑。孩子毕竟还年轻，有些事你不采取强硬手段她是不能理解的。

章夫人的突然造访，在毛青兰看来是好事一桩，说明玉儿和云生的事情是前景看好的。如果能够结上这门亲戚，那么……毛青兰不由得进入了理想或曰幻想的世界。然而，正所谓希望越高，失望越大。五天后的一个早上，早饭后，在各生产队队长们一片热热闹闹的吆喝声中，社员们、知青们纷纷走出家门，按照生产队的安排成群结伙地正要出发下地干活，一辆人们已经见过两次的北京吉普风驰电掣般开进村子，再一次来到知青大院门口，人们看见，章玉儿的母亲章夫人从车上下来，见到章玉儿拉上就走。章玉儿颇感蹊跷，一边上车一边问："妈，怎么了？有什么事不能电话说？还用您跑一趟？这车接车送的，影响多不好！这不是您说的？"

母亲没有和女儿计较，而是一本正经道："你舅舅病了，想见见咱们。"

这个理由充足，章玉儿回首向范香儿和姐妹们喊道："我舅舅病了，我去看看就回来。"

吉普车一溜烟走了，沿着一条并不宽阔的省道向前，又转入一条狭窄弯曲的山路前行，总共走了20公里左右，停在了一个林茂草密的岔路口上。确切地说，是停在了一条道路的尽头。再往前走，汽车是无论如何过不去的，就在那茂密的森林之中，一条曲径通幽的羊肠小路不知通向什么地方，也许可以通向所有的地方。几个人，一辆毛驴拉着的胶皮车正停在道路的尽头处，章玉儿发现，站立在胶皮车旁边的正是章夫人的胞弟——章玉儿的小舅。

"妈，这是怎么回事？你不是说……"女儿还没有说完，母亲接上道："我不是说你舅舅病了吗？是的，你看见了，他没有病，我让他来是给你看病的。"

"我有什么病？您这是搞的什么名堂？"惊恐之中的章玉儿怒不可遏，喷火的双眼怒视着稳如泰山的母亲。

"小玉，"母亲根本不搭女儿的话茬，而是继续以平稳的口气说道，"我这是为你好，以后你就知道了，现在不理解没关系，谁没有个年轻不理智呢？但是作为母亲，我必须为你负责！"最后这一句，母亲加重了语气。

章玉儿明白了，今天这事是和一周前的事情以及更早前的事情连在一起的。母亲要扼杀女儿的爱情，她有着超乎于一般母亲的力量与手段，凭借着对母亲的了解，章玉儿知道自己的反抗是毫无作用的，但这不等于母亲的胜利。想到此，章玉儿反倒心情一下子放松了下来。今天所到的这个地方以及再走下去必定要到达的那个地方，章玉儿是和母亲走过一次的。那是在三年前，自己刚上高一的时候，母亲30年后第一次回到故乡娘家探亲。那阵势，虽说没有贾元春省亲大观园般的隆重，却也惊动了整个公社。章夫人娘家所在村红源公社红沟生产队的乡亲们几乎是万人空巷，红沟村所在的大队党支部书记副书记以及红源公社的领导们齐刷刷早早就等在了现在章夫人和章玉儿下车的这个地方。上百号人，肯定比红沟生产队开社员大会来的人要多得多。对于这个阵势，章夫人小梁同志自己是不曾想到的。可以说，自从章部长被安排回到青山县休养，就再也没有这样的待遇了。想一想，一个可能"有什么问题"的军队副军级干部，不明不白就回到了县里，说起来该有的待遇还是不变的，可实际上差得远了去了。何况她的家属？章夫人没有想到的是，在事情的另一端，红沟村的乡亲们，包括红源公社的领导们，在他们看来，章夫人和章部长毕竟是红沟村的光荣，她与他代表了一种精神，一种希望，这里的家长们鼓励孩子们的方法之一就是拿章夫人当年冲破封建传统阻扰，参加革命的事迹为范例，让年轻一代看到希望，看到光明。也许在有些人看来章部长是"永世不得翻身"了，可红沟村的乡亲们和这里的干部们认为这只是暂时的曲折，是英雄落难。总有一天，章部长还会回到领导岗位，而那时的红沟人，仍然将以他与她为自己的骄傲。所以，乡亲们热情接待了章夫人，也热情接待了英雄的后人章玉儿。红沟村不大，但是山清水秀，红沟村不富，但是物产丰盛。在这里，一个雨后的日子，章玉儿和小舅舅一块儿上山采蘑菇，半上午就采了一大箩筐。那种收获的感觉，章玉儿从来没有体验过。还是小舅舅，带着章玉儿在小河里捉鱼儿、摸螃蟹，不到一顿饭的工夫，两个人就带回了一大洗脸盆的河鲜。至于姥姥家院子里那棵结满了桃子的大树，更是让章玉儿贪吃到不屑于吃饭。啊！红沟，我又回来了，对于母亲的算计、母亲的意图，章玉儿现在已经一清二楚，那么，就按您的来，但您永远剥夺不了我爱的权利。

章夫人把女儿交代给弟弟之后就乘车返回县城了，只比章玉儿大了不到10岁的小舅舅拿出百分之二百的热情和百分之二百的虔诚来接待外甥女，同时也牢记姐姐交代给自己的重大使命——把外甥女看管好，既要为她的安全负责，也要为她的生活负责，任何情况下，都要保证外甥女离开自己的视线之内不能超过半个小时。

再说鲁云生，章玉儿的离开，鲁云生完全是不知道的，一开始也没当回事，直到三天以后县知青办的曹志忠主任亲自来到正庄，章玉儿离开的原因才逐渐显露出来。曹主任来到正庄大队的目的不是别的，只是来顺便通知一下，应章玉儿本人的要求，章玉儿的插队地点由正庄大队知青点改为60里外的红源公社红沟生产队。

章玉儿在红沟，得知这一确切信息，鲁云生当即就有了一次冒险行动的念头。红沟那个地方自己没去过，怎么走倒不是问题，别人怎么走，我鲁云生就能怎么走。问题是就算去了又怎么才能找到玉儿？有道是心有灵犀一点通，情人之间是有着某种神秘感应的。一封来自红沟的信件使得鲁云生与章玉儿之间架起了一道由爱情彩虹编织的桥梁。

这天晚上，夜入深更，小舅舅和小舅妈例行公事似的有事没事地陪着外甥女在煤油灯下胡聊半晌之后走了，窑洞里只剩下章玉儿一个人。章玉儿找出一件黑色的男人衣服披在身上，这件衣服还是那一天小舅舅怕她夜晚着凉给她特意留下的，现在倒有了特别的用场。章玉儿披好衣服，将一双运动鞋穿在脚上，手里提了一把大号的手电筒，这装满三节大号电池的手电筒也是小舅舅为了给外甥女壮胆专门跑10里路到公社所在地红源村去买的。现在章玉儿就提着手电筒把它既当照明用具，又当防身武器（虽然这地方的人们向来淳朴，据说20年没有任何犯罪记录），然后悄没声地来到村南头那棵高高的老槐树下。这棵树，据说至少有上千年的历史，齐人高的地方需要三人才能合抱，作为红沟村的地标，你在离村5里路的地方就一定能够看到。现在，远道而来的鲁云生应该就在这棵树下。章玉儿急匆匆走着，快到老槐树下的时候，四顾无人，这才拿出手电筒来，向着那棵树晃了三下，一切就和电影里面的地下工作者接头一个样，只是生活给艺术更增加了神秘与激动。

"玉儿，我在这儿。"一个声音从大槐树的背面传来。章玉儿也不管朦胧夜色中的脚下是否有可能绊脚的枝丫树杈或者石头之类的，张开双臂飞奔着向着这声音扑去。

十几分钟之后，窑洞里昏暗的煤油灯着了又灭了，两个涌动的生命、两只快乐的蝴蝶在尝试着人间禁果，也在创造着属于他与她所共有的世界。也许是里面的动静太大，一只野猫从窑洞前路过的时候好奇地从地下跳上了窗台，似乎想窥探这窑洞里面的世界，显然它没有成功，却也将这小小世界里的男女主角吓个够呛。

鲁云生轻轻地推了章玉儿一把，悄声说："宝贝，你舅舅他们不会过来吧。"

章玉儿却不愿从鲁云生的怀里松开哪怕半分的距离，而是将嘴唇更深地贴在鲁云生的怀里，颤颤地说："不会，除非他们疯了，或者他们有窃听器，听到了你的力量。"

鲁云生也将怀中的女人搂得更紧，然后叹息："60里路，我骑车两个多小时，天明还得早点离开，不然会对你不利。"

章玉儿却不想这些："云，别想那么多，就算舅舅来了，我也不怕。这是我的自由，现在我只想要你……"于是，鲁云生转而再次把那个柔软而富有无限弹性的躯体压在身下。

第二天一早，小舅舅和小舅妈过来的时候发现外甥女窑洞的门虚掩着，没有关上，这使他们两人都感到应该是自己昨晚的失误，竟然让外甥女一个大姑娘开着门睡了一夜。这要是一旦出个事可怎么向姐姐交代？姐姐虽然和弟弟是同父异母，却一直以来胜于一母同胞。这些年来，姐姐姐夫哪年不给弟弟寄个上百块钱？这在村里人来说，可是一笔不折不扣的巨款啊。更何况，就连弟弟娶媳妇的所有花销还不都是姐姐给的？所以说，姐姐的嘱托在弟弟看来就是命令。姐姐把玉儿交给自己，岂有让她在这里出事的道理？不过还好，当小舅舅和小舅妈看到外甥女睡意正酣，竟然还在睡梦中露出甜蜜微笑的时候，两个人会心地一笑，悄悄又走了出来，再次将门轻轻关上。他们心想，就让孩子多睡会儿吧，难得这些天来一直情绪不好的玉儿竟然能够在梦中笑出。那就让她尽情地笑吧。

这是1973年8月的事情。

时光荏苒，一个月过去了，小舅舅向姐姐的汇报是玉儿表现得比预想之最好效果还要好得多。章夫人很高兴也很庆幸，庆幸自己的决策英明。可是具有多年军旅经历的她还是太低估自己强大基因的作用了。她似乎已经忘记，30年前，只有16岁的她是怎么从深山老林的红沟村跑出来成为抗日队伍中的一员，成为当时那支部队的领导人章政委的亲密战友和夫人，进而从冰天雪地的北国一路浩浩荡荡开进广州并在那里成家立业的。那一天，同样是一个夏末秋初的日子，同样是在那棵村口的老槐树下，章政委眼巴巴地看着自己的队伍逶迤远去，自己却和警卫员牵着两匹骡子耐心地等待着一个人的到来。因为就在此前不久的一天，章政委在红源镇上的演讲深深地吸引了一个只有16岁的农家女孩。女孩姓梁，聪明又漂亮，还在镇子上的学校里刚刚读完高小。一个高小毕业生，在当时那就是标准的知识分子。而聪明漂亮的年轻女知识分子当然是抗日队伍最为欢迎的成员之一。本来当时的梁姑娘来到镇上是给生病在床的母亲买药的，可是章政委的抗日演讲激情澎湃，虽然他那一口四川普通话有些语速太快，但这异乡的音色注入激昂的气势反而使演讲更加生动，更加让人们心与其同在，人与其看齐。久有凌云之志的梁姑娘当下就拉住章政委问自己可不可以当女兵。章政委呢，在梁姑娘发问的那一刻竟然没有马上回答，因为他根本想象不到，这深山里竟有如此漂亮，如此大方，如此进步的青年女子。所以，当梁姑娘再次发问的时候，章政委才伸出双手，紧紧地握住那双柔软并散发着淡淡幽香的手，颇有些激动地说："您好，只要你真心抗日，我们的队伍随时欢迎你的到来！"

于是二人约定，梁姑娘一定要当兵，而章政委一定会等她。只是梁姑娘没有告诉章政委，母亲之病，其实是为女儿的婚事操劳而累病的。也就在这年的夏天，兵荒马乱中既荒废学业也荒废生计的现实，使得梁姑娘的父母决计不再供女儿上学，而是按照之前和朋友的约定，把女儿嫁到红源镇上一个家境殷实的人家去。就为了这婚事，梁家母亲忙里忙外，忙得不亦乐乎，可是女儿却蛮不把这婚姻当回事。理由也很充足，现在兴自由了，你们凭什么主宰我的人生？再说，当前抗战时期，一个青年不为国家效力，而是想着建立自己的小家庭，这样的人我看不上。事实上，那个即将成为梁姑娘丈夫的男子，梁姑娘从来就没有正眼看过一次。因为他们彼此太熟了，那个男孩子每年都会在他父亲的带领下来梁家拜年的，却从来没有和梁姑娘单独说过一句话。而章政委呢，虽然个子不太高大，虽然年龄大了许多，但是，那一身浩然之气，那滔滔不绝的演讲，那每一个手势的力量，每一次停顿的果决，无不体现了一个男子汉大丈夫的英姿与气度。这样的人才是真正的男人，这样的男人才可以成为国家栋梁。总之一句话，仅仅第一次见面梁姑娘就把自己的心牢牢地系在章政委的身上了。所以，在那个早晨，天还没亮，梁姑娘就起了身，只带着自己的几件贴身衣服和两块干粮就直奔村外的大槐树下。事后，在许多场合下，梁姑娘都坚持说自己当时并没有想着会成为章政委的妻子，可是在当时已经30多岁的章政委来说，当他看到梁姑娘第一眼的时候，他就在想，这姑娘一定要成为我的媳妇。

30年，弹指一挥间。弟弟的汇报，使得章夫人多少有些得意，看起来，我的女儿还不至于像我当年一样为了某种目标而置一切于不管不顾。孙悟空再能蹦跶，也还在如来佛的掌心之中。虽然是隔着电话，章夫人还是向弟弟表达了感谢之情，并答应让他们把儿子送到县城来读书。有关其间一切的麻烦事，由武装部的干事们去办理好了。

然而，小舅舅没有想到，章夫人就更想不到，章玉儿的腹中已经种下了不得不去除的祸根，她要采取行动了。这天早饭后，章玉儿和舅舅告了个假，说要去公社所在地红源村的邮局去买两本杂志看看。虽然说当时的杂志充其量也就那么几种，但外甥女喜欢看书学习这是好事，所以小舅舅把轻易不借人的自行车推了出来，再三地交代外甥女千万小心，别给磕着碰着的，然后就眼看着外甥女骑着车子出了村口。然而，章玉儿到公社邮局是真，买杂志却完全是信口而说找的借口。她的真实目的是什么呢？是花了5毛钱往杏花公社正庄大队打了一个县内长途电话，硬生生在那部交换机前等待了10多分钟，直到等来鲁云生在电话的另一端接起话筒。两天以后，又是一个早晨，小舅舅和小舅妈按照既定规律来到外甥女的窑洞，门依旧虚掩着，人不在。小舅舅喊了两声，无人应答。小舅妈却从外甥女叠得齐齐整整的被褥和打扫得干干净净的环境中发现了什么不太对劲。是啊，这玉儿自从来到红沟，可一向是没有这么做过的。女人终究还是仔细一点，小舅妈再往那叠好的被褥上看去，竟发现有一封信端端正正地摆在上面。

"敬爱的舅舅舅妈，感谢你们这段时期以来对我的关照，从今天起，我将离开这里，重新开始我自己的生活。你们不要找我，我不会回来的。谢谢！"

落款是"你们的外甥女 —— 玉儿"。

一切无话可说，外甥女为什么突然就走了呢？她到哪儿去了呢？他们无从知道，却不敢不把这个消息赶紧告诉城里的大姐。

于是，小舅舅再次推出了他那辆心爱的自行车赶往公社所在地，同样的道理，只有在那里，他才可以用电话将这一切告诉姐姐。

章玉儿哪里去了？当小舅舅和小舅妈来到窑洞的时候，章玉儿与鲁云生两人已经走出去20多里地，离开崎岖不平的山路，骑行在平坦的省道上。章玉儿坐在飞鸽28型加重自行车的后座上，那座子上还精心加上了一块看上去厚实可心的棉垫。鲁云生一边使劲蹬着车子，一边温情地问着后边的人："玉儿，你肯定是有了吗？咱也没找医生看过啊。"

章玉儿回道："你呀，《少女之心》白看了。这事你做的你不知道？

咱俩上次在一块，刚好40多天，现在不做可就晚了。这方面的事，你也不去看看你家放着的那本《农村卫生手册》，那上面就什么都有的。"说着，她那柔软的双手伸展开来，将鲁云生的腰紧紧地搂得就和自己连在了一起。

半下午的时候，章夫人午休起来，正在独门小院的葡萄架下惬意地喝茶，屋里电话响了。这已经是她今天第二次听到这种令人心烦的急促铃声了。第一次的电话是弟弟打来的，说是玉儿不辞而别，不知哪里去了，又说在此之前没有任何要走的征兆。章夫人当时想，也许女儿是在红沟待不住了，自己跑回了城里。这个并不太难，只要离开红沟往南走不到20里路就是一条省道，在那里，每天都有几趟班车是通往县城的。也就是说，女儿最迟应该在半下午的时候回到家里。那么，当如何面对从红沟跑回来的女儿？自己的女儿又是否已经认识到当初的错误，幡然悔悟了呢？正是怀着这样的心理，章夫人不慌不忙地接起了话筒。可是，话筒里的人既不是自己的女儿，也不是自己的弟弟，而是章夫人在县医院工作的一位朋友——严格讲，是多年以前的朋友。想当初，这位朋友和梁姑娘一样也是红源高小凤毛麟角的女生。那时候的梁姑娘如果说是百草园中引人注目的牡丹，那么这位女友就应该是风姿绰约的芍药。两个人私交甚好，所以在梁姑娘成为章夫人之后的许多年里都不曾忘记这位当初的闺蜜，在章夫人随同章部长回到山里奉命休养的岁月里，这位朋友又成为和章夫人无话不说、无事不托的至交。虽然如此，朋友也很少给章夫人打电话，不是没有电话可打（朋友工作的县医院几乎每个办公室都有电话，朋友家里同样也有电话），而是彼此都觉得同在一个县城，有什么话还是当面说得亲切，打电话仿佛生分了些。那么今天何至于就非要打这个电话呢？原因在于事情紧急。朋友以极其晦涩的语言告诉章夫人："小梁（这样的称呼有两个好处，一者显得被称呼的人年轻，二者说明两人之间关系深远），有件事，我想来想去都很为难，但我觉得还是不能不告诉你。"

章夫人有点急了："啊呀，有什么事不能告的，你赶紧的，赶紧给我说呀，你要把我急死吗？"

"好，那我告诉你，咱家玉儿今天到我们医院来了。你知道吗？"朋友的话语显然是在试探。

"我不知道啊，她没和我说，她病了吗？病了怎么不回家？"一向办事风格以稳重著称的章夫人有些乱了方寸。

"啊呀，那这事儿可就有点儿问题了。"朋友或曰闺蜜的声音带上了几分特殊色彩，"咱家玉儿今天来医院了，但她没找我，而是去了妇产科。"

"什么？她去妇产科干什么？她、她、她——"章夫人似乎预感到了什么。

"小梁，你可千万别生气。我就好意告诉你，孩子犯了错，她自己也知道了嘛，不然为什么会自己跑到医院来做掉呢？对了，她可没用自己的真名，而是找了一张什么大队的证明，用了另外一个名字，医院里没人知道的。哦，对了，陪她来的那个男孩子可不错啊，人也长得精神，风度也有，很会照顾咱玉儿的。依我的看法啊，这事你们大人的就当不知道最好。但是我不能不告诉你呀。"

"好了，谢谢你的提醒。不过有一点我可提醒你啊，这事到此为止，你知我知，再不能有任何其他人知道。明白吗？"尽管事发突然，急火攻心，章夫人还是保持了高度的清醒，也恰如其分地表达了某种尊严。

接下来的事就有点棘手了。堕胎的事，女儿不告，当父母的要不要追究？如果不追究，难道就默认女儿与那个鲁云生任其发展而一发不可收拾？万难之中，章夫人左思右想，还是不得不把这个难度确实有点大的问题抛给了章部长，尽管类似的问题她是从来不愿劳烦首长的。

章玉儿哪里去了？章玉儿和鲁云生可没有章夫人想的那么复杂。按照医生的要求，流产之后的妇女至少应该在医院休息治疗几个小时乃至一周，事后回家还必须休养两到三周，这是科学的，也是约定俗成的。但是章玉儿自己不愿在医院多待哪怕一秒钟，所以，做完手术只休息了不到10分钟就在鲁云生的搀扶下走出了医院。再然后，她家也不回，而是"命令"鲁云生跟她到长途汽车站去，买了两张从县城到正庄的车票，又将鲁云生借来的自行车扔到车顶上去，一溜烟直奔正庄，直奔"干妈"毛青兰家去休养。

章玉儿回归正庄，这消息在第一时间就被表面一声不吭的鲁成旺趁着到杏花公社去给知青灶割肉的机会一个电话给报到章夫人这里了。事到此时，章夫人可谓竹篮打水一场空，赔了夫人又折兵。章夫人一筹莫展，现在她终于体会到了30年前自己从红沟村不辞而别后家中父母双亲的心情。难道这就是报应？这就是轮回？这就是遗传？一向以来自认为足智多谋的小梁同志只剩下无奈地摇头。说到底，做父母的还是心疼孩子，章夫人把一切向章部长做了坦白的交代，也把希望寄托在老头子身上。结果章部长听完后只是问了一句："就这？"

"是啊，这还不够头疼？"章夫人不理解章部长这位做父亲的镇定从何而来。

章部长一边点着一支烟，缓缓地喷出一条淡淡的幽香的烟雾，右手夹着烟卷，左手抚摸着章夫人依然白嫩的皮肤，款款道来："小梁子，你呀，也不想一想，咱们的女儿，没有一点叛逆精神怎么行呢？想当初咱们干革命的时候，我是怎么出来的？从学校跑出来的，追求自由，向往光明嘛，但现在看，能说没有一点儿任性？你又是怎么参加革命的？还不是鸡叫三遍从家里偷跑出来的？为什么，因为要逃避封建婚姻，因为要抗日救国嘛。这都是正义的，但在当时，你走以后你的父母亲那是什么心情？能不伤心欲绝？现在咱女儿和那个什么姓鲁的小子好，这也算不上什么大逆不道的事情嘛，男欢女爱，谁人没有？没有那反倒不正常了吧？"章部长这么一问，章夫人心情大大放松了下来，不由得撒起娇来，用她那其实没有多少劲道的手使劲捏了章部长的胳膊一下，歪着头说："让你这么一说，什么事都给一风吹了？"

章部长微微笑道："也不是一风吹，怎么能一风吹呢？这样，你想办法告诉一下咱们女儿，让她领上那个男孩大大方方来家里一趟嘛。"

"啊，你让他来家里？难道你真的要认这门亲事？这可不行，绝对不行。"小梁同志出离地愤怒，对于章部长的高招全然不解。

章部长却笑了："哈哈，你瞧你，还小娃儿似的。"章部长再次拍拍跟随自己30年的这个漂亮女人，不像是对妻子，更像是老师对学生，"小梁子吆，这个脾气要不得，要不得。如果在军事上呢，这个叫缓兵之计，在哲学上呢，叫作缓解矛盾。按你的话说，咱们这样的人家，总不能像某些人家一样为了孩子的婚事闹得鸡飞狗跳吧。可是怎么办才能达成这样一个目的呢？首先是要他们在错误的道路上停顿下来，把年轻人一时的冲动降下温来，然后才能让时间来说话。如果他们经不起时间的考验，那就一切怪不得咱们，如果他们真的能够在任何情况下始终不变，那我们当大人的也算尽到做家长的责任了嘛。"

小梁同志心服口服，朝着自己的丈夫莞尔一笑，招呼保姆做饭去了。

此前发生的一切在这个家庭似乎从来不曾存在过一般。

3天以后，县知青办电话通知正庄大队党支部，由于章玉儿同志在红沟生产队的锻炼已经结束，从即日起依旧恢复在正庄知青点继续插队落户并继续担任知青点的双点长之一。

又过了大约一周的样子，趁着鲁云生到团县委开会的空当，章玉儿向生产队请了假，与鲁云生一起回到县城，并在会后应父母之邀领着鲁云生回到她已经将近3个月没有回过的那个小院。

一路上，鲁云生的心跳达到了有生以来的最高值，一边走，一边问章玉儿："玉儿，你说你爸妈今天什么意思？会很不客气吗？"

章玉儿胸有成竹："不管他们什么意思，反正大不了我就来个离家出走呗，我就不信她敢把我抓回去。"

鲁云生道："我想那倒不至于，以你爸的水平也不能做出那种鲁莽之事吧。"

章玉儿却并不高看自己身经百战的父亲："哼，他们那一代人，才不把草莽当作贬义呢。反倒是像我爸那样的小知识分子也恨不得给自己贴个草莽的标签呢，你信不信？"

知父莫若女，鲁云生好不容易为章玉儿这略带风趣诙谐的话语给弄笑了。想一想，他也回上一句："玉儿，只要你拿定主意，我鲁某即便严刑拷打、海枯石烂心也不变。丑媳妇总得见公婆，就让我这个丑媳妇早点见过公婆吧。"说完，鲁云生也笑了。

让鲁云生和章玉儿料想不到的是，章家没有为难女儿和"客人"的任何征兆，反倒像确乎为了迎接鲁云生的到来和自己女儿这几个月来的第一次回家而做了充分的准备，或者说还像是真正在迎接未来的女婿。这其中，首先让章玉儿自己也感到有些意外的是，从来不怎么迎接客人的父亲这一次居然起身迎接了鲁云生这个陌生的后生。这份待遇在章玉儿的记忆中是少而又少的，也是老爷子回到县城休养这几年很少有朋友交往的原因之一。今天却不一样，章部长不仅和鲁云生亲切握手，而且邀请他和自己对弈一盘。这倒无形中合了鲁云生的意，因为鲁云生与古英俊两人至少从小学一年级的时候起就把下象棋当作了课余休息时最好的活动。为此两人在上高中的时候还专门骑自行车跑了80公里的路程到平遥县城的旧书摊上去捡漏捡回了一整套的棋谱，包括象棋大师胡荣华、杨官璘、赵国荣等人的棋谱似乎都有所涉猎。也正因如此，在高二那一年，学校搞了一场象棋比赛，获得冠军的乃是一位曾经拿过全省象棋大赛第三名的老师。古英俊和鲁云生两个居然双双闯入了四分之一决赛。所以说，章部长的行棋布局刚一出手，鲁云生就看出了这位老江湖的老到与独特，每一步棋都让你能够看出下一步将可能出现的几种情况，也常常会露一些破绽给你，可是只要你一贪吃，那就必定会陷入困境。而鲁云生的办法则是尽量简约画面，使整个形势简单到一目了然。这样的结果，当然是让双方谁也赢不了谁，只能以和棋作罢。两盘和棋下完，章部长将棋盘顺手一推，又叫人把茶端上来，让鲁云生坐在一张茶几的对面，一老一少聊起了天南地北古往今来似乎上不着天下不着地的话题，诸如今年的庄稼好不好，村子里老百姓吃得饱不饱，未来想不想上大学，美军在越南又使用了什么莱塞炸弹、化学武器了，东一榔头西一棒，当然大部分时候是章部长在说，鲁云生在听，但每到适当的时候，鲁云生又总能说上那么一两句不算跑题的话来。这就使得章部长心情大悦。中午吃饭的时候他还和鲁云生喝了两杯鲁云生从来没有见过的茅台。只有在吃完午饭之后，章部长才再次把鲁云生叫住，让他到自己书房来谈几句话。这一次，章部长不再摆龙门阵，而是单刀直入，照直就问鲁云生喜欢不喜欢章玉儿，当他得到鲁云生肯定的回答后，又深入一步说道："小鲁啊，你们年轻人的事，是要靠自己做主的。我们国家是实行婚姻自由的，这一点你们不用担心，我和你阿姨不是老封建，我们尊重你们自己的选择。但是有个前提，我必须提醒你：第一，你们现在还太小，我们国家正在提倡晚婚晚育。你今年多大？玉儿又多大？你们的事业何在？你们这个黄金年龄正是好好学习，好好干事业的时候，两人相爱，保持这种关系就行了，不要往更深的层次去想，只有时间才是爱情的见证嘛。所以我希望你们从今天起就摆正这个爱情和事业的关系，以前所犯的错误我们就不追究了，但千万不要再干不够理智的事情。如果你们丧失理智，那后果将由你们自己承担，不要怪我们当大人的没有提醒过啊！"说到这里，老爷子站了起来，伸出手去，鲁云生赶忙握住老爷子的手，激动地说："谢谢伯伯，我们一定牢记您的教诲，请您放心！"

如释重负，这顿饭，使鲁云生如释重负。在他想来，"丑媳妇"和公婆的第一次会面还算成功。

不仅如此，这顿饭，使章玉儿心情大悦。在她看来，自己的反抗已经取得了决定性的胜利。

他和她同时也都认为老爷子最后的嘱托很有道理，作为有志向有作为的新一代，就是应该把全部的精力投入工作与事业之中，这样才能不辜负老一辈的希望与寄托，才能使自己的青春更有价值。

当女儿和鲁云生高高兴兴地离开以后，章夫人开始埋怨自己心中的偶像与依靠："首长，你就这样把他们放走了？"

章部长笑道："是啊，难道我们能把他们扣住不让走？"

"我还以为你有什么高招呢，哼，这样不是等于我们上赶着承认他们合法化了吗？"

"错，你没听我最后和姓鲁的那小子说的话吗？火药味很足的哝。"

"是吗，你怎么说的？我怎么没有听出来什么。"章夫人开始怀疑自己。

章部长一五一十地重复一遍："我说，你们之前所犯的错误我们就不追究了，但是千万不要再干出丧失理智的行为。如果那样，后果将由你们自己承担。"

章夫人还是怀疑："首长，这话很重吗？我怎么听不出来。"

章部长收起了笑容，轻轻敲着躺椅的把手，缓缓而道："姓鲁的这个小子其实真是不错的。你看他那两盘棋吧，都能赢我的，但他就是不赢，而且摆出来在棋面上就让你一眼看出双方势均力敌，而不是能赢不赢。你要知道，在军事上，要做到这一点是很难的。没有一定的实力，绝对做不出来。"

下棋，章夫人当然不懂，所以如堕五里雾中，摇头表示茫然。章部长又说："不仅如此，这个年轻人"（章部长改换了口气，不再叫姓鲁的小子），知识面是相当的广呢。你看嘛，我说美国人在越南使用了一种莱塞炸弹，那个是很准的咪。他马上就说，莱塞是英语音译，中文应该叫作激光炸弹，这个就好解释了。一般的小青年，尤其是农村青年，哪里能知道这些个呢？"

"这么说，你是看上这小子了？"章夫人仍然想不通。

"哎，也不是简单的看上看不上嘛，但起码说明咱女儿眼光不错。这个年轻人，如果他不走邪路，应该是有点儿前途的呢。不过呀，我就怕他们能不能经受得起时间的考验呢。"

六

小西沟里烧石灰

多年以后回顾那段岁月，古英俊还是觉得自己的付出是值得的，回报也是令人欣慰的。平心而论，一个只有18岁的高中毕业生，毫无军事生活的经历和磨炼，老支书竟然敢把一个曾经享誉全县甚至全太岳区的民兵营交给你来掌舵领航，不是太会看人就是太过疯狂。按说这不应该是老支书张成才这样久经考验的老党员老干部所应有所能有的做派，而应该是一个疯子的冒险。然而，也正因如此，正因害怕不被所有人看好，年轻的古英俊从老支书和他谈话的第一天起就憋足了一股劲，一定不辱使命，一定要在民兵工作的岗位上干出一番不一样的成绩，以回报老支书的信任，也为自己的青春画上一幅壮美的图画。

当然，任何美好的想象都只是飘在天空等待落地的空中楼阁，真正建设这座大厦，还需要坚实地前行每一步。古英俊就任民兵营长的前提是他有一帮可以靠得上的助手或者说是顾问。还有一个不得不说的因素是因为古英俊的古姓在正庄乃是三大姓之一，并且也是这个村子里历史最悠久，人口也最多的家族。而古英俊在古姓当中又属辈分最高的一支。村子里的人们，无分哪姓哪支，见到古英俊竟然没有几个不叫爷爷祖爷的。若是古姓本家，那就更是不叫不能张口。这种情况在当代的中国农村尤其是古文化气息相对浓厚的太岳山区农村其实很普遍，你也不能说它本身就多么封建落后。而且实事求是地说，这种宗亲辈分的排序在村子里的消极因素和积极因素相比较，好像还是积极因素更多一点。譬如说，人与人之间、户与户之间许多鸡毛蒜皮的矛盾，你要什么事都往公堂上走，那人民法院可就忙到一天24小时怕也开不完庭的。以青山县为例，一个13万人口的小县，却有着2500平方千米的广袤面积和22个公社、240个行政村。而我们的司法机关呢？只有县城挂着青山县人民法院牌子的那么一栋三层小楼，总面积不到1000平方米，总人数也就三五十个，张家长李家短的小事还真是无暇顾及。然而，但凡有人的地方就有矛盾，亲人之间都难免锅碗瓢盆相碰撞，何况邻里之间、村落之间。有了矛盾怎么办？在基层，最好的办法也是最行之有效的办法有两个，一个是调解，调解人主要就是大队干部，最主要的是支部书记。以正庄大队而言，几乎所有矛盾最后解决问题的那个扣都是老支书张成才。一般来说，无论夫妻吵架，邻里纠纷，不管大家闹得多么不可开交，只要问题上交到老支书那里，那就是一言九鼎。当然无数事实已经证明，老支书在绝大部分的情况下是不会给你什么决断的，他只是劝解说和，和为贵。而一旦这种和解不成，非要某种决断的时候，只要老支书说了话，给你划出了个四进五出，那你可就非执行不可。因为人们都相信，只要老支书决断的，那就一定是正确的。除此之外，应该说，更多的时候人们是不愿意把问题交到老支书那里去的。尤其是同姓本家之间的矛盾，譬如兄弟俩争持老人留下的宅基地，夫妻俩怀疑对方生活作风有问题，小孩子之间打了架，邻近地块耕种时多耕了一垄，等等，这样的问题就很少交给老支书去处理，而是由宗族内部的长辈们把事关双方叫到一起，由年龄最长者或辈分最大者来个是非明断。也许有人会说，这个形式的存在是否有着封建礼教的关联。真实的情况很难让人给予讳辩，因为现实当中确实存在着一些比较陈旧的东西。譬如春节的时候，同姓宗族就都要到祠堂去团拜。

话说回来，我们回到古英俊上任民兵营长和古建文担任营教导员的事情。对于古建文来说，当初接任教导员一职，首先向古英俊表明的就是这样一句话："英俊叔，你放心大胆地指挥，军事方面的问题有我呢，侄儿一定不给你丢脸。你有文化有胆识，我们相信你。"

看着比自己高出一头又年龄大上5岁的建文侄儿如此表态，古英俊岂能不有所感动？而古建文的效应还不仅如此。正是在他的带动和组织下，村子里其他这几年先后复转退役的军人，甚至包括两位朝鲜战场上和美军较量过的志愿军老兵也都来找古英俊，主动报名参加军事训练和集体活动。而这些人是曾经已经远离民兵组织并被一些人称之为"老油条"的。

人多了，心齐了，这种局面能否长期保持，这就需要领导者拿出真正能够吸引人凝聚人的东西来了。

随着正庄大队知青点的全面建成完善与投入使用，运动场地的问题得到了全面的解决。篮球场上的人们多起来了，久违的球场，不仅是青年人的巨大吸盘，同时也勾起了中老年人对于青春的回忆。于是，隔三岔五中年人还要组织起来和青年人打上一场。在古英俊的计划中，知青大院本身就应该是一个运动中心。县里原来也曾对知青们许过愿的，要为他们建羽毛球场，搭乒乓球台。可是知青办主任曹志中来了几次就是闭口不提这两件事情。怎么办？古英俊再次想起了建设篮球场时老支书的办法——自己动手，丰衣足食。只是，这次不能再去山上砍伐树木，而是要找一个更好的办法。什么办法呢？古英俊的眼光盯上了大清河岸边的那些石头。严格地讲，大清河边的石头大致分两种。一种是沙石，沙石的形成在于几亿年前地心岩浆的喷发，在岁月的磨砺中成为岩层，又为风吹日晒而成为一层一层的岩石。这岩石看起来壮观得很，但是它本身在建筑工程方面的作用很难说有多大。因为它永恒的敌人就是无所不在的风吹日晒雨淋，它们会将它风化再风化，直至成为沙子。

另外一种就是石灰石。以太岳山上大清河岸边的石灰石来说，它的形成来源于浅海沉积，沉淀下去的钙质胶结，比如珊瑚虫之类生物的遗体堆积而成。这同样需要几千万年甚至上亿年的过程。身处大清河岸边，极富碳酸钙的石灰石那是唾手可得。可奇妙的是，尽管当作"割资本主义尾巴"割得甚嚣尘上，偏偏没有人把这些石头当作"尾巴"。而举目城市农村诸多建筑工程，用得着这玩意儿的地方又比比皆是。因为这石灰石的用途实在是太多太大了，只是人们还没有将它利用起来而已。于是，这一天，青年民兵联席会议的时候，古英俊把这个石灰石的问题抛给了大家。

古建文说："咱可以烧石灰呀，我爹就是烧石灰的高手，咱们请他出山给咱做技术指导，石头原料咱们组织民兵在河滩上拣不就行了？"

有人问："拣石头好办，烧石灰看来也不是问题，烧出来往哪卖才是问题。人家让不让咱卖？这东西变不成钱可不行。"

众人皆默然，古英俊皱皱眉，做出一副绞尽脑汁的样子，其实却是早已胸有成竹地问范香儿："香儿，你爸那厂子正在搞建设，他们就不用石灰？"

范香儿想也不想就回答："人家用的是钢筋混凝土，哪里用得上石灰呀？"

古建文插话："香儿，我看不一定。我们在部队的时候，建筑边境国防工事，那个要求标准高吧，主体确实也都是钢筋混凝土，一点不敢马虎的。可是总有许多附属建筑还是需要老办法——砖混结构，用水泥就太浪费了，成本太高效果还不好。可当时要买石灰就是买不上，自己想烧那地方又连一块石头都没有，急死人了。"

古英俊以商量的口气对范香儿说："香儿，这样你看好不好，你给咱回家一趟，算公差啊。回去问一下你爸，如果人家厂里需要，咱就想办法赶快把石灰窑弄起来；如果人家确实不需要，咱们再想办法不迟。"完了又说一句，"我就不信这天底下他就没人用石灰。"

范香儿当然是十分愿意完成这件使命的。打心眼里讲，只要是古英俊需要的，她范香儿就一定会想方设法办到，何况这一次还是集体所需。于是当天下午她就乘坐由县城通往三线厂的班车回到家里。原本在范香儿的心里是准备和爸爸好好谈判一次，请他看在女儿的面子上，好歹也照顾一些，反正这东西你厂子买回来暂时不用也可以放着以备后用嘛，我们烧出来这石灰可急等着用钱呢。为了这事，一向在家里在所有人的眼里以乖巧形象示人的范香儿甚至下决心要和爸爸撒泼一次。

可是，事情并没有按照范香儿的预想来发展。晚饭以后，很晚才下班回到家里的爸爸看见女儿回来了，一脸兴奋。发现女儿反倒是一脸愁云，当爸的不禁开起了玩笑："呔，我们的小姐怎么不高兴了？谁这么大胆，欺负我们香儿了吗？"

范香儿一歪脖子，冲爸爸眨眨眼："爸，人家要和你说件正经事。你得答应我，千万不能拒绝我啊！你要答应我，我就好好感谢你，你要不答应，哼！"

爸爸笑了："好嘛。你还没让我知道你要说什么，就让我答应你。我答应你什么啊？"爸爸也作出一副不解的样子。

"反正你得答应我。我这是公事，你得帮助我们。"于是，范香儿一本正经地把自己的要求和村上的情况向爸爸做了汇报。说完，她瞪着眼睛等待爸爸的回答——拒绝或者是半拒绝。然而，没有想到的是，爸爸既没有拒绝，也没有半拒绝，而是"哈哈"大笑起来："好嘛，我说呢，香儿啊，我现在相信一句话，叫作'心想事成'。爸爸郑重和你说，你说的这件事，不是你要感谢爸爸，而应该是爸爸要感谢你，感谢你们大队的这些年轻人呢！"

原来，三线厂的建设已到收尾阶段。那些需要钢筋混凝土建筑的厂房和机床基础平台早已各就各位，但职工宿舍、生活设施等完全不需要太高标配的工程遇到了困难，其中一项就是一些在国家批准的设计方案中明确指定为砖混结构的房屋设施因买不到石灰而迟迟不能动工，有人提议以水泥替代，但谁都知道，水泥的价格和石灰的价格相差甚远，而效果却未必就比石灰更好。还有一些场地的平整、厂房的干燥剂制作等，也都需要大量的石灰。香儿回来的这天晚上范厂长之所以下班很晚，正是因为在厂部和供应科的同志商量去哪里商调一批石灰呢。

皆大欢喜，两全其美！第二天一早，范香儿饭也不吃便搭乘厂里到县城办事去的便车赶回知青点上，顺便还带来了两位客人——一位是三线厂供应科的科长，一位是三线厂财务科的出纳。两人马不停蹄，一到正庄便找到古英俊，要求签订供货合同，并许诺提前预付一半款项。

如此大事，古英俊赶忙找到老支书张成才，老支书也不含糊，当场签下了半年内供货50吨。不要小看这50吨石灰，当时的价格，每吨以100元计，但老支书力主，这次的价格定位每吨80元。即使这样，这笔收入也有4000元人民币！4000元，不仅对于正庄民兵营，即使在整个正庄大队来说也是一笔不可忽视的收入。机不可失，抓紧时机立即上马。但是就在正式开挖地基准备建窑的前夜，老支书临时又把窑址由邻近公路主干线的大清河边改在了距离公路并不算远，只有四五百米却隐蔽在一道山梁后面的小西沟。关于这个改动，明面上的理由是不要让烧石灰的废渣污染河水，但从老支书内心深处所想还有另外一个因素，那就是为了这个"新生事物"的安全。因为老支书虽然以村里集体需用的名义和公社打过招呼，可是并没有说要搞多大的规模，也没有说会有多少收入。俗话说树大招风，你把这么个挣钱的东西搞在公路上，让人家来来回回都能看得见，万一有人眼红给你打个报告，那收拾你个"资本主义尾巴"还不是百发百中？事实证明了老支书的英明与正确，直到这50吨石灰全部交货，也没有几个人知道正庄大队竟然在山沟子里开了石灰窑，而且有这么大的规模，这么高的收入。而同样是烧石灰这件事情，仅仅距离正庄大队5里路的张北村就因为在大清河岸上公路边就地取材开了一个石灰窑，结果就被人给举报，让县工商局来给查封了，还以未经申报的名义给罚了200元钱，而这200元几乎是他们烧石灰全部的利润了。

反过来我们再说正庄大队民兵营烧石灰这件事，那真是说打就打、说干就干，和三线厂合同签订的第二天，窑址开挖，与此同时，全体基干民兵利用傍晚收工后的那点时间全体出动在大清河边河滩上拣石料。这石灰石在河边多的是，民兵们三个一群五个一伙，推着小平车、赶着毛驴车，用耙子从河里捞石头的有之，拿铁钎从河岸上撬石头的还有之。大家七手八脚，推车的，拉套的，不到半个小时就将几十吨石料给运到了石灰窑前的空地上。再过一天，一辆解放牌大卡车将8吨清一色拳头大小的块碳运了过来，于是乎，在古建文他爹的指导下，大家将这石料和块碳一层夹一层地铺在了窑上，当石料堆到成人高低的时候，古建文和他爹两人开始和泥，在留足烟道的情况下，将这石料和燃料用泥巴包成一个蒙古包式的半圆形。接下来，就是大师傅的点火仪式。这个自然也有一些讲究，但总体而言，其实也够简便得很，大火一点，火势层层递进，泥巴很快就变成了一个坚硬的外壳，这时，古建文他爹又将烟道封闭二分之一，使得窑内温度升高，保温效率增加。大火一直烧了两天以后火势渐渐减弱。到第七天，火势熄灭，又将烟道彻底封死，以保存窑内余温。再过两天，扒开窑顶，开始散热，又是两天以后，窑内温度仅剩五六十度，则全部石料已经变成石灰，而燃料则全部发挥为热能，一整窑将近20吨的石灰便大功告成了。

就这样，前前后后不到一个月的时间，50吨石灰全部交货，三线厂不仅解决了建筑方面之急需，还节省了一笔不大不小的资金。而对于正庄大队，对于正庄青年团和民兵营来说，这意味着在团结引领全大队青年民兵共同前进方面打下了坚实的基础。

为了表彰和鼓舞全大队青年民兵利用业余时间为集体义务劳动的积极性，古英俊、鲁云生和古建文三人商议并在请示老支书张成才后，从卖石灰的收入中拿出一小部分来，为所有参与了烧石灰运动的60名青年民兵（包括全部21名知青在内）每人买一双山西大同所产的"同力"牌白色运动鞋，又为大家每人购买一身天蓝色的运动衫。这件事要说花钱也不多，它所造成的影响却大得惊人。尤其是那双"同力"牌运动鞋，虽说比当时大城市正在流行的上海"回力"牌运动鞋要差上一个档次，可是对于农村青年来说，能够穿上这样的鞋子，让脚底下既柔软又舒适，既轻松又漂亮，那可以说已经是一种前所未有的享受，也是一种新生活的挑战。这种鞋子一双只要6元，运动衫每件5元，加起来就是每人奖励11元，总计计划开支660元整。青年民兵们但凡参与了这项义务劳动的，人人脸上阳光灿烂，而那些因为各种原因没有参与这次集体活动的则纷纷来找古英俊、古建文和鲁云生，表示以后再有此类活动一定算上一个。青年民兵工作长期以来锣齐鼓不齐的状况开始得到彻底的改变。

在这中间发生了一件事情，让老支书张成才很是不高兴了一阵，也让古英俊和鲁云生两人对于原本很是尊敬的大队总会计鲁高明产生了一些看法。

且说购买运动鞋和运动衫的事情，说好了就是为了表彰青年民兵积极分子，也为今后出席各种集体活动统一着装打下一个良好的基础。因为眼下就有一个在正庄有着广泛群众基础的活动——这年的10月1日，青山县将举办国庆篮球运动会，按照过去的规矩，正庄这样的农村是没有资格派出自己的篮球队参加比赛的。因为你连基本的篮球场都没有，拿什么和人家比赛？反倒是每年都有县里各大单位会来找正庄大队借人，因为这里的人们具有良好的篮球基因，身高超过1米85且会打几下篮球的比比皆是，而这在许多单位就是宝藏级人物。今年不同了，正庄有了自己的篮球场，又有一众知识青年的加入，那里面也有几位年纪虽小却早已经是学校篮球健将的苗子，由正庄大队自己组织一支篮球队参加比赛，岂不将会为赛事增加更多色彩？而对于正庄大队来说，参加比赛的意义也是有的。一者大会规定参赛队伍中的农民队伍享有"三免"（吃住行三项费用全免），这条基本就是为着正庄大队的队伍特别制定的，有了这个基本保障，让青年人到城里见见世面，交交朋友又有什么不好？这是老支书的原话，自然也是正庄大队的态度。二者大会规定赛事的前三名有奖励，除了标明各自所获名次的锦旗之外，还有各自不同的奖品。那个年代没有奖金一说，但是这奖品真的有些诱人。尤其是第一名的奖品竟然是一台进口的29寸匈牙利黑白电视机。所以老支书说了："英俊、云生、建文，你们给咱好好打，比赛期间打球的人每天给你们计12分工，还有一斤白面的奖励。你们一定要把那台电视机给咱抱回来！"

这还说什么呢？老支书的话就是命令，全体篮球队员开始加练，章玉儿、范香儿则组织啦啦队开始演练各种别出心裁的加油妙招。

但是，谁也没有想到的是，就在青年民兵们积极"备战"的关键时刻，老支书那里却发火了。当然，这火不是发给古英俊鲁云生古建文他们的，而是发给由老支书一手提拔重用的大队总会计鲁高明的。

这天晚饭后，鲁高明拿着一叠发票和白条，还有一个鼓鼓囊囊的纸袋子来到老支书家。老支书正在吃饭，端着碗，蹲在门口的大梨树下，一边吃，一边和两个邻居聊着大天。说今年的庄家好，但是野猪糟害也空前得很，得想办法闹它一下。鲁高明来了，先递给老支书和那俩邻居一人一支"金钟"牌香烟，自己点着了，听人家说话。等到老支书吃完，鲁高明才说："成才叔，我和你说个事，公事，要不咱到屋里？"

邻居一听是公事，知趣地走了。老支书却有些不高兴："高明子，有甚不能当着人面说？还神神秘秘的。"

鲁高明道："叔，一些账目，让人看了也不太好，虽然咱这也不是什么见不得人的事，但尽量少惹人眼红吧。"

张成才回到屋里，却没坐，也没有给鲁高明让座便问："有甚事，说吧，下午开会的时候怎不说。"

鲁高明先将那个袋子打开，取出一件颇有些时尚的崭新雪白衬衫，递给张成才说："叔，你试一下，合适不合适，不合适了我找他换去。"说着又拿出一双当时流行的解放鞋，继续说，"这双鞋应该没有问题，你是42的脚。"

张成才愣住了，瞪着眼问道："高明子，这是、这是怎回事？"

鲁高明又抽出烟来点了，递给老支书，自己也点上一支，缓缓说道："叔啊，咱这不是给青年民兵们买运动鞋运动衣了？我寻思着，青年民兵工作做得再好，还不是咱大队党支部和你老叔领导得好？当然这也不是我一个人的想法，大家都这么想着哩。青年民兵搞一些福利，是应该的，可咱们大队领导这些年来还没有一点点福利呢，所以我就趁着给青年民兵买福利的这个空当，给咱大队支委们也一人买了一些，基本和青年民兵的一样。这件衬衣是贵一些，但解放鞋比运动鞋便宜多了，也没有多花几个钱。"

鲁高明说话的时候，老支书张成才就那么听着，眼睛里的火光却在一丝丝燃烧着。等鲁高明说完，老支书才问了一句："你说完了？"

鲁高明道："没有，这不我把搞这些福利的发票都填了报账单给拿来了，你给咱签个字就报了。"

老支书一拍桌子，"咚"的一声，他家里唯一的这张桌子就听"咔嚓嚓"一连串的声音，好像快要散了架。鲁高明吓得就地一抬腿，好像要跑路的样子。却听老支书"哼"的一声，然后一字一蹦给蹦出几个字来："这单子我不签，这衣服鞋子你从哪拿的给我扔哪里去。"

鲁高明愣住了，半晌才说："叔啊，您这是何苦呢？我这，不，大家这也是好意嘛。"

老支书一点余地不留："好意不好意我不管，这事本来就是为了解决青年民兵活动场所才弄的，干活的也全是人家青年民兵，凭什么干部们这时候来蹭上一把？这个事，往小了说叫作考虑不周，往大里说那就是白占便宜。还有，你们觉得干部们吃亏了，可以不干啊，有意见为什么不在会上说？而要这么偷偷摸摸干！"

一番话，说得鲁高明鼻子不是鼻子脸不是脸，支支吾吾说不出话来，但也许是人家涵养确实很高，也许是感到自己确实错了，总之是憋了半晌又换上一副笑脸，将那衣服鞋子都收起来，然后把那两张给干部们买衣服鞋子的发票撕下来，小心翼翼地塞到自己的上衣兜里，然后把剩下的账单递给老支书："叔，这下干净了，剩下全是给青年民兵买衣服鞋子的发票。那些麻烦事我自己处理去，你就放心吧。"

关于这些衣服和鞋子的问题，在当时老支书是确实以为鲁高明知错就改了，可事实上那鞋子和衣服只有老支书是真的退了，而其他干部们呢，只不过是换成了每人一个颜色，不再统一而已。这个账目怎么报的，只有总会计鲁高明知道。而鲁高明出现在古英俊鲁云生古建文他们面前的时候，仍然是一副热情洋溢的样子，有时候还会上场和青年民兵玩上一会儿篮球。严格地讲，那一招一式还真能看出此人在青少年时代也是一个运动健将。

有必要说一下鲁高明了。1973年这一年，鲁高明刚刚28岁，却已经当了整整10年的大队干部，党龄也有10年了。鲁高明人很聪明，当初上小学中学都是班里学校里拔尖的好学生，可是初二那年，鲁高明的父亲在上山采药时不慎摔断了腿，一时间鲁高明的经济来源就成为问题，虽说村子里的古鲁赵三大家族上百年来一直保持了靠家族力量帮助贫困家庭子女供书求学的传统，可偏偏那几年成了问题。集体化、大食堂，把各个家庭搞得一个个自顾不暇，哪里还有人操这份闲心？学校倒是给鲁高明评上了最高等级的"助学金"（每月5元），可父亲看病需要很多钱，家里还有体弱的母亲和两个年幼的妹妹。无奈之下，鲁高明含泪告别了心爱的教室，回村扛起了全家人的生活重负，那一年鲁高明16岁。那时候人们称支书张成才还没有加上一个老字，大家都叫张成才张支书。张支书看鲁高明一个16岁的孩子像大人一样下地干活，心有不忍，又觉得鲁高明头脑灵活，生性乖巧，还有一条就是认为鲁高明这个中学肄业生会和其他所有的中学生不一样，他不会过上三五年便插上翅膀给飞走了，于是决定培养这个孩子当大队出纳，跟着老会计把会计工作拿起来。鲁高明毕竟是正儿八经的中学生，大队会计的工作，跟着老会计不到半年便驾轻就熟。眼看着老会计也年近花甲，张支书干脆让鲁高明和老会计互换位置，因此也就把鲁高明提拔成最年轻的大队干部。这样做的好处有两个，一是照顾了鲁高明全家，因为大队会计有着一年180个劳动日的工分补助，再加上鲁高明年轻力壮，能吃苦，一年360天，最少也有330天在地里干活，会计工作全放在晚上加班。这就保证了这个5口之家可以扛过那段艰难的岁月。另外一个好处则是为大队培养一个年轻且有文化的干部。其实多年以来，张成才是一直想培养几个有文化的年轻人的，可是自打解放以后，村子里前前后后也走出了大学生高中生初中生二三十个，却没有一个愿意且能够留在村里的。就算暂时回村待上一年半载的也就都一个个插上翅膀飞走了。所以说，如何培养属于自己的"永久"牌干部而不是镀金加色的"飞鸽"牌人才，一直都是张成才这样一些大队领导者们最头痛的当务之急。鲁高明的出现完美地解决了这个问题，首先，他是一个公认的高才生，却又是一个没有取得文凭的肄业生，而没有那张文凭就决定了人家正式单位不会录用他。其次，鲁高明的家庭又决定了他不能像某些年轻人一样去当那些待遇极低甚至需要自带干粮的学徒工，而只能在村里照顾父母双亲和两个妹妹。所以，先前的张支书，后来的老支书对于鲁高明是大胆地培养，放心地使用。鲁高明刚满18岁就让他入了党，很快又成为最年轻的支委。然而，就在这时，一场席卷全国的"运动"开始了。就在人们还对这场运动有些莫名其妙，处于观望阶段的时候，一天晚上，鲁高明找到张成才，悄悄对他说："叔，有一件事我左思右想，看来必须做了。"

鲁高明要做什么？他要给张成才贴"大字报"，而且先把"大字报"的底稿拿给张成才看，无非是说张成才死心塌地执行什么什么路线，并且还在前一天晚上拒绝为一帮从南方北上串联的红卫兵打白条提供资金和粮票，而只是提供了一顿简单的饭菜。

对于这个底稿，张成才啼笑皆非，笑着问鲁高明："高明子，你这是为什么呀？"

鲁高明告诉张成才，白天的时候，他特地骑车往县城跑了一趟，找到那些已经成为县城"造反派"头目司令老总之类的老同学探讨了一番，据说南方那帮红卫兵已经联合县城几所中小学的学生明天就要来正庄兴师问罪，要把张成才这个"现行反革命"押回县城去批斗。所以县城的几位司令建议："鲁高明你要真想保你这个支书，就不如自己造反，成立组织当司令，你把他先给弄起来，别人就下不了手了。"所以，鲁高明当下就在县城现做了几十个袖章，上面写着"红色农民造反兵团"的大字，并且准备请示完张成才后回家刻一个造反组织的公章，以后再行制作正式公章。

为了保护张成才，鲁高明也算费尽心机。这使张支书很有些感动，嘴上说着："我不怕他们，你用不着这么紧张。"可实际上还是认可了鲁高明的"造反"。

果不其然，第二天上午的时候，那帮南方红卫兵和县城的一支造反队伍来到正庄要揪张成才回县城批斗，可他们一进村就让鲁高明领着几十个彪形大汉给拦住了，这些人也人人臂上缠着一块红袖章，那牌面绝不比城里人的袖章差。城里的红卫兵来势汹汹，可一看这帮农村造反派的架势，那也绝非等闲之辈，不说别的，论块头就一个个比小将们大了一圈，于是小将们说话之间先就将气焰收敛三分，等到"鲁司令"出马，更是三言两语就将这些乳臭未干的小将给打发回去了。

县城里的和南方来的红卫兵说："我们要揪斗死不悔改的走资派加顽固抵制'文化大革命'的保皇派张成才。"

鲁高明说："我们农民造反兵团支持你们红卫兵小将的革命行动，但这个人是我们正庄大队农民造反兵团正在批斗的走资派。我们刚开始批斗，至少一个星期以后你们再来看情况吧。"

红卫兵还要商量商量，"鲁司令"一瞪眼："这没什么好商量的，你们是造反派，老子们也是造反派。而且我们是根正苗红的贫下中农，你们算什么？"

一看这阵势，小将们没办法了，留下一句话："那好，鲁司令，咱们一周后见，揪不上张成才走资派加保皇派，我们还不回南方去了。"

红卫兵小将们走了，鲁高明赶紧找到张成才，把情况汇报一遍之后说："叔啊，我想这些家伙也是一下不会善罢甘休的，说不准过7天后真的会来。这样吧，我想了一个办法，你看你能不能到云南福建去出趟差，也戴上咱的红卫兵袖章，路上会有用的。你看咱村南下云南福建的人也不少，咱就说去调查他们的情况，现在人家时兴外调，咱也搞个外调。说不准将来这些人还有用呢。"

到云南福建跑一趟，这其实也是张成才多年的心事，让鲁高明这么一说，也觉得正是时候。而且张成才的想法还有一点，那就是告诉那些老乡老同志老领导，如果实在在那里待不下去，就回村里来住上一阵子。村里一定保证他们的安全，吃住也不成问题。

说走就走，第二天，张成才兜里揣了农民造反兵团盖了胡萝卜公章的介绍信，胳膊上缠了一块红袖章上了路。一路南下，果然畅行无阻。到云南，到福建，他先后拜访了十几位当初抗战的前辈和同甘共苦的战友。他乡遇故知，两眼泪汪汪。这些人当初从太岳山南下的时候是舍弃了安逸与和平，迎着硝烟与炮火，经历了战争与剿匪等一系列生死考验才为新中国的建立打下了红色江山，而后又扎根于新解放区，为了建设新中国奉献了自己的一生。20多年，他们当中的大部分人没有回过家乡，但是他们的心时时刻刻惦记着家乡，也总在想着有朝一日回到家乡，为家乡的复兴和繁荣添一把力，发一分光。虽然说张成才见到他们的时候，其中一些人正在经受着磨难，但是他们还是对张成才的到来表达了最真诚的欢迎。而那些尚在军队工作的老同志因为运动的风潮未曾接触到他们，也使得他们有可能以最高的礼仪接待了张成才。在昆明是这样，在福州和厦门也是这样，按张成才自己的说法，那一段时间把一辈子的好酒都喝够了。而这次南行的真正效果在当时并未得到充分显现，反倒是在将近10年以后，当改革开放的春风终于吹到太岳山上的时候，这种人脉优势才开始逐渐显示出来，这是后话。

　　且说张成才南下之后，第七天，那些南方来的红卫兵果然再次联合更多的老将小将来到正庄村，人多气势也更足。他们一来便要求鲁高明把张成才这个"最顽固的保皇派"和"现行反革命"给交出来。否则，就不客气了。而鲁高明也不含糊，一把抓住对方那个身高仅到他肩头的红卫兵头目，反吼道："你找张成才，老子还找张成才呢。本司令现在怀疑，这个人是不是被你们给偷走了。不然为何自从你们要抓人后，这个人就不见了呢？"接着又说，"你要不信，那就放开你的人马去搜，咱可说好，搜不出来，你们一个也别给我走，不信咱就等着瞧。"真真假假，软硬兼施，一大帮红卫兵硬是让鲁高明给糊弄走了，而从此之后，便再也没有人来找过张成才。老支书也免除了在那场运动中遭受更大的冲击。

　　这就是鲁高明，一个聪明能干，在某些时候足智多谋，有些时候又显得狡诈无比的人物。这样的人，在中国农村是能人，也往往是让人捉摸不透的人。老支书对于鲁高明就有一种既信任又不敢完全信任的感觉，应该说这也是他在培养鲁高明多年之后又突然想赶紧培养古英俊、鲁云生两个高中生的原因之一。

七

民兵工作一杆旗

正庄大队青年民兵烧石灰的事情最终还是让人给举报了。原因是正庄青年民兵整齐划一地穿上了崭新的运动鞋和运动衫，这让人看起来实在是有些扎眼。于是有人想尽办法来打听这正庄人是哪来这么有钱，竟然敢像城里人一样玩这些时髦。再一打听，可不得了，在正庄，不仅有城里人一样的篮球场，还有羽毛球场和乒乓球场，这三样合起来，那是标准的三件套，而具有这种三件套运动场地在整个青山县也只有青山县一中或者加上正在建设中的三线厂。这可不得了，凭什么一个农村，一个生产大队就可以拥有和城市（至少是县城）人民一样的运动场地？他们的资金从哪里来？这事非查它个水落石出不可。幸亏老支书早有远见，事先请示过公社书记，也和县知青办打过招呼。无非就是因为县知青办规划的知青运动场地给不了钱，所以正庄大队在得到公社领导同意的情况下自己想办法嘛。而恰在此时，正庄大队青年民兵运动场地三件套的通讯报道在地区党报上公开刊发了，之后这件事又受到了省知青办的表彰。这样一来，告状的结果就是使得正庄大队和正庄青年民兵烧石灰这事不再是资本主义的尾巴，而成为社会主义自力更生艰苦奋斗的典范。

喜事连连，在青山县"十一"国庆篮球赛的赛场上，正庄大队的农民篮球队连战连捷，挺进四强。这也意味着只要再赢一场就肯定创造历史，因为历史上在青山县的篮球大赛中曾经有过一支农民篮球队打进过半决赛，但那已经是10年前的事情了，当时创造这个"奇迹"的也是正庄大队的农民篮球队，其中就包括鲁高明。不过了解其中奥妙的人都知道，那一次的成绩其实是有水分的。因为当时报名制度并不严谨，为了吸引高水平运动员参赛，赛会规定只要是与你这个村子这个单位有关的人都可以报名，为此，刚刚担任大队会计并被老支书委托带队参赛的鲁高明早早就动上了心思，提前和村子里在外工作而篮球打得又好的几位朋友打招呼，让他们请假回村代表正庄大队参赛。这下可好，一位曾经入选北京军区篮球队身高两米的中锋以及两位在省城上大学并且都是学校篮球队成员的正庄人专门请假回来参加了为期一周的这个赛事。原本的计划是稳拿冠军的，赛事进行的过程也是顺风顺水，所向披靡。就连当时赛事的组织者也公开宣称冠军非正庄莫属。可是谁知天有不测风云，就在球队打进四强，再打两场就将得到冠军的关键时刻，老天一连下了三天大雨，那时的青山县还没有室内球场，就连唯一的灯光球场场地也没有硬化，而是纯粹的黄土场地，如遇赛事，又逢干旱，便在场地上遍洒盐粒，以此防止尘土飞扬。而一旦遇到极端天气，那就只能将赛事延期或直接取消了。三天大雨，意味着三个"外援"的出赛成了问题，两个学生还好说，打个长途电话，由大队或公社出面续几天假应该还是可以的，关键那位现役军人，这个假轻易是不敢超的，续假更是不敢想象。没奈何，就在半决赛开赛前几个小时，"超级中锋"带着遗憾挤进了对他来说既矮又窄的长途班车，正庄大队篮球队虽经顽强拼搏，也只获得了那个赛事的第三名。现在的正庄大队篮球队又怎么样呢？虽说没有了两米以上的超级中锋，但是得益于近年来农村人才的相对稳定，部队退役军人又一直没有分配，初高中毕业生全部回村，再加上知青点的建立，三种力量三个层次的人才构架，也组成了正庄大队篮球队的基本队伍。其中，古建文身高1米85，在部队就是团里的中锋，身高体壮，弹跳出色，一般那些1米90左右的大个子被他盖帽是大概率的事情。古英俊身高只有1米72，但在组织后卫这个位置上早在县一中上学的时候就已经名扬全城，是本县各队教练要求自己队员必须重点盯防的人物。知青任建刚，乃是古英俊和鲁云生的高中同学，也是当时校篮球队有名的投手。场上位置前锋，身体有些偏肥胖，1米80的个子，体重倒有100公斤，这个吨位在县一级的赛场上毫不吃亏，只是出场时间要控制，连续运动只要超过10分钟，便会大喘气，但只要将其上场时间分成几个时段，那便威力无穷。任建刚的父亲时任青山县委办公室主任，儿子高中毕业的时候也曾说好是要走当兵那条路的，不仅县武装部这边说好了，就连接兵部队首长那里也是满承满应。可偏偏在体检上面出了岔子，任建刚天生长得胖的原因原先没太当回事，以为只是吃得多动得少，可体检一下来，县医院院长首先找任主任谈话了。他神秘兮兮地，却也是语重心长地说："任主任啊，咱这孩子可千万不敢当兵。找个机会，我陪你到太原咱给孩子把这肥胖的原因给好好查一下。要说你和嫂夫人都不胖，孩子的胖却似乎不是单纯的饮食问题，这个怕就得从其他方面上找原因了。总之吧，这孩子不适应当兵。咱就先留在身边吧。"所以，任建刚成为仅有的4名高中毕业男知青之一，所以也就成了古英俊和鲁云生他们篮球队的主力之一。有了古建文、古英俊和任建刚的三人组合，再加上同样也是复员军人，身高1米90，体重达到110公斤的铁匠席银成这座真正的"铁塔"守护篮板，还有鲁云生、王建青几个跑不死的"游击队"，正庄大队篮球队的实力就是其他所有参赛队伍所不能小觑的了。而老支书之所以要给古英俊他们布置一定要夺冠的任务，也并非空穴来风。只是，正庄大队的实力是一回事，真正打起来，赛场上的事情瞬息万变那是另一回事。还有一点，正庄人高调要夺冠，其他人心里那个不服或曰不舒服也就早早凝成了结。其中最为不服气的恰恰是另外一支虽然没有组成专业参赛队伍却充满了参赛心理的特殊队伍——城关公社赵寨大队知青点。赵寨的知青点有什么特殊之处？当然有的，前几年知识青年上山下乡插队落户闹得欢的时候，上级给这里分来了一批整整50个天津知青，这也是整个青山县的第一批知青。为什么要把赵寨作为知青点呢？因为这个村子说是山区，其实距离县城只有不到5里路，说是城区，它又与县城隔了一条大清河，按照上面的要求，知青点的选择首先必须是乡下，其次不能离城太近，第三又得具有一定的生活便利。逐条落实下来，赵寨还正合适。再说赵寨也是大村大队，上千口的人，两千多亩的土地，更重要的，这里曾经是抗日战争时期太岳区党委太岳行署和太岳军区司令部所在，当时号称太岳区的"小延安"。这个称呼，你想一想，那个分量得有多重？所以说，把赵寨安排成知青点，没有任何人认为需要再考虑，赵寨的贫下中农也觉得对城里来的孩子们进行再教育那是义不容辞。反正赵寨各种典型各种模范当得多了，也不在乎再增加一个什么知识青年再教育的先进单位。打心里说，县知青办主任曹志中同志的想法也是这样的。因为这个时候外面的一些地方已经传开大城市来的知识青年不好管理，来到农村这也不适应，那也不喜欢，偷鸡摸狗好吃懒做种种恶行屡有传闻。但是曹志中想这些在青山县就不许出现，也一定不会出现。因为有赵寨这样的知青点，有赵寨贫下中农和党支部那样的钢铁模范。环境改造人，知青们又不是油盐不进的花岗岩。可是，曹志中还是太乐观了点。第一天的时候，知青们倒也还好，因为赵寨人民给他们准备了盛大的欢迎仪式，村口上披红挂花，敲锣打鼓就不说了，晚饭还有猪肉白菜炖豆腐，外加纯白面开花大馒头，这在当时那是顶格的上等招待了。可是，可是呢，第二天一大早，知青们就不高兴了，因为第二天的早饭居然是一锅小米稠饭。这东西在太行山太岳山上那是最好的早饭，不是有句话吗，"小米加步枪，打败小东洋"。十四年抗战，八路军战斗在太行山上，靠的就是这太行山太岳山的小米。再说深一点，直到20世纪50年代前，起码在晋冀鲁豫大区，我党我军发给大家的"饷"（工资）都是以小米多少"石"来计算的。你说这小米能不是好东西？可是，知青们吃不惯，他们认为这玩意儿不能叫饭，所以不吃，当然不吃饭不等于就是要绝食，大家刚从城里来，人人都带着各式各样的干粮小吃饼干点心或者起码有几块应急的巧克力呢。一人不吃，两人不吃，大家都不吃，这就急坏了赵寨大队负责知青工作的几个干部。好说歹说，知青们就是徐庶进曹营——一言不发，把几个40多岁的老民兵老党员老干部给憋得跳脚。最后还是两位女知青实在看不下去了，这才把实话告他们。这却让这几位村干部更加一头雾水：这么好的饭，你们到贫下中农家里看看去，到底有几家大早起来就吃焖米饭，还给你们炒了那么香喷喷的辣子土豆丝。农民早上吃什么？村干部领着几个知青代表到社员们家里走了一圈，大家回来这才没的说了，因为他们看到了，当时的农村虽然粮食已经不至于太紧张，但是大食堂以来养成的"瓜菜代"传统也还不敢彻底给丢了。

所以，在绝大部分社员的家里，早饭名义上是小米稀饭窝窝头，可那窝头基本都是和菜裹在一起的，或者那蒸锅里既蒸着窝窝头，也蒸着土豆红薯胡萝卜，反正没有几家舍得那锅里全部蒸上金黄灿灿的窝窝头的。至于小米干饭，那是村子里人家办红白喜事的时候用来招待人的。岂有自家一早起来就那么"浪费"粮食的？

一餐早饭，最终成了知青们来到广阔天地"接受贫下中农再教育"的第一课。首先女孩子们一个个眼含泪水开始就着辣子炒土豆丝把小米干饭硬塞着往下咽，吃着吃着就和贫下中农打成了一片。再后来，有关其他地方知青闹过的笑话也罢，段子也罢，在赵寨几乎也都闹过一些，但总体上讲，还真如曹志中同志所愿，赵寨的知青终于成为所有知青中的一个典型，也走出了几个在上党地区和省里去开会"讲用"做报告的先进模范。尤其是赵寨知青中的著名人物——穆文革，在一次大清河洪水暴涨的时候，冒着随时有可能被大水冲走的危险，一连下水抢救了两个人的生命。这事可谓轰动一时，虽说从小在海河岸边长大，6岁便是天津市少体校游泳队出身的穆文革自己看来就是小菜一碟，但是到了曹志中主任这里和县委通讯组的写手老宋那里，这就是惊天大事一桩。于是，知青穆文革成了名人，不仅是青山县的名人，而且是全省的名人，而赵寨知青点也就顺理成章地成了知名的知青点，直到有了正庄知青这个点。

平心而论，正庄知青点和赵寨知青点之间并不存在直接的"竞争"关系。从资格上讲，赵寨的知青点已有四五年的历史，而且是老牌的先进典型。从名气上看，赵寨知青穆文革那不仅是山西省的典型，也是天津市的典型，每逢知青下乡季，天津方面就要邀请穆文革同志回到天津给即将下乡的新知青们做报告。还有一条，当初赵寨50名知青，如今已经陆陆续续有二十几个先后分配到县里的一些单位参加了工作，有的甚至已经和当地男女青年结了婚。现如今，留在赵寨的知青满打满算也就30个人不到了。可是，也正因为穆文革等榜样的存在，还有不到30个人的赵寨知青一个个充满了希望地等待着这个先进单位的光荣能够给自己带来美好的前程，盘算着下一张馅饼何时掉到自己头上。然而，横空冒出来个正庄知青点，不到半年时间就连续几次上了报纸电台电视台，成为人们心中的新宠。老典型赵寨知青点反倒显得多少有些被人遗忘了似的。这令赵寨的知青们很是不爽，也令赵寨管理知青的干部们有些不太适应。于是他们自然而然地把目光瞄准了正庄知青点，包括这里的一切。这一次，正庄大队报名参加国庆篮球赛并且可能会取得优异成绩的消息就再一次深深刺痛了赵寨知青点上的一些人。不为别的，就是不喜欢这个正庄篮球队，不喜欢这支队伍里的知青元素。不喜欢归不喜欢，赵寨知青点还真派不出一支可以和正庄篮球队正面抗衡的队伍。怎么办？就让这支讨厌的队伍在他们那些疯狂啦啦队的欢呼声中走向领奖台吗？赵寨知青点上的几个人开始为阻止这种情况的发生而想办法了。他们的办法也真的很有效率，国庆前夜，亮如白昼的灯光球场上，可以容纳两千人的梯形看台上，至少挤满了三千人以上的观众。其中，不仅有普通观众，也包括县里一些高层的领导，譬如说，县委常委、县委办公室主任任月中，县知青办主任曹志中，还有县委副书记安俊仁等在内。在全场观众此起彼伏的欢呼声中，青山县国庆篮球赛的半决赛拉开帷幕。出战双方是青山县交通局篮球队与正庄大队篮球队。应该说，这两支队伍能够出现在半决赛的赛场上，本身说明他们的水平和能力都是不一般的。尤其县交通局球队，这支历史上的鱼腩球队能够突然崛起，既出人意料，也完全符合情理，原因就在于夏天的时候县交通局刚刚上任的新局长韩永胜命人特意跑到外地去招进来几个新司机。而这些人共同的特点就是个子长得高，篮球打得好。几个人平均身高都在1米85以上不说，还无一例外都是当地曾经的篮球苗子。当然了，在农村孩子来说，上体校打篮球为了啥？说到底还不是为了找个好工作？青山县交通局一次性给你解决问题了，哪有几个不是高高兴兴跟着来的。总之，这是一支具有相当水准的球队，但缺点也是显而易见的。那就是这几个人打球都比较独，场上很少配合，场下也很少和其他非主力队员交流。或者说，这支队伍说到底就是两支互不相容的队伍：主力与替补，谁也不理谁。而一场球赛，越是水平相近，那就越是要看你的主力与替补之间能不能无缝配合了。

果然，上半场一开始的时候，可以说双方是棋逢对手，精彩迭出，你来我往，平分秋色。但就在这对峙当中，正庄方面敏锐的场外指导鲁高明却从对方的替补席上看出了胜机。因为他发现，交通局的韩局长来了，脸上却是一脸的不高兴。很明显韩局长的眼神也并不在精彩激烈的球场之上，而是对着身边稀稀落落的替补席发着脾气。这也就是说，比赛开始了，而交通局方面的替补队员却有大半还未到场。这么一场激烈的比赛，难道能让几个主力一干到底吗？鲁高明想到了这点，便把自家的替补队员往一起拢了拢，从自己口袋中掏出一包平时绝少露面的"大前门"，给队员们一人递上一支，又亲自掏出打火机来，点燃了，然后说："小伙子们，看好了，今天这场球，咱不赢在主力，咱要赢在咱们这些替补身上，赢了球，老鲁我个人请大家喝啤酒，大家有信心没有？"小伙子们围成一圈，和鲁高明一起低声吼道："有！"

"有！"有什么有？没有又是什么没有？那低低的一声吼，传达给正庄大队替补队员的是信心和决心，而传递到不远处交通局替补席上的则是嫉妒与无奈。到底还是有些年轻的韩永胜局长在这一瞬间似乎想到了有关场上这些队员的一切以及人们对于这件事情的不同反应。是的，关于这次特殊司机的"特招"，韩局长事实上只和县里一位领导打过招呼，正好上面给交通局批准新进几辆崭新的解放牌卡车，进车就要招人招司机，天经地义。可问题是招谁？这些年来，交通局自己的子弟学车考驾照的不在少数，大家早就都指望着自己单位进车招人，包括两位副局长在内，自己孩子中学毕业连高中都没上就跟着单位上的司机师傅学车了，当然按规矩，这种学徒不仅不挣工资，而且还得孝敬着师傅，什么时候驾照考上了，什么时候才算出师。而学徒期间，每天为师傅准备所需的一切，那是义务，冬天早早起来烧开水，拿着摇把发动车，没有个三四十分钟你想都别想。而这个时候，一般人家的孩子可还在被窝里睡大觉呢。然而，为了孩子的出路，为了孩子的前途，包括两位副局长在内，下得了这个狠心，也有幸可以给孩子拜得了师傅。你说这个苦？苦是苦，可一般人家的孩子想吃这份苦还没地方吃去呢。交通局好歹有个车队，有车队它就要有司机。这几年又在抓革命促生产了，县里经济要发展，交通事业要繁荣，眼见得孩子们驾照是考上了，就等着车队进车招人呢。招人就一定得招自己人吗？那当然，这个明面上没有任何人给过规定，可你看看这些年哪家工厂、哪个单位不是有空就可着先进自己人？然而，然而，万万没想到，车子是进来了，招司机却没有自己人的份，交通局一下子招了5个人，竟然连一个自己人都没有。倒也公平，省得张副局长和李副局长打架，更省得两个科长把省吃俭用积攒下来的几条好烟不知该给谁送。原本因为想象中招工会带来的矛盾化解于无形，准确地说是转移了，由原先张副局长、李副局长和几个科长以及几位让孩子学了车拿了本却久盼招工而不来的老同志之间的矛盾一下子全都转移到韩永胜局长身上去了。而新官上任的韩永胜却因为对于自己所招几位篮球运动英才的满意和骄傲而处于兴奋之中，对于自己在这个单位现时所处的实际状况浑然不觉。然而，就在昨天，韩永胜被一件事情给震动了一下。什么事呢？按照韩永胜的指示，当然也是绝大多数参赛单位的做法，参与球赛的人员这几天就不安排业务了。也就是说，参与打球的司机们这些天是应该全心全意打好篮球，而他们所驾驶的车辆就可以趴窝歇歇了。然而，昨天午后，队员们刚要集中起来到球场上去练球，业务科长找上来了，要求几位打球的司机要么开车去往省城去送一批省里一重要单位点名特要的木料去，要么把车钥匙交出来，让别人替他们去跑这一趟。这事听起来合情合理，可这二选一的方案仔细想想却没有一种是能够让人接受的。先说出车的事，司机出车，自然应该。可局长一把手已经下了命令，打球人员一律免于出车，这几位司机一旦出了车，晚上这篮球让谁去打？再说交钥匙的事，这事儿在交通局车队也是少而又少，因为车辆是跟着人走的，从考勤到安全，甚至车辆维修费用，基本是要包干的。尤其这5辆新车，谁开谁负责，岂有让人中途接手跑一趟的道理？再说了，这么大的事情，身为局长一把手的韩永胜怎么反倒一点不知情呢？直到几个新司机（也就是韩永胜的宝贝运动员）吵吵着找到局长要评理，韩永胜也对业务科长发了脾气，那业务科长才声音不高却蛮有力道地当众呛了韩永胜一句："韩局长，这就是你的不对了吧，那天不是你亲口说的，这几天业务上的事要我和李副局长看着办，原则上就不要找你了啊。怎么，我们听你的话也不对了吗？要不，这事你来安排？"

韩永胜吃了一只苍蝇似的，被业务科长呛得气都喘不上来，只好硬着头皮回道："打完这场球好不好？打完这场，你再安排他们出车好不好？

运木料的事，上面问起来有我呢。我就不信晚上一两天能怎么的。"

事情是就这么糊弄过去了，可包括那5个新司机在内，也包括韩永胜自己，心里这个不痛快，连带着就发现似乎这些天来围绕着这次篮球赛所发生的一切都是彼此关联着的。首先，球队开始集训那天，韩局长要求食堂为运动员加几个菜，这事还不就是食堂管理员自己安排的事情吗？可是不，那管理员竟然请局长亲自写出菜单，加什么，加多少，以示重视。与此同时，还有一个怪现象，别的单位遇到此种群众性文体活动，那是过节一样的欢乐，不能上场也要当个观众为自己人助威呐喊，交通局可倒好，除了那5位"特招"的运动员，竟然连一个报名要求参赛的都没有。最终还是韩永胜叫住几个年轻人，商量也不商量，指定他们成为交通局球队的替补队员。好歹在给县体委报送参赛名单的时候，凑够了12个人。接下来的情况倒是要好一些，反正县里边一般的队伍也就都是闹着玩的，从小组赛到交叉赛，韩永胜手中有那5位大将打天下，一路大比分过关斩将，轻轻松松进8强，再往下打，四分之一决赛费了点儿劲，上半场赢了十几分，下半场却被对方给扳平了。原因就是交通局的替补实在差劲。好在加时赛那5个主力一口气挺了下来，也将县交通局夺冠的希望高高升起。然而，今天这场半决赛，尽管下午的准备会韩永胜局长已经明确表态，打进决赛，人人有奖，主力替补，一样待遇。如果夺冠，开庆功会，参赛人员个个评先进。可是，直到比赛开始前，全交通局的替补席上加上韩永胜和他的办公室主任总共也只有稀稀落落四五人。为场上队员呐喊助威的啦啦队更是一个没有。而这些可都是韩永胜在全局大会上正式且郑重号召过的。关键的问题是，人家旁边正庄大队由章玉儿范香儿组织的10人啦啦队那个热闹，场边打着旗子，扯着横幅为正庄大队加油，也引得全场观众无不注目。这一切都让韩永胜一下子没有了胜利的信心。一个大大的疑问出现在脑际：这是怎么了？

好在赛场上的形势是无须韩永胜去控制的，一切都完全是意外，意外中的意外。精彩激烈的双方对决，刚刚进行了不到10分钟，整个赛场便开始倾斜了，因为，这场比赛两个裁判中的一个，而且应该是主裁，公然以所有人都不能理解的手段来控制比赛了。事情发端于比赛的第9分20秒，当时双方比分19比17，正庄大队领先。看起来双方确实是棋逢对手，旗鼓相当。但懂球的人都能看得出来，正庄方面打的是整体，一招一式，轻松自如，球到手，传着走，十有八九的进球得分靠助攻。而交通局打的是个人，球到手，带着走，几乎所有得分都是个人突破和强攻，很少能够看见他们也给你打出什么助攻。很明显，交通局方面个人技术确实很好，也很平均。但是，照这个打法，只要比赛进入相持，这种靠个人能力来比赛的队伍一般都是坚持不下去的。然而，就在这9分20秒的时候，一次所谓的3秒吹罚开始改变比赛的走向了。当时，正庄方面进攻，古英俊后场得球快速推进，距离中线还有至少三四米便一个长传，将球交给一直等候在前场的任建刚，任建刚也不含糊，一个跨步，踩着腰线后仰跳投，直直地把对面前来封盖的队员闪了一个大马趴，这边人倒地，那边球进筐，全场一片掌声欢呼声。而任建刚也双手高举，习惯性地接受着人们的欢呼。应该说，这个配合，古英俊与任建刚从高中一年级开始已经打了多少年，完全是常规套路，没有什么可奇怪的。可是，今天怪了，就在人们的欢呼声尚未平息之际，哨子响了，准确地说是主裁判的哨子响了，与此同时这位裁判伸出了3根手指，并大声喊道："白队6号进攻3秒，进球无效！"

3秒？无效！看台上的任建刚父亲，也就是县委常委、县委办公室主任任月中首先傻了眼。任主任当年也是篮球场上的骁将，儿子身体先天有问题，但是在篮球场上继承了老任同志的优良传统，这一点也是令他对儿子最为满意的。所以这一季的比赛开始以来，只要有儿子的比赛，任主任就想尽一切办法来当忠实的观众。什么也不说，就坐在贵宾席上静静地享受儿子打球的风采。今天这场比赛，作为一个懂球的老球迷，任主任也早早就看出了儿子的队伍必胜。而比赛刚开始的进程也正如所料，别的不说，就凭着任建刚与古英俊的配合，那便是令对手防不胜防。然而，这一次，裁判居然把儿子一个好得不能更好的进球给吹掉了，儿子分明是在距离3秒线最少几米远的地方接球而后以一个连贯动作运球、起跳、后仰投篮，一气呵成的啊，怎么就能够被吹成3秒了呢？平时很少在公众面前表态说话，而只习惯于在背后为领导默默地做好一切的他，这一次站立起来，双手一摊，摆开了一个不可思议的动作。任主任的这一明显抗议也引来了一同看球的县委副书记安俊仁以及几位已经退下来的领导的注意。于是，质疑声四起：

"这个没有3秒吧！"

"3秒？连1秒都没有！"

"如果这个都3秒，那这球就别打了。"

此时再看满满当当的看台上，原本静静看球的人们也在骚动起来，有人大声抗议："这裁判哪里来的？怎么没有见过！"人们确实为这个莫名其妙的3秒有些骚动了。可是，这仅仅是个开始，紧接着，不到1分钟的时间里，正庄大队的主力中锋台柱子席银城就被吹了3次犯规。而其中有两次明显是对方球员空中跳起来把持不住自己斜着身子贴在了席银城的身上，只不过因为席银城体重块大，对方没有贴稳给自己倒在了场上。应该说，交通局这几位球员球风是野了一点，但规矩还是懂得，所以，当这位球员倒在场上之后的第一个动作是双手并拢，向被他侵犯了的席银城作揖赔不是。然而，哨子响了，而裁判的指向很明确：白队4号犯规，而且是严重的侵人犯规。一连两次，几乎同样的动作，同样的吹罚，这两下子把受到照顾的交通局队员也都给吹傻了，一个个愣在那里，不知该怎么办。因为他们毕竟还是有良知有尊严的，这样的吹罚，就算赢了，有意思吗？几个人，都把眼光对准了替补席上他们的主心骨——交通局长韩永胜。

这时的球场上，队员们乱了，首先乱的自然是不知所措的大个子席银城。论理，席大个在学校在部队打球也不是三年五年，不止几百场的历练，什么样的场面没有经过？若不是娶了个农村媳妇随不了军，自家母亲又一个劲地要他回来，说不准席大个都要在部队再打几年篮球，然后彻底成为城里人呢。现在可好，大江大海走过了，从不主动犯规的席大个居然一分钟内3次犯规。这球还怎么打？席银城的脾气在部队就是出了名的好，也因此总能得到首长和同志们的维护，大功没有，三等功立了好几个。其实都是打篮球打出来的。现在可好，一分钟三犯规，眼瞅着裁判就是要把正庄队的这道屏障、这篮板支柱给干下去了。三个犯规，把老实人席大个给惹毛了，一只手攥着篮球，照直跑到裁判跟前，眼珠子瞪得牛来大，弯下腰盯住那裁判问："我又又又犯规了？"

席大个的威慑力那是真的有点恐惧，原本得意扬扬的裁判似乎凭空感觉到有一座大山压过来似的，扭头一看，席大个子正在弯腰笼罩着他，完全是一种下意识的行为，裁判一声尖叫："你干嘛，你干嘛，你要打人嘛！"一口毫无掩饰的天津卫腔调，一边喊，一边不由自主地斜着身子往后退，跟跟跄跄径直撞到了场边的计时计分技术台上去。那台子一倒，稀里哗啦上面的东西散落一地。这也引得看台上观众哄堂大笑，整个赛场又是别一番热闹。比赛到了这个份上，实在令组织者始料不及也尴尬至极，还算及时赶来的赛会组织者县体委主任王一龙有胆有识，眼看着一场闹剧没法收场，王主任赶紧跑过去和待在看台上一脸阴沉的安副书记请示了一下，便毫不犹豫地走到场地中间，举起手提半导体喇叭，大声宣布："各位观众，各位观众，现在场上技术台出现一些问题，可能需要较长时间修复，所以，今天比赛临时终止，改在明天下午4点整进行补赛，欢迎大家到时踊跃观看。"

确实是一场闹剧，天上掉下个傻妹妹，那位可爱的裁判何许人也，怎么竟至于弄这么一出令所有人都不愉快的闹剧？王一龙主任的调查很顺利，结果也很让人啼笑皆非。这件事一开始的时候就连交通局自家的队员都以为跑不了要和韩永胜局长关联着的。因为根据谁受益谁就是最大嫌疑者的定律，那可不就也应该是裁判和受益方某人串通一气控制比赛嘛。何况韩永胜作为一个单位的领导而过分关注这一赛事的一系列举动也确实为这种推论提供了注脚。可是，谁都想不到，那位毫不掩饰的裁判面对王一龙主任的讯问，竹筒倒豆子一般痛痛快快的"交代"反倒一下子把王一龙主任给惊呆了。原来，这位裁判的表现其实有其貌似"合理"的一面。去年年初县体委成立的时候，王一龙听说赵寨知青点上有一个在知青圈里相当有名的"专业裁判"名叫马新民，不仅对篮球、乒乓球、羽毛球等县城人常见的体育运动规则了如指掌，就连排球、足球、曲棍球之类的项目也都门清。成立县体委，不就是为了发展群众体育吗？这样的人才不也正是县里奇缺的吗？于是，王一龙专门向县知青办曹志中主任提出来面试一下，结果一见之下，还真是令人满意，原因也简单，这位知青的父母都是天津一个区少体校的教师，两人在各种体育运动的裁判规则研究和实践上都有比较深的造诣，他们的孩子从小耳濡目染自然也就迷上了此道。出于对全县体育事业未来发展的预想和关注，王一龙力主录用了马新民。应该说马新民也是知恩图报，这一年多来，在体委的工作那是勤奋尽责，人见人夸，就连一向以对部下要求严格著称的王一龙本人也觉得自家选对了这个人。当然，这一年来，作为体委所选的裁判，马新民曾经主裁过县里甚至抽调到市里执裁过一些市一级的比赛，反映也都是良好的。那么，这一次的马新民何以竟会闹出如此令人不可思议的执裁丑闻呢？

"我就是不想让他们正庄赢！"原因就这么简单。因为什么呢？我们前面说过，因为这半年多来，正庄知青点的名气一下子盖过了赵寨知青点。这也使得赵寨知青点上的某些人心里很不舒服。于是有知青哥们儿找到了马新民。今晚这场半决赛前几个"兄弟"连吹带骗给马新民灌下去的至少半斤老白干在赛场上一浪高过一浪的欢呼声中开始发挥作用。事情就这么荒唐，马新民的执裁为王一龙主任带来了信任危机，但也为这个荒唐裁判本人后来的成长起到了催化剂的作用。几年以后，马新民以高分考取了山西师范大学的体育系，再后来成为享誉全国的知名群众体育理论家，这是后话。关于这次国庆篮球赛的结果还是令人满意的，正庄大队篮球队得偿所愿地也是历史性地摘取了全县冠军，鲁高明喜气洋洋地为老支书抱回了29寸的黑白电视机。正庄也成为全县第一个有了自己专有大型电视机的生产大队。

正庄的名声由于这次篮球赛而更加显赫，而县交通局的篮球队则仅仅是昙花一现便就此凋零。因为韩永胜局长通过这次比赛终于明白，一个人即便你拥有至高无上的权利，也必须顾及你周围绝大多数人的利益。当你的某项决策伤害到他们中的大多数人的时候，你的权威便顷刻颠覆了，此所谓水能载舟，亦能覆舟是也。韩永胜本身要说也没有多大的恶行，但他以个人喜好而决策本单位的用人政策，这便有悖于整个官场的规则，也势必不能维持长久。所以，这次篮球赛之后，他不得不遵守之前领导一贯的原则，对于他所招进来的5位司机进行了一次公开的考核，结果是只有两人合格，最终也只能留用两人，其余那3位司机兼运动员便不得不从哪里来到哪里去了。而县交通局的工作秩序也重新纳入了局长一言九鼎的轨道，因为大家都在等待着新一次的司机招聘。

秋收大忙的季节，省军区一年一度的民兵工作重点巡视检查来到了青山县。县武装部给出了几个点供上级挑选。明眼人一看就知，这些点是县武装部精心挑选也经过多年悉心培育的，譬如当年闻名整个晋冀鲁豫的关村民兵连，那是曾经走出过多位全国特级和一级民兵英雄的老先进老典型，又譬如赵寨民兵营，这是因了知青工作的先进而带动起来的新进民兵工作先进单位。在这两个地方，县武装部是驻有常年蹲点的武装干事的。他们所享受的训练待遇也是一般民兵营连所不能相比较的。然而，这一次上级领导却偏偏不看这两个老先进，而要自己随机抽查一个稍大一点的单位，从而了解具有普遍性代表性的基层民兵工作，这一抽，就抽上了正庄民兵营。

省军区领导来到正庄检查民兵工作的时候，古英俊还在下河湾的玉米地里和第三生产小队的社员们在一起收割玉米。今年下河湾的玉米长得那叫个好，老人们随便看一眼就说亩产最少可以超过800斤。也就是说，单以这块地论，今年这亩产"跨长江"还真是实现了的。当然，这也就是眼前的丰收已经既成事实，人们才这么说，当初下种的时候，古英俊趁着自家堂兄生产队长古天武外出，硬是"自作主张"按照县农业局技术员的办法给这块地搞了"密植"，古天武回来以后对着自家兄弟那个甩脸子啊，一甩就甩了半年。直到庄稼结了穗，果实灌了浆，这才来了个180度大转弯，开始一个劲地夸奖兄弟有文化有见识，今后生产队的事也要多听听英俊兄弟的。庄稼好，人们秋收的心情就好，半上午的时候，古英俊和古天武以及一众社员们正在说着唱着收割着，忙得热火朝天，突然，一阵急促的集合号声从不远处传来。不用问，古英俊一听就知道这是古建文吹响的号声。那把军号正常情况就保存在大队办公室旁边的民兵营营部，而营部的钥匙，除了夜间值班员就只有古英俊和古建文两人拿着，而能够把军号吹得这么嘹亮，这么正宗，除了古英俊自己那也就只有古建文了。

不用问什么原因，古英俊使劲喊了一声：基干民兵紧急集合，走！他大手一挥，带着范香儿、任建刚、宋俊明等民兵骨干往号声所在的地方飞奔而去。

再说古建文，公社武装部部长领着县武装部部长以及军分区领导还有一位没有人说明身份的部队首长出现在他面前的时候，古建文正在小河边磨镰刀，因为秋收镰刀用得多，钝得也快，而古建文家传是村里最好的磨刀手。他的磨刀，根本连磨刀石都不用，就在村中央那条小河边随便找块石头，"刺啦——刺啦"几下就能磨好一把镰刀，让你的镰刀由钝刀而变回利刀。所谓磨镰不误砍柴工，正是这样说的。

由于公社武装部部长事先也不知道上级要来检查民兵工作，本想给古英俊他们或者老支书张成才打个电话，要大家多少做点准备，可一众领导跟着呢，而且军分区的一位作训参谋私下里和他说了，今天首长就是要看你们的民兵能不能拉得出人来，打得出枪去，其他的一概免谈。没办法，只好什么豆腐做什么菜，一切从简，不上调料了。还好，一进村就看见了古建文，公社武装部部长把古建文引荐给县武装部部长："首长，这位是正庄大队民兵营的教导员古建文。"然后站在一边等待首长指示。县武装部部长也照猫画虎，又把古建文引荐给军分区的作训参谋，参谋与省军区首长目光交流一下，然后说："教导员同志，现在请你想办法在最短的时间内把全营基干民兵集合起来。"

古建文是聪明的，本想等待首长进一步的指示，可是一看所有人都一副旁观者的样子，心里明白这是碰上硬茬了。他赶紧跑步到民兵营营部，抓起军号吹响了紧急集合的号声。而就在这号声响起的同时，军分区作训参谋摁下了手中的计时器——这是一块标准的运动比赛秒表。

当古英俊和宋俊明两人最先到达的时候，作训参谋轻轻说了一声："10分20秒，够快的啊！"当全大队132名基干民兵中的112名从全村各个不同的方向以不同的方式集中到民兵营营部门前那块空地时，作训参谋手中的计时器刚好指向20分整。这个时候，古英俊已经大致了解了今天紧急集合的原因，一声："集合！"112名基干民兵，尽管许多人还在气喘吁吁，衣衫不整，有的甚至跑得震开了鞋带，竟然把鞋子别在腰里光着脚，却仍然齐刷刷立正站立在姑且可以称作广场的空地上。"立正！""向右看齐！""报数！"一连串的口令喊出去之后，古英俊以标准的军人姿态跑向以省军区首长为首的首长们面前，先敬礼，后报告："报告首长同志，正庄民兵营基干连集合完毕，应到132人，实到112人。请指示！"

从开始到现在一直以来不苟言笑的省军区首长罕见地笑了，这位曾经经历过无数次战火考验的老战士脸上露出了难得的笑容，先是看了看军分区和武装部的几位领导，而后向着站立整齐的民兵们摆摆手，说了一句：

"大家稍息吧。"然后又点点头，大声说道，"同志们好！"

幸亏古英俊和古建文以及村里几个复转军人都知道这一声"同志们好"的标配应该是"首长好！"也多亏这帮年轻人反应还算快，没有任何人组织，队列中响起了一片虽然不太整齐却声音高亢洪亮的"首长好"！

省军区首长脸上的笑容更灿烂了，讲话的声音也就更加亲切："同志们，我今天说同志们好，不是首长检阅部队，而是说你们这个民兵营真的好，同志们真的很好！"说到这里，首长扭头看看站在一旁的军分区和县武装部领导，继续感慨道："一次紧急结合，完全是我这个老头子搞你们的突然袭击啊，对不起了。可是谁能想到，我们一个民兵营的基干连，竟然能够在短短20分钟内集合起112人，这不是一个简单的数字，而是我们打起仗来需要的速度。这就是我们人民战争的战斗力！我们刚才派人计算过了，你们从最远的地段跑到这里，有将近3公里的距离，你们的集合速度，几乎已经达到一个极限数字，这么短的时间内能够集合这么多的人，你们毕竟不是正规军队嘛，但是，你们今天的行动让我这个老头子相信，你们可以做出和正规的人民解放军一样的成绩！"

省军区首长再次扭头看看，突然说出一句令所有人都感到有些突兀的话来："就在刚才，我想到一个问题，那就是这次回去以后要在军区党委会议上提出能否把今年的民兵军事训练现场会就开在你们这个村子。同志们，你们有没有信心为我们全省的民兵工作做出一个榜样啊！？"

民兵们愣住了，不知道该说有还是没有，这时，县武装部部长首先反应过来，往前跨了一步，带头双手鼓起掌来。

轻装从简，毫无套路，也可以说是突然袭击。亏得有个正庄大队民兵营，省军区首长的视察或曰检查对于军分区首长和县武装部部长来说都等于是跨越了一次火焰山。因为他们听说，这位刚刚从野战军调到省军区领导岗位的首长虽然还没有明确是司令员还是副司令员，但肯定是中央军委为了加强省军区的战备能力而让他由野战军副军长的位置上转任省军区领导的。也就是说，这位首长那是真正的军事行家里手，也最见不得弄虚作假那一套。有一些地方摆花架子让老头给熊了个够，所以，下面各军分区武装部的领导面对老头子这种不给你任何准备余地的检查工作往往束手无策。而这一次倒好，正庄民兵营给青山县武装部和上党军分区整个都争了光，这也说明整个青山县和全军分区的民兵工作扎实有效啊。也正因如此，省军区首长所说的那个民兵军事训练现场会就更让他们既兴奋又紧张，进而立即又把这种兴奋与紧张转移到了公社武装部和一众领导身上。

说兴奋，那是因为大家都明白，一个全省的军事训练现场会，那就是上级领导对你这个地区这项工作的肯定。这样的肯定，比你写100篇汇报都更有说服力。说紧张，那也是自然的，因为民兵的军事训练虽说也有条例，也有范例，但上级在你这个地方搞这个现场会显然不是为了让你循规蹈矩搞一套条例展示，而应该有所创新，有所突破，又能够展示给全省一些新的东西。可是，这个创新谈何容易？于是，为了这个现场会，在送走省军区首长之后，军分区的领导不仅没有离开青山县，而且还将军分区党委常委一并集中到青山县来，当天晚上就和青山县委县政府县武装部召开了一次特别的联席会议。

杏花公社武装部部长孙永平有幸列席了这次联席会议，并领到了一项光荣任务，由他主导并由县武装部两位具有野战部队工作经历的武装干事来负责正庄民兵营的军事训练。

5天以后，上级正式来电通知，经省军区党委常委会会议决定，本年度的全省民兵军事训练工作现场会将于12月初在青山县杏花公社正庄民兵营召开。

　　时光荏苒，一个月的艰苦训练，古英俊和他的基干连是在力保秋收工作顺利完成的情况下坚持下来的，这也意味着他们必须在精力体力上有着双倍的付出。然而，苦自苦矣，收获也是巨大的，而每一项每一次新鲜科目的训练都带给青年民兵们以无穷的乐趣和动力。譬如射击训练，在常规的民兵训练中，大家基本上都是一个人讲要领，许多人听要领，一支枪多人练，练一年打三枪。也就是说，无论你怎么训练，每个民兵每一年的最终训练成果考量就是那三发子弹。而现在就大不同了，县武装部送来了整整三大箱步枪子弹，既有老式的6.5子弹，也有新式的五六半7.62子弹，这就使得民兵们在训练中有了动力，有了目标，而每周一次的训练成果检查也由原先的比动作变成了比环数，训练成绩不由你不突飞猛进。再说一项，当时流行的步兵打坦克训练，这玩意儿在别的地方不敢说，在青山县来说，那就是真正的纸上谈兵。因为说是打坦克，别说真坦克，就是假坦克大家也都没有见过，你说那炸药包扎多大？竹竿哪里找？炸药往哪里挂？挂了怎么炸？这一系列的问题都是听听就算，听了也就了了。可是自从省里的现场会决定要在正庄开，这些问题一下子就都解决了。军分区用拖车从太行山区一个部队的坦克基地弄来一辆退役的苏式T-34坦克，这玩意儿虽说老了点儿，旧了点儿，也拆掉了原有的动力和火器系统，但从外表上看那可是正儿八经的真老虎，那么大个家伙往收倒秋以后的庄稼地里一放，虎气自来。

　　然而，条件是上级给创造了，真正搞好训练却还得靠自己。因为县武装部派来的两个武装干事还没怎么干正经事呢，就有一个让军分区抽走筹备这次现场会的有关事项去了，另一个倒是想着一心帮助正庄民兵搞训练，可他自己身体不争气，刚来三天就因为胆结石痛得满地打滚，还是古英俊和老支书连夜派王建青一路打着点滴护送到县医院去做了胆摘除手术，这手术倒不是个大手术，可必要的休息恢复还是少不了的。没办法，急得公社武装部部长孙永平跑到正庄来，老老实实和古英俊说："英俊啊，看来咱们是靠不上别人了，说一千，道一万，还是自己干。你们想想办法，有什么需要的，我已请示公社党委，全力支持你们。"

看着公社武装部部长这么着急，古英俊心里反倒踏实了。实际的情况是原先县武装部那两干事在的时候训练上倒是不用你多操心，可光招呼这两人也够古英俊操心的了，因为两位干事要求高，心气急，而民兵们毕竟不是正规军，有些事，你要求越高，他完成得就越差，正所谓欲速则不达。而两位干事一走，这事儿反倒好办了。因为古英俊有古英俊的绝招，那就是自己只管组织起来，具体的军事训练交由教导员古建文和王建青、席银城等几个刚刚从部队退役回来的老兵。这么做的结果是古建文等人既拿出了军队教官的架势，也尽到了传帮带的责任，尤其古建文，几乎每一个人、每一个动作他都要亲身示范，手把手教学，直到所有人都能够熟练掌握基本的要领。所以，当公社武装部部长孙永平在现场会召开前两天最后一次询问古英俊到底准备得如何时，古英俊一个立正，然后向孙永平敬了一个标准的军礼道："请首长放心，正庄民兵营保证不会给青山县丢脸。"

1973年12月8日，全省民兵军事训练工作现场会在正庄召开。一大早，东方那一抹鱼肚白刚刚隐去，县武装部几位领导就已经来到了正庄。此前一天，前次曾经来过正庄的军分区作训参谋就已经住了下来并和古英俊、古建文一起，把今天将要表演的科目又统统过了一遍。预演的结果是满意的，以至于那天晚上古英俊清楚地听到这位参谋在大队办公室给军分区首长打电话时以十分肯定的口气说道："请首长放心，正庄民兵营的军事训练是可以经得起考验的。"也正因此，军分区首长放大宽心地没有按原计划提前一天到来，而这也把县武装部的领导们搞得不得不今天起个大早，到现场来迎接省军区和军分区的领导。

上午9时许，在几辆上海牌小轿车和一串212吉普车的引导下，几辆装载着全省参加现场会代表的大型轿车来到正庄。村中央的广场兼篮球场上一时挤满了各式车辆，这是正庄建村上千年以来从未有过的盛况，连带着附近几个村的人们也趁着农闲或想尽各种理由来到正庄，要一睹这盛会的风采。正式的会场设在村前大清河边一片开阔的空地上，上百亩的训练场周边插满了红黄粉绿蓝五色彩旗，这些彩旗的设置，并非会议的安排，而是老支书张成才的主张。起初，对于这个建议有些人是不同意的，认为要么就应该全部插红旗，要么那就干脆不要这套形式，至于彩旗嘛，我们红色的队伍要彩旗是否有些不太合适？提出这个问题的是公社党委书记刘子青，可是张成才当下就给顶回去了："这有什么不合适？当年抗战胜利，咱县举行庆祝大会，那就全城插满了彩旗。有谁敢说那个不合适？"看看刘子青书记仍然不放话，老支书又接一句，"这事听我的，出了问题我顶着，与你们无关，就说你们不知道，可以了吧？"

令公社书记想不到的是，今天省军区首长一到现场就对这些彩旗赞不绝口，并且特地拉着军分区司令和县委书记的手说："好啊，你们这个彩旗好啊，这些年，我们干什么都搞一红到底，可生活还是需要五颜六色的嘛。花园里的花还是五颜六色的呢。"这一表扬，军分区司令是欣然接受了，倒把县委书记蒙了个大脸红，也不知接下来他这个县委书记该表扬谁才对。而一旁的公社书记刘子青兴奋之余则偷偷告诉武装部部长："孙部长，这彩旗的费用，记得给老张他们补上啊。"

简单的开幕式后，省军区首长亲自宣布："正庄民兵军事训练表演开始！"

于是，一幕幕经过事先排练的表演依次进行——

队列训练，正庄民兵摆出了平日里人们很少能够见到的女兵方队。在章玉儿和范香儿两个标兵的带动下，六纵六横36名穿统一无领章军装的女民兵走出了整齐划一的正步。这步伐，犹如战鼓齐鸣，踩得大地铿锵作响，也引来了参会代表和嘉宾们一阵高过一阵的热烈掌声。接下来的男民兵队列则是持枪刺杀表演，这又与部队一般的刺杀训练有所不同，简而言之就是在古建文的建议和导演下，由4个持枪民兵与4个手持大刀的民兵进行对打训练，刀是真刀，枪是真枪，虽然明晃晃的枪刺裹上了一层"外套"，所有的大刀也都只有刀背没有刀刃，但这刀这枪拼杀起来仍然是"噼里啪啦""叮当"作响，刀枪相碰之际，甚至还可以看得见碰撞出来的火花。场下的人们一个个瞪大了眼睛，生怕这训练场上出现什么万一，而场上对阵的双方却完全一副轻松自如的样子，大开大合，既无套路，又有章法，真的让人眼花缭乱。

再接下来是这次训练表演的特色菜品——步兵打坦克。这也是与此同时正规部队步兵正在流行的一项训练科目。这个科目对于民兵来说无疑更是新鲜的，也是具有开创性的。然而，由于有了那辆真坦克的存在，正庄民兵打坦克还真是练得有模有样，一招一式，基本就是电视教学片的翻版。只是他们在模仿教学片训练方法的同时还加进来自己的特点——抛射炸药包。也就是在距离坦克几十米远的地方，用大车胶轮里袋做弹射装置，将5公斤左右的药包让它带上尾巴和抓钩飞出去，一飞一个准，连续将三个炸药包弹射到了那辆坦克上面并稳稳地挂在了坦克顶盖旁的抓手上。这一幕，可以说独出心裁，别开生面，却又可以说是与这块土地的历史渊源颇深。因为这样的场景，很容易就让省军区首长想到了在我军历史上曾经立下过赫赫功勋的太岳部队专有战术发明——炸药抛射器。而这段历史，在首长来说则是亲眼所见，亲力亲为。因为，那当时，首长正和太岳部队这个独门兵器的发明者——太岳4纵队工兵营长聂佩章同在一个团。对于这种被国民党军称为"没良心炮"的兵器所具有的巨大威力，首长自然不能忘记，而现在一看我们的民兵竟然能把这种土制兵器延伸到现代战争的打坦克上来，那心情之复杂真是旁人不能理解。

现场会训练表演的最后一项是最为引人注目的射击表演。原本，一个普普通通的射击表演，除了射击的精度之外，你是很难玩出什么花活来的。可是，就在正庄民兵一字排开，在一溜12个靶台前一一就位，子弹上膛，但等一声令下便要开始射击时，看台上的省军区首长突然一个眼色，身边两个人便到县武装部部长身边一阵耳语，然后就见这两人又领着不知什么时候已经挑选好了的10位参会代表走到标靶前面，让原先已经安排好了的报靶员撤离，而由这几位蹲进了足有1米5深的掩体下面。看台下议论纷起。

有人说："瞧见没有，首长怕他们作弊呢。"

也有人说："是啊，上一次在罗山那里的射击表演就让首长给抓了现，一张靶纸上只有两个洞，却被报靶员给报了个10枪80多环，结果让首长一下子就给戳穿了，然后双手一甩，走了。"

又有人说："可不是呢，那罗山的军分区司令不是听说刚被停职吗？就是这弄虚作假给弄得。"

就在人们纷纷议论之间，射击表演开始，但是应该说这时的所谓表演已经完全失去了表演的本质，而变成了一次真切而严格的考核。

第一轮，第二轮，第三轮，三轮36人的射击全部良好以上，达到优秀的也多达22人，这个成绩足以让人骄傲，可是，谁都没有料到，这才是这次射击考核或者说是射击表演的简单开始或者说刚刚拉开序幕。现场会的尾声，按照原先的安排是正庄民兵营的营长教导员进行最后的射击表演。只见古英俊、古建文、鲁云生、王建青4个人，每人一支五六半，来到靶台前面，却并没有卧倒，而是一个个以站姿推弹上膛，齐刷刷站立整齐，等待首长一声令下。看台下人们又在议论：这正庄还真是有的底牌啊，站姿射击，这可不是闹着玩儿的。打砸了怎么交代？可是说这话的，十有八九都是外地来的客人，而对正庄和正庄民兵已经有所了解的人们，包括军分区司令、县武装部部长等人则在那里稳坐钓鱼台，就等着这几位打出更好的成绩呢。因为他们知道，在古建文手把手的训练下，王建青这个老兵不要说，就连古英俊和鲁云生两个军事方面的"生瓜蛋子"现在也能做到全姿势射击优秀有保证，脱靶绝不会。然而，这一次首长也使出了新花样，只见老头使使眼色，还是那两位军人走到4人身边，将各自的枪支拿在手里审视一番，然后把古建文的枪交给了古英俊，又把古英俊的枪交给了鲁云生，依次类推，转着圈儿把4个人的枪给换了一遍。人们明白，这是射击场上最忌讳的一招，一般来说，进入射击场前，总会有人对你的枪支进行校正的，正庄民兵的枪支校正就由古建文负责，校正之后还会告诉持枪人这支枪要注意什么问题。而现在可好，刚刚校正过的枪支，经过那两位军人摆弄一下，是否给你又弄出什么幺蛾子不说，原先校正过的基础也荡然无存。在这种情况下再让你马上就进行射击，这可真是一次特殊的考验了。然而，人们更没有想到的是，4个年轻人，只把这枪拿在手中端详一番便一个个神态自若地重新站定在各自的位置上。随着一阵枪声响过，报靶员报出了令人惊讶的环数："一号靶99环！""二号靶90环！""三号靶76环！""四号靶88环！"依次对应，一号靶古建文，二号靶王建青，三号靶鲁云生，四号靶古英俊。

"站姿，生枪，99环！不可思议！"

"两个90环以上，一个接近90环，太厉害了，我们在部队时候的神枪手也不过如此。"

议论声高潮迭起，看台上的各级首长也纷纷鼓掌赞叹，县委书记对武装部部长说："老兄啊，咱们的民兵能有这样的水平，没想到，没想到。你说吧，怎么奖励你们？"

武装部部长却没有笑，也不敢笑，用手指指看台中央的省军区首长，悄声说："书记啊，看吧，老爷子又要出招了。"

果然，就在人们一片议论声中，一直跟随省军区首长的两位年轻人再次走到武装部部长跟前悄声道："部长，首长想让我们和正庄民兵单挑打移动靶，你看这合适吗？"

县武装部部长赶紧找过来公社武装部部长孙永平，孙永平倒是气定神闲，一点都不感到意外，也一点都不感到紧张。他只是淡淡地问："一对一？二对二？还是怎么安排？请首长尽管吩咐。"

两分钟后，一场二对二的移动靶射击比赛开始。老爷子早有准备，所谓移动靶，就是两串氢气球，由报靶员在掩体中不定时抛出气球，这个射击难度，当真不比运动场上用霰弹枪射击飞碟更容易一些，可是，人们很快发现，这样的难度，对于2号选手古英俊来说确实是难了点儿，但对于另外3人来说却似乎太过平常。只见那气球在他们的枪下纷纷凌空爆炸，"嘭！嘭！""嘭嘭！"的响声过后，那三组各10只气球几乎没有留下几个，而在2号选手古英俊的面前则仅仅打爆3只气球。

比赛结果，首长身边的两个人每人打爆9只气球，而古建文的枪口之下竟然将10只气球全部打爆。这也就是说，如果以百分制来计算，古英俊得30分，两位参谋（想必是省军一级的高手）各得90分，而正庄民兵的神枪手古建文则是满分——100分。

掌声雷动，这一次，省军区首长第一个站起来带头鼓掌，一边鼓掌，一边招手让古建文过来。古建文正在收枪，孙永平跑过来，一把抓住古建文就说："傻小子，首长叫你呢，还不快点。"

当古建文来到首长面前时，身经百战的老首长竟主动伸出手来，一把抓住古建文的手，紧紧握住，而后才问："小伙子，听说你是当过兵的？哪个部队啊？这么好的兵，怎么就叫你给复员了呢？你们首长不识人啊。"

这一连串问，倒把个古建文给问得不知如何回答了，只是傻傻地笑着，干脆不回答。首长并没有再问下去，而是转向县武装部部长："我说部长同志啊，这么好的兵，复员回来是让你们捡着宝了。说实话，如果这个兵没有复员，我会把他要在身边的。当初战争年代，我身边就总是有这么一两个特别管用的兵啊。"

县武装部部长赶紧表态："谢谢首长关怀，我们一定尽快落实古建文同志的工作，让他重新为我们的人民武装工作发光发热做贡献。"

现场会空前成功，留给正庄大队的不仅是一面由省军区颁发的"民兵工作先进典型"金边大红锦旗，还有一时很难散去的超高人气。那个时候没有文旅一说，但是老支书张成才却敏锐地觉察到这中间大有某种机会可寻。于是，在老支书的主张下，鲁高明、古英俊、钱慧兰3人连续和县里有关部门联系，在农历腊月的时候给正庄增加了一次长达5天的物资交流大会，并请来青山县晋剧团在上次军事汇报表演的训练场上搭台唱戏。虽说剧目就那几个，无非《红灯记》《沙家浜》《白毛女》《杜鹃山》《智取威虎山》《奇袭白虎团》。戏是老戏，可人们一年到头也没个什么文娱活动，再老的戏，观众都爱跟着哼哼，当时叫作普及革命样板戏。但在老百姓来说，什么样板不样板才没有人在乎呢，大家喜欢某个演员，喜欢听她（他）唱，喜欢他（她）的唱念打作，一颦一笑，这就是看戏的全部理由。不过今年来正庄看戏或者说赶这个物资交流大会的人们可真有不少并不是贴着什么名演员跟着什么角才来的，他们来这里那是另有目的。什么目的？就为看一看，摸一摸，或者有幸还能到那辆坦克里面去待上一会儿。原本这坦克只是为了现场会临时拉来让正庄民兵训练用的。可是现场会结束以后，老支书张成才在军分区领导和青山县委县政府县武装部联合召开的座谈兼表彰会上不失时机地提出了两项要求，军分区领导连想都没想当下就答应了，连带着，青山县委书记面对张成才有些"过分"的要求，也只好痛快了一次。那么，张成才这两项要求是什么呢？

那天，现场会结束以后，送走了省军区首长和各地代表，兴之所至，军分区司令员临时决定将原本应在县城举行的表彰大会改为表彰座谈会，并且就在正庄召开。对于这个表彰会，应该说尽在人们预想之中，按常理，这样的会也就是领导总结表扬，下级表态发言，提出未来任务就可以了。但是，官不大政治经验却极其丰富的张成才却另有想法。会前，张成才把古英俊叫过来，一改以往有什么荣誉尽量把年轻人推往第一线的做法，低声吩咐道："英俊，今天如果领导让你讲什么，你可注意一点，一定要往我身上推，让我好歹也讲两句，记住啊！叔这可不是求你。"

话都说成这样了，古英俊当然记住一定要在自己发言时把话柄往老支书身上递。果然，会议气氛相当轻松。军分区司令对于正庄民兵的表现已经不能用满意来表达，而是颇有感慨地说："同志们啊，我今天是特别高兴的，相信你们大家也是特别高兴的！因为我们正庄民兵用超乎想象的表现征服了所有人，这说明什么呢？说明我们的民兵军事训练是下了真功夫，而不是摆了花架子。"

说到这里，军分区司令特别看了看县武装部部长，又指着已经来过正庄不止一次的作训参谋夸奖道："你们两个，我是要特别表扬的，军分区要为你们记功。"然后又将目光转向古英俊、古建文这一群坐在正面的听众也是本次会议的主要受表彰者，"但是，无论你们做了什么工作，都不能替代我们正庄民兵，不能替代我们正庄大队党组织的最艰苦的工作、最扎实的功夫。他们才是这次现场会成功的根本和最基本的保证。"

掌声一片，军分区司令自己也忘情地鼓着掌。掌声最少保持了一分钟，司令接着讲道："我们的神枪手、我们的小营长，今天军区首长已经特别叮嘱我们了，要我们关注你们的发展成长，为什么呢？因为你们代表了我们全区民兵工作的精神和力量。你们理所应当受到特别的奖励。我今天说到做到，这样吧，咱们不是现场会吗？你们就现场给我提两项要求，希望我们能为你们做什么，或者你们希望得到什么，只要你们要求合理，又在我的权限之内，一定办到。"

军分区司令要正庄民兵提要求，这在古英俊和古建文他们来说是根本不敢想象的，自然也完全不可能提出什么要求。这样的事情也许有人会说你们太审慎或者太窝囊了点，多好的机会，就这么轻易放过，难道不是太可惜了吗？其实，只有彼时彼地设身处地地想一下，你才可以理解古英俊、古建文他们的做法是何等的理智，而老支书张成才的做法又是何等的老谋深算。当然这也可以叫作"政治成熟"。因为，如果你仔细分析一下军分区司令员看似随意，实则老到的许诺，你就会发现，首长要你们提的要求，其实有着许多不可逾越的"雷池"：其一，你的要求必须合理，而不是漫无边际地想要什么要什么；其二，这个要求又必须是军分区范围内能够办到而又不违反任何规则的。那么，你又能向一位主管民兵工作，主抓军事训练的军事干部提出什么要求呢？然而，军分区司令这样说，最显著的效果却实实在在地体现出来了，整个会场，所有参会的人员，情绪为之一振，人们窃窃私语，都在想着这正庄的年轻人会提些什么要求。会议的主持人县武装部部长也笑嘻嘻地将话筒递到了古英俊的手中。于是人们又将目光转向这个只有19岁不到的小小民兵营长，看看这个在训练场上潇洒自如的年轻人将会提出什么出格或不出格的要求。

　　然而，让人们万万想不到的是，古英俊把话筒拿在手中只说了一句话："谢谢各位首长，我们正庄民兵工作如果说有一点点成绩的话，那首先应该归功于党的领导，具体来说，就是应该归功于我们正庄大队党支部的领导，所以，我想请我们的老支书张成才同志代表我们讲话。"

　　会场上又是一片欢呼与掌声，年轻的民兵营长在一众首长眼中的分量更加增重了几分。但是，人们很快就静了下来，也将关注的目光盯在了接过话筒的张成才身上。张成才自不含糊，先向各位首长点点头，而后三言两语便将话题转到了军分区司令所说的希望与要求上来："老实说，我刚才听到首长希望我们提一些要求，这事我们是根本没有准备的，但是我想我们也不应该让首长失望。那么我就大胆提出两项要求吧，如果不合适，还请首长见谅。"接下来，张成才当众提出了两项人们完全意料不到，听起来却又尽在情理之中的要求或者说是希望。

第一项是针对军分区司令的，那就是希望那辆用于训练的坦克能在正庄继续多待一个月，以便让许多希望亲手摸一下这现代装备的贫下中农和社员群众了却一个心愿。这也算我们这次现场会带给人民群众的一份福利，同时也借此增加群众战备教育的现实感。

第二项可就有点让领导们多少有些为难，但对于正庄村的村民或者说全体社员来说却是实实在在的福利了。什么要求呢？张成才说："如果可以的话，我们希望县里能够给我们大队奖励一些三大件的供应券。不多，只希望今年村里结婚的青年男女每对能够平均分到一张。不然的话，现在村里每年只有10张券，可我们今年腊月到明年正月要结婚的青年就有21对。本来呢。结婚的人多，这说明咱们这个大队兴旺发达，说明咱们的青年民兵人家能够看得上，可一对青年要结婚了，我们却连一张三大件的券都分配不来，我这个支部书记实在是愧对我们这么好的青年人啊。"说完，张成才一副不好意思的样子，当着那么多领导的面，掏出自己的旱烟袋，点着了，默默地抽了起来。

张成才的皮球是踢出去了，接这球的只能是县委书记杨振东和由"造反派"起家提拔起来的年轻的县革委主任秦少勇，两人互相看看，还真不知如何回答是好。因为这事要说不大，张成才要的东西既不是钱也不是物，给了也不违反任何原则。可实际情况是这供应券既可以是钱，也可以是物，在那个商品紧缺的年代，你有钱也买不来。当然，紧缺是紧缺，不然张成才不会以此种方法来向领导索要，但在县委书记县革委主任来说，调剂几张几十张券还不是小菜一碟？问题是现在这个场合，参会的不光是军分区的领导，还有县里一众相关单位的负责人以及各公社的武装部部长，加起来也是百十号人，你书记也好，主任也好，当着这么多的人把这事答应下来，势必会产生一些连锁反应。可是，就这么件事，人家军分区首长对于正庄大队的要求连一点折扣都不打，还附带要给正庄民兵增加特殊配备一批五六半，以替换那些老掉牙的日式三八大盖子。现在轮到县领导了就抠抠搜搜似乎也不太好。县委书记的水平就体现在这个时候，军分区领导的高明也体现在这个时候，眼见由自己挑起的奖励问题就要在县领导这里搁浅了，军分区司令一拍大腿声音洪亮地搭了腔："张支书，你就放心吧，那辆坦克就给你再留一个月。你也要相信你们县委县革委领导会拿出一个好的方案解决你这个问题的。我们的物质生产确实还是比较紧张的，所以伟大领袖毛主席要我们抓革命，促生产，给人民群众提供更加丰富的现代化物资。你这个问题很快就不是问题了。"

就在军分区首长插话的空档，县委书记的方案已经悄然产生，只见他把满脑子为难不知所措的县革委主任叫到一旁，低声秘语几句之后，年轻的县革委主任的脸上立马豁然开朗起来，阴沉而焦虑的情绪一扫而空，从会议主持人县武装部部长手里接过话筒，高声宣布道："尊敬的首长，各位同志们，现在我宣布一项我们青山县委和县革委的最新决定：为了表彰在这次全省民兵军事训练现场会上做出突出贡献的正庄民兵营，特奖励其供应券20张。而且这也将成为我们今后的一个惯例，无论任何单位，只要你能够获得省级荣誉，县委县革委将同样给予不同程度的此类供应券奖励。有关这项规定，我们将在最近一次常委会给予正式确认。"

掌声又一次响起，县委书记和县革委主任很好地充分地利用了稍瞬即逝的"时间差"，完美地解决了正庄大队希望得到供应券的问题，同时也将此演变成为一种并不单独针对任何单位、任何个人的例行政策，使得正庄之外的那些单位和个人既看到了希望，又无话可说，但在实际工作中其实很可能遥不可及。

这个时候，可以说除了张成才自己之外，大约还没有什么人能够想到张成才之所以要求留下那辆坦克的真实意图其实是"醉翁之意不在酒，在乎山水之间也"。他的山水就是后来成为现实的物资交流大会。

这是一次别开生面的物资交流大会。首先，看戏不卖票，仅这一点就在整个杏花公社和全青山县开了一个先例，也让方圆十里八村的父老乡亲和那些戏迷们过足了戏瘾。就连县剧团的团长都颇有感慨地说："这是我们多年来第一次满座，而且是这么大的剧场，这么多的观众，演员能不卖力演，能不拼命唱啊！"

看戏是不需要买票，但物资交流大会所展示的各色商品，尤其是来自邻近县份的特色年货那可就让人们少花不了钱。而对于正庄大队来说，老支书张成才那是有备而来，每个生产队都在剧场周围撑棚搭帐，生火做饭，摆开了卖饭。大队部更是将鲁成旺临时征召回来，让这位盛名在外的大厨亲自掌勺，为来自各地的商家宾客大摆宴席。尤其让人们大感意外的是，鲁成旺这个大厨不仅对后厨一包到底，而且还带来了六七个知青给他贴厨当服务员。想一想，知青当服务员，以章玉儿、范香儿们的聪明漂亮，再加上鲁成旺的高超厨艺，这饭店虽说是临时的，可那慕名而来的宾客能不络绎不绝？于是这样的场面出现了，有的人就为了在鲁成旺的"知青饭店"吃一顿饭，需要先领排队号，再等翻台号，先后搭进去一两个小时都乐此不疲。以至于张成才不得不亲自下令，要鲁成旺和他的知青饭店每天只许接待300名客人。之所以这样要求，一者是为了保证饭店菜品质量，二者则是为了保证各生产队饭店的基本平衡。正庄大队的这个模式后来也成为整个青山县改革开放初期那一阶段各家饭店所遵循的基本规则。直到有一群南方人来到青山县，由他们接手了县政府赔钱无度的宾馆饭店之后，才算打破这个规矩，商家们也就真正的一切"向前看"了。

也许有人会说，正庄大队这物资交流会唱戏不卖票，吃饭还限制人数，张成才的经济账怎么算？难道当真闹个赔钱赚吆喝吗？错！诸位不要忘记，老支书张成才之所以提出要办物资交流大会的原因是军分区首长答应把那辆真坦克给正庄再留一个月。所以，张成才搞这个物资交流大会的核心和底气，恰恰就在于充分利用好这难得一见的宝贝，让它把人吸引来，更让它把人留得住，最终当然是让人把钱留下来。那么，如何才能把人吸引来，又如何才能把人留得住呢？张成才的办法是本着让这坦克服务于更多青少年的目的，通过各种关系给县城里边的人们捎话："坦克这玩意儿留在这里的时间只有一个月，错过此村无此店，赶紧抽空带着孩子来看一看摸一摸啊。"无疑，这是一种在任何场合任何时候都可以说得出站得住的舆论，看坦克自然是免费的，但出于安全考虑，张成才要求古英俊派出民兵为坦克站岗，而且坦克里面每次只可以钻进去3个人，无论什么人，在坦克里面的时间不得超过5分钟。听起来这是一个非常人性化的规定，可是仔细想想，县城到正庄20公里，那个时候的人们是没有私家车的，交通基本靠两样，一个是长途班车，县城路过正庄的班车不算少，一天5趟，但这5趟全都算上也最多不过200多人，但也正因为县城距离正庄只有20公里，这就为绝大多数人骑自行车往来提供了方便。好了，酒香不怕巷子深，自打物资交流大会开始这天一大早起，县城通往正庄的公路上，骑自行车的人们便络绎不绝，而且基本都是大人带着孩子，而且一般都是十一二岁的男孩子。县里的孩子，本来也没有更多的活动场所，这一听说有真坦克可看可摸可玩耍，岂能不要家长带着来的？而作为家长，自然也是十分愿意为孩子提供这样一个难得的福利的。我们可以做一道并不太难计算的数学题：假设每天参观坦克的时间从早晨8点到天黑前6点整整10个小时600分钟，而每一组参观人数为3人，这一天总共可以参观人数应为多少呢？结论是360人。可这事儿它怕就怕越传越神，家长倒好说，孩子那可是越排不上队就越要排队，看了一次还要看第二次。许多家长和孩子宁愿从学校请上假，打早上8点就来了，先领上排队号，估摸着少说也得等待几个小时，这段时间干什么？好说啊，村子里不是正有物资交流大会嘛，赶会看热闹，买东西。孩子玩的，家里用的，父亲抽的，母亲抹的，各色各样。而到了这个时候，人们才会发现，正庄大队这个物资交流大会还真的与青山县一向所有的此类活动大不相同。什么不同呢？以往的物资交流大会，基本上都是县商业局统一安排，县内各百货公司、各公社供销社各有分工，各管一段，在一条不太长的街道上摆摊设点，撑个门面，至于这些摊点所卖的东西，基本都是店里有啥我摆啥，怎么方便怎么来。所以，此类型物资交流的实际意义也就名大于实，而经济成本则是基本不予计算的。而这一次老支书张成才主张并策划的物资交流大会却打破了以往这一系列的定式。因为这个物资交流大会是临时加进来的，原本并不在县商业局的年度计划之中，所以商业局领导讲了："老张你这个物资交流大会我肯定是支持的，但是我不能因为你这个而破坏了全县原本的计划。这样你看好不好，我把权利交给你，你自己联系各百货公司供销社，联系上谁算谁，我一概支持好吗？"

正中下怀！张成才听了商业局长这个回答，那是暗自欢喜，怕就怕你不给我自主权，怕就怕你那老一套，现在交给我，那你就等着瞧好吧。张成才派出去鲁高明联系商家的结果是除了本县的一些商家之外，更主要的是以所谓"优惠条件"引来了周边各县诸如平遥、介休、临汾等地原本商业意识较为先进，物资来源也更为广泛的许多商家。什么优惠条件呢？占地费打折。

多年以来，在青山县里，无论百货公司也好，其他供销社也罢，能在你某村某镇搞此类物资交流大会的时候来你这里设摊开店那是给你面子，你得好好谢谢人家的。别的不说，会前会后吃个饭，送面锦旗什么的还是少不了的。可这一次张成才、鲁高明到外地引来商家的办法却是我欢迎你来设摊开店，但你得交我一定的占地费。多不多？不多，一个商家总共只收200元，但10个商家那可就是2000元，何况临汾城里的一家百货公司就给了3家的占地费，人家来你这个地方看上的是你这里的消费市场。自然也就像主人似的自选地方，自定货物，想怎么办就怎么办，把所有的权利交给商家自主。这一来，整个物资交流大会就成了真正的商品交流，来自北京、上海、天津乃至广州等地的女性化妆品、男士三接头皮鞋等以不可思议的迅捷度一下子涌进了正庄，又通过正庄风靡了全县。尤其是一种叫作"的确良"的家伙，以它为布料做成的衬衣、外裤、女士裙装，不仅不要布票，而且挺拔靓气，真所谓人见人爱，无分男女老幼，货物一上摊，瞬即抢光。而带着孩子来等着上坦克的家长们，在排号等待的这段时间里，一拿上排队号便十有八九要带着孩子来这热热闹闹的大街上走一走，给老婆买化妆品，给孩子或自个儿买件的确良，那真叫个爽意！完了，如果等到中午坦克那边还轮不上你或者已经从坦克里面出来了，那就一定会走进饭店，同样慕名而来，专找鲁成旺的知青饭店或挂正庄一二三四五队牌子的饭店好好吃上一顿，为什么专找正庄的饭店呢，因为正庄的饭店饭菜质量有保证，还不要粮票量又足。这在当时的情况下，绝对是个另类。但正庄有这个底气，粮仓里面的小麦囤着好几大囤呢。

要说起来，正庄搞这么大这么热闹的物资交流大会，正庄人有着近水楼台先得月的优势，章玉儿、范香儿等一帮女知青的存在也恰如其分地把这种近水楼台先得月之利发挥到了极致。最先发现这会上居然有了原本只在北京、上海、广州那些大城市才有的时髦化妆品和的确良的自然是章玉儿。章玉儿不肯浪费这难得的机会，自己喜欢还不行，又将范香儿等姐妹们一起叫上给商家做起了活广告。十来个漂亮的女孩，人人满载而归，也将这股子风瞬间刮到了田间地头，各家各户。于是村里的姑娘小媳妇们也开始蠢蠢欲动。没错，农村人，在知青们的影响下，也想着学着将那些化妆品、三接头和的确良成为自己所有。于是，从几对恋人开始，再到家庭条件好一些的小媳妇大姑娘狠着心甚至是闭着眼掏了这个钱。但对于绝大多数的正庄人来说，化妆品、三接头和的确良还是太贵了点。尽管那的确良不要布票，可这时已是一年一个人8尺布票，在相当一部分正庄人手里已经足够用了。至于化妆品，除了刚刚出嫁的小媳妇又有谁会把它当回事呢？不过，买不买是一回事，看不看是另一回事。都说城里女人天生爱逛商场，其实农村女人在这方面同样毫不逊色。而且呢，就像是谁给规定了似的，几乎所有的姑娘媳妇们在逛商店时都要自己的情人、恋人、爱人相陪伴，买不买，先看看，一时成了时尚。

对于这个时尚，古英俊是无暇顾及，也压根儿没有觉得这种时尚会与自己扯上什么关系。然而，有一个人，有一个同那些女孩子、姑娘小媳妇们同样爱美，也同样需要有人陪着逛一次商店的漂亮女人却在心心念念地等着他，哪怕就那么看似随意地陪着自己逛一次，欣赏一次大众的流行与小众的需求呢。

这天一早，古英俊和古建文到专为坦克设置的围栏现场，就这一天的工作对几个民兵进行安排。去的路上慧兰儿正好从对面走过，也许是某种感应，就在侧身相过的一刹那，古英俊觉察到慧兰儿似乎有什么话要和自己说，可是慧兰儿的眼神就那么一瞟，然后便照直走了，古英俊也就没再多想。然而，半小时后，当他把守护坦克维持秩序的事情交代给古建文，一个人返回村里时，再次碰上了慧兰儿。打实说，一段时期以来，和慧兰儿的关系已经成为古英俊心中一件缠绕不绝，举足难措的事儿。不见的时候，只要有空闲时间，慧兰儿的身影就总是闪现在自己眼前，那份娇媚，那份温柔，那份让人爱怜难舍，无不揪心。可是真正见到慧兰儿，能言善辩的古英俊又总是难以从舌尖蹦出一个字来。只是，从慧兰儿的眼神中，他也读懂了这女子那微澜荡漾的眼波中心心相印的秘诀。两人就这么互相扯着，却又没有谁以一次摧枯拉朽的攻势将这一尴尬的意境扫荡而去。正因如此，古英俊总觉得自己有点对不起慧兰儿，现在看见慧兰儿正向自己走来，心里一下就明白在这半个多小时的时间里其实慧兰儿一直是在等待机会和自己有什么话说。想到这里，瞅瞅四周无人，古英俊赶紧凑上去说："兰儿嫂子，你——"没等古英俊说完，慧兰儿迎上前去轻轻捏了一把古英俊的胳膊："我等你呢，今天有没有时间陪我到临汾家那个百货公司看看。我听人家说那里的化妆品和的确良可好了。你就不想嫂子也化一化？"

古英俊多少有点蒙，陪女人逛商店，这事儿在这个已经19岁的青年来说绝无先例，甚至连想都没有想过。可对慧兰儿来说，这要求难道有一点点过分吗？难道你古英俊可以拒绝吗？正在犹豫，慧兰儿又软绵绵地说了一句："英俊，我只要你陪我看看，你说好我就买，我有钱，而且我也想给你买一件人家都喜欢的那种三接头皮鞋呢。"

话都说到这份儿上了，古英俊觉得自己再不答应那就太不男儿了。于是，他点点头，低声道："下午，剧场开戏之后好吗？那会儿人少点，不和别人挤。"

古英俊这一句话说是说了，心里也当真想着这事，可偏偏下午3点多的时候，剧场的大戏《智取威虎山》还没开演，就有人到家里来找他，说是县武装部的两位科长来了，专程找古英俊准备参加全省民兵工作大会材料来的。这是大事，古英俊早先已经听公社武装部部长孙永平说过，据说是省军区首长点名要正庄那个小营长说一说的。所以这事也就成为县里的大事，县委书记杨振东还要求县委通讯组的笔杆子们来配合一下，而武装部部长则坚持这个材料由武装部和古英俊自己来搞。看来，搞材料已经迫在眉睫了。没办法，这事儿不能挡也不能拖，可是慧兰儿那边怎么办呢？古英俊这么想着，已经来到大队办公室。他刚想问一下两位科长能不能先歇会儿，晚上加班搞材料，却发现慧兰儿比自己还先一步已经来到，而且正在和一位领导模样的中年人说着什么。

事有凑巧，和慧兰儿说话的乃是青山县商业局副局长王瑞祥。王副局长原本与这次正庄大队的物资交流大会没有什么关联的，可是这几天不断有人反映，说正庄这个物资交流会有些不正常情况。譬如说商家来青山县摆摊设点居然没有到县商业局办手续，这算不算投机倒把。又譬如说，临汾的百货公司居然进来了一批青山县根本没有过的商品，它们的繁荣，直接导致了本县若干商家在这次物资交流会期间的暗淡和冷清，给本县商界造成了极其不好的影响和经济损失。然而，之所以有这一切的产生，年过60，有些老迈的商业局长自己是心知肚明的，对于本县商业战线长期以来萎靡不振的问题也早有整治之心，却无整顿之力。所以他才把这次正庄大队物资交流大会的招商权限干脆交给了张成才自己，对人家反映的情况并不想太多干涉，但又不能一点不管。所以这才委派年富力强的王瑞祥副局长代表商业局来具体看一看，了解一下正庄这个物资交流大会究竟是什么情况，以免领导问起时无话可说。王副局长这才与县武装部两位科长同车来到了正庄。而从正庄来说呢，此类事情本应该是鲁高明具体分管的，正好鲁高明外出有事，所以老支书临时抓了慧兰儿的差，让她来对接王瑞祥副局长。

平心而论，年轻气盛的王瑞祥副局长在接到来正庄调查这活儿的时候是十分不高兴的。因为这事的来龙去脉他虽然没有参与，但老局长的行事做派他是一清二楚的。现在让他来处理这个问题，显然老局长是在玩太极。官场上有句后来很流行的话，叫作谁的孩子谁奶去，王副局长此时的心态应该就是这个样子。可是，本应与他对接工作的鲁高明不在，而接替鲁高明接待王副局长的慧兰儿刚一出场就让这位副局长立马转变了对于这趟差事的态度。甚至可以说，当他看到与他对面而坐的这位少妇时，王副局长整个的神经系统刹那间沸腾起来，真个是深山出俊鸟，幽涧有沉鱼，正庄居然有这样标致的美人，简直不敢相信。王副局长偷偷捏了一把自己的大腿，有点儿疼。这说明自己并非在梦里，并非在臆想，而是真真切切的真实。事实上，对于慧兰儿的美，王副局长曾经是听说过的，但经验告诉他，以讹传讹的夸张，往往是经不起水落石出的。都说那深山出俊鸟，可你真到山里看看，能见到的鸟还真不比动物园的多，也很难说就比动物园的美。然而，慧兰儿的出现，却使王副局长大有相见恨晚的感觉，只是不能说，更不能有任何的表露。但也正是从这一刻开始，和武装部两位科长乘车一路都板着脸没有说几句话的王副局长的说话频率突然加快了许多，冷漠的脸上也换上了永不消逝的笑容。

当古英俊和县武装部两位科长在大队办公室深入交谈的时候，慧兰儿已经陪着王副局长，或者莫如说是王副局长陪着慧兰儿，两个人正肩并肩向商铺林立的正庄街道走去。

在悬挂着临汾百货公司巨大横幅的商店里，以普通购物者身份出现在这里的王副局长和慧兰儿莫如说更像一对情侣。王副局长纵情挥洒着自己丰富的商业知识，对慧兰儿提出的每一个问题，他都给予了尽可能详尽的解答，似乎并不是慧兰儿在陪王副局长考察这些商家，倒像是王副局长在陪慧兰儿考察他所辖的单位。特别是当慧兰儿在已经被章玉儿等人推荐过无数次的上海"蓓丽"牌的成套化妆品跟前驻足停留时间稍长一点，王副局长也没多说什么，招招手，便对那营业员说："这个，包好了，给我来一套。这个品牌的化妆品应该是目前我们国内最好的了。漂亮的女人当然应该享有。"

这话说给谁？慧兰儿没有听明白，也不可能去明白，对于这套东西，慧兰儿也想买，可是又觉得应该由古英俊陪自己来买，何况她也不想和人家王副局长买同样的东西，万一别人看见，该怎么说呢？就这样，看了一家又一家，王副局长看了一路，也给慧兰儿普及了一路的现代商业知识或者说是生活常识。把个慧兰儿听得只剩下频频点头，声声叹息。她完全是发自内心而由衷地感叹："王副局长，您怎么知道这么多呢？让人听了还想听，就和在学校听老师讲课似的。"

王副局长赶紧不失时机地回道："那好啊，喜欢听，今后我就想办法多让你听啊，一会儿我给你留个我办公室电话，只要你愿意，随时都可以让我来的。"

物资交流大会的情况究竟好还是不好，王副局长根本不需要再做什么调查，一个下午的考察让他忽然感悟到正庄的物资交流大会确实有许多与众不同之处，但这都不是缺点，不是问题，而是经验，是成功。它是本县商业工作的一项突破。老局长的滑头也不再是毛病，而是施舍。附带说一句，王副局长离开的时候，同样是和武装部两位科长上了同一辆北京212，而他的手里也并没有比来的时候增加任何一点点东西，倒是慧兰儿手里增加了两大包沉甸甸的物品。

八
战天斗地学大寨

冬近腊月，历来便是农家的休闲时节。但是这个规矩从打20世纪70年代起被打破了。冬闲不再闲，反而变成了农民在一年四季中最忙最危险的季节。所谓忙，是因为那时最强调的农田基本建设只有在冬季才可能进行大规模的工程。所谓险，则是因为这农田基本建设往往离不开开山放炮，炸药的威力是巨大的，炸药的破坏力同样也是巨大的。1973年的冬天，在全省民兵军事训练现场会的袅袅余韵中，正庄大队农业学大寨运动的高潮随之到来。老支书张成才有史以来第一次把这么重要的"运动"交给年轻的民兵营长古英俊来担任总指挥，同时由王建青兼任民兵营的教导员。因为原先的教导员古建文在那个现场会后不到10天就被县武装部部长给叫走了。县武装部部长说到做到，让古建文出手就担任了县内一个比较偏僻，但也同时就显得地理位置尤其重要的公社武装部干事。在那里，一半的工作是民兵训练，另一半的任务则是反特防特。因为就在之前并不太久远的年代，海峡对岸的特工机构还曾在那里空投过两次特务，当然两次都被警惕性颇高的青山人民给统统捉了去了。到了这两年，空投特务是没有了，对面飘来的气球以及气球上携带的花花绿绿的反动传单等的宣传品又时不时出现在这块敏感的山地。于是，清扫这些东西也就成为古建文将要担负的新的任务。

正庄大队的农田基本建设有别于许多中看不中用的面子工程，不硬修梯田，不移山造地，而是将主要的"兵力"用在了一道长达2000米以上，纵深宽窄则在100米到300米之间的大清河河滩上。这块地段的东面是一道长长的山岗，大清河主干道紧贴着山岗的底座从北流向南，而在其西面则是一条笔直的省道，坚实的路基保证了在一般情况下洪水不会漫过公路，也就不会侵蚀河滩上属于正庄的土地。要知道，河滩地，从古至今都是洪水漫地后淤积下来的肥田沃土，但也是容易让这土地的所有者一水过后倾家荡产的根基，更是往往会引发河水两岸村庄因河道变迁而导致土地增加和流失所引发矛盾的导火索。有关此类官司及相关斗殴事件的记载可以说遍及诸多沿河地带，大清河两岸的人民与村庄自然也不能免俗。但是，在正庄村东的这段大清河偏偏属于另类，概因其河道的一面是坚固的花岗岩山石，而另一面则是无所依托的平阔河滩，所以，这河道侵蚀田地的情况只有一种，那就是如遇大的洪水，浪高水急，洪水借助于岩石的力量，在冲撞岩石无果的情况下，反过头来就会一个浪头冲刷西面的河岸以及相连的田野。为了这可怕的浪头反冲，多少年来，正庄人操碎了心，也付出了沉重的代价，就在几年之前的夏天还让一波洪水将老支书他们这一辈人辛辛苦苦栽种的上千棵足有碗口粗的柳树给一波推了个精光。这一次，借助于农田基本建设的东风，老支书张成才事先对这一带的地形地物做了详尽的勘察，又请县水利局的技术人员做了规划设计，干什么呢？首先要给河道留下足够的"活动场地"，让它可以在一定范围内具有来回摆动的幅度，也就是说，在参考县水温站统计的河水流量之后，按照百年一遇的标准，再加上5米的宽度将总共80米宽的河岸留作预设河道，而紧挨80米河道的则是将要建起的一道宽3米，地面高2米，地下深1米5的顺河大坝，坝体的地下部分将以几百年来屡试不爽的办法，坚硬石料加三合土灌浆，以保证根基的牢固，地上部分就更简单也更实用，就是全部采用宽50厘米以上，长1米以上，厚度不低于30厘米以上的立石迎河面斜插，以便于将石料对洪水浪头的分散力发挥到极致。当然之所以这样做，而不用更加先进的钢筋水泥来筑坝，那也实在是财力不够，更何况在那个年代，就算你有钱，又去哪里能够搞来几百上千吨的水泥和更多的钢材呢？而在老支书张成才和县水利局技术人员的规划下，这所有的材料都可以实现就地取材，自给自足。作为这项工程的具体指挥者，只有不到20岁的民兵营长古英俊将承担起所有这些工作中最重要也是危险性最高的一项工程——建石料场，开山放炮。而鲁云生、王建青等人则分头把关，负责烧石灰、挖地基、运石料、平整场地等一系列纷杂的工序。

采石场的工程在一开始的时候是顺利的，可是一到真正开山放炮取石的环节那就险象环生。尽管古英俊一再强调安全第一，从打炮眼，到装填炸药，再到逐个点炮以致排除哑炮，可以说层层把关，可是，令人痛心而不可挽回的时刻还是从天而降了。

那一天，采石工地上，为了加快采石进程，将原先采用的50厘米浅孔爆破改为75厘米深孔爆破，因为要想开采出尺寸更大、硬度更强的巨石，就必须采取这种深孔爆破方法。但那个时候村子里并没有电子点火的设备，这就要求在每一次爆破的时候都尽量设置点多一些，分散一些，以期几个人同时点火，同时爆破，从而节省等待时间。为了这一点，古英俊还专门请了原先在部队时曾经干过5年工程兵、点火爆破无数次的老兵张英才为技术指导，专门负责工程安全。

腊月十二这一天，阴沉的天空中飘起了纷纷扬扬的雪花，一大早，公社来电话通知老支书张成才和鲁高明、古英俊3人上午到公社去开一个紧急会议。眼看老天下这么大的雪，又担心自己不在对安全事项放心不下，古英俊临走时专门找到张英才，特别交代："英才叔，这天气不好，要不，今天咱就歇上一天吧，让大家也回家备备年货。"

张英才却说："英俊放心开你的会去，这爆破上的事儿不用你操心。我好歹在部队上干过几年的。这天气，只要大家别让炸药受了潮就没有问题。"说完，扭头便走向了打炮眼的工地。然而，古英俊怎么也不会想到，张英才这一扭头，竟是永诀。

快晌午的时候，公社会议正在进行，什么内容呢，说来说去是老生常谈，冬季农业学大寨运动县里要搞排名，各家汇报战果。当轮到正庄大队汇报的时候，突然，本来蹲在办公室看电话的公社秘书急匆匆推门而进，一下子就直奔老支书张成才的跟前，几句耳语之后，老支书朝着古英俊和鲁高明摆摆手，低声地说了句："这会不开了，出事了。"说完，掉头就走。古英俊和鲁高明赶紧跟了出来，只见公社书记已经等在会场门口，走过来，和老支书握了握手，轻轻说了句："老张，妥善处理后事，整一个材料，咱们争取给死者报烈士。"

老支书点点头，什么也没说，跨上了自行车。古英俊和鲁高明也赶忙骑上车子，3人谁也不说话，照直朝采石场飞奔而去。

张英才的牺牲其实可以避免，快晌午的时候，4处共20个深度炮眼打好了，张英才比往日更仔细地查看了每一处炮眼和药包，挥动红旗，吹3声哨子，让人们都到安全区域去躲炮，然后才和4个爆破手同时点燃了这20处炸点。

一切如常，20秒钟之后，爆破连续响起，从1声到18声，基本没有间断。18声之后，人们开始盯着手表数数，1秒、2秒、10秒，"嘭"的一声，很明显比先前引爆的那18响大不一样。有人开始议论："这一定是炸药受潮了，不然怎么延时这么久才响？"又有人说："不一定，应该是导火索的问题，这年头，导火索质量难说都合格，那中间引药不够同样会延时啊。"

张英才没有参与这永远没有定论的争议，而是回头看着大家，摆摆手说："兄弟们，这才19响，还有一炮没给咱响呢！"

人们静了下来，静静地等待着，又是10秒、20秒。人们等待不下去了。这个说："没事了，哑炮，排了算了。"

那个道："是不是刚才听错了，少数了一声吧。"

再进一步就有人说："我数着怎么好像就是20炮了啊！"言之凿凿，似乎是别人听错了的。张英才的脸色则是更加阴沉了下来。他知道，麻烦事儿来了，这么长时间不响，那应该就是哑炮。可是，万一、万一呢？再等等，安全第一，不能冒险。

不能冒险！类似的事情张英才在刚刚过去不到一年的青山县农业学大寨运动中也经历过。那是在去年，县里领导为了学习外地经验，特意组织全县农田基本建设大兵团集体会战。要全县22个公社3000多人的队伍组织起22个连队，在方圆不到5平方千米的大清河边劈山造田。冬日里天气很冷，那河滩附近仅有一个总人口不到200人的村庄，这3000人的吃住就成了问题。为了解决这个问题，也不知听了哪位高参的妙计，县委县革委领导居然提出全县人民尤其是农田基本建设大会战的"兵团战士"要发扬抗日战争时期青山人民对日寇的围困斗争精神，在那工地附近的黄土疙瘩上打造"具有历史意义的兵团窑洞"。好家伙，这一下造梯田的首先便成了造窑洞的。22个公社，首批集体打造66孔窑洞，要求大家在半个月内就在这窑洞里面解决吃饭和"办公"问题，同时也能解决一部分人的住宿问题。不仅如此，就连各连队每天的进度也都天天出现在总指挥部的简报上面。可以说，进度很快，仅仅7天时间，66孔入深10米以上，净宽5米，高度4米的窑洞就各自已经深入到7米至8米的深度。眼看着大功告成，县委县革委的一项"宏伟计划"就要出现在各大媒体上了。甚至省地两级的各大媒体的记者已经集中到青山县城，就等着消息发布，大兵团入住窑洞那一天了。恰在此时，曾经在部队当工程兵多年的张英才因为妻子生病请假一周后，这一天刚好来到工地报到，一路步行，20里路，不长也不短，村里的青年民兵看到英才哥来了，纷纷招呼他喝水吃饭，问他家里可好。然而，张英才却看着那宏伟工程皱起了眉头，当他再对这工程进度规模稍微加以了解之后，马上吓得像丢了魂似的大喊大叫起来："赶紧离开这个地方，赶紧让人们都躲开呀！这样打窑洞，很快就会全部塌下来的！快啊，快啊！"

看着张英才这惊恐劲儿，有人开始相信了，也有人开始动摇了。于是，人们纷纷放下手头的工具——平车，镢头，钢锹，榔头，吊尺，木架等。整个工地一片混乱，这混乱也惊动了"兵团"的领导们，有人手提大喇叭，拼命把人们往回赶，喇叭里叫喊着："英雄的兵团战士们，不要听信反革命分子造谣，不要听信反动分子煽动。请大家立即返回工地，再往前走就要按破坏农业学大寨运动罪论处！"

人们进退两难，真不知该听谁的了，正在此时，张英才再一次主动站了出来，一把夺过一位领导手中的大喇叭，大声责问："你说谁是反革命？老子是革命军人！我干这样工程的时候，你还不知干什么吃呢！"接着又举起喇叭向大家喊道，"兄弟们，兵团战士们，请你们听我说，刚才我听说，你们这么大的窑洞都只打了刚刚7天就已经掘进8米左右，而且全部没有支架。你们知道这叫什么吗？这叫找死！因为窑洞的土根本就不可能在这么短的时间内氧化凝固。它们很快就会全部塌下来的！如果不信，咱们以两天为限，两天以内这些窑洞不塌，我张英才情愿领罪不迟！"

然而，在科学面前，张英才是根本等不到领罪的，就在那位被夺走喇叭的领导领着人过来要抓张成才这个"反动分子"的时候，只听得"轰隆隆"又一阵"轰隆隆"的声音从窑洞工地那边传来，紧接着，一股又一股通天彻地的尘土冲天而起，六十几孔窑洞在短短几十秒之内连锁反应地基本都塌方了！争论戛然而止，那位领导泥塑木偶似的瘫坐在冰冷的土地上，所有的人都向着老工程兵张英才致以崇高的注目礼。幸亏，由于张英才的提醒，人们已经全部撤离了窑洞工地。年终总结的时候，县里专门为张成才颁发了"农业学大寨先进模范"奖状。至于张英才为什么能够一眼就判断那些窑洞会塌，张英才这样说："咱们老百姓打窑洞，一孔窑6米深、3米高，宽也不能超过4米的窑洞，最少也得打它一个月吧，每天打一点，让风一吹就给氧化凝固了，窑洞的四壁就硬化了，抗战时期老一辈倒是快速打过窑洞，可人家那窑洞才多深，最多4米。多高？不过2米，宽度也不过2米多点，能住下个人就行。所以风吹一下就硬化了，坚实得很呢。现在你们这窑洞，又大又深还又宽，你要是支了钢梁也算，就这么可着劲地挖，那还不和沙滩上造房子一样，随时都会塌吗？"

正因为有过这样的经历，张英才才更加十分小心谨慎，张英才点燃了一支烟，狠狠抽了一口，又将那蓝色的烟雾原封不动狠狠地吐出来，然后再吸一口。

有人不耐烦了："英才叔，咱就这么干等着？你这领导就让大伙干活不累还给冻病了啊。"

也有人说："英才哥，再不动，我们可回家去了啊，这也该吃晌午饭了。"

就在人们的吵吵声中，张英才再次慎重地看了看表，距离第一声炮响已经过去整整20分钟了，按说，百分之九十九点九九的情况下，剩下那一炮应该注定就是一个死炮了。于是他把含在口中的哨子吹了一声，而后大声喊道："大家注意，我现在过去看一下，究竟是哪一炮没响，我排完了哑炮，大家见我挥动红旗再过去。"

人们哄吵起来，在场的人可以说都以为那就是一个哑炮。张英才还这么小心翼翼似乎有点多余。只见张英才拿着钢钎，戴着安全帽尽量压低了身子往前走去，觉得这应该只是张英才作为曾经爆破手的一种习惯而已。而张英才在走了一段之后，却再一次回过头来，对着有些散漫的人们大声喊道："大家别过来，注意我挥动红旗……"

然而，谁都没有想到，张英才要大家注意红旗的喊话，竟是他留给这个世界的最后一句话，或者说其实只是半句话，因为张英才在喊到"挥动红旗"后面应该是还有什么话要说吧，可是，现场所有人都看到了，也听到了，张英才的话音未落，一声更大的声音似乎从大山深处迸发出来——

轰！乱石飞舞，一米见方的石头就像小孩子们玩儿的玻璃球似的在空中翻滚，飞舞。张英才肯定感觉到了这可怕的一幕，他迅疾扑倒在地，翻滚着，向着更加隐蔽的地方翻去，可是，几块飞舞的石头向着他迎面扑来。

张英才的死是悲壮而充满了英雄主义色彩的，可是，在这一刻，当年轻的民兵营长古英俊看到张英才血肉模糊的惨状时，他的心只有战栗，冰冷的空气让人窒息。他沉默了，曾经，他写过，也说过"一不怕苦，二不怕死"这样的豪言壮语，曾经，他也诵读过"要奋斗就会有牺牲"，可是当真的牺牲出现在自己身边的时候，他有点不知所措。很多年后，回想起这段令人彻骨难忘的经历，他并没有为自己当时的表现而不齿，因为时光磨砺，他终于懂得了真实这两个字的含义。是的，那当时，在他的心中，除了对于张英才烈士的愧疚与惋惜，更多的，事实上是发自内心的忏悔。是的，为什么自己明知天气不好，炸药和导火索都有可能受潮而未能阻止张英才他们继续爆破采石呢？你虽然说了那样的话，建议大家休息，可是，身为总指挥，你明明是可以下命令的。是的，从表面上看，你是在尊重张英才这个老兵，这个爆破专家，可实际上这难道不是一种责任的推卸？他想哭，像村妇们那样号啕大哭，可是他哭不出来，他也想对着张英才只有30岁不到的妻子和一双儿女说些什么，可是他的嘴唇努力地张了几次都没能张开。他那时的表现，唯有看着本应更悲伤的老支书对着本家兄弟媳妇低沉地说道："英才是好样的，他救了很多人，他是为大家的安全而牺牲了自己的。他没有为咱们张家丢人。"也只有在这时，古英俊才突然想起，张英才，那是老支书张成才的亲叔伯兄弟，是老支书在这个村里最亲近的人啊！古英俊突然恢复了自己最清醒的意识，转身对同样站在一旁，等待张成才发话的鲁高明和一众闻讯赶来的人们说道："高明哥，你现在赶快到木匠五叔家去，他家里有一口做好不久的松木通体柏木挡头棺材，马上抬过来，他要多少钱，就给多少钱，五叔也不是不明事理的人。"又对三队队长道，"天武哥，你去通知慧兰儿嫂子，到供销社扯两匹5丈白布，给孩子们把孝服做好了，然后你去大队院里布置灵堂，咱要让英才哥走得风风光光，咱不能给咱的英雄丢脸。"

这一切，古英俊没有和任何人商量，但包括老资格的鲁高明在内，接受命令的人也没有一个表示半点的犹豫，事后，老支书和古英俊推心置腹地说："英俊啊，就在那个时候，你成熟了。我这心可以稍微跳得慢一些了。别人不知道，但很明显你想到了，英才牺牲，好些话我说不合适啊。可你说，那就没有任何问题。"

以生命为代价换来的某种秩序，往往在短时间内是最有效的。张英才的牺牲，就让整个采石场的工作更加正规而有序，开采的石料也更加合格。原先预想只是供本大队筑坝所用的石材，架不住各级领导开条子、打电话，硬生生往正庄大队石料场介绍生意，采石场的功能无形中得到进一步的扩大。整个农田基本建设工地上人们的安全意识似乎得到了一次普及性的提高。经过了张英才牺牲事件之后，古英俊总算让自己的头脑稍微冷静下来，开始考虑如何把张英才这位自己亲身经历、亲眼所见的英雄书写出来，让正庄人民永远记住这位战士的无私奉献与英雄壮举。然而，树欲静而风不止，就在古英俊白天将全部精力放在采石场，夜里又在灯光下苦思冥想如何为张英才立传的时候，一件意外事故再次发生。

腊月二十七，这已经是年前最后一天的出工，各工地的主要任务也就是将已经干了多半的工程尽量做一个间歇性安排，以利年后继续施工。25岁的民兵赵小四，本来按他这个年纪是应该在采石场干活的，可是因为小四身小力薄，除了嘴皮子溜，干什么都提不起来、放不下去，加上天生一副罗圈腿，走路还不利索，所以他的工作也就安排在了和婆姨妇女们一起在河滩上平整场地。总体来说，这个活儿在各项工程中应该是最轻松最安全，也最少压力的了。所以，张英才事件以来，尽管各工地都对安全施工的问题强调再强调，并且在各工地也都增设了安全员，但河滩上平整场地这个工地的负责人鲁高明和慧兰儿两人商量一下，还是觉得没有必要为此专门增设一个专职的安全员。大家互相招呼着点儿就行了，何必呢，人们一年四季在农田里干活，谁又该为谁的安全负责呢？

所以，大清河河滩上一片和谐，赵小四作为"稀缺动物"在婆姨们的哄笑中往往也就偷奸耍滑，徒博一笑。但赵小四毕竟是25岁年纪的男儿，荷尔蒙的发育并不因其身体弱小而更加滞后，也不因为其罗圈腿而让他少一些想象。只是因为一些具体的原因，譬如说小四自幼父亡母嫁，乃是由其伯父伯母抚养成人，而伯父家中无有儿女，所以娇惯成性，懒惰了些；又譬如说，小四不想读书，伯父也不强迫，本村小学读完便成了光荣的"小社员"，可生产队里看他个子小、身体弱，便在安排一切农活的时候，将他尽量安排在妇女们一组。这也养成了小四自己把自己当作女人的毛病。所以，本村姑娘没有一个能看上他，外村姑娘小四又没那个勇气去试一试。然而，荷尔蒙那东西在膨胀的时候是需要有所释放的，而有那么一个人就适时而恰当地利用了这个机会，或者也可以说是为小四解决了一个大大的困难。这个人就是他的邻居，本村有名的大懒汉鲁明照的婆姨曹巧巧。曹巧巧此人，论人的模样，那是没的说，基本也就和她的名字八九不离十。当初嫁鲁明照，也是因为看鲁明照小伙子生得排场，身高马大，1米80的个子，皮白肉嫩，像个书生。但曹巧巧生来讨巧的性格偏偏让她吃了个暗亏，她也不想想，鲁明照一个农民，怎么就能像城里干部似的皮白肉嫩？而结婚以后过日子，这才让她尝到了苦头。身高马大的鲁明照什么都不会，就会两件事，一是哄女人，二是赌博打麻将。尽管当时青山县内处处禁赌，打麻将玩扑克只要带点彩头那就非抓不可。但正所谓道高一尺魔高一丈，鲁明照他们就总有办法能在所有监督者找不到或意想不到的地方以形形色色的方式时不时玩上几把。人常说，十赌九输，但那十分之一赢的希望已经足以让参赌者以生生不息的斗志继续"奋斗"下去。鲁明照就是这样，所以，家里那个秀气迷人的媳妇儿，在他眼里竟成了可有可无的存在。而为了生存，也为了两个孩子能够像正常人家的孩子一样生活上学，正是在鲁明照或明或暗的纵容与默许下，曹巧巧很容易就让小自己两岁的赵小四成了她家里的义务劳动者，作为报酬，那就是在鲁明照外出赌博的时候，让小四钻进她温暖的被窝。

就在张英才英勇牺牲的前几天，鲁明照再一次偷偷溜出了村庄，不知到什么地方"练手"去了。于是，赵小四再次有了幸福的机会。这天夜里，得到曹巧巧暗示的赵小四在鲁家两个孩子熟睡之后如约来到曹巧巧门前，门虚掩着，小四轻车熟路，和曹巧巧"久别胜新婚"般整整折腾了一夜，天快明的时候才悄然回到自己屋里，刚刚躺下就让鲁高明给一脚踹门叫了起来，让他到工地去把两辆小平车给收拾回来，统一锁到大队院子里，等到年后开工再统一拉到工地去。要说，这不是一个什么重体力活儿，既没有人催着，也没有人看着。一般人，把两辆小平车用绳子先后串在一起，上坡前面拉着，下坡后面拽着，一趟便齐活。赵小四也想这样做，可是夜里耗费体力，早上又没吃饭，天寒地冻，整个人都是僵的木的，那绳子在他手里就像粗大的钢丝绳横竖不听使唤。小四没有办法，就那么胡乱将绳索在两辆车子前后缠绕了两圈，看看没人，便推着小平车往回走，一开始的路，从河滩上公路，一路上坡，自然是难了点儿，小四饥饿又乏力，头脑昏昏沉沉，尽管是空车也还是拉着拉着就出了一身的汗。好在这上坡路走完就是下坡路。小四学着别人玩过的花活儿，将两辆小平车的车辕相向架在一起，自己坐在两个车辕中间，可着劲往前蹭了几步，那小平车组成的车串子便渐渐加速起来，越走越快，小四感到自己有点控制不住这车串子了。小四有点慌，心想赶紧把车刹住，停下来，可人越是着急，那车子就越不听使唤。眼看着就要撞上一棵直径一尺多粗的大树了，赵小四什么也顾不上了，两条罗圈腿狠命蹬了一下，使劲往旁边一个打滚，车子从小四的身旁飞了过去，小四自己则躺在了大树旁边。只听得那车串子"咣"的一声，紧接着是一阵"哗啦啦"的撕裂声，赵小四眼睁睁看着两辆小平车在撞击之后四分五裂成为一堆劈柴烂木头外加扁了的车轮、弯了的车轴。小四吓傻了，两辆小平车在自己手里毁于一旦，这责任那可大了去了。他挣扎着，想站起来去看一看那已经成为垃圾的平车，这才发现，自己的右腿麻木木的，不听调遣，再一看，一道鲜血正在顺着棉裤裤腿流了出来。

赵小四右腿骨折，虽经王建青及时治疗包扎，并陪他赶到县医院打了石膏，但懒惰的赵小四至少要在床上躺够两个月才有可能下得床来，至于那条腿，还真不能保证恢复到什么状况。赵小四的春节也只能在医院里度过了。而在赵小四腿伤住院期间，曹巧巧连一次都没有去看望过他。倒是鲁明照有些着急，竟然跑到医院里去问小四："小四，你可得赶快好了啊，初五一过，我就要走了，家里你可得多给咱照顾着点啊。"

赵小四呢，明明自己还腿上打着石膏，医生嘱咐不可乱动的，可是一看鲁明照要走，竟不顾一切坐起来想和鲁明照告别。结果这一动，伴随着撕心裂肺的一声惨叫，赵小四掉到了病床下面，刚刚接上的骨头再次错位，赵小四这条右腿就此告别了罗圈的历史，成为再也弯曲不回来的直腿，他的人生也就此将与一支拐杖相伴。

有关赵小四的这一切，大都是慧兰儿告诉古英俊的。按照慧兰儿的说法，村子里这样的组合起码还有几对，只是古英俊不知道，村子里的人也没有觉得这个有多不正常。小四落下个终身残疾之后，同情他的人不少，但在这同情之中竟然还有一部分人是为曹巧巧着想的。他们的说法是：你看巧巧这命，闹个拉帮套的都套不住。这日子以后可咋过？

两桩事故，一死一伤，这一年的腊月笼罩在正庄大队干部们头上的是浓厚深重的阴云。尤其赵小四受伤这事，不弄清前因后果还好，真正弄清了，反倒让人更是窝心恼火。正月初三，老支书张成才就赵小四致残事和他谈话，同时让古英俊与慧兰儿和他自己坐在一边听听鲁明照到底会说些什么。当然，事后古英俊还是悟出了老支书之所以这样做的真实意图。那就是让鲁高明自己也从中体会一下自己的责任。一方面，这件事的起因正在于鲁高明明知赵小四干不了男人的活儿，还让他一个人往回推两辆平车，这显然是对安全的不够重视。另一方面鲁高明与鲁明照不仅是本家，而且是未出五服的堂兄弟，堂哥骂堂弟，想怎么骂就怎么骂，想动手揍两下，那也是理直公道，谅他鲁明照不敢放半个屁出来。这样算是对鲁明照这个出身贫下中农原本应是教育他人的人的一个挽救与教诲，更是对鲁高明一向以来在工作中（尤其是对本族鲁姓有关事务）和稀泥抹墙皮做法的一种暗诫。

那一天，鲁高明很不客气。鲁明照一来，鲁高明便是一顿训斥："明照子，你干的好事，你把咱们姓鲁人的脸都给丢尽了，你可知道？"

鲁明照不服："高明哥，我没偷没抢的犯啥法了？咋就给姓鲁的丢人了？"声音虽很低，却显示了他的蛮不服气。

鲁高明火了，"啪"地一拍桌子，却并不马上说话，而是足足憋了有10秒钟以上才怒目喷火般两眼直刺高高大大的鲁明照，破口骂道："鲁明照，你他娘的还好意思说你没犯法？你不请假偷跑出村干坏事，破坏农业学大寨是不是犯法？你和一帮坏人整天赌博是不是犯法？你让你老婆勾引赵小四搞流氓是不是犯法？你说呀！"

鲁明照没有想到，当着这么多大队干部的面，尤其当着老支书的面，他的高明哥竟然这样羞辱他。你说这个人要不要脸，那得看什么时候，要搁平时，偷奸耍滑，让老婆勾引男人赚昧心钱，那个鲁明照是从来不考虑要什么脸的，而今天，当着这么多人，这么多大队干部，鲁明照又觉得自己这脸还是应该要的。但是鲁高明所说的这几点又让他根本无以辩驳，所以只能把声音放到更低，语齿不清地嚷嚷道："我没有赌博，我没有让她勾搭小四，那是他们愿意的。我，我……"鲁明照的声音渐近于无，最后说什么，可能他自己也听不见了。而鲁高明可不管他说什么。"啪"！桌子上又是一声爆响，这次马上就接着骂道："鲁明照我告诉你，你不要敬酒不吃吃罚酒，你老婆搞破鞋的事，你清楚按照前几年的做法应该怎么办，给你和你老婆，当然还有赵小四挂牌子游街都不亏你吧？你出去赌博，公安局抓你，进黑房子啃几天窝窝头也不亏你吧？告诉你，这是咱们老支书和大队党支部看你贫下中农出身，不想坏了你那个家庭，照顾你哩，你还当我们都眼瞎？你说吧，赵小四瘸了，你管不管？你他娘的还出去赌博不去？"

也不知鲁高明这么问的根据是什么，事先和老支书商量过没有，但你不能不承认，鲁高明这一手的效果还是十分明显的，鲁明照1米80的大个子，叫鲁高明一顿训斥，顿时矮了起码20厘米。前些年那游街批斗的场面记忆犹新，鲁明照懒惰归懒惰，并不傻。他当然知道"高明哥"的训斥随时都可能变成现实。脑子里所有的脑汁一顿乱搅，鲁明照"扑通"一声跪在了大队办公室地上。但他跪的并不是鲁高明，而是面向老支书张成才。

这时候老支书就不能再旁观下去了，站起来，伸手要拉鲁明照，古英俊赶紧抢先一步将鲁明照拉起来。老支书这才说："明照子，也不是你哥骂你，骂你是为你好。你白长这么大个了？看看你干的那些子事，丢人丢不够啊！现在咱也不说别的，两件事：一、你以后别再去给咱赌博，再赌，直接送公安局；二、人家小四为你家出力干活不是一天两天了，这下二次受伤又直接因为你，你好意思扔下就不管了？这样，小四出院养伤期间，你家得照顾人家，每天给你算上6分工，你家也不吃亏，还等于多了多半个劳力呢。"

如此算账，鲁明照一家确实不吃亏，鲁明照感动得忍不住"扑通"又给跪了下去。

在这件事的处理上，古英俊有相当一个时间处于不明白、不理解阶段，可又觉得不太好说。一个简单的问题摆在那里：赵小四好歹是因公受伤，因公致残，作为集体，你不能不管，可怎么管？难道对赵小四和曹巧巧、鲁明照三个人之间的那种不明不白的关系给予事实上的默认就是解决问题的办法吗？这也有点忒摆不上台面了吧？可是你看老支书，看鲁高明那种正气凛然的样子，再看慧兰儿作为妇女主任那种心安理得的样子，在他们看来，这似乎又是唯一正确而合理的妙招。只有不到20岁的古英俊感觉自己陷入了间歇性的迷茫。

九
喜剧迭出的赛诗会

公元1974年的春天，神州大地从渤海之滨忽然刮起一股诗的旋风。一种叫作"农民赛诗会"的玩意儿成为时髦。一时间，据说不识字的大老粗都能写出字字珠玑的诗歌来了。随着这股诗风的蔓延，共青团青山县委那位最早曾是青山版"铁姑娘"，而后又靠背诵几篇领袖著作而成为全省"尖子"，进而成为共青团县委书记的仇凤英同志突然就造访正庄大队来了。仇书记办事一向干净利落，这次也不例外。由于她本人早在七八年前就是县里榜上有名的劳模，曾经和正庄老支书张成才一道参加过县里的、专区的、省里的各种会议，所以，两人算是老相识。所以，仇书记来到正庄大队，照直就找到老支书张成才，开门见山便道："张书记啊，听说你培养了两个人才，可不能藏着捂着光自己用啊，现在老妹子我可是向您求援来了。"

明知是恭维话不能太当真的，可老支书还是热情地招呼着仇凤英："仇书记，你看你这话说哪里去了，你的事还不就是我的事？说吧，你是不是看上我们的两个高中生了？"

仇凤英撇撇嘴，又咂咂嘴，伸出大拇指道："张书记，你这俩高中生那可不是一般的高中生。咱这县里，大学生我也见得多了，真正能顶上用的有几个？可我听通讯组那几个秀才说，你这里的两个高中生，写的材料比他们通讯组的都好。听说你们正庄大队民兵工作的先进材料就是自己搞的，都成了全省的典型，还要成全华北的典型呢。"

听别人夸奖自己一手培养的人才，老支书张成才自然是感觉脸上有光，也不打断人家，只是笑眯眯地点着头，算是一种认可。仇凤英趁热打铁，马上话锋一转道："张书记你也是老劳模了，这次再给咱青山县立个新功。省里地区都要求搞农民赛诗会，我瞅着咱县就咱正庄正合适。有你老支书把关，有你那俩秀才写诗，还有一帮知识青年可以用标准的普通话朗读诗歌，一切条件都具备。你说这好事不给你还能给谁？"

然而，张成才也不傻，随口就将了仇凤英一军："那好啊，仇书记，为咱们县里争光的事，我们肯定支持，但这误工费，还有……"

张成才的话没说完，仇凤英就给截住了："这个县里早已考虑过了，我已经和县革委秦主任说好了，会给咱们一笔经费好好办这事儿的。"

谈妥、成交，在老支书张成才来说，不干亏本的买卖就够了，何况这事儿没准还能像民兵训练那个现场会一样给大队带来意外收获呢。别的不说，20张大件供应券的到来，就实实在在给村里解决了多年来存积下来的老大难问题。今年春节，村里结婚办喜事的一下子比往年多了一倍，而且包括像烈士张英才、残疾人赵小四的春节慰问，也都因了这一张供应券而使得很可能尴尬的气氛一下子缓和了许多。你情我愿，似乎是两全其美甚至十全十美的好事，然而，世界上任何事物都存在两重性的，一个赛事会就能免俗？别的不说，被仇凤英书记寄予最大希望的古英俊就因此而陷入了一种莫名的困顿。

按照仇凤英书记和老支书达成的协议，整个赛诗会的诗歌将由正庄大队的"农民"自己创作，又规定这个光荣的任务将交给正庄大队的两位秀才古英俊和鲁云生具体承担。可是呢，就在这个所谓的创作组成立的第二天，仇书记又把团支部书记鲁云生给抽到团县委筹备这次赛诗会团县委方面所需的有关材料去了。也就是说，说来说去真正创作诗歌的实际上只有一个古英俊。而其必须完成的任务是创作诗歌至少30首，朗诵时间至少两小时。还有一点也应注意，那就是这次赛诗会的诗歌将会择优在地区党报上集中发表。而留给古英俊全部的创作时间只有5天。

怎么办？古英俊并不发愁在5天时间里拿出足够两个小时朗诵的30首诗歌。遍览当时各家报纸上刊登的那些所谓诗歌，无非一些或漂亮或粗劣词组的排列组合而已。可是，你要当真要古英俊自己写出来的诗歌也是那样货色，他就觉得有点实在拿不出手，也觉得不能枉费了这么一次让自己能够坐下来重新拿起笔杆，书写自己发自内心的那些冲动的天赐良机。是的，这一年多的农民生活，这一年多的民兵工作，感动自己，冲击自己，使你彻夜难眠的事情难道还少吗？这一年来，你的所见所闻，你的耳濡目染难道还不能够让你有所思有所悟吗？严格来讲，这就是创作的源泉，这就是诗歌的宝库。可是，古英俊还明白，如果真要这么认真，如果真要这么投入，又怕你未必能够按时完成任务。而且也未必就能让仇凤英书记等这样的领导觉得你创作的诗歌就是诗歌。因为道理很简单，诗是情感的产物，也是时光的锤炼，作为诗人，你既不能为某种负担所压迫，又不能让情感成为脱缰的野马任意驰骋而陷入无序洪荒。就这么想着，苦思冥想，古英俊想到了正庄民兵的创始人、闻名太岳区的战斗英雄古维成，想到了在农田基本建设战斗中英勇牺牲的张英才，还想到了这一年来自己和全大队青年民兵度过的许多快乐时光和走过的艰难曲折。于是，这一年多以来，他第一次进入到自己的天地，在昏暗的灯光下将廉价的稿纸撕碎一页又一页，将倦怠的月光送走一轮又一轮。终于，在第四天的太阳升起的时候，他完成了200行叙事诗《哑巴英雄》和100行抒情诗《爆破手》的初稿。古英俊反复再读这两首诗，觉得应该不能改动其中任何一字了，这才走出已经三天没有离开过的小屋，迎着太阳大吼一声："啊！"

这一声吼，引得满院子里的公鸡母鸡整个儿躁动不安，也引得邻居家的狗汪汪大叫起来。就在这时，团县委书记仇凤英同志推开了古英俊家只是用柴扉编织的院门。

仇凤英的到来，使古英俊有了两首诗的第一读者，尽管连续三天的创作煎熬让他筋疲力尽，但是古英俊仍然拿起诗稿，在团县委书记面前激情洋溢地朗诵起来。可是，他马上就体会到对牛弹琴的别扭与难堪。这位书记并不关心或者说根本就不懂你什么诗歌的情之所至可以感天动地，更不在乎你所谓诗歌是跃动的旋律，朗读是声音的长河。她所关心的，只是这个所谓的秀才折腾了整整三天，竟然仅仅写出来两首诗，那剩下的至少28首诗在哪里呢？如果按照三天两首诗这样的进度，写出来30首诗歌那还不得黄花菜都凉两轮了？仇书记愁云笼罩，但作为团县委书记，仇凤英自觉还是要讲究一些工作方法的。所以她没有直接和脸色阴沉的古英俊多说什么，而是找到老支书张成才显得十分急切地说："张书记啊，这可不行啊，这距离开会的时间只有几天了，县里领导还要审一下稿子，说好的五天30首诗，你那个秀才这都第四天了才写出两首，照这个速度那不是要把赛诗会给荒了吗？这个责任我承担不起，你也承担不起啊！"

老支书张成才却毫不客气："仇书记，这你可怪不着我，我老张还不和你一样，咱大老粗一个，懂得什么是诗歌吗？你说要人写诗，我把人给你派过去了，可我给你派的是两个人，谁让你自己又抽走一个呢？至于这诗歌是什么样子，能不能完成，这事你找不着我吧。"

一顿回呛，仇凤英气得气都喘不上来。没办法，她赶紧到大队办公室给县委通讯组组长打电话："老宋啊，你推荐的那个秀才看起来怕是有问题啊，这都第四天了才写了两首诗，还有28首他剩下两天能写出来吗？"

电话里的老宋却不急："仇书记别急，我只问你一句话，古英俊说他写不出来了吗？"

仇凤英气急败坏："他怎么好意思说他写不出来，可只有不到两天了。"

老宋却是气定神闲："仇书记那你就放心吧，这个古英俊我了解，写你要的那些诗，对他来说根本不是什么事。只是这三天憋出来的两首诗倒要好好看看了。"

听老宋这么说，仇凤英气消了一大半，可心里还是不踏实：这老宋为什么就这么相信古英俊一个毛头小伙呢？要知道，在仇凤英的心中，县委通讯组组长老宋那就是妙笔生花的天上文曲星、地上大能人。仇凤英之所以能有今天，一路走来，她所有的讲话稿、讲用稿、有关媒体报道的文字材料，几乎都出自老宋那支秃笔。可以说是老宋造就了当初因小考失败进不了中学之门而不得不回乡当农民的小姑娘仇凤英，使她成为名扬全县全地区的青山版"铁姑娘"。还是老宋，一篇演讲稿，口对口教会仇凤英在全地区的讲用会上一炮而红，铁姑娘又成了全省的"尖子"，进而成为县革委成员、团县委书记。可以说，是老宋和老宋那支笔造就了仇凤英这个神话，也是仇凤英这个人造就了老宋一支笔通吃几届县委以及县核心小组而不倒的美谈。所以，仇凤英无比相信老宋，当然老宋也从来没有给仇凤英造成任何"失误"。可是，今天这事仇凤英还是有点儿拿捏不准了。就这么肚子里揣着十五只兔子七端八挠或者说十五只吊桶七上八下，反正是折腾个永不停息。可是邪门了，当第五天晚上的月亮将要出山的时候，那个一脸傲气、一脸不屑的古英俊当着因焦急而瘦了一圈的仇凤英书记果真就将一沓厚厚的稿纸搁在了大队办公室那张早已掉色且坑坑洼洼的办公桌上，然后撂下一句话："得，按你的要求，30首，不多不少，我得睡觉去了，你这赛诗会，我可再没时间参加了，不然地里的活儿不能再等了。"

没等仇凤英回话，古英俊便一甩手，走了。

盯着那撂稿纸，仇凤英将信将疑，摊开来，一张一张、一首一首地数了三遍，没错，是30首。仇凤英如释重负，天哪，这个古英俊，他还真如老宋所说，确实有那么一手。看来，诗歌的质量也无需过多考虑了。仇凤英自己虽然不怎么有文化，但是和文化人打交道多了，也就知道这些人有个特点，那就是他们自己交代不了自己的事情，一般也不会交代别人。既然古英俊敢把这稿子拿出来，那应该就没什么问题了，更何况真有问题，那也轮不上我仇凤英负责。不是还有领导审查这一道工序吗？

仇书记安排，立即由杏花公社派人专程将30首诗的诗稿送县委交领导审查。她自己就在正庄村住下来，直到赛诗会开幕。

仇凤英没有想到，或者说是仇凤英没有去想，县委领导审查诗稿的任务不出老宋所料地又回到了老宋手中。而老宋也乐于接受在别人看来当属繁重和多余的附加任务，因为他已经知道，那个古英俊居然用整整三天时间憋出了两首诗。那么这两首诗的分量应该就是很有些特殊的了。

　　得偿所愿，不出所料！通讯组长老宋先将那28首"太岳山上红旗飘，贫下中农志气高""一个老汉六十三，天天都把宝书看"之类的扫了一眼就放在一边，算是审查通过。因为这些诗稿即便没有多少诗情画意，至少也不会有什么政治问题，而只要能够做到这一点，让农民兄弟们朗诵出来那也就是大获全胜了。而剩下的两首，老宋就不愿将它们轻易从自己手中溜过，因为他太喜欢这两首诗，因为他觉得这两首诗真的是太难得了。

　　先说一首《哑巴英雄》，这首诗讲的是一件真实的历史故事，也是我们前面已经提到过的那一件足以载入史册的抗日围困战期间发生在正庄的英雄故事。1943年春天，春耕在即，可是在经过日本鬼子残酷的冬季"大扫荡"之后，老百姓家里的耕牛骡马大多被鬼子赶到据点里去了。春耕需要大牲口，可是牲口却在据点里。怎么办？正庄村民兵轮战队队长、村党支部书记古维成将自己装扮成一个壮实的哑巴，故意到距离据点很近的地方去挖野菜，让鬼子将这个哑巴抓了回去，替鬼子去放牧。在取得敌人的"信任"，因而对这个哑巴放松警惕之后，第五天的上午，古维成竟将牲口赶到距离据点足有四五里路的地方，两个伪军好不容易跟了上来，刚要训斥哑巴几句，却听空中一声雷鸣般的暴喝："举起手来！"与此同时，一个伪军手中的枪已在"哑巴"手中，而另一个被吓傻了的伪军刚要掉头逃跑，又被古维成早已约定前来接应的几个民兵迎面拦住。就这样，他们不费吹灰之力将上百头大牲口赶回了村里。这个故事在正庄、在青山，可以说脍炙人口，但真正把它用文字文艺文学的形式记载下来、流传下去，叙事诗《哑巴英雄》还是第一次。老宋看呆了，老宋看乐了，老宋看得拍案叫绝，老宋看得热泪横流。老宋很庆幸古英俊的诗歌是因自己的推荐而进入创作状态，老宋也很感叹，自己与文字打交道这么多年，亲手写下了不下百万字的东西，可是怎么就没有一篇一首能够这么感动过自己的作品！老宋清楚，这个时代太需要《哑巴英雄》这样的文学作品了，中华民族的伟大抗日战争也太需要我们的后人铭记在心了，可是，这样的作品，依古英俊现在的样子一字不动，是否可以真的拿出去发表？是否可以让各级各层次的领导们统统满意？凭经验，老宋觉得似乎还应该加上点儿什么东西。本着也是为领导负责，更为作者古英俊负责的原则，老宋毫不犹豫地在这首诗的结尾加入了几句可以"光辉灿烂"的诗句，虽然就那么几句，老宋却用了整整一上午的时间，甚至当他直到一点多的时候才想起自己还没有吃午饭而赶到食堂的时候，县委食堂的门都已经关上了。无奈，仍然处于兴奋中的老宋只好在文件柜中取出一包硬梆梆的也曾被人戏称可以当作砖头砌墙的饼干泡在水里充饥。

不得不承认，老宋是个合格得不能再合格的审稿人，一首《哑巴英雄》让他审了一上午，而另一首《爆破手》则又让他度过了一个有点煎熬的下午。张英才的牺牲，并不是几年来此类运动中唯一的个例，但作为全县最著名的写手，老宋知道这些年来从来没有一个人、没有一篇文章如此切近生活，如此走进英雄的世界，如此真实地在芸芸众生中发现来自普通人群的英雄。老宋慨叹古英俊少年英才，更从这个年轻人的笔端窥出了自己的平庸。想到此，老宋笑了，这笑中有欣然，有自嘲，更有一种欲望。老宋想，自己真的应该和这个年轻人好好谈谈，在他的身上寻找自己失去的青春，也在他身上发现自己的未来。于是，老宋通过杏花公社总机绕了几个圈子把电话打给仇凤英，希望她安排在赛诗会的当天，能够让古英俊和自己单独谈谈。

清明刚过，4月6日这天，开天辟地第一回，青山县杏花公社正庄大队的农民赛诗会隆重举行。一大早，村里就出现了两股相向而行的队伍。一方面，全村各生产队的队长们都对自己的社员发布命令，今天所有青年男女统统留下来参加赛诗会，30岁以上的男女社员，除按照特殊要求留下要参加赛诗会的以外，一律到山沟沟里去干活。所以，村子里的人们成群结队往外走；另一方面，县级有关单位，各兄弟公社代表，地区和县里的媒体以及通讯组之类的，正在开着汽车，骑着自行车三个一群、五个一伙地纷至沓来。

　　九时整，赛诗会正式开始，中共青山县委副书记安俊仁端坐主席台中央，他的左侧是县委宣传部部长，右侧是一位重量级嘉宾——地委宣传部副部长，依次还有赛诗会的主要承办者共青团青山县委书记仇凤英、县文化局长、县文化馆长以及其他来宾和省里以及地区党报的记者，等等。县委通讯组长老宋自然与一帮记者相伴其间。在女主持人章玉儿激昂慷慨的一段主持词之后，会场气氛开始升温。有人问："这主持人是从哪里请的？"也有人说："这样的人才果真是这个村里的吗？"仇凤英书记一本正经地给予了回答，但也吊起了人们探求的胃口。仇书记说："不相信吗？等会儿你们再看看我们的农民自己写的诗歌，怕是你们更加大开眼界呢。"

　　众人无语，仇书记暗自得意，心中更加佩服老宋。因为这一切都在老宋的预料之中，仇书记对质疑者恰如其分的回话也正是老宋所教。

　　来宾们很快就对仇书记差不多要顶礼膜拜了。因为正庄农民的诗歌确实让人耳目一新，正庄农民的朗诵也让曾经当过小学语文老师的地委宣传部副部长顿觉在中国农村普及普通话其实并不很难。在这其中，如果说前28首诗歌的朗诵还仅仅是正庄农民诗歌创作与表演的一种规范式、程序化的推进的话，那正庄知青的两朵花——章玉儿与范香儿的诗歌朗诵就让人们当真进入到一种艺术熏陶与革命理想教育相结合的至高境界之中。当章玉儿在朗诵《哑巴英雄》的时候，不仅古维成乔装哑巴巧骗鬼子，将上百头大牲口赶回村里的英雄事迹让人热血沸腾，而且章玉儿抑扬顿挫、声情并茂、落落大方的表演同样让人感受到诗歌与艺术的魅力。范香儿在朗诵《爆破手》时那种自然流露的深沉，那种与英雄同在的情感，同样让人不由自主地随着朗读者一道进入英雄的生活，而当范香儿以字字泣血的顿挫、潸然泪下的低沉，将张英才舍己救人，凛然赴死的壮举再现于人们眼前的时候，她流泪了，哽咽，昂首，然后弯腰哀泣。整个会场，几百号人全部陷入了一片抽泣，一片叹息。当范香儿缓慢地抬头，再次鞠躬退场的时候，人们，首先是主席台上的人们突然爆发出一阵经久不息的掌声。

掌声渐落，地委宣传部副部长从口袋里掏出手帕，将眼角的泪拭去，缓缓说道："同志们，谢谢大家，谢谢我们青山县能够举办一次这样的农民赛诗会。我想，我们应该给每一位参与大会的农民兄弟姐妹都发一面大大的锦旗。你们都是赛诗会的胜利者！同志们啊，老实说，我在来之前确实没有想到今天能有这样的收获，我向大家作检讨，这说明我的思想落后了，我们这些整天坐机关的落后了，这也充分说明，没有落后的群众，只有落后的领导。我们应该而且必须向我们战斗在第一线的工农兵学习，向我们的贫下中农学习。我本人眼界不宽，但我们今天所看到的、听到的这样的诗歌起码是这几年不多见的吧？谁能说我们没有文化？谁能说我们没有艺术？我看，我们的艺术很好！很有说服力，这样的赛诗会我们还要多开几次，好好推广。"

又是掌声一片。包括县委安副书记在内，地委宣传部副部长的讲话一下子就为这次赛诗会和会上所有的诗歌以及诗歌的创作与朗诵定了调子。

成功，推广，奖励，接踵而来，地区党报又将赛诗会上的诗歌集中刊发了三分之二，正庄又一次处在了宣传舆论的顶端居高不下。然而，面对这一切，老支书张成才却高兴不起来。因为这个赛诗会虽说确实成功，虽说名声在外，但这一切在张成才看来都是过眼云烟，它并不能给大队本身带来什么真正的效益。就连县里和地区的奖励也都是一堆锦旗、奖状、笔记本而已，连一件可以真正拿得出手的东西都没有。仇凤英书记所说的经费更是只打雷不下雨，据说仇书记确实是打了报告，县革委秦主任也确实是批了，虽然钱不多，也就两千块，可到了县财政那里却迟迟不能落实。究其原因，竟是财政已经透支，收上的税总也不够开支，公务员的工资都已经统统迟发两个月了，据说邻近几个县还有三四个月没发工资的。你又能让县财政局的同志们有什么办法，拿什么理由给你个赛诗会先支一笔呢？然而，在正庄，在老支书张成才来说，因为这个赛诗会，实实在在的开支是已经落地了的，误工费会场占地费之类且不说，当时此类开支确实也没有什么人提出过的，但不提出不等于人家心里就不想。人民公社生产队那是靠地吃饭的，你把上百号劳动力摁在家里搞精神会餐，可庄稼地里的农活又靠谁去干呢？再说，省里地区和县里来了几十号人，人不是很多，但哪一个也少不得专人接待。张成才明白，但凡上面来的人，给你办好事那不是很容易，但要给你说几句不痛不痒的坏话可是容易得很。所以这些人有用没用你都得当神供着，要供着那就得有所付出。按照正庄大队的传统，大队干部开会是从来不上烟卷不上茶的，几十年一贯制，但上面来人就不得不破这个例。包括上次军事训练现场会和这次的赛诗会，不仅上了高标准的"黄金叶"香烟，而且整个会议期间都是大锅开水大叶茶满供。所幸会议唯一的午餐将近200人的猪肉烩菜、白面馒头是在张成才的一再坚持下由县委招待所专车送来，而不是按照仇凤英预想的主张由正庄大队提供。即便如此，各种开支，杂七杂八在鲁高明的核算下合计也是1000多元。所以仇凤英大方了一次，大笔一挥写下了2000元准报，可到头来却极有可能竹篮打水一场空。如此这般，能不让过惯了节俭开支苦日子的老支书张成才心中不快？

其实，因这次大会成功反而闹得心中不快者并非只有老支书张成才，大会真正的受益者仇凤英书记同样也有若干的心中不快。不快者一，那个诗歌原创者古英俊居然没有出席赛诗会，理由是创作太累了，需要休息一下，自留地的活儿误上了，需要去赶一下。两个"一下"，这就使得不少希望见到作者本人的领导和要求专访这个人物的记者不欢而散，也使得老宋出席这次赛诗会的初衷落了空。而让古英俊和老宋见面是仇凤英郑重答应了老宋的。虽然老宋说这事无所谓，以后有的是机会和这个年轻人交流，但这件事无论如何都让仇凤英感觉有失颜面。不快者二，老支书张成才已经接二连三地催促那笔经费，说真话，这钱是该给，可那也不是我一个团县委书记说给就能给的。这个张成才，难道你真的就再也用不着我仇凤英了吗？

当然，就参与了这次赛诗会的绝大多数人来说，无论是村里的青年还是点上的知青，大家的心情还是真心愉快的。毕竟这是一次在大庭广众下，在地县两级领导面前露脸的好事情，按照村里老人的说法，这是需要老祖宗几代修来的德行，是祖坟上冒青烟的事情。所以，赛诗会散了，一众青年人脸上洋溢的喜气却久久萦绕在六尺天地之间。更多的人可以说是平生以来第一次真正体会到、见识到什么是诗歌，认识到这种叫作诗歌的东西居然有着可以让人哭，让人笑，让人喜怒哀乐的无边力量。他们在想，我什么时候也可以写出这样的诗来，因为他们知道，这奥妙无穷的诗歌就出自他们无比熟悉、比他们还要年轻的古英俊笔下。古英俊可以让我们成为像解放军一样的民兵，为什么就不能让我们成为同样可以写诗的诗人呢？

当然要说因诗而使得人也诗化起来的人当中，最为特别的那又要说章玉儿与范香儿两位在赛诗会上大放异彩的美女朗诵者了。因为，这次赛诗会的直接成果之一便是章玉儿与范香儿两位知青被县知青办增补为青山县出席上党地区知青工作先进表彰大会的代表。而作为代表，全县包括工作人员只有12个人，代表着8个知青点，多达将近400人的知识青年。正庄一个点就增补两名代表，显然已属破例。

平心而论，作为同学，自身很男性化的章玉儿并不欣赏古英俊这般男子气太过强盛的男生。当初在学校宣传队的时候就是这样，古英俊所写的剧本、编撰的台词和歌词，压根不许别人改动。你提意见可以，但改动不行，要改就得他自己改。为了这一点，章玉儿没少向主管宣传队的音乐胡老师提意见。可是胡老师是一位高级泥瓦匠，什么样的缝隙都能给你抹平。你提意见尽管提，提到哪里算哪里，而作为老师他却基本不干涉宣传队这帮学生自己的事情。因为胡老师有前车之鉴，当年胡老师刚刚大学毕业来到青山县一中，当他在了解到当地已经有三百年历史的民歌传统后就憋着一股劲要把山里的音乐艺术搞出一点名堂来。可是运动来了，学生们逼着老师站队，对于胡老师这种既没有执行"反动教育路线"的经历，也不是"地富反坏右"五类分子的知识分子，两派学生都伸出了橄榄枝。这很叫小胡老师为难，得罪哪派都不好，既然都是革命小将，我就两头都不得罪。一个具体的事情是，两派都请胡老师为自己的造反团体写一首战歌，小胡老师思来想去，就把同一首歌的歌词和配曲只是略作改动便分别给了两家。这下闹出问题来了，两派辩论时，双方先唱自己的战歌，唱着唱着，听着听着，两家都蒙了，这不是只有很小区别的同一首歌吗？辩论会不欢而散，两派都去找小胡老师，你怎么能与阶级敌人暗通款曲？你两头通吃，还给他们做过什么？老实交代。接下来两派轮流揪斗小胡老师，直把个原本意气风发的青年教师给整成了对着学生只会点头哈腰的"老好人"。

再说那时的章玉儿，眼看胡老师指望不上，干脆自己找古英俊要改歌词，因为她认为古英俊那歌词里面用了几句青山方言，实在有些别扭。古英俊却说："别扭你可以别唱，这词是宣传队下乡演出用的，老百姓就喜欢这口。"一言不合，两不交往，同学两载，冷战一年。直到来到正庄知青点，直到和这位老同学在工作中直接相处，章玉儿这才又觉得古英俊的傲气别有风采，傲得可敬。而这一次，当她拿到《哑巴英雄》的诗稿，把它朗诵一遍的时候，古英俊在她心中的形象骤然间一下子高大起来。这是古英俊写的吗？这是古英俊写的啊！我的老同学，我怎么从来没有发现你的身上蕴藏着可以如此裂变的能量？章玉儿把自己心中的想法告诉鲁云生，鲁云生却嘻嘻一笑道："你这资产阶级臭小姐，这话我早告你不是一遍两遍了，不然的话，英俊一介农民，人家省报地区报纸干嘛一直盯着他不放，只要他的稿件，从来没有退稿呢？"

鲁云生的话，让章玉儿的心情更加复杂了。因为她知道，她在这个知青点上唯一的密友（后来也可称为闺蜜）范香儿正在如痴如醉地暗恋着这个在她心中"迟到"的人。

那么，此时的范香儿又是什么状态呢？范香儿确实陷入了暗恋，她所暗恋的人也正是古英俊。和章玉儿不同，范香儿与古英俊的同学史要早得多。古英俊上高小那年就因在全县小学毕业会考中得到全县第二而被选拔到整个青山县最好的红旗小学上高小。也正是在这里，范香儿和古英俊成了同届不同班的校友。那时的红旗小学社会活动很多，诸如上级调研，兄弟县兄弟校参观之类，以及全校师生排着长队到城外十里去迎接解放军到青山驻训拉练，等等。所有这些活动都要有一项附带产品——校宣传队的文艺演出。范香儿天生丽质，嗓子又好，从小学三年级起就是学校宣传队铁打的主要演员，既唱歌也跳舞，无所不能，可以说是众所瞩目的小小明星级人物。而初到县城的古英俊则只有做观众的份儿。在范香儿的印象中，那时候的古英俊就是一架读书机器，做题工具。当时学校有一块巨大的黑板报，上面有一片每日一换的专栏《今日诸葛亮》，专栏里面每天都有学校算术老师们新出的一道数学题，其中相当一部分类似于古代的鸡兔算法之类，也有一部分又形似于几十年后流行的脑筋急转弯。总之都是一些需要动脑筋的智力数学游戏。自打古英俊来到红旗小学不久，这个"诸葛亮"的称号就三天两头甚至日复一日地多次与古英俊联系在一起。这一点很令范香儿吃惊，也有人说那是因为古英俊手里有一本书，上面几乎就是此类题目之大全。所以他这个"诸葛亮"不仅不值得羡慕，而且还应该鄙视。对于这种传言，古英俊听到了，但并没有发表任何反驳的言辞，而是更加专注地跟进着每一天的"今日诸葛亮"。直到有一天，学校教导主任，也是算术教研组组长在全校师生大会上大发雷霆，怒骂那些诽谤者为嫉妒狂魔，并指出这所有的题目都是本校老师的劳动成果，又怎么可能是古英俊一个小学生能够事先得到答案的呢？这才为古英俊这个"诸葛亮"申了冤，正了名。而古英俊却从此再也不去触碰什么"诸葛亮"了，即便是几位老师相继动员甚至找家长做工作也未能见效。这件事在范香儿以及许多同学当中印象很深，都觉得这个小个子男生确实聪明有才，但又确实有点儿怪，甚至怪得不近人情。所以，高小和初中时期的古英俊，在范香儿眼中，那就是止于欣赏，没有也不可能有其他的意识。后来上高中了，范香儿和古英俊再次成为同届不同班的同学。到了这个年龄，十七八岁的少男少女，你要说彼此之间多少没有点儿异性吸引或被吸引的因子，那是瞎说，但你要说这种吸引的力量有多大，那也是臆想。那个时候的青年男女，心中想是一回事，真正做那就是又一回事，简而言之借句话说就是想象的巨人，行动的矮子。譬如男女生之间，明明已经彼此喜欢得不得了了，可即便在只有两个人的时候，能够将两只颤抖的手握在一起就是一种"高难度"动作了。当然人与人不同，出身不同，地域不同，造就的行为举止也就不同。譬如章玉儿，就是那个时代的另类。对于范香儿来说，虽说与古英俊这个老同学不在一个班里，但由于学校宣传队的存在，彼此接触还是比高小和初中时期多了许多。这时候的范香儿对古英俊的欣赏肯定是进一步了，尤其是那次篮球场上的风波，让范香儿对古英俊的印象骤然间产生了质的变化。是的，他像一个护花使者，在自己最危险的时候不仅从天而降，而且勇猛无比。那天晚上，范香儿曾经想过，依偎在这样一位"骑士"的身边，那该是一种多么的惬意。但也就在那时，风言风语传来，又听说在古英俊的周围已经有了几位女同胞在向他发起进攻，又听说好像这家伙压根对女孩似乎就没什么反应。但这使范香儿有种莫名的欣慰。为什么呢？她也很难说清。

然后呢，鬼使神差，范香儿插队落户居然来到古英俊的村子，而大队负责管理知青的干部里居然就有古英俊。在这里，更加密切的接触，更多贴近的交流，古英俊在范香儿心目中的形象点点滴滴地高大了起来，她已经决计要向他发起决定性的进攻，可是，女孩的羞涩，某种天生的怯懦，又使她往往只能把这种计划停留在想象之中。说到底，她在等待着他的哪怕只有那么一点点的暗示或明示。然而，她一直没有等来。久久的等待，在这次赛诗会上遇到了突变的基因。如泣如诉的《爆破手》，让范香儿发挥得淋漓尽致，也让姑娘的心和那位自己无比熟悉的诗人贴得更近。范香儿在想，这一次，一定要抓住，把自己对古英俊的爱和思恋一股脑地倾诉出来。也就在这时，就在赛诗会后的第三天晚上，章玉儿从鲁云生那里回到知青点后，突然把范香儿叫出来，来到小河边上，找两块干净的石头坐下了，神秘兮兮地说道："老范，姐们儿问你一句话，你可一定说真话啊！"

范香儿问："老章，就咱俩这关系，还这么神秘？你说啊。"

章玉儿抵近了低声问道："你个范香儿，我就问你，你和古英俊摊牌了没有？"说着，瞪着两只忽闪闪的大眼睛。

范香儿有些不好意思了："老章，你怎么这么说？我和古英俊，就一般同学。"

范香儿话一出口，又觉得章玉儿这问话话中有话。正要补上一句，章玉儿一拍范香儿的肩膀："你呀，老范，姐们儿是看你这些天难受，你真心喜欢古英俊，那就和他挑明了说。你要不动手，姐们儿可就上了啊。"半真半假，一句话把个范香儿给唬的，浑身不由一个激灵。

这时的范香儿也不再羞涩，她突然明白，必须赶紧想法制止章玉儿的疯狂行为，否则，真不知这家伙会干出什么事儿来。于是，范香儿也一本正经地说道："老章，你有你的鲁云生，吃着碗里的，还要霸着锅里的？"

章玉儿笑了："看看，着急了哦。我的小姐，实话告你说，这个古英俊，我以前是真没有看上他，可这一次，这家伙真的把本姑娘给折服了。这么好的男生，你打着灯笼去哪找？老章，我是早看出来姐们儿你对他有意，而且古英俊对你也和对别的女孩子不一样。要不是这样，实话告你，老章我一定会不顾一切地向他发起进攻。我就不信本姑娘拿不下这个大秀才。"

范香儿如释重负，轻轻地喘口气，尽量不让章玉儿感觉到自己的紧张。然后她以求助的口吻道："老章，你别站着说话不腰疼。我可没你那本事，三下两下就把意中人给搞定了。再说，古英俊那样，我就发愁给他说什么他都没反应呢，你快教教姐们儿呗。"

章玉儿摆出一副真闺蜜的样子，叹了口气说："老范，你说你也是，要换个人，姐们儿我要理她才怪。可你是谁，你老范是我最亲密的战友、闺蜜、姐们儿。我不帮你谁帮你？"接下来，章玉儿如此这般地授予范香儿两条妙计，然后又强调一遍，"老范，你可记着，如果这样你都搞不定个古英俊，到时可别怪我老章掠人之美了啊。"说完，一阵爽朗的笑声，把河里的游鱼惊得一道闪电般窜了，也把岸上树梢上正在柔情蜜意温存的一双鸟儿给吓得"扑棱扑棱"飞走了。

十
鲁芳儿归来

范香儿暗恋古英俊，章玉儿密授锦囊计，一幕青春热恋正剧就此开始。然而，就在此时，一个人横空出世，鲁芳儿回来了。她的归来，也彻底打乱了章玉儿和范香儿的攻防大计。

鲁芳儿是谁？鲁芳儿乃是小鲁云生两岁的胞妹。虽然小两岁，聪慧绝顶的鲁芳儿却是从打上小学起就与她的兄长鲁云生只差一个年级。从小学到高中，她始终紧跟哥哥的步伐。但稍微对鲁芳儿有所了解的同学都知道，在与兄长鲁云生同处青山县一中的一年时间里，鲁芳儿接触最多的却并非她的亲哥哥鲁云生，而是她口口声声的另一位哥哥古英俊。说来这个叫法并没有错，从小学时起，鲁云生与古英俊就是同班，也是最要好的兄弟。他们不仅学习在一起，玩耍在一起，上山砍柴在一起，就连彼此所看书籍也完全是互通有无。这中间最得益者就是鲁云生的妹妹鲁芳儿。也可以说，鲁芳儿虽然小鲁云生两岁，小古英俊一岁，但是她在课余所汲取知识的渠道和量级几乎与两位哥哥完全相同。大约也正因此，鲁芳儿是她那一届女生中学习成绩最为出类拔萃的一个，也是同届女生中最具音乐天赋的一个。这当然又与她的家庭有关，前面我们已经说过，鲁云生和鲁芳儿的父亲鲁大力本身就是一个音乐天才，鲁云生作为青山县一中宣传队的音乐大拿，那几乎又是无可替代。要说真正能够接替他的也就是鲁芳儿。1973年腊月，鲁芳儿紧跟着哥哥们的脚步，高中毕业。毕业之后的去向，一开始是十分明确的，那就是根据音乐胡老师的推荐，留校担任音乐教师并协助胡老师管理学校宣传队。这在当时来说是100个人就有99个人眼馋的天上掉馅饼式的美差。试想一下，身处彼时，高考的路断了，各单位招工只招城市人口，包括知识青年，但这个知识青年那是特指从城里来到农村上山下乡的知识青年，类如章玉儿、范香儿等。对于古英俊、鲁云生，包括鲁芳儿在内同样上过高中初中的农村青年来说，广阔天地那是你唯一可以"大有作为"的地方。像鲁芳儿这样，突然有一个单位给你塞过来一张大大的"馅饼"，让你留校任教，虽说暂时是代教，那也有每月29元的工资顶着，一年以后还有转正的机会。这样的事情在绝大多数人来说，只要智商正常，应该是偷笑还来不及的。对于鲁芳儿呢，如此人生三岔路口，命运关头，也不能不慎重再三。为什么要慎重再三？不是说100个人就有99个会毫不犹豫吗？是的，但事情总有个意外，那百分之一既然存在，就一定会有人来充当。现在鲁芳儿就要充当这百分之一了。

可以说，从这件事一开始，当初音乐胡老师和鲁芳儿说这件事的时候，鲁芳儿就显示了五成的犹豫，只是碍于那时他的父亲鲁大力正好骑车去接女儿，当着胡老师和教导主任的面，做父亲的连问都没问女儿一声就极其爽快地替鲁芳儿答应了。不仅答应，他还略显笨拙地从上衣口袋里掏出自己轻易舍不得消费的"金钟"牌烟卷来请教导主任和胡老师抽。主任是抽烟的，没什么可说，接过就抽。胡老师不抽烟，但为了鲁芳儿这个爱徒的留校，也为了不使一位老农民难堪，胡老师竟然也难得蹩脚地叼起了那支香烟。这样，鲁芳儿留校的事就算正式谈妥。只是从头到尾，鲁芳儿本人并没有任何表述。但在父亲看来，当然也包括鲁芳儿的母亲毛青兰看来，这件事乃是天大的好事，女儿岂有不答应之理？于是，正月里，鲁家为庆祝女儿找上工作而将亲朋好友请来，又请鲁成旺掌勺，摆了宴席喝了酒，鲁大力不醉不休，也确实一醉方休。就连"准儿媳"章玉儿也在席间饮酒三杯。但不管别人怎么想怎么看怎么喝，鲁芳儿是只吃菜，不喝酒，毛青兰为女儿找出的理由是芳儿靠嗓子吃饭，你看，做艺术家也有很多禁忌呢。

宴席散了，鲁芳儿也就到城里，到学校上班去了，应该说工作轻车熟路，鲁芳儿声乐器乐无所不通，胡老师看重弟子，倾心相授，二人互相尊重，配合得也很好，可是，就在这一派和谐的气氛掩盖之下，鲁芳儿却在清明节后一段时间趁着学校难得的休息日放假回了一趟家后，一返回学校就给教导主任递上了一张辞职申请。明确提出，我鲁芳儿要响应伟大领袖的号召，到广阔天地里去锻炼成长。没有任何商量和挽留的余地，当胡老师气急败坏地跑到鲁芳儿宿舍要和自己最信任的弟子认真谈一下的时候，鲁芳儿已经将行李包裹捆在了一辆自行车上。附带说明，这自行车正是三个月来鲁芳儿担任代教的最大成果。虽然是二手车，却被鲁芳儿擦得像新车一样亮光闪闪。有道是话不投机半句多，胡老师既心急火燎，又语重心长，但鲁芳儿早已处在"打破樊笼飞彩凤，挣脱枷锁走蛟龙"的心态之中，任你千般理由，我只拜拜一条。她照直留下胡老师那莫可名状的影子便飞驰而去。

鲁芳儿为什么要辞掉别人做梦都求之不得的工作，而要回到村子里去呢？根源在于古英俊。三年前，鲁芳儿考上了青山县一中，紧跟着鲁云生和古英俊两位哥哥的脚步走进了这座全县最高学府的课堂。人说二八女多娇，16岁的女孩，也正是全面成熟的阶段。来到这里，自然也就能够更方便地接触到鲁芳儿从小便无比崇拜的异姓哥哥古英俊。这个时候，虽说古英俊本身对鲁芳儿并没有更多的想法，只是把她当作自己的妹妹来看待来照顾。但鲁芳儿却从其他女孩对古英俊敏感的眼神中察觉到了这位哥哥在许多女孩子心目中的分量。于是，鲁芳儿开始疯狂地找一切机会或制造机会去接近古英俊——找他探讨学习问题，让他教她练习篮球。班里的同学都知道，就学习成绩来说，鲁芳儿已经是班里、年级里数一数二的尖子，可是她却往往总拿一些并不太难的课外练习题之类去找古英俊请教，而且是不分任何场合，不管什么时候，很有些毫无顾忌的样子。古英俊照例来者不拒，鲁芳儿也就借此向青山一中所有的女孩子宣告了我鲁芳儿与古英俊的特殊关系。在当时，这几乎在所有人特别是所有关注古英俊的女孩子们看来都是公开的秘密，在古英俊来说却是绝对的盲区。所以，鲁芳儿对于留校的问题从一开始就抱有一种抵触情绪，而清明期间回到村里的短暂时间更促使她下决心不顾一切地辞去那张"馅饼"。这是因为，在正庄，仅仅两天时间，鲁芳儿就从多个渠道意识到一种危机感正在来袭，大事不妙！哪里还有空闲让你在县城里做什么代教？古英俊已经被几个曾经潜在的"敌人"所包围，那块高地很快就有陷落的危险！鲁芳儿知道，这一年多来，尤其是这半年来，古英俊与知青们的关系如火如荼，军事训练的现场会和轰动一时的赛诗会，让古英俊声名远播，也让他的才华显露无遗，更让那些企图和他接近甚至占有他的女子蠢蠢欲动。这所有的或明或暗的蛛丝马迹鲁芳儿并不需要像特工一样去深入了解，两天的时间，母亲毛青兰就像上海滩旧时的"包打听"一样把村子里婆姨们杂七杂八的传言一句不落地传达给亲爱的女儿。这中间甚至还有来鲁家串门儿的准嫂子章玉儿有意无意的炫耀和暗示。鲁芳儿什么也没说，她想找古英俊好好谈一谈，可是一次吃了闭门羹，另一次鲁芳儿就看见章玉儿与范香儿还有一帮女知青正在围着古英俊探讨什么诗歌的创作。他们将一张张写满分行文字的纸张递给古英俊，他与她们谈笑风生，她们对他众星拱月。那当时，鲁芳儿真的有些失落，也有些懊恼。第二天，她没有与任何人再多说一句话，回到学校就做出了令所有人不敢相信的决定。再然后，她头也不回地骑着自行车奔向回家的大道。

鲁芳儿回来了，最不能相信这件事的是她的母亲毛青兰，这怎么可能？女儿一定是着了什么魔，依据自己多年的生活经验和头脑里根深蒂固的某种文化基因，毛青兰第二天晚上就为女儿做了一件让女儿与她决计决裂的事情。

在毛青兰看来，女儿第一天上午回城的时候还是一切正常，就那么回了一趟城里，怎么竟会做出这种令人完全不可理解的事情呢？毛青兰想起了前不久同样发在生村子里的一件怪事。她的邻居鲁万明的婆姨田小娥，精明强悍，人也长得不难看，平日里说人道人也是一把好手。可是去年秋天村上有几户人家种在自留地里的蔬菜黄瓜茄子西红柿之类的连续被偷，偷就偷吧，偷了你拿去吃掉也就算了，可这小偷怪，竟把相当一部分偷去的黄瓜西红柿给捣烂扔到人家菜地旁边，让人看着都心痛。这事被人反映到大队，老支书张成才要古英俊想办法，古英俊派出两组人蹲守了两个夜晚就将这个偷菜贼给抓现了。窃贼就是鲁万明的婆姨田小娥，可是这婆姨却在被抓以后装疯卖傻，先是挣脱两个男民兵的束缚，跑到自己家的菜地里乱砍乱扔，而被抓回大队办公室后又说又唱，说什么她是土地娘娘派出来摘果子供奉的。你再问，她就披头散发，撒泼打闹，尽说疯话。面对这个情况，民兵们和古英俊束手无策，而老支书张成才听到后却对古英俊面授机宜："让她闹，饿她两天，看她还装。装神弄鬼，这套路太老了。她一个上过中学的小知识分子怎么也玩这个？"

有老支书的话垫底，古英俊的心宽了下来，可是紧接着就又听人说，这女人的窝囊丈夫这一次居然在没有请示老婆大人的情况下大胆做了一次主，干什么呢？为她的婆姨偷偷从邻村找来一个阴阳大法师，在自己院子里烧香祷告，请天神下凡，将附体于她家婆姨的一个妖孽给驱赶走了。而所谓被鬼魂附体的田小娥顿时也就恢复如旧，没事人似的。这件事，毛青兰跟踪始终，那个作法驱鬼的过程也看得一清二楚，再加上多年以前本就根深蒂固的迷信残留，使得毛青兰对那驱鬼之术确信无疑。这一次，一看自己的女儿居然一日之内有大变化，当娘的马上就想到了女儿骑车必然要经过村南山坡上的那片坟地，巧合的是那坟地最近刚刚新添了两座坟茔，其中一座是张英才的坟茔，另一座则是一个车祸致死者的坟墓。正是无巧不成书，恰恰两者皆为凶死。毛青兰很多年前就听说，凶死者的鬼魂是不能进入地狱的，所以他们只能在坟地周围游荡，而它们游荡的目的就是找上宿主，附体于人，从而赚得香火，以金钱买通地狱之门。毛青兰想到就干，当天下午就到邻村去把那位阴阳法师请来，按规矩给人家先扯了八尺红布，买了两瓶好酒，然后请天神下凡。于是那法师一阵若有若无的祈祷之后，天神附体，开口就说："你的女儿鲁芳儿，已被送子观音看上，每月要为观音附体两天。若想摆脱这份别人求之不得的天选之差，还得再上一份大的供奉。"

毛青兰听得浑身冷风飕飕，颤抖着问："大神，这一份大供得多少钱啊？"

大神摇摇晃晃，又是一阵作法，正要向毛青兰布置上供程序内容，"咣当"一声，原本上了门闩的院门被人推开，来人不是别人，正是毛青兰的女儿鲁芳儿和儿子鲁云生，还有一位熟人章玉儿。

其实，大法师的表演，三个年轻人已经从门缝里看了多时，鲁云生早就想进来制止这份丑陋，但章玉儿想看看这难得的西洋镜。直到大法师得寸进尺，进而索要更多的钱财时，鲁云生再也忍耐不下去了，这才用随身所带的水果刀将自家门闩划开，三个人一拥而进，就在那法师与毛青兰、鲁大力不知所措之时，鲁云生以迅雷不及掩耳之势，一脚踹翻了大法师的神坛，指着那法师怒道："滚！你再不滚开，我立马叫民兵把你捆起来，信不信？"

大法师其实认识鲁云生，鲁云生也认识这个大法师，按理说，这家伙还是鲁云生一位远房舅舅，大法师也知道这位外甥是团支部书记。这时他一看形势不妙，一个激灵便从天宫窜了回来。他一本正经地说："云生，这事可不赖舅舅，是你娘求我来的。这年头，这份营生我不干也七八年了，这不是咱自家亲戚舅舅才出来帮个忙嘛。"

怒火中烧的鲁云生哪管大法师如何解释，将那位舅舅搁在一边，转头对毛青兰喝道："你看你干的好事，你不嫌丢人我们还嫌丢人呢。"

毛青兰在村里是出了名的快嘴，可是在儿子、女儿、准儿媳或曰干女儿面前却像一个既痴又呆的天生结巴，瞪着眼，喘着粗气。儿子发完火了，她才喏喏道："我这不也是为了芳儿好嘛。芳儿鬼上身了，你们谁管呢？"说着，眼泪哗啦啦如泉而涌。

这一下，轮到女儿开火了："哎，哎，妈，有你这样的妈吗？我怎么就鬼上身了？我要是鬼上身，你就不怕我这鬼把你请来的法师抓去当替死鬼？"

毛青兰对女儿还是敢于回击的，眼泪一抹，脖子一梗道："鲁芳儿，你不是鬼上身，能把那么好的工作给辞了，回来当受苦人？"

鲁芳儿明白了，其实这也正是她之所以决定辞职而不和家里人商量的原因所在。想到这里，喜欢恶作剧的鲁芳儿反倒有些自得，嘻嘻一笑回呛母亲道："好啊，妈，你要这样说，我这鬼还就是上身不下来了，你就天天请你的大法师作法吧，也不用我哥去，我现在就去告诉英俊哥，看看能不能让你的大法师离开正庄村。"

这时，身为这个家庭的父亲——鲁大力不得不出面了。他话不多，却分外有点分量："都给老子闭嘴！你们不嫌丢人，老子还嫌丢人呢。"说着，他走过去很得体地对章玉儿向院门做了一个请的动作，同时小声道："玉儿姑娘，让你看笑话了。我们自己的家事，自己处理好吧。"说着就要去关闭院门。

谁知章玉儿的脾性，那是你尊我一两，我送你一斤的，一看自己在鲁家居然这么不受欢迎，当下也没多想，一股怒火直冲脑际，脖子一梗，歪着头回呛准公公道："鲁叔叔，在你眼中我是外人，对吗？那好了，我这个外人既然看到了这一切，那就更应该向组织把这牛鬼蛇神作乱的事情说个清楚。好啊，你们家的事，你们自己处理，我找组织汇报去。"说着，转身要走的样子。鲁云生哪里能让章玉儿这个"天不怕"这个时候去找老支书或者古英俊他们汇报去。很显然，这样的事情，按照这几年来各村各队的通例，那都是要游街批斗的。就算这两年批斗少了，但让你做个大会检查还是不为过吧。而更关键的问题是，究竟如何处理这件棘手到肠子里的事情，鲁云生一时还没想好。但是，对付章玉儿，鲁云生还是办法多多的。只见鲁云生一把将章玉儿揽在怀里，低声道："玉儿，别任性，这事怎么能离开你帮我拿主意呢？"

鲁芳儿看了一眼鲁云生，又瞟了一下章玉儿，鼻腔中喷出一个重重的"哼"字来，掉头回到自己房间。她清楚，只要有哥哥在，家里的事儿是轮不上她说话，也用不着她说话的。因为这个哥哥一向几乎百分之百地支持自己的妹妹，也总能与妹妹想到一起。这一次，虽然鲁芳儿并没事先将自己辞职的想法说与哥哥，但是回到村里见到哥哥的第一时间，哥哥就表达了绝对的支持，这也让鲁芳儿增添了更足的底气。

鲁家搞了封建迷信，而鲁家的儿女鲁云生、鲁芳儿和知青章玉儿则是这件事情的举报者，也是将这次迷信活动及时终止的行动者。载有5000字通讯报道《将封建迷信扼杀在萌芽状态》的报纸摆在青山县委宣传部部长仇凤英的办公桌上，仇部长将这篇文章中自己不太熟悉的字让老宋用红笔加同音字一个个标注了起来，直到自己读起来畅行无阻，这才满意地笑道："宋主任，没问题了，这个事情，明天地委领导来，我就可以讲给他们听。这就是我们培养的一代新人。"

老宋却笑不起来，而是有些略微尴尬地说道："这文章本身没问题，可是怎么作者署名竟然没有古英俊的名字呢？我们堂堂一个县委通讯组去侵占人家一个普通作者的权利，这说出去不大好听啊！"

仇凤英不笑了，一本正经甚至有些训斥的口气对老宋不客气起来："老宋，你这个思想可有问题。他古英俊就不在我们县委的领导之下么？他是不是共产党员？是党员就得服从党的需要。这篇文章需要以县委通讯组的名义发表，那就必须以县委通讯组的名义发表，共产党员是不应该计较个人荣誉得失的吧？"那口气，不仅振振有词，而且理直气壮。这可真把温顺惯了的老宋也给惹毛了，不软不硬顶了一句："仇部长，你如果这样认为，那应该把你的名字署上，我的名字不经过我，我不同意。以后也绝不允许。"

仇凤英火了："老宋，你什么意思？你是说你以后不给县委写文章，不给共产党服务了吗？"上纲上线，一步登天，老宋犹如五雷轰顶，天啊，这就是你姓宋的这么些年以来呕心沥血吹捧出来，一手扶上政治舞台的那个小姑娘，那个半文盲却又纯真可爱的小女孩吗？老宋眼前倏然闪现出10年前的那个晚上，农业大学毕业后被分配到青山县农业局当干事的老宋（那时叫小宋）跟随局长到离城40里路的山村卡角寨公社去下乡。当时的局长也没有什么交通工具，小宋骑辆公家的28加重"飞鸽"牌自行车，局长坐在后座上，这便是局长的座驾。当天下午看了三个山庄，从山上下来，下午5点多钟，小宋本想趁着傍晚凉爽回城里去，局长却说不走了，因为公社书记和主任还有事要谈，就让小宋先在公社办公室等着，局长便和两位公社领导"谈事"去了。然而，说是谈事，其实三个人之间真没有什么需要回避他人的事情可谈。只是公社书记要招待局长，又觉得小宋一介书生放在一起不便敞开了喝酒吃肉，也不便谈荤论素。所以他把小宋单独留下来，告诉公社交通员让他安排小宋在公社食堂去吃大锅饭。

可是呢，可是大约合该有事，局长和书记主任"谈事"走的时候天色尚早，离大食堂开饭还有一段时间，交通员告诉看起来比自己还小的小宋先歇着，自己倒水喝，然后就为一位公社副主任往家里送一袋白面去了。恰巧这位副主任的家里老婆生病，孩子上学，猪饿着肚子，鸡亮着嗓子(饿则鸣），副主任一看不花钱的援兵到了，马上指示交通员先给孩子做饭，再给猪儿喂食，然后还不忘让交通员给往水缸里挑两担水。这么一折腾下来，两个小时都过去了，把个交通员饿得前胸贴后背，累得直不起腰，实在不能再坚持了，这才回到公社机关。也就在这一瞬间，他才想起还有一位县里来的客人在办公室饿着肚子呢。交通员也顾不得自己有多饿了，赶紧推开办公室的门，偌大的办公室空空荡荡，哪里还有什么人？交通员赶紧再到公社食堂去看，食堂早都下班了。交通员慌了，知道自己惹了祸，弄不好，人家县里的那位同志生气走了，这可怎么办才好？想找领导汇报，又不知领导去哪家饭店或哪个单位去了。那时没有手机，一切首先取决于自己大脑的判断。交通员的判断是小宋干部一定骑车回县里去了，应该刚走不远。自己现在追上去，无论如何得把这位请回来，然后赔礼请罪。于是，饿着肚皮的交通员抖擞精神跨上车子便向小宋他们来的路上飞奔而去。他不知道的是，小宋同志此时正在距离公社机关不到百米之遥的一户人家里，与一家三口热热乎乎地吃着和子饭和窝窝头，就着咸菜，聊得热乎呢。而他和局长的那辆座驾就在这户人家的院子里蹲着。

原来，一开始的时候小宋是老老实实在办公室一边看报纸，一边耐心等待有人叫他去吃饭的。可是，左等等不来，右等等不来。看看办公桌上的闹钟，六点的铃声响过了，七点的铃声也响过了，还是没有人来搭理自己。跑了一下午，既当车夫又爬山，年轻人本来饿得快，饥肠辘辘的劲儿实在让人无法忍耐下去了，小宋大着胆子，自己找到公社食堂，申明你们书记安排我在这里吃饭，可是食堂的人却说根本不知道这回子事，小宋刚想辩驳几句，就听有人低声议论，要不要把这个骗吃骗喝的给送派出所去。也有人说："唉，看那样子，不是饿急了，也不像是个骗吃骗喝的嘛。得饶人处且饶人吧。"

　　小宋无奈，懒得辩解，一个人走出了公社大院，可是在公社之外空荡荡的街道上又到哪里找饭吃呢？小宋推着自行车，有点漫无目标地走着，一股诱人的饭香迎面而来，大学生小宋竟然像个乞丐似的敲响了那户人家的门。小宋没有想到，那户人家也没有想到，初见之下，那一家三口竟一点都没有把小宋当陌生人，听说想讨口饭吃，又听说是县里的干部，尽管这话小宋事后都觉得有点语无伦次，可那一家三口却丝毫没有怀疑的样子（其实这家男主人是有所怀疑的）。请进，请坐，请上座，吃饭，请吃，快请吃。饭很简单，青山当地最为流行的和子饭，也就是在小米稀饭中加入土豆块、南瓜条、干豆角，熬制成粥状时，下入白面豆面玉米面三合面面条，最后用一点点油和葱花炝锅，那个香气扑鼻，那个韵味悠长，从小成长在大城市吃惯了大食堂的小宋同学是活脱脱当年慈禧太后逃荒路上吃到一笼窝窝头的样子。而这家人家刚刚出锅的窝窝头也让小宋同学大开眼界。原来，人家的窝窝头是用玉米面和谷子面合制而成，目的是让谷糠便于食用，而效果是窝窝头香中带甜。小宋吃得起劲，一股劲夸这窝头有特色，那家的姑娘就不声不响用一张报纸包了4个窝头，让小宋走时带上，饿了垫肚子。也就在这顿特殊晚餐的进程中，小宋同学发现了这家人家那位叫作仇凤英的小姑娘，聪明伶俐，手脚麻利，可惜只有16岁，却已经有三年社员经历的人民公社小社员，原因也简单，仇凤英这孩子什么都好，就是学习不行，高小毕业那年考中学没考上，便回村当起了正儿八经的妇女劳动力。这事在小宋看来自然是不可接受的，长吁短叹之间就劝仇凤英还应该去上学，要靠知识改变命运。可是只有16岁多一点的仇凤英却笑嘻嘻地说："宋大哥，我要学大寨铁姑娘，用自己的双手改变命运。"

　　这应该说就是老宋10年前第一次见到仇凤英时最为深刻的印象，更是此后10年从小宋到老宋一如既往关注仇凤英的起始原动力。这是后话。而在10年前的那个晚上，吃饱了饭的小宋并不知道误了事的公社交通员竟然白白从公社到县城跑了一个来回，等交通员回到公社办公室的时候，已是晚上10点多钟。再一看，那位县干部已经和衣而卧，在办公室的长凳子上呼呼入睡，陪伴他的只有被他当作枕头的一摞报纸。好在正是夏末初秋，不盖被子也不会着凉。又困又饿的交通员也没有再做更多考虑，赶紧回家找饭吃去了。谁知这一走，却又造成了一桩传扬全县的事件。

　　我们接着说10年前那个晚上的小宋，在仇凤英家里吃了饭，小宋要掏粮票和钱，凤英的父亲把3角钱是留下了，4两粮票却死活都不要，还说咱农民只要肯干活，哪有吃不上粮食的道理。只是钱这玩意儿变不来，我们就谢谢你了。吃完饭，小宋回到公社办公室，办公室依然没有人。看来局长同志和公社书记主任的工作还不知什么时候才是个完。自己困了，那就睡吧，可是这办公室里除了这张长长的木凳，还真的没有一件可以帮助自己入睡的物件。天气还行，不盖被子也不是问题，可是这脑袋往哪里搁？将鞋子当枕头不是不行，但自己今天穿的是运动鞋，那里面的味道，睡着也能把你熏醒来。怎么办？也是小宋眼尖心活，一堆报纸进入眼帘，小宋将这报纸做枕头，还行，正要躺下，忽又心动，站起身来，用一支快脱完毛的毛笔饱蘸蓝色墨水，拖过一张报纸，就在上面写下一首打油诗来：

　　酒宴无休迎八品，饥寒交迫待末品。

　　不是洒家亲出马，头颅南瓜滚地坪。

　　然后他倒头入睡，再然后，一早醒来，依然不见局长大人，那股子学生劲儿呼地升起，也不洗漱，当然也没法洗漱，出门推车，也不问局长何在，独自个骑车回县城去了。

这件事的后果，首先是那首打油诗轰动了全县，有人感叹小宋诗写得真好，诗如利剑，戳开了某些基层领导丑陋的一面；也有人说，小宋的诗写得是好，但充其量只是小资产阶级知识分子的矫情，骄娇二气，暴露无遗；还有人说这事本来不是个事，但这么一首诗就把事情闹大了，说明小宋这个大学生不可用，应该让他到最艰苦的地方去锻炼锻炼。农业局局长就属于这第三种人，因为那诗里写到一句"酒宴无休待八品"，显然是对局长的不满。所以从乡下回来的第三天，局长就找小宋谈话，要交给他一个重要的任务，干什么呢？到距离县城120里路的一个山庄去蹲点，因为那里是农业局领导的包村单位。瞧瞧，都把你当领导对待了，还有什么说的？小宋同学也够拧，蹲点就蹲点，反正不求情。可是也怪，这事不知怎么就传到县委书记耳朵里去了，书记没有问别的，只把那诗和写有那诗的那张报纸要过来看了看，然后对县委办主任说了句："这个人很有才华啊，诗也不错，字也不错。农业局不用，咱们通讯组用了吧。"

于是，小宋时来运转，准备下乡的行李照直搬进了县委大楼，反倒是农业局局长提心吊胆了好长时间，终于也没等来似乎是早已吊在空中的处分。

往事如云烟，现实很茫然。老宋有些头晕，仇凤英也看出了问题，口气一转，赶紧一个跨步过来很不避讳男女之别地扶住老宋，温柔地问道："老宋，宋老师，宋主任，怎么了？怎么了？要不要送医院？"说话间，老宋头上已是冷汗溢出。老宋摆摆手，又摇摇头说："没事，没事，老毛病了，昨晚熬了一个夜，今早上又没吃饭，可能有点低血糖。冲杯糖水就好了。"

　　鲁芳儿回到村里，最不吃惊的人是古英俊，最能感觉到威胁的人则是慧兰儿，而在鲁芳儿来说，最在乎的人却是范香儿。

　　鲁芳儿回村的第二天爆发了一场"家庭革命"，这个题目是古英俊给加上的，目的也是按照鲁云生和章玉儿的想法，为这次因毛青兰一时糊涂而演绎的荒唐事件挽狂澜于既倒，从而也使得鲁芳儿回村这件事从一开始就附着上一层红红的色彩。或者也可以说，这文章事实上就是古英俊、鲁云生与章玉儿三人共同商议的产物。按照一般的情况，古英俊给任何一级报刊写稿绝大部分情况是无需给任何人送审的。但是这事儿不一样，它关乎鲁芳儿命运的转折，也关乎鲁家兄妹两人的政治影响，所以古英俊将这稿子送到了县委通讯组，希望以组织的名义出面为这件事定性。而当仇凤英部长看到这篇文章后，她那已经修炼10年的敏感神经瞬间就嗅到了其中的政治价值与宣传价值。所以，她要老宋亲自为这篇文章把脉，并力主将文章署名为县委通讯组老宋等人，只是在旁边加上了一个通讯员古英俊而已。而事实的结果却是也不知哪个环节又出了问题，这文章的署名最后竟然直接把原作者古英俊给省略掉了。也就是因为这事，惹得老宋颇不痛快，但在古英俊来说却是正中下怀。因为只有这样，那文章才能更加具有官方性质和权威，顺便为鲁芳儿的回归做了背书。

十一
掏茅底之争

转眼又是一个冬天，鲁芳儿回到村里已经将近半年。这天晚上，大队部开会，讨论今年冬季的农业学大寨运动与农田基本建设怎么搞。也不知是什么原因，上面不再要求各公社各大队像往年一样搞大规模的工程，也就是说，今年的农业学大寨和农田基本建设改为各村各队因地制宜自己安排自己搞。这就给了大家很大的机动性和自主性。所以老支书张成才要大家提提意见，发扬一下民主作风，想出一个或一套既符合上级要求，又结合本大队实际的方案。民主果然有民主的优势，这个会一开，那就是八仙过海，各显神通，臭皮匠们争当诸葛亮，而胸有成竹的老支书只让古英俊充当会议记录的角色，大家说一条，古英俊记一条，意见提完，然后一条一条归纳讨论，结果就形成了新的"作战方案"：总的原则，依然实行大队统一安排的集体作战，具体兵分两路，一路由古英俊、鲁云生、王建青带领，组织基建工程精兵强将，以青壮年为主体，继续去年未完成的工程，将大清河顺河大坝建设下去。另一路由鲁高明、慧兰儿和各生产队队长带领，认真准备积肥储肥。而这积肥储肥的重要一环就是掏茅底。这样说，也许城里的人们搞不太明白，说明白点就是要清理各家各户的厕所，把长久以来堆积在茅坑底下的杂质和那一层厚厚的黑土清理出来，然后再将新的黄土垫进去。这样做的目的有以下几条。第一，可以清理茅坑，防止严重渗漏，以利青肥淤积；其二，将那混杂于茅底的杂质诸如石头、砖块之类的清理掉，而将剩余的黑肥收集起来，再行熟化处理，这便是所有肥料中最为宝贵的那么一种肥料，后来普遍称之为有机肥。其肥力之大，功能之全，绝不在什么硝铵尿素、碳酸氢铵之下。当然，这样的活计，那是又苦又臭，历来都是有经验的老农民、四五十岁的壮劳力在基本掏完茅粪之后才跳到茅坑里面去继续挖茅底的。也正因为其工种特殊，所以，这个工作给的工分高，附加待遇也多。以正庄大队来说，掏一个标准的茅底，那便是20工分，而正常情况掏一个茅底所用的时间不过半天而已。另外就是干这个活计，生产队还会另外给下茅坑的人半盒"火车"牌香烟。如果你连掏两个茅坑，那一盒烟就是你的了。原本掏茅底这事情是每年冬季都要进行的，只是前几年层层组织农田基本建设大兵团作战，这事就给搁一边去了，也造成了不少人家茅厕的渗漏，给生产队的积肥储肥造成了一定的损失。所以，无论老支书张成才也好，还是总会计鲁高明也好，一看今年可以适当自由，首先就想到了这件事儿。

按照过去的规矩，掏茅底这活儿指定是男劳力而且是壮劳力干的。可是今年的黄历有点不同，一下子竟有三个女孩子齐刷刷要闯这个禁区，那气势，那决心，这掏茅底非我莫属！三个女子，哪三个？一曰章玉儿，一曰范香儿，还有一个便是刚刚回村不到半年的鲁芳儿。这其中第一个想到了要下坑掏茅底这事的女孩子，乃是章玉儿。章玉儿虽然生来一副娇小姐派头，但这娇气之中也蕴含着浓郁的叛逆精神与挑战气质。下茅底，都说又累又苦又臭，从无女人涉足。可章玉儿觉得正因为从来没有女人干过这事，所以这事更有意义。所以，鲁高明和慧兰儿召集大家开会之前，章玉儿就神秘兮兮地找到范香儿，又神秘兮兮地说："老范，有件好玩儿的事儿，就不知你敢不敢去做。"

范香儿待答不理地瞟了章玉儿一眼："就你，能有什么好玩儿的？不是要和鲁云生生孩子吧？不过这事你也拉不上姐们儿啊。"

章玉儿做一副嗔怒的样子："范香儿，再捣乱，不理你了！"然后却如此这般把大队要组织掏茅底的事以及自己的想法说了出来。

范香儿对章玉儿的疯狂与大胆是有着十足的心理准备的，可是当听到章玉儿竟然要做"第一个吃螃蟹的人"，跳到茅厕下面去掏茅底，冷静的头脑中还是有点儿不够冷静了，瞪着眼，伸着脖颈，好像审视一件稀罕物品似的盯着章玉儿道："章玉儿啊，章玉儿，你真行！姐们儿服你！说说，怎么干？要姐们儿怎么配合？"

章玉儿高兴了，这才将自己的想法款款道来："我就知道老范懂我，你想想，我听说咱们老支书已经向公社打报告了，开春就要发展一批新党员。这事你老范和姐们儿好歹两个点长不能落后啊，可是咱凭什么就能让组织信任？平时地里那点儿活，你能分出个谁长谁短来？赛诗会那点儿事倒是挺光彩的，但说到底那诗是你家古英俊写的，咱俩就念了一下，纯技术活儿，没有什么真正的说服力。可这掏茅底就不一样，挑战旧传统，实现真正的男女平等，这机会可遇不可求啊。现在机会来了，咱俩凭什么不把它抓住？至于什么苦，什么臭，对于你我来说，那又算得了什么？不要忘记，我的父亲、你的爸不是老八路就是解放军，比起他们那枪林弹雨，掏个茅底，不就小菜一碟？"

章玉儿说完，范香儿将两只手齐齐伸出，两只手都竖起了大拇指。当天晚上由鲁高明、慧兰儿主持的正庄大队农田基本建设誓师大会一散会，两人就向慧兰儿报了名，明日一早掏茅底，我们俩有一个算一个，保证完成任务。

可是，当第二天早饭以后，一众青年妇女和中年男人在鲁高明家门前的街道上结合起来的时候，人们却发现，真正第一个下茅厕、掏茅底的只能是章玉儿与范香儿之外的另一人——鲁芳儿。因为，在所有人中间，此时的鲁芳儿那一身打扮最为突出，也最切合掏茅底这事儿之必需，那一身虽然老旧却并无破洞的劳动布工作服，那一双擦得发亮可以齐大腿根的高腰雨靴，那一双柔软而超薄的胶皮手套，一切的一切，完全遮盖了鲁芳儿美丽的容颜，却突出了一个新女性不爱红装爱"武装"的妖娆。正在众人围着鲁芳儿审视的时候，一阵喇叭声响，一辆陈旧的212吉普开了过来，车上跳下两位高举相机的记者。那相机上一块红色牌子"上党日报专用"的标注说明，相机的持有者应是地区党报的记者。两位记者也不多与他人说话，照着鲁芳儿便是一顿"咔咔咔咔"的拍照。直拍得鲁芳儿不好意思，都把戴在头上的帽子和塑料发套摘了下来又戴了上去，好不忙活。直到又是一声鸣笛，随着另外一辆北京212的到来和县知青办主任曹志中的光临，才算告一段落。这一顿拍，热闹了一众看热闹的人等，却将这件事的知情者章玉儿和曹志中打了一记闷棍。因为这党报的记者那是曹主任辛辛苦苦才联系来的，目的就是将本县女知青跳入茅厕掏茅底这件事当作一则重要新闻给宣传出去。其意义之重要，对于曹主任，对于两位女知青都是不言而喻的。可是，万万没有想到，任你巧妙安排，怎奈节外生枝。

章玉儿也好，范香儿也好，对于下茅厕、掏茅底这事儿充其量也就是有个大致概念，只知皮毛，不晓就里，掏茅底竟然需要若多的装备，两个女知青哪里能够知道？章玉儿虽然把这事儿和鲁云生已经说了，并且鲁云生也答应给她做好一切准备。可是，鲁云生的准备也就是把父亲鲁大力早前掏茅底时用过的装备给找将出来，然后告诉母亲毛青兰按照章玉儿的身材来改绞。可是家里只有一台缝纫机，夜晚的时候被鲁芳儿占着做自己的事情。早上起来这才开始赶紧给章玉儿改那衣服，一直忙到照相的来了也没改完。至于范香儿，那就更是压根儿没往这方面想。自己找了一双中腰雨鞋，换了一身劳动服就想下茅坑。直到看见全副武装的鲁芳儿，她这才恍然大悟，原来下茅坑挖茅底也并不是说句话那般简单。

真正尴尬的是知青办主任曹志中，记者是他请来的，车子是他借来的，说好了最多两个小时就必须还到县委车队去。再说两位记者也仅有今天早上这点儿时间，中午之前要乘班车赶回市里报社去的。现在你说让人家来为新的女性新的突破这个新闻拍拍照，人家也拍了，你却说这不是你的意图，让人家记者怎么想？可是，如果照片就这么登报了，一条具有非常价值的新闻就这样发表了，对于曹志中和知青办来说又有什么意义？岂不纯粹是为人作嫁忙到头，竹篮打水一场空？可是，要想让记者重新拍照，起码得让两位知青姑娘穿戴整齐，像鲁芳儿一样真正跳下茅坑，一锹一勺将那臭烘烘的泥浆粪水装到大木桶里，再让上面的人一桶一桶吊起来才像个事儿。堂堂县知青办主任这时也顾不得脸面了，赶忙找到鲁高明一个劲儿求情说好话，让鲁高明想方设法赶紧把两位女知青给武装起来，否则这事儿没法向县领导交代。然而，时不我待，当章玉儿与范香儿像鲁芳儿一样穿戴整齐，又比鲁芳儿多加一层崭新的加厚口罩，迎着熏熏臭气下到茅厕底下的时候，两位记者早已不辞而别，曹主任也再无心情去关照两位女知青此时的战斗状况了。

五天以后，地区党报上的一组照片引起了人们的议论。因为照片所配的说明是"新的女性新风采——青山县正庄大队三位女青年下到茅厕底部掏茅底"。清清楚楚，说的是三位，可是仔细看照片，怎么看都是只有一个人，这个人当然只能是鲁芳儿。而事实上那一天参与掏茅底的女青年并非只有鲁芳儿一人，而是章玉儿、范香儿和鲁芳儿三人。而且要说挑战，首先应是对于自我的挑战，在这方面一马当先的又非章玉儿莫属。那天早晨，鲁芳儿的出现并且突如其来地抢先跳下茅厕，对于章玉儿来说无疑是一针药量加强了十倍的兴奋剂。回想当初，刚来农村的时候，章玉儿对农家露天茅厕是充满了恐惧感的，几乎每一次蹲坑，都是闭着眼睛，戴着口罩，生怕某一缕无孔不入的有毒气体从哪个地方钻入自己的鼻腔。要说起来，这样类似的经历她起码已经有过两次。第一次自然是当年跟随父母亲从广州被"贬"回青山的时候，尽管当地政府和武装部门还是专门为章部长一家将原先的露天厕所改造为现代化的抽水马桶卫生间，但架不住整个青山县城带有自来水冲水设施的厕所加起来也不到10个。章玉儿要上学，这就是个问题，你不能要学校为某一个人专修一个抽水卫生间吧，而学校那庞大的女厕所虽说不是露天，却也没有冲水设施，无论解大手还是小手，你都必须面对那个一往下看便让人头晕的大坑以及夏天时涌动的虫子和嗡嗡嗡上下飞舞的苍蝇。总而言之，从那个时候起，千金小姐章玉儿就在同学们从惊愕到习惯的目光中度过了无数次茅厕中的煎熬。也正因为如此，为了尽可能地减少这种煎熬的时光，章玉儿在青山一中上学期间一次都没有在学校的茅厕解过大手。无论多么紧迫，无论多么狼狈，她都要坚持回到家里才会完成那每天至少一次的"工程"。当然，如果说也有例外，那就是在陪伴父亲到县委招待所会见从省里和北京来的贵客时，顺便在那些"高档"的卫生间里解决过一些问题。应该说，插队落户，来到正庄，在章玉儿来说，已经是一次真正的思想革命，也是一次无可奈何的行动革命。在有关茅厕的问题上就是如此，因为在这里，章玉儿无论如何都不可能将那个紧迫的问题带回家里去解决了。怎么办？为了彻底解决这个不得不解决的问题，章玉儿从灵魂深处爆发革命，认真学习，捧读红书，下决心割除自己藏在灵魂深处的那一点点小资产阶级意识形态，真正体会为了五谷香，不惧大粪臭的那么一种可以真正接近贫下中农的心态。只是，在具体行动上、实践中，章玉儿还是保留了自己的底线，譬如蹲厕所要戴口罩，解手前后要洗手等的习惯。不仅她本人做到了这一切，而且整个知青点上的男男女女也都保留了较好的卫生习惯。这一点，也为古英俊和慧兰儿发现之后及时汇报给老支书，又通过老支书在公社开会时的宣扬而使得县知青办和县卫生局在县委宣传部部长仇凤英的亲自督促下前来联合蹲点，搞出了一套由知青推动并与贫下中农相结合爆发的农村卫生工作先进经验。然而，自以为确实已经和贫下中农不仅打成一片，而且毫不逊色的章玉儿在别人的搀扶下真的跳进茅厕底部，当一股臭不可闻的粪浆在雨靴的撞击下反向喷射到章玉儿口罩上的时候，那一瞬间，章玉儿还是不由一股昏厥袭来，使得刚刚在粪浆没过鞋底的茅厕底部站稳脚跟的自己几乎一个跟跄栽倒在那粪浆之中。就在这时，一个声音响起："玉儿，站稳了，别着急，稳住再干活儿。"

声音不高，却很有力量，他的声音，是他的声音，章玉儿从上衣兜里拿出一个新的口罩，将那个已经被粪浆侵袭的口罩摘了下来，往脚底一扔，然后戴好口罩，抬起头，向着满脸充满焦虑的鲁云生眨眨眼，一弯腰，一蹬脚，呈包状的铁锹刹那已经装满粪浆，略一挥动，装入粪桶，几次操作之后，章玉儿一挥手，上面的人开始往上提桶，眼看着由自己装载的粪桶升高而去，章玉儿突然感到臭味没有了，她悄悄地将口罩摘开一角，臭味确实没有了。这也使章玉儿突然明白之前鲁云生和她说的话："只要你舀起第一勺大粪，你就不会再觉得它是臭的了。或者说，你那时就真的成为一个高尚的劳动人民了。"

这一天，令所有人包括章玉儿自己在内都想不到的是三个女孩子不仅坚持下来了，而且一个比一个干得好，原以为毕竟农家出身的鲁芳儿应该干得最多最好，事实上鲁芳儿也确实干出了以往男劳力们的效率。一天掏尽了三个茅底，并且为茅底重新铺上了厚厚一层垫底的黄土，按照规矩，这可是60个工分的标准。但人们更加没有想到的是范香儿比鲁芳儿下茅厕开工要晚半小时以上，居然也完成了三个茅厕的工作。而最让人大跌眼镜的是众人眼中的娇小姐章玉儿，她居然在完成了三个茅厕的基础上又提前清理了另外一个茅厕的地表环境。

晚上，章玉儿在知青点上胡乱吃了几口和子饭便起身来到鲁云生家里。鲁芳儿正在狼吞虎咽地吃着母亲毛青兰特意为女儿准备的葱花烙饼，喝着解渴又下火的绿豆汤。看见章玉儿来了，鲁云生还没有说什么，毛青兰先自将准儿媳拉了一把，将她引到小饭桌旁，从灶台旁的面盆里取出半张热乎乎的烙饼，又将一碗绿豆汤放到章玉儿跟前说："玉儿，干妈给你留着哩，快吃，好好补一补，压压火。"然后转身出去。

毛青兰这一系列操作，章玉儿倒没什么，鲁芳儿却不乐意了，撇了母亲一嘴，然后似笑非笑地对章玉儿说了一句："谢谢你了，我能吃这么好，都沾您的光了。您好好吃，我得退避三舍了。"说完，也不管章玉儿有多尴尬，径自一抹嘴，回自己房间去了。偌大的堂屋兼伙房客厅里，只剩下章玉儿与鲁云生两个。章玉儿嗷嗷嘴，却又充满了柔情地对鲁云生说："云生，你妹妹不欢迎我啊。"

鲁云生打着哈哈笑道："咳，芳儿啊，她就那样，从小全家惯着她一个，想说啥就说啥，嘴上没把门的，脑子里没绷弦的，你想呀，从学校辞职这么大的事都不和家人商量一下就自作主张回来了。刺你两句，还不因为看你是自己人。"鲁云生这么一说，章玉儿顿感轻松，真的就把鲁芳儿当小姑子看待，反倒同情起她来："亲爱的——"一段时间以来，章玉儿在没人的时候就这么叫鲁云生，这个称呼在正庄绝对开天辟地第一回。鲁云生没有回话，只是一如既往那么深情地看着章玉儿，章玉儿接着说，"亲爱的，我倒觉得我们应该支持芳儿，你看看，你和古英俊回到农村，不是真的大有作为了吗？芳儿为什么就不可以呢？"

鲁云生有话难说，想好的词儿冲出嗓子，冲到牙关处又咽了回去，缓口气才说："玉儿，你支持她，我也支持呀，可你知道她回村来的真实意图是什么吗？"其实鲁云生真正想说的是："你知道芳儿回村对你意味着什么吗？是竞争，是对抗。让我怎么办？"但话到嘴边又变成了这个样子。

章玉儿瞪大眼睛，等待鲁云生的解答。

鲁云生叹口气蛮不情愿地说："这事我也是猜的，可她毕竟是我妹妹。她怎么想，我大约还是能够想到的。"

章玉儿急了："鲁云生，卖什么关子？你倒是说啊。让人干着急。"

鲁云生越发故作神秘起来："我说了，可就到此为止，宝贝，你别给你那姐们儿说去。"

　　章玉儿更加着急了，两只小拳头轮番摇动，击打着鲁云生，让鲁云生感到特别的温情与舒适。然后他压低声音说："这事我反复想了，芳儿一定是为了英俊才回来的。"

　　"什么？你说什么？你是说芳儿在追古英俊？这怎么能行？这个古英俊是我们老范的。这我可得提醒老范去了。"说着就要走。

　　鲁云生一把将章玉儿揽在怀里，顺势吻了一口，也让章玉儿发疯似的回以一个深深的反吻，鲁云生又压低声音，贴在章玉儿的耳根说道："据我观察，现在还只是咱们芳儿单相思，人家英俊可没有什么反应。这事儿，从小到大，芳儿就听英俊的比听我的都多，可人家英俊只当她是小妹妹，并没有往更深处想。"

　　章玉儿摇头，摆出一副过来人的架势，而后说："鲁云生，你就不知道那句话吗？男追女，隔座山；女追男，隔层纱。何况咱们芳儿不敢说沉鱼落雁，貌若天仙吧，起码也是如花似玉，气质高雅。在学校里就是她们那届男生心中的女神，她要追哪个男生，还不是手到擒来？"

　　鲁云生笑道："玉儿，这事你说的没错，可谁让她想的这个人是咱们英俊同志呢？古英俊这个人，你也不是不知道。在学校里喜欢他的女生不在少数吧，可你听说过她和谁有过什么哪怕一点点亲密举动吗？就说你那姐们范香儿，在学校里就不止一次对英俊表达过吧，尤其那次篮球场事件，大家都以为两人顺势而为，会有一些举动的，可你听说什么了吗？"

　　章玉儿也不由有些疑惑，抿抿嘴说道："是啊，我看老范是挺喜欢他的，怎么就没有动静呢？两个爱情低能儿，看来我得教姐们儿两招了。可这事再搅合上芳儿——"章玉儿突然没招了似的双臂放平了张开，念念有词，"啊呀，这可怎么办呢？"

　　大约也就在章玉儿与鲁云生腻歪的时候，浑身疲惫的范香儿却在经历着人生又一次煎熬。掏了一天茅底，整个人累得都快散了架了，知青食堂的饭菜原本还算可口，例常而言，晚饭已经渐近农家化了，一锅稠稠的和子饭，两个金黄灿灿的窝窝头，外加两碟由鲁成旺自己腌制的小菜。应该说在当地农村这样的晚饭标配是相当不错的标准了，平日里范香儿吃得也很是顺口，自己那一份基本不会拿去喂猪的。可是今晚这饭却让她怎看怎不想吃，好心的鲁成旺看出了这一点，专门问范香儿："香儿，是不是生病了？要不我给你做点病号饭？姜汤，还是挂面？"

　　范香儿摆摆手："谢谢成旺叔，我没病，千万别麻烦，我就是有点累，睡一觉就好了。"话虽这么说，其实肚子里还是咕咕在叫，这时候，范香儿是别提有多么羡慕章玉儿了。很明显，章玉儿只是胡乱吃了几口就将一大碗和子饭倒猪食桶里去了，然后，梳洗一番就精神头十足地走了。到哪里去了呢？人们尽可皆知。再然后那便一定是精神与物质两方面的享受。相比较而言，范香儿就不能不感慨自己的"不幸"。那个吸引了自己，并让自己为他倾注了多少心血的家伙，你说他一点都不会怜香惜玉，其实也不至于。譬如说，今天这下茅厕，掏茅底的全套装备，事先并不曾有过那么详细的思想准备，也没有和任何人说，可当今天早上来到茅厕比较集中的那个工作现场，当自己看到鲁芳儿一身"戎装"的时候，几乎傻了眼，因为自己压根儿就没想到干这个活儿需要那么一套齐全的装备。好在，范香儿的这种焦虑只持续了不到10分钟，便有一位30多岁的大姐将一整套经过改剪后的装备包括一双崭新的女式高腰雨靴送了过来，同时低声对她说："这是英俊给你准备的，他忙，过不来，让我给你送来。"说完，大姐放下东西便走了。范香儿知道，这位大姐是古英俊的邻居，似乎和古英俊还有什么亲戚关系。那当时，范香儿止不住一股热浪由心底冲击到鼻腔，只不过想想这股热浪也实在无处喷发，又强行摁了下去。可以说，这也是整整一天掏茅底尽管又苦又累又臭，但范香儿丝毫没有在与章玉儿、鲁芳儿的暗里较劲中落了下风的动力所在。然而，这一整天下来，人家鲁芳儿回家了，那一定是想吃啥吃啥，想喝啥喝啥，想怎么休息就怎么休息；至于章玉儿，那更是定然会得到比鲁芳儿还要周到的待遇吧。而自己呢？就这么一个人待着，食堂的饭，真的不想吃，可不想吃的结果那就只能是饿着，饿到你连睡觉都睡不安稳。然而，这天高皇帝远的广阔天地里，你又到哪里去解决这其实很简单的问题呢？说来也怪，正在范香儿胡思乱想的档儿，"噔噔"有人轻轻敲门，范香儿不耐烦地问了一句："谁？本姑娘睡觉了。"

外面一个声音却不紧不慢、不高不低悠悠而道："英俊同志在办公室等你呢。去不去吧？"说完，"咯咯"一声嬉笑。一向矜持的范香儿再也矜持不下去了。"噌"的一声坐了起来，隔着门缝"怒"骂一句："任建刚，你找死啊。"接着却是低声地追问，"你说的是真的？可别骗我啊！"

这一次轮到任建刚得势了："范香儿，你爱信不信，我反正是传话给你了。"

骤然间，浑身的不爽，肚囊的空乏，一下子都飞到九霄云外去了，范香儿赶紧换身衣服，又将自从来到正庄以后轻易不肯扎上的一双蝴蝶结发卡扎在头上，临出门，又返回身来对着自己那面宝贝的小圆镜子照了照，然后大步流星地向大队办公室走去。

古英俊是真忙，因为公社书记今天下午找他布置一个任务，要他帮助公社秘书整理一下本公社农业生产喜获丰收的经验。这个材料据说是省里面要的。而公社那位秘书一听说如此高档要求，第一反应就是希望公社书记出面请正庄大队的古英俊帮忙。秘书清楚得很，与其自己劳神费力不讨好，何不从一开始就将这个活儿扔给能干的人呢？所以，公社书记一个电话，秘书骑着自行车一趟跑路，将一大摞基本数据之类的东西交给了古英俊，然后就等着两天以后拿材料了。要说起来，一个几千字最多万把字的材料，对于古英俊来说确乎小菜一碟，但是这种文字的出产也有其自身的规律和特殊的要求。这一点，干得多了，古英俊也就自然有所适应。前提便是要熟悉人家扔过来的那一大摞形形色色的文件、讲话、图表、数据。那么，这些工作又能在什么时候干呢？当然只能放在晚上。平心而论，从打知道章玉儿和范香儿两位女知青要挑战下茅厕挖茅底这个女子禁区的时候，古英俊就在心里为她们着急上了。这个活儿，漫不说女人，即使古英俊、鲁云生这样刚刚入道的男劳力也未必就人人都能或都愿意去赚那个"高工分"，古英俊自己就从来没有干过这个，鲁云生也从来没有下过茅厕去掏茅底。当然，没干过不等于不知道，农村的孩子，对于这个最最吃苦也最没人待见的活计还是心中有数的。因为这种活儿说不准哪一天就会轮到你。所以，真的要下茅厕掏茅底，那些装备应该有什么，无论鲁云生，还是古英俊，甚至鲁芳儿都是一清二楚的。所以，鲁芳儿首先自己解决了所需的装备；鲁云生也为章玉儿准备了她的装备。只有范香儿，谁来为她准备那么一身耐脏耐磨又是紧口的服装，谁来为她准备一双可脚的雨靴呢？一段时期以来，古英俊并非不知道范香儿这位老同学对自己的心事，从心里讲，他也早对范香儿充满了一种难以言状的爱意，可是，慧兰儿的影子、慧兰儿那永远不可忘怀的深情一吻，总是在每一个关键时刻涌现在他的脑际。有几次，古英俊不得不狠劲儿却又是偷偷地在自己的大腿上掐上一把，让那种疼痛使自己清醒，使自己冷静，使自己不致跨越某种不应该跨越的界线。然而，也正因为如此，越是这样，范香儿在他心中的分量就越发厚重起来。谨慎的古英俊也就越是想让自己在尽可能的情况下，能给范香儿以超越朋友界线但又不致越过男女之间最终的那么一道终端线的帮助。这一次，古英俊明白，这是自己最好的机会，所以，他回到家里便找出来了一套有些皱巴的衣服，连夜洗干净了，又在火炕旁给烘干了，第二天一早，将这套衣服交给母亲，说是按照母亲的身高胖瘦改剪一下，然后领口、袖口、裤脚都用松紧带给弄成紧口。母亲一声没吭，默默地把衣服改好了，又将儿子不久前刚给自己买的高腰雨靴擦干净了，和那些衣服包在一起，然后默默地给儿子送过去。古英俊的眼睛湿润了，母亲就是这样无时无刻不在关心着儿子。人家的儿子找媳妇了，母亲也在急，可是她从来没有在任何场合催促过儿子。村里来了一帮知青，母亲也听人家说有个叫作范香儿的女孩喜欢自己的儿子。母亲没有作声，却悄悄地或者找个什么理由公开地跑到知青大院去看过几次那个传说中的女孩。母亲很高兴，终于有一天忍不住问儿子："英俊，听说那个知青范香儿和你是同学？你怎么也不让人家来家里坐坐。"

英俊笑了，面对自己的母亲，只好装糊涂："娘，这帮知青我的同学多了，让谁来不让谁来啊。人家想来自己就会来的，您别操这份心了。"

然而，今天这事却让母亲看到了希望。她清楚，儿子要的这套特殊服装一定是给那个女孩儿准备的。她也清楚儿子曾经把自己那双高腰雨靴拿起来看了看又给放下了。所以，母亲将这靴子一并连同改好的服装交给了儿子。

按照古英俊最早的想法，是想自己把那套服装给范香儿送去的，可一早起来，临到拿着东西走出院门又改了想法，结果还是请一位邻居大嫂给带过去了。应该说带过去的不仅是一套装备，也是一颗关切着范香儿的心。古英俊清楚，范香儿一定会理解这份心意，可又怕她过分理解这份心意。古英俊并非不想与范香儿发展更进一步的关系，仔细回想，他自己都不知什么时候开始范香儿便在自己的心目中占有了一席宽大的阵地，他喜欢她的宁静与温柔，也喜欢她的美貌与聪慧，可也正因为如此，他觉得他不能以任何一种方式有半点的对不起她。古英俊清楚，自己与慧兰儿的那么一种情意充其量就是一种露水情意，尽管你自认为它很珍贵，但无论如何它都很难升华为另外一种情感。也就是说很难成为真正的爱。而范香儿则不同，她的情感是纯洁的，真诚的，也是非功利的。而越是有了这种认知，古英俊便越是不忍在与慧兰儿的关系斩断之前让范香儿陷入情感的泥潭。那样对她是不公的，也是不真诚的，自己不应该让真诚的爱沾染上哪怕一星半点的尘埃。古英俊明白，无论出于怎样一种心理，掏茅底的女孩儿都绝不愿意让自己所关心的人与关心自己的人看到她们在茅厕底下掏茅底时那份狼狈的样子。事实上有这种想法的也还有鲁云生和他的父亲鲁大力、母亲毛青兰。依着毛青兰的性子，有这样的事情，那还不第一个跑过去看个究竟，那她就不是毛青兰。而且即使明知今天这掏茅底的三个女子当中就有两个与她和她的家庭有关，毛青兰还是做足了去呐喊助阵的准备。一早起来，做好饭，喂了猪，收拾一下，等着鲁芳儿全副武装一出发，她就赶紧准备跟上走，却让平时不怎么干涉她的鲁大力给叫住了："你干啥去？什么热闹你也瞧？不嫌丢人！"鲁大力话不多，却是分量十足，气场也十足。鲁大力年轻的时候也是一表人才，兼之生来就有音乐方面无师自通的才华，那也是村里一众姑娘心中的白马王子。毛青兰之所以能够在众多追逐者中胜出，靠的是两条，一是两家老人曾经开过的娃娃亲玩笑，两家老人一辈子交情，双方儿女年龄又相差不到两岁，所以喝酒多了就商量着结个亲家。只是这话说是说了，但新中国成立了，娃娃亲的旧俗自然也就一风吹了。然而大人们忘却了，小小年纪便喜欢上"大力哥哥"的毛青兰却将这陈旧的玩笑当真了起来，趁势就经常往鲁家跑，把个鲁家妈妈哄得就觉得自己没有女儿，毛青兰就比亲闺女还亲上三分。鲁家妈妈也乐得把一些与儿子有关的事情交给热情洋溢的毛青兰去做，再后就干脆认了干女儿。再然后就是妈妈逼着儿子把早年的那桩"娃娃亲"给落了实。但是，这婚事说到底是具有"父母主婚"的因素在内，所以越往后，鲁大力就越觉得自己有点吃亏了似的。而毛青兰也就在鲁大力面前落下了一辈子的理亏。尽管毛青兰在村里那是叱咤风云的快嘴女强人，可是在鲁大力面前永远温顺得很。现在一看鲁大力对自己家里竟然同时蹦出两个挑战传统的女人根本不以为然，自己的心头也就立刻烙上了一层阴影。当然，一向乐观的毛青兰是不可能让阴影笼罩的，这不，等鲁芳儿和章玉儿辛苦一天回到家里的时候，等待她们的，就已经是毛青兰在当时条件下能够精心制作的最好饭菜了。

再说古英俊，鲁芳儿和章玉儿吃什么他并不关心，但他知道知青食堂的伙食一定不足以补充范香儿这重体力劳动一天的损耗。那么自己能用什么办法来帮助她一下呢？晚饭前，古英俊首先到大队办公室旁边的供销社去看了一下。那里可以算得上副食品的东西除了县食品公司出品的可以做砖头砸地板的饼干之外，就只有橘子罐头和梨罐头。古英俊买了一瓶橘子罐头，揣在身上带回家去，没进院门就被一阵鸡蛋韭菜馅的包子味给吸引了去。天哪，母亲什么时候想起来非年非节的要蒸包子呢？古英俊紧走两步，又看见锅里已经熬好的一大锅小米绿豆稀饭。看来，母亲是有什么喜事，不然，一向节俭的她老人家怎么会将一餐晚饭做得这般豪奢呢？然而，当古英俊走进家里，看见母亲正在将几个包子用干干净净的白纸包起来放进儿子从学校带回家里的那个铁皮饭盒，又将绿豆稀饭装进另一个饭盒的时候，做儿子的一下子明白了母亲全部的心事。也正是这样，古英俊匆匆吃了晚饭便带着包子和稀饭来到大队办公室，正好碰见和自己在高中时便一块打篮球的知青任建刚，顺便就请他代为转达对范香儿的邀请。

对于鲁芳儿来说，今天的掏茅底是一次完全的胜利。两个女知青，还有县知青办的曹志中主任、县委宣传部部长仇凤英以及自己的兄长鲁云生和那两个记者，一众人等可都是奔着章玉儿和范香儿去的，谁曾料到，真正成为第一个挑战掏茅底的却是地地道道的农村姑娘鲁芳儿。早上的时候，两位记者那一顿"咔嚓、咔嚓"拍照，让人不由不骄傲，不由不自豪。那个时候，鲁芳儿是多么想让英俊哥哥就在现场，让他看到，让他评价一下自己是否够得上飒爽英姿。很遗憾，他不在，他也许是不想让自己尴尬，这就叫阴差阳错吧。也正是凭着那一股子劲儿，鲁芳儿一鼓作气掏干净三个茅底，虽说章玉儿靠着晚收工半个小时又多为另一个茅厕做了清理工作，但鲁芳儿清楚，章玉儿的这个工作十有八九是无用功，因为不管你怎么清理干净，人家茅厕的主人晚上还是要上厕所的。所以村里人干这个活计都是当天干当天完，没有谁会做隔夜工的。而当章玉儿还在那里吭哧吭哧干活的时候，鲁芳儿已经洗涮干净，催促着母亲毛青兰赶紧做饭呢。因为本姑娘饿瘪了，还因为"这可是讨好你那准儿媳的好机会"。鲁芳儿就这么毫不客气地讥讽着自己的母亲以及自己的哥哥，而母亲只是付之以憨憨的一笑。

晚饭果然很好，鲁芳儿也很想吃个大饱，但章玉儿的到来，使鲁芳儿对美食的兴致陡然消失，草草喝下半碗绿豆汤便走了出去。到哪里去呢？鲁芳儿漫无目标，只是向着村里并不算多的灯火通明的地方走去。这个地方就是大队办公室所在地，也是大队民兵营的办公地点。鲁芳儿走着，扭动着身子，这也是她多年来养成的习惯，活动活动，偶尔还会踢个腿，下个腰，以保持腰身的灵活与形体的不走样。突然，就在那灯光灿烂的地方，她看见一个人，急匆匆地走着，那身影，虽然未必就能看得很清楚，但鲁芳儿本能地感到，这个人不会是别人，只能是范香儿。而且她所要去的地方也一定是鲁芳儿挂念的地方。鲁芳儿不由自主地加快了脚步，紧走慢走，起码还有几十米远的时候果真看见了她不想看到的一幕。范香儿紧贴着英俊哥哥，手里似乎还拿着什么东西。再走近，透过办公室透明的玻璃，可以看得十分清晰，范香儿手里捧着的是一个包子，那包子还散发着淡淡的热气，范香儿显然在深情地看着古英俊，包子在她的手里就是一个道具。而古英俊却好像只是心不在焉地与范香儿进行着被动的谈话，因为鲁芳儿发现，古英俊虽然正在和范香儿说着什么，但他的眼睛却在盯着桌子上面的一堆纸张。鲁芳儿很想走近点，再走近点，听听她与他在说些什么，但脚步刚想挪动，一种从心底泛起的自尊与自爱又限制了脚步的移动。不，不能那样，鲁芳儿想到，英俊哥哥一定不会对范香儿或者别的女人做出什么让人不能接受的事情的，何况这是公共场所，尽管此时已是夜色沉沉，但村子里来来往往的人们总还是会不时从这里走过。以古英俊的为人，他又怎么会在这种场合做出越轨之举呢？与此同时，鲁芳儿突然又意识到一个新的问题：古英俊为什么会让范香儿到办公室来找他，或者说为什么会同意在办公室里和范香儿见面谈事儿呢？无非是为了避嫌，把一切摆在让人们可以看得见的地方，这难道不同样意味着英俊哥哥并没有与范香儿有什么私情吗？想到这里，鲁芳儿大有一种豁然开朗的感觉。脚底下的鞋子不再沉重，刚才还黑沉沉的夜幕中似乎也透开了一缕亮光。

果然，几分钟之后，范香儿从办公室出来了，鲁芳儿看得清楚，灯光下的范香儿并非有多么的兴高采烈，只是在脸上浮现着浅浅的笑意，她的手里捧着两个在学校里常见，在农村却不够多见的饭盒，临出门，范香儿又探回头去，低低地喊了一声："英俊，我走了啊。你也不送我一下？这么黑咕隆咚的。"

古英俊出现在办公室门口，转身朝隔壁供销社喊了一嗓子："向东，出来一下，把门锁上10分钟，给哥跑一趟去。"

隔壁的声音："好咧，遵命。"随着声音，一个半大小子从供销社里面跑了出来。鲁芳儿知道，此人乃供销社营业员老宋的儿子，也是古英俊最忠实的小兄弟之一。只见半大小子宋向东披着一件半大衣却是敞着胸口跑出来，对着古英俊举手敬礼，顺便喊了一声："报告营长，战士宋向东请求指示。"

古英俊一本正经道："宋向东同志，你给我先把扣子扣好，你感冒了我可没法向你爹交代。"

宋向东赶紧把大衣扣子扣好，古英俊用手指着站在一旁的范香儿又道："向东，帮哥跑一趟，把这个姐姐送回知青点上去。15分钟之内给我回来。"

范香儿有点儿不太情愿地跟着宋向东走了，鲁芳儿隔着树荫，远远地看着，心中不知是一种什么滋味。直到宋向东回来，哈着粗气，一头钻进烧着土暖气的供销社去。鲁芳儿才仿佛突然感到这天气是真的很冷。她本想趁着这个时机走近古英俊正在伏案写作的办公室去，可是想来想去，还是悄悄地离开了这个让她牵挂、让她揪心的地方。明天，鲁芳儿还要继续自己挑战男性世界的里程，她不能让自己落在两位女知青后面，所以她必须尽快回到温暖的炕上，放松自己，恢复体力。

大约十多天后，地区党报发表了一篇足足3000字的长文《香与臭的辩证法》，作者署名"郑智化"。但在文章末尾的括弧处标注了一句：作者单位，青山县委通讯组。要说这个郑智化，在当时只是一个普通得不能再普通的笔名，你可以把它看成是一个人，或许也可能是一个团体，写作小组什么的之类。巧合的是十多年后台湾岛上出了一个残疾歌手也叫郑智化，于是有人翻旧账，说老宋和古英俊他们侵权了，侵犯了人家这位歌手的权益。这事闹得当事人一头雾水，因为十年后的古英俊已经是省城很有影响力的文学编辑，正在忙于一大堆事务的他根本不知道这个比他们那篇文章晚出名许多年的郑智化乃何方神圣。没头没脑就遭人家一顿调查，好在白的就是白的，想抹黑也不是那么容易，因为人们只是稍微下一点功夫便明白这个事件的荒唐所在。这是后话，但在当时，整个青山县略微关心此类时事或者接近所谓写作圈子的人都知道，《香与臭的辩证法》这样的文章，只能出自正庄大队古英俊之手。文章引起了不大不小的轰动，文章的题目看起来像篇论文或文论，但你只要看上几行就明白它其实所反映的就是正庄大队3个女青年在农业学大寨运动中勇闯男性领地，不怕脏不怕累，下到茅厕底下掏茅底这么一件事以及这件事在整个青山县所引起的连带效应。文章对三位女青年中的每一人都有相当细致、相当传神的描写。她们的语言朴实无华，没有一句空话大话，只说自己就是觉得新时代的女性应当顶起半边天，只说农业学大寨需要男子汉打大仗，铁姑娘打硬仗。很普通，很直白，很大众化的语言，反而引起了广大读者尤其是真正农村读者的如潮好评。自然也为青山县和青山县委扬了名争了光。按说这件事应该让仇凤英部长高兴，不说对作者古英俊有所奖励吧，起码也当有句口头表扬，可真实的情况是这件事反使仇凤英大为光火。为什么呢？说来这事古英俊办得还就是有点欠妥，因为这件事本身就是仇部长特别关心的，仇部长的想法，原先地区党报虽然在事发初期就有过几张照片和报道，但那个照片的效果并非仇部长和知青办曹主任的初衷。人家好好一出戏，半道上杀出个程咬金，让鲁芳儿喧宾夺主给弄得四六不成材。这事想想也窝火，但是仇部长大度，曹主任也还算有些耐心，不过几天，有关章玉儿和范香儿掏茅底的照片依次照好也洗好了，3个女孩儿掏茅底这事引发的轰动效应也真切地出来了，这时候再写一篇文章，亡羊补牢岂不正好？于是这事交给了老宋，而老宋理所当然或出于习惯顺手就把这事在电话里又和古英俊谈了。意思是你写一篇文章，把这事说一说，弄点儿有感染力的提法，别那么太死板。文章以你个人的名义也好，用县委通讯组的名义也行，无非加盖一个公章而已。打完电话老宋还把几张照片也给送了过去。于是，古英俊一个连夜加班，文章好写也想写，很顺利就写好了。英俊自己看看，可以交差。正要把文章送县委通讯组，恰巧地区党报一位资深编辑打来长途电话，人家也是听说了这件事，希望能够尽快得到这篇稿子。古英俊一想，本来就是命题作文，从内容到文字都与老宋交流过的，即便交给老宋也不会有什么节外生枝的问题吧。于是，将那稿子抄写一份寄给报社，一份则托人送到了县委通讯组。为了不争名，不突出个人，他还给作者起了个笔名"郑智化"。讲政治嘛，谁也应当，谁也可以。

在古英俊想来，这件事到此就算画上了一个大大的句号，可是谁能料到，在仇凤英部长来说，这事才刚刚开始。因为得知古英俊将稿子送给县委通讯组之后，仇凤英部长又把稿子要了过去，说是想再看一看，觉得《香与臭的辩证法》这个题名太让人难以理解，可是用个什么题目更好呢？仇部长一时也拿不定主意，所以就将稿子压了下来，当然，据说还有一个问题也是仇部长不高兴的因由，那就是古英俊为作者起的那个笔名，"郑智化"为什么不叫"政治话"呢？难道对于我们的政治有意见吗？这么想着，越发觉得这是一个重大的政治问题。古英俊一个贫下中农子弟，一个青年共产党员，不应该啊！那他为什么对于我们的政治这么反感呢？仇部长觉得应该好好做点儿调查。仇部长雷厉风行，很快就发现小小年纪的古英俊其实早在上中学的时候就有滥用笔名的"恶习"。譬如说，他在宣传队写剧本就从来不用自己的真名，而是起了一个笔名"灵空子"。而在某年国庆专栏的文稿中他又用了"木炭"这样一个奇怪的笔名。仇部长如获至宝，决心要给这个比曾经的自己还要浑身长满刺的家伙一点颜色看看，可是她的这个想法刚和自己的智囊高参老宋一说，老宋便笑了，而且是那种有些不屑的一笑："仇部长，这话咱们可不敢说，一个笔名，就是作者不想争名夺利嘛。比如这一次古英俊用了一个'郑智化'，这就是让人们从这个名字上一下子看不出是谁写的文章，也可以理解为这是一个政治话题。而且人家古英俊在寄送稿子时明明标注地址写的咱们县委通讯组嘛。这还不说明问题？以后这样对待下边的作者，那谁还敢写文章啊。"

看见仇凤英部长被自己说得一愣一愣的，老宋又补充一句："还有啊，仇部长，笔名多可不是什么恶习，鲁迅先生就用过将100多个笔名呢。而且你听听这些笔名，什么何干、一尊、中头、巴人、小孩子、丰之瑜、ELEF、译文同人社，铁木艺术社，等等，你说这些笔名是什么意思？"

仇凤英无言以对，但从心里对老宋这个大秀才开始有点敬而远之起来。但是，问题在于，直到地区党报将那篇《香与臭的辩证法》发表出来，仇部长手里的稿子仍然还压在她老人家的手中。所以，看见报纸，部长大人便很是不快。是啊，让我审稿，我还没有说半个字呢，你倒先发表出来了，那还要我这个县委宣传部干什么？而且，你用个什么"郑智化"来代替县委通讯组，这个又是谁给你的权利？所以，仇凤英部长觉得还是应该兴师问罪，不问稿子内容如何，就问你古英俊有什么资格代替县委说话，狼子野心何在！

仇凤英部长如此这般想了一圈，决定先开一个部务会，把各路讨伐人马组织一下。这一次，老宋是不能依靠的了，以后说不准还得把他划在古英俊的后台那一类去。一顿紧张操作，她的电话刚刚打完，办公桌上的电话就打了进来。仇凤英部长坐在沙发上接起电话，然后却又不由自主地站立起来，就像军队里战士见到首长一样。仇凤英部长虽然没有当过兵，但是这方面的素质还是有的。电话里声音很大，就像加了扩音器似的："仇部长啊，你们那个《香与臭的辩证法》，我看了啊，而且是有人推荐给我看的，很好，很好啊，确实有辩证法。这样的稿子你们要总结一下经验，多组织一些嘛。"仇凤英呆若木鸡，不知该说什么，干脆就不说，电话是县委书记杨振东打来的，反正书记讲话你下级打断也不好。最好的应对就是："嗯、嗯嗯、嗯、嗯嗯。"放下电话，仇凤英部长不禁长吁一口粗气，反而暗自庆幸自己没有更早一步将通知开会的电话给打出去，庆幸县委书记杨振东对这文章背后的事情毫不知情。那么，现在该怎么办？天下事难不倒仇凤英，没有文化的人，不等于没有脑子，只要脑子转得快，哪有逆风不能顺过来？10分钟以后，仇凤英部长觉得自己应该认真看一下报纸，找一找杨书记说的那个什么辩证法到底在哪里。再两个10分钟之后，仇凤英部长原先电话通知前来开会准备讨伐古英俊的人马全部到齐，仇部长灵机一变又将它变成了另外一个重要的临时会议。

会议的参与方可谓四"国"五方，面面俱到。首先是主办方县委宣传部，参会者为宣传部所属之县委通讯组，县知青办、县妇联还有共青团青山县委。会议内容有两个，一是落实县委书记指示，尽快组织一批像《香与臭的辩证法》这样的文章。关于这一点，大家都知道这是通讯组的事情，而关键则是老宋这个主导性人物。可是仇凤英部长亲自拟定的参会者名单当中偏偏没有老宋的名字。所以会议开始后，仇部长传达完书记的指示精神，这个会就进入了冷场状态。因为通讯组来的三个人没有一个知道这篇文章的前因后果，更不知道围绕它在部长这里发生的沧桑巨变。所以当仇部长问到通讯组能否尽快组织出来一批这样的文章时，3个人张口结舌，面面相觑，不知所云。3个人都不说话，仇部长左顾右盼，整个会场那时静得真是掉下一根针都能让人听到"当啷"一声。既然通讯组的人不说话，仇部长只能开门见山了："老白，你是县委通讯组副组长，这个事儿就由你组织吧，一个月，弄出3篇这样的文章怎么样？应该不难吧。这篇香与臭你看从写作到发表不也就不到一个星期嘛。"

通讯组副组长老白可不是白给的，那资格比老宋都老了10多年，"文化大革命"前曾做过老书记的秘书，当过县委办副主任的。所以在整个县委大楼上，老白说话从来不对谁很客气。对于仇凤英部长这样的县委常委也不例外。这下一看仇凤英竟然完全外行地下了命令，老白可就回呛上了："仇部长，这样的文章就那么好写？你来给咱写上半篇，让我们学学。反正我是写不了。我们通讯组是干什么的？写通讯报道的，不是搞理论文章的，我们不是"梁效"，也不是"罗思鼎"，我们就是写写通讯报道，不够人家那个级别。这篇香与臭是谁写的，你就让人家继续写得了。"

这一番回呛，让仇凤英部长的脸迅速由红变白，由白变绿。她终于理解到老宋的可贵，老宋这些年来尽管也有和仇凤英意见不同的时候，私底下也说过委婉的教导式语言，但从来不在众人面前、公开场合让她下不来台。这位可好，挑明了就是说你仇凤英没文化，不懂行嘛。让我仇凤英写文章，那还要你干什么？此时此刻，仇凤英真想像自己村里的老支书那样，对于死不听话的懒汉、二流子火了就是上手一巴掌。可是，怒火中烧还是让它先烧着，我仇凤英是部长，是县委常委，按照老宋说过的，不能没有涵养，不能没有风度。正因为在这个关键时刻想到了这一点，仇部长对于老白那些委实有点儿不够礼貌、不够冷静的话只报之以不动声色的一个似乎很平常的眼色。这么最简单的一个动作，反倒让老白这个老资格有点儿坐不住了。不等人家仇部长说什么，自己赶紧补充："仇部长，您别嫌我说怪话"（请注意这里用到了您），"我只不过是强调一下我们的困难。再说这个事儿压根也没有人让我们参与。您这个会为什么不让真正参与了的人来开呀？"

说着说着，老白的话转一圈又捅到了仇凤英部长的不自在上。是啊，现在所有人都知道这文章是老宋帮着策划，让正庄村那个古英俊写的。既然县委书记都前所未有地重视一篇文章了，你作为本县文化宣传方面的领导为什么不通知这两位"首创者"来接着完成如此重大的使命呢？仇凤英部长原本准备好了想要回呛一下老白的词语瞬间就跑到九霄云外去了。现在的问题确实就是这个会为什么不让古英俊和老宋参加呢？如果说古英俊因为在农村，不太方便的话，老宋呢？老宋不是最最方便，也最最对这篇文章有发言权的那一个吗？事到此时，仇凤英突然脑子一转，计上心来，不知是对自己还是对别人问道："是啊，老宋呢？老宋为什么没有参加会议呢？去，去，找老宋，让他通知正庄大队古英俊，今天下午3点以前在我办公室集中。老白，你也参加。"

这个最为令人挠头的事儿说了半天等于没说，结果就算过去了。所有人都觉得不可思议，所有人仔细想想又一定会觉得非如此不可。这就是仇凤英部长的领导艺术，任何情况下都有自己的应对之策。接下来的问题就比较好办了。为了表彰这次正庄大队3位女青年为新时代新女性标新立异的事迹，会议决定：由县妇联将章玉儿、范香儿、鲁芳儿3人推荐为地区级的妇女先进代表，3个人将代表全县妇女参加几个月后的全地区妇女代表大会。共青团青山县委也不甘落后，决定增补这3人为出席全省青年先进模范代表大会的代表。再后来的日子里，古英俊清晰地记得，包括这3位女性在内，整个青山县内再也没有什么人会让女孩子去下到茅坑底下掏茅底去了。比较麻烦的是组织文章的事情，为了这事，仇凤英部长忍下去了所有对古英俊和老宋的不痛快，亲自为他们部署了"作战任务"，可是古英俊只是一笑置之，并没有真的在农忙之际去大白天闷在家里闭门造车，而老宋那就更自在，他只答应帮助县委宣传部催着点儿古英俊，但并没有给自己划过时间界限。最重要的是，仇凤英部长对这件事的态度也是渐渐淡漠，竟然没有再行催促过老宋和古英俊的稿子。直到后来有一次县委常委会将要结束的时候，仇凤英顺便说了一句："我们还组织了高水平理论文章的创作专班，落实县委杨书记要求的理论文章创作规划。"而在这时，县委书记杨振东却摆出了一副莫名其妙的样子反问仇凤英："仇部长，这事是我说的吗？不可能吧。理论文章也不应该是这样写出来的嘛。"

全场肃静，仇凤英真不知该说什么好了。

十二
党旗下的众生相

1975年的7月1日将要到来，老支书张成才从公社党委拿回了4封入党志愿书，也就是说要回了4个发展新党员的指标。这件事立马就成为全正庄大队人人关注的一个焦点。为什么呢？因为除了古英俊与鲁云生两个高中生是老支书张成才和公社党委协商特批入党之外，这么些年来，正庄大队党支部已经很久没有成批发展过新党员了。而村里党员的年龄状况也正因此呈现出日益老化的趋势。4个新党员，瓜落谁家？莫说党支部的全体成员，就连普通老百姓也在暗中给可能的入党对象们排着队。最突出的当然是两个女知青章玉儿和范香儿，人长得美又能吃得苦，而且两个孩子的人缘也好，尤其对于村里的大娘大婶子，见面一个笑，且绝对不是那种装出来的，这一点已经降伏了多少人的心。男人们呢？你就更不能不承认爱美之心人皆有之的普遍真理，不要以为人家喜欢一个女孩子就一定有什么邪欲，正如人们将一些影星的照片贴在床头，那只是一种悦目养眼的方式而已，绝不可能因此就产生什么淫欲邪念。反正正庄人中的大多数都对章玉儿和范香儿两个女孩子在内心里投以赞成一票。另外两个党员的指向就比较复杂了。这里面涉及的东西很多，在党员们来说，几乎人人都有自己的推荐对象，但又几乎人人都不愿将自己的观点看法先说出来，而是等待着某一个时机。什么时机呢？党员大会。

这天晚上，党员大会如期召开，正如每一次这样的会议所必然的程序一样，会议开始之前，人们三个一群，两个一伙，抽着各种劣质的香烟和自制的卷烟或者烟斗，正庄大队的女党员没有抽烟的，但她们也有她们的独门绝技——嗑瓜子。正宗的南瓜籽，纯香且醇香，嗑一口，满屋子香气扑鼻，妇女们尤其是女干部女党员们还有一条她们自己的定律，那就是一定要占领一个靠门或靠窗户的位置。这一点的好处在于，不管你春夏秋冬，刮风下雨，只要男人们抽烟抽得屋子里烟云笼罩，让人喘不过气来，女人们就门户洞开，让外面的风吹进来，里面的烟滚出去，给大家换换空气。今晚的会议依然如此，在老支书张成才到来之前，大家聊得热火，但你仔细了听，所有人的话又差不多都是废话，没有一个人一句话是直接在说今晚的会议主题或副题的，可是你再听，往深度上分析一下，这些聊天的内容就好像还真的与这个会议的主题是有一定关系的。譬如，慧兰儿是支部委员，代表着全大队6个女党员，6个女党员中的4人都已经是四十多将近五十岁的人了，解放前的积极分子、支前模范，解放后的首批党员、党员干部。她们见过世面，也曾风云一时，有过远大的理想，做过搏命的事情，有的还到首都北京接受过中央领导的接见。可是，在岁月无情的销蚀中，她们结了婚，生了儿女，有的还是生了一大堆儿女。她们真的没有时间再在村里的生产大队的各项工作中充当主力军，也不可能去冲锋陷阵，但是，在真正需要她们的时候，她们还是能够表现出某种不逊当年的战斗意志和战斗力的。这一次，6个人一个不多一个不少地早早就围在了一起，先是慧兰儿从随身的小挎包中倒出一堆瓜子，请老大姐们吃着，挨个问询你家儿子上高中了，她家女儿孙女又漂亮了。一说到漂亮，那就和章玉儿、范香儿两个挂上了钩。又说两个女娃儿不仅人长得漂亮，而且还有礼貌，咱家那女儿孙女以后一准也不比这俩差。说着章玉儿和范香儿，那又不能不说这女孩儿将来嫁给谁？都说鲁云生和章玉儿十有八九准成，可村里最老的女党员党小爱却摇摇头："嘿，这锅盖越是揭得太早，它就越是夹生饭，不信你们瞧着，这一对成不了。"其他5位女党员一致认可党小爱的预测，有人又说："不过咱也不能因为这事耽搁人家女娃的政治前途。这个入党指标，无论如何还是应该有人家章玉儿一票的。"

说到范香儿，大约无所不知的女人们有人或者说全部都知道慧兰儿与古英俊、古英俊与范香儿之间说不清道不明的情感纠葛还是流言蜚语，或者就是事中人自己故意散播的某些信息，总之是6个女党员在说到范香儿的时候就只有一句："小范那个孩子更实在。"这就是全部评价。其他，没了。然后便有人意味深长地看一眼慧兰儿，而这时的慧兰儿只是拼命地嗑瓜子，然后跑出屋门去到院子里吐了一口连带瓜子壳的瓜子，真应了那句类似的绕口令："吃瓜子不吐瓜子皮，不吃瓜子倒吐瓜子皮。"

当女人们、男人们抽烟嗑瓜子一气海聊的时候，两个年轻党员古英俊与鲁云生正在挥汗如雨地在大队办公室的隔壁房间里整理着历年来本村党支部所有党员的入党档案以及这些年来所有入党积极分子提交的入党申请书、思想汇报之类的文案文件。说实话，在未曾接触这件事之前，古英俊和鲁云生是根本想不到这里面的混乱与悠长的历史根源的。以老支书张成才为代表的正庄大队老一代共产党人在战争年代是无所畏惧的也是功勋赫赫的，在新中国成立后，他们在农业合作化、人民公社化的道路上也是竭尽所能地奋勇前进着。但是，一方面与先天的档案意识不强有关，另一方面也与这些年来农业学大寨运动的节奏太快，各层上级领导随心所欲地下达的各项"中心工作"太多有关，所以一系列的文件档案都基本上归于一包糟，一大堆。直到今天要开会讨论发展新党员了，老支书张成才才觉得应该把这两年来要求入党的积极分子们的入党申请书澄清一下。这一澄清不要紧，古英俊一眼就发现，包括自己和鲁云生的入党申请书在内，差不多都是塞在一个宽大的牛皮纸袋子里面。而这个袋子居然是和一包旧时的年画放在一起的。大约有人对于这一大卷画有中国古代四大美人和什么《三英战吕布》《瑶池盛宴蟠桃会》之类的年画眷恋不舍，可是又不敢将它们放在自己的家里，所以才塞在了大队档案室这个特殊的地方。也许此人在想，保不齐什么时候还会让这些年画重新挂在墙上的吧。当然，这样的年画，即便古英俊与鲁云生看见了，也只是将它重新卷起来，又在外面加上一层报纸，让它们依然故我地待在那里静静休息。然后他们才给那些应该分类保存的文件档案重新分类，并给予各自清晰的标明。但这一折腾，时间可就过去了一个多小时，而老支书张成才也是一直等到两个年轻人带着材料找他，这才不紧不慢地来到大队办公室兼会议室，在他习惯坐的那个位置坐好了，敲敲桌子，声音并不太高却是底气十足地说道："咱们开会了啊。党员大会，大家都精力集中一点，顺便说一句，少抽点烟，不然呛得人家妇女孩子们受不了。"正庄大队党支部极其重要极其隆重的支部大会就这样开场了。

老支书坐镇，真正的会议主持人是支部委员大队总会计鲁高明。鲁高明的优点在于他有文化，不仅能说而且还会写，在古英俊和鲁云生回村之前，村里所有文字形式的东西基本出自他一人之手。现在，他就拿着那4封入党志愿书郑重其事地说道："大家注意了啊，可能你们也都听说了，经过咱们老支书争取，公社党委分配给了咱们正庄大队4封入党志愿书。这也就是说咱们村这一次就可以发展4个新党员了。这样的规模，这些年来还是第一次。咱们得选好这4个人，不能多，也不能少，不要把指标浪费了。"

这时，有人不耐烦了，横空打断鲁高明的话："高明子，不要说那么多废话了，不就推选4个入党对象嘛，你让大家直接推选不就行了，光你一个人说个啥呀？"说这话的是赵怀恩，也是支部委员，第四生产小队队长。

赵怀恩一说，立即有人附和，鲁高明略微尴尬地笑笑，看了一眼老支书，低声说道："叔，要不，咱就开始推选？"

老支书张成才点点头，咳嗽一声补充道："咱们要凭良心啊，不是说党性吗？我觉得啊，这良心就是党性。你们说是不是？"

人们，二十几个男男女女的党员都不说话，都是点头表示认可老支书的原则。老支书张成才又讲一句："不要往进塞私货，谁是啥样谁不知道哩？"

于是开始推选入党对象。很快，章玉儿和范香儿两个女知青顺利通过，几乎是一边倒，没有什么不同意见。而在讨论到另外两个入党对象时，人们的意见可就怎么着也难以形成统一了。眼看着大家莫衷一是，鲁高明再次站起来，像老支书那样严肃地敲敲桌子，开始大声发表自己的意见，然而，他说出来的话儿却好像他的意见是经过和谁讨论过似的。只见鲁高明说道："咱们各位党员同志们，刚才老支书说了，咱们今天推选新党员，这是一件特别重要特别严肃的事情，也是为我们正庄大队挑选今后接班人的重大问题。为了咱们全村全大队的发展，经过严肃认真的考虑啊，这个，这个，我十分郑重地推出几个新党员的候选人。下面我就宣布了啊，这个，我虽然已经是很全面地考虑过这个问题了，但是，哪位同志如果有不同意见，还是可以提出来供大家讨论的。"于是乎，鲁高明一气说出了4个人的名字：章玉儿、范香儿、鲁有生和鲁芳儿。为什么是这4个人呢？鲁高明款款道来：鲁芳儿和章玉儿、范香儿一样，都是刚刚被评选为省级模范的先进人物，章、范二人可以入党，鲁芳儿自然也应该入党。至于鲁有生，这就不能不讲究一个平衡的问题。这一次表面上看4个入党指标是不少了，可仔细分析就有美中不足。从长远的观点看，4个人中有一半实际是预留给两位知青点点长的，剩下一个鲁芳儿，人家和英俊、云生一样，说不准哪天就飞走了。为生产大队的长远发展，还是靠不上这些人的。所以说，实际上留给真正可以扎根农村干革命，像在座的许多老前辈老党员一样为咱们村的发展贡献一生的，只有一个指标。这个指标给谁呢？我们（他强调是我们，而不是我）想来想去，鲁有生最合适。你看啊，这个有生年龄不大不小，今年25岁，初中毕业，学历不低不高，关键是人品好啊，一队的人们都叫他老实疙瘩，老实疙瘩有什么不好？老实就意味着对党忠诚啊，听领导的话，能够准确地按照党的方针路线不走样嘛。所以我们是不是可以说鲁有生就是最合适的人选呢？我看是可以的。

按照一般的规律，村子里生产大队开会，一个人说了什么，主张了什么，这个人的话往往便是具有导向性的，其他人即便不太同意这个人的意见，碍于面子也大多私下里嘀咕几句而已，并不撕破了脸，当面直接反驳。可是今天这个会不一般，今天参加会议的人也不是一般人，他们是共产党员，他们觉得自己有责任为党坚持原则，在这一点上，你根本无需怀疑农村党支部农村党员们的原则性和战斗力。今天正庄大队的党员大会就再次证明了这一点。只见鲁高明的话刚说完，四队队长赵怀恩连个间隔号都不给留下个位置就接住了："高明子啊，你真是高明，真会安排，你以为这党员大会是你鲁家的家族大会呢？"

赵怀恩一句话，立即引来不少人的共鸣："是啊，高明子真行，不愧是总会计，这账算得，精啊。"一队队长古银元眯着眼说道。

"就是啊，你怎不把这4个名额都留给你们鲁家呢？合着4个人倒有你鲁家两个半。"赵怀恩接住古银元的话又是一炮。所谓两个半，人们当然明白所指何在。本来只是当看客，不计划在这样的会议上说什么话的鲁云生也不由得脸色由黄泛白，由白变红，站起来，想说几句，又被古英俊轻轻一按，再次坐在了有些滚烫的木条凳子上。鲁高明看人们反响强烈，脸上也有些挂不住，点着一支烟，狠狠抽了两口，向着赵怀恩瞟了一眼，赵怀恩也毫不客气地盯着鲁高明给顶了回去，反倒使鲁高明有些不好意思。他朝着赵怀恩打个招呼，再次开了口："四哥，话可不能这么说，我这不也是为咱们党支部，为咱村着想嘛。至于你说这两个半，我承认，这里面确实有两个是姓鲁的，但我提他们的名字可和姓啥无关，事情赶巧赶到这里了，这也没办法。你说吧，咱就说芳儿，哪一头哪一条不如那俩女知青了？这不也是为咱们全正庄的女孩子争光了吗？四哥你说，咱们能够因为芳儿姓鲁就让咱的女孩子没了这个资格？"

枪打出头鸟，鲁高明太明白这个在混战中取胜的诀窍了，尽管反对他的人差不多占到三分之二，但是他就是要揪住最先站出来而又不是像老支书张成才那样具有一锤定音能量的人一击再击，不给对方以任何喘息的机会。只有这样，才有可能像诸葛亮那样舌战群儒，力挽狂澜，反败为胜。

不能不承认，鲁高明的策略是确实有效的，他比赵怀恩这样的实干家多读几年书的差别也正是在这样的比较中体现了出来。

在这个场合，在这个时刻，古英俊与鲁云生一样，本是不愿意参与到这场"战斗"中来的，这也是会前老支书张成才对他们两个人特别叮嘱过的，目的就是不愿意让他们两个年轻人陷入村子里陈年历久的家族矛盾中去。说起来，在正庄，家族之间的关系之复杂，利害冲突之尖锐，可以说是具有悠久历史的。这也与这个古老村庄的人口结构有关。正庄，以公元1973年年底的人口统计而言，人口总数为986人，户数为319户，而在这319户中，古鲁赵三大姓各占总户数都是将近四分之一。其余张姓王姓席姓马姓宋姓曹姓等总数又为四分之一。简而言之，古鲁赵三家因其总人口的数量在村子里有意无意间就形成了一种宗族势力，一百多年甚至更早的时候将近200年来概莫能外。这种情况在抗战以来应该说有了相当大的转变。因为中国共产党的领导，正庄人不再将三大家族的种种因数挂在嘴上，而是一切以党支部的号令为号令，尤其是正庄第一任党支部书记古维成，那是响当当的战斗英雄，莫说小小正庄，即使在全县、全太岳区，那也是很有影响的人物，在村里，威信之高，更是无人可比。何况古维成作为古姓的代表人物，在村子里最早的中共党员名单上，人们至今可以查得见的人物，也无一不是古姓中人，譬如古树平、古维平、古明珠、古银贵，这些人后来全部走了出去，只留下古维成自己在村里坚持着，发展了一个又一个共产党员，直到他一手发展并培养了张成才这个可靠放心的接班人，老英雄古维成才向组织提出坚决从支部书记的位置上退下来，说得好好的，几乎战斗了一辈子的老英雄就要在自己的村子里颐养天年，做一个彻彻底底安安心心的老农民了，谁知恰恰就在这个时候，可恶的病魔侵袭了他的身体，曾经让日本鬼子胆战心惊的古维成在病魔面前连抵抗都来不及便走完了他光辉的一生。

可以肯定地说，在张成才作为支部书记的这些年来，正庄村也好，正庄大队也罢，对于家族势力的遏制是及时而有效的，这些年来，老支书张成才也以他的高风亮节和不卑不亢的处事方式，使正庄大队这样一个老的先进典型能够30年屹立不倒，也能够使这样一个原本家族势力纠缠不清的村子能够在各种运动此起彼伏的过程中波澜不惊。

说起来，张成才到1974年的时候也不过刚过46岁，可他所经历的大风大浪却足以让后人感叹不已。1928年出生的他，上小学的时候就参加了抗日儿童团，在那烽火四起的年代，小小儿童团员张成才便是出了名的天大胆，15岁那年秋天，张成才就曾自告奋勇，和两个小伙伴进到日军占领的县城为八路军和民兵侦察敌情，还顺便将一捆传单给撒在了县城的街上，弄得鬼子汉奸如临大敌，一连几天仔细搜索城内，而无暇顾及城外八路和民兵正在抢收秋粮。等到鬼子想起也应该抢收粮食这回事，早已误到半山腰上去了。上党战役期间，张成才主动报名参军，一心想上战场去建功立业，但当时的正庄村当家人支部书记古维成认为张成才作为家里唯一的儿子，根据政策不宜参军，而且村里的工作也需要张成才这样的优秀青年，为了强留这个他看准了的接班人，1945年， 17岁的张成才成为中国共产党党员。也就从那时起，张成才这个名字便和正庄村正庄大队的一切连在了一起。可以说，若论农村工作，张成才可谓无所不精，这些年来，无论出现什么情况，面对什么运动，事实上在正庄这个小圈子里，所有的一切都让张成才运作得行云流水，波澜不惊。唯一让他操心、让他左右为难，往往举棋不定的恰恰就是古鲁赵这三大姓在有关村务方面的平衡与调适。

因为你只要生活在这个村子，便一定会明白它其实是一种傻子都知晓其利害关系的事情，可是越是如此，你还就偏偏不能把它挑破。因为大家都明白，这就是那种所谓能做不能说的事情挑破了，大家就不好再回到和平共处的生活中来。而人性其实是向往与怀恋和平或曰平静的。当然，一切皆有例外，关键要看事情的重要性能否达到关乎某个或几个家族的整体利益那么一种程度。

今天就是例外，如果按照鲁高明的提名，4个新党员中，鲁姓占了两个，另外两个是知青，人家充其量只是镀金的，待不了几年肯定走。就算不走，其中一个还是尽人皆知的鲁家准媳妇。如此算来，这样一次发展新党员岂不成了鲁姓党员的大发展？这样的结果，无论如何古赵两家都是不会接受，也绝不会善罢甘休的。老支书张成才深知这一点，也很为自己一手培养的鲁高明感到失望。他怎么能这样呢？难道说，这些年来我为他所做的一切，对他所说的那些话他就都忘掉了吗？或者他平常的表现本来就是伪装？老支书张成才虽然不动声色，却不由得皱皱眉头，轻轻点了一下身边的古英俊，低声问道："刚才你们整理档案，看见这4个人的入党申请书了吗？"

古英俊如梦方醒：是啊，老支书让我和云生整理入党申请书，那里面可没有鲁芳儿的入党申请书，鲁有生的申请书也是5年前的了。显然，这个时候，老支书点自己这一下，那就是要你说出这个可以化解许多问题的金钥匙了。想到此，古英俊清清嗓子，站起来说道："各位党员同志们，我说一个情况啊，我不是对谁有意见，也不表示对谁的肯定与否定，但这个事必须说清楚。"

人们的注意力顿时集中到古英俊身上，古英俊看看鲁云生，接着说道："开会前，咱们老支书让我和云生整理了一下党员档案和积极分子的入党申请书。这里面，大家提到的4个人中，章玉儿和范香儿来到咱村以后各有入党申请书4份，鲁芳儿至今没有向本党支部递交过入党申请书。鲁有生有1份申请书，但已经是5年前写的了。"

一石激起千层浪，人们议论声再起。鲁高明也顾不得先前那样的斯文与隐忍了，就在人们的议论声中，"呼"地站起来，挥挥手，对着古英俊大声说道："英俊，没有申请书，确实不太好，可这算个什么事啊，有生和芳儿都有文化，叫他们现在赶紧写一个不就行了吗？咱们要实事求是，讲究更多的现实表现吧。不要光是看人家说了什么写了什么，更要看人家干了什么。鲁有生和鲁芳儿两个人就是比一般人干得好，甚至比咱们一般党员也干得好嘛。你说说，咱们的女党员哪个下过茅厕挖过茅底？"

慌不择言，鲁高明是有点急了，但他这番话一下子就犯了两个错误。第一个，鲁高明想的是硬捧鲁芳儿，却没有想到触碰了6位女党员。而这6位，除了比他年轻的慧兰儿，其余那5位，哪个不是当年叱咤风云的女中豪杰？现在一听鲁高明这个话，上党战役的支前模范党小爱第一个就不饶鲁高明："高明子，放你娘的屁哩。老娘当年支前可是流过血，受过伤的。下个茅厕就怎的啦？比上战场还难吗？"

更老的抗战时期老纺织模范席二巧也说："高明子，你这孩子说话怎么越来越不像样了。你去问问你娘，我们当年纺线线，做军鞋，支援八路军。你以为是下个茅厕能比的吗？"

而一队队长古银元就抓问题抓得更准，这也是鲁高明所犯下的最致命的错误。只见古银元站起来，两只手向大家来回挥动几下，这才用手指指着鲁高明道："高明子啊，刚才你说申请书现写现交，还说这不算个事。

是这样说的吧？"

鲁高明猛然清醒，正想回辩几句，一群人应声道："他就是这样说的，我们都听见了。"

古银元又道："高明子啊，你可是党员，还是支委，怎么连最基本的党性都不讲了呢？入党申请书现写现交，现入党，好家伙，你以为这是你家的事啊？我不是扣帽子，但你明白，就按你常好说的一句话，这事要是往前倒回上几年，斗争你不为过吧？"

全场无声，古银元又缓和一下气氛："高明子，你也不要怕，我不会组织人批斗你，但你自己真的应该批斗一下你自己。还有啊，我这话可不是针对人家芳儿和有生两个孩子的，孩子还是好孩子，入党的事，只要人家写了申请书，有这个意愿，我们还是欢迎的。"

掌声一片，就连鲁高明也不得不比别人更高声地鼓起了掌。老支书张成才一看这个情况基本也达到了自己预想的效果，第一次站起来，用烟袋杆敲敲桌子，环视一周，然后说："这样吧，我看大家今天说的都很好。咱们党员大会嘛，就是要畅所欲言，言者无罪，闻者足戒。我记得这是毛主席说过的。""文化大革命"期间，老支书背诵语录也是一套一套的，现在就十分恰当地用在了当用的地方。人们即便互相有意见，还想再辩论几句，但老支书这样一说，而且以领袖的语录压场子，谁还能再说什么？接下来，会议的气氛就回到了这种会议应该有的样子，却是真正可以解决问题的样子。老支书张成才再次强调了本大队古姓鲁姓赵姓以及其他姓氏的人在各项工作中的团结合作是多么的重要，本村的历史也是全村各姓氏共同奋斗的结果。至于同志们之间有什么不同意见，这是正常的，没有反倒不正常。而且老支书张成才特别强调了一点，这4个指标不是最终结果，根据本大队本支部的实际情况，他将尽快向公社党委反映并争取得到更多的指标。

会议结束，既皆大欢喜，又各有心事。但是表面上的和谐算是再次恢复了。第二天一早，老支书张成才就骑上自行车赶到公社，直接找到公社党委书记刘子青，又带回2份入党志愿书，这也意味着，正庄大队党支部这一次可以发展6名新党员了。然而，表面的平静，不等于一场会议所引发的家族之争和鲁高明赤裸裸地为扩大家族势力而做的一系列事情将会被人忘却。据古英俊从各方面所得到的信息，老支书从公社回来的当天，一队队长古银元、四队队长赵怀恩等人就专门找到老支书张成才，将鲁高明在玩弄家族势力上的一系列问题进行了揭露和声讨。其中包括，这些年来，几乎在不知不觉之中，正庄大队各小队以及正庄粉坊、正庄石灰厂、正庄木器厂等集体企业的会计总共10人中有9人换成了鲁姓子弟。而关键的问题是，在总会计鲁高明的掌控下，这些个会计形成了一个自闭的圈子，针插不进，水泼不进。表面上是遵守国家和各级政府既有之规章制度，实际上在正庄大队的财务圈子里自有一套做假账的规则。这其中有的是大队党支部和老支书张成才知道的，更多的则是只有他们自己知道的。而群众看的是现实生活中你的一言一行，一举一动。举个例子，这些会计们大都是上有老下有小，家庭负担并不轻松的青壮年，在明面上也没有什么拿得出来超人一等的经济收入，可是他们每一家每一户所过的日子就是明显超过了其他同等收入同等条件的家庭和个人。他们甚至还在每一年的大队财会培训中要统一制作档次相当的服装。这一切，理所当然地引起了群众的怀疑和反响。

古银元很不客气地和老支书张成才强调："成才哥，也不是我说，你看看昨天会上他那个嚣张样，还要现写申请现填表，立马就给入党的，那明明就是做假账做惯了啊。这事你得管，你再不管，迟早有人管。"

赵怀恩的话就更加深刻了一点："成才哥，我是担心他一个鲁高明把全大队的会计都给带坏了。如果整个财务线上都出问题，咱们损失可就大了。"

眼看着老伙计们对鲁高明的意见如此强烈，老支书张成才瞅瞅四下无人，这才将隐藏在心中的一份秘密悄悄告诉几位老友，也是多年来久经考验信得过的战友加同志："唉，这个事啊，昨天是给我提了个醒啊。其实高明子这孩子的问题，我在去年就有所觉察了。你们还记得吧，去年英俊、云生他们青年民兵上山砍树，进沟沟里头闹石灰窑，挣了点钱，可那是说好了给人家青年民兵做的福利。他倒好，来不来先给支委们一人买了一件衣服、一双鞋，我问他这钱从哪里开支，你们猜他怎么说？他说总能想办法处理掉的。我就不明白了，这钱他能处理一下就变出来？所以我把他狠狠批评了一番。"

古银元笑道："他一定是给你诚恳承认错误，下决心改正吧。可实际上你看，只是改得更隐蔽一些嘛。"

老支书张成才点点头："是啊，这个高明子啊，看来我是得对他严厉一点了，否则，会害了他的。"

7月1日到了，正是农忙季节。干了一天的活儿，人们尽管累得够呛，可是晚饭后党员大会还是一个不少地准时到达了大队办公室。这天晚上的大队办公室干净整洁，一进门就可看见迎面墙上挂上了两面鲜艳的党旗，党旗下一行鲜红的大字"庆祝党的生日暨新党员入党仪式"。一个"暨"字，引得几个人窃窃议论："这是英俊还是云生那个小子写的吧，诚心不让咱认得呢。那是个啥字啊？"

又有人说："不懂了吧，不懂查字典去啊。要不，到青年民兵们办的夜校学习去，我可听说了啊，咱们正庄大队的这个夜校，那是比正规中学都吃香呢。"

这些话，老支书张成才都听到了，紧跟着老支书的古英俊和鲁云生也听到了。应该说，有这个效果，也算不枉老支书大力支持，干部英俊和鲁云生全力以赴办好农民夜校的一份真挚，一份热心。

这天晚上的会议很简单，也很活跃。会议开始，先是由老支书张成才讲话，老支书的话虽是应景之话，却也别有自己的风格，简短、准确，开宗明义："嗯，大家安静了啊，今天是七一，我们庆祝七一，这是党的生日，就是我们共产党员的生日。但是今年这个生日对于一些新同志来说，就更是多种意愿上的生日。因为，他们马上就要成为我们的同志，成为新党员了。祝贺他们！"

掌声一片，然后由支委鲁高明宣布新党员名单，分别是知青章玉儿、范香儿，一队的古怀庆、二队的鲁宏如、三队的王建青、四队的赵锁成。连带新党员宣誓，老党员代表慧兰儿讲话，总共不到半个小时。会议结束，然后研究夏粮入库，秋庄稼灌溉的问题。当几个核心人物离开大队办公室的时候，已经是半夜12点了。

鲁芳儿没有进入新党员名单，尽管她在第一次党员大会之后不到12小时就交上了一份堪称完美的入党申请书，不仅书写认真，而且做了精美的封面，还在封面上加缀了一条红色丝带，以至于老支书张成才拿在手里都不得不赞叹："芳儿啊，你这哪是申请书，简直是艺术品啊。"

然而，支部有规定，这个规定是第一次党员会议当晚就已经明确了的，那就是入党申请书必须是那次会议之前提交才为有效。鲁芳儿的申请书做得再精美，也只能纳入下一次考虑。这也就是说，在新党员宣誓之前，鲁芳儿已经知道自己这一次的申请无果，但是，今晚大队办公室热火朝天的场面还是深深地刺激了她。这天晚上散会以后，子夜12点多，古英俊哼着小曲走在回家的路上，眼看离家不远了，突然，一个熟悉的身影出现在眼前，古英俊正要问一句你怎么在这儿，鲁芳儿已经一头扑了过来，双手抱住古英俊低声抽泣不止。古英俊顿感茫然，这可怎么好？这么晚了，孤男寡女在巷子里搂搂抱抱这算怎么回事？古英俊顾不得许多，一把拉住鲁芳儿，赶紧就往自己家里走。

正房堂屋里，一盏昏暗的灯亮着，古英俊知道，无论多晚，母亲都在等待儿子回家。儿子也一如既往地先朝堂屋喊了一声："妈，我回来了，您先休息吧。我还有事。"

堂屋的灯灭了，古英俊将鲁芳儿迎进自己那间屋子，一边从自己的书橱里掏出一块崭新的手帕递给鲁芳儿，一边颇有些明知故问道："芳儿，怎么了？谁欺负你了，告诉哥，哥给你找他去。"

鲁芳儿用手帕擦一下眼泪，莞尔一笑道："还问，就是你，还有鲁云生，就你们两个。"

古英俊故意板着脸道："芳儿，我哪里欺负你了？我又哪里敢欺负你呀？"

鲁芳儿一本正经道："还说没有，上次人家高明叔提名我入党，不就是你和鲁云生整理什么档案给挡住的？哼，别以为我不知道。早有人告诉我了，人家都说了，鲁云生明保章玉儿，你古英俊暗保范香儿，就我没人管。"

古英俊摆摆手："芳儿，这话可得说清楚，你别听有些人胡说。首先，党员大会上的事情能让你知道，这本身就不正常。你说是不是？"

鲁芳儿歪歪嘴，小声嘀咕道："人家看不惯嘛。你们有什么见不得人的，还怕人知道。"

古英俊静下心来，耐心解释道："芳儿，凭良心说，你觉得只要有可能，哥能不支持你，你哥云生能不支持你吗？哥支持芳儿的事情多了去了，数也数不清呢。对不？"

鲁芳儿点点头："这我知道，可是——"

古英俊打断："可是这一次居然没有提议让你入党。对吗？"

鲁芳儿再次点点头："你说实话，你是不是和鲁云生一样喜欢上女知青了？"没有明说，但所指是非常明确的。

古英俊当然知道鲁芳儿所指，但从心里讲并不忍在这个节骨眼上给这个可爱的女孩儿以任何刺激或打击。他脑子一转，有些言不由衷地说道："芳儿，我可不是云生，人家章玉儿和云生那是什么都不管不顾了，是真爱，我们只有祝福他们。你说范香儿是不是对我古英俊有意思我不敢妄加猜测，起码我从来没有向她表达过同学和朋友之外的任何意思。"

一番绕口令，好在鲁芳儿的理解是不会产生任何问题的。所以，她一下就咬定："英俊哥，这可是你说的，那我也要说出我的意思。反正我的意思就一句话，我爱你，你必须是我的。"说着，鲁芳儿两臂一拢，用两只胳膊一双手将古英俊的脖子死死地缠绕起来，然后便是一次疯狂的进攻。她在拼命地索取着，希望将自己滚烫的嘴唇与古英俊的嘴唇重叠在一起。古英俊有些不知所措，在鲁芳儿发起攻势的第一时间，他几乎就要接受这心中其实并不反感的亲热了。说实话，这几年来，生活在他眼睛边下的鲁芳儿是那么活泼可爱，又是多少男孩子心目中的美丽仙子，追求目标。可古英俊清楚，鲁芳儿从没有给任何人以哪怕一丝丝的希望。为什么？这是为什么？鲁芳儿不说，古英俊却不能说多少不知。只是，在古英俊看来，鲁芳儿并非就是自己理想的那一个，不是鲁芳儿哪里配不上自己，而是两个人太熟悉了，而鲁芳儿从一开始的时候就是以可爱的小妹妹这样一个角色存在于他的心目中的。后来，鲁芳儿居然从青山县一中代课教师的岗位上辞职回到村里，这在当时也引起许多人的许多议论，对于鲁芳儿的所求所向给予了许多的猜测。那个时候的古英俊心中也不由一阵震撼，他意识到了鲁芳儿真正的意图。越是这样，他也就越发不敢和鲁芳儿直面这个问题。因为，古英俊自己清楚，在自己与慧兰儿的关系终结之前，无论你以任何形式介入任何感情都是不道德的，更何况，在慧兰儿之外，还有一个范香儿。古英俊清楚范香儿对自己的情感，也暗自等待着某一天向范香儿敞开心扉。但是，这一切都有待于和慧兰儿关系的断绝。作为男人，堂堂大丈夫，古英俊觉得自己既不能脚踩两只船，更不能手握三条线。想到此，古英俊将鲁芳儿从自己身上费力地拨开，让鲁芳儿坐在屋子里唯一的木凳上，自己却站着，像一个大哥哥那样轻轻抚摸着鲁芳儿的脸颊，又轻轻地将双手收了回来，轻声说道："芳儿，咱们都还很年轻，应该先以事业为重，是吧？而且你看你自从回到村里，不是也做了一些了不起的事情吗？听哥的话，只要你好好努力，党的大门一定是对你敞开的，别人不敢说，下一次，哥做你的入党介绍人，这你还不放心吗？"古英俊的意思，自然是想将鲁芳儿从男女私情上引开，同时也是给她以宽心和信心，让这个女孩子真正成长起来，不要因为你古英俊的存在而影响到她的前途与事业。

在鲁芳儿来说，尽管深更半夜找古英俊原本就是因为受到章玉儿等人入党的刺激，可是临到古英俊出现在眼前的时候，另外一种久积心中的意念却以不可阻挡之势爆发出来，像一股冲决一切的洪波巨澜，将原有的羞涩与顾虑一扫而空，让心中的爱在那一瞬间喷发，并留下永远不能磨灭的印记。不得不说，在这件事情上，鲁芳儿所思远比古英俊更深更远，鲁芳儿所欲，也不仅仅是一种象征性的追求。在此之前，哥哥鲁云生已经明确告诉妹妹，党支部在接到鲁芳儿入党申请书后不久就将她列为培养对象，而且无论老支书张成才也好，还是妇女主任慧兰儿也好，都特别提出了想在尽可能短的时间内就让鲁芳儿接替慧兰儿的工作。但是，鲁芳儿的追求却只有一个人，只要那个人。无论回村还是入党，她都是要将自己和英俊哥哥更紧密地联系在一起。从某种意义上说，鲁芳儿很羡慕哥哥鲁云生与知青章玉儿的爱，但她又知道，古英俊不是鲁云生，他们之间虽是好友，然性格不同，行为做事的方式方法也大不相同。鲁云生的才华、鲁云生的智慧更多地体现在他与你长期的接触之中，让你慢慢地品尝，藕断丝连，越久越浓。相对来说，他也更多地能够听进别人的意见，或者说他往往并不会坚持自己的主张。而古英俊则是那种疾风暴雨式的行事方式与强硬措施，任何事情，要么不干，干则必胜。他总会在与同龄人的竞争中表现出不同年龄的优势，又能在与不同层次的对决中回避自己的劣势。而鲁芳儿恰恰就是喜欢古英俊这种性格的男生，尤其是在与众多向她赤裸裸表达爱意的追求者比较中，唯有古英俊从未对她有过哪怕一点儿爱的暗示，这就更加激发了鲁芳儿决心要将英俊哥哥攻坚下来的决心和意志。现在，她认为自己可以放心地做一个美好的梦去了。因为，那深深的一吻，古英俊虽非主动，却到底还是接受了的。有这，就够了。

十三
慧兰儿的隐秘

　　古英俊送鲁芳儿回家的路是短暂的，也是漫长的，最多500米的距离，两人走了足足半个小时。如果不是快到鲁家时碰上村里的电工不知和谁喝了酒摇摇晃晃正回家，估计这段路还得多走一点时间。实在说，在鲁芳儿疯狂进攻的那一瞬间，古英俊其实很是享受那深深一吻的。那肆无忌惮的吻，显然不同于慧兰儿那种成熟老到的"碰撞"，更不同于范香儿想象中的甜蜜。但是这种享受，这种惬意也就存在了那么短短的一瞬间。当他冷静下来的时候，就开始对自己进行了无情的批判：古英俊呀古英俊，你怎么能这样？无论鲁芳儿还是范香儿，她们的情、她们的爱都是纯洁无瑕的，可你呢？肮脏！不要为自己找更多的理由，你那些理由一概不能成立！现在的你，既对不起鲁芳儿，更对不起范香儿，同样还对不起慧兰儿。当机立断，你必须从这种踩钢丝式的情感世界中解脱出来，否则，你将万劫不复！古英俊对自己下达了最后通牒，而冥冥之中有一种天意也在帮助这个年轻人做出自己应该做出的选择。

几天后的一个夜里，凌晨1点的时候，古英俊被一阵敲门声给惊醒了，仔细听，熟悉的声音，古英俊连衣服也没有披一件，只穿一件裤头就去开了门，果然，门口是两个老熟人外加一个穿军装、戴领章帽徽的年轻人。两个熟人是公社武装部部长孙永平和本村出去已在另一公社担任武装部部长的古建文。而另外一个古英俊刚想问候一句，孙永平已经介绍："英俊，这位是县武装部刚从野战军调来的动员科杨科长。"又对杨科长说，"这位就是正庄大队民兵营营长古英俊。"

三人进得门来，孙永平催促古英俊赶快穿好衣服，立即组织一次基干民兵紧急集合，以检查作为省级模范民兵营的日常战备状态。这事没商量，古英俊三下两下穿好衣服，从床头取下那把用红绸子包裹的军号，然后4个人急匆匆走上了村中央制高点老爷疙瘩。

要说老爷疙瘩，并不是很高，但从军事观点来说，却是正庄最重要的制高点。概因正庄村背山面水，自然条件极其良好。只是这山离村又远了一点，最近的距离也有二三百米，从军事学上讲，要想控制这个村子，你还真的靠不上那几座高耸的山头，倒是这老爷疙瘩有其出众之处。其名老爷疙瘩，乃因当初村里为关老爷建的庙正在此处。老爷疙瘩正处村子南北两端之中央，以一个纯黄土小山包突兀崛起，如以村子里绝大部分平地而算，它也就高出那么五六十米，但这五六十米在军事上可就是一个具有绝对控制力的制高点了，正因如此，当年日本鬼子侵占青山县时，就将炮楼建在了老爷疙瘩上面，至今尚有遗迹留存。也正因如此，从打老支书张成才开始，这里就成为村子里传达一切通知和上级声音的最佳场所。早些的时候，村里没有通电，老支书张成才就拿着一个铁喇叭在这制高点上扯着嗓子向村民们下达各种通知。民兵们的传统也是凡有紧急结合之类的活动，便在此处将军号吹响，那声音，保证瞬间传遍全村各家各户犄角旮旯。

皎洁的月光下，4个人急如星火，古建文边走边向古英俊解释自己所以回村这一趟，乃是因为县武装部最近连续几个中层干部外出培训，新来的动员科长就成了光杆司令，所以县武装部部长就要求古建文到县里协助一段工作。而来正庄检查战备情况也是古建文这个"临时工"在县武装部里的一项具体工作。

古英俊这个民兵营长虽说没有经历过一天正规军营生活，军号吹得却是十分地道。这得益于他在上初中时参加学校鼓乐队练就的功夫，回村以后，从古建文手里接过这把军号，反过头来再吹军号，只将号谱看了几次便能将军号像小号般吹得出神入化，可谓一窍通百窍通。转眼间，4人来到大家已经约定俗成的制高点上，杨科长看看夜光表，而后说："1点10分，开始。"

古英俊拿起军号，正要吹响，却被眼前不留意间看到的一幕给惊呆了：如水的月光下，一个男人正从老爷疙瘩对面的一间房子里出来，此人身材不算高大却可以称得上魁梧。只是这魁梧的身子似乎只披了一件衣服，上半截身子干脆就有一半露在这月光下面。男人轻手轻脚，出了门，又返回身去将房门轻轻关上，而后紧走两步回到隔壁房间。也就在此时，男人刚刚走出的房里灯光亮了，而后又迅捷关闭。而男人走进的房间里则亮起了耀眼的灯光。

古英俊愣住了，他知道，男人走出的房间正是慧兰儿的卧室，而男人走进的房间则是村子里为下乡干部安排的客房。那个男人呢？仅仅根据其体型和轮廓便可以断定，他就是今天下午天傍晚时专程从县城赶来的县商业局副局长王瑞祥。是的，就在今天下午，王瑞祥副局长突然出现在正在大队办公室商量事情的老支书张成才和民兵营长古英俊面前。王副局长神采奕奕，春风满面，骑着一辆崭新的自行车，将车子放定之后，人还没进屋，声音先就进来了："张书记，我这次来了可要多住两天啊。你给我安排个住处，局里决定，要以咱们正庄大队为试点，试验一下中药材收购的多样性。这个事可是您上次和我要求的啊。"

好事，老支书张成才确实提过这个要求，而且绝对不止一次，而是多年来多次提过，但从来没有人给予回应。今天一听王副局长居然把这事给办了，真是喜出望外，当下就赶紧派人将妇联主任慧兰儿叫来，让她好好安排一下王副局长的吃住问题。再然后，王副局长便在慧兰儿的带领下离开了。

"英俊，吹集合号啊！"孙永平部长大约也是等得不耐烦了，第一次向在他眼中永远是遵守时间的模范、执行命令的标兵发出了催促的命令。

一切都在闪现之间，古英俊顾不得任何多余的杂念，举起军号，将一串串嘹亮的音符播向夜空。

没有任何人刻意对慧兰儿与王副局长的事情进行宣传与扩散，但慧兰儿还是隐约觉察到人们看她时的眼光中多了一些什么，又少了一些什么。多了什么呢？慧兰儿觉得人们的眼中多了一些疑问，是的，我慧兰儿还是从前那个我吗？我身上穿的的确良，手腕上戴的女士坤表，箱子底下藏起来的玉手镯，还有王副局长从北京、上海托人带来的那些化妆品都是这里的人们想所非想，念所非念的。然而，我慧兰儿却有了。这就是变化，这就是区别，这就是人们眼中多出来的那些东西吧。那么，人们眼中少了的又是什么呢？慧兰儿觉得，她再也看不到从前人们对她的那种羡慕与尊重，也感觉不到曾经的那种亲热与放纵。男人们很少和她再开有色彩的玩笑，女人们不再和她说黄黄的段子。就连过去碰见她总要趁机在脸上摸一把，腿上拧一下的老光棍鲁成旺都和她一本正经起来。这让人尤其难以忍受，我慧兰儿是和王副局长好了，可是人们都知道女人三十如狼、四十如虎，我慧兰儿大好青春年华，凭啥就得守活寡？我从打结婚到现在，一年当中倒有11个月天天盼情郎，夜夜守空房，又有谁为我解过忧愁分过苦楚？我慧兰儿也是人，漂亮的女人就不能有自己的私生活？鲁明照的媳妇曹巧巧可以和赵小四明铺夜盖过日子拉帮套，大队没人管，凭什么我慧兰儿就不能有自己的一分情感一分生活？慧兰儿越想越生气，再想就把全部的怨气撒到了古英俊身上。是啊，那个书呆子，我慧兰儿给了你最真诚的爱意，曾经多少次暗示明提，希望得到你哪怕只有一次，只要一次的真爱，让我在寂寞中寻得一丝安慰，暗夜里看到一缕阳光。可是你，一个青春正盛的男子汉竟像裹了脚的老太婆，连我的门都不敢踏入，我让你只陪我逛一次商店，你竟像上刑场般万般推脱。不是你，那一天我又何至于和王副局长走到一起？不是那一次，王副局长又哪里有机会趁虚而入？慧兰儿再也不能忍受世人的眼光，可是又没有任何人和她说过任何让她难堪的语言，也没有让你有任何理由抓住人家的话柄。慧兰儿左思右想，最后一狠心，干脆在办公室里找到古英俊，只撂下一句话："英俊，我找你有点事。"然后转身便走。

古英俊也正想找慧兰儿说话，那夜那难忘的场景，深深地刺痛了他的心灵。他想质问她，为什么竟会如此，可是他又很清楚，你有什么资格？又有什么理由？社会上流行的那一套理由，古英俊不屑，中国传统的伦理，古英俊不认，何况你古英俊自己和慧兰儿的那种情恋又算什么？你是她的什么人？所以，古英俊思来想去也没有想好如何去和慧兰儿谈一谈，但这并不等于他就不想和慧兰儿谈一次。现在好了，慧兰儿主动邀请，或者说慧兰儿主动进攻，总之是古英俊蓦然间觉得这是一个和慧兰儿说清楚的最好机会，也是自己从一种苦恼与恐惧中解脱的最后机遇。

10分钟后，古英俊出现在慧兰儿的家中。临近推开那扇门的时候，古英俊犹豫了，狂跳的心骤然悬停在半空中，怎么也落不下来。进还是不进？敲门还是不敲？敲门，那是礼貌，可也是生分；不敲，是自信，但也是唐突。古英俊举棋不定，门却开了，慧兰儿一伸手，古英俊身不由己就走进了这既熟悉又陌生的空间。说熟悉，是他在梦中无数次重复无数次"光临"，说陌生，是因为这个房间除了他在上中学放寒假期间曾经来这里和慧兰儿的丈夫王铁下过两盘象棋外，还再也没有踏入过这屋里半步。

抱怨，愤怒，驳斥，倾诉，这是慧兰儿在此一刻前准备好的所有；质问，辩解，求证，批评，这又是古英俊在踏进这屋门之前所想到的全部。然而，当他与她在这狭小的空间相逢的一瞬间，首先是慧兰儿的大脑一片空白，所有的力量、所有的气息都驱使她再一次将眼前这个"负心郎"紧紧拥抱，潮湿的口中，只有喃喃絮语，而分不清任何音符。古英俊也为这突兀的一拥将全身融化了，没有谴责，没有申辩，没有埋怨，没有疑问。两个人，纵情地深吻，紧紧地拥抱，几分钟之后，究竟是几分钟，谁也不知道，慧兰儿的身子开始向炕上移动，她的一只柔绵的手在向古英俊的下体移动，她的身体则试图将古英俊带向她曾经想象过多次的那个最美最原始的地方。然而，这一次，古英俊不动了。懵懂与放纵之后的古英俊迅速清醒过来，缓缓地却是坚定地将那只柔软的手移开，轻轻地再次吻一下怀抱中的她，然后说："兰姐，我还是叫你嫂子吧，从今天起，我们就像过去一样好吗？"

慧兰儿潸然泪下，身子软软地瘫了下来，古英俊赶紧一把将她扶住，轻轻地，似乎抱着一个婴儿般把慧兰儿放到那盘温暖而干净整洁的炕上，然后郑重其事地往后退了一步，说一句："嫂子，保重！"

古英俊走了，慧兰儿反而如释重负，推开门，望着古英俊离开的方向，看一眼，再看一眼，返回身来，打开轻易不动的那只铁皮箱子，将王副局长送给自己的物件一件件拿出来，又一件件装回去，然后，出门跨上自行车，直奔杏花镇上的邮局而去，花2元钱给远在太原西山煤矿的王铁打了一通长途电话，这电话的所有内容浓缩一下就是两句话，第一句是："赶紧回来接我去太原，这鬼地方我是一天都待不下去了。"第二句更简短："我就给你五天时间，五天不回来，等着离婚！"

在慧兰儿最后通牒的督促下，王铁第三天就赶了回来，而且带回来一个不可谓不是喜讯的消息：矿上答应，慧兰儿一去就可以安排一份临时工的工作，而且矿上会借一间简易工棚给他们住。

第五天的晚上，老支书张成才通知支委和村干部开会，左等右等等不来平时从不迟到的慧兰儿。老支书感觉有点儿不对劲，这才想起似乎听三队队长古天武说今天就没见慧兰儿出工，可慧兰儿在古天武那里也没有请假。古天武还以为是老支书这里有什么安排呢，没承想这晚上开会的事，大喇叭里都广播了不下5遍了，慧兰儿却连个人影都没有。老支书张成才叫三队队长古天武赶紧去慧兰儿家里看一下，是不是生病了，要不要派个人照顾一下。老支书张成才清楚，慧兰儿虽说年轻力壮，可毕竟是女流一个，又与丈夫长年两地分居，生活上确有许多不够方便之处。譬如说，万一生个病什么的，就没个人照顾，公公婆婆虽说就在本村，可一来二老年纪都大了，大的照顾小的总归是不好；二来婆婆身体不好，公公身体倒是健壮，可终究男女有别。

然而，七八分钟后，三队队长古天武带回来的消息却令这天晚上的会议蒙上了一层重重的疑云。古天武说，王铁的父亲，也就是慧兰儿的公公说，慧兰儿和王铁到太原去了，而且这一走，十有八九是不再回来了。因为，儿子和媳妇带走了家里所有贵重的东西，包括慧兰儿视若珍宝的那只铁皮箱子，只是家里地上的、床上的、灶台上的一应东西器具还在，这是不是说明慧兰儿保不准哪时又回来呢？听了古天武的汇报，老支书张成才只是淡淡地说了一声："嗯，知道了"，然后就说，"开会吧。"似乎并没有对慧兰儿的贸然离开有什么不高兴的。可是私下里，老支书张成才却和古英俊等人说："这慧兰儿也是，怎么着也得打个招呼吧。这就走了？党票也不要了？户口也不转了？我不信，你们信不信？过不了一年半载，她慧兰儿还得回来。"

十四
勇士王建青传奇

前面说过，古英俊一介书生，连一天军旅生涯都没有经历过，凭什么就能当好民兵营长？就凭他有自己最好的帮手，早前是古建文，真正的兵王。各种步兵军事技术无所不精，和古英俊既是本家叔侄又特别投缘，两人各自取长补短，实现了真正的共同进步。而在古建文被县武装部要走之后，又有以王建青为代表的一批复转军人顶了上来。王建青的出身和家庭背景在正庄有一些特别，王建青的为人和做事也有些特别，特别就特别在说话算话，敢作敢当，做医生是这样的，干农活也是这样的，入了党，当了民兵教导员，还是这样的。也是因为王建青本人精通医术，而且是那个年代锤炼出来的那么一种真正的全科医术，虽然只是一个小小的大队卫生所，却偏偏像个正经医院，不仅本村社员的基本卫生健康有保障，而且一般外科手术都敢做都能做好。在各村各大队卫生所普遍赔钱，只有靠大量补贴才得以勉强维持的情况下，正庄大队卫生所竟然能够做到不仅不亏损，而且还能略有盈余。这一方面是找他看病的病人多，周遭十里八村的乡亲们宁肯来这个乡村卫生所看病也不到正儿八经的公社医院踏脚。病人多，收益自然就多。另一方面，王建青得益于父一辈祖一辈的中医家传，认识的中草药也多，尤其这太岳山中本来天然就是一片草药圣地，名贵中草药在行家的眼里可谓漫山遍野，取之不尽。而在不懂行不识货的人们看来，那可能就是一山两河滩的野草荆棘。只是这中草药虽多，但真正采撷起来并不容易。这里有两个必要条件，一是你得认识这些草药；二是你得恰巧有时间还得愿意吃那份苦、受那份累、冒那份险。因为许多草药自有其收获的季节，也自有其成长的环境。以采撷而论，每一种药最好的收获季节往往只有那么几天，早一点不行，晚一点也不行。还有一条那就有些恐怖。太岳山中的草药，尤其名贵草药，譬如上百年的野党参，成窝状的野猪苓，它们的经济价值高，药用效果好，但灵性无所不在的自然界与这些名贵药材共生的还有一些让人们谈之色变的家伙，毒蛇就是其中最为人头疼的一种。1974年的深秋，也就是王建青与章玉儿、范香儿等人光荣加入中国共产党后的一段日子，采药的日子到了，这一天，王建青一早起来到卫生所将工作安排好后便背着背篓，提着镢头上了山。王建青的目标很明确，水晶圪洞一带有几株野党参，王建青记得自己当兵之前它们就在那里了，夏天的时候去看了一次，居然还在，只是那一带悬崖峭壁林茂草密，一般人空人上去都未必能够近前，更不要说去刨起那几棵陈年野党参了。当然，王建青不会忘记，但凡类似的地方，往往也是毒蛇所在，所以到得近前，他便一边用镢头开路，将茂密的荆棘、讨厌的圪针给搋倒扫光，另一方面则口中不断地发出"嘘嘘"的呼哨声，以便给那万一存在的长虫下个最后通牒。可是，王建青虽然谨慎有余，却万万想不到百密一疏，就在他已经接近那几株党参，并用红丝带将它们系好，标注清楚，准备挥动镢头正式开挖时，突然，一道闪电从天而降，王建青只觉得自己左臂上一股针扎般的疼痛，一条足足有4尺长的褐色菜花蛇已经落在荆棘之中。"糟糕！"王建青明白，自己光顾得扫清地面上的障碍，却忘了这种菜花蛇是有可能潜伏在树上的。一定是刚才自己的呼哨声惊动了这家伙，或者便真的是如传说中的那样，此蛇乃是专门守护这几株野党参的卫士，为了完成它的使命，不惜玩命一搏了。其实，所有这些想法，在当时充其量都是一道闪电般掠过脑际，那时的王建青根本容不得任何犹豫，挥动镢头，一下子先将那条大蛇的脑袋砸得粉碎，而后从随身挎包中取出急救包来，在伤口处喷洒一股酒精，又用一柄小手术刀将创口已经泛黑的肉剜下一块来。这一刀，当它剜动那连心接肺的每一根神经时，都疼得王建青想跳起来，可是，这个钢打铁铸的汉子，人民解放军大熔炉里锻炼成长起来的战士，硬是像关云长刮骨疗毒一样生生将自己左臂上的一块肉剜了下来。然后他这才从急救包里抽出纱布，将创口重新包扎起来，急匆匆往村里赶。因为他知道，剜掉那块肉，只能保证蛇毒不会迅速蔓延，而真正防患未然，还需要回到自己的卫生所里去继续清创，尤其需要注射两支高纯度的抗蝮蛇毒血清针剂。这条无畏的汉子，这个真正的英雄，有关自己所经历的这一切，居然谁都没告。而使他暴露这次历险经历的还是卫生所的小保管。第二天一早，开诊前，小保管清理药品，发现一直处于封存状态的两只血清针剂没有了，而能够打开那个保险柜的只有小保管和所长王建青。事到此时，王建青不得不向小保管交代了自己被毒蛇咬伤的事实，却又给小保管下了"死命令"："这事保密，不能向任何人说啊！"可是在小保管看来，这么大的事情又怎么能够不向组织汇报呢？于是，就在王建青悄悄地给自己换药的时候，古英俊、鲁云生、席银城、章玉儿、范香儿等人一拥而入，当众抓了"现行"，这才让王建青不得不老老实实地将这一次采药的历险记给大家讲了出来。直听得章玉儿和范香儿两个眼睛大瞪，也听得席银城和古英俊等人唏嘘不已，一个个都对王建青竖起了大拇指。而王建青也趁此机会将一份自己琢磨日久的"野外作业安全守则"拿出来，交给古英俊说："英俊，我仔细想了，以往我们民兵营搞小秋收、上山伐木，今后还要断不了上山采蘑菇、掰木耳、刨草药等。咱们靠山就得吃山，可是人多了，这安全的事儿就更加要注意。所以我就想，幸亏这次遇上事的是我，多少懂一些医术，也知道急救常识，这才使得事情没有闹大。如果遇上一个不懂得或者没有急救器材药品的，就算你当下就从山上往回赶，等你赶回来，大半人也不行了。这种蛇毒，如果不能当下清创，那传播速度是很快的。就它那一口下去，撂倒一头牛也是不成问题的。"

王建青这么一说，就更让古英俊等人越发对这位教导员心生敬意：多好的人啊，真不愧是共产党员，人民战士，更不愧是救死扶伤的白衣战士。在现实生活中，王建青这个医生除了做手术几乎都不穿白衣，可是，他的所作所为，一言一行，难道不是最美好的仁心圣手的集中表现吗？这天晚上，古英俊左思右想，激情难以按捺，半夜起来，披着衣服写下一篇题曰《战士风采》的人物通讯。文章发出去后不到一个星期，地区党报以显著位置全文刊登，这也让已经很久没有光临正庄大队的仇凤英部长再次驾临老支书张成才的家里。

仇部长来的时候张成才正在吃午饭，大海碗一大碗豆面搅玉米面擦圪斗拌着酸菜炒豆腐，红红的油炝辣椒将大海碗里所有的一切都染成了红色。张成才吃得那叫个带劲，看见仇凤英部长来了也没将饭碗放下来，只是伸手指了指，算是请部长坐下，坐哪呢？当然只有大屋里地下那把老得都快散架的椅子。仇部长看看椅子，小心翼翼地坐在上面，然后说："张书记，我可没吃饭呢，要不，给我也来一碗？看你吃得那个香。"

张成才有点不好意思了，放下碗，略显尴尬地说："嘿，你这么大部长来也不通知，我还以为你在公社吃过了呢。"

仇凤英部长解释道："是怪我，可也不怪我，谁让你这正庄大队老出典型，谁让你张书记领导得好，总能让人家眼馋呢？再加上我这个人也是急性子，上午听到你们卫生所的事情，中午这不就赶过来了？"

老支书张成才一边指挥老伴给仇部长下面，一边又问："就你一个人？司机呢？"

仇凤英很随意地回道："他放下我，我就让他到公社食堂吃饭去了，吃完饭再过来。"

仇凤英部长没有进过一天中学以上的学校，也没有受过理论宣传方面的任何专项训练，但你不能不承认，她在这个行当里面差不多就是无师自通的天才（当然老宋的参谋也功不可没）。仇部长来正庄的原因，正是那篇《战士风采》。文章中之所以说王建青是战士，而不说是白衣战士，包含了两个意思，就是说王建青不仅今天是穿着白衣的战士，更是无论穿不穿白衣都永远在战斗的那样一种战士。而写到王建青为正庄大队卫生所所做的一切，就不能不提到受惠于他的那些病人和病人家属，也不能不提到一件令王建青甚至张成才头疼的往事。什么事呢？前面我们说过，在王建青的一手经营下，他的小小卫生所成为周边各村各队广大社员群众最为信任的"医疗中心"，小到头痛发热，大到各类小型外科手术，妇科接产，养生养老，王建青是有求必应，竭尽所能。并不是说他这个中西医结合的"半吊子"就可以包打天下，但起码有一点，在王建青这里所有的病人和病人家属都能够感受到尊重和平等，都能得到一定条件下尽其所能的诊疗和照顾。如有重大疾患，也能从他这里知道你应该去找谁，怎么找。而且还有更重要的一条，王建青这里的药材尤其是中药材要比其他公社医院大医院乃至各家药店便宜许多。而这一点老百姓是不能不做比较的。一传十，十传百，一来二去，有人隔上几十里路都要跑到这个小小大队卫生所来抓药。你说他的经营状况能不好？但这就带来一个问题，你这个大队卫生所是火了，也活了。可花着财政经费，由国家养着的公社医院怎么办？你这里车水马龙，人家那里就要门庭冷落。而这几年以来，上级部门，县先卫生局又开始对各公社医院进行业务考核排名了。奖金还没有，但评选先进模范是每年少不了的必做题。于是，邻近几个公社医院，尤其是杏花公社自己的公社医院不干了。要说起来，这公社医院对各大队卫生所是有着一种业务监督与帮助的职责的，更重要的，公社医院还是县卫生局对各大队卫生所的医疗器械分配的中转站，具体分发分配县里以及省里和地区划拨给下面基层单位的医疗器械。正常情况下，县里有名单有指标，你公社医院照办就是了，可杏花公社的情况"不正常"，因为正庄大队卫生所的存在，它严重"干扰""破坏"了本公社本地区的医疗秩序，致使公社医院和许多大队卫生所业务寥寥，形象受损。而更重要的问题是，王建青他有做手术的执业资格吗？一个部队系统的卫生员，就可以中西医内外科包打天下吗？所以，8月的时候，省里拨下来一批医疗器械，明确指出就是分配给一些大队卫生所的，正庄大队卫生所也名在其列。对于这些器械，知情人说是很可观的，譬如医用X光透视仪、简易手术无影灯等，都是王建青和他的卫生所亟须而又根本不可能腾出资金来购买的。有这样的器械支援农村卫生所，也算国家有关部门急百姓之所急，办了一件好事。可是这器械发到公社医院就进入静止状态了。王建青去催了几次，人家不是领导不在，就是保管出差，反正你是拿不上。再然后，老支书张成才亲自出马去找了公社医院的院长，甚至找了公社党委刘子青书记，直接把公社医院院长给将住了，这才吞吞吐吐说出了原因，乃是要保持对正庄大队卫生所这种"破坏"大局，"破坏本公社卫生系统安定团结"的威慑之势。解决问题的方法也简单，你让王建青写封检查，要写2000字的那种，贴在公社医院外面的宣传栏上，要让全公社人民群众和县里的领导都知道，不是我们杏花公社医院无能，而是你们正庄卫生所破坏了规矩。只要做到这一点，不仅你们的器械归你们，我们还可以另外再送你们一部分。

好买卖，可是倔驴王建青不答应，老支书张成才对着公社医院院长"呸"了一声然后留下一句话："你等着，我看你不给我送过来！"就这样，正庄大队卫生所和王建青在本公社医疗体系成了老死不相往来的"禁区"。而就在一夜之间，古英俊一篇文章，又让王建青和他的卫生所成为万众瞩目的焦点。因为在这篇文章中，古英俊不仅如实反映了王建青和他的卫生所给贫下中农和广大社员群众带来了健康和方便，也毫不客气地提到有人有部门滥用手中权力克扣正庄大队卫生所应得之医疗器械。文章虽然没有点名，但是所指是谁，在青山县医疗卫生系统范围内那就是公开的秘密。要说起来，这件事与仇凤英部长是八竿子打不着的，可是有人问她了："仇部长啊，今天报上登的你们那篇写得不错啊，正赶在点上了。省里有文件，要在全省遴选一批'赤脚医生'典型，我看咱们正庄大队这个就是现成典型嘛。你去再好好组织组织，有什么情况回来和我汇报。"说话的人依然是县委书记杨振东，仇凤英部长本想说一句书记您这次说话可不能再忘记了啊，结果没等她说，书记大人又补了一句："上次那个理论文章的事情是我记错了。后来想起来了，确实是我说过的，今后还要抓紧。"仇凤英部长无言以对，好了，既然书记有指示，仇凤英部长只能马不停蹄就赶来。当然，仇部长在赶赴正庄之前还是把文章仔细看了一遍，这一看，就看出了问题，发现了自己应该而且确实可以为这个王建青和他的卫生所做一些事情。也因此，仇部长在来正庄大队的路上又想起此事应该把卫生局长也叫上，给他一个"戴罪立功"的机会。所以，仇部长这一路行程实际上是先到杏花公社，在公社党委刘子青书记那里给卫生局长打了电话，让他立即赶往正庄，而后这才来到老支书张成才的家里。

不能不说仇部长到底是出身贫寒，这些年大鱼大肉精米细面吃惯了，但粗茶淡饭吃起来照样能吃出个香来。老支书张成才家的饭要说并没有什么特殊之处，但张成才亲自制作的油炝辣椒肯定是一绝。仇部长一吃就吃出味道来了，而且当下就提出了一个一定会让主人高兴的要求："张书记，你这么好的辣椒，能不能给我带走点儿啊。让我也到咱们县委食堂去显摆显摆。"

张成才果然满面笑容，不仅将所剩不多已经炝好的辣椒全数给仇凤英部长装在一个空罐头瓶子里，而且答应今天晚上再做一锅，让仇部长一次显摆个够。就在这时，外面一阵自行车铃声，随着"咔嗒"一声自行车停放的声音，有人说话了："张书记，仇部长在你这里吗？"卫生局长来了。

仇部长工作效率之高是令人不能不佩服的，也是让张成才、王建青、古英俊、鲁云生等人喜出望外的。仅仅一个下午或者说是两个小时的过程，公社医院那帮人果然就把原本应属正庄大队卫生所的医疗器械给送过来了，而且还附带赠送了一批王建青急需的药品等。也是在县委常委仇部长的亲自督促下，县卫生局长连同公社医院院长纷纷表态，从今天起，全力以赴支持正庄大队卫生所和王建青同志的工作，为落实伟大领袖有关卫生工作的"6·26"指示精神奉献全部的力量。

两个月之后，王建青同志入选省级"乡村医生十大先进模范"。披红挂花，他在省城湖滨会堂和省里的领导照了相，正庄这个出典型的地方再次为青山县奉献了一个大大的典型。只是，这典型发现的起端，那篇《战士风采》的"炮制者"古英俊反而在此过程中湮没不见了。

十五
欢乐村庄贺大年

1975年的春节是正庄村至少两代人最为难忘的一个春节。按照传统的习俗，过大年自然是要放假的，一般来说，放个十天八天不算多。就连过去几年县里组织的农田基本建设大会战也在这一时期偃旗息鼓，今年没有了大会战，那就更得让人们安心回家，好好过个春节。

放长假，过大年，按照这个节奏，正庄大队知青点也在紧锣密鼓地做着自己的准备。腊月二十三，职业厨师鲁成旺一早起来就换上了一套特殊的行头，胸前罩了一块油光发亮的灶裙，又将一柄足有70厘米长的尖刀在磨刀石上磨得明晃晃的。知青们知道，这是成旺叔要使出老手艺给大家表演杀猪绝技了。可是呢，几个知青小伙、大姑娘早饭以后等啊等啊，就是不见鲁成旺正式登场，直到半小时后，才见鲁成旺拖着一个人走进知青大院。这个人，便是村里有名的屠夫李银福。原来，鲁成旺以前确实是杀过猪，这一次也确实是想将这手艺再拾起来，表演给那些孩子们看，让他们感受一下我鲁成旺一手养的猪，又是一手杀猪，再一手给你们做出来的猪肉有多香。可是行头穿好了，刀也磨好了，临到手提尖刀走到猪舍的时候，45岁的鲁成旺却双手突然开始颤抖，手中的尖刀"啪嗒"一声竟给掉到地下。鲁成旺知道，这猪杀不了了。怎么办，还能怎么办？赶紧去找村子里最有名的屠夫李银福去。鲁成旺知道，临近年关，村里杀猪过年的人家少不了天天有的，去晚了，今天这猪怕是真就杀不成了。还好，这一天李银福恰巧只答应了邻村一家下午的活计，上午是留给自己准备进城去采购年货的。鲁成旺不讲理，两人又是同道中人，多年契友，也不管李银福答应不答应，照直拖上就来了。于是操刀宰猪，而且是一宰两头。每一头都是将近200斤的大肥猪。那年头猪肉好不好的标准不是说红肉多少，而是看肉膘厚不厚。知青点的猪，吃的是粮食，喝的是剩饭汤，再加上鲁成旺精心饲养，知青们人人关照，少不得从地里拔回萝卜掰下玉米还要给几位"二师兄"加加餐。所以，全体知青包括看了知青点养的这些肥猪的人们都觉得知青点这猪不能卖，卖了太吃亏。而整个知青点上养了三头猪，到过年这会儿，起码有两头已经到了应该有个归宿的地步。所以，鲁成旺和章玉儿、范香儿两位点长一商量，干脆，一宰两头，除了给大家一人分上10斤肉带回家里过大年，其余的全部搁一口大水缸里冻起来，放到院子里去，上面压上大石板，既防了老鼠偷食，又保证了猪肉新鲜。寒假过后，就等着天天吃肉，继续过年了。要说鲁成旺，案头诸事还真是行家里手，李银福只负责宰杀，其余的全归鲁成旺自己，再加上任建刚等一帮志愿者让他指挥得呼风唤雨团团转，两口大肥猪不到中午就已经全部收拾停当，该分的肉，知青们每人一份10斤肥肉，鲁成旺还答应给知青们回家的时候每人再分一份做好了的猪头肉。更重要的是，这天中午，知青们就可以吃上大家伙自己的劳动成果，吃上自己饲养出来的香喷喷的猪肉了。且不说知青们围着鲁成旺忙前忙后大帮厨，单说章玉儿和范香儿两个本来也想和大家共同欢乐一下，却被人叫到大队办公室接电话去了。电话是县知青办主任曹志中打来的。曹主任说，省知青办领导的意思，这几年知青过年回家已成潮流，如果你们知青点能够带头搞一个革命化的春节，那将是知青工作的一项新的突破。曹主任欲说还休，章玉儿、范香儿两人却悟出了个中味道，不就是希望我们在村里过个年嘛，这有啥难，再说了，从小到大，长20多岁了，还没有离家过过一个年，现在尝试一个，难道不也是一种新鲜，一种享乐？何况点上的知青家都在县里，大家在点上过个除夕夜和年初一，初一下午各自回家，也还不误和家人团圆，如此安排，岂不两全其美？所以，就在曹主任尚处犹豫之际，章玉儿、范香儿两人隔着电话就愉快地答应了，本点全体知青一定会在点上过一个革命化的春节。

听说知青们要在村里过春节，老支书张成才首先重视起来，毕竟这可是开天辟地第一回，不能让孩子们受了委屈。

怎么过，怎样才能让知青们确实有一种在家团圆的感觉，老支书张成才的办法是把这事交给两位年轻支委——古英俊和鲁云生去办。

怎么办？古英俊和鲁云生的办法是找来章玉儿和范香儿两个知青点点长一块办。这一商量，办法立马就来了。章玉儿主张："你们两个，加上我们两个，咱们可是青山一中宣传队的半拉架子全套骨干啊。过个春节，咱给全村老少爷们奶奶们、父老乡亲们献上一台短小精悍的晚会不好吗？"

范香儿拍手称快，鲁云生频频点头，然后又摇头："好是好，可咱们那些节目有点老掉牙了吧，现排现演怕是来不及啊！"

章玉儿却道："这有啥来不及。"手指一点古英俊，"有英俊在，有咱们的大编剧在，还愁什么啊！"

古英俊笑了："玉儿抬举我，其实这事我想了，云生说的不是没有道理，咱们在学校时弄的有些节目确实不太适合在村里演。但我想啊，只要咱们能拿出一两个有些分量的节目，村里头也会弄出一批节目的。别人不说，云生他爹，还有云生他妹，再加上南头宋家兄弟姐妹一大家子，北头王家父子的说唱，哪个不是绝技在身的？所以我说呀，这事咱能成！"

时光流水，一闪而过，转眼间，农历1974年的最后一天和1975年的第一天就到了。除夕这天晚上，6点刚过，知青大院就热闹起来，红红的春联贴起来，正门那副对联

上联写的是："正庄村里过春节红红火火热热闹闹"，

下联对的是："知识青年干革命扎扎实实乐乐呵呵"。

横批"欢乐今宵"。

鲁成旺的厨房按照他的要求，把这位大厨的名字要镶嵌在对联里，这种写对联的方法，鲁成旺还是当神话一样听人讲过，在他来说，能写出这样的对联，非文曲星下凡不可。现在人们都说正庄村里两秀才，古英俊和鲁云生，那就看他们能不能写出文曲星才能写的对子。当然了，有句老话叫作"难家不会，会家不难"。这样的"命题作文"对于古英俊和鲁云生来说，其实只是小菜一碟。这不，现在贴在鲁成旺"领地"的一副对联就准确地把鲁成旺这个人和他所从事的工作给写了个活灵活现，也把鲁成旺的工作恰如其分地写了进去。

上联是："卤洒油盐酱醋"，

下联是："成就鸡鸭鱼肉"。

横批是："旺气冲天"。

这对联，直把个鲁大厨看得嘴巴乐得合不上，眼睛笑得睁不开。于是鲁云生又给他这位老侄儿送了一联：

"眼睛在哪找不见，嘴巴多大天多大。"

横批"鲁成旺看对联"。

最有意义也最吸引眼球的是大院临时搭起的舞台两旁木柱子上那副对联：

"正庄正气代代传，知青志气日日高。"横批就由悬挂在舞台中央的横幅替代了："正庄大队春节联欢晚会"。

8年之后的1983年，中央电视台有了第一台春节联欢晚会。而在太岳山区，在正庄这个不大不小的村庄，对于春晚的记忆却始于1975年。晚会开始，老支书张成才首先讲话，在两位美女司仪——也就是后来所谓的主持人章玉儿和范香儿——纯属多余却尽显亲切的搀扶下，张成才代表大队党支部向全大队贫下中农干部社员以及知识青年同志们拜大年，祝愿大家春节愉快，万事如意。然后宣布晚会正式开始。就在这时，凑热闹的来了，知青大院门外一阵汽车喇叭声响，有人扛着提着大包小兜的东西走了进来，领头的是县知青办主任曹志中。曹主任一派喜气洋洋的样子，一进院子先向老支书张成才双手合十，恭祝新春，然后在张成才的陪同下走上讲台，又是一番拜年祝贺。但是这一次曹志中主任的做派与之前那是大不相同，只讲了几句话，然后便是实质性的馈赠：县知青办协调县商业局、县副食品公司，特送正庄大队知青点春节慰问品猪肉20斤，白面两大袋，大米一大袋，食油5公斤。讲话未完，已是掌声一片，把个曹主任感动得，倒好像他得到了人家的馈赠。接下来，曹主任就不好即来即走了，只好坐在人们给他特意搬来的椅子上和正庄人民共度这个难得的春晚。

没有大幕，章玉儿直接报幕："第一个节目《长征组歌》，表演者本村青年民兵和全体知识青年。"需要说明的是，长征组歌共十首，而这一次的演出实际上仅仅选唱了其中的《告别》《过雪山草地》《四渡赤水出奇兵》《到吴起镇》四首。

在气魄宏伟、感人动情的音乐声中，40名青年男女呈菱形组队出现在舞台中央，歌声响起："红旗飘，军号响，子弟兵，别故乡。"在这雄壮悲怆的歌声中，正庄的老一辈想起了当年正庄的36名子弟下江南，最后只活下来12人的往事。1948年春节前夕，在太岳山区早已解放多年，家乡人民已经过上安定幸福生活的情况下，上级一声令下，为了解放全中国，号召老区子弟参军参战。正庄村当时16岁到25岁的青年男子一次参军36人，上级特批组成了正庄排，并专门挑选正庄出去的两名老兵给正庄排当排长、副排长。后来，正庄排编入陈赓兵团4纵队作战序列，在淮海战役阻击黄维兵团最著名的南坪集阻击战中，正庄排38勇士独守最前沿阵地两天两夜，粉碎了骄横无忌的黄维12兵团飞机加坦克，成营成连的集团冲锋，38人牺牲21人，重伤3人，其余全部轻伤。但是他们硬是等到了陈赓司令员按计划撤退的命令却仍然不想撤出阵地。南坪集的故事，正庄的男女老少不知听了多少遍，牺牲的21勇士，与正家家户户连着筋牵着心，而今天再听一遍《告别》，能不联想，能不动情？这场景，人人抽泣，个个抹泪，但全场没有一个人放声恸哭，没有一个人号啕失控。这场景，看呆了章玉儿范香儿和全体知青，这场景也看傻了曹志中和他的同伴。他们不知道，正庄人何以对这首与正庄"八竿子打不着"的歌竟然如此敏感，他们不理解，正庄人何以能在歌声中全村一态，全民一心。后来，范香儿把这个疑问说给古英俊，古英俊说："设身处地想想，正庄村在战争年代家家都有子弟兵，户户皆是军烈属。你说他们哪家没经过离别苦，哪家没有过泣血痛！唱这样的歌，当然会让人联想，让人伤情了。"而当章玉儿把这个问题抛给鲁云生时，鲁云生说："你家如果有位烈士，你就知道了。"章玉儿道："我明白了，我爸和他的老战友见面，说起牺牲的战友，就是这个样子。"

晚会的第二个节目是器乐演奏，知青杨建明的手风琴独奏《扬鞭催马送粮忙》，一曲奏罢，掌声欢呼声不息，只好再来一曲《芝麻开花节节高》。紧接着，6位女知青献上舞蹈《洗衣歌》。在大城市，这在当时是风靡一时的舞蹈，今天让村子里的老百姓看到了，人们似乎发现了一种新的快乐，原来人家跳舞也能让人享受。于是不得不再送一曲，只不过改成了章玉儿的独舞，似乎是舞剧《红色娘子军》里面吴清华的一段舞蹈。这也尽情展示了章玉儿在舞蹈方面的才华与天赋，包括曹志中主任在内，稍微懂行一点的都说这样的人才不去跳舞，那便是埋没。也有对于章玉儿的舞蹈只是应付差事般鼓了几下掌，脸上却隐隐显示出一丝不屑的。这个人其实细心的读者应该能够想到，在正庄有这个资本的也只有鲁芳儿了。想一想，鲁芳儿当初之所以被县一中要求留校，还不就是因为其在音乐舞蹈方面有着足够骄傲的资本？所以，章玉儿的独舞刚一结束，鲁芳儿带领村里几个姐妹3天时间里赶排出来的歌舞《绣红旗》就登了场。结果又是一番轰动，毕竟这是庄稼人自己的孩子、自己的妹子、自己的妻子在演出以前只有城里人才可以表演、才可以看到的现代歌舞。而且她们一点也不比城里的女子们差！伴随着鲁芳儿她们退场的是长久的掌声与欢呼声。村里的孩子，在知青到来之后，很快就学会了城里特色的欢呼，也就是呼声叫声口哨声，手指甩起来的节奏声。这一切在他们的父老眼中无疑是超出了规矩的，因此也就少不得引来几句责骂，更多的是，老子对儿子、兄长对弟弟的直视与对峙，狠狠地瞪着，目光中的语言表达则是惊人的一致。而在章玉儿、范香儿甚至古英俊和鲁云生们的眼中，以上的节目说到底都是"炒冷饭"，只不过在正庄这些节目基本都是第一次正式演出而已。在这些见识过一些世面的小知识分子们看来，当天的晚会真正最出风采的其实是另外一类节目，也就是晚会进行到当晚9点钟以后，县知青办主任曹志中等"外人"走了，整个场子里全部都是"自己人"的时候，老支书张成才一声令下，老家伙们，咱们今天也把快失传了的东西拿出来让年轻人们见识见识吧。于是，整个晚会的氛围开始了一种变化。老支书张成才带头献艺，包括古英俊等人绝对没有想到，老支书张成才的一套少林罗汉拳打得出神入化，正所谓：出手似箭，收手如棉，一招得手，连环进击。打着打着，只见张成才的侄儿张书华突然向他老叔扔过去一截短棍，老支书的拳法又变成了"三十六路鞭杆法"，那长度不过握拳一十三把的鞭杆在一阵"呼哨"作响声中，上下翻飞，让人眼花缭乱。多少年不曾再见老支书这套绝学的人们发疯了似的，呼叫，鼓掌，为曾经的抗日英雄张成才，也为今日的好当家人老支书。古英俊后来从别人的口中得知，张成才这套拳法棍术全部得自祖上家传，也正是由于有了这样一身本领，抗战时期，年仅15岁的他想参加民兵轮战队，一开始就遭到当时的民兵连长和老支书古维成的拒绝，但当古维成看到张成才这一趟拳法后就改变了主意，而这也使张成才成为全太岳区最年轻的战斗英雄之一。张成才打完这一拳一棍下来，面不改色，大气不喘，竟像散步清风之中，自得悠闲之乐。再下来，又是鲁芳儿的绝活，但她这一次表演的不是现代艺术，而是传统的青山秧歌剧《小二姐梦梦》。要说这《小二姐梦梦》，在青山县内那是感染了几代人的经典小戏。它的出现伴随着20世纪二三十年代中国大地上反封建浪潮的兴起，形象而深刻地反映了那个时代的妇女反封建，反对包办婚姻的觉醒意识。剧中将待字闺中的女子在梦中对美好婚姻的渴望展示得淋漓尽致。而鲁芳儿独具魅力的表演由于附注了现代舞蹈的元素而更让人看得如痴如醉。

两个半小时的演出，高潮迭起，让正庄村的乡亲们欣赏到了现代艺术，青春气息的浓郁与刺激，也让知青包括本村青年们见识到了乡土文化民间艺术的纯真与醇香。正好比一桌酒席同时呈上了曾获巴拿马国际博览会金奖的50年纯正老白汾和法国皇家珍品路易十三。如此盛会，能不让人回味余长，记忆陈久？

当然，晚会或者说春晚只是精神盛宴，物质上的宴会自然也是必不可少的。在农村，尤其北方农村，除夕夜的交子之时是很有些讲究的。在以前，每逢这个时候，家家户户都要到自家院子里鸣放几响二踢脚，辞旧迎新，就从这时开始，这似乎有些类似西洋人过圣诞要敲钟一般。放了炮，还要烧香的，供奉三代五祖顺及四方游神。但是今年在正庄过的是"革命化"春节，既然都革命化了，自然也就不再烧香供奉，只是青年们和半大小子们的放炮瘾头那是不能革掉甚至还越发爆发了的。可喜的是，大部分的青年和少年已经不再迷恋二踢脚，而是玩起了新式的烟火，既听了响声，又增了光彩，烟花起处，夜空灿烂，斑斓色彩，变幻多端。年轻人欢呼，老年人仰望，每一个人都有各自欣赏的角度，每一个人都有独自拥有的欢乐。烟花闪烁之时，鲁成旺和他的一帮帮厨的知青为乡亲们端上来一盘又一盘热气腾腾的羊肉胡萝卜馅饺子，鲁成旺还特别声明："大家注意，这吃饺子可一定要蘸上我鲁大厨配的蒜泥香醋啊，要不然，香味减半。"不想这话却触到了鲁成旺自己以前的一段风流韵事,于是村里有名的"辣货婆姨"刘秀英上前专门调侃鲁大厨:"成旺兄弟,你哥今晚不回去了,你给咱到家里捣捣蒜泥去。"一边说,一边伸手就来拖鲁成旺,把个鲁成旺吓得赶紧摆手,板着脸说:"秀英儿,不看今天什么日子,让人家知青娃娃们笑话。"秀英儿却笑得更响了:"什么日子,等你的日子。"一个"日"字有意拖得老长老长,左近的婆姨们都笑出了眼泪,知青们却一个个捂着嘴,不敢笑也不敢不笑。

　　笑声中的饺子很快被尽数消灭,原本鲁成旺只是做了20多人的饺子馅,和了20多人的饺子面,现在在章玉儿、范香儿等人的临时动议和全体知青的一致支持下改做全村几百号人吃,可不就人人尝个味道便一扫而光了?那么知青们的年夜饭怎么办?鲁成旺有的是办法,无非将准备给年关后享受的猪头肉、猪下水等弄几个小菜,然后为大家做一锅羊汤面,那也是别有风味的。然而,正所谓投桃报李,也应该是不约而同,村里人早在前几天刚刚知道知青要在村里过大年的第一时间,不少人就已经纷纷向自己要好的知青们发出了邀请,请他们到自己家里尽情享受一下地地道道的山里农民过大年,吃一餐从未吃过的真正农家年夜饭。于是乎,知青的饺子刚一上完,知青们就三个两个地跑到鲁成旺跟前来"请假",这个说:"成旺叔,别给我做饭了,我到三虎家去了啊。"那个道:"成旺叔,玉萍儿叫我去她家吃年夜饭呢。要不我去了啊。"不到10分钟时间,21个知青已经被人叫走了一大半。剩下的也都被要请吃饭的村民给团团包围,看样子十有十是不会有漏网之"鱼"了,也说不来是高兴还是沮丧的鲁成旺将大铁勺子往炒瓢上一碰,"噌噌!"两声清脆的响声,然后说:"走吧走吧,我老鲁也该休息休息了。回家,过年去!"说是这么说,在知青们未走完之前，鲁成旺还是不肯离开厨房半步。

章玉儿是所有知青中倒数第二个被叫走的，请她去吃年夜饭的人自然是毛青兰，或者还有鲁云生。但是章玉儿坚持让所有知青都有了吃饭的下落她才肯离去。直到最后，只剩下章玉儿和范香儿两个点长，范香儿说："老张你看人毛阿姨都等你半天了，快走吧。我有地方了，你别管我。"章玉儿偷偷凑到范香儿耳朵边问道："是古英俊吗？"范香儿点点头，章玉儿这才放宽心地跟随毛青兰去和等在知青大院门外的鲁云生会合，然后直奔鲁家去了。

其实范香儿也不是没有人邀请，但范香儿一个个都给人回绝了。她在等待着，等待着心中的那个人，她与他是事前说话约好了的，晚会以后，他要请她到家里去同吃年夜饭。他还说，也希望她能够在母亲面前露一手。而她却说："人家章玉儿可是从不在鲁家干活的。光说话就够了。"这当然只是玩笑，可是他却似乎当真了，一本正经地和她说："人家章玉儿那是云生他妈认定的准儿媳妇，我妈可不会那么快认你的。再说，咱俩也没必要这么早定那个关系吧。"

一句话，先让你充满希望，紧接着就让你无限失望。那一时间，范香儿恨死了古英俊，可当她与他四目相对的时候，她的眼中又变作了荡漾的似水柔情。后来，后来呢？范香儿记得，还是在她与他短短的那几秒钟交谈中，他说他也会在今天晚上献上一段俄罗斯民歌，她知道，他的俄罗斯民歌在学校的时候就曾让多少女孩迷恋，可他轻易并不演唱。然而，当村里的人们开始一个个走上舞台，纷纷亮出拿手绝活的时候，他却没影了。他哪里去了呢？范香儿想起来了，他是被县知青办主任曹志中叫走一块出去的，然后就再没回来。那么，"失踪"的古英俊到底是干什么去了呢？

这时候的古英俊正在大队办公室赶写一篇稿子，因为曹志中主任在临上车之前以无比真诚的口气请求古英俊帮一个忙：就在今天晚上，把正庄知青点的全体知青和贫下中农打成一片，扎根农村干革命，过了一个革命化春节这件事写成一篇有分量的报道。明天一早，他就要派人前来专程取稿子的。曹主任的原话是："古营长，我老曹求求你了。这事非你不可，你看你写的东西，写一篇红一篇，哪像我们这些没文化的，就让咱们知青办也沾你一次光吧。我让人明天一早给你带慰问品来。"

话都说到这份上了，古英俊无论如何不能拒绝，再说这件事本身对他触动也不小。知识青年在村里过大年，确有新闻价值，无非加个班，少看俩节目罢了。古英俊送走曹志中便一头扎在办公室铺开稿纸干上了，这一写就是1000多字，写完看看，自觉不太满意，接着又改，改来改去早把晚会以及晚会之后答应邀请范香儿的事情忘得一干二净，及至自己把稿子看得感到无可挑剔了，伸个懒腰，准备关灯离开，这才想起晚会应该早已散去，范香儿还在等着自己呢。

古英俊之所以邀请范香儿，其实起始点并非古英俊自己，而是古英俊的母亲。作为母亲，为自己儿子的婚事操心本是人之常情，范香儿这姑娘好，母亲也是听人说得耳朵都起茧子了，断不了的也有老姐妹们就来找她说人家姑娘想和你家英俊好，还不赶快把这事给定了？说这话最多的就是毛青兰，话里话外，一是炫耀自己儿子和章玉儿的天作之合，二也是真的为古英俊的母亲着急。毕竟古英俊也是她们村里这一批妇女们亲眼看着长大的，古英俊与鲁云生又长久以来相交契合，所以免不了也要操份心的。只是她并不知道自己的女儿其实更是暗恋古英俊多年，如果让女儿知道当妈的竟然在一力想把自己的心上之人推给她人，那少不了又是一场家庭纠纷。正是在毛青兰等人的一力鼓噪下，越是临近年底，母亲就越是把古英俊与范香儿的事当作回事。再加上今年过年英俊的父亲——一家地质勘探队的工程师也会从远在外地的勘探工地回来过年，所以，母亲就更加着急，一连几次问儿子能不能把小范姑娘请家里来"坐坐"。坐坐这个词，在青山，在正庄，那是具有相当深刻且复杂含义的，古英俊岂能不知？放在以前，他是绝对不可以这样轻易把自己和范香儿放在一个尴尬位置的。但是现在好了，慧兰儿已经远走高飞，那就让自己与范香儿再往前走一步吧。古英俊这么想着，所以趁着今天晚上这个难得的机会，早在晚会开始之前就把这个意思告诉了范香儿。看着香儿那欲笑还羞的表情，古英俊禁不住还开起了玩笑："怎么，不想去？那我请别人了。"范香儿第一次以一种从未有过的亲昵动作轻轻用指头戳了古英俊的鼻头："你敢！"

古英俊气喘吁吁跑到知青大院的时候，这里静悄悄的，偌大的院子里，除了两盏疲惫而尽显懒态的电灯之外，空荡荡的。古英俊直奔范香儿的宿舍门前，急促地敲门，没有动静，再敲，仍然没有动静。古英俊急了，轻声喊道："香儿，范香儿，你睡着了吗？我是英俊，我是英俊啊！"仍然没有任何声音，古英俊失望极了，也自责极了，双手向自己的脑袋拍去，恨不能拍出个青红皂白，就在这时，那门开了，轻轻地，范香儿从那门缝里挤出来，一下子将古英俊紧紧抱住，口中喃喃道："你个骗子，骗人家等你等的肠子都饿瘪了。"

此时此刻，无需任何解释，作为旁观者，作家也无须做更多的描述，久久温存，两个人终于就在这除夕冬夜的微微寒风中结束了世界上最热烈的长吻，两个人，两个充满了无限活力的年轻人终于走上了通往古英俊家的那条小路。

十六
招工风波

1975年的春节，对于正庄人，对于正庄知青点上的知青来说是划时代的，也是独一无二的。事实上这个春节的纯真欢乐与喜庆也真的永远无法复制。因为，仅仅是过了一个年，整个知青点就陷入了一种纷乱复杂的内忧与外患此起彼伏的境地。

内忧的风波最先是由范香儿的一句话引起。范香儿回了一趟家，短短7天假期都没住够，正月初六下午就返回了知青点上。范香儿为伙伴们从家里带来的不仅有妈妈亲手做的酸菜炒豆腐和青山大枣山（一种大型花馍），更有一条暂时还处于"保密"状态的"内部消息"：范香儿爸爸为厂长的那家三线工厂终于大功告成，马上就要正式招工培训了。据说，光这一个厂子就要招工500多人，不过，上面要求招工指标更多地倾斜于太原、长治等省内大中城市，能够留给县里的指标最多不会超过30个。而等待分配或者说具有这个被分配资格的知青竟有300多人。10比1，竞争将会异常激烈。紧接着，其他方面也传来信息，招工的其实不止范香儿她爸那

258

一个厂子，还有地址均在青山县内的其他4家三线厂，招工指标也不止30个，而是总共100个。但据说"带帽"下来的指标就有40个之多。为什么会"带帽"呢？原因有很多，总而言之、简而言之就是"走后门"。当然了，正如一句流行的语言："走后门进来的不一定都是坏人，从前门进来的也不一定都是好人。"那"帽子"形形色色，有的从省里最高领导那里就批了条子，有的在专署一级做了"调整"，有的则是隔着十万八千里从北京找什么高层给安排下来的"需特殊照顾人员子女"。总之是原先传说中的一个厂子可以招30人，最后变成了5个工厂总共只招不到60人。这对于300这个基数来说，显然还是明显的僧多粥少。5∶1，300∶60，而且据说这些工厂以后干脆就不在本县招人了，因为省里其他许多县也有知识青年，人家就没有你青山县这样的条件，所以它们也就没有此次的招工一说。至于以后，怕是省里就要统一调配，毕竟厂子是国家的、省里的厂子，你青山县享受一次照顾也就可以了。于是乎，60个指标顷刻间就成了轰动青山县城、青山县各级机关、各个单位的一件大事。60个人，关联着的可就是600人6000人。知青办主任曹志中最先感受到了这个问题的沉重压力。这天一大早，曹志中碰见县里的一位领导，领导二话不说就问：

"老曹，你那个招工的事情要把方案做好啊。我和书记已经给劳动人事部门打招呼了，要他们主动配合你的工作。这一次是你扛大梁的。好好干！"

领导走了，曹志中却感到后背阵阵发凉。正月里，乍暖还寒，迎面的风吹来，县委县政府大院里的人们似乎都感觉不到，所有人，都一副喜气洋洋的样子，风虽然有些冷，但这冷里面带着暖的意味。冬已过，春将到，年轻人表面上还穿着大衣棉袄，可胸前的纽扣却是敞开的，这是一种时髦，也是气候真实的反映。曹志中却不由自主地蜷缩着身子，将披在身上的军大衣裹紧些，赶紧钻进了自己那间炉火旺旺的办公室。

不是老曹如此怪异，知青分配招工，这是好事，对于知青办这个单位来说应该尤其如此。在更多的人眼中，这就是权力。曹志中现在就是本城最让人耀眼的那个人，60个指标，你说是谁就是谁。打招呼的人那叫个多，包括刚才为他安排任务的县委领导，昨天见面就说过一句话的："我老婆那个外甥女，也在这次招工范围内，你掌握一下，能上就上，不能也别勉强。我无所谓，就那女人，没完没了。"弦外之音是什么？傻子也能听出来。更多的人是毫无掩饰，也不需要掩饰的，直接找到曹志中的办公室或者家里来，有的人原本是同事，甚至是曾经的同学，这次却生分起来，见面居然带上了礼。当然，实事求是地说，那个时候起码在青山这样的小地方，人们送礼的规格让人实在不敢恭维。招工这么大的事，找到家门上来也不过两条"大前门"或者两瓶"老白汾"就是极品之礼了。也难怪，当时类似"大前门"之类的香烟原本也不是你想买就能买上的。人家不仅买上了，而且送到你曹志中家里来了，这份情谊，你说重不重？不是说礼轻情意重吗？情意的意义何在，人家的儿子或者女儿在哪里插队，你老曹不比谁清楚？送这份礼为什么？说不说，鬼都知道。这个时候的曹志中应该说真的是很清醒的，所有人的所有礼物，照收不误，但收下了却一律放在自己那间平时空着的储藏间，每一瓶酒、每一条烟都在上面贴上了一张主人的标签。于是，送礼的人们放心地走了，却把一份悬着的心留给了他这个收了礼物的倒霉蛋。

作为真正应该着急的招工对象来说，在青山其实是分别属于两个不同阵营的。一方面是早前来的北京知青和天津知青，也就是我们前面已经见识过的天津知青马新民等人。他们是已经经历过几次招工的，但是由于每一次的招工都有着自己独特的标准，譬如说一定的文化水平，也都有必不可少的面试。知青中那些确有水平，又愿意真正扎根山区的积极分子基本都已经分到本县一些机关单位和企业，甚至成了领导干部和基层骨干，而至今名义上还留在知青点上，实际上却一年到头在村里也待不了一个月的知青加起来也有百十名。要说，这些人曾经有过的机会并不少，诸如县化肥厂、县焦化厂、县食品厂就曾有过几次大规模的招工，但所有这些工厂又都有一个要求，招工对象必须具有"文化大革命"前的初中以上文化程度或"文化大革命"中的高中以上文化程度。因为只有你具备这个水准，才有可能完成上岗前的技术培训，否则，工厂是不可能让你从化学元素周期表开始"扫盲"，也不可能让别人为你一个最基层的工人填写各种材料申请单的。而遗憾的是，有一部分"知青"，他们在自己所在的城市里面根本就连小学六年制教育都没有过完整的经历，你说他们是知青，那是真的难为了他们。所以，他们错过了一次次的招工，也因此在心理上陷入了一种难以自拔的颓废与烦恼。应该说，这一部分人是曹志中心中最最发愁的对象，因为他清楚，别看这些人平时你找不见，可一旦有了招工这样的信息，他们比谁反应都快。果然，领导安排曹志中制定招工方案的第三天，这些48小时前还在上千里之外的人们，48小时之后就为着一个共同的目标以各种方式回到青山县，集中到曹志中身边来了。他们这次回来，是有着一种破釜沉舟精神的。作为县知青办主任，而且还是有关政策的制定者，怎么办这都是对你最无情的考验。第二种人群，那就是类似正庄知青点上这样纯粹的本县"知青"，他们作为知青的时间并不长，但是他们的背后几乎人人都有不大不小的"靠山"、牢不可破的"根"，有事没事也还有个可以依靠的"后方"。对于这次的招工，他们本身也许并非舍我其谁，但是他们的父母，他们的家庭却无不为此暗中较劲，明里争锋。以正庄大队知青点的这些知青来说，大家心里都明白。论排队，只要有两个以上的指标，那无论如何都得有章玉儿、范香儿两个，但其余19个人可就不好说了，谁都有谁的理由，谁都有谁的门路，就看谁能够出奇制胜。正式招工还没开始，曹志中那里的政策还没有制定，知青的家长们就已经忙碌奔走上了。去哪里？首先要拜的大神不是县里的领导，而是知青点上的"土地"。正月十五当天上午，知青们大多回家过元宵节，和家人团圆去了，这也算对大家春节缺憾的弥补。可就在知青们纷纷离开的时候，知青任建刚的父母、县委常委、县委办公室主任任月中夫妻却双双来到正庄，来到老支书张成才的家中。礼品不多也不大，一盒据说是刚刚滚出来的青山名吃——任家元宵。这份礼品对于任家来说那是得当有余，分量不足，因为这任家元宵本就是他们家的祖传，曾经火遍上党13县的。如今的任主任虽然身为县委办主任，但其家族中人还未曾将这份手艺失传，这也算功德一件了。自然了，在当时的条件下，任家元宵说到底只能是自己家里人的一种消遣，不可能上街摆摊做买卖的。也因此，任主任送老支书张成才一盒元宵那就显示了特别的情分。

看着圆滚滚散发着清香的元宵，老支书张成才马上就明白了任主任的意思。无事不登三宝殿，何况一个区区大队党支部书记的家门。若论平时，以任主任的身份，只有县委书记所到之处才可能有他的身影，或者说任主任本身就是县委书记的影子也大致不差。今天为什么竟要跑到我这寒门，而且还是夫妻同行？老支书张成才毕竟是真正的老支书，大官大事大风浪也见得多了。明知你有事，我偏不着急。他一边指示自己的婆姨烧茶倒水，一边掏出自己的大烟锅子来往里面装旱烟丝。任主任赶忙从自己的衣兜里掏出一盒"大前门"，拆开了，递上一支给张成才，张成才却笑着拒绝了："任主任啊，我这习惯了，再好的烟，咱享受不了。"

任主任不抽烟，但这支烟又不便再塞回去，就这么手里拿着，像把玩一件珍宝玉器般欣赏着，审视着，等待着老支书张成才的问话，以便顺势将儿子的事情说个明白，拿个底清。老支书张成才呢，这个时候也在想，毕竟任主任是帮过村里大忙的，不说别的，光是连续两年每年给村里奖励20张供应券这事，虽然说是县委书记答应了的，可如果没有任主任从中一力催促，那中间各级各部门七折八扣，你正庄真正能够拿到手的有一半就不错了。因为人家可以找出种种理由给你"平衡"一下。而有了任主任，这事就大不一样。所以，左思右想的老支书张成才在这么想过一圈之后，也就发话了："任主任，你们两口子这大过节的来了，一定是有什么事吧？咱们这关系，本就一家人，您又是领导，有什么事，打个电话吩咐一下就行了，您这么忙，还用得着跑这一趟啊。"

任月中一看时机成熟了，立马开腔："张书记，这事可不敢这么说，这一次真的是我求您。"略顿一顿，又说，"是这么个事，你那侄儿任建刚你也知道，当初当兵没当上，已经晚进步了两年。这两年在正庄，幸亏有您的帮助教育，孩子连续两年被评为'五好社员'和'模范知青'，现在有个机会，咱们县里的三线厂要招工了，咱正庄起码会有五六个指标，虽然正式的政策还没有定，但我想肯定有一条是要经过大队评选鉴定的。所以——"

任月中话到此处停了下来，等着老支书张成才接茬，而老支书张成才想也没想，几乎没给任主任停顿的时间就接了过来："任主任，咱家建刚，没问题，这事你包在我身上，大队评选肯定没问题。"

任月中夫妇是在得意与满意中离开的，平心而论，以任主任的身份地位影响力，为儿子办这样一件事简直易如反掌，何至于要"礼贤下士""纡尊降贵"去拜访一位大队党支部书记呢？这就是任主任的高妙之处。在表面上，尤其在高层，他可以而且一定要做到不露声色，不谋私利，不为自己儿子的事情去劳烦更高一级领导，但整个事情的全部进程又必须在自己的掌控之内。

任月中夫妇刚走，知青杨建明的父亲就来了。老杨同志是标准的转业军人，曾经在朝鲜战场走过一圈的，据他自己说，朝鲜走了两千里，从未放过一次枪，也从未在战场上见过一个拿枪的美国兵，倒是在战俘营里和一帮又一帮的美国人英国人加拿大人聊过天，训过话，而且还因为这聊天训话立了两次三等功。原因无他，老杨是个学生兵，大学里学的是外语，英语精通，法语粗通，当轮到他上战场的时候美国人已经退到"三八线"以南再也北进不了了。而战俘营的建立，也需要一批懂外语的人才来进行管理。所以老杨是在战火纷飞的年代走进朝鲜却又没有真正尝过战争味道的那么一种特殊兵。但没有打过仗的老杨却有着上过战场的火暴脾气，老杨的单位是县教育局，他的身份是副局长。这个位置就有些尴尬，什么都能管，又什么都管不了。在"一把手"当权的某些单位，副职的虚化本来也见怪不怪，但老杨不服这口气，偏要管。人家局长觉得你一个朝鲜回来的功臣，也不想惹你，所以就把老杨弄到县二中蹲点，县二中的所在地距离县城50公里，学校没有汽车，老杨的交通工具便只有一辆自行车。而正是这辆自行车在任月中夫妻走后的当天下午傍晚，也就是村里小小的元宵灯会将要开始的时候，杨副局长大汗淋漓地驾着他的"宝车"来到了正庄。

老杨是第一次来正庄，儿子杨建明插队两年整，在此期间别人家长来了不止三五次，甚至更多。老杨却觉得对儿子应该以成人视之，所以只让妻子来过两次，他自己一则很忙，忙于蹲点，也没那么多时间"闲逛"；二则觉得自己来只能给儿子添乱，而不会给儿子帮忙。但今天这事不行，他再不出马，老婆不干了，直接提出离婚。离婚，这是闹着玩的吗？杨副局长仔细看了看，老婆这一次是动真格的了。那意思也清楚得很，别人家的儿子当兵，咱儿子也想当兵，身体体检都合格了，结果复检给打下来，如果你提前和人家管体检的人打个招呼，至于吗？儿子插队，别人的父母三番五次往点上跑，就你躲着，好像我们儿子没有爹。现在决定命运的关键时刻到了，到工厂去，做工人阶级，一劳永逸的事情。这事虽然至今没有一个政策出来，许多人都在观望，但县城里差不多都快传遍了啊，这么大的事情，你当爹的不出面，让我一个妇道人家如何去托人找关系？杨副局长没有办法，只好硬着头皮来找人。找谁呢？这又是一个问题。也算杨副局长聪明，从这几年来工农兵推荐上大学这件事上悟出了门道，不管你的路子有千条，先把最基层的村里这一点给疏通好了是第一条。可以肯定，知识青年到农村去，接受贫下中农再教育，你的再教育状况怎么样，还不就是村里说了算？杨副局长一旦悟出这个道理，便立即行动，一为儿子的前途扫清障碍，二为自己的家庭有个安稳。好在杨副局长蹲点的二中还没有开学，杨副局长骑着自行车，也不管几点几分，一路狂奔便杀到正庄村来。

当村人将杨副局长领到老支书张成才家里的时候，张家已经准备吃饭，饭后老支书张成才还要到村里广场上与贫下中农和社员群众共同赏灯去呢。杨副局长却不管这些，一把拉住"张书记"就开始了自己的诉说。先从自己的经历说起，抗美援朝，看守战俘，回国转业，无怨无悔。再说儿子杨建明，多才多艺，不事张扬，吃苦耐劳，根红苗正。最后说到正事："张书记啊，今天我来找你，也不是走后门，只是希望咱们大队在推荐的时候能够一碗水端平，譬如我的儿子，好就是好，不好就是不好，不要受到其他因素干扰。我们教育界每年推荐选拔大中专学生在这方面是有经验也有教训的。"

杨副局长一个劲儿地说，老支书张成才却不管他这套，无论你说什么，我就一个点头，直到杨副局长说完了，老支书张成才才第一次回了一句话："这事你放心，只要有指标，我们肯定给杨建明盖章签字，杨副局长，可以了吧？"说完，老支书张成才便往起站，不远处的村中央广场，也就是古英俊他们开发的篮球场上已经是热热闹闹，人声鼎沸了。老支书张成才再不去，人们就会叫他来的。而老支书张成才那简单却明确不过的回话，也让杨副局长确实再无更多的话可说了。于是，两个人，几乎同时站起来，同时走出屋门，杨副局长推上自己的自行车，颇有些得意地奔向回城的道路。在他看来，自己今天这一趟还是百分之百的值得，太值得了。张书记说了，杨建明的事，肯定盖章，这就是承诺呀！只要村里推荐了，那就公社也好，县里其他单位也好，又有什么理由给打下去呢？看起来，家里那个女人的话也未必就不能不听，这找人走后门的事情，未必有多难啊！

然而，当杨副局长把今天的收获汇报给夫人的时候，却遭到了无情的批驳："你给人家带什么礼物了没有？这么大的事，你去找张书记为什么不和我商量好了再去？"

杨副局长如实回答："我看人家张书记也不是那种见利忘义之徒啊。我没给礼物，人家答应得照样很痛快呀。这说明两个问题，一是咱们儿子争气，在村里表现确实好，二是人家张书记那是真有水平，我就不相信，所有的干部都像你说的那样。"

夫人气得话都说不出来了，走进里屋，门一关，不许杨副局长踏入"禁区"半步。而这时，杨副局长却突然想起，自己还没有吃晚饭呢。

第三个，第四个，第五个……短短几天时间，老支书张成才接待了全知青点除章玉儿和范香儿两家之外所有知青的家长，也收到了形形色色大小不等的礼物。实事求是地说，老支书张成才并没有像知青办主任曹志中一样把礼品登记储存，以备发还，而是就在大队干部开会的时候把这些东西零零散散给大家做了福利。而且他还刻意撒了一次谎，说是几个亲戚过年串门给送来的。反正这好烟好酒和大家没有仇，而老支书张成才自己又没有福气享受什么"大前门""恒大"之类的烟。趁着过年，大家享受得了。

几经周折，曹志中的招工方案出台了，根据这个方案原先的老知青也就是那些积存下来的北京天津知青基本还是瞎子点灯——白费蜡。因为曹志中的方案，根据工厂的要求，还是要为文化水平设一道线。也就是说，"文化大革命"前的初中三年或者"文化大革命"中的高中两年，而根据这道线，那百十个老知青还就真的要再次错失良机，并且有可能真的扎根农村一辈子，和贫下中农永远打成一片了。然而，这些老知青也是见过世面，而且此次是做足了精神准备和物质准备的。他们动员了各种可动员的力量，尤其是已经分配工作正在青山县里的各级机关单位发挥着一定作用的昔日老同学、老战友，对这些人'晓之以理，动之以情'，并通过这些人又找到了省里乃至北京城里的几位具有绝对"发言权"的大人物，于是，据说是什么重要领导的"指示"传达下来："没有文化就不可以革命了吗？我们当年干革命也没有文化，战争中学习战争，工作中学习文化，最后不是也就有了文化了吗？"又说，"没有文化不会看图纸，那就不要看图纸，看仓库总可以吧，打扫卫生可以吧。"总而言之，就是一句话，有文化没文化这一条要改革掉，而所有百十名老知青那是要一次性解决的。这也意味着曹志中方案的结果是零乘任何数得零。这个结果也使得整个青山县内一番震动，闹了半天，三线厂建在青山县，占了多少土地，毁了多少树木，抬高了多少物价，所有的坏处都让我们青山承担了，临到唯一的好处将要招工了，却没有青山的份，说好的指标，全部给了北京天津知青都不够数，青山的知青呢？他们就没有一点点资格可以踏进光荣的三线厂去吗？也不知是谁起的头，这一次人们不找高层领导（反正也找不着），直接就贴大字报，大字报贴到了县委大院，贴到知青办的办公室墙上，更有人专门坐班车到上党地委机关，把大字报贴到了地委机关的大门口。要说，这几年贴大字报的事儿已经真的不多了，但在人们的认识中，潜意识里，贴大字报仍然是一种具有奏效的行为。说不准有人打个招呼就可以让你省略掉许多中间环节而直接把问题反映到高层去。而几乎所有的领导都不愿意让人贴自己的大字报。果然奇效，几天之后，新的指示下达，新的办法自然也就出台了。在维持原有老知青一律安排的前提下，单另给青山县的招工指标增加30个，也就是说，老知青闹事，解决了他们的问题，小知青再闹事，又解决了小知青的问题。这样一来，谁的利益也得到了维护，可以说皆大欢喜。然而，旧的问题解决了，新的矛盾马上就出现了。小知青共有200多人，而指标只有30个，基本上是七选一。曹志中为了平息事态于萌芽，干脆在新方案中规定按各知青点的人数与比例，在有条件的知青中平均分配。这个条件是什么呢？说来也简单，就是必须插队够两年，得到贫下中农认可，就这两条。也就是说，老曹不想得罪人，就把矛盾推给了各知青点所在的大队。

轮到正庄大队知青点的时候，人们一开始也是以为这事难办得很。看看那些家长的动态，你就对山雨欲来风满楼这句话有了足够的理解。但再难的事情，它总有一个解决的办法。在正庄，古英俊与鲁云生就再一次感受到了老支书张成才的老练与高明。

晚上，寒风习习。正月已过，二月河开，大队办公室旁边的小河上，有几个小孩子正在用最古老的办法砸开浅浅的冰面，把自己用大头针改造的鱼钩扔到河里那些他们习惯地认为有大大小小漩涡的地方，然后便等着第二天一早过来起钩拿鱼。这办法古英俊和鲁云生他们都曾经用过，也曾经都取得过不错的成果。但是据说这几年来人们尽管钩子下得不少，但真正能有鱼上钩的事好像已经成了新闻。只是这下钩的孩子本身未必就一定是为了鱼而下钩，反倒是娱乐的成分要多一些了。

"英俊、云生，开会了。"老支书的声音，古英俊与鲁云生有些不舍、有些怀恋地再看一眼放钩的孩子，转身回到大队办公室。

由于是讨论知青方面的事情，章玉儿和范香儿两个也来了。会议开始前，老支书张成才照例从上衣兜里掏出一包"海河"牌香烟往桌上一放，然后说："你们想抽就抽吧，'大前门'没有了，以后连这个也没有了。实话告诉你们，这烟是咱村知青们的家长给我送的。你们说，人家凭啥给咱送这么好的烟？还不就为着个孩子的前途？所以，这事咱不能拒绝。咱办了办不了起码得让人家家长心里踏实点儿。可是，实际上咱又不能给人家孩子们都给让招工走了。这不，上边分给咱们正庄大队知青点4个指标，让咱们给推荐名单呢。今天咱就商量一下，咱怎么办。"

人们抽着烟，整个大队办公室烟云笼罩，却没有人接老支书的话茬。

因为大家都清楚，这是个得罪人的事儿，且与自己本身没有任何的利害关系。还有一点，那就是毕竟章玉儿、范香儿两个和大家是不一样的，她们俩是事中人，有关的话题应该让这两个女孩子先说更好。而无论任何会议，人们越是不说话，那烟就抽得越发厉害。

最受不了这烟雾的当然是章玉儿和范香儿了，好在两人是靠门口坐着，便把两扇门给统统打开，让外面有些寒冷的清风吹进来，驱散那污浊的空气。别说，这空气带着寒意却也使人们的意识清醒起来。一队队长古银元开始发言了："我说啊，4个指标，是有点少，但少有的少办法，上面把这个权利给了咱，这是上面不想得罪人。人家小张、小范俩女孩在哩，我老古不是当面夸人，这两个肯定是应该排在前面的吧。你们说哩，怎么比，怎么比这俩也是最好的。"

人们纷纷附议："是哩，是哩，玉儿和香儿没有问题，都上省里的模范了，还不应该排在前面？"

古银元接着说："剩下两个指标，那可就真不好说了，咱各队只了解各队的知青，这也不好做比较啊。"

四队队长赵怀恩说道："要不这样，小张、小范两个一个在三队，一个在二队，另外两个指标分给一队和四队的知青得了，二队、三队就不要再评了。五队没有知青，也就不说这事了。"

人们又是附议："哎，这个办法不错，那就让你们一队和四队评吧，我们其他人是不是可以散会了。"说到底，说这话的人还是不想得罪人。因为大家都清楚，不管你这个会议多"保密"，今晚会上的内容，明天一早肯定全村人都知道。这已经是一种惯性，遇上难办事，干部们便少说一句是一句，何况这事和我们农民有什么关系？

古英俊有点憋不住了，按说，这两年来，他是遵守了一个自己给自己定的规矩的，那就是除了民兵工作，只要大队开会，你就多听少说，掐不准的事不说，但绝不能在原则问题上退缩。今天这事在别人看来也许是无关痛痒的，但在古英俊看来就不是那么简单，而应该是有一个原则区分的。什么原则呢？事前古英俊也和鲁云生、章玉儿、范香儿以及21个知青中的绝大多数人甚至鲁成旺这些圈里圈外的人探讨过，人们的意见其实比较统一，不外乎还是人家谁表现好就该人家先走，你表现不好，那就再等机会。而且大家几乎一致的意见同样是不管谁走谁不走，章玉儿、范香儿两个点长应该走。当然了，作为知青，大家有些遗憾的是一旦她俩走了，谁来当这个点长？因为章玉儿、范香儿两人的表现，以及她们对点上知青的关怀照顾那是一般人很难做到的，她们在农村这个广阔天地里和广大贫下中农打成一片的本能和天性也是一般城市青年很难实现的。那么，剩余两个指标呢？给谁不给谁，真的是莫衷一是，各说各有理，谁也说服不了谁。也有人就提议，干脆咱这一次集体发扬一下风格，把这两指标直接给让出去，省得自己人闹矛盾，工人当不成，朋友做不了。等待下一次招工的时候，再把让出去的指标要回来，集中使用。要走大家一起走。这个意见瞬间得到了大多数人的同意，可是马上有人就说不行，因为这次是三线厂正式开工，招的工人多，所以才有了这4个指标，以后怕就没有这么好的机会了，即便招工，也没有这么好的单位。

让指标的建议瞬间崩塌，知青们陷入了暂时的静默，而古英俊也从中体会到了这个事情的复杂性，因为它从表面上看是这21个知青的事情，可是真实的是背后21个家庭甚至更多人的牵挂。思来想去，这事应该公平，怎么公平却成了一个问题。为此古英俊建议，是否可由知青本身组织一次投票，由知青自己选出来的人得到这个指标，应该无可争议了吧。现在，古英俊就正式把这个建议在支委会上提了出来："成才叔，我说两句好吧。"古英俊说的声音并不小，可是办公室里的哄吵声却并未见小下来。"咚咚！"老支书张成才敲了桌子，这才算为古英俊镇住了场子。

"你们能不能不吵吵，听一下英俊的建议好不好？"老支书张成才的口气有些严厉，吵吵的人们立马就静了下来。这时，张成才才对古英俊点点头，示意讲下去。

古英俊于是说道："受咱们党支部的委派，我和云生是主管知青工作的。要说咱村的知青点，这两年来已经创造了不少的成绩或者说是奇迹。你要给他们硬生生排出一个一二三来，我不同意，因为个人有个人的情况，个人有个人的条件，但他们都努力了，都为咱村的农业学大寨和各项工作做出了杰出的贡献。所以，我的意见，应该说也是我和云生，还有玉儿、香儿两位点长共同的意见，这事就交给知青们自己处理，让他们自己背靠背打分，然后按分数排队，最后再由咱党支部签字盖章。"

人们点头纷纷，都认为这个办法好，既公平，也公正，还省了大队的麻烦。这时，古英俊又说话了："还有一件事情，我认为这才是咱村知青点最大的闪光点。"

人们的眼神再次集中，古英俊说道："咱们的共产党员、知青点两点长玉儿同志和香儿同志一致决定，她们两人不参与此次的招工推荐，而是要继续和咱们正庄村的贫下中农共同战斗下去。"

掌声雷动！连老支书张成才都没料到章玉儿和范香儿竟然做出这样的决定，平心而论，老支书张成才认为，这件事即使放在自己头上也是很难做出这个决定的。

"同志们啊！"老支书张成才很少用同志这个称呼来和大家说话，今天这样说了，就是表示他本人对这件事情的极其重视："我很感动，这样的感动，很多年没有过了。我记得，当年咱们的老支书古维成同志在1949年县里选拔干部到区上当区长的时候，本来县委书记都说了，二区的区长兼区委书记非咱们老支书不可，可咱们老支书却非要把赵银有同志给推上去不可，理由是什么呢？银有哥有文化，高小毕业，又是战斗英雄，年龄也比他小得多。解放了，搞行政工作比他强，也比他有前途。为这事，咱们老支书硬是骑着马往县里跑了两趟啊。结果呢，你们也知道，银有哥南下以后当了县委书记，后来又成了市长。他给咱村人争光了，也为咱青山县争光了，而咱们老支书古维成同志，就连咱村的党支部书记也非要交给我不行，我当时才多大，刚刚20岁啊。所以我就记得，银有哥离开村上的时候哭了，感动的。我当支部书记的时候也哭了，也是感动的。"说到这里，老支书张成才停顿一下，把烟锅子对着炉火点着了，喷出一口烟来又说，"今天咱们玉儿和香儿虽然不是生离死别，当工人也不是升官发财，但这事争的人有多少，你们不是不知道吧。我还可以负责任地说一句，可着咱村这知青点上也就只有人家玉儿和香儿的家长没来找过我，我相信也没有找过你们吧。"

会议的结果，大家一致认可了古英俊的提议，由于章玉儿与范香儿的主动退出，知青们内部的背靠背打分也进行得非常顺利。因为大家都在想：连人家两位点长那样的人物都不争了，自己还好意思再争？结果，正庄知青点公推并得到大队党支部签字盖章认可的4个人分别是：杨建明、申晋英、张峰和任建刚。这件事在正庄知青点就算波澜不惊地过去了。知青们，包括被推荐招工的和没有推荐上去的，也都从这次的招工中看到了希望，增添了力量，新的篇章似乎就要开始了。

然而，正所谓树欲静而风不止，几天以后，县知青办主任曹志中带着两个人来了。这一次他来到正庄却并没有直奔知青点去，而是神神秘秘地跑到老支书张成才的家里，拿出一沓信封来，递给老支书张成才看："张书记，看看这，都是举报信，按这些信上说的，你们推荐的人就没一个合格的。"

老支书张成才将那些信拆开，一封封看了，不禁笑出声来："曹主任呐，这信你也都看了吧？"曹志中点头，老支书张成才接着说，"纯粹胡说八道嘛，说人家任建刚身体有问题，有什么问题？当兵不合格，当农民有什么不合格？能不能当工人，那得到医院去体检是吧？我们生产大队的卫生所能给人家下个断语？人家不就身体胖一点嘛，胖了好啊，胖了身大力不亏，任建刚扛200斤的麻袋能爬楼梯上楼房，整个知青点上还有哪个能行？你回去告诉写信这人，要是他家孩子也能扛200斤麻袋，我让他顶替任建刚，要没这个本事，那就老老实实待着。"

曹志中笑了："200斤麻袋，不管是谁，我看他不敢接受这挑战。"这笑声，颇有点幸灾乐祸，不够厚道。

老支书张成才也笑了，挑出又一封举报信："这不更是笑话嘛。说人家申晋英去年请假多，是全知青点第一。是啊，申晋英的爷爷从住院到去世，这孩子伺候得那叫个让人佩服。现在的孩子，能做到这一点的表彰还不够呢，不服气，谁告的，他家也……"感觉这话说下去不合适，老支书张成才把半句话憋了回去，对着曹志中憨笑道，"是吧？将心比心，谁家没有个事情哩。"

看了几封举报信，老支书张成才忽然提到一个问题："曹主任啊，你看啊，这些举报信，怎么没有一个是实名举报？偷偷摸摸的，见不得阳光嘛。前一段不是咱县的知青家长到处贴大字报嘛，人家那可是行不更名坐不改姓，敢见真章的。像这，你就甭搭理他们了。"说完，他将那一堆举报信往桌上一扔，又对曹主任说，"要不，你就回去吧，我这事还多着呢，又是备耕，又是跑社员建房的宅基地。对了，你来带车了没有？要有车，捎我一趟到公社，省得老张骑车去。"

好办法，老支书张成才很快就打发走了曹志中，顺便还搭车到了公社去。

一个月以后，任建刚、申晋英、张峰和杨建明4人顺利从农村这个广阔天地的大学校里毕了业，从此成为工人阶级队伍中的一员。此后3年，陆陆续续的招工考学接踵而来，当3年过后，正庄大队知青点就已经再无知青，这个点也成为村子里一个让人怀恋的景点了。

关于招工这件事，后来老支书张成才和古英俊有过很认真的谈话，老支书的核心思想是：人家这些孩子说到底是来"镀金"的，咱们的方针是不管谁，不管什么关系，只有人家有机会走，咱就大门敞开。反正人家迟早都是要离开的，好聚好散，多个朋友多条路，何必为难人家呢？从实际效果来看，正庄知青点也是全县知青点中最早一个"清空"了的，10年以后，知青们"荣归故里"，个个都对第二个家乡表达了无限的眷恋。30年后，知青们在正庄再次相聚，又为"家乡"繁荣昌盛各尽其能，直接拉来了上千万的投资。而反观有一些村庄，有一些知青点，就是因为一些类似的问题处理不恰当，致使知青与生产大队、知青与本村青年、知青与知青之间发生了种种不可预测而且是愈演愈烈的矛盾，有的甚至发展到激烈争吵和肢体冲突，结果当然是两败俱伤。某些伤害则成为一辈子的痛点。

十七
梦想的流逝

在那场影响波及全县的招工风波中，章玉儿和范香儿两人以她们与众不同的抉择与表现再次引起轰动。不仅被推荐上去的知青和他们的家长对两位点长从内心里表示感谢，就连没有推上去的知青也以能够和这样的两位点长继续战斗生活在一起而感到骄傲。曹志中主任再一次请求古英俊为知青办写了一篇触及"灵魂"的通讯报道，但是在稿子写成后古英俊却被老支书张成才给叫了过去，而且开门见山就问："英俊，听说知青办曹主任又让你给写了一篇稿子？"

古英俊点头，老支书张成才却摆摆手，颇有些神秘地压低声音说："这个稿子不能写，写好也不能发出去，咱不能坏这个良心。"

古英俊有点蒙，老支书张成才解释道："英俊啊，你就不为人家玉儿和香儿两个女孩儿想一想？人家真的能够在咱这里待一辈子？你这文章我不看也知道，一定是把人家两人说得多么高尚，多么下定决心留在农村一辈子。你是痛快了，他曹志中主任那里也做了宣传了，可你这是把俩女娃

276

儿架在火上烤呢。人家凭啥就不能当工人当干部，凭啥就得在农村待一辈子？不行，这文章别人写的我就不管了，你写的我就得拦下来。人家俩孩子没有做对不起咱村里人的事，咱得护着点这俩女孩儿。"

老支书张成才一席话，对古英俊来说醍醐灌顶。设身处地想想，我古英俊自己如果是章玉儿、范香儿，看了这样的文章岂不是有苦没处说吗？再说了，就算章玉儿、范香儿两人当真想扎根农村一辈子，她们的父母、她们的家人会同意吗？一身冷汗，望着走向远处的老支书，古英俊深深地感到了在自己与这个老共产党人、老革命、老农村干部之间那种几乎是无法弥补的差距。他也蓦然想起母亲曾经说过的一句话："要当好你那个村干部，跟着你成才叔好好学着吧。甭看他没文化，懂得可比你们这些高中生、大学生多得多了。"就是这篇稿子，曹志中疯了似的打电话催，又派人来取稿子，但古英俊始终没有交给他一个字。为此，曹志中以县知青办的名义向县委宣传部部长仇凤英反映了正庄那个民兵营长对知青工作的不配合甚至有破坏嫌疑等的问题，仇凤英却说："写稿子，你干嘛不找我啊？古英俊那也是我们县委通讯组的通讯员呢。"

虽然走了任建刚、杨建明等4位知青，但是正庄大队知青点的热闹与繁荣在短时间内并未因此而受到损害。一方面是随着又一届的高中毕业季到来，知青家庭的人口也在增加。正庄知青点再次分来了3男3女6名知青。另一方面，在古英俊、鲁云生和章玉儿、范香儿等人的坚持与努力下，正庄大队农民"五七"夜校正式开办了。正庄的农民夜校可以说是一所真正意义上属于"农民"的学习文化阵地，因为这所夜校采用了真正业余和自愿的方式，教师也不求人，就由古英俊、鲁云生两个高中生担任。古英俊讲政治、历史和中国古诗词；鲁云生讲农业生产常识和机械化原理以及钢笔字书法练习。紧接着又加上了章玉儿的音乐、范香儿的朗诵和鲁芳儿的舞蹈。这样一来，只要不是农忙时节，每天晚饭之后，村里的青年男女早早就带着板凳马扎到小学校来听课。为什么带板凳马扎呢？因为小学生们的课桌座椅实在让那些重回教室的大人们坐不习惯，倒不如干脆自己自带座椅，也少损坏人家学校的一草一木。一段时间下来，这听课的人是越听越多，不仅本村本大队的青年男女几乎全数报到，也有相当多的中年人前来蹭课。更有一些邻村青年一听说晚上有课便三五成群地挤在正庄青年夜校的门口颇有秩序地凑热闹。你问他们为什么，他们会说，就为感受一下这个气氛，接触一下这里的人们。当然，青年人的心是热的，青年们的情感是烫的。趁着这工夫，也成就了正庄青年王晓庆、鲁虎刚、古燕儿等几对青年男女的意外姻缘，造就了几段佳话。

幸福的时光总是流逝得太快，转眼1975年的中秋到来了。农历八月十四这一天，应该是知青放假的时间。午饭以后，知青们便有自己骑车的，到村口等班车的，或者让家长派车来接的纷纷离开。只有章玉儿和范香儿两位点长却以值班为名留了下来，计划着待到八月十五中秋节当天的下午再走，反正耽误不了和父母家人月下团圆就好。晚饭以后，平日里正是夜校上课的时间，按着正常的课程，这几天该着古英俊讲唐诗里面的田园山水，或者鲁云生讲钢笔字书法中的间架结构。因为中秋将至，各家各户都要忙，所以临时取消了今晚的课程。但也许出于惯性，两位"老师"还是不约而同、不由自主地来到夜校，来到夜校南面的小河旁。谁知，当他们到来的时候，却发现章玉儿和范香儿两个已经在此，两人一个对着水中的月光正在比画着什么，一个对着头顶的月亮好像默默地祈祷着什么。

"好啊，你们两个这是在顾念李太白的'对影成三人'，还是在想象杜子美的'攀桂仰天高'？"古英俊脱口而说，鲁云生拊掌大笑。

两位姑娘也笑，章玉儿笑完板着脸"熊"道："古英俊，以后不许你这么文绉绉的，否则我们香儿还不真得倒回1300年前去给你念叨什么'玲珑骰子安红豆，入骨相思知不知'了。"说完又笑。把个范香儿一旁羞得撩起水来就往章玉儿身上泼洒。

四个人都笑了，鲁云生说道："看看，就这么一小会儿，已经充分体现了咱们夜校的成果。这些古诗词，如果不是夜校学习或温故知新，光靠学校里学的那点儿，怕是已经全部还给老师了。"

范香儿道："是啊，我爸是老大学生，那古诗词底子是不错的。就这，我回去给他朗诵咱们学的这些诗歌，他都感到有些吃惊呢。"

古英俊感叹："其实我们只是选了唐诗宋词中易学易懂又比较简短的一些来讲解，充其量也就是普及一下。可你看每天晚上来听课的周边大队那些青年——"

鲁云生接道："一句话，如饥似渴。他们也想他们的大队、他们的村庄能够有咱们这样的夜校。"

章玉儿笑道："想一想没错，谁能不让人家想，可真要办成咱们正庄这样的夜校，不是那么容易吧。首先，他们有我们古教授、鲁教授这样的人才吗？这可不是花几个铜板就能买来的。"

古英俊道："照这么说，咱们的张大师、范大师这样的专家那就更是稀缺了。事实也是，想一想吧，当年青山县一中的宣传队四大台柱子，如今不都在咱们正庄吗？"

范香儿接道："还有鲁芳儿，后起之秀。"

鲁云生道："全自我欣赏了，其实，咱们也就是赶上了成才叔这么个好领导。不说别的，咱办这夜校，大队光给我和英俊买书做教材花了多少钱，200元啊，这是一个全劳力社员一年的收入了。"

古英俊这时已陷入了幻想："我在想啊，你说咱们正庄，背山面水，自成气候。我问过老支书，省农科院的专家早在五八年就说过，由于南北两座山为咱挡风，一条大清河又为咱阻隔气流，咱村的无霜期比全县所有地方都多10天左右。这10天你可别小看，有这10天，咱们就可以把大清河水引进来种水稻、种棉花。还可以在村东的河滩上开挖鱼塘养鱼养虾、养花种草。那样的话，不仅咱村的人们可以吃上新鲜的水产，而且卖到市场上去，那收入可比种地不知高出多少倍了。"

鲁云生也说："对，为了实现这些目标，我们首先就要建一条渠，把大清河水引进来，那样我们就可以实现旱涝保收，农业渔业双丰收。"

章玉儿也兴致盎然："那时候，我们不仅要建自己的电影院，还要建设自己的歌舞剧院。我在广州多年，那里的花草是最迷人的，可人太多，什么都不是属于你自己的。咱们正庄的山上有几万亩森林，上万亩青草，而这些就是属于我们自己的。咱们再在村子里多种鲜花，那咱这里就是最美的公园——天然公园。"

范香儿也不甘落后："我们还应该有自己的百货商店、音乐书店、咖啡厅、青春舞池。当然，这一切都有待于我们能把正庄建设成为一个真正社会主义的现代化新农村。"

古英俊朝范香儿竖起大拇指："香儿说得对，周总理在报告中已经为我们提出了实现农业现代化的伟大目标，这也是我们国家实现伟大'四化'的最基础最重要的一环。我们赶上了这个伟大的时代，就要无愧于这个时代。"

这时，章玉儿插话了："听听，一唱一和，能不能私底下再表达啊。本姑娘和我们云生老夫老妻还从来没有这么甜蜜过呢。"说着，拧鲁云生一把，又说，"是吧，老鲁同志。"这一把，把鲁云生疼得一个激灵，赶紧甩脱章玉儿，不好意思地笑了。

一旁的范香儿见势不失时机地来上一句："老张，你瞧瞧，你这才真酸呢——老酸菜的酸。"

四个人，从月光初照聊到月亮偏西，小河中来回游动的鱼儿也纷纷睡觉去了，村子里本就暗淡的路灯也被大队配电室的值班员拉闸断电了，可是这两男两女因了彼此都不再孤独，彼此都有伴相随而聊兴未尽。他们不仅聊到了村庄的变迁与未来的畅想，也谈到了人生的意义与生命的价值。四个人，众口一词，要为今晚出现在他们心中最宏伟的蓝图而奋斗。他与她，他与她，四个人虽然都没有说出永不分离的山盟海誓，但在他们的心中，毫无例外地都认为，这一切，难道还需要用苍白的语言来表白吗？

四个人，留下了他们此生永远不可磨灭的一个夜晚。

但生活的轨迹往往不以人的意志为转移，波澜不惊的表面，让人丝毫觉察不到地表下面岩浆的燃烧与涌动。终有一天，这岩浆将会淹没曾经的一切。就在四个年轻人肆意畅想，决心为属于他们的未来大干一场的时候，暗流已在涌动，一些不可预测的因素正在渐变为铜墙铁壁向他或她以及他们合拢而来。

最早的消息是一件好事，章部长重获重用，不仅返回部队，而且担任了比后勤部部长更重要的职务。但紧接着到来的事情就令人有些始料不及。这天，深秋的一个下午，正在下河湾和社员们一起挥动镰刀收割谷子的章玉儿被一辆崭新的212上下来的两个人叫走了，临走只是说她的母亲叫她回去陪同她去一趟广州。因为老爷子来电说，北方待久了一下子回到广州又有些不适应了，急需章夫人和小女儿陪伴他一段时间，并检查和收拾一下广州的新居。人来得急，章玉儿走得也急，但看她的样子，这只不过是远行一段时间，很快就会回来的，一切的征兆也说明了这一点。章玉儿所有手续都没办，一切行李包括她最喜爱的书籍都原封不动地留在知青点上。还有，她临走时还给一同干活的女社员留下一个电话，让鲁云生今晚一定打这个电话联系。

晚饭以后，鲁云生骑着自行车来到杏花镇上的邮政营业所，时针已经指向21点，这个时候，一般人家已经下班了，但好在是熟人，接线员胡灵儿还是为鲁云生接通了电话。只有几秒钟的等待，鲁云生的手在抖动，心在忐忑，电话的另一头应该同样也在等待。鲁云生这边的铃声刚刚响了两下，电话那边就传来了那个热切而温馨的声音。鲁云生听着，章玉儿在叮嘱着："我一去就给你写信，你可别偷懒，一天一汇报啊！"鲁云生答应连声，他也想用自己最真诚的语言表达什么，譬如，他想说：玉儿，我能送你去吗？我还能帮你做什么吗？可是，那边传来一声有些急切的声音："小玉，快来帮我把这个捆一下。别打电话了。"这是章夫人的声音。鲁云生只能怏怏地放下电话，将所有的声音留待转化为文字。

章玉儿走了，鲁云生的魂也跟着走了。他一天天地计算着，从打章玉儿离开青山的那一天算起，第10天的时候，终于等到分明是渴望经年的广州来信。鲁云生读着信，反复地亲吻着那薄薄的信纸，当夜又写下了一封长长的足有3000多字的情书，同时也把自己这几天写就的两首献给章玉儿的诗歌附在信的末尾。第二天一早他便到镇上将那沉甸甸的信投进了信箱。然而，这一封信，投进去便石沉大海，从此以后的很长时间，鲁云生或者鲁云生的母亲毛青兰每天一到邮递员将要到来的时刻便早早伫立在村口的路上，等待邮递员到了便问上一句："有我家信吗？"日久天长，这种问话的方式又改变为邮递员很远就会告诉一声："没有你家的信。"

一天两天，一月两月，终于，鲁云生和母亲不再等待那梦中的信件，以至于看见邮递员就像看见瘟疫一样躲得远远。

当鲁云生在青山、在正庄苦盼章玉儿书信而不得的时候，几千公里之外，章玉儿也在苦苦等待着青山的来信。章玉儿不明白，自己一来广州就给鲁云生写了信，而且鲁云生也很快就回了信，还顺带献上了两首令人心动发烫的情诗。这些天来，她几乎每天都要把这两首诗看上几遍，尽管已经倒背如流，可每一次再看，都会感到异样的亲切。然而，从那以后，她尽管又给他写了无数的信，却再也没有等到他的一字一信。广州的天气要热过青山许多，广州的湿气也大于青山许多，作为在北方、在太岳山区生活多年以后的曾经广州人，章玉儿开始厌食。在正庄的时候，她可以一顿饭吃掉二两面的馒头两个，或者二两面一碗的面条两碗。而在广州，章玉儿面对自己曾经无比热爱的白米饭竟然一顿只拨拉几口就算草草应付了事。原本章部长或者现在的章副政委的意思是让女儿和夫人陪同自己度过不适应期，谁知老爷子的不适应很快就适应了，反倒是女儿章玉儿却显示出了极度的不适应。看到这种情况，当爹的也急，命令勤务兵送来一个台式微型体重秤，女儿上去一称，老爹心疼了，身高1米68，在青山知青点上体重达到60公斤的章玉儿，竟然消瘦到只有可怜的48公斤。章部长或者章副政委有些后悔，后悔不该听上夫人的妙计将女儿骗到广州或者说叫到广州，更不该任凭夫人和通讯员把有关女儿和那个鲁云生的所有信件统统"收缴"起来。当爹的了解这一切，当然也明白小梁同志的良苦用心，但是，当他看到女儿日渐消瘦，萎靡不振的状态，他又岂能无动于衷？这一天，趁着小女儿被大女儿和二女儿在章夫人的"命令"下回家叫走去看电影的空当，老爷子很认真地和夫人讨论了关于女儿信件的问题。对于这个问题，老爷子以法律的角度对夫人进行了批评："小梁同志，我必须警告你，你这样做是法律不允许的。孩子真的追究起来，我可不护着你。"

然而，章副政委哪里知道，自己的夫人在这个时候根本就是一块软硬不惧的金刚石。尽管平日里首长的话在她来说那就是命令，但在这件事情上，她却体现出了一个母亲在维护自己儿女时所能够体现出来的那种固执与坚强，残忍与冷血。

"首长，这事你就别管了，一切有我顶着，反正我这个做母亲的是为她好，咱们小玉你别看着很成熟的样子，其实还是年龄小，见得少，一时陷入那个鲁云生的'迷魂阵'走不出来，我们再不挽救她，就把自己女儿毁了。我想定了，就这样，不让他和姓鲁的来往，日子长了，总有一天她会认识到我们做父母的这是为她好。"说着，小梁同志还少有地给首长莞尔一笑，撒了小小一娇。于是，章副政委无奈地笑笑，算是尽了自己做父亲的义务。

章玉儿音讯全无，鲁云生失魂落魄。着急的又何止他的母亲毛青兰和父亲鲁大力。在知青点，范香儿就是最为挂记章玉儿的一个。和鲁云生一样，在章玉儿走后的第10天，她也收到了章玉儿那洋溢着激情与友情之火的来信，然后也按照玉儿在信中提示的那个什么信箱写了回信，然后就没有了然后。范香儿一连写了几封信也都泥牛入海无消息。为这事，范香儿和古英俊探讨过其中原因。要么是部队信箱有变，要么是玉儿有变，毕竟广州那样的城市，城市里那样的人物，一切都充满了变数。当然古英俊还想到了另外一种可能，那就是章玉儿的通信自由已经被她的家人彻底剥夺，而玉儿本人尚不知情。这当然是最可怕的，也是远在青山的古英俊、鲁云生和范香儿们最无奈的。在此期间，鲁云生除了被动的等待，还多了一些行动，那就是有事没事往杏花镇上跑，到公社所在地的邮电营业所去，干什么呢？就两件事，一件是求着人家仔细再仔细地查找是否有遗漏的信件，第二件事则是打电话，往哪里打呢？请广州军区总机转章部长家里。可是，尽管这种电话的费用昂贵到令人咋舌，但所有的试探得到的都是冷冰冰的拒绝。部队总机你一个地方电话根本想都甭想打进去。反倒是这种试探多了，鲁云生的执着不由感动了一个人，这个人就是邮电营业所电话总机接线员胡灵儿。

要说胡灵儿，正处妙龄芳华，刚刚20岁年纪，生来也是一副美人坯子，再加上每日所从事的这份工作不经风见雨，不暴晒烈日，胡灵儿皮肤那个白，那个嫩，让鸟儿看了都想啄上两口，从那娇嫩的皮肤下汲取养分和水分。作为女孩子，胡灵儿还有一个令人喜欢的特点，那就是轻易不多说话，只是静静地，用她那两只波光粼粼的大眼睛看着你，让你心悸，让你忘词。然后她又总是送给你一副热情的笑脸。胡灵儿也在青山一中上过高中，低于古英俊和鲁云生一级，和鲁芳儿同一年级。所以，在学校的时候，喜欢静的胡灵儿耳朵没有闲着、心里也没有闲着，不少关于上一届的学长学姐们那些令人心动的故事自然听了不少，它们也曾在某种程度上敲击过少女的心房。只是那时的胡灵儿与古英俊、鲁云生们之间相距太"远"，胡灵儿也就从来未曾有过什么迷人的幻想。后来，借助在县邮电局工作的一个亲戚的关系，胡灵儿来到杏花公社的邮电营业所上班，也就在这里经意不经意间又听到了许多关于正庄大队21个知青以及村里管知青的两个青年干部古英俊和鲁云生的故事。尤其是这两个人和知青点上的点长章玉儿、范香儿的故事。可以准确地说，在开始的时候，所有这些故事都只像一阵清风般刮过去了。但是，听着听着，少女的好奇心又促使她不由得对这些开始感了兴趣。尤其是章玉儿突然离开正庄的那一天，鲁云生与章玉儿的通话，胡灵儿全程在场旁听，章玉儿离去后鲁云生几次三番跑到邮电营业所不计耗费时间与金钱而要拨打一个毫无希望的电话则使得原本觉得鲁云生的故事和鲁云生这个人与自己没有任何关系的想法在胡灵儿心中发生了彻底的颠覆。也不知从哪一刻起，胡灵儿突然觉得自己对鲁云生充满了同情与关切，对于鲁云生一次次的"光临"也产生了一丝希冀与期望。希冀什么呢？并非希冀鲁云生的电话突然能够接通，而是希冀这个本来与自己毫不相关的男生能够再一次到来。期望什么呢？当然也不是期望鲁云生与章玉儿能够一夜喜相逢，破镜再重圆，而是一种胡灵儿自己也说不准的未来。渐渐的，鲁云生来到胡灵儿所在的那间只有6平方米的工作室时，再也不要站在高高的柜台外面等待毫无希望的电话，而是可以走进胡灵儿的工作室内，在那仅有的一把可供客人一坐的小方凳上坐着等待，其间胡灵儿还会不时为这位客人端上热水，聊上几句。再后来，两人之间的共同话题越来越多，胡灵儿也就越发感受到了鲁云生的博学多才在她所见识过的同龄人中果真出类拔萃。

不久之后，鲁云生终于走出了那段刻骨铭心的时光，要问这个不久有多久，古英俊曾经问过鲁云生，鲁云生只是笑笑道："我也不记得，起码是那个冬天之后了吧。"

真正帮助或者说牵引着鲁云生走出那段时光，越过那个漩涡的正是胡灵儿。因为，也不知从哪天哪个时候开始，公社机关里，杏花镇上的各个单位里就逐渐传出了一个令人诧异也让人感兴趣的消息：正庄的鲁云生与邮电所的胡灵儿恋爱了。这话当然不是空穴来风，而是有鼻子有眼，譬如说，两人深聊到某晚某个时辰，两人某夜曾经如何如何，又说鲁云生隔三岔五到杏花镇上本来就是找胡灵儿云云。这话这风声传到正庄，第一个感到震惊的是范香儿。章玉儿刚走，音讯难觅，你鲁云生就另觅新欢？还谈什么人生理想，说什么信誓旦旦？范香儿直接找到鲁云生，鲁云生先是同样的震惊，而后便解释说香儿你误会了等等，说自己找胡灵儿恰恰是因为惦念章玉儿，尽管碰壁再三，但鲁某人痴心不改！然而，同是这话这风，当它传到鲁云生的母亲毛青兰那里的时候，很快就变成了一次果断的行动。

章玉儿的离去，对毛青兰来说是耻辱，是蒙羞。她坚决地认为，这是背叛，是那个高贵家庭的嫌贫爱富——一个亘古不变的戏剧主题，只是这一次倒霉透顶地落到了我们鲁家而已。这件事，使得毛青兰一下子失去了在村妇们面前趾高气扬的资本，也使她失去了对村子里充斥的八卦新闻指指点点的兴趣与锐气。有那么几天，这位身强力壮的中年妇女就像患了一场大病，一个人躺在炕上闭门不出，就连生产队集体组织的任何事情也都一概拒之。直到有一天，她的女儿鲁芳儿对她不冷不热地说了一句："别装了，又有你忙的了，你儿子又给你找上儿媳妇了。"就这一句话，毛青兰像装上弹簧似的从炕上"噌"的一声就坐了起来，一把拉住女儿非要问个究竟不可。

第二天一早，毛青兰与一天前相比整个儿换了一个人，梳了头，洗了脸，换上一身七成新的干净天蓝色底子碎花衣服，照直就往杏花镇上的邮电营业所走去。来到营业所，毛青兰看看人并不多，便走了进去，装作要买两张8分钱邮票的样子在那并不宽敞的地方盘桓踱步，然后好像不经意地发问："你们这里那个姓胡的接线员在不在啊？"

毛青兰万没想到，她的问话刚一出口，胡灵儿便出现在她的眼前，眼睛直盯盯地看着她回道："大婶，您是云生妈妈吧。我是胡灵儿。"说完，莞尔一笑，当下把个毛青兰给看蒙了。是啊，这姑娘不是同样挺好看的嘛。虽然不像章玉儿那样家庭出身高贵，但人家姑娘总算有个工作啊。尽管毛青兰坚定地认为儿子鲁云生终非池中物，但现在说到底不也就是一个农民、一个小小村干部吗？一瞬之间，毛青兰想了很多，大约胡灵儿也想了很多。不知不觉，毛青兰竟握住胡灵儿的手，再一次把眼睛睁得大大地盯住看胡灵儿。好静的胡灵儿终于让她给看傻了，不好意思地努力挣脱毛青兰有力的双手，说出了和毛青兰之间的第二句话："大婶，我给您倒水。"

然而，当胡灵儿从隔壁水房当真把一杯热水端过来的时候，毛青兰却已经不在了。胡灵儿赶紧追出门去，想和这位显然带有特殊使命的女人说上几句，却发现毛青兰已经走出很远很远。当然，毛青兰的离去只是为了尽快再来。胡灵儿的美貌，胡灵儿的秀气，还有胡灵儿的沉静是完全不同于章玉儿的两种类型。实事求是地说，在毛青兰眼中，她甚至更喜欢的是胡灵儿，往更深层次上说，章玉儿的不辞而别，也告诉她一个教训，为儿子找媳妇，还是尽量找门当户对的好。胡灵儿的家庭什么状况暂且不知，但肯定不会是章家那样的高门显贵，章玉儿的离去伤害的不仅仅是毛青兰的儿子，更是毛青兰这个人。她比谁都清楚自己在儿子与章玉儿的关系中起到了一种什么作用，她当然也比谁都知道自己为了那个"准儿媳"付出了多少心血。虽然那一切都是心甘情愿，虽然那一切都是水到渠成，但当娘的操的那份心又是谁人能够体贴的了？一趟杏花镇回来，毛青兰整个人立马由阴变阳，阳光灿烂。在尽可能的条件下，毛青兰很快就调查清楚了或者说了解到了有关胡灵儿以及其家庭的一切，其效率之高，直比任何警情机关。这也难怪，在中国，在中国农村，妇女们之间的信息传输系统往往就是一个莫可名状的巨大网络，包罗万象，无所不能。在她们的关注之下，只要她们关注了你，那你就绝对没有任何隐私可言。以胡灵儿为例，虽然毛青兰本人与胡灵儿的父母以及胡灵儿父母所在的村庄没有任何瓜葛，但是架不住胡灵儿有各种各样的亲戚以及正庄村里的妇女们某人或某某人与胡灵儿的七大姑八大姨有着千丝万缕的联系，总之很快毛青兰就知道，胡灵儿的父母都是农民，而且是深山里的农民。老两口都是本本分分的劳动者。胡家在村子里素有好人的美誉，祖祖辈辈都是以农耕为业、以读书为荣的正经家庭，只是在胡灵儿这一代才由于胡灵儿跳出农口而略为改换门风。至于胡灵儿本人的情况，毛青兰就更是用不着依赖他人去了解，自己的女儿鲁芳儿原本就和胡灵儿是高中两年的同学，虽说不是同班，最后一年却都是学校宣传队的骨干分子，平日里交往倒也不少。现在眼看着这位以沉静与无言著称的同窗将有可能成为自己的嫂子，鲁芳儿毫不客气地对兄长鲁云生发出了"警告"："鲁云生，我可告诉你，不要欺负人家胡灵儿，你要是还放不下你那章小姐，就离人家胡灵儿远一点。你要真是一天也离不开女人，那就把你那永远不可能得到的章小姐忘得干干净净。"

鲁云生早已习惯了妹妹的任性，又觉得芳儿在爱情这个事情上颇为不顺，虽然一心想着念着古英俊，可人家古英俊偏偏喜欢范香儿，做兄长的那是既心疼又无奈。所以，对于妹妹的任何讽刺挖苦都只当做耳旁风，你说任你说，我就没听见。然而，少女的心，那是可炼金刚的火，也是能断钢筋的水。胡灵儿根本不需要任何人的提醒，她从上高中时看见风度翩翩的鲁云生就早已把这个男人印在了心里，当她在自己的"一分三厘地"里再次发现了鲁云生，那就下决心要让这个男人成为自己的专有，而绝不允许其他人染指，也绝不允许鲁云生再有对其他女人的牵挂。针对整个镇子上传疯了的有关胡灵儿与鲁云生的情爱与爱情，胡灵儿本身却有如一位经验老到的钓翁，任凭风浪起，稳坐总机前。这时有人对这件事的真伪提出了质疑，理由是胡灵儿好歹是有工作的，而鲁云生只不过农民一介，胡灵儿长得又这么漂亮，难道能看上一个纯粹的农民？胡灵儿一笑置之，私下里却对最要好的朋友说："鲁云生这样的人，怎么可能永远留在村子里呢？再说，就算他这一辈子在村里，我胡灵儿也认了。"

应该说，事实证明胡灵儿的判断是正确的，此后不久，鲁云生果然就离开了农村，也成就了胡灵儿梦寐以求的生活。只是胡灵儿并不完全清楚，在与她胡灵儿的关系问题上，鲁云生从一开始就陷入了一种被动与迷惘。对于鲁芳儿的讥讽与提醒，鲁云生可以置之不理，而对于母亲毛青兰的催婚与规劝，他就不能全然无视。因为鲁云生知道，在自己与章玉儿的关系上，母亲不仅寄予了无限的希冀，也付出了辛勤的劳动。她曾经以此为骄傲，为自己的儿子能够与一位高干家庭的小姐走到一起而在村子里尤其是那些长舌妇们眼里另类高傲。关于这一点，鲁云生本身并不认同，又不忍心去撕碎母亲那可怜的自尊。但是，当章玉儿突然离去，这一切都归于梦碎，那份对于母亲的打击从任何意义上来说都一点儿也不亚于对于鲁云生自己般沉重和残忍。正因如此，鲁云生理解母亲的心情，也觉得自己有愧于家人，尤其有愧于母亲。更何况在鲁云生看来，胡灵儿固然漂亮，固然文静，从许多种意义上来说都是一个不可多得的女孩，但当真要让自己和她成为不可分割的一对，起码在现实的情况下自己并不会做出这样的选择。只要我鲁云生不再去招惹这个女孩，那一切的一切岂不将会归于乌有？但是，鲁云生忘记了一句名言"男追女，隔座山；女追男，隔层纸"。从表面上看，毛青兰正在不遗余力地想法儿促成儿子与胡灵儿的美事，可实际上，所有这一切都没有超乎胡灵儿的期待。毛青兰曾经想过给儿子找一个红娘，去和胡灵儿直接接触，可儿子一句话便断了她的念头："娘，你这不是闹笑话吗？人家现在谁还找什么媒人？""好啊，不找媒人，你倒是自己去和人家姑娘谈啊。"母亲这样反呛儿子，鲁云生出于无奈，趁着到杏花公社开会的空档去了一趟邮电营业所。去是去了，当着许多人的面，在许多人的目光关注中走进了胡灵儿的"一分三厘地"，然后只是聊几句很平淡的话语便告别了。可是，鲁云生怎能料到，第二天起，一股有关鲁云生与胡灵儿恋爱甚至将要走进婚姻殿堂的传言便狂飙突起。再过一个月的时光，新年将近时，隐隐约约又有传说，鲁云生和胡灵儿已经什么什么云云，甚至有人听公社医院的人说了，胡灵儿已经怀了鲁云生的孩子，两人怕是不结婚也不行了。关键的问题是，每当有人问及胡灵儿这个类似的问题，这位漂亮的女主却总是笑而不答。终于，这个消息传到了鲁云生耳中，而且传递的方式有些颇不寻常。这一天，鲁云生到杏花公社团委开完会以后，公社团委书记特意把他留了下来，神秘兮兮地问道："云生，你和胡灵儿究竟怎么回事？"

鲁云生一头雾水："书记，什么怎么回事？我和她没有任何事啊。"话这么说，脸上还带着微笑。

团委书记道："云生，我是把你当朋友兄弟才和你说的。这两年咱们配合得不错，我不能像别人那样看你笑话。但你要认清一个形势，今年你已经回乡满两年了吧？这马上就可以推荐上大学了，这节骨眼上你弄个这事，到时和谁说去？依我看，就不如快刀斩乱麻，尽快结婚，婚事上学两不误。"

一席话，把个鲁云生给彻底说蒙了，什么情况就要结婚了啊？我对胡灵儿做什么了呢？有道是人正不怕影子斜，可是，看团委书记那样子又分明是真诚之至，绝无玩笑的意味。鲁云生蓦然间感觉到这件事并不简单。他赶紧认真起来，向团委书记探寻事情的来龙去脉。

一番交流，鲁云生大致明白了团委书记之所以为自己担忧的原因。那就是，据说，鲁云生和胡灵儿发生了关系，据说胡灵儿已经为鲁云生身怀有孕，据说胡灵儿正在考虑要不要把这个孩子做掉。更为重要的是，据说，在这个事情上，胡灵儿完全是被鲁云生所左右，尽管事情已经至此，而鲁云生却对婚事不哼不哈，似有赖掉的嫌疑。但胡灵儿为情所困，至今没有找过鲁云生半点麻烦，也没有说过鲁云生半个不字。当然了，团委书记所说的第二部分那就更非空穴来风，事实是，前几天某一场合，在公社领导议论到新的一年将要来临的推荐工农兵学员上大中专院校这一敏感话题时，不知是谁首先说到了正庄村的古英俊与鲁云生两个今年正好都已经回乡满两年，且在广阔天地里发挥了重要的作用。这样的年轻人不推荐还推荐谁？可是也有人觉得，以鲁云生与古英俊目前的状况，上什么大学上什么中专，他们在农村就是最好的课堂，最能发挥年轻人文化人作用的地方，这样的年轻人也应该纳入优秀接班人培养的行列，而不是去上什么大学。紧接着就又有人提出了不同意见，这个不同意见主要便是针对鲁云生与胡灵儿的问题。关键的是，公社党委书记刘子青在"认真"听完有关同志对这件事情的详细汇报之后，沉思半晌才说了一句："可惜了！"

可惜了是什么意思？有关这三个字的理解多了去了，在团委书记的理解中起码包含了以下几种意思：鲁云生这个人可惜了，这么好的苗子，却在男女关系上犯了如此不该犯的错误，那这个苗子自然就可惜了。而在这个可惜了的基础上，自然还衍生出了另外一层意义：正常的情况下，鲁云生这个人是可以推荐上大学的，包括其结婚生子都不受影响，但如果有了乱搞男女关系的问题，那就根本不在这个范围了。除了这两个问题之外，团委书记还说，从全公社团的工作来说，培养鲁云生这样一个好的典型并不容易，这几年来多少风风雨雨都走过来了，如果因为这么一个问题而葬送一个典型，那也确实有点可惜。

面对团委书记有条不紊的分析与判断，鲁云生不得不承认所言全部有理，但他不理解的是，自己和胡灵儿何时何地发生过所谓的关系啊。是的，为了给章玉儿打电话，自己确实多次找过胡灵儿，人家姑娘也对我表示了同情和帮助，譬如能够喝上一杯热水，譬如可以"赏赐"一把座椅，但一切也就仅此而已，怎么可能导致怀孕呢？这可真的让人有些哭笑不得。谣言，显然是那些长舌妇们无聊的谣言，鲁云生真想找到造谣者好好质问一番。可是，找谁去呢？难道能够找好心帮你、为你担心的公社团委书记追查谣言吗？那岂不是狗咬吕洞宾？找胡灵儿？人家姑娘在这件事情上从头到尾至今没有说过你鲁云生半个不字，你又有什么理由去找人家？不要忘记，现在处于风暴中心的可不止你鲁云生一个，人家胡灵儿才更是彻头彻尾的受害者呢！如果不是你鲁云生几次三番地要给章玉儿打电话，如果不是你鲁云生一而再再而三地跑到人家邮电营业所去没事找事，胡灵儿又怎么能受此不白之冤？鲁云生想明白了，当前之计，为了自己的名声也罢，前途也罢，你都必须首先安定一个突然出现的"后方"，这就是胡灵儿。鲁云生终于意识到，现在不管你愿意不愿意，只要胡灵儿愿意，那就是你鲁云生最合适最应该的爱人，除此之外，你没有任何更高明的解脱办法。问题在于，现在你鲁云生所有的想象都有可能只是空想啊！胡灵儿又为什么就必须配合你鲁云生的需要呢？人家是你的什么？难道真的是你的女朋友以至于更进一步成为你的未婚妻吗？鲁云生不敢想了，现在，一向以聪明而自负的这位才子感觉自己就是陷入泥塘的一头牤牛，空有力气而不知何处可使。看到鲁云生如此焦虑，如此无助，公社团委书记开始以旁观者清的姿态为他出主意了："云生，我有一个想法，你看好不好？"

公社团委书记如此这般一番论证，鲁云生听了止不住双手合十，一再拜谢。于是，当天下午，公社团委书记出现在了胡灵儿面前："小胡，我和你说个事。"

小胡同志点点头，静默地等待，脸上并无任何多余的表情。

"小胡啊，正庄大队的团总支书记鲁云生你认识吧。"团委书记问。

"嗯。"一个字的回答，简洁明了。

"你对他感觉怎么样？"

"挺好的呀。"这次是四个字。

"有人说你和他之间发生了一些事情。究竟是怎么回事啊？"团委书记心想，这次你该多说几句了。

"我和鲁云生？没有事啊！"还是简洁明了。

团委书记自己迷惘了，这样的谈话，何时才能绕到正题啊？他决定换一种方法，他想单刀直入："小胡，有人说你和鲁云生都怀孕了。有这事吗？"可是话到嘴边又咽了下去。不能，不能啊，这样说会有伤人家姑娘面子的。于是，略作停顿，团委书记又道："这么说吧，如果鲁云生做你的男朋友或者做你的爱人，你觉得是否可以接受呀？"

胡灵儿笑了，其实是真心的开心的笑，但团委书记以为人家只是一种解脱困况的应付，赶紧补上一句："这不是鲁云生同志的意思，是我的想法，我觉得你们两个挺般配，郎才女貌，性格也完全互补，这样的一对，在一起是最好的了。"然而，团委书记没有想到的是，这一次胡灵儿的话却多了起来。

"书记，这话不应该是鲁云生说的吗，那我就当没有听见了。我还以为他是一个敢作敢当的男人呢，现在看来……"

团委书记突然感到自己说了错话，是啊，你鲁云生都和人家身怀有孕了，还这么躲躲藏藏成何体统？倒不如实话实说还显得真诚一些。于是，团委书记赶忙摆摆双手，做打断状道："不不，小胡同志，鲁云生同志也是这个意思，他确实是想和你交朋友的。"这么说，觉得还是不够明了，团委书记干脆说道，"我这就是受鲁云生同志的委托，给你们俩做一次红娘嘛。这个喜糖小胡你让不让我吃啊？"团委书记很为自己的随机应变而小有一些自鸣得意。因为他看见胡灵儿的脸上洋溢着笑容，应该是真诚的高兴，真实的反应，所以，团委书记也露出了笑容，等待胡灵儿做出最终回应。

胡灵儿却不说话了，只是抿嘴笑着，一双迷人的眼睛盯着团委书记，把自认为很成熟的团委书记盯得浑身发毛。于是他赶紧说："小胡，如果你没有什么意见，我可就当你是同意了啊！"说完，掉头便做要走的样子，胡灵儿也不留人，只是脸上笑得更加灿烂，说了一句："谢谢书记！"

40年后，当鲁云生和章玉儿在青山县一座足以称得上国际范儿的五星级酒店再次相聚的时候，两人都对对方的"背叛"表达了一种时过境迁的"宽容"。

　　章玉儿说："鲁云生，你个王八蛋，为什么我写了那么多的信，你一封也不回？还说什么爱我爱得海枯石烂心不变，我刚一走你就和别人勾搭上了。"

　　鲁云生也没好气："玉儿，你可真是倒打一耙了啊。不信你问英俊他们，你不辞而别，我如坐针毡，天天给你写信，茶不思饭不想，给你写了多少信，而且就是照你给的地址写的，可你压根儿连只言片语都不回。这事你还可以问香儿，范香儿呢，你现在给她打电话问一下我说的是不是真的？"

　　鲁云生的理直气壮，也使章玉儿觉得这事看来确有蹊跷之处，一段不堪回首的往事不由涌上心间：那一年，突然的离开，在心理方面最不适应的其实并非鲁云生、范香儿、毛青兰等人，而恰恰是章玉儿本人。广州好不好？广州的花花世界，十里洋场，在当时已经不比上海落后半分。章家从未跟随父母回过山西、回过青山的几位大小姐大公子的穿戴打扮、言谈举止也在深深刺激着"土包子""农民"章玉儿。但是，所有这些，对于已经坚强起来的章玉儿来说，根本算不上什么。她知道，只要自己愿意，无需几个时辰就可以融入这个世界中去，但是她不愿意，也绝不以这种奢华的生活为荣。章玉儿的设想，只要自己耐心配合爸爸，让爸爸尽快步入他所习惯的军旅生活则自己就可以展翅高飞，飞回她心心念念所思所想的地方。她明白，自己就是一只飞在天上的风筝，飞得再远，也有一根肉眼看不见的绳子在牵引着自己，让自己的心与千里万里之外的他一起跳动。然而，她失望了，寄出去的信件，一去不复返，他很彻底地断绝了和她的联系。她无数次地问过专门为她家那所院子收发信件的通信员，但每一次得到的都是让人摇头让人心悸的回答。终于，有一天，母亲章夫人冷漠中带有一丝喜悦地扔给她几张照片。照片上，鲁云生正在与一个似曾相识的女子在举杯相祝。章玉儿明白，那个动作是青山一带婚礼上的标准动作，叫作"喝交杯酒"，这也意味着，鲁云生已经与一位女子结成连理。当初的海誓山盟，早已化作泡影，随风而去了。也正是因此，章玉儿在完全被动的情况下，任由母亲和家人摆布，和章副政委很是看好的一位部下走进了婚姻殿堂，并在一个可以舒服至死的岗位上工作或玩乐，由干事而科长，由科长而处长。但章玉儿从来都不知道自己为什么要干这份毫无意义的工作。直到有一天，她的丈夫在一次军事演习中车祸至死，她才突然感到生活的沉重。因为丈夫的死，意味着她已经失去了所有她曾经依赖的人。

她不能不感叹，短短几年，章副政委走了，走得风光至极；一年之后，本来身体很好的章夫人有一天早上起床后突然说感到不舒服，这个情况如果章副政委在的时候那好办得很，部队医院的救护车、随车的急救大夫都是随叫随到的。可现在不行了，章副政委一走，这些待遇就没有了，等到地方医院的救护车把章夫人拉到医院的时候，已经错过了最佳抢救时间。章夫人走了，走得急急匆匆，章玉儿感到了一丝凄凉，好在还有自己并没有多爱却爱她爱得让人感动的丈夫还在陪伴她。这时的丈夫虽然官不是很大，但也是副师级的一旅之长。只是野战军的首长并不能长期待在广州，而作为夫人，章玉儿又不愿意到丈夫常年所在的那个小城。好在事实上的两地分居，并没有造成情感上的隐形隔膜，因为她与他之间如果不是女儿的牵扯，可能早已走上陌路。虽然他并不这样认为，而且颇以自己的婚姻而自豪。然而，一切的一切，当旅长丈夫在一次事故中突然离去的时候，章玉儿才真正感到什么叫做夫妻，什么叫做伴侣，什么叫做凄凉，什么样的人才是你的依靠，什么样的灾难才使人幡然醒悟。是的，她醒悟了，终日无所事事的她在百无聊赖中打发着时光，偶尔闪过的回忆片段这时便一次次走进脑海，走向眼前——

那一年的除夕，她在广州，等待着，春节前的最后一点时光能够给自己以希望，能够给自己以慰藉。天快黑的时候，通信员来了，随手放下一份《羊城晚报》和属于父亲专有的文件，似乎还要从他那袋子里抽出什么东西，却被章夫人送来的一把糖果给拦住了。章玉儿记得，母亲以超越寻常的热情拍拍小通信员的肩膀，表扬起了小伙子："小X（章玉儿实在记不清那通信员的姓名了），来阿姨家里就是来自己家里了。阿姨的话你可不能不听啊！"小伙子脸色惶惶地点了点头，然后离去。这件事，在当时的章玉儿看来，似乎是母亲在几年青山生活之后对普通劳动者、对下级服务人员发自内心的一种转变。她为母亲而高兴，觉得自己的母亲终究出身于普通劳动者家庭，她的思想意识也绝对不同于那些庸俗的官太太。然而，当母亲去世之后，她在整理母亲遗物时一次不留心的翻阅却不由得使这种看法骤然颠覆。那天，她发现了一本属于母亲的装饰精美，镶着金丝边框的笔记本。这个硕大的笔记本在母亲生前是不允许任何人触碰的，它包含了什么内容，隐藏了什么秘密？章玉儿不知道，任何人也不知道，而现在，只要你愿意，这些秘密就会出现在面前的时候，一种莫名的诱惑还是驱使章玉儿打开那个本子。漂亮的笔记本里其实并没有太多的秘密，当然你也能看出章夫人在初回青山时的郁闷与无奈，愤怒与感叹，还可以发现作为母亲章夫人对于她的小女儿无微不至的关怀。现在回想起来，使章玉儿尤其能够体会到外冷内热这样的词汇妙从何来。章玉儿继续翻下去，突然将目光停留在了1975年除夕这天。这一天，母亲漂亮的笔记本上竟然很不和谐地出现了这样一些一点儿都不漂亮的文辞："一个小小的交通员，几乎坏了大事，真是混账透顶！""总算把他稳住了，也就一把糖果。真是小人难养！"

1975年的除夕，这个日子、这些词汇，太让人浮想联翩了。笔记虽然没有再多的线索，但这已经足够让章玉儿震撼了。母亲与通信员之间一定有什么秘密，能有什么秘密呢？一个通信员，他的手中又有什么能够让堂堂首长夫人所忌惮的？章玉儿突然意识到，一定是信件，章副政委家的所有来往信件全部是而且只能是通过这个通信员中转的。写信，交给他，来信，他交给。其他任何渠道都不得进入那个戒备森严的大院，更甭说走进大院之中章家所在的小院了。也就是说，如果通信员作梗，他就可以把你所有的应发走的信件扣押不发，或者将所有的来信扣押不送。正常情况下，任何一个通信员都不会也不敢扣押首长家中的任何一封信件的，这是纪律，违者，轻则处分，重者……但问题是，如果不正常呢？如果是首长或者首长夫人对你提出某种特殊要求呢？一个小小通信员能够顶得住，敢于去顶吗？更何况你明知这些信件也不可能是任何的军国大事、军情机要。章玉儿在祈祷，天哪，我的妈，我的妈妈，您老人家莫不是真的做出了一件让您的女儿绝对不可原谅的事情吧？这可是公然的违法，是对女儿人权的肆意侵犯啊！

当然，对于笔记所透露的一点疑虑仅仅是推测而已，母亲故去，而通信员更是铁打的营盘流水的兵，早不知到哪儿去了。那些线索背后的真相或许真的永远无法探索了吧。然而，现在，当鲁云生信誓旦旦的表白，当范香儿明明白白的证词（一定会的，章玉儿相信）摆在面前的时候，那些疑虑还仅仅是疑虑吗？章玉儿的思绪在纷扰中紧急归拢，她明白，当初的一切都不能挽回，青春的记忆就让它永远成为记忆吧。在这个场合，在这样的时刻，难道可以把故去的母亲拉出来给予一番声讨吗？

"啊！啊！这就怪了，也许是哪个环节出了什么问题，还是我们两边的环节都出了问题？"章玉儿终于还是将自己稳住，保持了优雅的一面，又将话题转向古英俊与自己的姐们儿范香儿："英俊，我和云生也就这样了，你呢？你和香儿又是什么情况呀？"

古英俊苦笑，他真的不想触及这个话题，但是对于章玉儿的问话，他又不能不从头说起。

章玉儿走了，知青点的点长只剩范香儿一人。就在这时，由于上面给青山县规划了一个全套进口设备的化肥厂，这个厂子的招工计划同样设定了一个条件，那就是所招工人必须具备高中以上文化程度。而这也意味着，如果沿用只招"非农业人口"这一条硬性规定的话，即使把全县现有知青全数计算在内也还存在较大缺额。这样一来，正庄知青点所有的高中生就无一例外全部进入了招工程序，也全部被这家工厂录取。整个点上只留下几个初中毕业的小青年也都被家长一一接走，各谋生路，正庄知青点名存实亡。唯一的例外是，它的点长范香儿仍然坚守在这个尚未正式撤销的知青点上，并且提出了一个在正庄人看来并不意外的要求：要和古英俊举行婚礼，从此成为一个真正的农村人、正庄人，在今后的岁月里去共同奋斗，描绘他和她以及章玉儿和鲁云生共同规划的蓝图。一切都在紧锣密鼓地进行之中，古英俊的母亲把两套全新缎被面的大红花棉被都整齐地摆放在刚刚粉刷过的"新房"里面。这一天，古英俊与范香儿起个大早，两人骑着自行车一路向北，计划好了要到范香儿的家中去商定婚事的最后细节，然后好去公社领取那庄重的一纸结婚证书。

那一天，风清气爽，两人边走边聊，在旁人看来，他们似乎并不是要去办什么事，而是在享受着一次潇洒的旅行。然而，正所谓天有不测风云，两人一路走来，眼看就要来到范香儿父亲所在的那个三线厂，也就是马上就要回到范香儿家的时候，突然，一辆救护车拉着警笛，风驰电掣般开了过来，古英俊一边往并不宽敞的公路边躲着，一边不忘顺势拉范香儿一把，谁知这一拉，反而让范香儿有些无所适从，本来骑得很稳的车子反而摇晃起来。吓得古英俊赶紧伸过胳膊，一把将范香儿拦腰搂了过来。范香儿羞得脸上泛起了红晕，古英俊也不由得笑了。然而，两人的笑声还没有停止，香儿也还没有完全从英俊的臂膀中挣脱，就见那救护车拉着警笛又倒着走了回来。这是怎么回事？救护车怎么又倒回来了呢？两人正在疑惑，就听一个声音传来："香儿！"然后这声音便没有了声音。

救护车上拉着范香儿的父亲——这家三线厂的厂长，也是这家工厂的建设者和管理者。就在刚刚半小时之前，厂子里发生了一次原本根本不应出现的重大事故。而事故的直接责任者，正是"特招"进厂的几位小学没有毕业的"知青"。因为他们大字不识几箩筐，洋文公式更是两眼一抹黑，其中有几位虽说身为仓库管理员，可对于仓库内所存放的物品基本是一无所知，更不知道这些东西应该各在其位，根本不能乱堆乱放。也是事出蹊跷，前一天晚上，刚从天津拉回来一批高效助燃剂，也正因为它们是危险品，包装极其严密，外标还特意标注了明显的骷髅头，以示危险之意。早上入库的时候，这几位对危险品保管学习过却没有记得住的库管员看见这些骷髅头便自然而然地想到了仓库中还存放着另外一批骷髅头，于是将这些东西和另外一批骷髅头堆到了一起。殊不知这两批物品是根本不能往一块堆放的。偶有火星，原先堆放的骷髅头就会燃烧起爆，但由于其存量有限，危害未必会有多大。而原先的骷髅头在起爆后一旦遭遇新放进去的骷髅头，则瞬间就会使其爆炸力和危害性呈几何级数地增加。事情就这样发生了，一个库管员明知不许抽烟却偷偷在仓库里抽烟解乏时一不小心将烟火撒向了那最危险的爆炸物上，而后……当身为厂长的范香儿父亲冒着生命危险，带领厂消防队的战士冲进火海抢救国家重要物资的时候，却被一根因燃烧而弯曲的钢梁砸中，当场昏迷不醒。

事出突然，古英俊当机立断，让范香儿跟母亲一道坐救护车陪父亲到医院去抢救，他自己将两辆自行车存放到就近的村庄后也搭车立即赶往县医院。可是，当古英俊满头大汗赶到县医院的时候，只看见急救室外一群低头垂泪的人们以及范香儿和母亲两人相拥而泣的悲伤场面。

范父的突然离去，使得古英俊与范香儿的婚事不得不无限期推迟。更严峻的问题是，范父正值中年，身强力壮，当他健在的时候，他的家庭无疑是令人羡慕的幸福家庭、模范家庭，事业有成的丈夫，贤妻良母的妻子，成熟聪慧的女儿，茁壮成长的儿子。一切都那么美好，一切都无需忧虑。而范厂长的离去，则使这个家庭骤然间失去了房屋中坚的大梁，一栋豪华的别墅刹那间四处漏风，八面来雨。香儿的母亲因为哀伤过重，从医院回来便一病不起，忧郁使得这个不过43岁的女人一下苍老了许多。香儿正在县城里上中学的弟弟再也等不来每到周日假日父亲准时的接送。范香儿请了假，专门回家去照顾病中的母亲，同时办理有关父亲的抚恤等一系列事宜。也就在这个过程中，一个新的难题出现在范香儿面前——难题是一个人，这个人不是别人，正是这个工厂现任党委书记刘志清的儿子刘浩天。

要说刘志清，乃是香儿父亲生前最好的战友与搭档，曾经共同经历过风霜雨雪的兄弟和同志。而刘浩天其人，范香儿认识但并不熟悉，因为从打父亲开始筹建这家工厂的时候，范香儿就已经在县一中上初中了，而后是高中，4年期间都是住校，只有寒暑假才会回到父母亲所在的厂子里去。高中毕业后，范香儿又插队落户到了正庄，回家的时间就更少了，所以，对于厂里的人大多都不认识，即使见过几面也不会很熟。而厂子里的人们尤其是那些年轻人对于玉树临风般存在又是本县名人的厂长家女儿那就可谓趋之若鹜，虽没见过几面，却个个对香儿的一切了如指掌。其中，要说对香儿暗恋已久的又非党委书记刘志清的儿子刘浩天莫属。刘浩天身高马大，虽比范香儿年长两岁，上中学却上到了同届，只是同届不同班。那时范香儿已经是学校里各方面的小名人，而刘浩天则是老师批评学生时永远摆在前面的那个"标兵"。所以，颇有些 "志气"的刘浩天在应该上高中时坚决不去，一转身成了父亲所在厂子的汽车司机。别说，刘浩天学习不行，开汽车却是无师自通，很快就取得了驾照，也成为这家三线厂最年轻的"老司机"。前两年，眼看着刘浩天年龄也不小了，家里人开始催促这小子赶快找对象，爷爷奶奶着急想抱孙子呢。可刘浩天却说："找对象我只找咱们厂长家的范香儿。"他爸爸刘志清一听，当下只给了儿子一句话："癞蛤蟆想吃天鹅肉！"说完扭头就走。然而，也是功夫不负苦心人，这些年来，尽管明知那只"天鹅"对于自己来说恐怕真的可望而不可即，但刘浩天的心里却始终充满信心，并为此而不惜工本，不惜费时费力而竭力讨好巴结自己认准了的"丈母娘"。范家丈夫忙于公务，厂里的事情千头万绪都要由他拍板，偏偏范厂长又是一个极端认真负责的干部，一心一意将全部精力扑在了这个厂子的规划建设与开拓生产上。对于公家来说，自然是一个难得的好干部，但对于家庭来说，就不能不把许多与家庭有关的重体力活交给或者交不交都只能由身体并不强壮的香儿妈来承担。譬如说厂子里为大家谋福利，秋天的时候采购的土豆分下来了，一家一大堆，至少上百斤，别人家都只怕分得少，而身为厂子夫人的香儿妈却只怕分得多，因为那一百多斤的土豆，她需要一篮子一篮子从厂俱乐部往家里提上七八趟，虽然看起来这段距离并不遥远，也就二三百米的样子，可你让一个坐办公室的中年妇女负重跑这七八趟，想想也知道有多劳累。每当这个时候，刘浩天就自告奋勇，以义不容辞的姿态来为范家"阿姨"扛下这一切。区区百十斤的土豆，对于身高一米八十以上膀大腰圆的刘浩天来说，只不过小菜一碟。又譬如，三线厂刚刚筹建的时候，家属院的房子叫作"简易"，什么意思呢？就是这房子是临时简化大多数程序的土木结构房子，墙体不过竖着一砖，也就是5寸之宽，开间不到3米之阔，更主要的是，所有的墙体都省略了抹泥找平和墙面粉刷，就那透气的墙体，拿浆糊把报纸一沾就睡人了。这样的房子，夏天也就罢了，反正青山县气候良好，即使在全球气候变暖的21世纪，这里的人们也很少见谁家在夏天使用空调。可是一到冬天，这"简易"房屋的这个"简"字可就和你见真章了。因为那墙体上充斥着无数的"风洞"，会将无数的冷空气送到屋子里来，让你在被窝里也能体会到严冬的冷峻。因此，一到深秋，家家户户就都在想办法"加厚"墙体，用各种各样的材料把那漏洞给堵上。以党委书记刘志清家为例，儿子刘浩天就开车顺便从其他工地上弄来几袋水泥，又从大清河里自己挖来沙子，三下两下便将那墙体给抹了一遍。看着人家的房子抹了加厚保温层，香儿妈妈也着急，冬天很快就又来，范家的墙体该怎么办？要说，身为厂长，范家要做点什么小的工程岂不太容易了？可范厂长偏偏就不，香儿妈催找得急了，就一句话："这事你别管，改天我想办法。"可是，范厂长的办法何在？香儿妈是根本不敢奢望的。而刘浩天将这一切看在眼里，也记在心上，一个星期天，趁香儿妈妈不注意，刘浩天就如法炮制，按照给自家墙体抹灰加层的办法，找两个兄弟只用一天时间就将范家的墙体抹了个严实又漂亮。这事做下来，直把香儿妈妈一再感叹：生女儿说到底也不如生个儿子好，你看人家浩天，要不，干脆让他做咱家女婿得了。

香儿妈这么说，半开玩笑半是真，或者说玩笑的成分更大一些。香儿爸爸范厂长却嗤之以鼻："女儿的事，你少操心。我看正庄那个古英俊就不错。你要相信咱女儿的眼力。"爸爸是认真的，爸爸认真起来，妈妈就一笑，不再吭气了。然而，爸爸走了，在范厂长突然故去的日子里，刘浩天无论出于什么目的，都对范家做了许多令人感动、使人叹服的事情。是他，陪着范家母女处理好有关范厂长的一切后事；又是他，两次跑到县医院，专程将县里最好的医生接到厂区给香儿妈妈看病；更是他，在香儿一切都陌生的情况下，为范家采购回来所有的生活物资，诸如粮食、副食、蔬菜、煤炭，等等。这一切，都让范香儿看得目瞪口呆。她很清楚，如若不是这位好心的邻居，她将必须为此付出多少心血和劳累。而这位好心邻居呢？范香儿想过，应该给予这位邻居以恰当的报酬，凭什么人家就一定要当这个"活雷锋"？凭什么人家就一定得给你家当这个"活雷锋"？可是，香儿几次真心酬谢，譬如说将父亲压箱底的"大中华"香烟给刘浩天抽，又譬如把自己心爱的几本书给刘浩天看，可刘浩天只是摇摇头，一笑谢绝了。

1975年的冬天，对于范香儿来说是多么的严酷，而在所有的严酷之中，最严酷的莫过于家庭生活的千钧重担一下子落到了从来没有为这个家庭操过一份心的弱女子身上。尽管范香儿的天性使然，她不想承认这一切，但现实总归是现实，生活中一次次的碰壁，而那个人又一次次地帮助她渡过了难关，无论她多么不想承认，但她还是不得不承认，现在，只有那个甘心付出的刘浩天才是她最需要的人。父亲去世后的第十天，香儿的弟弟应该回到县城上学去了。以往的时候，父亲便会想尽一切办法起早贪黑地开车把弟弟亲自送到学校去。弟弟享受这一切，这也是他在同学当中可以让人眼热的很少一些的固定"项目"。而今天，爸爸不在了，山里更是刚刚下了一场大雪，大雪封路，深山里的三线厂原本固有的可以通往县城的班车开不进来也走不出去，但弟弟的学是一定不能再不去上的。怎么办？香儿左思右想，只好把自己的自行车搬出来，和弟弟商量，要不就姐姐帮弟弟把行囊装自行车上，然后陪弟弟走60里路。雪大路难行，但抓紧一点，有一天的时间还是可以到达的。弟弟不高兴了，噘着嘴，又不敢说话，那当时，香儿那个难啊，真是欲哭无泪。就在这时，那个人，那个范香儿最不想求、最不想用的人——刘浩天默默地走了进来，将弟弟的行李一把揪起，然后拍拍弟弟的肩膀："小弟，咱们上学去。今天浩天哥送你。"

在这一瞬间，香儿呆住了，她想说什么，自己也不知道，但她明白自己不能什么都不说。踟蹰片刻，她说道："雪大，听说，路上没有车走。"

刘浩天笑笑，习惯性地说："我上防滑链了，万无一失。放心吧，你在家陪好阿姨，我去送小弟。"

刘浩天拉着弟弟走了，范香儿却止不住捂着脸庞低低地抽泣起来。

母亲病了，病得不轻，但母亲的病一半是心病，抑郁的心情导致她茶饭不思，寝食难安。唯有一件事，让母亲一想起来就有精神；唯有一个人，让母亲一看见那个人就不再抑郁。这个人就是刘浩天。今天，当刘浩天把弟弟接走，当香儿一个人悄悄抽泣的时候，母亲其实都在观察着所有这些。无疑，女儿的精心侍奉，无微不至的照料，长达10天的休养，已经使她恢复大半。但她却在把握着时机，不想让自己彻底好起来。当然不是真的想继续病下去，而只是想把女儿留在自己身边，永远告别那个让女儿痴迷难舍的正庄村，永远告别那个不知天高地厚，只会高谈阔论、挥洒笔墨的农民古英俊。说真话，香儿的妈妈从一开始就不喜欢古英俊，其中原因之一正是因为香儿的爸爸太过喜欢古英俊。不止一次，香儿的爸爸对古英俊赞誉有加，最早这样的赞誉要追溯到古英俊与范香儿还在高中上学时那次篮球场上的英雄救美。那一次，范香儿的爸爸范厂长在通过县公安局的老同学了解情况后，就对未曾谋面的古英俊产生了兴趣，并且以家属和工厂的名义请县公安局向古英俊等几位见义勇为者转送了锦旗。再后来，范香儿因为正庄民兵烧石灰的问题回家找父亲谈销路，又让范厂长对已经当了民兵营长的古英俊加倍看好。因为，在当时的情况下，敢于有如此作为的年轻人实在是太少了，而古英俊显然与众不同。也正是从那时起，作为父亲，他开始关注女儿和这个年轻人的关系，并衷心希望他们能够走到一起，这也促使范香儿在与古英俊商量婚事的时候不仅充满信心，而且毫无顾忌。而作为母亲，香儿的妈妈却对古英俊并不十分看好，不是不看好这个才华横溢、敢作敢为的年轻人（对于这一点，她是承认的），而是不看好他能够给自己的女儿带来幸福。且不说古英俊的农民身份，在这个因户口而会带来与生俱来的许多社会福利，又因户口而使人寸步难行的现实生活中，农民的身份意味着你会失去很多，而且终身难以改变。就算你古英俊可以终有一日摆脱这个身份，就算我们可以不去计较这个问题，在香儿妈看来，古英俊仍然不是一个可以给自己女儿带来幸福的男人。因为古英俊在许多方面与香儿的爸爸太像了，当初自己正是出于对那位一时风流倜傥、风头无二的转业军人大学生、革新能手和先进青年的仰慕才和他走到一起。在别人看来，这样的婚姻简直是郎才女貌，阴阳绝配，尤其香儿的父亲被上面来人反复考察确定为这家三线厂的厂长之后，不仅参与厂房建设而且主管建成后的生产管理。要说，这个位置那是令许多人羡慕的，来自各个方面对于范厂长的称赞也从没间断。可是，谁又知道，就在香儿爸爸风光的背后，还有着一个人在为他默默地付出，而且是无报酬、无限期的付出。在三线厂建设周期内，这里的条件要多差有多差，本来以范厂长这样的本县干部身份，他在县城有自己的住房，是完全可以不把家属接到深山老林的厂子里来的。可是，范厂长一句"咱们不住厂里，让谁住啊？我一个领导干部不带头，又能让谁带这个头？"根本不容妻子分说就把家眷接到了厂里，也把无数无休止的困难带给了香儿妈妈。正是从自身的经历中，香儿妈看出了古英俊身上所具有的那么一种趋向，身为母亲，她理所当然要为自己的女儿谋幸福，也就理所当然地反对自己的女儿和古英俊走到一起。只是在过去的日子里碍于香儿爸爸的不同意见，也因为女儿毕竟尚未正式提出和古英俊结婚，所以她采取了一种自认为稳妥的拖延战术。在青山，别人家的女儿，像范香儿这个年纪，家长早就催婚了，而香儿母亲却摆出一副开明的样子，从来不过问一句女儿和那个小伙子有什么情况没有。然而，现在机会来了，老子《道德经》有云："福兮祸所伏，祸兮福所倚。"现在看来，起码在香儿的婚事这件事情上是有这种可能的。作为妻子，香儿妈当然最不愿意自己的丈夫英年早逝，这对于她和整个家庭来说都是一件塌天大事，可是，唯独对于女儿的婚事，却有可能因此而逆转。这也许应该算是香儿妈妈在黑暗之中看见的一丝光亮。所以，现在当母亲发现女儿在抽泣时，她决定向女儿挑破那一层从未被刘浩天自己敢于挑破的窗户纸。

"香儿，妈妈想和你说一件事情。"母亲尽量做出自己病体未愈的样子，来到女儿的房间。

"妈，你怎么出来了，医生不是让你多养着点吗？"女儿抹去眼角的泪痕，努力使自己在母亲面前不要有什么忧郁表现出来。

"香儿，你不觉得浩天这孩子挺好的吗？"母亲单刀直入，不想让自己再犹豫，也不想失去这个"趁虚而入"的机会。

母亲的提问，使范香儿意识到这是一次挑战，但她真的不知道该如何回答这个问题。她多少意识到了母亲潜在的想法，也由此更加明晰地清楚了刘浩天对自己、对这个家的付出到底是为了什么。平心而论，刘浩天是个不错的小伙子，具有生活中很强的操作能力，也具有对人关怀备至的那么一种心意。尤其在目前的情况下，这间失去了大梁的房屋，这个失去了男主的家庭，最合适的入替者，最可用的"接班人"，大概真是非他莫属了。更何况，刘浩天的家庭和这个家是那么的知根知底，刘浩天的父亲与自己的父亲又是那么相互扶持……然而，古英俊呢？我范香儿真正爱着的那个人呢？范香儿摇摇头，拿出一副外交使臣般的姿态开始和母亲"捉迷藏"："妈，你说刘浩天吗？是挺好的，现在这样的活雷锋可真不好找了。"

"范香儿，你不觉得人家浩天对咱们家、对你范香儿是真心的吗？"母亲步步紧逼。

"妈，这是什么话？刘浩天和我大小也算同学，和咱们家又是邻居，邻里之间、同学之间，互相帮忙照顾，这不是很正常的吗？为什么要怀疑人家别有用心呢？"范香儿不卑不亢，故意把话题说得轻松一些，脸上也带出了浅浅的笑意。

母亲不高兴了，声音有些提高了说："范香儿，你别跟我装糊涂。你真的不明白人家浩天对你的一片情意？你真的觉得浩天这孩子就死活入不了你这个大小姐的法眼？"

女儿寸步不让："妈，你怎么能这样说呢？我凭什么有人喜欢我我就也得喜欢别人？再说，我和英俊的事不是你和爸爸都同意的嘛，怎么爸爸刚一走你就变卦了？"在这件事情上，范香儿明白自己不能再往后退缩，一退就没有回旋余地了。

母亲矢口否认："哎！范香儿，我这做妈的可从来没有说过我支持你和那个农民的啊！你爸是你爸，这件事情上他代表不了我。"

香儿明白，母亲说的确实也是事实，但自己这个时候决不能顺着母亲，因为母亲的韧性她是知道的。香儿记得爸爸说过，想当年母亲上高中的时候，有一次学校组织元旦万米长跑比赛，那时候的比赛是不分男女组的，结果参加正式比赛的居然只有母亲一个女生。学校老师劝她放弃算了，但身体单薄的母亲非要坚持比赛不可。没有办法，学校几个体育老师商量一下，只好由一个女体育老师陪伴母亲参加比赛。结果，就因为母亲一个人，整个比赛的结束时间延迟了一刻钟，但母亲坚持到底的精神也因此得到了学校领导的特别嘉奖。一种意念在范香儿的头脑中急速闪过，香儿决定以攻为守："妈，别的事我听您的没错，但这件事您可不要逼我。不要忘了，我是您的女儿，您的韧性和坚强也会遗传在我的血统里的。"

"香儿，妈妈不是强迫于你，妈妈只是以一个过来人的经验告诉你，婚姻是不能逞一时之快的，生活是由非常琐碎具体到不能再具体的油盐酱醋茶组成的。妈妈不是干涉你的个人感情，妈妈是为你好，为咱们这个家好。"话说到此，母亲开始抽泣，继而边哭边说起来，"你也看见了，你爸这一走，如果没有人家刘浩天的帮助，咱们家的好多事靠你还是靠我，还是能靠上你弟弟？妈妈不是不知道你那个古英俊才华横溢，也许有一天会出人头地，可是，那是什么时候的事情？现在他能给你、给咱们这个家带来什么？你说，你倒是说啊！"

范香儿无言以对，确实的，尽管古英俊也提出来可以多到范家来帮忙干活，但终归远水解不了近渴，你又不能让古英俊抛弃村里的工作而到范家来做一个男保姆。再往深一层说，作为范家现在唯一成年的子女，按照政策香儿是可以顶替父亲进厂工作，且一进来就是没有试用期的正式工人。问题是，如果那样，古英俊怎么办？而假使自己放弃这个成为正式工人的机会，这个家庭又如何能够得以支撑呢？

彻夜难眠，第二天一早，范香儿侍奉母亲吃饭喝药之后，自己一口水都没喝，胡乱把蓬松的头发整理一下便踏着一路冰雪骑自行车奔上通往正庄的路径。

无眠的其实又何止范香儿一人？十多天来，古英俊人在正庄，心却总是时时飘忽在几十里之外的三线厂里。香儿父亲的去世也使他在心理上受到了无可名状的冲击，不知从何时起，古英俊已经隐隐感觉到和香儿的婚事出现了问题。古英俊认为，香儿的情感将永远属于自己，可是香儿那个人却怕是要在某种现实的阻隔下从此与自己成为路人了。因为，你古英俊无法填补农业人口与非农业人口之间的鸿沟，因为你古英俊无法在香儿一家最困难的时候去充当撑起一间房屋的大梁。在这个问题上，不是古英俊不想，而是现实不允许你一个农民去那家三线厂里出任哪怕仅仅是清洁工一样的雇员。你更无法想象香儿的母亲能够像她的女儿一样甘愿在农村、在正庄和自己的"女婿"一家其乐融融地共同生活。所有的一切，归根到底，要解脱香儿和她那个家目前的困境，唯一的办法也是人们能够接受的办法就是让香儿去顶替父亲的名额，成为那家厂子的正式工人，再进一步当然也只能是让自己心爱的人与自己彻底的劳燕分飞，让那段刻骨铭心的爱情成为永远的回忆。这是一个令人痛彻心扉的结局，是一个让人不能接受的结局，然而，古英俊明白，如果爱一个人，那就应该为你所爱的人付出一切，哪怕是生离死别，而不能让你所爱的人受困于艰难之中。

当范香儿骑车跌跌撞撞来到古英俊家的院子，推门而入的时候，似乎有一种心灵感应，古英俊一个箭步便出现在她的眼前。两个人，两颗心，在这一刹那猛烈地碰撞，范香儿只问一句话："大娘在吗？"

"不在，到大姐家去了。"古英俊如实回答。

"英俊！"香儿搂着古英俊的脖颈，推着他，走进他的屋子，一下子软绵绵地躺在并不宽敞的炕上，口中喃喃道，"古英俊，今天我要和你做一次夫妻，就这一次，你不要拒绝我！"

古英俊怔住了，范香儿不是章玉儿，但她今天这话却像极了章玉儿。一种不祥的预兆迎面袭来。

香儿还在近乎迷幻地呓语着："英俊，我求求你，这是第一次，也是最后一次，哪怕只有这一次，我范香儿也今生无悔了。"

"香儿，你在说什么？有什么事和我说呀，没有过不去的火焰山，相信我，为了你，我上刀山入火海，心甘情愿。"古英俊赌咒发誓。

"古英俊，我不要求你干别的，就要你和我做一次夫妻，这比上刀山入火海还难吗？"

"香儿，我、我、你倒是说为什么呀？"

"英俊，我已经经过无数次反复思量，我不能没有你，可是我也不能没有妈妈和弟弟。为了他们，我、我……"范香儿泣不成声。这个坚强的姑娘，实在不能再坚强下去了。

如泣如诉，就在古英俊的怀抱中，范香儿将这段时期以来无数的际遇、无数的苦恼，向自己的心上人倾泻倒出。两个人，在这短暂的时光中度过了人生最漫长的半天，直到将近中午的时候，古英俊听见隔壁房间一阵响动，他知道，是母亲回来了。母亲一定会看到院子里的自行车，也一定会知道这是香儿来了，但是显然，母亲不愿意打扰他与香儿两个人的世界。母亲只是默默地做好了几道可口的饭菜，然后便静静地等待着儿子和"准儿媳"的出现。

拥抱与亲吻，缠绵与诀别，不是生死别离，胜于生死别离。为了香儿，为了自己最心爱的人，古英俊告诉自己：真爱，就应该为你所爱而舍得牺牲你所拥有的一切！那么让爱珍藏于心中，为自己的爱人祈祷去吧。

午饭之后，范香儿以眼泪告别了古英俊白发已现的母亲，老人家什么都没有说，但是显然已经知道了一切。她将香儿紧紧地抱住，然后，从自己轻易不肯打开的箱子里掏出一沓手工绣制的鞋垫，上面绣满了诸如鸳鸯戏水、喜鹊登梅、龙凤呈祥等图案。不用说，这些本来都是给儿媳的礼物，现在，她却将它们塞给了香儿。范香儿红肿着眼睛再一次以泪洗面。

两辆自行车，在冰雪铺就天成圣洁的道路上行进着，走走停停，停停走走，古英俊将范香儿一直送到距离三线厂只有不到3里路的地方，两个人再次相拥，即便这时正好有一辆汽车从旁边走过，防滑链飞驰溅起的雪花和冰碴像一道雪幕笼罩了两个人的全身，但这俩人也完全视若无睹。直到日落西山，古英俊才调转身来，向着自己的村庄，头也不回地疾驰而归。

古英俊没有料到，在村口，他看见了伫立已久的鲁芳儿。

十八
飘雪的季节

　　章玉儿走了，范香儿走了，鲁云生在确保胡灵儿这个后方得到稳固之后，被抽到地区团校学习半年，也走了。正庄村里上千口人没有走，知青点上老知青加新知青总体上还多了几个人，但到底多了几个，古英俊不知道，也不屑知道。在他的世界里，这曾经喧闹的村庄短短几个月之间就骤然间停止了运转，整个村子陷入了荒凉、冷清与寂寥。而在事实上，正庄大队正庄村在1975年底到1976年初的形势还真是应了那句流行话儿，叫作形势大好，不是小好。在老支书张成才的支持和古英俊、鲁云生等人的坚持下，正庄大队的玉米全部采用了省农科院最新培育的密植高产玉米，这种玉米的特点在于杆颈低而粗壮，抗风抗旱，夏日一场冰雹过后，其他大队的玉米都趴地上了，就算你扶起来也必定减产大半，而正庄的玉米却经历了一场冰雹之后反而因为有了充足的水分而更加挺拔。计算整个玉米产量，每亩达到惊人的1000斤之多。这在当时，简直是逆天了。只不过，在如何向上面报产量的问题上，老支书张成才经过反复思量，最后确定，全大队总产量按去年的总产量稍减2000斤报。理由是冰雹造成了灾害。古英俊明白，这意味着正庄大队的粮仓里又多出了将近5万斤以上的余粮。另外一个情况是，这一年，年底结算，正庄大队每个劳动日分红达到9角8分钱。而这个数字也是老支书张成才坚持给压下来的，因为如果按照总会计鲁高明的算法，那就应该是每个劳动日已经突破1元大关，达到1元零5分钱这个数字。对于老支书这种瞒报的做法，古英俊心里五味杂陈，别的不说，这样瞒报，不是把人家农科院专家们的功劳和新种子的效果给抹杀了吗？而如果这种种子能够在更大更广的范围内得以推广，那该是一件真正造福于更多人的好事啊。

腊月初八，又一场大雪覆盖了太岳山，覆盖了大清河，劳作了一年的农民们怀着愉悦的心情迎来了一个难得的长假，这个年，要好好过一下了。有所区别的是，农民当中的一些人是没有长假的，这些人就是村干部，当时叫作大队干部。

腊月初九这一天，天仍然阴沉沉的，雪停了，西北风并没有停，风不大，但风带着雪花，刷刷刷打在人的脸上、脖颈上还是生疼生疼的。早饭以后，干部们就迎着雪花或者背着雪花从四面八方来到大队办公室开会。要说，这会场还是原来的会场，开会的人也还是那些开会的人，只是少了几个年轻人，章玉儿、范香儿、鲁云生，或者还要加上慧兰儿，这会前的气氛就显得沉闷了许多，那些爱"胡诌"的人们再也没了诌的兴趣，几个喜欢说悄悄话的妇女也因了整个会场的安静而不再嘻嘻哈哈。看看大家的情绪不高，喜欢热闹的鲁高明趁着老支书还没有到，敲敲桌子，开了腔："我说，咱们大家今天这气氛可不对啊，好不容易能安安稳稳休息几天了，还不乐呵乐呵？"

有人起哄："就是，高明子带个头，给咱唱两段《金水桥》。"

也有人说："唱什么《金水桥》，那是'四旧'，唱一段《红灯记》。"

鲁高明清清嗓子，既不唱《金水桥》，也不唱《红灯记》，而是唱了一段青山人早年时耳熟能详的青山酒歌：

一挺机枪两条腿呀，八路军打败了日本鬼。

三个弟兄去参战呀，四季里都把捷报飞。

鲁高明唱完一段，掌声四起，这酒歌也唤醒了人们新年新春应有的欢乐气氛。鲁高明再清清嗓子，准备开第二段，突然，供销社顶替他爹值班的半大小子宋向东一本正经地推门而入，对着准备唱歌的鲁高明就是一句很不客气的顶头呛："高明子（按辈分小小宋向东可是鲁高明的叔辈），还唱，再唱不怕抓你个'现行反革命'？"

鲁高明怔住了，人们也都把惊讶的目光盯向小向东。这时宋向东才压低声音说出一句令所有人有如五雷轰顶的话来："周总理逝世了！"

足足长达2分钟的静默之后，人们纷纷追问宋向东："你说的是真的？大喇叭为什么不播出？"

正在这时，村里的大喇叭开始播音了，一个所有人都不愿意接受的事实再一次通过不同的渠道进入人们的耳际，刺入人们的心房。

老支书张成才是最后一个走进会场的，他整个人已经泣不成声，眼睛早已红肿到睁不开了。那天的会是怎么结束的，在古英俊的脑海中已经很难明晰，但那天会议的情景却永远记在了心中。这天晚上，对着天空中冷清的月光，古英俊悲情汹涌，止不住诗情勃发，写下半首《江城子·悼总理》：

仰天长叹悼周公。泪潮涌，眼朦胧。人民总理，长袖舞东风。音容笑貌应犹在，惊天地，泣鬼神。

写了这一半，就怎么也写不下去了，悲情汹涌，浮想联翩，手中的笔似千钧重，旋转的大脑却一时僵化，古英俊从来没有遇到过这样的情景，第一次，他感觉到什么叫做秃笔难书。写不下去就不写了吧，古英俊把摊在自己小方桌上的那张稿纸收起来，轻轻地夹在一本红色笔记本的塑料包皮里面。

一首词，写了一半，按说如果没有特殊情况，这词就永远只是那一半，也不会给古英俊找出什么事情来了。可那个特殊的年代再遇上特殊的人，一切就充满了变数。

范香儿的退出，在古英俊来说是一次情感的巨大挫折，而对于鲁芳儿来说却是一次天赐的机遇。那一天，古英俊踏着冰雪辞别范香儿，回到正庄的时候，等在村口的鲁芳儿远远地看见古英俊就照直迎了上去，把一条亲手编织的围脖裹在他冻得红肿而赤裸的脖颈上。那一刻，古英俊似乎从冰窖之中突然回到了地面，一股热流涌上胸中，他很想在那个特殊的时刻对这个痴情不改的小妹妹说句什么，可是，理智告诉他，不能，你不能！如果那样，你既对不起范香儿，也对不起眼前的鲁芳儿。古英俊，你没有资格接受一个纯情女孩儿对你的炽爱，起码是你现在还没有资格接受这种毫无杂质的真爱。

也就从这天起，鲁芳儿无形中成了古英俊家中的新成员，至少是预备成员。每天，除了正常的出工开会睡觉吃饭，鲁芳儿剩余的时间基本就都泡在古英俊的小屋里了。古英俊在时，两个人总有说不完的话题，从文学到艺术，从农业到科技，从青年时代到未来世界；古英俊不在，鲁芳儿便承担起收拾屋子，洗衣服，整理书籍等一应家务。正是在鲁芳儿的陪伴下，古英俊很快走出了失去范香儿的痛苦，或者说正是因为鲁芳儿的介入，才使古英俊重新进入了一种青春做伴比翼齐飞的状态。从另一方面说，鲁芳儿走近古英俊也得到了几位相关人物的赞许。

第一个首先就是鲁芳儿的母亲。对于自己的女儿，毛青兰往往是无所适从的，她疼自己的女儿，却又不知如何才能让女儿理解自己。尤其儿子鲁云生和胡灵儿定亲之后，她全部的精力就用在了对女儿的关心上面。具体说就是女儿的两件大事，一为女儿的工作，在毛青兰看来，让女儿像自己一样一辈子待在农村是绝对不可以接受的。那么，让女儿找份工作，吃上公家饭便是做父母此生最大的心愿。除此之外，为女儿找个称心如意的女婿就成了她的第二个心愿，或者说是比第一个心愿更加重要的心愿。在毛青兰看来，"男怕入错行，女怕嫁错郎"，乃是亘古不变的真理，人家都说女貌郎才，自己女儿的容貌还是很令做母亲的引以为骄傲的，那么，剩下的就是为女儿找一个真正的才子，当然最好是有权有势又有才的那种。基于此种想法，毛青兰在发现女儿和古英俊交往甚密，甚至毫不隐讳时，她的心里开始动摇了，英俊是才子，这一点是不容否认的。但在毛青兰心里，对于古英俊这个人又总是藏有忌惮之心，不为别的，就因为古英俊从小就表现出了强硬的个性，但凡他认准的道理，十二头牛也拉不回来。和这样一个人在一起，自己的女儿岂不是永远将受制于人？然而，世界上的事情总是会转变的，当毛青兰在得知范香儿的情况以后，突然又觉得自己的女儿选择古英俊其实也不失为上上之策。试想一下，以古英俊的能力，将来说不定会干出什么更大的事业呢，否则，人家范香儿一个城里人怎么会看上一个地道农民？以此类推，如果自己的女儿和古英俊真能走到一起，那也不失为一桩如意婚姻。所以，有关女儿与古英俊的一切，在一向开放的毛青兰这里就得到了更大的便利。而毛青兰自己也断不了在婆姨们之间有意散布古英俊与自己女儿即将成婚的"内部消息"。

第二个那就是古英俊的母亲了。因为父亲在外地工作，一年到头很少回到村里，真正与英俊相依为命的从小到大便是勤劳善良的母亲和仅仅大英俊3岁的姐姐。也正因为父亲不在村里，母亲为了维持这个家庭的运转吃尽了无数的苦头。在英俊的记忆中，让他永远难忘的是他7岁那年的深秋，生产队里分粮食，英俊家一家5口人光玉米棒子分在地里就是上千斤，可是家里两个老人爷爷奶奶身体都不好，一个常年卧床不起，一个挂着拐杖才能出行。英俊自己方才7岁，姐姐也只有刚刚10岁，那上千斤的玉米棒子要靠母亲一个人从三里地外的下河湾运回家里，其难度之大可想而知。偏偏老天又下起了蒙蒙细雨，且越下越大，如果不能很快将玉米棒子搬运回家并晾晒开来，那上千斤的棒子就可能烂在地里，而这是一家人全年口粮中的大半啊。这样的事情在家里有劳力的情况下是根本不可能发生的，可是对于那些无劳力家庭来说，这就是每年一度的特大难关。那一天，眼看着母亲已经在泥泞的道路上来回奔波不下5次，而上千斤的玉米棒子却还有大半堆在地里，7岁的古英俊和10岁的姐姐毅然挑起了和自己体重差不多（四五十斤）的担子，踏着母亲的脚步，踉踉跄跄前行在泥泞的道路上，这也使得整个的搬运过程缩短了三分之一。当真正的大雨来临之时，3个人终于将上千斤的口粮抢运回家。那一晚，小小的古英俊累得像一条打猎回到主人身边的猎狗，既兴奋，又疲惫，兴奋自己可以像一个男人一样扛起家庭的担子，疲惫到连说一句话的劲儿都没有。当母亲为了犒赏儿子女儿而特意为他们做好一碗漂着蛋花的辣汤让儿女出出汗，以防感冒时，古英俊竟然已经穿着湿透了的衣服趴在炕上呼呼入睡。这一点经历在古英俊一生中是永远不会忘记的，也是特别容易引起联想的。所以，后来当古英俊看到同是女人当家的慧兰儿在暗夜中搬运玉米的时候就不能不挺身而出，做出了一个男人应有的举动。今天，古英俊成熟了，母亲再也不需要为了什么口粮可能烂在地里而奔波于泥泞之中，但是，儿子的婚事却不能不让她操心。尤其是眼看着英俊的同窗好友鲁云生已经定亲，而自己看好的准儿媳范香儿却别离远行的情况下，母亲岂能不为儿子操心？现在好了，范香儿走了，是有点可惜，但鲁芳儿来了，这又让母亲更加高兴。因为芳儿这个女孩子是母亲看着长大的，也是杏花公社十里八村人尖子里挑出来的一朵花。毛青兰人虽然有点张扬，但鲁大力还是实在得很，更别说芳儿的哥哥鲁云生和英俊是从小到大最要好、最知心的朋友兄弟。总之，有关鲁芳儿的一切都令母亲满意，也更让母亲踏实放心。尤其是这段时间以来，鲁芳儿毫无戒心地深入古家，心甘情愿为古英俊、也为母亲所做的一切，都让母亲感受到了拥有一个可心的好儿媳是多么的称心，多么的惬意。按照正常情况发展，古英俊与鲁芳儿走到一起已经不存在任何的障碍，两家大人在一起走动更多了，母亲和毛青兰已经紧锣密鼓地商量着如何为两个孩子操办一场简单而隆重的婚礼。然而，就在古英俊与鲁芳儿的好事将成之际，1976年的清明节来到了。还在较早的时候，鲁芳儿就多次接到高中同班同学的通知，趁着青山县城一年一度的农历三月物资交流大会，班上的同学要在县城举办一次毕业两周年聚会。老同学相会，以进行多方面的交流，以促进大家友情与事业的发展。此类的聚会，鲁芳儿本是不甚感兴趣的，但是考虑到盛情难却，也想顺便把自己和古英俊婚事将成的喜讯告诸大家，便答应了下来。到了农历三月初五（公历4月4日清明节前夜）这一天，鲁芳儿因为和古英俊商量青年夜校的事情，古英俊给她开了一个书单，要鲁芳儿抽空到县城新华书店去买一些新版的图书，以做下一阶段的夜校教材，具体来说，譬如新版的《诗韵常识》、郭沫若的新书《李白与杜甫》，又如《池塘养鱼》《密植与通风》，等等。芳儿顺手就记在了英俊那个红色塑料皮的笔记本上，本想把这张记满了书名的纸张撕下来带走，又觉得这对本子是一种破坏，于是就将这本子带在身上去参加同学聚会。

老同学相见，无所不谈，三杯酒下肚之后，更是有人神秘兮兮地说起了最近发生在北京天安门广场的事情。一位同学说："我是没那个水平，我要是会写诗，也写上一首，贴到人民英雄纪念碑上去。不为别的，就为悼念周总理。"

有人说："你们几个谁能写？写得出来我就把它贴在咱县人民大礼堂的广场还是可以的吧。"

这话一出，马上就有人呛道："你那两下子，倒贴5块钱请人看也没人看。"说着说着，就有人说："咱们是不行，就是不知道咱那大学长古英俊行不行，那可是咱们青山一中的大才子。"又有人说："鲁芳儿，古英俊不是你干哥哥吗？他有没有写悼念周总理的诗歌你总该知道吧。"

这个时候，关于北京方面的情况青山县里虽然还不是十分明了，但古英俊私下还是告诉过鲁芳儿，众人面前对于此类事情还是小心为妙。可事到此时，一是受同学们对总理爱戴与怀念之情的感染，二是鲁芳儿也想趁机将古英俊那半首词公开朗读出来，可是又想到英俊哥哥的交代，不便将此半首词说成就是古英俊所写，所以，趁着同学们吵成一团的空当，将那红色笔记本偷偷拿出来，看了一下，而后才将那半首《江城子》背诵了一遍。原本，鲁芳儿也就是随便一背而已，谁知这半首词一读出来，同学们就纷纷抢着将那半首词给统统记了下来。有人实在没地方记，干脆就记在了胳膊上、手掌上。鲁芳儿没有想到的是，就这样一次普通的聚会，就这样一个随意的举动，竟然给古英俊、也给自己惹下了天大的麻烦。

第二天，也就是清明节那天，人们先是从广播中听到了发生在天安门广场的事情，老百姓对于更深层次的政治并无多大的感觉，毕竟北京距离青山县少说隔着一千多里路，大家便觉得这事儿和自己真是八竿子打不着的。然而，4月7日这一天，却有两位公安人员跑到正庄大队把古英俊给带走了。所幸，其中一位和英俊算是熟人，临走还算是小开"后门"，和老支书张成才说了一句："英俊写的一首词据说和天安门广场的事情有关。赶紧找人吧。"

找人，找谁呢？老支书张成才感到从未有过的迷茫。说古英俊会写诗这他知道，而且知道这县里还真的没有谁比英俊写得更好。可是你说英俊的诗居然能和北京天安门广场挂上钩，打死他都不信。这段时间以来，古英俊几乎天天都和自己在一起，不是下地干活，就是办公室开会，怎么会和天安门广场的事情扯上关系了呢？然而，令老支书张成才没有想到的是，有人居然找上门来，亲口和他承认，英俊的诗词确实和天安门扯上关系了，而真正的发端却是这个自己人。这个人就是鲁芳儿。

古英俊被公安局"请走"的事情，很快就传到了鲁芳儿的耳中。起初，芳儿也不明白英俊哥哥何以就能和这么敏感的事情扯上关系，可是，只是稍微一想，便突然捶胸恸哭起来："天哪，是我害了英俊哥哥！"因为她知道，古英俊是不可能把半首未写完的词给别人看的，那半首词，真正看到的只有鲁芳儿自己一个，而两天之前，也正是自己不遵英俊哥哥的嘱托，一时兴起将那半首词给读了出去的。可是，当时在场的全部都是同班同学，他们之中又是谁将这半首词给举报上去的呢？鲁芳儿急如星火，先找到老支书张成才承认是自己一时的错误，然后请教道："成才伯伯，你说这事可咋办？"

毕竟姜还是老的辣，一听鲁芳儿如此说来，老支书张成才心中便有了底，正色问鲁芳儿道："芳儿，你必须和我说实话，这词，还是这诗，你说没说是英俊写的？"

鲁芳儿斩钉截铁："肯定没有说是谁写的，我只说我这里有半首词，然后就念了。"

老支书张成才道："那好，现在的问题是必须让英俊知道你没有把他说出去。他也不能承认这诗还是词是他写的。就说不知道。"略停一下，又说，"芳儿，你有没有可靠之人可以接近公安局管英俊的人？"

鲁芳儿想了想道："有倒是有一个，可我很讨厌他。"

张成才道："他不讨厌你就行。你讨厌他无所谓。"

芳儿又道："他恨不得我有事求他呢。"

老支书张成才一听便明白了年轻人此中的关系所在，于是嘱咐道："芳儿，现在的关键是你必须找他，让他把话给传进去。只要英俊一口咬定不知道，一切都好说。他们要是问你那半首词从哪来的，你就说路上捡来的。我看他们也不能把你怎么样。反正没人相信是你写的。"

鲁芳儿不想找又必须找的那个人乃是同班同学乔建中。乔建中也参加了三月初五（4月4日）的聚会，若论乔建中，那才是鲁芳儿在整个高中期间最疯狂的追求者，也是最可怜的失意者，又是最不甘心的屡败屡战者。尽管如此，乔建中仍然放话："鲁芳儿是我的，她必须是我的，也只能是我的，不信咱们走着瞧。"当然，这话说得多了，也就没有人信了，但这不信的人并不包括乔建中自己。那么乔建中凭什么对自己如此执着，如此笃信呢？原因也是有的，首先，乔建中的家庭在青山县来说那算名门显贵，乔建中的祖父曾是前清的秀才，父亲更是时任县委组织部的常务副部长。除此之外，乔建中的母亲也非平民百姓，而是县检察院的一名检察官。虽然这位中年妇女从未上过一天与司法检察相关的学校，论文凭也就是高小毕业或者肄业，但是据说在检察院说话还是很有些分量的。乔建中本人要说也算帅小伙一枚，若以几十年后的时尚而言，凭其颜值，追他的女孩子当不在少数，可这个乔建中偏偏走眼，一进青山一中就迷上了同班同学鲁芳儿。那个时候，乔建中几乎使尽了所有的手段，为鲁芳儿买皮鞋，让人家给搁教室墙角里晾了3天；给鲁芳儿送母亲从北京带回来的动物饼干，便宜全班女生吃了一周的零嘴。然而乔建中不死心，他本不喜欢文艺活动，唱歌五音不全，表演身体僵硬，文拉不了胡琴，武打不了铜锣，但乔建中就因为鲁芳儿是学校宣传队的骨干，便非进宣传队不可。最后他还是托人找关系走后门让他爹请老师吃饭给安排了一个拉大幕扛道具的活儿。高中毕业以后，人家"吃商品粮"的男生都要去当兵，乔建中的妈妈却觉得儿子吃不了那份苦，乔建中自己也因为当兵便会失去追鲁芳儿的机会，于是凭着在学校宣传队待过的经历，让他妈硬生生找文化局局长给他在县文化馆里安排了个临时工干着。说白了，每天的工作也就是给局长馆长端端茶、倒倒水，遇到县里几个月一次的演出活动给人家扛扛道具。工作倒是蛮胜任，工资不多，每月26元，可要比在广阔天地黄土堆中刨食那就天上地下了。有道是风水轮流转，原本是乔建中事事求着鲁芳儿，现在轮到鲁芳儿要去求乔建中，在鲁芳儿心中便是老大的不快。可是芳儿也知道，人在屋檐下哪敢不低头，以鲁芳儿的社会圈子，现在唯一有可能为英俊哥哥递上话的满打满算也就只有乔建中这条线了。你不找他更找谁？乔家的电话和文化馆的电话乔建中不止一次给鲁芳儿留过，鲁芳儿一次也没打。今天鲁芳儿试着打了一个，还真灵光，已到中午下班的时候，本应无所事事的乔建中居然还在文化馆里老老实实待着。鲁芳儿当然不知道，其实乔建中早已预料到鲁芳儿会给他打这个电话，饵料抛出去了，现在就等着鱼儿上钩呢。

当鲁芳儿按照乔建中的安排，来到县城一家小饭店找个僻静位置坐下，乔建中就急匆匆赶来了，同来的还有另一个同学，都是两天前聚会过的。三人一坐下，两个男生便开始骂哪个缺了德的竟然把同学聚会期间诵读的诗词给举报了，两人左分析，右推理，觉得谁都有可能，又觉得谁都不一定。鲁芳儿急了，一拍桌子，指着乔建中鼻子骂道："乔建中，你到底是帮我的还是捣乱的？就让你往里面传一句话，怎就又扯上这些推理了呢？人出来了你们再推理行不行？"

乔建中立马打住，作认真样道："芳儿，我想来想去，这事还非得找我妈不行。她好歹也是公检法系统的人，往里面送包烟应该还是行的。但无论你谁进去，人家都有警察跟着，怕是不好传递话的。"

鲁芳儿道："这我不管，你人不进去也行，只要把古英俊给我放出来便行。"

乔建中做思考状，略待一会儿将拳头握紧对着鲁芳儿道："好吧！我也不管它那一套了，我妈不给我办事，我就和她断绝母子关系。"

再说古英俊，自被带到公安局后便陷入了一种"三不管"状态。因为古英俊在青山大小算个名人，之所以将他请进来，是因为有人举报说两天前他的未婚妻或曰女朋友在大庭广众下宣读了他写的一首词，而这首词也是本县范围内发现的第一首"反革命诗词"。仅此一条，已经足以构成古英俊被公安局请进来的条件。签发拘捕令的是公安局局长，但监督执行这件事的却是县委常委、宣传部部长仇凤英。平心而论，对于这件事，仇凤英的心态是矛盾的。一个时期以来，作为整个青山县曾经出尽风头的著名"尖子"，最近仇凤英却受了地委一位领导既隐晦又露骨的批评，说她战斗意志薄弱了，反潮流精神不见了，再这样下去，随波逐流，会被历史淘汰的。又说希望看到一个充满战斗意志的仇凤英继续冲锋陷阵在无产阶级专政下继续革命排头兵的中间，等等。这次谈话对已经习惯了按照正常秩序生活的仇凤英冲击很大，回顾几年来的工作生活，她也觉得自己过于陷入了事务主义，按那位领导说的也就是陷入了"阴谋家们"对革命造反派设置的"陷阱"，这无疑是可怕的，可是再仔细想想，自己遇到过的一些人、一些事，又无不处处显示着必然性与合理性。譬如正庄大队这个古英俊，有才自有才，但桀骜不驯。这样的人，你用好了，他对你就是人才，可用不好，那简直就是炸弹，随时会把你炸个粉身碎骨。在仇凤英部长看来，正庄的好与正庄的坏，都与这个年轻人有关。所谓好，自然是正庄大队和古英俊和他的文字为县里在省一级、地区一级争取了不少荣誉，但也还是正庄、还是这个古英俊也为县里出了不少难题。给周总理设灵堂的事情，仇凤英部长就坚定地认为那是古英俊鼓动老支书张成才的结果。所以，这次一听说有人举报古英俊写了"反动"诗（词），仇凤英就有一种莫名的兴奋。兴奋之一，在昨天地委宣传部召开的紧急电话会上，地委宣传部部长还强调，咱们上党地区到现在还没有抓获一个写反革命诗词的人，但你能说这么大的事件就真的和我们无关了吗？不对，只能说明我们的革命警惕性不够高，眼光不够锐利，观察不够仔细。这也是我们今天要开这个电话会的主要原因。而现在有了古英俊这个案例，那就说明在我仇凤英主抓的青山县在这个工作上算是有了一个突破，而且这也是全地区的首先突破。对于很长时间已经不再从事造反与整人之类工作的仇凤英来说，这样的事情还有一种莫名的刺激与兴奋。但是，当仇凤英与公安局局长联系，让公安去把古英俊给请回公安局后，略微冷静下来的仇凤英部长又觉得这事不能操之过急。她想起了古英俊这个年轻人在几次关键时刻为当时的仇书记、后来的仇部长解决过许多难题，帮了自己许多的忙。她又想起了在公安局汇报有关古英俊"反动"诗词的时候只是说怀疑，并无实据。这个事情如果古英俊死不认账，那就会整个被动起来。而且，还有一个情况也让仇凤英部长动了"恻隐之心"，那就是笔杆子老宋不知从哪听到了有关古英俊出事的消息，径直跑过来找仇凤英部长，给她讲了一个道理：如果真让古英俊出事，岂不意味着你仇部长自己多年来辛辛苦苦扶持起来并在省里和地区取得一定影响的正庄大队团总支和正庄知青点以及正庄民兵营这些尖子单位都要统统垮掉？因为所有这些先进典型的材料可都是古英俊写的或者至少是他主力参与了的。古英俊一旦出事，那些材料可就都立不住了，你仇部长的心血也就统统付诸东流了。而且，而且之后的事情那就更难预料。

不得不说，不管出于什么目的，老宋的这番话还是起到了相当震撼的作用，所以，古英俊在稀里糊涂被带回公安局之后，就陷入了一种"三不管"的状态。别说审问调查，连个说话登记的人都没有。就那么着，让他在一间房子里坐着，除了坐着，还是坐着。古英俊试图推开门出去走走，门居然可以推开，古英俊当真出去走了几步，院子里走过几个人来，有人冲他点个头，算是打了招呼，也有人匆匆走过，似乎根本就没有看见他。

古英俊心想，如果自己就这么走了，应该也没有什么问题，可万一这只是个陷阱呢？你一走，还不成了林冲误入"白虎堂"？无非你古英俊是误出"白虎堂"吧。这么想着，古英俊倒也心怀坦荡，转身又返回那间屋子坐着。必须说明的是，从早上9点到下午6点，古英俊都不知道公安"请"他来这里"坐坐"竟是因何而来。中午晚上都有人送饭来，看样子也就是公安局机关食堂的饭菜。午饭一碗猪肉白菜炖豆腐，两个馒头；晚饭一大海碗和子饭外加一个窝窝头。这样的饭菜，尤其是那顿午饭，在古英俊来说算是改善。午饭时，古英俊不管三七二十一，拿来就吃，填饱肚子再说话。到了晚饭，古英俊就觉得这事有点不对劲。那位公安送饭进来，放下就要走。古英俊一把将他拉住，然后说："这饭不明不白的，我不吃了，为什么关我进来，又把我晾在这里没人管？你不说个清楚，我就绝食。"

一听说古英俊要绝食，送饭的公安着了急，脸上挤出一堆笑容，有些难为情地说："哎呀，你不要为难我好不好，我就是个送饭的，你这事和我可没什么关系。让你进来的是领导，好像是县委哪个领导，可不让动你的也是领导，为什么让你进来，又为什么不让动你，这可真的与我们无关啊。"看看古英俊一副怒气冲天的样子，公安又说，"好歹你给咱把饭吃了，这饭也是我们食堂的饭。大家都没有把你当什么嫌犯对待。你就让我交个差好吧。"古英俊点点头，又挥挥手，对那公安说："你走吧，我吃不吃与你无关。但我说的话，希望你向你们领导反映一下。好不？"公安如获大赦，赶紧走了。古英俊的思路又回到上午从村里来的路上。是的，在那辆事实上的"囚车"之上，他就一再问过两位"请"他的公安，为什么要"请"，"请"来何干？而那两位看起来也就和古英俊年龄相当的公安只是说可能有人举报你古英俊写了"反诗"。什么诗，在哪写的，写了些什么，一概不知。那么，究竟是谁，又举报什么了呢？古英俊陷入了沉思。

正当古英俊在公安局的单间屋里练"坐功"的时候，鲁芳儿在外面可忙得不可开交。乔建中说到做到，带着鲁芳儿去找了他在县检察院当检察官的母亲。乔夫人一脸严肃，本来端着很重的架子，可是一看儿子领着一位貌美如花的女孩儿来找她，态度立刻起了变化。因为她知道，这个女孩子应该就是儿子自己说都追了3年的女同学，也知道今天这出戏的重要之所在。为此，乔夫人已经做了足够的功课，当她得知仇凤英部长现在已经骑虎难下，而那个困在公安局单间房子里的人其实本身就是半自由状态的情况后，鲁芳儿的请求，也就是为古英俊传递某种信息，在乔夫人来说这简直就是易如反掌。当然，在鲁芳儿面前那就是另外一个情况了。只见乔夫人先是热情地招呼鲁芳儿坐下，然后便倾听儿子和女孩儿对于整个诗词事件的简约叙述，一边听，一边还在一个笔记本上做着记录，像极了一副认真的样子。听完之后，乔夫人略作沉思状，压低了声音和两个年轻人说："你们也知道，现在上面对这类案件抓得很紧，尤其在咱县，这是第一个。第一个你们知道意味着什么吗？枪打出头鸟，第一个是肯定有些麻烦的。弄不好，判个几年都是可能的。"

乔夫人说着，眼睛看着两个年轻人一副紧张的样子，鲁芳儿更是浑身都在颤抖。于是，这个在司法系统摸爬滚打多年，具有丰富社会经验的检察官又换了一种口气，而且伸手握住鲁芳儿冰凉的手，以示亲近。然后她叹口气对着鲁芳儿说："不过呢，阿姨我好歹也在这公检法干了半辈子，你又是我儿子最看重的人，这个忙阿姨就是再难也得帮，你们放心吧。这样，这也中午了，建中你带你同学到旁边饭店去吃点饭，吃点好的，别给我心疼钱。"说着，她从随身的小挎包里取出两张"大团结"（十元钞票）递给儿子，又说："芳儿，阿姨就不陪你了，我得趁这中午公安局人少，争取时间先去见一下你们这个'嫌疑人'。"

古英俊也没有想到，第二天中午的时候，有人再次给送来一碗白菜豆腐还夹着几片猪肉的烩菜，另外还有一张大饼。这一次，送饭人放下饭菜就走了，一句话也没说。古英俊也不客气，端起碗来就吃。别说，这饭昨天中午吃了一顿，可能吃得急，心里也急，根本就没有吃出任何滋味；今天再吃，就觉得这公安局的饭菜还是相当有滋味有油水的，只是粗糙了些，白菜叶子和白菜帮子都没有分得很开，好好的饭菜硬是让人拉嗓子，而没有像母亲那样什么都能做得那么可口、那么顺溜。古英俊吃完了猪肉白菜炖豆腐加大饼，正想要不要给人家把碗筷洗一洗，有人敲门，很礼貌的样子。这是自他来到这间屋子以后除送饭人之外第一次有人来访。古英俊赶紧答应："请进！"来人是一位看起来很有些优雅风度的中年女士，而且穿戴着一身与公安显然有所区别的警服。英俊心想，这事莫不是不让公安来审我，倒是让谁来管啊？可是，他还没有出声，来人就神秘兮兮地递给他一张纸条，同时做个手势，顺带说出几个字来："快看，看后销毁。"

古英俊拿过纸条，一行熟悉的字迹出现在上面："诗词是我捡的，与你无关。"一阵酸楚，一股热流，同时在古英俊胸间翻滚。他将那纸条揉一揉，撕碎了，又团成一团，张嘴吞了下去。来人与他握握手，说一句："死不认账，保你出去！"然后走了。

送信人走了，她是谁？又为什么要为芳儿传递这极具冒险的纸条？古英俊一边咀嚼随着一股恶心从胃里反上来的纸条，一边赶紧抓过水杯将半杯温暾水灌了下去。纸条终于不再翻腾，古英俊的思维却开始翻腾起来：

将纸条吞咽下去，这似乎是谍战剧中屡见不鲜的经典细节。不曾想自己在和平年代给翻新了，这滋味，这感觉，可想当年老一辈地下工作的不易！想到谍战剧，古英俊陡然又觉得这趟公安局没有白来，否则去哪里体验这种真实得不能再真实的"地下生涯"？说不定，将来有一天，假若自己真的有幸（或者不幸）走上用笔谋生的道路，这岂不是一桩别人无可企及的真实体验？遗憾的是这事儿如此看来又少了一点儿惊险，少了一点儿严峻，譬如说，总应该有个像样的审讯吧？老虎凳不坐，皮鞭子总得挨几下吧？要不就是电刑？或者来一台测谎仪，那就更真实了。不过再一想，你一个"和平鸽子"，真的能经得起那样的考验吗？想着想着，头脑中无数的幻觉隐隐飘来，面前的桌子上一部小型的电台似乎正在"嘀嘀"发报，屁股底下的木头椅子似乎又在旋转不止，转着转着，突然一声惊叫："古英俊！"古英俊摇摇头，又睁睁眼，这一声喊好像又那么真切，难道不是幻觉？

确实不是幻觉，随着这一声喊，一个人推门而入，竟然是孙永平——杏花公社武装部部长孙永平。只见孙永平一边进门，一边和外面一个人搭着话："放心，我就是给他送几盒烟抽抽。你这又不是看守所，有什么不方便的？"

外面的人没有声音，但肯定是没有阻止孙永平的意思。孙永平进得门来，先用手把自己的嘴捂了一下，而后才对古英俊说："英俊啊，你小子倒会偷懒，跑到这里躲清闲，害得我好找。"说着话，孙永平从随身携带的那个绣着"为人民服务"5个红字的挎包里拿出几包"大前门"来，往桌上一放，然后说："得，这是你那本家古建文让我给你买的，说你弄不好在这里待几天就忘不了这东西了。"古英俊正要说我不抽烟，孙永平轻轻拉开屋门，往外探了探头，确信左近已无人，这才又折回来，压低了声音道："武装部首长知道你这事儿了，首长指示我，一定要见到你，把情况搞清楚，首长还说，尽可能的情况下还是要保住正庄这面旗帜的。你什么情况？我好向部里汇报。"

古英俊低声道："到现在也没有人问过我任何话，究竟怎么回事，我也不知道。不过听几个公安说，好像有人举报我写了什么诗词吧。"

孙永平皱皱眉，同样低声问："他们有证据吗？你承认了没有？"

古英俊斩钉截铁："没有，承认什么？就算我想承认也没那个可能。人家都没问，我承认什么？而且我断定他们没有什么过硬的证据。"

孙永平使劲握住古英俊的手，让古英俊不由感到了一个老兵的力量。孙永平又说："兄弟顶住啊！只要你死不认账，不管这事有没有，我都让首长来保你！坚持就是胜利！"

孙永平走了，留下几包散发着清香的"大前门"香烟。有那么一刻，古英俊真想拿起来抽两支试试，但终究还是没有蹚过这道坎，而是把它们收起来，心想做个纪念。第二天过去了，第三天、第四天过去了，这期间又先后有几个人前来看望过在公安局"休养"的古英俊。一个是老宋，老宋的毫不避嫌简直到了肆无忌惮的地步，竟然在这个特殊的环境里和古英俊探讨那半首词的成败得失。老宋说："英俊啊，你那半首词我仔细看了，写得不错，情感、平仄、韵律，都很好的，可惜怎么只有一半啊？"

古英俊赶紧摆摆手："宋老师，话可不能这么说，我没说那半首词是我写的啊。"

老宋笑道："算了，算了，你也别和我装糊涂。就算不是你写的，咱俩也可以探讨一下嘛。对不？"

古英俊只能继续装："宋老师，问题是我真的没有见过你说的什么半首词啊，你能不能让我看看，否则，怎么评价人家呢？"

老宋笑了，掏出一个巴掌大小的笔记本，打开一页，指指上面古英俊再熟悉不过的那半首词："你说，你倒是说说，这口气，这用词，这气势，像不像？"

古英俊憨笑，然后低声说："我看不出来，也没心情看。"

老宋换个口气同样低声说："那好，等你有心情了咱俩再聊这个。怎么样，他们没有为难你吧？"

老宋来访之后，公安的人们对古英俊的态度就更好了一些。送饭的公安甚至对古英俊说："上面说了，你有什么要求，尽可满足。只要不是走出这个院子就行。"

古英俊一想，能有什么要求呢？总不能老在这里坐着没事干吧。于是他试探地问："我也没别的要求，我开个书单，你们给我从县图书馆借几本书可以吧？"

于是，一大张书单出现在县公安局局长面前，又于是，一大堆老旧古书、新书出现在古英俊那个特定的"书房"之中。

就在古英俊埋头读书的日子里，此后的半个月时间内，出现了一些令古英俊完全不可能知道，鲁芳儿知道又无法控制的事情：乔建中成了鲁家的常客，每天一早，他就会骑车赶上40里路，准时来到鲁家院门口，敲门，进门，向鲁大力、毛青兰二位长辈请安问好，然后骑着自行车带着鲁芳儿向县城出发，或者留下来帮鲁大力做力所能及的家务甚至下地去干自己很不拿手的农活。当然了，以毛青兰的脾性，怎么可能让这么一位准"金龟婿"去干那些臭体力活呢？对于乔建中这种死缠烂打的战术，鲁芳儿一筹莫展，因为她现在得不到任何人任何一种可能的支持，而她自己又必须不惜代价来争取乔建中以及他背后整个乔家的支持以换取古英俊的自由。连续几天，乔建中的信息都是情况在向好的方面发展，譬如说，县里已经答应暂不关押古英俊了，肯定不会判刑了。这当然是鲁芳儿想象中的第一步，可是，再往下走，就没有了音讯。这期间，倒是乔建中的母亲大驾光临，亲来鲁家拜访一次，并顺便带来许多毛青兰只有在章夫人登门时才见过的物件、水果和食品。从此之后，一身的确良套装成了毛青兰得以向人炫耀的资本。对于这些，鲁大力不卑不亢，表达了与毛青兰并不相同的态度，在他看来，人家乔家那是官宦之家，咱是农民一个，章玉儿的教训还不深刻吗？再说了，古英俊怎么办？那可也是你毛青兰相中的女婿，现在人家有难了，长长短短还不知道是个啥，你就着急地又给女儿找对象，这良心上能下得去？村里人又该怎样评价咱们？

　　然而，鲁大力的声音在毛青兰听来就是轻风一阵，你说归你说，说了就了，人家乔家双亲还没有直接提到更深入的事情，自己的女儿鲁芳儿更是无时不在为古英俊而奔波，毛青兰就主动往城里跑了两次，两次都受到乔夫人的热情接待，并且两次都向单位借车用一辆212吉普把这位"准亲家母"给送了回来。这使得毛青兰荣幸之至，每一次从车上下来的时候都要故意磨蹭一下，以便让村里更多的人能够看到。毕竟从前尽管章家的212来得更多，但人家可从来没有让毛青兰进去哪怕待上一会儿。而现在，这么大一辆吉普车，那是专门送我毛青兰来的。

　　时光流逝，转眼已是4月下旬。古英俊在公安局的待遇又有所改善，可以看书看报，也可以在公安局院子里散步，简直就像县公安局的编外人员一样在这里享有一切的自由，唯一与这院子里人们不同的是，他仍然不可以走出这个院子。为什么？因为领导要找你谈话，但是现在还没有时间。古英俊说我头发长了，需要理发，人家一个小时之后就给他请来专业理发师认认真真理了发，而且不用自己掏钱。古英俊多次抗议，公安人员一再劝说，态度是一次比一次更好，结果却是外甥打灯笼——照舅（旧）。这反而让古英俊有了胡司令来到沙家浜，待下去就不走了的感觉。反正这里有吃有喝有书看，这一阵子下来，把一年的书都看了。真要回到村里，怕是永远也不会有如此充裕的时间让你来看书呢。

古英俊不着急了，外面的人却真的着急起来，乔夫人通过并不复杂的关系很快就搞清了仇凤英部长、县武装部部长以及县里几位领导对于古英俊这个似案非案事件的真实态度。现实的情况是，如果你把这件事报上去，不管那诗词是否为古英俊自己所写，也不管鲁芳儿是否从古英俊那里所得，这两个人怕是都要吃点儿瓜落。因为上面就是这么要求的。但县里也有县里的算盘打，这样的事情，这些年来见得多了，许多运动，来时如浪涌，去时如潮退，三十天河东，三十天河西，来回翻烙饼的事多了去了。包括仇凤英部长这样靠造反起家的一批干部，已经失去了当初的"锐气"，如果不是必要，她也不想把一个自己眼见用得着的人才给弄到"黑房子"里去。何况还有老宋点到的那些个问题。另一方面，无论仇凤英部长，还是县里更大的领导，都在观察上面的动向，地区的宣传部部长开了一次电话会，之后便再无声息了，这说明什么？说明他们也不想没事找事，作为下级，你又何必给上面添不痛快呢？然而，古英俊这个人还是暂时不能让他离开公安局那个地方，万一上面突然抓得紧了，给你下面分配硬指标呢？这样的事情同样不是没有过的。

搞清了这一系列的利害关系，乔夫人和乔副部长分析的结果是古英俊的自由将是很快的事了，而在这个人获得自由之前，必须先把儿子乔建中与鲁芳儿的关系确定下来。问题是，乔夫人和乔副部长都是高雅人士，不可能也不应该在儿子的婚事上咄咄逼人，更不能在人家有求于你的时候乘人之危，关键是儿子乔建中非鲁芳儿不娶，乔夫人与乔副部长也觉得鲁芳儿这女孩儿确实令人满意，但鲁芳儿又绝不轻易吐口将这事答应下来。现在显然已到一个决定性的时刻，如果不能在此时搞定，一旦古英俊真的重获自由，那此前乔家的一系列操作可就真的怕是竹篮打水一场空了。

一种特别的智慧就在此时发挥了其特别的威力。这一天，毛青兰进城巧遇乔夫人，两个人一个真邀请，一个假推托，拉拉扯扯就来到县委家属大院。有道是一回生两回熟，两人之间这是第三次见面，自然算得上是老朋友了。乔夫人说话很艺术，两人坐定之后，先是为毛青兰又削苹果，又剥橘子，说话的时候可就讲究上了："大姐呀，你说咱们两个，我是真把你当大姐的，可是从我这心里想，还是想更进一步的，你看俩孩子多好多般配，咱们做大人的，得帮他们一把啊。"

毛青兰当即表态："妹子，你看你说的，更进一步，当然要更进一步。"正在这时，有人敲门，来人显然也是乔家熟客甚至就是乔夫人的密友。这位来者也不避讳在座还有何人，开门见山便是一串机关枪似的话雨："嫂子，我家侄女可是看上你家儿子了，人家在银行上班，每月40块，挣得比你儿子都多，人的模样你也见过，不能说不是美人一个吧。上门说亲的多的是，可侄女就喜欢你家建中，你们倒是给个痛快话呀，别让人家干等着。"

当着毛青兰的面，乔夫人一副为难的样子，双手一摊，既是做给这位快嘴客人看，也是做给默不作声的毛青兰看，而后耸耸肩，蛮难为情地答道："好妹子，你的情我们领了，可这事不是得商量着来嘛，主要看孩子们的，我今天就问问他，不能这么磨磨叽叽的，给人个痛快，你说得对！"

客人走了，毛青兰却陷入了沉思，虽然乔夫人并没有和她再说孩子们的事，可是临走时，就在乔夫人将她送出县委家属大院的那一刻，毛青兰停下来很慎重地说了一句："妹子，你就把人那家回了吧。只要你们愿意，咱两家这亲家结定了。"

中午，鲁芳儿在乔建中的陪伴下再次来到乔家，乔夫人一副满面愁容的样子。看见芳儿来了，她叫了一声"芳儿"然后便没有了话。鲁芳儿一头雾水，眼怔怔地看着乔夫人，半晌，乔夫人才说道："芳儿，那件事我和叔叔又找领导了，现在的情况是，你那位英俊哥哥表现很好，根本没有承认那首词是怎么回事。这就为我们搭救他提供了前提，但是现在有人问我一个问题，问什么呢，问我非亲非故为什么拼了命地要帮这个古英俊的忙，还半开玩笑说是不是可以怀疑我们是古英俊的后台，这话虽然不一定要当真，可当起真来分量就太重了。所以，我也是一时情急无奈，就和人家说了，古英俊是我儿子女朋友的表哥，这下不就沾亲带故了吗？你看，阿姨也是一时急，没有来得及征求你的意见，你不怪阿姨吧？"

乔夫人说着，紧盯着鲁芳儿的眼睛，芳儿一时有些茫然，可是马上就说："阿姨，不、不，我怎么能怪您呢？英俊哥哥确实我是可以叫表哥的，我们一直都这么叫。您是为我帮忙，我感谢还来不及呢，怎能怪您。"

鲁芳儿至此仍然没有说出那个关键的词汇，没有承认自己是乔建中的女朋友。乔夫人觉得必须再逼一步："芳儿，这个事呢，咱们得从速进行，怕就怕夜长梦多啊。不过今天也不全是烦心事，有一件事就是好事，你们想听不想听？"

两个年轻人果然听到乔夫人送来的一番春风春雨：由于将近10年来文化工作的停滞不前，县文化馆也陷入了老化退化的状态，所以县里决定对县文化馆进行一次必要的吐故纳新，以适应省和地区对农村基层文化工作的要求。在这一进程中，经乔夫人运作，已经为乔建中和鲁芳儿报了名，并通过审核。当然乔建中的名额是属于临时工转正，而鲁芳儿则是以艺术指导的身份直接入编。前提是为了使这件事情能够顺利通过，乔夫人再次和有关方面将鲁芳儿说成了儿子的女朋友。现在的情况是，如果两个年轻人同意，三天以后就可以去县人事局填表体检，等待正式上班。如果不同意，那也是分分钟的事情。

乔建中欣喜若狂，鲁芳儿却五味杂陈。她记不得乔建中是如何将自己送回了正庄，也记不清这个晚上父母大人如何向她陈述前途与未来。只记得父亲有些扭曲的脸上憋满了无奈，母亲无限兴奋的神情和对女儿的百般抚慰。

4月25日，古英俊终于恢复了自由，在公安局的半个多月，他始终未能等来领导的接见和谈话，也未曾接受一次正式的审讯或者询问。这不是拘押，也不是扣留，更不是住学习班，总之是当时所能想到的一切类似又不相似的情景都与他的这次奇妙"旅程"不尽相同。明明是一种变相的拘押，可你又找不着任何人为你承担非法拘押的责任，明明限制了你的人身自由，可你又不能说他们对你有何侵害。领导只是找你谈话，而这个话最终还没有谈成。一切都让人哭笑不得，怒火中烧。好处也是有的，那就是半个月的时间让古英俊系统地完成了自己早已规划好了却没有时间，也没有书可读的读书计划。譬如全本的《史记》，全套的《太平广记》。平心而论，古英俊在给人开书单的时候是提心吊胆的，生怕人家不给借这样的书，谁知那公安人员看也不看，便去了县图书馆，不出两小时便给他提回一大包封面积满了灰尘的故纸堆，临放下这些书还调侃他一句："你这人也真是，闲得没事干看两本小说多好。这玩意儿，你能看懂？"古英俊赶紧说："这就是小说，我就是看小说啊。"

来人笑了："你小子蒙我，人家司马迁是历史学家，你说人家写的是小说？"古英俊自知解释下去也是对牛弹琴，只好叹一口气道："你说的也对，中学课本都这么讲的，但《太平广记》可真的是中国第一部纪实小说。不信你也可以查，查《辞海》去。"

那人笑了："你呀，书呆子，这里不关你关谁？"这也是古英俊走进公安大院以来第一次也是唯一的一次有人承认他属于被"关押"。想想这些，古英俊又觉得自己这段日子过得虽然荒诞，却也充满了传奇色彩。对于整个人生来说，未尝不是一种难得的经历。然而，这些只是古英俊刚刚走出公安大院时的第一感受，一小时之后，当他搭乘县运输公司的班车急匆匆赶回正庄的时候，迎面相遇的一幕简直使他几乎当场晕了过去。

古英俊在村口下车之后，三步并作两步就往村里赶，他想自己必须首先向老支书张成才报个平安，老支书为了自己一定也是操碎了心；他想尽快回到家里，赶快向母亲说声儿子回来了，可以想见，半个多月不见，母亲的焦虑，母亲的愁绪，想一想都令人心痛；他想自己还一定要和芳儿说一声亲爱的，然后，然后就是说不尽的情话。可是，就在刚进村口的大队办公室小广场，出现在古英俊面前的却是给他以晴空霹雳般震撼的一幕：最先，他发现了一辆有些陈旧却在当时也属高贵的北京212就停在大队办公室门前，继而他看见毛青兰与一位中年女人并肩而行，亲热无比，正在向这边走来。走近了，古英俊蓦然发现，那中年女人人正是曾经给自己传送纸条的那一位。英俊正想上去和人家打个招呼，却又发现，在这二位的后面，居然是手挽手同行的鲁芳儿和一个男孩。虽然芳儿低着头，却并没有甩开那个男孩紧挽的手臂。紧接着，让古英俊更加尴尬的事情出现了，毛青兰显然也看见了古英俊，但早有思想准备的她不仅不避让，反而主动迎上前去，也不管古英俊什么心态，伸出手去拍了一把古英俊的肩膀，而后说："英俊啊，你可回来了，我们还想着什么时候告你呢，这下正好告诉了，你看——"说着，扭头指向那男孩子，"这是咱们芳儿的对象，以后就和芳儿都在文化馆工作了。"又指着乔夫人说，"这是——"一句话没说完，乔夫人微微笑着接话道："我们认识，是吧？古先生。另外告诉你，这是我的儿子，听说您是芳儿的表哥，以后我们就是亲戚了。"说着，扭头看看已经被鲁芳儿甩开胳膊的乔建中。

在这瞬间，古英俊一千遍呼唤自己：坚强！古英俊，你要挺住！你要表现出你的风度！尽管此中究竟有多少奥秘你不知道，但你一定要坚信芳儿妹妹的情感！坚信你可以战胜一切困难！也许，在这个时候古英俊的心跳已经超过了极限，血脉的流通已经接近奔涌，但是他所表现出来的镇定还是让毛青兰和乔夫人多少有些惊讶，面对毛青兰的挑衅，他只是回了两个字："是吗？"而对于乔夫人，他则说了另外两个字："谢谢！"然后，头也不回地转身回家。现在，他必须首先安抚自己的母亲去，老人家为了儿子的婚事已经经历过一次同样是大喜大悲的打击了。

十九
悲壮的解脱

　　1976年的大中专招生开始了。正像前几年一样，1976年的大中专招生沿用了工农兵推荐选拔的政策。按照老支书张成才的想法，古英俊、鲁云生两个他是一个都不想送走的，都是他的心肝宝贝。可是，真正在公社分配推荐名额时，他又据理力争，硬是从全公社初选5人的名额中要回了两个，理由也很过硬：有谁能比我们正庄大队的这两个更出色？公社党委也认可老支书的态度，也就硬是在各村各大队的反对声中将全公社五分之二的名额放了一个大队。然而，"计划赶不上变化"，老支书张成才还在发愁两个人才都走了村里损失太大，限制这个损失的"土政策"马上就来了。根据青山县招生办制订的政策，各公社推荐名额由原先的不分区片，改为全面均衡。新政策要求每个大队推荐名额不得超过一人，也就是说，在正庄，无论你古英俊与鲁云生多么优秀，两人之中只能有一个可以获得推荐名额，另一个那就爱莫能助了。这件事使老支书张成才很恼火，可是包括公社党委书记在内都没有任何办法。老支书和公社党委书记刘子青两人又跑了一趟县里，专门找了负责招生事务的县委常委、宣传部部长仇凤英，却带回来一个更加令人不能接受的信息。仇部长说了："你们两个也别找谁了。明告诉你们，这个政策的制定就是冲着你们杏花公社来的，说得再具体点，就是为你们正庄大队制定的。我们的意图是为你们保护人才，现在这个政策，你们起码在古英俊与鲁云生之间可以留下一个，要按照原先的办法，两个都走了，你们的工作怎么办？县里在正庄竖起的民兵工作和青年团工作两面旗帜怎么办？明跟你们说吧，这也不是我一个人的意思，而是县委领导集体的意思。"

从打县里回来，老支书张成才是更加焦虑，更加无助了。从他的思想深处，当然也不能说一点没有仇凤英部长那样的想法，但多年的基层工作，一辈子与人为善的意识根深蒂固，明明自己村上的两个好苗子要比他人更加出众，也更有培养价值，现在却偏偏只能走一留一。让谁走，让谁留？张成才真的愁破了头。然而，在老支书张成才看来无法破解的问题，在鲁高明看来却不费吹灰之力。鲁高明说："好我的叔哩，这事你费什么心事？两个人，抓阄呗。"抓阄，同时参与这个问题专题讨论的几个支委（古英俊、鲁云生除外）也都不约而同地表达了相同的想法。为了表示公正慎重，他们还特意把抓阄仪式放到杏花公社去进行，让公社主管教育的王干事当面见证一下。

然而，正所谓天有不测风云，阴历五月二十三，说好的抓阄这天，午饭过后，王干事早早就等上了，鲁高明来了，鲁云生在鲁高明的一再动员下也来了，就是不见古英俊。鲁高明急了，拿起公社办公室的电话往村上连打两次都没人接。鲁高明生气了，一边派人骑自行车回村去喊古英俊，一边和公社王干事开起了玩笑："瞧瞧，我们这俩主儿，难伺候得很哩。

咱要推荐人家上大学，人家却一个一个等你抬着八抬大轿去请呢。"

去的人不到20分钟就回来了，却没有带回古英俊，而是带回了一句话。那人说："高明叔，英俊他娘说英俊让人告诉你，这个抓阄他放弃。因为今他刚才正要走时听放牛的老六说今天后半晌咱村怕是要下冰雹，英俊扔下自行车就带人去大队菜园子和麦场上去用篷布席子遮盖咱那些茄子、黄瓜、红柿子去了。我回去的时候，他和老支书正在大喇叭上要各生产队赶紧带人去遮盖各家的西瓜园子和打麦场。还说，不然场上的小麦就泡汤了。"

"下冰雹？还放牛老六说的？"鲁高明瞪大眼睛，"那个老六是放了一辈子牛，又不是搞了一辈子气象预报。英俊居然信他的？"鲁高明越说越来劲，"瞧瞧，这万里晴空的，哪来的冰雹？"

谁知，就在此时，可望得见的东山顶上突然闪出一片乌云，那云朵像极了过河的卒子，又似乎是翻着筋斗的孙悟空，不一会儿就变成了滚滚云团，直向杏花镇向正庄一带扑来。鲁高明怔住了，大叫一声："哎呀，还真叫狗日的老六给说中了？过河卒子，蜘蛛滚盾牌，这云还真是十有八九要下冰雹的。"

见鲁高明这么说，鲁云生坐不住了，嚷嚷着要回村去。鲁高明却稳如泰山："云生，你着什么急？英俊和成才叔已经有安排了，咱们就老老实实把这个推荐的事办扎实了再说。你看啊，英俊不报名，这也是好事，这样你就更不能放过，不能辜负英俊的好意。你想啊，今年你走了，明年英俊不就好走了吗？今年你要不走，他也不走，那明年还是你们两人又得争。你不就把英俊的好意给浪费了？"

当鲁高明在为鲁云生做思想工作的时候，鸡蛋大的冰雹已经劈头盖脸地从天而降，伴随着一阵"噼里啪啦"的声音来到正庄，砸向了原野上正在挺拔成长的庄稼。由于古英俊在放牛老六的提醒下及时动员全民上阵，保住了最容易被冰雹损毁的西瓜园子、菜园子以及正在麦场上准备晾晒打场的小麦。仅此一项，就把冰雹可能带来的损失减少了一半以上。

古英俊为何仅仅凭借放牛老六的一句话就敢断定后半晌有冰雹，这又要从放牛的老六说起。老六姓赵，叫啥名字估计他自己都记不得了，倒是老六这个名字村子里无人不知。老六放牛少说也有30年，从老支书张成才记事起他就放牛，当然那是给地主家放，后来就给村里放。老六有老婆有孩子，人也年近60，村里想让他歇一歇，别放牛了。可老六不放牛就啥也不会干，而且浑身不舒服，所以老支书张成才就只能让他继续放牛。放牛的老六不爱说话，村子里一些人也不愿和他多说话，可实际上老六什么都知道。尤其在看天测气象这一方面，可以说十测九中，别有神韵。古英俊愿意和老六叔多交流，正是因为从小就听父亲说老六测天有绝招。诸如有一次大好晴天的，他偏偏带把伞，说是今天要下雨，结果当天果然就下，而老六则因为人带了雨伞，牛避了风头，人也没淋着，牛也没吹着。又比如说，1961年，天大旱、人大干，整个青山县从打端午过后直到农历七月中都没有下过一滴雨。开始人们还没觉察啥大问题，到了7月，眼看玉米谷子该灌浆了，老天还给你旱着，县委政府着了急，动员全民抗旱，男女老少，盆盆碗碗，挖掘深井，掏大清河，要把河里仅有的细流全部舀干。虽然事实上这样干的效果非常有限，劳民伤财还会破坏环境。可是你不这样干就眼睁睁看着庄稼干死？就在别的村子、别的大队都在大张旗鼓地挖深井、堵河道的时候，放牛老六却悄悄找到老支书张成才，和他说了一句话："别折腾，三天之内，必有大雨。"于是老支书张成才采取了虚张声势，实则收敛的办法，村子里一口"干井"也没打，一寸河道也没堵，3天后果然迎来了一场大雨，把全村的庄稼浇了个透。后来古英俊曾经问过放牛老六，这两次预测都有什么诀窍。老六一边美滋滋地吃着英俊娘蒸的羊肉包子，一边漫不经心地告诉古英俊："其实没甚，第一次也不是我个放牛的就有多神，是我常年跑山的这两条腿神。每次下雨，它们都要提前那个痒啊，痛啊，闹得你睡不着个觉。那一天我半夜都没睡好，能不知道这老天要下雨？第二次呢，我是在山上发现牛群都往沟底走，跟上下去就看见河槽泛湿了，牛群在低洼处往地下拱一拱就能拱出湿土来，这说明啥？说明要下大雨了。我这在山上多少年，连个这也不知道，还不白白放牛了？"所以，古英俊对老六的话深信不疑。这一次老六一说要下冰雹，他就马上给县气象站打电话，结果气象站的人说，根据上级气象部门预告，青山县部分地区确有可能要下冰雹，但人家不敢说就你正庄肯定下。气象部门这么说，古英俊反而更觉得老六说得有道理，因为老六说，每年夏天麦收时节正庄一带都有下冰雹的传统，而且有个规律是要么连续几年下冰雹，要么又连续几年就不下。这一阵子，前年大前年都没下，而去年却是下了的。照此规律，那今年就肯定要下了。更关键的是，老六腿又疼了，这是下雨的前兆，而这个时候下雨，那十有八九就要带上冰雹。老六说得简单，英俊推得并不简单，但他只这么一推论，就觉得老六的预言太可信了。他这才赶紧向老支书张成才紧急汇报并和老支书一起为全村防雹做了准备，尽可能地减少了损失。

然而，抓阄上大学的事情是因此而错过了。有人为古英俊深感惋惜，就连一些来到县里的招生单位的老师在听到关于古英俊的情况后也都表示，类似古英俊这样的青年应该给予特别的政策照顾，让他们走进大学。一家上海某名校来的招生老师甚至找到县招生办，希望可以为古英俊向上海本部申请增加一个名额。但县招生办在请示仇凤英部长后坚决拒绝了这一建议，理由是，增加可以，而且欢迎，但你不能只增加一个名额，也不能是指名定姓的戴帽名额。

古英俊的放弃，对于鲁云生来说是好事也是坏事。英俊的放弃意味着鲁云生在杏花公社范围内再无竞争对手，这当然是好事。可是这个靠英俊放弃而得来的名额也让作为老同学、好朋友的鲁云生感到有点忒对不住古英俊，似乎是自己出卖了、背叛了老同学、老朋友。对于这件事，鲁云生还专门找古英俊表达了歉意，而古英俊却真诚地表示让他不要放在心上，而是应该认真对待接下来的事情，争取上个好的大学。反而是鲁云生的妹妹鲁芳儿，在鲁云生向古英俊表达歉意回来后，照直就给哥哥来了一句："你呀，别装了，真要感到对不起人家，那就把名额让出来，现在也不晚啊！"

随着各大队各公社推荐名额的产生，全县100多名初选上来的"工农兵预备学员"集中到县城首先进行了为期三天的特别培训。在这个培训班上，来自正庄的著名省级"共青团工作先进标兵"鲁云生再次大出风头，大放异彩。这也使得鲁云生在填报志愿的时候眼睛只往前几页看，第一、第二、第三志愿分别报了北京大学历史系、武汉大学中文系和山西大学艺术系，而了解情况的招生办工作人员却说："像鲁云生这样的，报什么第三志愿啊？纯属浪费嘛。"学习班或者说培训班结束的前一天，县招生办发布了与招生院校协商之后的预选名单。鲁云生不出所料地列在了北京大学历史系的那一格子里面。消息传回正庄村，鲁大力都准备好了要在儿子回村的第一时间燃放两挂一千响的鞭炮。可是，人有旦夕祸福。这老话总是无数次地让人们清醒下来，明白过来，有时便稍显残酷。在看到预选榜单之后，鲁云生美美睡了一觉，单等待第二天一早正式榜单公布，那自己多少年梦寐以求的夙愿，祖坟冒青烟的好事——走进北京大学，便真的梦想成真了。按照历年的惯例，这个榜单的公布都是天一亮人们就会发现的，可是今年怪了，早上6点，天刚蒙蒙亮，教育局门前的大型宣传栏前就挤满了人，但左寻右找，就是不见那大红榜单。8点，上班的人们离开了，不上班的人们挤得更满，这榜单还是不见影。而从6点等到8点的那些人，主要就是已经预选上的人们和他们的亲属。包括鲁云生、鲁大力父子在内，他们连早饭都没吃，就在这宣传栏前一直等啊等，等得人如坐针毡，等得人胡思乱想。鲁云生似乎感觉到了一丝不对，因为他发现昨天还和他见面打招呼的那个县招办工作人员一看见他就加速离开了。这时，有消息灵通人士传出话来：昨天的预选有问题，有人告上状了，说是预选上的名单中有人作风败坏，所以榜单要调整，本来已经写好的榜单只好重写了。

这一等就等到了中午12点，当鲁云生看到榜单的时候，有如晴空霹雳，顿时眼前一片黑暗，踉跄几下，几乎摔倒。幸亏鲁大力身强体壮，一把将儿子扶住了，这才没有让鲁云生在众人面前出洋相。那榜单上明明白白，大专录取一栏中居然没有鲁云生，反而是在中专一栏里的最后一名清清楚楚地写着：鲁云生。

鲁云生根本不知自己是如何从县教育局门前回到40里外正庄的，也不知道他回家之后是如何就能安然入睡的。他只知道，当他醒来的时候，出现在他眼前的是古英俊和鲁芳儿。看见鲁云生醒来，古英俊给他剥开一只香蕉递过去，然后故作轻松说："这稀罕物儿是人家范香儿从她家专门给你拿来的。我们只有看的份，总共3只，你可享受好了。"

英俊的玩笑，让气氛稍微活跃起来，鲁云生长叹一口气，坐了起来，真的吃了一口香蕉，又指着放在一旁的另外两只香蕉说："芳儿，你给英俊剥开，你俩一人一只，吃。"然后又说，"英俊，这下我可真对不起你了。你去，他们肯定找不到任何问题把你给挤下来。我这可好，白白浪费了一个北京大学的指标。"

古英俊也深表遗憾，但他只为鲁云生遗憾："云生，他们给你找了个什么理由啊？怎么我听说是把你的大学名额让给了咱们的老同学刘琴儿？"

鲁云生道："有这事？我怎么不知道？"

鲁芳儿呛道："你还好意思说，你一下就气得晕倒了，幸亏咱爹在跟前才和人把你弄回来，你还管人家怎么把你给顶替了啊？我告诉你，现在满县城的人都知道，你那老同学老相好和某大人睡了一觉就把你给顶了，还找了个理由是你和章玉儿作风败坏。"

"啊"！鲁云生"咚"地一声跳到地下，一把抓住芳儿的衣领反问，"你说的这些都是真的？"

鲁芳儿一摆头，挣脱兄长的手，反讽道："真的不真的你能怎的？你又没有逮住人家在一个被窝。难不成你还能把这个结果给倒过来？我说哥哥，你就认命吧，反正你这一生迟早就毁在几个女人手里了。"鲁芳儿说完，掉头就走。只剩下鲁云生与古英俊两人，面面相觑，互相不知说啥好。

很多年以后，人们才知道，刘琴儿顶替鲁云生，不管背后什么情况，出现在人们面前的确实如此。早先的时候，刘琴儿和鲁云生、古英俊都是同学，而3人又来自一个公社，两村相距不过10里之遥，在学校刘琴儿和鲁云生还是同班同学。那时候，章玉儿还没有走进鲁云生，或者说鲁云生还没有进入章玉儿的法眼，刘琴儿便是鲁云生的第一选择。按照后来人们的话说，刘琴儿颜值很高，情商也很高，只是智商有点问题，数学作业便总是鲁云生帮她做的，考试的时候也搞了不少的机要信息传递。反正当时学校老师监考也就是做个样子，但你说人们不知道两人作弊那是不可能的，好在大家差不多都在作弊，老师们也就睁一只眼闭一只眼了。除了写作业考试方面的帮助之外，鲁云生作为团支部书记还是刘琴儿加入共青团的介绍人，这也使得两个人在当时有了许多名正言顺的交流与互助。关于这一点，后来还曾被章玉儿多次拿来开鲁云生的玩笑，顺便也是作为对他的警告。但是应该说，鲁云生与刘琴儿在各自回到自己的村子里之后便基本不再有什么交往了。直到这一次，在工农兵推荐的大中专预选人培训班，鲁云生才再次见到了刘琴儿，并且惊讶地发现，不知什么时候起，刘琴儿居然也入了党，并且担任了她们大队的党支部副书记。也就是说，在这些个有关的政治条件上，不知不觉间刘琴儿已经拉齐了和鲁云生的距离，彼此之间完全就是一种竞争关系。但是，一开始的时候，刘琴儿便表现出了一种极为谦虚的样子，由于县里又有规定，每个公社只能有一个大学名额、一个中专名额，刘琴儿就主动报了中专。这还不算，她在是否服从分配一栏中还特意填写了"服从"两字。这样一来，杏花公社的大学生名额自然就是在各个方面都出类拔萃的鲁云生的了。县招生办和前来招生的北京大学的一位工作人员也详细了解了鲁云生的情况，并且顺带提出了古英俊的问题，全部的过程中，除了古英俊的特招不符合政策而被驳回外，有关鲁云生的审查一路顺风，北京大学的录取也可以说水到渠成。然而，这表面现象的背后，刘琴儿实际上并非坐以待毙甘心只上一个中专。女孩子，尤其是漂亮女孩子的某种优势让她开始了一次冒险的"旅程"。据说，当然只能是据说，因为真实的事件过程没有任何人有实证，但也非止一个人确实看到青春貌美的刘琴儿在预选榜单公布的当晚——也就是正式红榜揭示的前夜，走进了刚刚接班原县委书记杨振东、上任不到半年的原任县革委主任、新任县委书记秦少勇兼做寝室的办公室房间。然后，直至第二天半夜两点的时候浑身紧裹严严实实的刘琴儿才走出那间房子。再然后，县招办就接到一个电话，鲁云生与章玉儿生活不检点，应该重新考虑其被推荐的资格，与此同时，章玉儿在县医院堕胎和鲁云生附有签字的证据已经摆在了县招办主任的办公桌上。再然后，县招办主任请示领导，鲁云生影响太大，如果按照原先的规定，报大专不得转中专，同样报中专不能转大专的话，则刘琴儿不能上大学，鲁云生只能被淘汰。这时，领导颇具人性化的指示出来了：鲁云生可以由大学改中专，刘琴儿必须由中专改大学。结果一出，新的问题又出来了，鲁云生是北京大学招生人员亲自审过材料、见过人的，现在换人，人家不予认可，怎么办？县招办领导亲自和北大的人谈这事，结果很不愉快。县招办的领导没有办法，只好和本省某大学连夜联系，这才为刘琴儿争取到了该大学政治系的一个名额。于是，正式的榜单就出现了鲁云生递补为中专，而刘琴儿改录为大学的一幕。

不久之后，一封写着《同城师范学校录取通知书》的信函寄到鲁云生家里，鲁云生拿起这封通知，看也没看便将其撕成一十八片。他没有想到的是，他的父亲鲁大力在儿子离开后默默地将那十八片碎纸一块一块地捡起来，又用浆糊将它们拼在了一起，平贴在一张白纸上，使这封录取通知书的正面看起来还是一个完整的状态。再一个月后，当冷静下来的鲁云生对于自己将那封可以改变身份的通知书随手撕碎的做法多少有些懊悔的时候，父亲鲁大力又默默地将那份拼凑而成的通知书拿了出来，说了一句："这个，你拿去吧。"

鲁云生终于走进了那所曾经让他恼火万分的师范学校，很长一段时间，学校的老师们见了这个未见其人，已闻其名的特殊学生都要仔细打量一番，直把个鲁云生看得都有些不好意思。再进而，鲁云生终于听说，学校里盛传着有关他的一个段子：说鲁云生心高意大，根本不屑于师范学校，当他接到师范学校的通知书后竟然说，"这个学校招我，是让我去当学生还是让我去当老师"？

一个段子，鲁云生一下子就被塑造成为一个高傲自大、尾大不掉、目空一切的家伙。开学以后，一段时期内同学老师对这个高傲的家伙也大多敬而远之。直到1976年10月，粉碎"四人帮"的消息传来，为了庆祝新年到来的时候，同城县委决定组织各单位要进行一次大的宣传活动，其中师范学校又决定要出一期大型的专栏。为这事，学校领导班子，包括党委书记、校长和工宣队队长认真研讨了一个晚上。要说，出一个专栏，不就是扩大了的墙报而已，同城师范学校教师中间藏龙卧虎，什么样的人才没有？问题是同城还有一家在整个山西省内也颇有名气的老牌名校——同城中学。人家同城中学早已放出话来，同是为了庆祝这一伟大事件，按照上级领导的安排，同城中学这一次也将要组织一个大型专栏。要点在于这将是由学生会和共青团独立自主完成的一个长10米、宽3米的大型专栏，而且这个专栏要出现在城市中心的广场上。但凡到过这个小城的人们都知道，那广场上有两面遥相对应的大型专栏墙，原先是对立两派作宣传战攻心而用的"重型武器"。现在运动风潮渐落，这墙平日里便没了用途，可是一到国庆、新年之类的重大节日，它就又成了这座小城人们得以观赏各家各单位文章、书法、绘画艺术的集中展示地。这些年，公开的文化艺术活动少了，这些自编自创自由（相对）发挥的文化艺术展示就成了广受人民群众欢迎的一席饕餮盛宴。现在的问题是，人家同城中学已经公开放话由学生完全自主创作一块巨型专栏，可见是有备而来，有的放矢。真正目标对准的自然只能是你这个堂堂省属中专学校了。问题是，师范的老师们都清楚，自己的学生什么水平，无论你用什么标准来衡量，这些完全不通过文化考试招进来的中专生，大部分都是不合格的。名义上中学毕业，实际上充其量也就是个高小文化程度的比比皆是。开学第一课，数学要从有理数讲起，英文要从字母认起，语文好一些，听不懂古文，白话还是可以交流的，但第一篇作文布置下去，就把语文老师给看蒙了。天呀，300字的作文《开学了》，有的学生竟然写出20多个错别字。当然，在参差不齐的学生中，也有一些凤毛麟角的存在，譬如鲁云生，同样这篇《开学了》，当堂课上就洋洋洒洒甩出了3000多字，引经据典，有理有据，从韩愈的《劝学》说到范进的"中学"，从旧时的科举说到现时的推荐，论证了学习环境的重要与自身苦读的必要。虽然有些晦涩，但大意是可以立住的。关键是老师从中看到其才华横溢，非笼中之鸟。也正因此，在大多数领导和老师都不看好这届学员，感觉为了保持一所中专院校的"尊严"，还是由师生结合的专栏创作组共同完成这一重大工程为好的情况下，鲁云生的语文老师却坚持己见，认为可以相信自己的学生绝不会输于区区几个中学生。

老实说，这是一个并不好完成的任务，首先是时间紧迫，师范学校得到县里组织大型专栏宣传任务的时候，这时人家同城中学的专栏已经搞得热火朝天了，等到师范这边来回扯皮，最终碍于争个面子的目的而将专栏交给以鲁云生为首的学生创作组时，时间已是12月15日了，而正式的出刊时间那是一定得放在元旦之前的。这也就是说，整个专栏的创作时间，包括书写绘画张贴在内，只有短短的15天。学校党委书记亲自上阵找鲁云生谈话："云生同志，你是共产党员，这个创作组就交给你了。有什么困难就说，学校全力支持。"

鲁云生只提了一条要求："书记，能不能给我们每人每天加两个馒头？如果晚上再让厨房煮点挂面那就更好了。"这句话，鲁云生是带有玩笑性质的，不料党委书记一口答应："好啊，每人每天两个馒头，白面的。从今天算起，每天晚上给你们每人煮一碗挂面汤而且要每人卧一个鸡蛋。还有什么要求？"

鲁云生再也不敢提要求了，这书记的实在劲儿，促使他必须想真招使巧劲，保质保量保时间，把这个自己新人生的"第一次战役"打胜打好。于是一夜苦思冥想之后，第二天上午鲁云生课也不上，专门请假到电信局等了一个小时让古英俊从庄稼地里赶回去接了一个很费钱的长途电话，全部内容就是给古英俊两个命题作文：写一首长诗，要求200行以上，必须有新意，掐时机；做一篇红色文章，最好写一个革命烈士与红旗的关系，题目就叫《红旗颂》。三天以后用挂号寄来。

不得不说，鲁云生这一招请"外援"，打了所有人一个措手不及，明明看见这小子每天和美术组的人在一起设计版面，勾勒图案，再不就到大灶上去和人家要馒头烤着吃。并不见他为稿子发愁，也不见他有多少时间去蒙头创作，可是等到版面设计出来了，鲁云生的文稿也就出来了。等到12月30日，对面同城中学的专栏轰轰烈烈刚一展出，这边师范学校的巨型专栏就以更大的气派，更精美的设计，还有更加精彩的内容吸引了更多的观众。一时间，包括同城中学的学生们在内，一群群，一队队，手里拿着笔记本，挤在师范学校的专栏前那个抄啊，生怕漏掉其中哪一个字。从此之后，一向不以师范学校为等量对手的同城中学终于再也不主动出击，也不再试图以此类手段和师范学校一争高下了。

鲁云生一战成名，彻底奠定了他在同城这座小城的才子地位，两年以后，中师毕业的他早早就被同城县委通讯组要了过去，成为同城"一杆笔"。他进而成为县委书记的秘书，踏入了官场晋升的快车道。

二十
迟来的高考

1977年的高考，对于古英俊来说是期盼已久，却也是突如其来。说期盼，是因为早在上小学的时候他就知道，像他这样的孩子要想出人头地，到山外的世界去闯一闯，高考，考上好的大学乃是华山自古一条路。古英俊从小到大，几乎每一次考试都要考第一，也总能考第一，这不能不说是一个相当重要的动力和目标。即便有那么一些年份高考消失了，但大学只要还在办，那高考就有恢复的一天。这样的信念肯定不是古英俊一个人所拥有，但古英俊肯定是最坚定持有这个信念的人之一。然而，现在，高考真的来了，许多人，包括一些老三届的高中生，即便结了婚，生了子，当了国家干部，仍然要不顾一切，奋力一搏，请假复习，准备高考。按说，古英俊一介农民，不是更有机会，更有时间倾力复习，准备这决定命运的一战吗？情况还真不是这样，也真不能这样。因为，就在这项高考政策出台前的不到两个月，老支书张成才经过深思熟虑，将正庄大队上千口子人的村子交给了他最看重的年轻人。在老支书的一再要求下，公社党委不得不接受他从大队党支部书记的位置上退了下来，甘当一个普通支委。而古英俊则在身兼大队民兵营长的情况下，接过了正庄大队党支部书记的重任。现在，是古英俊实现当初在青年夜校旁的小河边与鲁云生、章玉儿和范香儿所畅想的未来、所规划的明天的时候了。在古英俊主持召开的首次党员大会上，当他把这些曾经只是美梦的设想向大家敞开心扉的时候，在老支书张成才的带头鼓掌下，全体党员长时间鼓掌欢呼，向他们的新支书表达了团结奋斗的心愿。而就在有关高考的消息真的传来的时候，古英俊正和从县水利局请来的技术员一起，为规划中最重要的工程——青年渠开凿渠道、引河入村而奔波在悬崖峻岭之间。但凡对这个工程有所了解的人都知道，这条渠道的建设，不仅可以为正庄大队增添上千亩旱涝保收的良田，还可以开挖一个专门养殖冷水鱼类的鱼塘，更可以借用引水形成的高程，在村中央增设两台日夜不息的水碓和水磨，而未来则可以将这水的用途更加深化，诸如运用丰富的水资源构建可供孩子们欢乐其间的水上乐园，等等。当然，所有这些都必须依赖于这条渠道的开通，而渠道开通的第一关就是为它找到一条经济合理又安全的线路。这是一项艰难的工作，要求是必须科学，又必须安全。在古英俊、鲁云生等人原先的想象中，引水口只需筑坝分流，引入大青水河就行了，筑多高的坝，引多大的水，并没有也不可能进行详细的测算。但等到真正的测量勘探一开始，古英俊才知道，光是筑坝引水这一项，就绝非想象那么简单。譬如说入水口的高程，高10厘米所需的坝体承压强度就要增加百分之十，也就意味着筑坝经费要增加几千元。而低10厘米又意味着入水以后的流量流速将下降一个梯次，对于引水效率形成减弱。不仅如此，在引水所需经过的路线上，地形地貌、地质结构，每一项对于一个高中生来说都是新的挑战。古英俊的脑海里一时充满了县水利局技术员倾倒给他的一大堆公式定律，也充满了短短3000米引水通道上所涉及的各种地质名词，而偏偏就在这个时候，有人给他送来了他盼望已久却又望而却步的那个信息：公元1977年的冬季，已经停止11年的高考将正式恢复，今天已经是高考报名的倒数第三天了。

为古英俊送来高考信息的不是别人，而是一直在关心他、注视他的老支书张成才。

老支书张成才虽说号称为"老"已经有些年头，支部书记也干了20多年，但实际上他的年龄应该说正处年富力强的阶段。之所以要把支部书记的担子交给古英俊，完全是因为他很早就看中了这个年轻人身上那种蓬勃的朝气与充足的智慧。这些年来，老支书张成才确是积累了丰富的基层工作经验，也在各个时期都取得了骄人的成绩；但是，别人说不说，他自己清楚，在许多与农村和农业相关的科学性技术性问题上和看问题的观念上，自己已经远远落后于古英俊这样的年轻人。原因之一就是文化水平的差异。为了自己村子的明天，也为了自己为之奋斗多半生的事业后继有人，他情愿早早退居二线，让年轻人去掌舵领航。然而，不期而至的高考，使老支书张成才再一次陷入了矛盾之中。是的，早在4年前古英俊与鲁云生高中毕业回到村里的时候，他就说过：迟早有一天你们还是要考大学去的，在咱村里总共也待不了几年。权当"镀镀金"吧，可别把这段时间给荒废了。这话细想起来，不仅对于古英俊来说犹在耳边，对于老支书张成才来说也恍如昨天。谁承想呢，老支书的预言竟然成为现实，古英俊盼望已久的高考就在眼前。也正因为这事儿关联着一个古英俊，从不喜欢"八卦"的老支书张成才支棱着耳朵听来了有关高考的种种传言：有人为了高考以辞职为代价回家复习功课，有人以离婚为要挟，坚持回城参加高考，还有人花大价钱请老师突击辅导，以期临阵磨枪。更多的人则纷纷走进县一中开办的突击辅导班里，从有理数、分子式、汉语拼音到"白日依山尽"开始拼命做题、背诗、背公式。只有古英俊，本应该是本县考生中最有希望取得突破性成绩，踢开"北大门""清华门"的准考生却偏偏至今还在水利考察的山水间奔波，而未能有闲暇去报个名。老支书张成才还知道，为了古英俊报名的事着急的其实还远非只有他一人。最着急的不是别人，而是县一中的校长也是古英俊高中时期的恩师王其顺。为了这个自己最为得意的弟子能够参加高考，王校长一连三天给正庄大队办公室打电话，请求接电话的人一定要通知古英俊去报个名，并说如果古英俊没有时间，老爷子愿意自己带人来帮古英俊夜晚复习功课。当然这一切都是免费的。

然而，对高考有如久旱的禾苗盼雨露一般期盼的古英俊，对于这一切却置若罔闻，不仅没有去报名，而且也没有给老校长回一个电话。英俊怎么了？再不报名，就要失去今年的高考资格了。老支书张成才左思右想，决定不能再旁观下去了。于是，这天晚上，他推开了古英俊家小院子那道半开半关的柴门。

"英俊，高考的事，你不会不知道吧？"老支书张成才开门见山。

古英俊一边快速地往嘴里扒拉着最后的几口和子饭，一边答非所问："成才叔，你吃过了没有？要不，喝碗和子饭？"

老支书张成才摆出一副很平静的样子回道："你也不想想，除了你，人家谁这么晚还没吃完饭！"说着，瞪了古英俊一眼又道，"我问你话呢，别打岔！"

古英俊放下碗，苦笑一声擦擦嘴，然后回道："我倒是不想知道，可怎么能不知道呢？您老就别为我操这份心了。"

老支书张成才有点儿急了："英俊，这可是高考，你最最向往的。多少年了，你终于等来这一试身手的机会，可不能错过啊。"看古英俊不回话，又说，"我知道你在为修渠成天忙着，可这渠不是没有你就修不成吧？实在不行，你把村里这一摊子再交给我还不放心？这高考可是真的没有人能替了你的。"

看老支书张成才急了，古英俊知道自己不能不认真回答这位长者，这位最关心自己的人。于是他说道："成才叔，交给你，我怎么能不放心呢？不是不放心，是现在真的不能交。咱这个渠道，说实话也就我和小宋技术员还能插上个手，换任何人，没有三月两月根本入不了道。其实我试探过人家小宋技术员，我说我就用三五天整理一下高考的思路，我都没有说像人家别人一样去复习呢，小宋马上撂挑子。什么意思呢，这事现在真的一个人干不了，县水利局也根本派不出第二个人来。而且咱这渠道错过这个冬天的设计，明年开春就不能施工，明年年内开闸引水也就自然成为空谈了。现在这时候，如果真的因为我个人的事情把修渠的事给耽误了，我会自责一辈子的。"古英俊说完，看看老支书张成才一副欲罢不能的样子，又说，"成才叔，你也不要多想，这高考开始了，我看它就不会再停下来，等咱的渠道修成了，我再考。你放心，你的英俊不会因为晚一两年就考不上个好学校的，倒是你让我现在这样五行不定去考试，怕是真的考不好呢。"

听古英俊这样说，老支书张成才算是放心了一半，点点头道："英俊啊，叔真后悔把这个摊子让你给接了，是叔耽误你了啊！"古英俊没有想到，他说自己一年两年后参加高考的事，后来真的就考了，这也是应验了。而老支书张成才也没有想到，他原本是自责式的后悔让位，后来也成了真的后悔。

二十一
土板的故事

青山县是美丽的象征，青山县是绿色的海洋。青山之美丽，首先在于山上无处不在的油松、侧柏、白桦树和辽东栎等多种多样的树木给这山山岭岭带来了北方少见的四季常青，也为这山川绘就了每一季节色彩不同的壮丽油画。据统计，在21世纪的今天，每逢夏秋季节，从北京、天津、西安、太原等地来此专事写生素描这一专业练习的各类美术院校师生总数不在千人以下，这也成为青山一县独具优势的专项"旅游"收入之一，硬生生让临近一些县份眼馋。据林业方面的专家统计，青山共有各类木本植物233种和草本植物500多种，其稀有树种如降龙木（也就是杨家将故事中那种神奇的树木）、菩提树等更吸引了多少有志于山川探险与自然风物的仁人志士亲身前来一探究竟。当然，山大树多，也就必然带动了生物多样性，同样是在这山中，还活跃着国家一级保护动物金钱豹、原麝，以及二级保护动物岩羊、赤狐、黑熊、林麝、猕猴、猫头鹰、褐马鸡等多达136种的野生动物。正庄正是这山这树这无限风物的中心地带之一。在古英俊的记忆中，1977年老支书张成才将一本发黄的日记本交给他的时候就曾一再强调过："咱村除了可耕地之外，还有着接近2万亩的森林啊。现在这些林木连片成材的已经都划归到国有林场去了，可留在咱村集体账上的至少也还有1万多亩呢。"古英俊知道，这1万多亩林木是正庄大队集体所有的最宝贵财富之一，他也为这些林木以及长满了林木的山岭沟壑做出了一份可供长远开发利用的计划。那时候还没有绿水青山就是金山银山的理论出现，但你要说有些人很早就具有这种意识，那还真是大有人在。以正庄而论，早在1966年，老支书张成才和当时的大队党支部就力主将原先种地不打粮又离村较远的一些山沟和山梁由种粮改为了种果树，具体讲就是离村稍近的种梨树、苹果树，再远一些的就干脆将酸枣圪针嫁接为大枣树。遗憾的是，俗话说，桃三杏四梨五年，枣树当年就卖钱。正庄人辛辛苦苦种上的这些果树，除了一些枣树确实当年和第二年都给大家以眼所能见的回报外，那上万棵果树仅仅存活了两年就在一阵拔"资本主义苗子"的浪潮中被毁于一旦了。为此事，老支书张成才还被在战争年代就曾经是他老上级的公社党委老书记给私底下教训了一顿，说如果不是看在你老张老模范的面子上，这下弄你一个"破坏农业学大寨"毫不为过。当然，公社党委书记也说了，你正庄好歹还有一个好处是耕地少了，产粮却高了，算你小子将功补过。不然，换个人，你连党票都保不住。应该说，这件事给老支书张成才留下了深刻的印象，这也让古英俊逐渐认识到，从本质上讲，老支书并不是一个对上级唯唯诺诺的人，而更准确地说，应该定义为一个很有主见又不易改变自我的人。这也就造成了后来他和古英俊在一些观念上的差异甚至对立，这是后话。

　　且说正庄山大树多，尤其成材的油松和侧柏在全县也是首屈一指，这应该是好事，却也给这个大队的当家人往往造成一种不应有的精神压力。为什么呢？就因为你有这树，有这成材的大片林木。而这些林木中的油松和侧柏恰恰是当地乃至周边许多地方人们按照老的传统制作棺木的最佳材质。关于这一点，古英俊曾经或多或少听老支书张成才说过，某某领导某年某月来村里拉走一副成材土板（棺材板），又某年某月某同志派人来弄走两截足够做两副棺材的圆木。当然，所有这些，都是有着县林业局签字盖章的准伐证之类正规手续的，也是按照市场行情给了钱的。可以无一例外地说，领导同志们都是先交钱后取货，而且尽量不愿意让人们知道此中缘由的。也就是说，领导们还是不愿意把这种不太好上台面的事情拿出来张扬的。作为村里来说，或者作为生产大队的干部们来说，对于这样的事情也是睁一只眼闭一只眼，甚至还希望隔三岔五有上这么一两件事。为什么呢？因为可以顺丰搭车借此解决本大队社员的需求。譬如某领导原本从林业局办了一副土板的手续，那村里上山砍伐的时候可就不一定只砍一棵树或者刚够一副土板的树木，而是可以扩大一倍乃至数倍。只是从中挑出好一些的板材让领导拿走，剩余的至少可以再凑一副到两副板材。这个就可以解决本大队社员的刚性需求问题了。毕竟，真正的土板那都是上好的油松，挡头还可以用上成材的侧柏，这在传统习俗中是相当有讲究的。按说，在将近半个世纪后21世纪的今天，关于棺木制作的材料问题似乎已经变得不存在或不重要了，大城市且不说，即使在边远山区，土葬也已经逐渐走向消亡。然而，回溯半个世纪，当20世纪七八十年代的时候，这个可是在人生"生老病死"四大难关中最为重要的一环。单就一个棺木制材就有很多学问需要人们去了解一下。譬如说，同是中国，在江南，上好的棺木那当是楠木制作的，当然更讲究的还有檀香木、阴沉木。据说这样的材质不仅防腐，而且能够保持长久的清香。在中国北方，一般来讲，人们都将纯柏木制作的棺木视为上乘，较好一些的就是松木了。毕竟松木尤其是油松，材质坚硬，通体清香，相较于一般杂木就不知好出多少。需要说明的是，即使在青山县，尽管你满山都是"十八公"（松），却没有一条政策、一项规定是可以将这些松木用来制作棺材的。真正享有这种资格，可以在通向人生最后一道关卡时据有一套松木通体、柏木挡头的载体，那是需要一些特殊条件的。正庄人就是可以享有这种待遇的一个特殊群体。因为这里有着漫山遍野的油松和侧柏，而县里和公社的领导们又总是能够通过各种各样的理由在县林业局开出合理合法的采伐证来，最终取得一副或者两副上好的土板。也许有人会说，那个时候的官场清廉，贪腐之事甚少，这样的情况应该是不会出现的吧。实际情况是，特权是实际存在的。譬如，当时有一句流传很广的"民谚"，是专指煤炭买卖的：有"面子"的没面子，没"面子"的净面子。就是说城里人或非煤产区的老百姓在煤炭市场经常能看到的一种现象：那时候大家冬季取暖，四季做饭主要都靠煤炭，谁家不想多买一些煤炭，尤其是多买一些块炭呢，但这煤并非你想买就一定能买着，块炭更不是你有钱就可以购买到的。电视剧《焦裕禄》中就有一个片段，那还应该是在20世纪60年代，县委书记焦裕禄拿着县政府发给老百姓的煤票去煤站买煤，这煤票是有着县政府的大红印章的，可煤站站长说不卖就不卖，你有煤票也白搭。原因也简单，因为你在她这一亩三分地里要买煤，首先需要有她的上级领导打电话，领导说卖给谁，那就一定卖给谁，没有领导电话，有煤票也不卖给你。这就是当时的现实。《论语》有言："不患寡而患不均。"那个时候的物质匮乏在一定程度上也遏制了一部分贪腐分子的贪心泛滥。这能不能叫作坏事变好事我不知道，但我知道在物资匮乏的情况下，有些领导的贪腐就尤其能够引起人民群众的反感和憎恶，时任青山县委副书记、县革委主任李三则的行为就彻底激怒了年轻气盛、不为官威所震慑的古英俊。

1978年春天的某一个瞬间，那一天，古英俊和县水利局的技术员小宋正带着人在青年渠的引水口拦河坝工地为坝基的基础进行灌浆。半上午，10点左右，一辆崭新的伏尔加轿车停在了工地边上。一个人走下车来，手提半导体喇叭向着工地喊话："古英俊书记，请你过来！""古英俊书记，县革委李主任找您有事，请立即过来！"这声音，一迭连声，声声震耳，可那人就是连一步都不肯挪移。这声音高自然高，但正在全神贯注地专注于浇灌质量检验的古英俊还真的未必就听见了或者说即使听见了也没有听清。总之对于这声音他是一点儿反应都没有。反倒是新任的民兵营长王建青把这声音听得不耐烦了，原本好脾气的王建青把随身背着的药箱往地上一放，大步流星就往那轿车走去，一边走，一边吼道："你喊什么喊？真有事不会走两步过来？你腿折了吗？"这话也够难听。

别说，王建青的难听话来人倒是听清了、听懂了，可是他并不生气，而是一脸笑意地迎着怒气冲冲的王建青紧走两步，老远就伸出手来要和王建青握手，嘴上还说着："王大夫，你不认识我了？"

王建青有点儿丈二和尚摸不着头脑了，难听话也不再能说，只好一脸尴尬道："你，你是？"

来人笑道："王大夫，你不记得我了？前年，我娘到正庄走亲戚时胆结石发作，幸亏你给做了手术，要不然，那次老娘就过不去了。为这事，我娘让我感谢你一辈子。"

王建青笑道："哈哈，你说这事啊，这是我们做医生的本职工作，咱赤脚医生也是医生嘛。这个不用谢的。"稍顿一下又问，"你刚才喊我们英俊书记做啥？有什么事不能到工地去说吗？"

来人左右看看再无旁人，这才小声道："王大夫，也就是你，我实话告诉你，我在县委当秘书几年了，连这点礼节还不懂吗？可是今天这事，人家李主任临来时有交代，一定要把你们古书记叫到无人处才可以布置一项重要工作的。"

王建青疑窦顿生："啊，有什么见不得人的？还要如此保密。"

来人道："你可说呢，这事还就是有点那个的，可人家官大一级压死人，主任就这么布置的，我一个小小秘书能不听？"

王建青又问："那你倒是说呀，一般事不一定非找我们英俊书记，告我也可以。"

来人看看远处的古英俊，似乎根本没有往过走的意思，再看看王建青，有些无奈道："也好，那我就和你说吧。你原话转告你们古书记就行，别人可一定不能说的。"

王建青点点头，于是秘书一五一十娓娓道来：原来，县委副书记、县革委会主任李三则不久前刚由地委机关一个副处长位置调任青山，至今不足两月却已经跑遍了全县各个角落、各大企业各大机关。也许有人会说，领导干部深入基层不是很好吗？好自然好，那是指那些真正深入基层，调查情况，了解问题，并且能够切实解决问题的领导干部，而这位李主任却不是这样。李主任初来乍到，下基层从来一言不发，任何问题任何人，只是点头，连摇头都没有。这就给人一种神秘感觉，似乎这位领导那是要干大事的，三年不鸣，一鸣惊人。给这样的领导当秘书，也算苦了小伙子，因为这样的领导想干什么全凭你猜，可你又十有八九猜不中，那剩下的就只有等着领导的难看脸色甩给你了。然而，就在今天一早，李主任却以十二分明确的口吻命令秘书，立即坐他的专车去正庄大队找这个大队的党支部书记古英俊，一定要让古英俊到他的车上来谈，而不能把谈话内容泄露给其他任何人。什么内容呢？也很简单，李主任需要正庄大队在一周之内交付8副土板，木质必须是上好油松和柏木挡头。至于砍伐这些树木所必需的准伐证和预付款，将于嗣后补上。至于这些土板的用项，则属于不许打听之范畴。

秘书说完，两手一摊："王大夫，我听说你们这位英俊书记也是一位不好说话的主，可这事我真的是照单实说，你看怎办啊？"

王建青是非常老成持重的青年人，又是军人出身，凡事总要辩个黑白分明。关于木材砍伐尤其是土板砍伐的一应规矩，他知道得一清二楚，现在堂堂县委副书记、县革委会主任居然要打破常规，而且是不留痕迹却又是明目张胆地就来凭空弄走8副土板，这可不是一件小事。这样的事，依着古英俊的脾气，当下非给你顶回去不可，绝无丝毫回旋余地。可是如果那样的话，又说不定会惹上一些麻烦的。怎么办？王建青暗自庆幸这事是自己第一个知道了，那么，你就不应该把这位秘书给直接顶回去。至于给不给那位李副书记、李主任弄这8副土板，还是先应承下来，汇报给古英俊再说。于是，秘书同志和王建青交代一番，王建青也向秘书同志交代一番，一再说明这事我可以转达，但没有手续怕是过不了公社这关，更过不了县林业局那关。当然，相信这些对于李副书记、李主任来说只不过是小菜一碟，那么大领导同志也不至于为难区区一个大队干部。话说得很圆，伸缩有度，王建青一心想着为古英俊分忧解难。可是，万没想到，或者说他既想到了，也没有想到，收工路上，当王建青把这事和古英俊一说，古英俊的反应却是："建青哥，这事你没和他说死吧？"

王建青点头："我哪敢？明明没手续，钱也不提，就这么要8副土板，就算8根檩条也不能这么方便吧。"

古英俊也点头，却半开玩笑地甩出一句让王建青炸毛的话来："就是，8副土板，这李主任家一下子是计划要用8副土板吗？或者像古代帝王那样小棺套大棺，里棺套外椁，一个人占用几副土板？"说完，"嘿嘿"一笑。

王建青并不清楚什么棺什么椁的，但总之知道这意思是不那么客气，也真的有点挖苦带讥讽的意思。他赶紧截住古英俊道："英俊，这话可就咱俩说说啊，你可千万别出去说。"

古英俊却有点小孩尿尿——越尿越高，不仅没有收敛，也没说以后不说这话，反而哈哈大笑起来，又道："建青哥，这事他自己不来说，让人家一个秘书跑一趟也就罢了，看样子准采证的事他就连想都没想。这样的官，别处不说，在咱青山县怕是从来没有吧？我们作为党员干部，凭什么惯着他！不信咱就走着瞧，只要他李主任不把准采证办来，不把钱交上，我就绝不允许一块木头从咱正庄让他拿走。"

王建青急了，他知道，依着古英俊的脾性，再听那位李主任的架势，这两位不曾见面的主儿怕是真要针尖对麦芒，直接对上了。当此关头，王建青想起了老支书张成才，于是晚饭之后，先到卫生所安排一下，便赶到老支书张成才的家里，将有关县革委会李主任要土板的情况向老支书做了汇报。没承想，老支书张成才的态度却更让他捉摸不透。

"建青，那李主任明明白白就说了要8副土板还不给钱也不给手续？"老支书的问话使王建青有些摸不着头脑，因为老支书那话里居然明显没有感到吃惊、感到不可思议的味道。所以，王建青只是简单地点点头，而没有回答一个字。

"好啊！"老支书张成才摸摸自己胡须并不显眼的下巴，又说出一句让王建青更加不能理解的话来，"这是好事！他真敢要，咱就真敢给他砍树，不过呢，他给不给准采证倒在其次，好歹准得给咱留个字据就行。"见王建青一副傻呆呆不能理解的神态，老支书张成才掏出自己的旱烟袋来，点上了，将一口浓浓的青烟喷了出来，这才解释道："建青啊，你也好，英俊也好，你们什么都好，就是还太年轻。你想这个事啊，不管他官多大，只要他有求于咱，那对咱就是好事。什么手续不手续的，你还怕这些当官的迟早给咱办不来个手续？人家现在不给你，肯定有人家的考虑，那就是现在不方便吧。但只要是领导求咱办事，哪有白办了的？人家能让咱吃了亏？所以我说，莫说他要8副土板，就是10副、20副，只要咱那山上能砍出来，给他砍就是。等人家回报咱的时候，怕就不是几副土板的价钱了。"

恍然大悟，一片茫然。尽管从小出生在这个村子，当兵回来又在老支书张成才的关怀领导下做了很多事情，还当了干部入了党，但要说真正了解老支书这个人，王建青今天此时才感觉到自己差得太多。因为这么些年来，老支书张成才的形象在王建青这一代正庄人心中始终是高大的，正确的。谁要敢对老支书的任何一个方面提出半个不字，王建青都会像正庄村的绝大多数人一样为了他们的老支书和人拼命的。然而，刚才的这两段话却使王建青似乎发现了另一个张成才：成熟到几乎成精的老支书。这种成熟，确乎可以使人应变于风云变幻，这也许正是老支书多少年来历经多少政治运动和多少领导更迭而始终巍然不倒的原因，至少是之一吧。然而，生活的起起伏伏，风波浪涌，又岂能不使人进步或曰进化以致真正成熟起来呢？王建青在这一瞬间迷惘了，不知道应该是对老支书的这种成熟与老道表示敬佩还是感到畏惧。

对于王建青在这瞬间的表情变化甚至呆滞，老支书张成才也有所感觉，于是缓一下又说："建青啊，人家领导站得比咱高，看得也肯定比咱远，无论人家怎么做，总是有他一定原因的。领导就是领导，作为我们村干部、基层干部，原本咱就是个农民，遵守咱的一定之规就是了，可千万不能去和领导扛膀子，人家手里有权，随便就能整你个三魂出窍，五佛升天。所以呢，只要领导说的，原则上你照办就是。"

王建青还想要说什么，门外有个声音传了进来："成才叔，这么热闹，和谁说话呢？"随着这声音，古英俊走了进来。

"噢，英俊啊，你不来，我还想找你去呢。这不刚才建青把白天县革委会李主任和咱村要土板的事和我说了。这事你是怎么想的？"老支书张成才并没有直接说出自己的意见，而是要听听古英俊的看法。

古英俊一边往老支书家的炕头坐了下来，一边不假思索就说："这事不行啊，这个李主任也是，不光没有准采证，而且看样子连钱也不打算给，纯粹就是要白拿，这怎么行？"

"所以，你就给直接拒了？"

"没有，我都没见上人家这李主任的秘书，李主任就更不要说了。这都是建青哥告诉我的，不过，不管他谁，只要就这么着直接和我说，肯定照直给他回了啊。"古英俊直言不讳。

老支书张成才的脸上掠过一丝忧郁，停了停，还是说出话来："英俊啊，这事你得听我说说我的意见。我觉得，这事咱还真不能给拒了。"说着，又把旱烟袋拿起来抽上一口，淡淡的青烟随之笼罩了不大的空间。

对于老支书的意见，古英俊显然没有思想准备，愣了一下才反应过来："成才叔，你是说不能拒？我没听错吧。"

老支书张成才笑道："没听错，我的意思就是不能给人拒了。"再抽口烟，接着说，"这道理你听我说。"

古英俊点头，老支书张成才开始对两个年轻人分析起来："英俊啊，建青你也听着，这事可不是成才叔给你们摆老资格，主要是事儿经的多了，你就知道它的分量了。这么说吧，这个李主任一下子敢要8副土板，这在以前是没有过的，从打新中国成立以来就没有过。上一次一下子从咱村弄走8副土板，还是徐向前带部队打晋中的时候，光咱村在部队上就牺牲了5个人，加上担架队的，也是8个人，那一次，咱们的老支书二话不说，从晋中回来就带人上山砍树，连夜做成了8口崭新的松柏木棺材。可那是什么时候，是战争年代，是打仗才死那么多人。我就不相信他李主任家真的也有这用场。问题是人家那么大的领导，既然提出来了，那就是一定有什么重要事情呢。不然人家一个堂堂县革委会主任能求到你一个大队支书头上？"

古英俊道："是呀，他那么大的官，难道就不懂砍树要有准采证的规矩？为难咱们干什么。"

老支书摇摇头，又摆摆手说："这些规定他怎么能不知道呢？就算他不知道，也有人会提醒他的吧。"

王建青插话："既然知道，为什么不去开准采证呢？这事对于他来说，不就一句话嘛。"

"对！你问得好！"老支书张成才脸上露出一丝不易觉察的微笑，"一句话的事，李主任不去办，而要派上秘书找你一个大队支部书记直接要土板，这说明什么？说明李主任确实需要，而且是急需这8副土板，可是这事又无论如何不能留下任何印记，尤其不能在他刚上任的这个时候留下让人诟病的把柄。所以，他这个土板就只能让你先给他弄出来，其余等以后再说。"

"那，那，那不是逼着我们犯错误吗？"古英俊双手一摊，做无奈状。老支书张成才笑了："英俊啊，要我说呢，错误咱不能犯，但这事也不能拒绝，你想啊，那么大领导，你给他办这么大的事，他心中能没个数？只要他心中有数，那这事对于咱们正庄来说它就是好事。"

"啊——"古英俊蒙了，"成才叔，你这都上升到哲学的高度了，明明一件大坏事它怎么就成好事了？"

老支书张成才笑道："这学那学我不懂，我就知道这事三转两转它总能转成好事，不信你们走着瞧。"

古英俊急了："啊呀，好我的叔哩，你就别卖关子了，你倒是给咱说一说这坏事怎么变好事。"

老支书张成才却不急，看看两个年轻人，他把烟锅中已经熄灭的烟灰往地下随意磕磕，又重新往烟锅里塞满了烟丝，点上，再缓缓地喷出一口青烟，然后说："你们想啊，这个李主任为什么这么着急要土板，而且要这么多？原因只有一条，他在来咱青山上任之前就答应人家了，要不就是比他高的领导和他要这东西了，对吧？"

两个年轻人点头。

老支书张成才接着又说："但是身为县里的第二把手，他能不知道这砍树要准采证，而且谁也没权利一下批准砍这么多的成材树吗？咱这一棵大树长那么粗，少说也得一百年。随随便便就给人了，林业局明面上也不允许啊。关键是他二把手头上还有个一把手呢，人家就不长眼？所以，他不敢留下让人抓在手里的把柄。"

"成才叔，你别绕圈子了，快说怎么就成好事了吧。"这一次是王建青发问。

"你看，你看，听我说嘛，这李主任现在有求于咱，只要咱给领导把这事给办了，往后咱求人家的事多着呢，你说领导能不明着暗着照顾照顾咱？这一照顾不就坏事变好事了？人家给咱办的事，你们觉得能是小事？"

"啊呀！"古英俊哭笑不得，"闹半天您是让我们明明白白看着领导去犯错，等着给人下套啊。"

老支书张成才一歪脖颈，呛道："胡说，咱怎么能给领导下套，是人家领导会回报。你想啊，领导能白用你们帮忙？咱们作为一个小小的大队，将来那得有多少事情求领导的？现在有了这层关系，你想不让领导照顾都不行哩。"

这一晚，古英俊自回村以来第一次，也可以说是有生以来第一次，和老支书张成才这位他最尊重也最信服的长者没有达成意见的统一。虽然没有当面顶撞，也没有给予批驳，但从心底讲，古英俊是绝对反感那种无原则而唯利是图的"交换"手段的。但这件事情的发展或者说这件事情的渐行"夭折"又使得无论古英俊还是张成才都有些始料未及。因为，事实上李三则主任根本就没有再次向任何人提醒过要从你正庄大队弄什么土板，别说8副土板，就连一副土板都再也没有人再和你说过。那么难道是李主任知难而退，或者幡然悔悟了吗？当然不是，有消息说，就在古英俊和老支书张成才还在为这土板的问题如何处置而焦虑之时，邻村龙泉大队的人们却一连忙了几个晚上，再然后就又听说有一辆崭新的东风140载重卡车在某一个夜晚出现在龙泉大队村口，而跟车的正是曾经找古英俊传达主任指示而吃了闭门羹的那位秘书。这也就是说，尽管古英俊和正庄大队拒绝了或只是没有痛快答应李主任对于土板的需求，但在这个世界上，在青山县里愿意完成这份"光荣任务"的还是大有人在。龙泉大队的森林与正庄大队的森林紧密相连，龙泉人砍树没砍，砍了多少，正庄人只要稍微细心看一下就可以闹个一清二楚。而根据"无名氏"传递的详尽统计，这一次龙泉人为了堂堂县委副书记、县革委会主任李三则，竟然在没有任何正规手续的情况下，砍伐百年大树108棵，其中有起码一半的树木竟然还是越界将属于正庄大队的树木砍去顶替了的。这样的事情如果犯在普通群众身上，那是少不了让你进局子里去吃几个月窝头的，但正因为这些树的去向都烙着李副书记、李主任的印记，所以伐树者便是无过有功，而且可以说所有的参与者都得到了各自所能追逐的大小不一的利益分红。譬如说这树，108棵，够着梁山好汉人均一棵大树底下去乘凉了。再大的棺材，8副土板也用不了四分之一，加上边角杂料，这108棵大树所衍生的利益是相当丰厚的。再譬如说那崭新的东风140，据说全县只进回来3辆，其中一辆给了县农机厂，而农机厂马上就以老车报废的名义把一台实际上只开了3年的七成新铁牛-55型拖拉机白白送给了龙泉大队。为这事，杏花公社党委书记刘子青和公社主任都跑到县农机局去质问，我们公社都没有一台拖拉机，你们怎么就白白送一台给龙泉大队呢？你们知道不知道，我们公社每年上交公粮可有一多半靠的是正庄和关村这两个重点产粮大队，龙泉大队统共没有几亩地，仅有的一些山地也不适合拖拉机去耕作，你们把那么好的一台机车给了他们，你们到底是要做什么？公社书记和公社主任真理在手，义愤填膺，满以为这一通质问可以问得农机局长哑口无言，羞愧难当。可谁知人家农机局长根本不吃这一套，听完他们二位的说辞，人家只是轻描淡写地置以一笑，而后问："说完了？"

杏花公社的二位领导只能回答"说完了"，而后再问："你倒是回个话呀，这事是为什么？"

农机局长连笑都不笑了："这事别问我，有本事你们找县革委会李主任问去。"说完，扔下两位客人，离开了自己的办公室。

杏花公社的书记和主任满腔怒火，掉头又找县委常委、县委办主任任月中。任月中倒是满腔热情地接待了两位客人，因了儿子先前在正庄插队的事情，任主任也曾多次拜托过杏花公社的领导，直至任建刚安排进三线厂成为领导阶级，可以说杏花公社的两位领导与任主任相处非常和谐。所以，两位公社领导一进任月中主任的办公室便享受到很高的礼遇。任主任是又递香烟又沏新茶，这个待遇，在青山县是总共也不超过10个人可能拥有。这当然使两位公社领导受宠若惊，敞开了心扉和任主任一吐而快。公社书记刘子青说："任主任，你也知道，我们这公社干部不好当。你说咱们让人家各大队的书记主任干那么多活，可咱们能给人家什么好处？人家不拿你财政的钱，吃粮自己种，花钱自己挣，一年三百六十天，至少要开三百个会，哪个会你给人家一分钱了？这就不说了，今天这个检查，明天那个参观，咱们上级部门来人了，给人家送点儿土特产吧，还不是我们俩厚着脸皮和人家各个大队去要？可咱们给人家的好处是什么？就是每年发一张纸的奖状。"

公社主任接着诉苦："任主任啊，你是在基层干过的，你知道我们的苦、我们的难，要想让各大队干部听你公社的，不就凭着'公平'二字吗？现在可好，县农机局给基层白送一台七成新的拖拉机，谁不眼馋啊！

名义上说是支援基层农业机械化，好啊，这拖拉机应该给谁，县里总该征求一下我们的意见吧。要不你就不要给我杏花公社也行，既然给了，那好钢应该使在刀刃上吧。你猜这农机局把那么好一台拖拉机给谁了？"

公社主任以为任月中不知道，哪料任月中不等他说出来就截断了公社主任的话："给谁？给龙泉大队了。这事全县都知道，我能不知道？"看着两位客人半惊不惊的样子，任月中又道，"这事不光是你们，就在这座大楼内部也引起不小的议论。可是，我把这个问题反映给咱们书记，你们猜书记怎么回应我的？"

两位客人急了，眼睁睁地盯着任月中，任月中缓一口气才说："结果秦书记对这事只是轻轻一笑，告我说，这事就不要和他说了。"

"书记不管这事？为什么？"

"书记说，上面已经考察过了，他很快就要离开青山县，新的书记已经定了，就是县革委会李主任。"

关于李副书记李主任与这传说中的8副土板以及一辆拖拉机的事儿，古英俊在许多年以后才真正有了相互可以印证、可以串联的信息与证据。那就是，首先这8副土板确实不是李副书记、李主任自己家里所需，而是属于"助人为乐"。那段时间恰好曾经对他有过重要帮助的一位老领导得了绝症住在医院，老领导在得知他将要上任青山时，临终前对前去探望的李副书记、李主任提出了一个要求，就是希望死后能够拥有一口松木通体、柏木挡头的寿材。李副书记、李主任想也没想就答应了。而这件事当他在无意之中和夫人说了之后，一不小心又让自己的岳父给听见了，老岳父当下就给女婿下了指令：我和你娘（岳母）对你也没别的要求，就你说的那种寿材，给我俩一人准备一口，这不为难吧？于是，李副书记、李主任的心里在来到青山县时就已经牢牢地压上了这3副土板。再后来，这事儿也不知是怎么传出去的，虽然土板还是想象中的"空中楼阁"，但李副书记、李主任可以搞到松木土板的信息很快就传到了一些有此需要的人们耳中，这些人恰好又与李副书记、李主任有着千丝万缕的联系，总之是不太好拒绝人家或者说有求于人家的那么一种状态，林林总总这需求竟然就有6副之多。事到此时，李副书记、李主任干脆一不做二不休，要就来个痛快，有道是有备无患，既然干一回，何不多准备几副以备急需呢？所以就有了8副土板的需求，所以就要安排他的秘书到本县森林资源最好、交通又最便利的正庄大队去找这个大队的支部书记去落实这个小小的需求。然而，令李副书记、李主任不曾料想到的是，秘书回来说，正庄大队的那位年轻支部书记看来根本不买账，不仅连面都没见上，而且还又要准采证，又要交现钱，没有这些个，怕是办不了的。李副书记、李主任知难而退，8副土板本来就要拖延下去了，但是这事也不知从什么渠道让有心之人听到了，就有人撺掇同样是森林大户的龙泉大队党支部书记主动联系那位秘书，并很快就将8副土板如期装上了那辆崭新的东风140。

在古英俊来说，李副书记、李主任没有再来要土板倒也落得清静，何况春耕在即，修渠的事情也到了紧要关头，古英俊压根是无心再去过问什么土板的事情了。直到有一天，老支书张成才郑重其事地找到他，将隔壁龙泉大队与8副土板和108棵大树的情况告诉古英俊，然后忧心忡忡地说了一句话："英俊啊，这以后咱到县里办点儿事怕是要难了。"

老支书张成才的话古英俊不是听不懂，也不是不想听，而是听了也无可奈何。土板的事肯定违规，而且也违法。但是这事你一个小小大队党支部书记管不着，再说依据一般常识，李副书记、李主任现在已经成为县委书记一把手，那些违规违法的环节根本不需要亲自出马就会有人为他把所有的漏洞堵上的。这也就是当初那位秘书和王建青说的，一切都会补上的，而且肯定天衣无缝。更关键的是，古英俊付之以心血和汗水的青年渠建设已经到了决定性阶段，而原先县水利局说好要给的两万元却迟迟不能到位，就连曾经日日夜夜都和古英俊工作在一起、战斗在一起的技术员小宋也莫名其妙地突然就不见了。现实的情况是，两万元不到位，你就不能购买钢筋水泥，而技术员不到位，你又不能保证工程的质量。古英俊焦头烂额，亲自去水利局找了几次，人家总说快了，快了，正在走程序。找小宋，小宋又总不在单位，一会儿说有紧急业务到乡下解决去了，一会儿又说是派出去到省城学习去了。直到某天晚上，古英俊开完支委会，写完当日记事，就在他将要离开大队办公室，准备回家休息的时候，门"吱"的一声开了，一个人影闪了进来，古英俊仔细看时，来人却是水利局技术员小宋。古英俊一愣，脱口问道："小宋，你不是到省城学习了吗？"

小宋一只手挡住半张口，低声说："什么省城，那么好的差事能轮上我？我都半年多没出过青山县半步了。还不就因为跟着你个古英俊没日没夜地耗在你这青年渠上，有人不高兴了，说这条渠就不应该建设，说你古英俊修渠损人利己，损坏了下游公社的水利计划。现在都嚷嚷着要停你的工程呢，好像只是因为有前任杨书记和秦书记两任书记的多次批示在那里放着，而且听说咱们杨书记调回地区被搁置了这一年多后又要提拔了，这才没有彻底动你的摊子，可人家已经明确下令，不让我掺和你这修渠的事了。"

古英俊明白了，两万元的补助款看来很难指望，那么，正庄大队的青年渠究竟动了谁的奶酪？伤了谁的利益？没有人说，也没有人证明，这就像秦桧给岳武穆判罪：莫须有。谅你古英俊、谅你正庄大队也不能奈何谁人。送走了小宋，古英俊夜不能寐，披衣起来，在春的夜风中走出了柴扉小门，漫无目标地走着，走着，竟不由自主地走到了老支书张成才的小院。小院无门，自然也无需关闭，这是老支书张成才一直以来的风格，原因就是怕村里人有急事找他时万一睡熟敲门也惊不醒误事。古英俊想找老支书张成才一诉衷肠，又觉得太晚了，打扰老支书休息不好。想来想去，转了两圈正要走，老支书家的门却开了，老支书张成才同样披着一件厚实的棉袄，悄然走了出来，也不说话，用手指指不远处的小河边，两个人无声地向着河边走去。

停下来，老支书问："英俊，遇到什么难事了？你在外面转圈子，虽然脚步轻，但我一听就知道是你。"

古英俊笑笑，然后说："其实也没啥，就是那件事还真让您给说中了。您老神机妙算啊！"

"什么神机妙算，我可不会算卦。"

"您算得比谁都准。咱的渠，果然坏在那土板上了。"

古英俊一五一十将这些天来的情况向老支书张成才道来。老支书张成才摸摸衣兜，想掏旱烟袋，身上没有，又用手一指不远处的大队办公室："走，到办公室去，那里也有我的烟锅。"来到办公室，点上旱烟，这才说，"英俊啊，我知道你对我在土板问题上的主张有看法。也不是你叔我就多自私，其实这事也不是为咱个人嘛。"

古英俊赶紧说道："叔，这我知道，您老是为咱集体着想呢。"

老支书张成才又说："英俊啊，你也知道，我这二十多年的支书当下来，别的不敢说，为咱村咱大队多谋些福利还是问心无愧的。可这凭什么？就凭自己本事哩？不是的，首先是凭人家上级领导关照咱哩。那些当领导的，有人想巴结还没机会巴结哩，你可倒好，人家送到嘴边的肉让你给一脚踹飞了。你说人家领导能喜欢个你？"

古英俊真不知该如何接这话茬，打心底里说，他是真心敬佩老支书，敬佩他对社员群众的全心全意，敬佩他对任何领导的不卑不亢，敬佩他为村人做了许多在同时代同等条件下别的地方别的基层干部想都不敢想的大胆事情，而且件件都是实打实的好事。但是，这位老共产党员、老劳模究竟是如何做到的，他的内心世界又是什么样子，这可就从来无人探讨过，也无从一见真容。现在老支书这样说，说明和你古英俊之间那是真正的坦诚相见，作为这个村的村民，这个大队的社员，任何人对老支书都无可指摘。可是，面对这8副土板的命题，难道老支书张成才的做法就是唯一正确的吗？难道县农机局对于那台拖拉机的处置以及县水利局在修渠问题上对于正庄大队和我古英俊个人的做法就是可以容忍的吗？古英俊百思不得其解，最后还是老支书张成才为他指明方向，让他去找任月中主任和仇凤英部长，看看两位县委常委能不能在这位李书记面前说上话，以图缓解一下目前紧张的关系。理由也是有的，那土板的问题，说到底古英俊连秘书的面都未见，怎么就能说是不听招呼呢？再说这青年渠也是上了县里规划的工程，堂堂人民政府怎么能中途变卦啊？

两条理由，古英俊自觉还算能说得出口，但这其实又并非心中所想，充其量也就是委曲求全而已，要说找一下县委办主任任月中倒也没有什么，因为任主任没有官架子，其儿子任建刚在正庄插队期间和古英俊又结下了特殊的情谊。找找他，不说能不能在书记那里起到多大的作用，起码能讨个实话，不至于让你尴尬。而说到仇凤英，在古英俊心中那就是另外一种滋味，什么滋味呢？酸甜苦辣咸，五味俱全。想来想去，别的不说，光为一个青年渠，也只能厚着脸皮去求人了。

果然，任月中主任热情而谨慎地接待了古英俊，也谈到了儿子任建刚在三线厂的健康成长。其间又少不了对古英俊和正庄大队一番感谢。而在说到土板问题和其所连带出来的拖拉机以及青年渠的问题时，任月中就表现出了少有的畏难情绪，想了半晌，才把门碰上，压低声音说："英俊书记啊，水利局技术员的问题我可以和他们局长说一下，让那个技术员一两天就去，这个面子他应该还是会给我的，反正他们玩这些阴的也没有正规手续文件，凭什么就把县里做了规划的工程给你停下来？可是那个两万元钱的事我就不好办。因为这个钱我估计是在哪里压着呢，咱县里的规矩，两万元以上，不管什么用途，最后都得在'一把手'那里签字才能放行。他不签，这个程序就走不通。"看着古英俊一脸失望，任月中又说，"当然，这只是我估计，也许不是呢。这样，我一会就去财政局问一下，探个究竟，只要不是书记压着，咱们就有办法。"

任月中果然去了财政局，最后的结果，也果然不出所料，财政局局长也是无奈的，虽然他早已经将这笔钱纳入了正常流出，可至今却没能见到那个签字。

古英俊又找到仇凤英部长，对于这个让自己又恨又爱的年轻人，已经日渐成熟的仇凤英部长倒是显示了一级领导所应有的气度。她不仅给古英俊端上茶水，而且很稀罕地从抽屉里拿出一包"恒大"烟来，拆开了，抽出一支递给古英俊说："英俊学会抽烟了没有？他们都说这东西可以解闷，可我试着抽了两次却总是呛得受不了。你抽你就拿走，留在我这儿也就放干了。"

古英俊知道仇凤英部长不抽烟，而且也不会给人递烟，今天给自己递了，这说明部长并没有和自己计较。人家到底是副县级领导了。这烟不管抽不抽，应该拿上。于是他表现出一副略有激动的样子接过烟来，整包的塞到衣兜里，单独的一只，在部长办公桌上找了一盒火柴，划着了，点上烟，然后喷出了很少属于自己的云雾。仇凤英部长看着，笑了。这也是她第一次对古英俊真诚地，不含任何杂质的笑。但是，笑过之后，两个人的对话就笑不出来了。因为仇凤英部长说，新书记很自然地把她划为了老书记和秦书记线上的人，这样划线又是因为最近有人往地委和省委写了举报信，揭发了新来的李书记在担任副书记兼县革委会主任期间所犯下的一系列错误或者违法之事。其中又有一部分是属于应该保密级别的，只有常委们才可以知道的事情。李书记也不知和谁划算了一下，就把仇凤英部长划到不可信任的老书记杨振东和前书记秦少勇那一拨去了。所以说，就在前几天，新书记当面敲打仇凤英部长："仇部长啊，你这当宣传部部长已经好几年了吧，就不让杨书记、秦书记帮你找人再往上走走？你要提拔，咱县里可帮不上忙啊！"明摆着就是要赶人走。而且呢，也不知从什么时候开始，县里有关宣传的事情，尤其是对外宣传，一概不让仇凤英插手了，而是直接由书记交代秘书，秘书交代县委通讯组、县文化局、县广播站等业务单位干就是了。相反，只要谁人找了仇凤英部长，那这件事、这个人就从此停摆。古英俊一听这些个，还真是新书记的套路，这不和正庄大队青年渠一个路数吗？而仇凤英部长则很有些无可奈何地表示："英俊，你看看，就这情况。我今天也和你说句掏心窝子话，我仇凤英农民一个，大不了我回村去当我的农民，当不了'铁姑娘'了，当个农村老大娘总可以吧。但县里的宣传工作，上级的指示精神，中央的宣传纲领，这个县总应该有个把关的人吧。真出了事，又有谁来承担责任？所以我也想了，真要把我逼急了，我就真的上告，我不找杨书记、秦书记，我直接找省委常委、省军区司令员去。英俊你还记得当年点名表扬你的省军区那位领导吧，他现在是咱们省委常委、省军区司令了。我们不走后门，我们只是把真实情况反映上去总可以吧。"仇凤英部长说到兴奋之处，从沙发上站了起来，一只手直戳古英俊的鼻子，"到时候，领导派人来了解情况，你只说实话就行。好不好？"

古英俊说好还是没说，他记不清了，因为仇凤英部长的要求在他看来已经超出了他浅薄的认知。从现在起，他突然感觉到他应该对仇凤英部长也要有一个新的认识，这个女人已经不再是那个半瓶醋晃荡的"尖子"造反派，被历史潮流推到某个位置的梳小辫农村姑娘，而是在十多年的风波历练中练就了一身本领的优秀运动员。最起码说，她的这一套统战工作就很有活学活用的精髓所在。她未必懂得什么事为什么要怎样去做，却实实在在就是知道这件事应该怎么做，她已经是一个成熟的官员了。古英俊当然不可能在这时就知道，仇凤英部长事实上并没有当真去找省军区司令员反映问题，她也没有把握让一个省委常委接待她一个小小的县委宣传部部长，她仅仅是把这个风声略微送出去一点点，就把李书记给吓着了。因为新书记李三则也不知道仇凤英部长和军区司令员到底有多深的关系，多大的交情，但是他了解到当初司令员真的来过青山县，也确实和仇凤英部长见过面谈过话，权衡利弊，他不敢不认这一套。于是，仇凤英部长在青山县宣传系统的权力和威权再次得到保障，常委会上也有了被征求发言的机会。一夜春风化雨，仇部长的政治运作能力得到很好的展示，当然也间接为古英俊和正庄大队的青年渠争取到了本应所得的利益。这一点，就连官场老手县委办主任任月中都为古英俊的幸运由衷庆祝，因为在他看来，这事情竟然能够峰回路转，简直不可思议，也多亏了仇凤英部长的运筹帷幄，决胜千里，当然也多亏了想当初司令员曾经将古英俊这个小小民兵营长视若珍宝。李三则左思右想，还是把古英俊划到了司令员—杨振东书记—仇凤英部长这一条线上去了。

关于李三则书记和仇凤英部长，有几句话还是要续上狗尾的好。4年以后，党政队伍开始清理"三种人"，这就无可挽回地决定了这两个人的政治命运。仇凤英被划入有三种人嫌疑的一类，所幸这时她已经成家，嫁了一个二婚军官，远走他乡，自然也就没有什么人在这个问题上多做文章，仇凤英更是有自知之明，一旦走进部队营区就主动放弃工作，专心致志为丈夫带起了两个孩子，然后他们又有了自己的孩子，也算其乐融融。李三则书记就没那么幸运了，他的命运其实一开始就是掌握在他自己手里的，当初的时候，作为造反队伍中的一员，还是高中一年级学生的李三则在造反队伍中实在泯然众人，毫无特色，连一天的"头头"都没有当过，各种文攻武卫他也只是属于呐喊助威的角色而已。按说这样的人根本不可能够得上"三种人"标志的，可是架不住李三则在参加工作之后竟然鬼使神差地成了组织部门的一员，当初那个时候一段时间是鼓励提拔重用各种"小将"，要将他们"结合"在各级领导班子之中的。正好在组织部门管理档案的李三则觉得这是一个机会，于是无中生有地在自己的档案中增加了各种"司令""队长"之类的一大堆头衔，更有甚者，还将他所经历过的各种"盛事"渲染一番，只不过将自己在这些事件中的角色置换了一下。于是，在机会到来的时候，李三则同志顺利走进了某单位"三结合"的干部队伍之中。李三则认为这凭空而来的"辉煌"是自己得以炫耀一生的资本，岂能料，一个清理"三种人"便将他实实在在地"辉煌"到被清理的对象之中了。而到了这个时候，那就是墙倒众人推，曾经有人向上级写信反映的所有问题，包括8副土板的问题也都在此时集中爆发，到了这个时候，李三则书记就是纵有观音千手，也捂不住万人之口，挡不住八面来风，真正成了一间沙滩上的建筑，呼啦啦倒将下来，从此告别了叱咤风云的舞台。此乃后话，顺便提及而已。

二十二
劳动者的节日

随着两万元补助款的到来，也随着技术员小宋一屁股蹲在正庄大队一个月不离开的坚守与努力，1978年5月1日前夕，倾尽了小宋与古英俊无数汗水与心血的青年渠正式开闸放水，一渠清澈的河水荡漾在十里渠道间，为正庄大队的千亩良田提供了旱涝保收的保障，并将连带产生一系列的积极效应。

心情大好，5月1日这天，古英俊和生产队的青壮年一起，挑起青肥（大粪）到河滩地里去"奶白菜"。庄稼人的规矩，青椒、白菜、西红柿、茄子、黄瓜、大辣椒之类的菜蔬是绝对不能用化肥的，所有的肥料，都使用农家肥，其中又以青肥为最佳。快到中午的时候，古英俊挑着两桶青肥，一根扁担两头翘，行走在两旁林荫成行的道路上，也是别样的惬意。古英俊和几个伙伴挑着青肥走出村庄，走上村外的省道，路更宽，步子也迈得更快，几个人说着笑着，看见迎面从地里收工回来，准备回家做饭的几位妇女，还有人不忘开几句玩笑。谁也没有料到，就在这男男女女相互擦肩而过的时候，从村子的北面突然传来一阵喧天锣鼓，两辆汽车飞快地从北向南疾驰而来，就在妇女们的背后不远处，一头正在拉着胶轮车往地里送青肥返回的老牛忽然就被这锣鼓声给惊着了，一向稳重听话的老牛狂奔起来，牛车的速度骤然赶上了起飞的火箭，只听"咣当"一声，牛车撞在了一棵大树上，车上的粪桶连带未曾倒尽的青肥四崩五裂，一股股劲道十足的臭味向田野与道路的四方扩散着，飞起来的粪桶碎片也伴随着一股股黄黑的粪水四处飞扬，一块飞舞的粪桶碎片以极快的速度"啪"地撞在了古英俊挑着的粪桶上，一前一后两只粪桶一下子失去了平衡，前仰后合齐齐翻了，飞扬起来的粪水又把古英俊从头到脚溅了个处处"霉花"。但是，这个时候古英俊已经根本没有哪怕十分之一秒钟的时间来关心自己的"妆容"了，因为受惊了的老牛虽然把粪桶和半截牛车给撞没了，可是套在它身上的剩下半截车子却在跟着它以更快的速度飞奔着，而在它的前方正是刚刚和古英俊他们擦肩而过的几位妇女。

"糟糕！要出大事！"古英俊暗叫一声，将肩上的扁担往地上一摔，不顾一切地以在篮球场上练就的百米冲刺速度向那狂奔的老牛冲去。

也许是老牛牛性尚存，也许是老牛气力不佳，也许就是命运还算眷顾，总之是就当老牛拖着半截牛车马上就要撞上几位惊慌失措的妇女的关键时刻，像一枚出膛的子弹一样飞驰而来的古英俊死死抱住了老牛的脖颈，将它向着道路的另一侧拼命推去。而老牛也在这一刻顺从地按照古英俊的意图向右拐了几步，然后喘着大气停了下来。

四周的人们，首先是和古英俊一块挑青肥的小伙子们，被古英俊舍生忘死救下来的妇女们，还有目睹这一切，明知已经闯下大祸的那两辆大卡车上的司机和车上搭载的几十号人纷纷聚拢而来。出现在他们面前的，显然是让任何人都会大惊失色而又不可思议的一幕：两条前腿和肩胛正在流血的老牛，破碎如儿童玩具的半截牛车，还有肩膀和两手都在流血而人已经浑然无知觉躺在草地上的古英俊。

"英俊！英俊！你怎么样了？快看看还有什么伤处没有？"一个浑身都发散淡淡清香，靓丽青春无可掩饰的女子俯下身来，毫无顾忌地解开了古英俊的上衣。果然，古英俊右侧肋骨上明显凸起了一片正在膨胀的红肿。"啊！这是肋骨受伤了，马上送县医院去。快！"转头又喊，"刘浩天，你死哪去了！"

被喊做刘浩天的一个身高体壮的年轻人答应一声，跑过来，将古英俊俯身抱起，赶紧向卡车走去。而也只有在此时，正庄的人们才看清楚了，那位女子，不是别人，而是他们曾经的朋友、姐妹与战友——范香儿。而正庄人不知道的是，抱走古英俊的司机刘浩天正是范香儿已经成婚的丈夫。

如今的范香儿，在她所在的三线厂，乃至全青山县工业系统里都是名人一个。范香儿出众的品貌，精湛的才艺，使得她在厂里如鱼得水。范香儿进厂以后，几乎没怎么在车间待上一个礼拜，就被抽到厂广播室去做了编辑兼播音，上级领导前来参观检查的时候又成了铁打的讲解员。再后来，厂里成立工会，工会主席提出要有一个文艺骨干进工会班子，一抽就又抽到范香儿身上，因为在所有的新工人里面，范香儿是为数不多的党员之一，又是绝无仅有的女党员。所以她一进工会就分管了文体活动和女工分部，成为这家三线工厂红极一时的新人名人。这一次，在"五一"劳动节来临的时候，县里要组织一次各厂矿的文艺汇演，范香儿义不容辞地成了厂里的导演兼主演，今天正是要到县城去参加县文化馆和县总工会组织的"五一"国际劳动节文艺汇演。一路走来，两辆大卡车上的演员们都有点耐不住寂寞，当车子将要路过正庄的时候，有人起哄要为他们的总导演和"厂花"在曾经插队的地方烘托一些衣锦荣归的气氛。于是锣鼓敲了起来，歌声响了起来，整个队伍一下子显得轰轰烈烈、热热闹闹起来。可谁能想到，这一热闹不要紧，那喧闹声偏偏就惊炸了沉稳的老牛，并因此引起了一场生死赛跑。如果不是古英俊舍命狂奔力压牛头的话，一场重大悲剧就极有可能发生。

在这个令人尴尬又令人激情难抑的时刻，许多话不是用语言可以表达的，许多事不是用肉眼可以看见的。人与人，情人与恋人仅仅在目光相错的一霎那就完全可以穿透对方的心灵。范香儿没有多余的语言，只是以一眶泪水完成了与古英俊的交流。范香儿没有多余的行动，只是"命令"刘浩天以最快的速度把古英俊送到县医院；范香儿没有多余的表示，只是告诉县医院，所有的费用由她全部承担。因为她清楚，这场祸端，始发于谁，而受害人没有任何的医疗保险，他只有在王建青的卫生所才会得到廉价的医疗。

这一次的演出，范香儿的队伍只拿了第三名，好歹有面锦旗可以带回厂里。所有人都明白，她的队伍没有发挥出正常水平，只是没有几个人知道，他们为什么没有发挥出水平。

按照医院的要求，断了两根肋骨的古英俊需要至少半个月甚至一个月的治疗才可以出院，古英俊却等不了这漫长的时间。尽管在范香儿的要求下厂里派出专人来看护这个毫不安分的病人，古英俊可以享受到此生从未想过的安逸与舒适。可是，恰恰有两件事又使他无论如何都不能在医院里再待下去了。其一，当他知道范香儿他们之所以在那一天乘坐卡车到县里去的目的居然是因为要庆祝"五一"国际劳动节的时候，一种无形的刺激让他觉得有些如芒在背。其二，那就是自从古英俊住院以后，一开始还算清静，似乎从第五天的时候，他那间病房突然就热闹起来。起先是鲁高明的来访，来就来呗，谈一谈村里的事情，商量一下，未尝不可。可是鲁高明竟然还大包小包地带来了一大堆绝非农村人所喜欢的洋玩意儿。什么当时并不多见的袋装牛奶，什么黑不溜秋但咬起来却不经下口的洋式面包，还有来自遥远的南方，已经毫不新鲜的香蕉菠萝，等等。对于这样的访客，古英俊是左右为难。拒绝？有碍人情，收下？不合规矩。左推右托，最终古英俊只留下一支香蕉，但鲁高明却假古英俊之名，把其他所有的东西照直送到了古英俊家里。再后来，就是村里几个干部甚至平日里并无深交的几个社员也都陆续来访，而且没有一个人是空手的。这就使古英俊为难之至。虽然他毫无例外地每人只收下象征性的一点点东西，但剩余的那些最终又全部回到了他的家里。这一切，令古英俊非常不安，也正是为了摆脱这精神的羁绊，仅仅从手术室出来后的第七天，他就从医院不辞而别，悄悄回到自家的小院，关起门来，拿起笔来，写下了人生第一篇真正具有文学价值的小说——《节日》。

小说的开头是这样的：

"太岳山区的春夏之交是最惬意的季节。太阳高照而不刺眼，轻风爽意而不入骨。将要中午的时候，云和伙伴们挑着青肥（大粪）向生产大队的白菜地里走去。一溜扁担，两排粪桶，整齐地晃动，有如一支军容整洁的军队在练兵场上行进。"

"云并不知道，这一天，是全世界劳动者的节日——'五一'国际劳动节。当然，在中国农村，像他这样的劳动者似乎从来都没有过劳动者的节日这样一个本应属于他们的概念。"

接下来，就是我们已经熟悉的情节与细节，"云"在力压受惊的老牛之后见到了"雨"，也才知道致使老牛受惊的那一阵疯狂锣鼓正来自"雨"和她所带领的那支队伍——他们是将要到县城去参加庆祝这个节日的演出。而他们事实上已经很长时间没有过真正的"劳动"，因为他们要庆祝这个节日，而工厂的许多岗位本就人浮于事，有谁没谁都一个样。

"云"受伤了，但刺激他、使他疼痛入骨入心的并不是肋骨的损伤，而是心灵的震撼。他不能不问自己：我是劳动者吗？我们还是劳动者吗？我们究竟是什么？谁才是真正的劳动者？谁才配享有这个劳动者的节日？

"雨"再次向"云"表达了爱，但"云"坚决回绝了"雨"。云和雨在春夏之交的季节被风吹散，雨落在了地上，泪也掉在了地上，她真的和那个司机组成了一个从一开始就貌合神离的家庭。云化作了蒸汽，他要为自己争一口气，仅仅一个月的复习，便让他在当年的高考中以高分考中一所名牌大学。可是，当他为自己本以为是人生最重要的这个"节日"邀请朋友们举杯相庆的时候，才蓦然发现，自己其实根本离不开已经为其流血流汗5年多的这块土地。

小说寄出以后，很快就收到本省第一号文学刊物主编胡真老师热情洋溢的来信。信中指出：我已经很多年没有读到这样真实感人的作品了。你所塑造的人物，你所挥洒的笔墨无不体现了你来自生活真实的功底和对于生活本身的认知。只是，介于作品提出了一个敏感到我们现时还不能很好把握的问题，所以不得不暂时将作品退回。但是我坚信你以这样对待生活的态度来坚持写作，终将会创作出一流的成功作品。

　　许多年后，古英俊在与年轻朋友谈文学的时候，曾经多次引用过胡真老师的这封信以及这封信所涉及的一些观念。但在当时，无论这封信的价值有多大，他都只能是付之一笑，珍重地却又是果断地将它塞进了自己的书橱。因为，他真的不可能再有时间去考虑这篇小说的修改问题，也没有时间让他再腾出来哪怕一天的时间去当一当"坐（作）家"。

二十三
好事变坏事

还在古英俊躺在医院里的时候，正庄大队的干部们就召开了两次支委和大队干部联席会。但奇怪的是，这两次会议不仅古英俊没有参加，老支书张成才也没有参加。虽然书记副书记都没参加，这会却开得绝不含糊，不仅大家发言踊跃，而且争论此起彼伏。吵什么，争什么呢，古英俊且不论，老支书张成才又为什么不参加呢？其实说来也简单，按照社会科学家们的说法，历史总是在螺旋式地前进，每一种进步也总是会伴随着某种或某几种倒退而出现。正反两极，共生共存。青年渠的建成，给正庄大队和将近1000名社员群众带来了一系列的利益和希冀，也给一部分人带来了贪欲和诱惑。与这条渠道密切相关的不仅是当初古英俊、鲁云生、章玉儿和范香儿以及鲁芳儿他们所憧憬的农田水利化，北国江南化，也绝不只是"日出江花红胜火，春来江水绿如蓝"的田园美景，更多的人所看到的其实只是眼前切实可行可用的金钱与利益。譬如水磨和水碾，一台水磨所拥有的效能比得上10头毛驴或7匹马，而且这家伙不吃草不吃料，连更现代化的电磨、电碾还需要耗费电力和机油呢，而水磨水碾24小时连轴转却不需要任何的其他能源耗费。当然，这个水磨、水碾的出现也就意味着它必须有人管理。以一台水磨或水碾而言就是至少两人管理，水磨、水碾各一台那就需要四个人，这是最少的标准了。而这种管理工作，不需风吹日晒，无虑刮风下雨，在农村，那肯定是一份清闲而体面的工作了。

再如鱼塘，在古英俊与老支书张成才最初的规划中，水渠建成后，与之相配套的是在南湾一带修建两个鱼塘，每一个设定5亩方圆，既充分利用河滩草地近水之便，又让渠水再次入河有了一个最佳的路线。当然，鱼塘的建设需要专业人才，也需要专门管理，水到渠成之日，便是动土开塘之时。还有，这条渠道长达十里，一年四季，最少有三个季度需要有人维护管理。这样的工作，忙起来自然辛苦，但毕竟清闲的时候更多。而它终究是一项工分好挣活不多的工作。总之一句话，这些工作，这些项目，做不做，由谁做？当初修渠的时候，似乎全部的工作、全部的担子只有古英俊和他的几个铁哥们来扛，譬如王建青、宋俊民等。"老狐狸"鲁高明、"怪话王"古银元等人对于修渠统统退避三舍，避之不及。因为他们都认为以一个大队区区之力来建设这样一条大渠，那是真正的"愚公移山"，愚不可及。时代早已不是1958年"大跃进"的时代，劈山修渠那是国家之事、公家之事，上面没有布置的事情，你又何必多此一举？与之相对应的，在整个20世纪七八十年代，整个青山一县也确实再没有哪个公社、哪个大队干过类似的水利工程。实话实说，那当时，鲁高明等人没有公开出来反对，也就是看了老支书张成才的面子而已。有他支持，起码在正庄还是没有什么人会站出来公开反对的。现在就不一样了，渠已经修成，渠居然修成了，通水了，人们眼睁睁地看着几代人曾经有过的梦想居然成为现实，人们于是回忆起1958年的时候，公社在正庄大队的南湾一带种水稻，水稻是成熟了，收成也不错，但就因为你是旱田玩水作，光是用抽水机从大清河里抽上水往地里送水这一项就使得这水稻成本高得吓人，从此也再没有人敢提种水稻的事情。而今旱地变成了水田，村里的老人们就开始再次提出了在南湾种水稻。大家都清楚，这东西一旦成功，那它所产生的价值将要比你种玉米高出几倍。毕竟在青山一县，这将是独一份的。但是，种水稻只是村里老人们议论的事情，那些接近于正庄大队核心机构的人们——鲁高明、赵怀恩、古银元等人却并不为这等事情着想，因为这是大家都不会反对的事情，只要会上有人提出了，肯定全数通过，用不着谁为它操心费力的。相反，管理水磨、修建鱼塘等具体事务的"人事安排"才是大家眼能见、心能想、势必争的"大事"要事。

这天晚上，古银元、鲁高明、赵怀恩、党小爱几个支委前前后后来过，又前前后后走了，只有老支书张成才躺在古英俊屋子的炕上，侧着身子在睡觉。人们都走了，他也起来了，像往常一样，点着烟斗，抽一口，吐出来，烟云腾空而起，老支书张成才开始说话："英俊，知道我为什么不参加他们那两次会了吧。"

古英俊笑笑，点头："叔，你是怎么看这些事的？"

老支书张成才叹口气道："唉，英俊啊，他们倒是不避讳我，你看明明看见我在你这里装睡，人家该说的也都照实说了。说到底，就是那个老毛病，为各自的小圈子争利益呗。你说高明子推荐的这几个人，不是他姑姑家的小媳妇就是他姨姨家的大姑娘，能让她们去看水碾、水磨？黑天半夜的让她们值班，他倒也放心。真出个事，谁负责？"

古英俊恍然大悟："噢，我说呢，高明哥怎么突然对这事感兴趣了，这几层人的关系我还真没想过。"

老支书张成才道："咱这个村子，这人头关系你不下功夫绕来绕去绕个三五年还真理不清的。问题是高明子他说的这几个人不行，那都不是靠得上能干事的人。他光想这事清闲了，清闲是清闲，但这首先是服务，他的这几个人能给人家老人添磨子扫底子，能把那个水磨和磨坊的卫生保持好？不信你让他先试上几天，看看她们的本事再说。"

古英俊点头："叔，就按您说的办。"

老支书张成才道："是啊，前些天你住院的时候，听说他大包小包地买了一大堆东西去看你，我就知道他没安什么好心。你看看，这不将你军了。"

古英俊苦笑道："是啊，您不提，我都不想说他送的那些东西了。明明我告诉他说不要不要，结果他倒好，从我病房拿回来，送家里去了，还说是我让送的。我娘也不知真假，就把那些东西放下了，等我回来一看，牛奶过期了，刚好喂了猪，水果腐烂了，只能沤了肥。"

老支书张成才叹口气，又道："英俊啊，说实话，叔有时候觉得留下你我是给村里办了件大好事，有你这样一个年轻人当家，咱正庄有希望了。可有时我又觉得这件事我是作了孽，生生把你的前程给耽误了。"古英俊看得出来，老支书张成才是真诚的，不带半点虚假的。这话自然不能不使古英俊深受感动，赶忙想办法转移话题，以冲淡这种悲戚与凄凉："叔啊，没你说的那么惨吧，我回来是自愿的，去年没考也是自觉的。这事您可别为我操心。"略停一下，话锋一转，计上心来，"叔，我给你说件你当真未必感兴趣，但是在我来说也许是一件人生大事的事情吧。"

"什么事？你倒是说呀。"老支书张成才催道。

"是这样的一件事。前两天我接到一封信，你猜猜是谁写的？居然是咱们省里最有名的那位老作家、老编辑胡真老师。我记得您说过，胡真老师是来过咱村的，还和您有过交往。您说，胡老师给我来信，这重要不重要？"

一提起胡真老师，老支书张成才果然来了兴趣："老胡啊，那可是有本事人，不仅学问大得很，而且一点架子也没有，不像有的当官的。他来咱村那次，我是全程陪着他的。这一晃10多年过去了，怎么，他还好吗？"

古英俊赶紧回道："叔啊，只是收到人家一封信，连人都没见过呢。但我从那信中看出来胡老师起码对我这个初学写作者是一腔热情的。我和人家从未谋面，哪像您，和他是老朋友了。"

老支书张成才也来了兴致，接着说道："英俊，你再写信就告诉他，我老张欢迎他再次来咱们正庄啊。对了，告诉他，当年他说的那条渠，咱们修成了。"

这下轮到古英俊感兴趣了："叔，敢情胡真老师也想在咱村修条渠？你怎么从来没有说过？"

老支书张成才颇有些感慨道："英俊，其实也不只是老胡说过，抗战刚胜利那会儿，咱们二区的区委书记王弼在咱村给我们讲话时就说过，还说这渠一旦建成，咱正庄就是北国江南。王书记那也是大知识分子，在天津上过什么北洋大学的，可惜南下的时候在福建剿匪牺牲了。我听维成叔说过，王书记临走还和他说，从南下回来还要带领咱们修渠呢。没有想到，那么年轻就走了。他要不南下，那该有多好！当时咱这里解放都好几年了呀。"

古英俊陷入了沉思，他没有想到，这么一条渠，居然是许多老一辈惦念过的心事，如此说来，青年渠的建成，也算完成了一桩先人遗愿，应该说是功德一件了。可是，谁又能想到，这么一条本来到处充满昂扬正气的渠道，到今天在一些人看来却成了谋取私利的工具了呢？

第二天，按照和老支书张成才商量的办法，古英俊找来鲁高明、古银元、赵怀恩和党小爱几个，让她们推荐的人先组织一次实战培训。怎么培训呢？因为正庄的水磨、水碾尚在施工，但20里外的王庄在"大跃进"时期县里就给开通了一条水渠，村子里也有一台水磨，把正庄的人派到人家那里去跟着学习和服务，包括简单的技术维修等，每人5天，让人家给打分。分高的自然录用，分低的一律淘汰。结果，鲁高明推荐的那几个一听这条件，居然连培训都懒得参加，自然淘汰。这事把个鲁高明气得，竟然暗地里串联组织几十个鲁姓家族的老人妇女跑到大队办公室外面贴大字报，说是古英俊代表了古姓家族的利益，因为在水磨、水碾服务员培训名单中有两名古姓、一名赵姓，唯独没有鲁姓，这是对鲁姓全体250口人的歧视。不过，对于鲁高明来说略微有些遗憾的是，这大字报刚刚贴出来没有5分钟，就被同样是鲁家人的鲁大力给撕碎扔垃圾桶里去了，弄得一群鲁家人面面相觑，却也没有一个人敢于站出来说鲁大力的不是。反倒是一向沉默寡言的鲁大力这一次说话了："你们，还是人吗？抠着自己的良心想一想，人家英俊哪点对不起你们了？"说完，恶狠狠的"呸！"的一声，把一口浓痰唾向那些自家族人。人们知道，鲁大力轻易不会发火，更不会对人恶言相向，唾痰这事更是前所未有、匪夷所思。但鲁大力那保温瓶一样的性格里所蕴藏的却是一个农民相当丰富的文化知识和多才多艺，更是偶然爆发便让你无所适从的暴烈与桀骜不驯。今天鲁大力发火了，这也便意味着你伤到了他所能忍耐的底线。这个时候的鲁大力，你是绝对不能碰触的。事实上，鲁大力的暴怒也就是那一口痰而已。唾了就走了，鲁姓家族其余的人也便散了，而在鲁高明和他的一些鲁姓家族重要成员的计划中，这些人是要等到古英俊到来后给他当面撒泼打滚，哭闹一气的。挺热闹的一件事，硬生生让鲁大力给搅黄了。

对于这件事，老支书张成才的总结是："高明子，他这是闹我呢，嫌我没把支书给他做嘛。"这同样令古英俊吃惊，老支书张成才接着解释，"本来我原先是有过推他接班当支书的想法，可人家公社党委不同意，再说大多数党员也不会选他嘛。他自己连个这都不知道？我这个人从来不给人传话的，那样不好，有些话越传越邪乎。但今天有句话我得告诉你，当初让你入党当民兵营长他就不同意。整个支委就他一个不同意，这事我从来不愿和你说嘛。但现在我得说，你以后也防着点这个人。你看今天干的这事，这都什么时候了，还这样闹。有意见放明面上提嘛。水磨、水碾的事，外出培训还是他提出来的，是他的人不去嘛。这就有意见了！我得找他去。"

尽管古英俊一再阻止，老支书张成才还是径直找到了鲁高明。多少年来第一次，老支书张成才竟然当着众人的面把鲁高明给骂了个狗血喷头。鲁高明害怕了，一迭连声说大字报不是他让贴的，并表示自己要组织鲁姓家族大会认真自查一下，到底是谁干的这缺德事。这才算把老支书张成才喷发的火山口给暂时堵了回去。不过后续的事情那就只能是后续了，鲁高明既没有组织什么鲁姓家族大会，也没有说大字报事件的主谋是谁。老支书呢，反正你鲁高明的把柄在我手里又多了一个，查不查，账是记上了。

二十四
"呯"的一声，枪走火了

1978年的夏天在正庄大队和古英俊来说注定是一个特殊的、难忘的、好事与坏事交杂相继而来的夏天，不堪回首的夏天。

水磨房的顺利完工与两台水磨所展示出来的强大效率，解放了全大队社员原先为民之口而每家每月必须耗费至少一至两天工夫碾米磨面的时间，也解放了生产队仅有的几头大牲口在农用之余必须挪一部分时间以充拉磨所需的畜力紧张。而大队在招聘水磨、水碾管理人员时的精挑细选，也使得几乎所有人都对几个管理人员给予了很高的评价。"水利"效应逐渐显现，在解决了正庄大队本身所需的基础上，古英俊和老支书张成才等人商量，还可以向外村外队的群众开放水磨、水碾加工，一方面解决兄弟生产大队的民用之需，另一方面也可以收取数额不大却也能够聊补无米之炊的管理费用。这个信息发布出之后，很快就传送到附近十里八村。许多人，尤其是那些家里有自行车，又愿意看看新生事物的年轻人蜂拥而来，来时驮着玉米、谷子、小麦，去时带走细面、小米、白面。驮着粮食的人骑在自行车上，那叫一个得意扬扬，神采斐然。这当然是一件好事，村子里人气大增，费用收入也渐次增多。水渠和水磨、水碾，一时间成为周边许多人谈论的话题，也让正庄人脸上增光。

暑假的时候，老支书张成才家里突然热闹起来。说起老支书张成才，虽说"老"字戴了许多年，其实年龄也不过刚刚五十出头，但因为结婚早，17岁成家，18岁便有了第一个女儿，两年后又有了第二个女儿，他的两个女儿又都早已经出嫁，另组家庭，二女儿所嫁之处不算远，年轻人骑上自行车，吸支烟的功夫就能回趟娘家。不过呢，话虽如此说，二女儿一家平时回来的并不算多，即便回来也只是游乡住店似的，打个照面吃碗饭就走。但因为两个家距离太近，回不回来也不显得有什么必要似的。对于老支书张成才和老伴来说，真正想念的是大女儿一家。大女儿从小读书成绩就好，上了中学又考上高中，高中毕业以后又考上一所师范专科学校。那时候的大专可不像半个世纪后的今天，在当时，一所普通中学能够考上一个专科生，那就突破了高考"剃光头"，就是给你这个学校做了广告。老支书张成才的大女儿在20世纪60年代中期考上一所专科学校，那在青山县一中就是一个光辉的榜样。大女儿专科毕业以后分配到了省城太原，先在一所中学任教，结婚以后又随丈夫调入一个省级机关工作。所以说，大女儿一家那是老支书张成才老夫妻俩的骄傲，也是他们心心念念的期盼。今年暑假，大女儿、大女婿居然带着外祖父最喜欢的大外甥回到了正庄。老支书张成才也罕见地和古英俊打了招呼，这几天大队有什么事就不掺和了，专心致志为大女儿一家做好服务，以尽尽当爹做姥爷的那份心。

大女儿一家的回来，引得二女儿一家三口也骑着一辆自行车赶回了正庄。一大家子人，挤是挤点，却也热闹得很，温馨得很。那情形，绝对比过大年还要喜气盈盈。

两姐妹多年未见，自是有着说不完的贴心话儿，娘仨人在一块，也是觉得亲热不够。但要说最愉快的，还是两个孩子，大女儿、二女儿生的都是儿子，大女儿的儿子已上中学，在学校里就是运动健将，球类田径，无所不通。回到正庄，一眼望见看不透的满山松柏，更是引发了小伙子探秘历险的千般好奇。尤其是在几次吃饭时，身为老爷的老支书张成才给孩子们顺口讲了正庄民兵在抗日战争时期的光荣历史，也提到了今日正庄民兵在省内和县里所享有的各种荣誉。谁知这一讲，竟激起了两个男孩子无限的兴趣，什么兴趣呢？上山打猎，用真枪实弹去体会老一辈在战争年代的生活。原因也简单，姥爷不是说了吗？正庄民兵营就有几十支（挺）正儿八经的机枪步枪，那玩意儿姥爷说句话不就可以直接拿到手吗？

对于俩外甥要借枪的事，一开始身为外祖父的老支书张成才只是顺嘴一应，并没有真当回子事。可谁曾想到，男孩子，尤其是城里的男孩子对于足以象征军旅生涯的打枪射击之类具有传奇冒险色彩的事情，那是只要一旦冒出这个念头，便再也按捺不住。第一天，俩孩子苦等姥爷带枪回来，晨起等到日落，没见踪影，第二天，从早晨等到晚上，还是没有消息。俩孩子不敢和姥爷直接说，便找姥姥提意见，姥姥心疼俩外甥，那是摘心掏肺都不嫌疼的，一听这事，马上就答应了："不就借支枪吗？这事包在姥姥身上。想当年，那枪都是放在咱家里的。那会儿你们要来，想怎么玩就怎么玩。现在不在咱家了，但管枪的英俊和建青还不都是自家人一样？你姥爷一定是忙起来忘记了，我给你们借去。"

老支书张成才的婆姨并不是生平第一次出门和人借东西，村子里家户之间借个东西一般也都容易得很，所以大致觉得这东西肯定一借一个准。

怎么可能不借给呢？古英俊也好，王建青也好，俩孩子那和我们老头子那是多么贴心可意的呀！就这么点小事，还不是手到擒来？可是邪了门了，老支书的婆姨带着两个外甥来到卫生所，王建青一看老支书的婆姨来了，赶忙热情招呼，问谁有什么不舒服，还是想拿什么药。老支书张成才的婆姨笑盈盈地说："建青，我不要看病，就和你借一样东西，拿上就走。"

王建青赶紧问："婶，什么东西？你说。"

老支书的婆姨说："枪，给我借一支枪，再给几发子弹，我这俩外甥要上山去打个野鸡兔子。"说完，又催促一遍，"快去给我拿呀，不耽误你看病了。"

老支书的婆姨一脸一心的轻松，王建青这下可犯了难。要知道，王建青有着多年的军旅生涯，在部队所受到的教育根深蒂固。对于枪支保管的所有条例，那是门清。前些年特殊时期另当别论，正常情况下，无论你是正规军队还是普通民兵，枪支的持有和保管那都是需要专人负责的。没有上级对应机关的批准，岂能将枪支随意出借？所以，对于老支书婆姨的要求，素来好说话的王建青连想都没想就顶了回去："婶子，别的都好说，这枪可不能借呀，这事是有规定的。"话一出口，又觉得不能做得太绝，便紧接着补上一句，"这样您看好不好，我从家里给您拿一支猎枪让孩子们玩去好吧？"那时的猎枪并不在查禁管理范围之内，城里一些地方是可以公开出售的，在农村，大一些的供销社同样可以购得。正庄村自古以来就有冬季狩猎的习惯，所以也产生了古建文、王建青他们的父辈和他们这样一些猎手。在他们的家中，找几支猎枪并不算难。王建青想，这个办法应该是既可以行得通，也是能够坚持原则的唯一办法，可是老支书婆姨好说，俩孩子却并不买账。一听说真枪借不着了，大外甥气呼呼扭头就走，二外甥人没走，兴奋的小脸却由晴转阴，很快便要哭了出来。再看老支书婆姨，由于完全没有思想准备，对于王建青的回话也不知该如何是好，再一看两个外甥的表现，也不搭理王建青，拉着小外甥赶紧转身走了。

借枪的走了，王建青却犯了难。人常说秀才遇见兵，有理说不清，其实这话在王建青这里就变成了"好兵见秀才，说甚也不听"。怎么办？王建青这个人什么都好，要说毛病也就是人太好了，对于每一个人的每一种要求，总不想伤人面子。现在一看自己的拒绝致使老支书婆姨面子大伤，回去怕也不好交代，再想这枪支保管在过去多年以来其实那些所有的规定在基层来说大多也就是个样子，人家借枪玩枪的多了去了，又听说谁家出过什么事啊？自己这么毫不留情地一拒了之，是不是有些不近人情了呢？恰好古英俊来卫生所找王建青商量事，王建青就把这个问题照直给古英俊提了出来。意思是这事咱俩一块决定，有你支部书记、教导员说话，我就借，你不同意，我就不借。古英俊呢，他也觉得这事要一般来说那确实是按规定就对了，可这个要借枪的不是别人，而是老支书婆姨，俩孩子借枪也不会干什么坏事，只要……古英俊突然自作聪明起来，只要是不给他们子弹，光拿一支枪那还不和烧火棍似的？

老支书婆姨终于为两个外甥借来一支正儿八经却卸掉军刺的"五六半"（国产五六式半自动步枪），但是王建青说了，现在子弹严格控制，先让孩子们玩玩枪，等有了子弹再教他们打靶，真想上山打猎，还是等冬天的时候，建青叔叔带着他们一块打。说话算话，决不食言。王建青以为按照古英俊和自己商量的"万全之策"，这应该是再不会出什么问题的了，可正所谓人算不如天算，鲁高明的出现，改变了一切。原因在于，上次民兵组织打靶时鲁高明也参加了，当时规定每人5发子弹，必须当场上膛，当次打完，谁知鲁高明却偷偷卸下两发子弹，私自装了起来，而这一次，原本也是出于好心，因为水磨、水碾上的事情，老支书有一些日子没有搭理他了，鲁高明感到一丝莫名的落寞，为了缓和这种境况，看到老支书家里两个女儿齐齐回娘家，这应该是最好的机遇，于是上门来访，一来和老支书商量事儿，二来也看望一下人家多年不见的亲戚。也正是在这次拜访中，鲁高明发现两个半大小子拿着一支"五六半"颇感无聊的样子，灵光一现，就答应给他们两发子弹，让他们真正尝试一下实弹射击的滋味。说完他竟径自跑回家里，将那两发子弹送了过来，当着老两口的面把子弹塞给两个孩子。

要说起来，老支书张成才那是在战争年代久经考验的老民兵、老战士，兵火之险，岂能不知？所以鲁高明给孩子送来子弹，他也没有当面拒绝，但在鲁高明走后，却将两颗子弹收起来，放到家里最值钱的那只扣盖皮箱里去，锁起来，然后告诉俩孩子："上山打猎的事，你们不要着急，姥爷找机会安排你们去。这子弹可不准乱动。听见了吗？"

说完，老爷子放心走了，可他没有想到的是，俩孩子眼看着两颗子弹放到什么地方，心里那就更惦记上了。趁着姥姥稍不注意的空档，竟然从姥姥那里偷偷拿上钥匙，打开箱子，取出子弹，然后计划着如何避开大人，到山上去痛快一下。也是阴差阳错，俩孩子商量妥当，大外甥觉得为了稳住姥姥，应该先将钥匙物归原主，于是告诉弟弟不要乱动，自己溜到姥姥房间去找机会让那钥匙归位，正巧姥姥在屋，等了一会儿，左等右等没有机会，只好有一搭没一搭地和姥姥说几句闲话，然后再回自己和弟弟的房间。可是，这孩子无论如何没有想到，就在他离开房间的这短短时间里，同样顽皮的弟弟竟然按照自己在电视上学来的那点儿本领，将两颗子弹不仅压进弹仓，而且打开保险，顶弹上膛，就差击发便可将子弹发射出去。这边弟弟玩得正在兴头，那边哥哥没有完成"任务"，心事重重，闷着头，也不打声招呼，"哗啦"一声，推门就进，这一声响不要紧，突然听到这一声响的弟弟两手一紧，食指正在扳机上的右手不由自主地往回一勾，"呼"的一声，只见哥哥连叫都没叫出来，两眼直盯着弟弟轰然后仰栽倒在门槛之上。

一场悲剧就这样发生了，当王建青拼命赶来的时候，一切已经结束。他这时的首要任务已经变成了抢救同时瘫倒在地的姥姥和姥爷。

悲剧震撼了整个正庄，也震撼了全杏花公社和青山县。公社党委书记和主任来了，他们是慰问老支书老两口的。县武装部的领导和县公安局刑警队的同志也来了，他们到来的目的是要调查一个全省著名的模范民兵营在枪支管理方面的漏洞和这件事情的起因真相。事情很快就搞清楚了，直接的原因是意外，但间接的原因可就多了。从民兵营的枪支管理方面看，在王建青来说，枪支的出借完全违规，直接的处理是撤掉民兵营长职务。在古英俊来讲，身为支部书记、民兵教导员，同意王建青出借武器，自然也该受罚，组织处理是记大过一次，并撤掉民兵营教导员职务。但出于为工作大局考虑，县武装部又决定对于王建青和古英俊在民兵营方面的处分改为撤职留任，以观后效。

老支书张成才既是受害者，也是间接的施害方，出于种种考虑，公安方面只是问了下情况，并没有做出任何处罚，组织上也没有做出任何处分。但是，老支书张成才自己却不能饶恕自己，他把自己关在平日里堆放柴草的一间简易棚子里，五天不吃不喝，每日里以泪洗面。而孩子的姥姥则因悲伤过度，两度晕厥过去，全赖王建青的及时救治才算恢复过来，却也是不吃不喝，自我惩罚。眼看着老两口越来越瘦，孩子姥姥还好一些，因为在她昏迷时王建青给输了液体，并特意在里面加了葡萄糖之类的营养剂，所以虽不吃饭，却并未显得面容有多大改变，而老支书张成才就不一样了，独卧柴棚的他，既不进食，也就没有排泄，更拒绝洗漱，几天下来，便落得面容极度憔悴，连说话的力气都没有了。必须让老支书从这种极不健康的状况中走出来。古英俊想尽了办法，磨破了嘴皮都不顶用。自身失去儿子，已经悲伤欲绝的大女儿和大女婿哭诉劝说，还是无效。万般无奈，古英俊打通了公社党委书记刘子青的电话，请这位多年来已经和老支书结下深厚友谊的领导兼朋友来劝说一下。刘书记倒是很痛快，电话打了不到半小时就骑着自行车来到正庄，来到大队办公室。

"英俊，你现在去做个广播，就说公社党委要来正庄给全体党员开紧急会议，任何人不得缺席，缺席者以开除党籍论处。"

好严厉的口气，古英俊愣了一下，公社书记又说："你吃什么惊，这会咱得为他开呀，这招都不灵，那就真没办法了。试一试吧。"10分钟后，村子里所有的角落都响起了古英俊的声音："全体党员注意了，全体共产党员注意了，有紧急情况，有紧急情况，公社党委要在大队办公室为我们正庄大队全体党员召开紧急会议。全体党员务必到会，任何人不得以任何理由缺席，任何人不得以任何理由缺席。缺席者，将受到党纪处分。"

果然是灵丹妙药，15分钟以后，老支书张成才迈着有些飘忽的步子，一声不吭地坐在了大队办公室那个靠门口的地方，然后习惯地将手伸向下衣兜，停了一下，又将手收回，衣兜里空空荡荡，他恍然记起，自己已经有几天没有吸过烟了。也就是这一摸，老支书张成才从此戒掉了原先被视为其生命组成部分的烟斗。

党员大会开始，刘子青书记先走过去和老支书张成才紧紧握手，然后用了一个当时人们都感到大吃一惊、不可思议的动作，两只大手伸起来，然后往下一压，压在老战友身上，身子也紧紧贴住了他面前眼泪已经流干，嗓子也哑得只能吐出几个简单音符的张成才。所有人，都在这一刻潸然泪下，所有人，也都在这一刻理解了公社党委书记的良苦用心。

少顷，刘子青书记招招手，古英俊赶紧递过去一杯已经半凉了的白开水，刘书记接过，又转递给老支书张成才。几天来，倔强的张成才第一次喝下了一口水，而后，"咕咚咕咚"将一大杯水全部灌进嗓子眼里。

二十五
特殊考生的高考之路

　　老支书张成才终于恢复如常，见识过战场上血流成河的场面，经历过鬼子兵烧杀抢掠，刺刀下亲人丧命的苦难岁月，老支书张成才对于自己的生与死早在几十年前就已经全无所谓。但是，大外甥的意外夭折却让这个经历过无数生离死别的汉子不能自已。无限的自责伴随着对老伴的抱怨，原本和和睦睦的家庭一时陷入了冷战危机，以至于这种冷战一直持续两年之久，直到他们的大女儿又生下另外一个外甥。

　　"五六半"事件所影响的还不止老支书张成才自己和他的家庭，古英俊、王建青、新任公社武装部部长，乃至县武装部分管枪支的领导或多或少都受到了影响。唯有一个人在此次事件中只是做了一份情况说明便没事人似的躲一边凉快去了，这个人就是为孩子们提供子弹的鲁高明。对于这个处理或者说连处理都算不上的处置，大家都不理解，因为明摆着在这件事情上那两颗子弹起到了决定性的作用，但公安的同志却说，这个子弹的问题，说到底还是民兵营长王建青和教导员古英俊管理不严，致使军事训

408

练所用的子弹流落民间，这才导致其他后果。鲁高明当然有他的问题，但子弹是交给老支书婆姨的，又过了老支书的手，如果这样追查下去，那可就没完没了。于是乎，间接"凶手"鲁高明居然就这样在他那个大队支委总会计的位子上岿然不动。

鲁高明不动，古英俊却想动了。

起因在于鲁云生的来信。"五六半"事件也传到了远在省城上党校的鲁云生耳中，出于对老同学、老朋友的关心，鲁云生给古英俊写了一封很长很长，足足有将近5000字的信。直将那不大不小的格式信封撑得鼓鼓囊囊，让人以为其中藏了什么秘密似的。以至于邮递员在将信亲手交给古英俊之后还要当着他的面，让古英俊把信打开，亲眼所见，确无他物，这才放心离去。

鲁云生的信中说了些什么，又为什么会让古英俊萌动"凡心"呢？首先，鲁云生在信中说，他上大学了。这一次上的不是普通教育熬时间考学历的大学，而是省委党校这个特殊的"大学"。当时，社会上正流传着一则民谣："年龄是个宝，文凭最重要。"年轻干部上党校，绝对是一举两得的好事中的好事。而鲁云生就赶上了这样的好事。只是好事当中也隐藏着某种危机，危机在于，尽管鲁云生走进省委党校学习，在任何人看来都是好事，偏偏在他的妻子胡灵儿看来却是坏事。因为胡灵儿认为，鲁云生在县里工作，无论先前当书记的秘书还是后来到公社去锻炼，都在她的监控范围之内，而一旦离开自己的视线，大城市里的漂亮女人多了，谁能保证生性风流又饱有诗书气质的鲁云生不会为某个"狐狸精"给勾搭上了或者他自己去勾搭几个"狐狸精"呢？所以，鲁云生到党校报到的第一天就出了名，因为他无故迟到了三天，再不报到就会被除名的。而鲁云生也是本届学员中唯一敢迟到的特例。鲁云生因此心甘情愿地当着全体学员的面接受了领导的批评。他没有为这个迟到找任何借口，只说记错了日子，而事实的真相却是因为胡灵儿扣押了党校寄来的入学通知。鲁云生翻箱倒柜整整三天才在夫人的底裤包里找了出来。现在的问题是，人是到学校了，但心却被扯在县里，时刻担心胡灵儿找上门来胡闹。所以，鲁云生万般无奈之下想到了古英俊，希望古英俊能够专程往胡灵儿所在的邻县县城跑上一趟，做做胡灵儿的工作。鲁云生知道，在差不多他认识的所有人中间，胡灵儿最佩服的也就只有一个古英俊了。

鲁云生来信所说的第二件事情，就是以自己这段时间以来的所见所闻所感受和最真挚的友情告诉古英俊："你一定要摆脱目前你所面临的一切羁绊，抓住最后的机会，考大学，上大学。我永远认为你是我们这一代人中最富有才华的一个，但是，你的才华不应该拘泥于一个狭小的范围，你的知识不应该停留在我们的山村。杜甫有云：'会当凌绝顶，一览众山小。'作为朋友和兄弟，我不得不说，来到省城，来到大学（虽然我所上的这个大学距离真正的全日制普通大学还有相当的距离），我才真正感悟到，我们的所学所知是多么的陈旧，我们的思维眼界是多么的狭隘。你，一个新时代的青年，应该乘上这个时代最现代化的列车，否则，将悔恨终身。"

平心而论，鲁云生的来信让古英俊颇感意外，意外的不是鲁云生让他去做胡灵儿的工作，这对于古英俊来说，已经是家常便饭，当初胡灵儿还在青山县里的时候是这样，后来胡灵儿跟随鲁云生调动到邻县还是这样。区别在于，当初是面谈，后来则变成了通过电话长谈，当然所有的电话十有八九是在晚上，而且无一例外都是鲁云生或者胡灵儿打过来的。不为别的，就一条，昂贵的长途电话是一个村干部所承受不起的。也正因如此，古英俊可以想见，如果不是夫妻之间矛盾激化到不可调和，鲁云生也不会请他跑上百十里路去专门谈一次话。

真正让古英俊吃惊加意外的是鲁云生以决绝之心奉劝老友参加高考，离开正庄。而正庄意味着什么？那是他与他，还有她与她曾经为之奋斗，为之流汗甚至流血的地方，那里有他们的初恋，更有他们的梦想，然而，现在鲁云生却让他放弃。更令他感到不可思议的是，鲁云生竟然对自己目前的处境了如指掌。就连实际上仅仅是深藏于自己内心深处的那么一点点与老支书之间的不够和谐，不能统一的微弱苗头都窥测得一清二楚。这是为什么？难道鲁云生只在一所大学里面浅涉皮毛就可以学到什么深奥至极的洞人之术？古英俊不得不承认，鲁云生已经不再是昔日的"吴下阿蒙"，而是在书本的熏陶中成长起来的"诸葛孔明"。原因所在，就因为这几年来，鲁云生无论在师范学校，还是在机关工作中都读了更多的书，也见识了更多的人，因之也悟出了更多的道理。而在这一点上，整日忙于事务，奔波于山野的古英俊就远远不可与这位曾经的老同学、老朋友相提并论。

到邻县去，找胡灵儿。古英俊把大队的事情和老支书交代一下，说好了速去速回，接到鲁云生长信的第二天一早就搭一辆运煤车风尘仆仆赶往邻县。胡灵儿见到古英俊的时候，古英俊已经在煤站的大水管上洗过一把脸了，但鼻孔里、耳洞中里无处不在的煤屑还是让胡灵儿深为感动。胡灵儿原本就极为敬重古英俊，这种敬重始于胡灵儿还在杏花公社当接线员的时候甚至更早的高中时期。从心底讲，她也曾想象过自己能有机会和古英俊接近甚至有更进一步的交往。那时候古英俊名声在外也在内，你要说在杏花公社哪个妙龄女孩不愿意和古英俊成为朋友乃至更深的那种关系，恐怕很少。但是那时候大家也都闻言，在正庄，古英俊是属于范香儿的，鲁云生是属于章玉儿的。所以很多女孩对他们就只能敬而远之，某种场合当真见了面也大都退避三舍。好在章玉儿飞走了，鲁云生放了单，这才有了胡灵儿施展手段拿下鲁云生的机遇，所以胡灵儿对鲁云生那是一百个不放心，虽然明知章玉儿不可能"死灰复燃，去而复返"，虽然明知鲁云生身为国家干部，尤其是青年干部，不得不爱惜自己的"羽毛"，但胡灵儿就是不放心，更何况是在人生地不熟的邻县。自己势单力孤，即便有苦又向何处诉说？胡灵儿想不到，以她的认知也不可能想到的是，她越是如此，鲁云生在心理上就越是对她厌倦，包括鲁云生要到省委党校去学习这事，其中很重要的一个因素恰恰是因为想远离胡灵儿一段，让自己有一个相对安静，可以休养生息的喘息。

感动之余的胡灵儿邀请古英俊到自己家里吃饭，并找出两件鲁云生的衣服要古英俊换上。古英俊也不客气，扔掉脏衣服，照直穿上就是，反正想当初和鲁云生互换衣服也是常事，更何况现在听胡灵儿的话穿了这衣服，那实际上也是在更加深与胡灵儿之间的信任。

午饭比较简单，胡灵儿从单位食堂带回来一荤一素两个菜外加四个大馒头，自己烧了一锅汤，在古英俊看来已经是很好的一顿饭了，但胡灵儿却一口一个"对不起"，一口一个"凑合着"。好在孩子送幼儿园了，中午不回家，两人聊起来便再无羁绊，古英俊单刀直入："灵儿，你知道我为什么来吧？"

胡灵儿莞尔一笑，这一笑还当真秀出几分美的味道，但说出来的话就差了点儿："我咋知道，你和他总是狼狈为奸呗。"说完，又是一笑，这次的笑倒显示出几分真诚的善意。

古英俊也笑，然后继续说道："听说你对云生不放心，还想到省委党校找他的麻烦？"

胡灵儿"嗯"了一声，然后说："这他也告你？是啊，我就是要让他明白点儿，我胡灵儿这辈子就是缠上他鲁云生了，他想甩我？没门！"

古英俊笑了："灵儿啊，你这话就没有道理了，云生和你孩子都有了，还把你的工作由青山调到这里，又给你转了正，你们现在的幸福生活，别人眼气羡慕还来不及呢，云生怎么舍得把你甩了呢？"

"英俊啊"，胡灵儿给古英俊递过来一杯水，而后十分认真地说道，"你可别被鲁云生给蒙蔽了。你别听他表面上说得好，实际上花花肠子多着呢。英俊你别不信，鲁云生到现在我都怀疑他和那个'章狐狸'有来往呢。你是不知道，我也不想告诉别人，嫌丢人呢。他鲁云生白天想着章玉儿不说，夜里搂着我睡觉，嘴里喊的却是章玉儿，什么小玉儿，什么亲宝贝，忒不要脸了。"

"真的，假的？"鲁云生至今难忘章玉儿，这事胡灵儿既然说出来了，那就一定是真的。这一点，古英俊不能不信，但是他又无论如何不能顺着胡灵儿的话只说一个简单的相信。他明白自己今天的使命，那就是得想法让胡灵儿不再纠结。所以，略微停顿之后，古英俊既不说相信，也不说不信，而是故意反问一句，继而为胡灵儿引申开来："灵儿啊，就算确实如你所说，那不还是说明云生把你看的比章玉儿更重吗？"说到这里，古英俊故意往玄妙之处讲了下去，"弗洛伊德你知道吧？（他很清楚，胡灵儿一准不晓其里，但又应该有所耳闻）那是全世界最著名的精神分析理论创建者，弗洛伊德对于梦就有自己的解析，这也是世界公认的权威解析，他就认为，梦往往集中在人们最困惑的话题上，比如创伤，焦虑或惩罚，而不是他们现实中的愿望。这说明什么？说明即使如你所说，鲁云生在梦中梦见了章玉儿，那也只是他藏在灵魂深处的一种创伤，一种焦虑和对于自己的惩罚。"这玄而又玄的"高论"果真把胡灵儿给"唬"得目瞪口呆，张大了口，斜着眼睛盯住古英俊很久才说："弗洛伊德，这个外国人是个医生还是算命先生？"

古英俊竖起大拇指夸奖胡灵儿："灵儿你真行，这个弗洛伊德还真是一个医生，也真是一个算命的。只不过他这个算命的比我们平日里能见到的那些算命先生可高级得多了。"

胡灵儿笑了，这笑意中充盈着几分天真，反使得古英俊觉得不好意思起来，或者说是某种内疚。是的，无论胡灵儿对鲁云生多么不信任，但这个女人或者说这个女孩对你古英俊可是真诚的，信任的，你有必要这样玩一套玄虚之术吗？这么想着，马上就有另外一种声音在耳边回荡：古英俊，你今天来是干什么的？在手段与目的之间，什么最重要？你可不能动摇，否则怎么对得起云生对你的信任？是的，今天来的目的，就是稳住胡灵儿，让她与鲁云生的冷战停止下来。古英俊这么想着，胡灵儿却又开了腔："英俊，谢谢你了啊。这么老远的，让你为我和鲁云生的事情跑上一趟。其实我也觉得云生还是爱我的，那个章玉儿再好，是她对不起云生，又不是云生对不起她。按你说的，或者说按那个什么德说的，这应该是她章玉儿给云生造成了创伤，所以才在梦里念叨的，如果真是这样，那我就不怪他了。"想一想，又觉得不踏实，进一步叮嘱古英俊道，"英俊，你可告诉鲁云生，我看在你的面子上，暂时可以不去学校找他，可是一旦听说他在外面拈花惹草，我胡灵儿可真能撕破脸面。"

古英俊赶紧替鲁云生答应："灵儿，你放心，我一定把你的话在信里转告他，他要胆敢在太原和什么女人勾搭，不说你不饶他，我想人家省委党校也不会饶他。你想，党校是什么地方？人家是专门培养党员干部的，那都是要学到一身打铁还需自身硬的真本事的，对吧？"说完，古英俊朝胡灵儿努努嘴，胡灵儿再一次笑了，笑得那么晴朗纯真。古英俊又补上一句："再说了，还有我古英俊呢，鲁云生一旦真有不轨之事，莫说你胡灵儿，莫说还有党纪管着，就我这个老同学、老朋友也不会放过他呀。"

聊得很好，谈得很开，古英俊吃完饭，喝了茶，还要赶返回青山的长途班车。胡灵儿推出来一辆自行车，让古英俊骑上，然后胡灵儿自己"噌"的一声跳到后座上，自行车拖着200多斤的重量"嗖嗖"向长途车站跑去。

古英俊圆满完成了鲁云生交给自己的"任务"，却不得不严肃地面对鲁云生给自己提出的另外一个问题：高考。是的，高考又将来临，你古英俊到底是考还是不考？考，意味着你为其奉献了整整5年青春热血的奋斗付之一炬，一笔抹杀；不考，则或许是你将放弃此生最后一次进入大学的机会，而这是你曾经日思夜想的人生经历，这一课不补上，心甘否？！

正在此时，一件突如其来其实又可以预料的事情使古英俊在犹豫与权衡之间彻底失去了平衡。县委办主任任月中电话告诉他一个消息：原本已经确定参加省劳模大会属于古英俊的名额被取消了，原因据说是"五六半"事件影响所致，但令人不可接受也令人气愤至极的是，任主任悄悄告诉古英俊："英俊啊，你那个先进典型的材料看来要交给别人用了，估计今天下午宣传部副部长老宋就会找你去的。人家李书记说了，材料还得你改一下，人家就信任你了。唉！我老任也是作为朋友劝你一句，千万别顶着来，逆来顺受对你来说很难，但这肯定是一时之难，你老弟要受不了，干脆考大学走吧，你还怕考试吗？"

古英俊没有想到，竟然是忘年交任月中第二个向他发出了高考的信号。当天下午，另一位忘年交老宋果然也乘坐一辆七成新的212来到正庄，径直赶到鱼塘施工现场把古英俊给拽了回来，居然还顺便带过来一套崭新的17本《数理化自学丛书》。古英俊知道，这套书在当时就是几乎所有自学者或者隐形复读生们的高考复习宝典。只是由于忙，也由于这书太贵还不那么好买，他只是在某种场合偶然见过，心里却未必把它当回子事。这当然就涉及一个古英俊的自信问题。时至今日，他仍然相信自己仅仅凭借扎实的功底就可以应付高考，不敢说考得很好，但考一个学校应该是有把握的。当然，现在有了这样一套书，那便是"天助我也"。

出于矜持，古英俊还是颇有些假模假样地稍作推脱："宋老师，这也太不好意思了吧。多少钱？我给你。"

老宋倒是一点不作假："英俊，你跟我还说这些干啥？这套书也不是我想起来的，是咱们任主任告诉我，说你今年很可能参加高考，他已经和县新华书店联系给你留了这套书，我只是顺便拿了一下，算作我们两个的一点心意吧。"

古英俊笑了："宋老师，看来今年这高考我是不参加也不行了啊。"

老宋道："你呀，早就应该。不过你还不知道我来干啥吧？人家让我来做你的工作，把你那份典型材料改头换面弄成别人的。这是人干的事吗？所以我想了一下，也不为难你了，我给改了一下，行不行，你看一下，知道什么地方动过就行了。他们这是犯罪，可咱人在屋檐下，不能不低头。所以任主任和我商量，一定动员你参加高考，不然，我俩也不忍心看着你这么活受罪。"

　　事情已经摊开，古英俊从心底感谢老宋和任月中主任，依着他的脾性，这个省级劳模可以不当，但是这个稿子是绝不可以任由别人再去改动的。然而，现实使他更知道这样做的后果，也可以想见那位"一把手"的胆大妄为，而你古英俊在目前的情况下还真拿人家没有任何办法。但是，即便以卵击石，即便头破血流，古英俊也不会为此折腰的。而老宋的办法，无疑使古英俊避免了极端的尴尬，也避免了古英俊在绝对力量悬殊的情况下去和强权去壮烈一次。

　　山乡，4月的夜还是很有些寒冷，但是古英俊觉得自己的小屋热得要命。辗转反侧，总睡不着。他打开窗户，让屋外的新鲜空气使自己凉爽一些。风真的吹进来了，又有些凉，古英俊起身披上一件夹袄，突然想起仇凤英部长曾经给过的那盒香烟，那玩意儿好抽不好抽不知道，反正烟云笼罩是会使人产生倦意的。从来没有尝过失眠的滋味，何不拿来让自己也能尽快睡着呢？古英俊没有记错，烟在自己的抽屉里纹丝未动，抽出来，点上一支，吸一口，立马"咳咳咳咳"一阵难受，但这难受瞬间过去之后就让人有了一种适应的感觉。只是这适应感不仅不能使人入睡，反而让人更加清醒。似乎这烟草可以让人解脱忧愁，翻新意识，回忆往事，推陈出新。烟云中，他想起了自己与鲁云生、章玉儿还有范香儿几个人对于家乡美好的构想，想起了自己和鲁云生、古建文带领青年民兵上深山砍松树，下河滩捡石头，小西沟垒起石灰窑，天齐庙盖起知青点，想起了难忘的正庄春晚，想起了荒唐的赛诗大会，想起了篮球场上的风风雨雨，想起了大清河滩的血泪记忆。5年，古英俊深感自己流淌的血是滚烫的，走过的路是曲折的，曾经的爱情使生命中有了责任与牺牲，曾经的离别使人生有了舍得与付出。5年，爱是不能忘记的，恨也是不应忘记的。爱什么？

爱这个村庄，爱这个村庄里的老老少少，爱他们的真诚与勤劳，也爱他们的勇敢和智慧。5年，使一个高中毕业的小后生成了全村近1000口人的掌舵者，也使一个单纯的学生娃见识了人生百态。5年，曾经有过奋斗、努力、乐观、成功、喜悦、欢呼，5年，也曾经有过哀伤、失败、凄清、悲愤、呐喊、失望。青年渠的成功，伴随着的是正庄人族群与人群在哪怕一些蝇头小利面前的人性暴露；8副土板的教训，透析着的是腐朽与神奇的交织。更重要的是，在鲁云生的那一封长信面前，你已经不得不承认当你囿于一隅，拼命挣扎的时候，时代的车轮已经在历史大潮中前进了几个轮回，即便你是一辆经久耐用的跑车，也应当适时去加加油，补补气，否则，你必将被这个前进的时代所淘汰。

古英俊穿好夹袄，又穿上秋裤，干脆下地，坐到自己的小小方桌前，打开老宋带来的《数理化自学丛书》中的一本代数，试着随便做几道题。他很快就发现，做这些题竟然并非自己所想的那么轻松愉快，而是处处充满了陷阱。一种刺激使古英俊兴头再起，干脆，洗把脸，将椅子摆正，正襟危坐地打开当初范香儿亲手送来，自己轻易不舍得使用的小小台灯，认真攻克起那整整17大本复习资料上密密麻麻的习题。

古英俊要参加高考，这消息在青山县引起了不大不小的轰动，也引来几个不速之客对古家柴扉小院的登门拜访。

第一个来找古英俊的是他的母校——青山一中的教务主任，也是古英俊高中时期的化学老师刘海峰。刘老师一副喜气洋洋的样子，开门见山就说："英俊啊，你可算想通了，现在还来得及。3个月的时间，从今天起，你跟我住到学校去，好好冲一下，清华北大不敢说肯定就行，考个名牌院校还是有把握的吧？"

古英俊有点莫名其妙："刘老师，谁说我要住到学校去啊？我这么大年纪，和人家那些应届生混一起，羊群里面蹦出头驴，还不把人家孩子们都给吓着了啊。"

刘老师板起脸来，一本正经道："古英俊，我今天不是代表我自己来的，而是代表学校，代表校长来和你谈这事的。你必须清楚，我们学校在你身上寄托着多大的希望。这也是我和几个教过你的老师给校长打过保票的。今年咱们学校冲击名牌院校，就靠你了。"说到这里，刘老师叹了一口气，声音也有些变调，"这几年，咱们的高考成绩是一年不如一年。人家那些老牌名校、重点学校把优秀生源都给抢走了，留给咱的这些学生，考个普通大学就拼了命了，你还能指望他们什么？你就不一样，英俊你是我们大家都看好的，别看你扔下书本多年，只要你认真复习，再加上咱们学校老师重点指导，保你一路过关斩将，冲击名牌院校。"

看看古英俊还没反应，刘老师又说："英俊啊，你也不要担心和应届生挤上下铺。学校已经决定，给你单独一间宿舍，和咱们老师一样的，吃饭也在教工食堂解决，而且校长说了，吃住一切费用全免。一切的一切，就是为了打上一个翻身仗！"

看着刘老师激动的样子，古英俊眼眶湿润了。没有想到，在母校，在老师们眼里，竟然如此在意这个曾经的弟子。是的，虽然离开学校多年，但古英俊知道，这些年来，在高考指挥棒的指引下，各个名校、重点学校开始在基层疯狂掐尖挖苗子。从中考开始，一旦发现某地某人成绩突出，便不惜工本，不讲代价，想尽一切办法把这个苗子挖了过来，跨乡跨县不说了，跨地区跨省市也时有发生。更要紧的是，这些挖过去的苗子，往往还会给予超国民待遇，不仅不交学杂费用，而且享有超级补贴，甚至还会将他们没有工作的父母安排适当的工作，并提供住房。可是当你返回头来再看一下与这些超级学生同校同班的普通学生，看看他们所必需缴纳的一笔又一笔费用的话，你的看法就会彻底变得糊涂，所谓难得糊涂，其实在现实的教育体系中是纯粹的谎言，在这样的现实面前，你不糊涂才怪！同样，母校和自己的师长对于自己这个老学子的特殊看重，古英俊也特别理解。原因很简单，你古英俊曾经具有很好的功底，很强的实力，只要你认真复习，认真考试，弄不好还真是清华北大不敢说，最起码考个重点名校是应该不成问题的。所以，学校愿不惜成本，老师愿倾力一搏。如果这一切能够如愿，对于学校，对于老师，对于这个县的教育工作来说，也将是一分荣誉，一分成绩，一分资本，对于留住本县本校那些源源不断的"好苗子"将是一个可以借鉴的案例，可以宣传的故事。可是，扪心自问，古英俊你应该接受这份"馈赠"，你甘心享受这份待遇，你忍心将正庄1000多父老所赋予你的那份责任戛然放下吗？

古英俊当然清楚，接受学校所能够提供的一切，对于自己的高考来说，那就是坦途一路，而且别人也无可非议；但自己这样一走了之，将生产大队的工作就此放下，可以预料的是，鱼塘将可能泡汤，水稻将可能"睡倒"，更别说那些远期规划中的种种项目。原因很简单，老支书自"五六半"事件遭受打击之后，整个人似乎变了个样，精神状态大不如前，更何况原本他对于诸如鱼塘、水稻之类的事情就不大热心，认为这些事情有折腾之嫌，当年"大跃进"折腾过的，现在再次折腾，结果也好不到哪里。王建青一腔热血，但卫生所的事情已经够他操心了，而且建青本人的个性，也很难左右村里那一大堆大大小小的"老干部""老贫农""老党员"。剩下能挑大梁的就只有鲁高明，可鲁高明的所作所为，能够让人对他寄予希望并委以信任吗？一瞬间，古英俊的大脑高速运转着，他又想到了刘老师所提到的那些特殊待遇，无论如何，求学深造故为渴望，但超人待遇决不贪图。毕竟，你古英俊不是一般意义上的高中学生，你有劳动能力，你有一定的经济基础，凭什么要享受那些根本不应该属于你的特殊待遇？古英俊犹豫着，思索着，刘老师却有些迫不及待，居然从椅子上站立起来，以极其严肃的腔调追问道："古英俊同学，你还犹豫什么？过了此村没此店，你不要以为这样的事情总会发生，你也不要以为我们学校离了你就办不下去了！"

刘老师的话委实是太重了点儿，话已出口，老头又可能自觉过分了些，赶紧自我解释道："英俊，不要嫌老师说得不好听，我可是为了你好！"

古英俊何尝不知道老师是为了自己好，无论出于主观还是客观，最终的结果肯定是有利于你古英俊的。如果不接受，那就太有点儿不识抬举了。再说，就算你从现在开始，仅仅3个月的复习时间，如果没有老师的指点，你将会付出多大的代价？而一旦有了那些久战沙场的老师们即便是画龙点睛的指点，你也一定会在复习的征途上事半功倍。想到此，古英俊显示出极大的真诚，认真的态度，先往前一步，紧紧握住刘老师的双手，而后缓缓说道："刘老师，您的话，学生字字皆记在心，我知道这是学校和老师们对我的关怀厚爱。我也一定在复习功课的过程中少不了去学校找老师们请教。但是您今天说的一些对我的特殊照顾我可坚决不能领受。"古英俊笑笑，接着说，"刘老师，不是英俊不识好歹，实在是我这么大年龄了，怎好意思和人家应届生去抢资源，如果真是那样，英俊宁肯再一次放弃高考。"

这一天，刘老师是在半忧半喜中离开正庄的，之所以喜，是因为古英俊答应以青山一中考生的名义报名参加高考，同时保证每周至少去学校找老师们当面请教三次，而且绝不会到其他任何学校去复习，即便其他学校能够允诺更多更优惠的条件也一定不予考虑；之所以忧，则是刘老师担心古英俊以这种半心半意的态度来对待高考，怕是差之毫厘，谬以千里，很难考上一个理想的学校，而如果那样的话，今天这一切努力就将失去全部的意义。

古英俊没有想到，甚至连刘老师也根本不可能想到的是，他们两人的会面很快就再一次成为青山教育界的一大新闻。而且居然让时任县委书记的李三则对古英俊参与高考之事，专门发布了一波三折的系列指示。

一开始，据说李书记是不同意古英俊这个桀骜不驯的家伙参加高考的，理由也挺拿得出手：你古英俊是共产党员，是大队党支部书记，身负重任，应以党的利益、人民的利益为重，不应该在党委未批准的情况下私自参加高考。可是呢，书记大人的指示尚未进入传达程序，就有另外一种声音及时反映到他的耳中：古英俊参加高考那是一举两得的好事，一者，这家伙天生刺头，不听招呼，会干出好多出格的事情，弄不好迟早是个祸害。如果高考名正言顺地让他走了，落得清静，何乐不为？二者，本县高考成绩自李书记上任以来直线下滑，连续两年没有一个考进名牌大学。虽说大家都知道个中原因复杂，但人家别的县和你青山同样没有重点中学，但照样有人能够考出好的成绩。所以青山一县在全地区教育系统的排名就连续两年垫了底儿。为这事，地委书记还很有些不客气地批评过李三则。李三则本人也表过态，一定尽快改变这种落后面貌。然而，所谓冰冻三尺，非一日之寒，教育绝非一日之功，考出一个好成绩来也并非行政命令所能。而现在古英俊恰恰具备考出好成绩的可能，如果让这个家伙参加高考，并考出一个好的成绩，岂非本县教育面貌得以改变的明证？到时候，书记面子上就要好看得多。

高，实在是高！李三则书记一听这话，也觉太有道理，转而对那些提出反对古英俊参加高考意见的人有了看法，并再次下达了一道具体关注本县教育的指示：责成杏花公社党委尽快落实古英俊同志可以暂时离开正庄大队党支部书记岗位并临时指定由张成才同志代理其工作。责成青山县一中在3日之内将古英俊同志接到学校并制订适合其高考复习的完整计划，所需费用由县财政全力保障。

开天辟地，古英俊不敢想象，青山一中校长也不敢想象，事实上许多年后的人们也根本不能想象，一个后来被人们赋予某种时代定义的"复读生"竟然能够享受如此"奢华"的超国民待遇，在这种情况下，你一个考生又有什么理由不全力以赴并考出一个可以交代众人、交代领导的好成绩呢？古英俊陷入了沉思。他比谁都清楚，这个让他能够顺利参加高考，并得到那一系列超级待遇的背后一定是老宋和任月中甚至还要算上仇凤英部长在县委书记面前的"谏言"，从心灵深处讲，他不能不感谢这些朋友和领导的关怀和帮助，但是，他又觉得自己绝对不能接受那些所谓的超级待遇。是的，无论别人怎么想怎么说，一介布衣，一个考生，凭什么心安理得地接受现行制度下完全违背常识、违背一切规定的那些照顾和享受？理所当然地，无论我古英俊考得好还是不好，那都只是我个人的事情，我为什么要为所谓全县教育的成败得失去承担责任或背负罪名？思之再三，为了不再引起别人更多的关注，也为了能有一个相对安静的环境，古英俊只用一天的时间把大队的工作向老支书做了简单的交代之后便骑着自行车，一个人悄没声地先到学校报了到，然后到县城一个同学家里的小二楼上安顿下来，开始了人生第二次冲刺。

3个月后，古英俊和青山县所有考生一道参加了1979年的全国统一高考，并以336分的优异成绩为北京师范大学录取。要知道，当年的高考与几十年后21世纪的高考是根本不能同日而语的。1979年，全国考生468万，而全国总录取量只有区区28万人，录取率为6%不足，那时的高考总分也不是后来的3+1和750分裸分，而是语文、数学、历史、地理、政治、外语共6门，但外语只以10分计算，也就是总分只有510分而已，古英俊的这个文科成绩，位列当年全上党地区前20名，而前20名中，除古英俊之外，无一例外皆为应届考生并全部为专署所在地长治市内几所重点名校的考生。如果再仔细分析，则这些考生又绝大部分来自全专署各县，只是各县都不能从这些考生身上得到任何成绩瓜分。因此，古英俊的出现，恰恰正如当初老宋和任月中等人所预料的那样，确实是为青山县的教育争得了一丝荣誉。

二十六
离别，是苦涩的

　　1979年8月的一天，古英俊的北京师范大学入学通知书如期寄达青山县。和一般考生直接接到通知书然后再到县教育局报告备案不同，古英俊的这封通知书县里提前便有指示：通知书到达之日，要由县教育局和青山县一中的领导亲自送到正庄并亲自交给本县最优秀的考生古英俊。而令人有些忍俊不禁或哭笑不得的是，当所有这一切的相关人员都做足了准备要为大龄考生古英俊上演一出"一日看尽长安花"的好戏时，这幕戏的男一号却浑然不知。所以，当两部小轿车、一辆大卡车浩浩荡荡敲锣打鼓红旗招展喇叭声声热热闹闹地来到正庄，大红的喜报从卡车上抬下来，矗立在正庄大队办公室门口（同样的喜报还在同一时间出现在县教育局和县一中的门口，只不过县教育局在考生古英俊的名字前面加注了"我县"两字，而在县一中则把这两个字改为"我校"）时，才发现古英俊居然和王建青两人到青年渠的入水闸口去了。因为在古英俊复习备考的日子里，老支书张成才患了感冒，而这个小小的感冒竟然把一向以钢筋铁骨著称的老支书给打倒了，高烧38.5℃，两天两夜不能退烧，多亏了王建青中医西医一起上，给老支书吊着瓶子输液，又蒙上在河水里刚刚湿过的毛巾，10分钟换一次，连续换毛巾40多次，这才把温度降了下来。烧是退了，村里的一大堆事情却瘫了下来。无奈，老支书只好将鲁高明叫来，将这些事情交由鲁高明代办。鲁高明呢，他可倒好，一上手就将原先维护渠道的人给换了。理由是那两人属于身强体壮的全劳力，应该让他们到农业第一线去"挑重担"，而维护渠道只要用两个半劳力就可以了。鲁高明说换就换，将两个半劳力统统换成了鲁姓家族的成员。一个是年届花甲的瘸子，一个是只有一只手能够动弹的半残疾。这样一来，两个半劳力挣上了全劳力的工分，可渠道的维修就形同虚设了。因为这二位一个腿脚不快，一个干活无力。虽然本人也很努力，想把事情办好，可客观条件限制了他们的主观能动性，仅仅两个月下来，一条原本通畅无阻的渠道，只是这中间遇到一场大雨，上游山洪暴发，顺带着在河水中夹带了许多泥沙、树木枝条、垃圾。遇到这种情况，渠道的维护者是要尽快关闭进水闸门，暂停运营，以保护渠道安全的。可是这俩半劳力一个根本没有能力在滂沱大雨中赶到闸口，另一个即便赶到了也没有办法把闸门放下去。原因很简单，那闸门越是长久不动，它就越是呈现锈死状态，即便一个壮劳力也需全力以赴才能将其正常升降。这事儿对于一个只有一只胳膊的人来说，那是实在太为难了。所以渠道里涌进了大量泥沙、垃圾、树木枝条，尤其在进水闸口这一段长达四五百米的渠道内，水的流量一下子就减少了一半不止，再发展下去，必将堰塞加重，或将毁掉整个渠道。要说起来，渠道进了堰塞物体，关闭闸门，由维护工好好加快清理出来也就行了。可两个半劳力觉得如果关闭闸门则势必会引来村民社员议论，所以竟将这事隐瞒下来，只是两个人偷偷加班加点在闸口处清理杂物，可是纸里毕竟包不住火，渠道里水越来越少，首先就带不动水碾、水磨的运转。水碾、水磨不转则村民们的粮食米面加工就成了问题，于是人们骂声四起，就连鲁高明自己的老婆也痛骂两个姓鲁的不争气。直到这时，鲁高明面子上再也挂不住了，才赶紧把两个同姓族人开掉，欲请原先的维护工"官复原职"，谁知那两人却一口拒绝。于是渠道的维护就在三不管的状态下拖了一月之久。直到古英俊高考结束，这才果断关掉闸门，以最快的速度调集几十号劳力去清理泥沙杂物，并顺带加固渠道，做到预防有序。这一干就一直干到他的入学通知送达的前一天才算完工。所以，这天一大早古英俊就和王建青两人并带着重返岗位的两位渠道维护工前往闸门入口开闸放水。当县里庞大的报喜队伍到来的时候，古英俊他们刚刚出发不到半个小时。那时候人们还没有手机通信，报喜队伍虽有汽车，但那大部分渠段悬在半山腰的渠堰道路又走不了汽车，要想叫回这位男一号，最快捷的方法也只有派人骑着自行车跑一趟了。好在这是古英俊金榜题名的喜事，愿意为他跑一趟的大有人在，头一个便是他的"小粉丝"（当时可只叫兄弟）宋向东。当年的半大小子宋向东如今已经是一条身高1米8，体重150斤的彪形大汉。小伙子正在青山一中读高中，暑假期间又帮他老爹在供销社忙活，这下一听说他最崇拜的英俊哥哥考出了青山县这几年最好的成绩，进了全国名牌大学，心中那个喜劲——老爹指派的活儿也不干了，他从人群中抢过一辆自行车，一个飞身蹁腿，已经冲出去二三十米。

古英俊和王建青领着几个人仔细查看一遍清理过后的进水闸门，一切停当，开闸放水，眼看着清澈的河水奔涌而进，顺着通畅的渠道滚滚向前，一位维护工将随身携带的一挂鞭炮点着，顿时，"噼里啪啦"的鞭炮声伴随着奔腾的渠水让欢庆的气氛飞向远方。恰在此时，古英俊似乎听到一个熟悉的声音："英俊哥，英俊哥，喜报来了，喜报来了！"这声音夹杂在欢畅的鞭炮声中，似有似无，古英俊也没当回事，这可把宋向东急的，本来隔着半里路就能听到的声音，硬是等到鞭炮声停了，宋向东自己也骑着车子"飞"到古英俊跟前了，这才又上气不接下气地指着古英俊喊道："英俊哥，通知书来了，北京师范大学的。快快，跟我走，教育局和学校领导都来了。"

说完，也不管古英俊还有事没有，他一把将古英俊按在自己骑来的自行车后座上，然后再一蹁腿，驮着古英俊向村庄里疾驰而去。

在古英俊的人生旅途中，正如他早年间便已经建立起来的那个根深蒂固的观念一样，高考并考出一个好的成绩对他这样的农村孩子来说无疑是具有决定意义的。这一点，无论你承认不承认，它都是现实。事实是，高考对于农村孩子来说具有比城市孩子更重要的人生意义、更现实的实用价值。它将在你的人生道路上划出一条鸿沟，从此进入这个国家的体制之内，享受社会所赋予你的许多权益，而这些权益对于农民来说是根本想都不敢想的。后来的人们如果不信，我们不妨试举几例。

譬如说休假，众所周知，体制内的人是享有休假制度的，从20世纪50年代甚至更早更更早就有，而且他们还有周末休息日，一个星期工作6天，第七天法定休息（更何况后来改为每周只工作5天）。这似乎天经地义，神圣不可侵犯。而在农村，这个制度就从来无人提及，而且可以想象，即便某人慈悲大发，允许你去休假，一个真正的农民也是不敢且不甘去休这个假的。因为他知道，农时不等人。所谓"龙口夺食"就是最恰当的成语。以小麦为例，它的成熟期往往也是中国北方的雷雨期，而雷雨又往往伴随着狂风，所谓狂风暴雨，势不可挡。这个时候就体现了农时的紧迫，你提早一天将小麦收割，便是抢回了自己的劳动果实，而你错过这一天，一旦成熟期的小麦遇上狂风暴雨，便会大面积倒伏，让你收割不成。到那时，真是欲罢不能、欲哭无泪。又譬如说春耕，都说春种一粒粟，秋收万颗子。岂不知这种下的一粒粟，并非就铁定要收万颗子的。而且旧时的农民也绝不会蠢到每种一粒便想着肯定要秋收万粒的。以玉米为例，每一窝种子都是至少要播撒下五到六颗种子，待到禾苗破土长出来之后再对每一株禾苗视其强弱，优胜劣汰的。也就是说，即便是风调雨顺的好年景，这个万颗子也是一窝种子换来的，而非笃定了的那"一粒"换来的。

又譬如说在全民票证制的时代，享有城市户口或曰"非农业人口"的人们，逢年过节都分配有酒、肉、糖甚至碱面、肥皂之类的票证，而农业人口就没有。如此种种，不一而足，数不胜数。更不要说体制内所享受的"公费医疗"，在农民来说，那就更是"非分之想"。所以当时的农村青年想要改换一个身份，改变自己的命运，只有两条路径，一是参军入伍，大部分的超期服役者，要么可以提干，要么复员回乡会分配一份工作，从此成为"公家人"。二就是考学，这方面只以正庄而论，莫说大学生，即使仅仅是一个高中生，甚至初中生，起码在鲁高明之前的初中生便没有一个留在村里的。也就是说，村庄里那些考上高中、大学的孩子统统都因此而改换了一个身份，自然也就与父辈们面朝黄土背朝天的"传统"挥手告别了。

正因如此，曾经有那么一天，朝气蓬勃、充满幻想或曰理想的古英俊与鲁云生、章玉儿和范香儿才有了那么一场对于未来农村的憧憬与想象，所以古英俊才一门心思要以自己全部的才华智慧来带领全村老少爷们、男男女女改变正庄的山、正庄的水，要将青年渠修到村子里来，要将自来水引到家家户户。他和他们在想什么？说到底就是要改变农村和农村人的命运，把生于斯长于斯的村庄建设成和城里一样甚至让城里人眼气羡慕的真正的社会主义新农村。然而，许多年后才流行的一句话或许可以借用到这里：理想是丰满的，现实是骨感的。仅仅一个土板事件就让古英俊尝到了现实的无情与无奈。紧接而来的"五六半"误伤事件又让古英俊的第一个"省级劳模"化作乌有。而当初的同志加战友鲁云生和难得的忘年交老宋、任月中等人的劝慰，则使他那颗从未泯灭的求知之心再次萌发并一发不可收拾。然而，当梦想成真，当金榜题名时，古英俊的心却骤然冷却下来。这种冷却来自"小粉丝"宋向东骑着自行车向他呐喊报喜的那一瞬间，来自他眼前那奔流的青年渠水和水中倒映的山、倒映的树，倒影中的蓝天和白云。还有，那两个刚刚重新走马上任"官复原职"的渠道维护工。古英俊清楚地看到，就在宋向东那一嗓子"通知书来了，北京师范大学的"如雷炸耳般穿透鞭炮声传递到进水闸口边上人们耳中的瞬间，两个人竟如同电闪雷劈了一般，呆怔怔地愣在那里，半晌没有发出一点声音，而在此前，当渠水顺着拦河坝奔涌而进入渠道的时候，他们两人是多么的欢天喜地，多么的自信自豪。那么，他们为什么一下子就呆怔起来了呢？古英俊理所当然地想到了此前一段时间里这两位渠道维护工的遭遇。如今你古英俊把人家请回来了，可你马上又要走了，能不让人心生忌惮吗？可是，这个时候，你又能对这两位老实巴交、吃苦耐劳的劳动者说什么呢？难道你能给人以不切实际的承诺，说你走以后鲁高明不会让他们再次"下岗"？难道你能说他们的担心是多余？

心乱如麻，一头雾水，尽管人在宋向东的拖拽下上了小伙子风驰电掣的自行车，可古英俊的心却久久停留在渠道进水闸的现场不能挪动。

　　收到入学通知书后，古英俊又面临着一桩又一桩不能推辞的邀约，首先是自己的母校青山一中。刘老师再次出面，邀请自己的老学生给本校高一高二（当时高中学制为两年，没有高三）学生进行了一次长达整整两个小时的学习报告。这个报告也引起了极大的反响，古英俊的现身说法，说明自己之所以能够在离开学校多年之后仍然能够适应新的高考并考出较好的成绩，原因有两条。一是当年在校时打下了扎实的功底，这得益于当年以刘老师、王其顺老师为代表的那一批老师的辛勤付出，这也说明我们青山一中的师资不比别人差；二是此次高考前几位老师的悉心辅导，让自己在一些难点重点的克服过程中事半功倍。这同样受惠于本校老师的师德与经验。事实证明，青山一中的老师不仅功力深厚，而且完全适应现时的高考形式。当然，除此之外，学生本人的努力，孜孜不倦、如饥似渴、举一反三到也是必须云云。这样一次特殊的高考预习报告，自然受到刘老师和校长、副校长等一批师长的欢迎与称赞，也得到了县教育局领导的特殊奖励——"高考优秀成绩奖"人民币10000元。这个数字如果放在30年后甚至40年后，也许就是泛泛而已，不足为奇，但在当时，在20世纪70年代末，那可绝对是一笔"横财"。怎么办？面对这样一笔"意外之财"，你将如何处置？

　　母亲的微笑给了古英俊行动的力量。那一天，当那一摞整捆整捆10元一张的"大团结"出现在母亲面前的时候，母亲笑了。母亲很少笑得这么开心，但是母亲的笑只有那么一小会儿，然后便对古英俊说："英俊，这钱是好啊，可咱不能要。凭啥呢？你上你的大学，不是说了吗？连学费都不用交，就花点生活费，不说你自己还攒着点钱，就算你没钱咱们家里也供得起。我们在家里有你爸爸的工资，我还能劳动，要你这钱干什么？再说也没听说考个试还拿这么多奖励的吧。这钱呀，你自己看着办，要不退回去，要不你想个办法花到正经地方去。"

古英俊知道母亲不贪财，但没有想到老人家面对这一大堆金钱的强力诱惑居然如此淡定。平心而论，要说对于这么多钱你就一点也不动心，那肯定是假话。但你要说这些钱对于古英俊就有多重要，那古英俊就不是古英俊。此时此刻，其实在母亲开口之前，他所想的只是如何劝说母亲同意儿子放弃这金钱的诱惑。毋庸置疑，这样一笔钱，对于一个普通家庭来说，那是求之不得，那个时候，不光是村里人，就连城里人也还没有进入到"万元户"风起云涌的阶段，那个时候，10000元能干什么？能干许多后来人想都不敢想的事情，譬如说，在青山县城，它可以买到一间30平方米的房子，如果你想买自行车可以买到30辆"凤凰"或者40辆"飞鸽"。同是这10000元，那是一个大学毕业生25个月的工资，也是一个学徒工55个月的血汗钱。要说这多钱对人没有诱惑，那是瞎扯。古英俊不是百万富翁，他的农民母亲也不是圣人神仙，他们不傻不呆，但他们相信一条真理，人不应让贪欲冲昏头脑，相信君子爱财取之有道，不属于自己的钱财就不应占为己有。虽然重回青山一中校园仅仅只有浮光掠影的短短时光，但是在这短短的时间里，古英俊已经看到校园里来自贫困山区的孩子如何挣扎在"耕"与"读"的漩涡之中。他清楚地记得，高考前不久的一天傍晚，他从历史董老师家里出来，走到校门口时，迎面走来一个小伙子，穿着一身完全不合时宜的蓝色球衣，肩膀上还缀着一副厚厚的垫肩，显然是刚刚干过一趟出大力气的活儿。晚风清凉，却眼见豆大的汗珠从小伙子的额头一串串砸向地面。小伙子一边走，一边低头数着几张一元一元的钞票，脸上流露出幸福的微笑。古英俊突然想起，这个小伙子正是前日学校举行的数学测试点评大会上除他这个老学生之外唯一站起来向老师提出问题的那个学生。现在正当复习突击最后冲刺的关键时刻，身为考生的他，为什么不抓紧一分一秒的宝贵时间去教室里做习题，到图书馆查资料，反而为了几个零花钱去扛苦力活儿呢？

出于好奇，古英俊直冲冲地对着小伙子迎面问了一句："同学，你这是干什么去了？累哼哼的。"

小伙子一个激灵，发现自己已经来到学校门口，又发现问话的居然是那天数学点评会上大出风头的那位学长，一股敬仰之意油然而起，赶忙将那一沓零钱揣了起来，然后说："学长，我是该叫您老师呢，还是叫您大哥？"

"叫同学吧，或者叫大哥也行。"古英俊笑着回答，然后说，"我叫古英俊，你就叫我英俊哥吧。"两个相差将近10岁的同学，就这样相识相知了。也就在这个傍晚，古英俊了解到，小伙子名叫吴超河，虽然人高马大，可实际年龄才刚满17岁。吴超河家在一个叫作马跑泉的小庄子里。在青山，人家多的村子才叫村，人家少于10户以下的就叫庄。吴超河出生的这个庄子，满打满算只有5户人家，其中3户还是亲连亲的一家子，而吴超河他们家则是属于那两个散户之一。从根上讲，散户在这个庄子里就基本没有任何话语权了，受人欺负也是家常便饭。偏偏超河的母亲又得了肺结核病，父亲尽管勤劳能干，但架不住给母亲看病这一项就掏光了家里仅有的积蓄。所以，超河上高中，每个月的全部进项就是国家给予的5元钱助学金。虽然说这5元的助学金已经是最高级别的了，但每天平均1角7分钱都不到的"经费"无论如何都不够一个1米80的小伙子吃饭用的，其他各种介乎于必须与也许之间的花费就更不要说了。然而，困窘的现实并没有使当时只有15岁的吴超河屈服。接到青山一中的入学通知，小超河只向父亲打个招呼，和母亲深情告别之后，一个人夹着铺盖卷并一单一棉两身父亲穿过的很旧很旧的衣服步行60里路到学校报了到。那当时，有人劝他退学，趁这么大个儿，在城里找份工作算了，既能自理，也能补贴家用。还有人说吴超河上学就是奔着那5元钱的助学金来的。但大多数人则一致认为，没有家庭补贴又没有社会人士资助的吴超河终将半途而废，这个学是肯定上不下来的。然而，人们都错了，吴超河不仅把两年高中马上就要读完了，而且成为整个高二年级200多人中每次考试都不出前3名的唯二。那么，吴超河到底是怎样支撑自己度过这两年的高中生涯的呢？相信您想到了，就是凭他那1米80的身高和浑身使不完的力气，还有吃苦耐劳，不讲价钱的承受力。也正因如此，小伙子吴超河竟然成了青山县城搬运劳务市场的名人。整个长途汽车运输公司，各家跑长途车、短途车甚至马车拉脚的，只要有合适的活儿，都有人想着吴超河。价钱又合理，时间又自由，而吴超河也恰当地掌握着自己的时间，上课、干活两不误。这样下来，苦自苦矣，劳动的成果不仅保证了自己的吃穿用度，而且还能有所积攒，把剩余的钱捎回家里给母亲看病。这个傍晚，吴超河就是在做完全部作业之后，趁着晚饭前的空档跑到县运输公司去给人家装了一卡车木料，顺便挣回10张1元的钞票。而古英俊看见他数钞票的时候，吴超河正在计划着这10元钱的用途，给自己留多少，给母亲买药用几元。因为家里捎来口信，母亲每天必须吃的那种药"雷米封"又没有了，父亲只说让他买药，却并没有捎来一分钱。

还是在这个傍晚，古英俊与吴超河深情握手，并以一个过来人和老大哥的名义力劝吴超河立即停止任何外出做工（那时还没有打工这个词，而叫作做临时工），全身心地抓紧最后一点时间复习功课，争取考一个理想的大学，从此改变家庭的命运。与此同时，古英俊还倾囊相助，在吴超河的死推硬抗中将自己身上仅有的20元钱硬是塞给了小伙子。

往事并不如烟，何况这是仅仅不到两个月前的事情。吴超河现在什么情况，古英俊并不知道，只是在高考数学考试结束之后，小伙子曾经一脸沮丧地告诉"大哥"："完了，完了，考砸了，我有一道大题没有做完，这个题型没有见过。"紧接着又十万分懊悔地说，有同学和他说，数学老师曾经在一个晚自习的时候讲过这个题型的，可他那天被人叫走装卸什么货物去了。是的，吴超河这样的情况在青山、在一中难道仅此一例吗？肯定不是，这些孩子，无论他们天赋多高，心志多远，但他们的"起跑线"实在是和别人不在同一条跑道上，甚至连赛场也完全不同，国家往往也因此而失去了这些"千里马"可能长成的踪迹。还是在这个时候，古英俊想起了本村羊工郭凯州的儿子——一个在数学方面具有超长天赋的8岁男童郭刚蛋。一年前的那一天，那是一个晚秋的日子，傍晚，似乎是在无意之中，放羊娃刚蛋听几个同龄甚至年长的学生在一起议论一道老师布置的数学题：从1依次加到10的和为多少时，看着别的孩子手忙脚乱地在草稿纸上运算，刚蛋只是一笑，脱口而出："这还不简单？等于55呀。"别的孩子大不服气，有的劝他不要捣乱，有的说他你懂得什么。还有的直说郭刚蛋"你不过只读了个二年级就跟你爹放羊去了，你懂个屁啊"！

这是发生在古英俊眼前的事情，一向自诩数学很好的古英俊震惊了，为这个穿戴破破烂烂，脸上污渍满满的男孩，也为这样一个数学天才而震惊。是的，放羊娃刚蛋肯定不知道在100多年前的德国曾经有过一个伟大的数学家物理学家和天文学家名叫高斯。正是高斯，在他9岁的时候就在谈笑之间做出了老师布置的一道别人认为需要很长时间才能完成的数学题：从1加到100求和。高斯的思路很简单也很明了：将这些数字分为50组二数之和为101的数列（1+100、2+99、3+98……）其结果就是5050。而眼前的郭刚蛋不就是中国未来高斯的雏形吗？那当时，古英俊兴奋极了，当下把这个脏兮兮的孩子举了起来，对着苍穹大喊一声："老天啊，你看到了吗？一个数学天才在这里诞生了。"为了证实自己的判断，当下，古英俊从供销社买了一大把糖果，然后对郭刚蛋和那一群比他大的孩子说，现在我出题，都是四则运算之内的，你们谁最先做出一道题，我就奖励谁两块糖。孩子们高兴极了，人人争着抢着做。可是，这一圈下来，全部的糖果都给了郭刚蛋。只是，刚蛋自己连一块都没有吃，而是全部塞在了自己的口袋里，害怕口袋里的糖果掉出来，又把身上仅有的夹袄脱下来，将糖果重新包好，这才一步三跳地回家去。

当天晚上，还是民兵营长的古英俊以大队党支部主管教育支委的名义跑到郭刚蛋的家——大队集体的羊窑（羊圈）上。那时，刚蛋的父亲正和刚蛋两个在往羊圈里面垫黄土。垫黄土这道工序，对于羊群的健康和羊粪的积累都是非常重要的，也是一项既动脑筋，又费体力的活儿。古英俊来到之后，见人家忙，便没有先说事，而是抄起一张铁锨便和郭家父子一道干起活儿来。到底是古英俊年轻力壮，三下五除二就帮着把那点儿活给干完了。这时，刚蛋的父亲郭凯州笑着放下手里的工具，安排刚蛋一声："去吧，带着你弟弟妹妹玩去。"然后才掏出自己那只麻秆做的旱烟锅，从身上不知什么地方蹭了一下，便有一些似烟叶非烟叶的东西塞满了烟锅。点着了，直冲冲抛出一句话来："英俊，你是来日哄我要刚蛋上学去哩吧？这事不行。"斩钉截铁，竟然根本不给古英俊任何机会。

古英俊不高兴了，但忍了忍，还是尽量心平气和地和郭凯州说："凯州哥，我还啥也没说呢，你就把我嘴堵上了，这不是你郭家的待人之道吧？我听说，你爷爷、你爹可都是咱这一带有名的读书人。"

郭凯州感到了一丝不好意思，略微有些憨憨地笑道："英俊兄弟，不是我郭凯州不识好歹。实在是这读书对于我们这样的人家来说没有多少意义。也有些话，不要我说吧。再说了，我这人口多，婆姨又有病，刚蛋他是老大，他不帮我谁帮我？谁让他是咱家长子呢？"

郭凯州的话，古英俊岂能不懂，他当然清楚，正因为郭家上两代都是读书人，郭凯州的爷爷做过一任民国初年的县政府民政局局长，他的爸爸又当过县民高的校长，两代人读书当官，其实是做了不少实事好事，名声都不错。抗战期间他们也在共产党的统一战线下做了不少工作，郭凯州的父亲还做过抗日政府的参议。可是，后来呢，后来郭家的日子真的让人难以启齿。爷爷和父亲去世之后，郭凯州中学没有毕业就回到村里陪伴孤独的母亲过日子，直到母亲抑郁而死，"五类分子"帽子加冠的郭凯州将近30岁时才与一个从河南逃荒要饭来到青山的单身女子成了亲。那情节，颇有点像20世纪80年代朱时茂与丛珊主演的电影《牧马人》。有了婆姨，家是撑起来了，可没过几年，这婆姨一连就给他生了两男一女三个孩子，家庭生活一下困难了起来。也就在这个时候，老支书张成才可怜郭凯州，硬是顶着别人的纷纷议论，将生产大队只有100多只羊的羊群交给了他，让这个"五类分子"掌管了村集体因放牧不当而越来越少的羊群。结果呢，郭凯州毕竟上过两年初中，人聪明，腿脚又勤快，羊群在他手里，不过三年时间，就由100多只发展到200多只，每年还可供集体过年时宰羊20多只。村里人每年分的羊肉明显多了起来。这一下，再没有人反对郭凯州放羊了，郭凯州却有了不想再放羊的想法，并直接和老支书张成才说了。原因有二，一是婆姨病了，家里两小的没人带，自己常年在外顾不了家；二是羊多了，一个人一条狗顾不过来，按照别人家的规矩，这200多只羊至少得三个人才行。不然，说啥也不干了。老支书张成才那是干啥的，郭凯州一说，他就知道怎么对付，两句话：人可以增加，找谁，你自己挑，工分还是一人一年360个整，等于给你这个岗位增加百分之二百的劳动力。想放下这份工作，不行，除非你郭凯州找出一个比你强的。这话听着舒服，郭凯州知恩图报，马上说出两个人来，一个是他的邻居赵孝恩，小伙子人勤快，也好学，肯定能给带出来；再一个就是自己的儿子郭刚蛋，让他跟着自己，也能帮家里干点儿活。事前申明，刚蛋只挣一年180个工分，算是半个人。这也等于给集体省下了半个人的工分。老支书张成才当时也是只想了羊群的事，就把这孩子应该上学的问题给忽略了，而郭刚蛋也没有和学校老师打招呼就直接跟着他爹放了羊，成为全大队最小的"半劳力"，直到今天。

"凯州哥，我今天找你来，确实是为了咱家刚蛋上学的事。"古英俊耐住性子，尽量把话说得婉转一些，"凯州哥，你家成分的问题，会有一些影响，可你也应该看到光明的一面呀。你不是不知道，成才叔让你放羊这事，反对的人就不少，可咱们大队党支部不是就坚持把这份别人眼热的活儿让你做下来了吗？你这次要加人，成才叔不是也痛痛快快就答应了吗？"

郭凯州吐一口烟，赶紧说道："这没的说，咱村，成才叔和你们都是照顾我的，我郭某人一辈子感恩不尽。可我不能老让人照顾，这也是我的原则。再说了，我不让刚蛋去上学，并不是不让他读书嘛。不信你问他，每天夜里睡觉前，我都会给他讲上一段古文，做上几道算术题呢。还有这放羊上了山，羊吃羊的草，他看他的书，两不误嘛。就算真到学校去上学，我们这样人家，将来又不能上大学，也没有可能蹦出这山里弄个一官半职，多识几个字，会算算账就行了。"

郭凯州的话，再一次把古英俊给堵了个结实，因为郭凯州所说的这一切，你都不能不承认它就是现实，然而，这所有的一切难道就是一成不变的了吗？可是，你又难道能够给这父子俩以什么保证与期盼吗？古英俊脑子在急速地旋转，他不能让郭凯州就这样封口。等郭凯州说完了又缓缓抽上一口烟，以为古英俊将会就这样离开时，古英俊却眨了眨眼问道："你说完了？"

郭凯州点头，古英俊语气有些加重了道："凯州哥，不是兄弟我说你，你可真是越活越颠倒了。刚蛋才9岁，你就不让他上学了，你就不怕孩子将来埋怨你？你必须明白，孩子上学是他的权利，任何人不能剥夺。再往深了说，你这涉嫌违法呢。"

看见郭凯州不吭气了，古英俊又说："你知道不知道，咱家刚蛋可是一个难得的数学天才。许多人一辈子都悟不出来的难题，他小小年纪一下子就做出来了，这样的孩子，你把他耽误了，你会后悔一辈子的。"

就这样，又哄又劝，郭凯州当天是答应古英俊了，可春天一开学，刚蛋刚刚上了几天学就再次和学校不辞而别，因为羊群要进山了，200多只羊，两个人两条狗还是不够用的，郭凯州让儿子做选择，小刚蛋毫不犹豫就跟着父亲和另一位羊工赵孝恩进了山，赶着羊群上西山一带吃青草"贴膘"去。而这一走，竟然成为这个9岁孩子与正庄、与母亲和学校的永诀。因为，郭凯州带着儿子和赵孝恩赶着羊群刚刚进了西山，刚蛋就在牧坡上被毒蛇咬了一口，当晚便结束了这个数学天才的生命。

对于这件事，古英俊不能也不忍去谴责刚蛋的父亲郭凯州什么，他只是痛悔自己没有及时有效地阻止郭凯州的无知之举，痛悔作为大队主管教育的负责人没有帮助家长和学校防止这种让儿童因家庭困难而辍学事件的发生。那几天，古英俊痛悔到茶饭不思，夜不能寐。可是与此形成反差的却是包括老支书张成才在内的所有人似乎都对这件事采取了漠然置之的态度。甚至在大队党支部开支委会由古英俊和老支书张成才商量后提议给予郭家一份100元的抚恤金时，以鲁高明为代表的一些人还提出了反对意见，认为对于一个"五类分子家庭"这么仁慈具有阶级路线不清的嫌疑。最终，这事也只是碍于老支书张成才的权威才获得通过。

往事如烟，往事并不如烟！在此一刻，古英俊更多想到的是吴超河、郭刚蛋，还有，也许是更多的孩子，他们肯定比你古英俊更需要这笔钱。你还犹豫什么？把这笔本来就不属于你的钱给这些应该得到帮助的孩子，不是能够更好地发挥它所应该发挥的作用吗？古英俊把自己的想法告诉母亲，母亲回之以慈祥的一笑。于是，不久以后，一笔总数10000元的"贫困学子救助金"出现在了青山县一中的公开账目上，只是捐助者的名字属于保密，再之后不久，又有3000元、5000元、300元、500元的资金相继进入这个账户。再以后，到2008年青山县一中校庆50周年的时候，这笔资金终于转化为一笔50万元的奖励基金，每年都为本县的贫困学子提供了真正雪中送炭般的温暖。

二十七
藕断丝连别梦中

古英俊走了，跻身于奔向北京的列车。绿皮车厢里人声鼎沸，嘈杂得很，但在古英俊来说，这已经是有生以来最高级别的享受。这些年，古英俊不是没有出过"远门"，他到过长治，到过太原，但所有的旅行都是乘坐汽车——长途班车。一小时三四十公里已经是很快的速度。而在这所有的旅途中，古英俊基本上是在享受"站票"或曰"站桩"式待遇。因为年轻，因为强壮，他不能眼看着老人或孕妇站立在自己身旁。这也决定了他的"站相"。说来惭愧，尽管青山是著名的革命老区，但是您不能不承认它的落后，不是某一方面单纯的落后，而是全方位的落后。这种状况一直持续到21世纪的头一个10年。举一个例子，人都说要想富先修路，到了2010年，全中国不通高速公路的县份那是屈指可数了，而革命老区青山县就不幸尚在其中。以至于在当时有人戏言青山县是"四无之县"——无高速、无民航、无高铁、无国道。也就是说，在别人高速公路已经开始陈旧，高速铁路开始疯抢的时代，这个革命老区却连一条可以通顺行驶的一级公路都还处在"纸上谈兵"的阶段。这也直接造成了青山县内的特色农产品隐在深山无人问，包括古英俊当年千辛万苦折腾出来的鱼塘，在新时期反而成了正庄的累赘，只因为一个运输成本太高且不能及时到货，太原、长治的一些商家即使明知你的鱼品上好，价格适宜也不敢轻易订货。而打出来的鱼积压当地，那就意味着资金的积压与损耗。此乃后话，而后话的后话是到了20世纪20年代的末期，经过当地人民声声不绝的呼唤与当地县委县政府的无穷努力，终于有一条高速公路将要路过青山县了，虽然仅仅是路过，一个擦边球而已，但它的存在，终将会结束这个革命老区的"四无"状态了，诚乃可喜可贺。返回绿皮车厢，古英俊坐在自己的座位上，这趟从太原开往北京的列车于晚8点出发，稍过一会儿就将进入夜间，等到第二天天亮的时候，列车就将驶入伟大祖国的心脏——北京。由于是坐票，初次乘坐列车的古英俊又全无一点儿睡意，看看别人都挤一堆打扑克去了，自己拿出一本1955年版本由人民文学出版社点校出版的《东京梦华录》仔细翻阅起来。说起来，这书并非古英俊自己所有，而是此次离别之时，已经是县委宣传部副部长兼县委通讯组组长的老宋送给他的。按老宋的话说，对他这样的人来说，这书已经全无用处了，可是对于古英俊却可能大有用场，因为研究中国历史就不能不懂得宋代历史，不能不懂得中国5000年文明史的转折在什么点上，不能不懂得北宋时期资本主义萌芽初现和夭折的前因后果。而研究北宋尤其是北宋时期的京都开封则不能不拥有一本《东京梦华录》。老宋言犹在耳，古英俊看起这略显破损多多的书来，就不能不小心翼翼。好在车厢里昏暗的灯光比起古英俊家里的或者大队办公室的灯光来，还是要亮一些的。古英俊看书甚是投入，看着看着就忘却了周边的一切，直到有人将他手捧的这本书从上面"噌"地抽去。古英俊一个激灵，正要发作，却发现这抽走书本的那个人竟然是她——范香儿。

此时，一身俏丽装扮的范香儿正满目含情地盯着古英俊，两个人，没有说话，两颗心却已经紧紧地连在了一起。香儿轻轻地将书本放好，然后伸出了双手，四只手重叠起来，久久。也不知过了几分钟还是几十分钟，古英俊对面的两人和同座的邻居从旁边扑克摊上回来一下，也没打招呼，就又都走了。古英俊感到了时间的流逝，也感到了心脏的沉重。他想说些什么，范香儿却说："跟我走，后面卧铺有你的铺。"说着，伸手从行李架上拖下古英俊的行李，不由分说就走。

事实上，从打接到入学通知的那一刻，古英俊就想过要和范香儿见个面，告个别。可是，念头稍起，马上又压了回去。是的，香儿已做人妇，破镜不能重圆。就让往事随风而去，让生活走向未来吧。古英俊这么想，也确实这么做了。可他没有想到，青山一中今年高考考出了好成绩，几年来首次冲击一流名校成功，而这个考生就是正庄大队已经高中毕业多年的古英俊这个消息早已像清风吹遍了青山县内的山山岭岭，犄角旮旯，又怎能不为从未将关注的目光离开过他的范香儿知道呢？是的，几乎是在古英俊接到通知书的第一时间，范香儿就在为心目中永远的爱人而激动。她曾想过，到正庄去，到古英俊的家里去，畅饮三杯，一吐真情，将自己这几年的酸甜苦辣倾心相诉。但几经思索，这样的念头几番燃起又几番按下。就在古英俊忙于四处作报告，筹集贫困学子救助金的时候，范香儿却望眼欲穿，茶饭不思，甚至在工作中常常陷入迷惘状态，以至于她的老公公——刘浩天的父亲，也就是厂里的党委书记兼厂长刘志清怀疑自己的儿媳妇患上了某种精神疾病。而范香儿也不失时机地向厂里提出希望到北京去投奔一个远房亲戚去看病的要求。这样的要求不为过，何况是党委书记兼厂长的儿媳妇，又是老厂长的女儿。于是范香儿坐上了开往省城太原的长途班车，再于是，她等到了古英俊将会于某日乘某次列车奔赴北京的确切消息。终于，在一个无所羁绊的场所，无所忌惮的空间，范香儿见到了她已经下决心永远放弃的情人与亲人。

"红酥手，黄縢酒，满城春色宫墙柳。东风恶，欢情薄。一怀愁绪，几年离索。错！错！错！

春如旧，人空瘦，泪痕红浥鲛绡透。桃花落，闲池阁。山盟虽在，锦书难托。莫！莫！莫！"

隔着卧铺车厢中两边床铺之间的小方桌，四目相对，久久无言，古英俊将陆放翁这首伤情千古的《钗头凤》写在一张纸上，默默地放在了小方桌上。范香儿将那纸拿过来，一汪清水夺眶而出，发疯似的一头扎进古英俊的怀抱，她没有哭出声来，只是浑身颤抖着，将泪水洒在古英俊的身上。终于，在这人性本色沸腾的攻势下，古英俊再也无法控制自己的身体，两只手，两只有力的胳膊紧紧地拥抱着范香儿，口中断断续续地吐出了一串沉重的音符："香儿，你是我的，你永远是我的！无论天长地久，无论地老天荒，你都是我的。"

北去列车的呼啸声，再度响起，夜半，列车驰过了又一座城市，两个忘情拥抱的男女终于松弛开来，理智在恢复，情欲在遏制，不知应该说是得益于车厢这个特殊的环境，还是受制于车厢这个特殊的环境，他们没有再次越过最后一道关卡。他们只是深情地吻别，享受着人生不会重复的深吻之爱。许多年后，两个人在某一场合再度回忆这一难忘之吻，香儿只说了一句："从那以后，我再也没有接受过哪怕是被动的吻，包括这种尝试。"

而英俊则只是眨眨眼，默不作声。几分钟后，香儿在自己的手机信息中看到几句英俊发过来的诗句："忆来何事最销魂，第一折枝花样画罗裙。"（纳兰性德之词）"两情若是久长时，又岂在朝朝暮暮。"（秦观之词）

离开正庄，离开自己生活战斗，洒下无数汗水，操尽无限心血的故乡，令古英俊真正放心不下的并非范香儿的情爱，也不是吴超河的去向，而是和他共同战斗、生活、工作、争吵过将近6年的老支书张成才，"接班人"王建青，甚至永远让人看不透的鲁高明。真正让他难以舍弃，难以忘却的更是正庄大队1000多男女老少，还有那山山水水，森林田野。古英俊已经隐约感觉到，对于自己的离开，其实最满足的一个人恰恰是当初刻意将自己留在农村并为自己的成长付出一腔真诚与热血的师长、老支书张成才。

为了抢回失去的年华，连续一个春节外加一个暑假，古英俊都没有离开北京。一方面，他要趁机做一些零工，为自己来年的生活费打打基础；另一方面，总有几家杂志社约稿，假期学校清静，正好赶赶稿子。家乡的事儿就要在这流水而逝的时间中渐渐淡忘了。然而，1980年的冬季，又一个寒假将临，古英俊正在考虑要不要回去的时候，恰在这时，一封故乡来信让他久久不得安宁。信中说，这一年半以来，在老支书张成才的主持下，鱼塘只建了一半就匆匆收工，开始放水养鱼了。为了节省资金，他们竟然省却了投放鱼苗这道"工序"，转而请人在河里撒网打捞上几网品种杂乱，从遗传学上讲已经严重退化的"土鱼"，其实也就是一些鲤鱼、草鱼和鲇鱼还有土生土长的甲鱼河虾。这些当地鱼虾的优势不是没有，譬如它的第一优势就是耐折腾，尽管从下网到捕捞，再到放生入塘，前后差不多要经历一个小时甚至两个小时，这期间这些鱼虾起码有间断性的"脱水"，两次合起来将近四五分钟到十分钟的时间，但几乎所有放生进入鱼塘的鱼虾都幸运地存活下来了。3天以内，鱼塘水面上仅仅泛上来区区几条翻了白肚的鱼儿。这自然证明了本地鱼虾的生命力之强。然而，它们的缺点同样是不能弥补的，首先生长速度奇慢，鱼儿春天放进去的时候是多大，半年以后的秋天下网捕捞上来几乎还是多大。这期间也曾往水里投过饲料，但投喂的饲料差不多就是老百姓自制猪饲料的翻版。而在古英俊的原定计划中，鱼饲料的制作与投喂是需要专人负责，并需要委派出去学习一段时间的。为了这事，王建青还与老支书张成才和鲁高明两人发生了争执，王建青认为，养鱼的事对于正庄人是开天辟地第一次，对于整个青山县来说也是大姑娘上轿——头一回。老支书则以为，养个鱼儿有何难，河里的鱼没人喂不照样长得很好？

王建青强调："派人外出学习养鱼，这是英俊在的时候支部大会集体定下的事，是有科学根据的。怎么能说推翻就推翻呢？造成损失谁负责？"

鲁高明想也不想就反唇相讥："英俊定下的就不能推翻？不管谁定的，不符合实际情况就可以推翻嘛。你不要忘了，现在是咱们成才叔当支书。成才叔连这么个事儿都定不了吗？再说了，英俊搞这个青年渠，花了多少钱？把咱们老支书多年积攒的家底全都败光了。这派人出去学习就不花钱了？"说到这里，鲁高明意犹未尽，不等王建青说话，接着又一轮发泄，"建青也不是我说你，你就是让英俊给带坏了。你们想干事，好啊！那你说谁不想干事？不当家不知柴米贵。你知道不知道，前两年咱村一个劳动日都能分红1块钱了，可今年呢？连7毛都不敢分。再分就分光吃尽了。你说这是为什么？还不就是因为英俊瞎折腾？"

王建青气愤至极，可又一下子想不出什么话来回呛鲁高明，只好把求救的眼光看向老支书。谁知这一次老支书张成才倒是说话了，可是话一出口，就更让王建青感到一股冷飕飕的意味。

"你们两个也别吵吵了。这事就这么定了，不是说英俊那会儿定的就不对，实在是现在咱村不能再这么大手大脚了。咱们不能让老百姓过不上个好年。"

老支书一锤定音，在农村，临近年关，一句过个好年，那就是"为人民服务"。谁敢逆着这个基调来说话办事，那就是脱离人民、脱离群众。老支书张成才对这一套早就领会得深入骨髓，这时候拿它做挡箭牌，莫说区区一个王建青，就算古英俊在，也是没有什么办法的。

那么，正庄大队的经济状况当真如鲁高明所说的那样，因为修建水渠、水磨和鱼塘以及一些相关附属设施而导致财务危机了吗？事实正好相反，当然这一点是在几年之后鲁云生回到青山县里，成为有志造福一方的领导干部之后，组织县审计局派专人到正庄严格审计才水落石出的。事实是，青年渠的修建确实花去了不少资金，但主要的部分已经由国家补贴冲掉了。真正由正庄大队实打实支付的现金只有不到两万元。而由于水磨、水碾对外营业的开展，一年之间已经回收5000元以上（包括不收费只留下麦麸和谷糠转而以饲料出售所得资金在内），而这笔收入几乎是没有任何成本的。除此之外，由于水磨、水碾的运转，为了解决麦麸、谷糠、玉米渣之类的再利用而建立的村办养猪场在两年之内已经出槽生猪20多口，产生利润也不下5000元。如果再加上人力资源的节省等，即以单纯计算修渠的盈亏都已经基本实现平衡，更不要说因渠而实现了大片土地水利化带来的农业生产大丰收为全大队实现的经济增长该有多少。

王建青的来信，充满了忧虑，也吐露了心声："英俊，看来，我也得步你后尘，离开我们无比眷恋的家乡了。县里成立第二人民医院，院长已经数次找我，希望以人才引进的方式，请我去主持二院的任意一个科室。请你帮哥想一下，我去哪个科室更加合适。内科、外科、中医科，还是什么新鲜玩意儿？"

王建青也要离开，对于正庄大队和周边十里八村的老百姓来说，这无疑是不可承受之"痛"，可是对于全青山县的老百姓来说，谁又能说这不是一个福音呢？毕竟，像王建青这样全面而优秀的大夫实在是可遇而不可求的。问题是，王建青的离开意味着什么？难道仅仅是一个赤脚医生穿上白大褂，蹬上牛皮鞋，走进小洋楼这么简单吗？显然不是，我们的农村原本造血功能就远远弱于城市，而现实的情况恰恰是城市正在从农村身上抽血，不断地抽血，而农村中的当权者却不以失去这些新鲜血液和健康因子而稍有危机之感，反而是在某种形式下弹冠相庆。正庄的情况就是这样，建青在信中还说，还在第二人民医院的院长第一次来找他的时候，鲁高明就明显改变了对他的态度，甚至在一个夜深人静的时候自己带着酒菜来到卫生所，找王建青小酌几杯，希望王建青对他将要在一个月后从一个医护培训班结业的女儿进行指导，并让女儿拜师于王建青。结果呢，也没等王建青给个痛快话，第二天一早他就带着从培训班连夜赶回来的女儿找王建青磕头拜师，并留下了2000元的拜师费。"英俊兄弟，你知道的，他女儿这种培训是不管分配的，说白了，结业就是失业。鲁高明太明白此种利害关系了。可是我能把咱正庄卫生所这么一大摊子，事关全村人健康的事情交给这样一个仅仅培训了一年的'半瓶醋吗'？"所以，王建青将那2000元如数交给了老支书张成才，并说出了自己的担忧。谁知大出所料的是，一项对此类事情把关甚严的老支书这一次却全然不当回事，反而淡淡地说道："他给你，也是他一点心意嘛，你拿上就是了。那孩子我看人还不错，你就好好带带嘛。实在不行，让她跟你到第二人民医院去再学习上一段时间，将来卫生所就交给她也放心了。"

"英俊，你说我怎么办？这可是咱们的偶像，咱们的神，咱们的老支书啊！"看到王建青信中如此陈述，古英俊简直不敢相信自己的眼睛。

是啊，这样的事情、这样的话怎么会出自老支书呢？成才叔的原则性呢？成才叔对鲁高明一向以来的警惕呢？鲁高明的用心他怎么会看不出来？鲁高明的所作所为他怎么会毫无警戒呢？难道是鲁高明的糖衣炮弹终于在成才叔的坚固城墙面前打开缺口了吗？还是成才叔自身在开始蜕化？王建青要离开正庄卫生所，在古英俊的潜意识里，这是根本不可想象的，因为这将意味着正庄大队1000多人口在健康卫生方面的一次大倒退。但是，设身处地地想一想，水往低处流，人往高处走。无论你古英俊还是张成才又有什么理由阻止一个专业人才向往更加广阔的平台，更加优裕的待遇，更加舒适的环境呢？你必须知道，第二人民医院能给王建青以正式编制，让他以及他的家人从此变身为享受"供应粮"的城里人，仅此一点就是正庄大队和古英俊乃至张成才无法做到的。除非你古英俊能在一夜之间实现你和鲁云生等人共同构建的那个充满了诱惑的美好理想或者幻想，除非你古英俊能够让正庄村摇身一变实现农业现代化，教育城市化，生活富裕化，环境公园化，成为社会主义新农村的理想典范。然而，古英俊明白，这一切，起码在当下只能停留在想象之中，而你古英俊自己昨天的离开恰恰也从另一个侧面证明了或者预示了王建青的今日。只是，发生在老支书张成才身上如此剧烈的变化又是怎么一回事呢？无限的疑团，一切都促使古英俊下定决心在这个即将到来的寒假里一定要回到正庄，回到500多个日夜朝思暮想的绿水青山之中。

二十八
归去来兮

正庄还是那个正庄，正庄人已不再是当初的正庄人。

由于鲁云生从省委党校毕业以后重新分配时按照他本人的要求又被分回到青山县工作，而且一回来就当上了县委办公室副主任。这个副主任官虽不大，但权力委实不小。其中一项最"显赫"的权力就是掌管着整个县委机关由几辆小轿车和十几辆吉普车以及中型面包车组成的车队。其中除了县委书记那辆丰田轿车鲁副主任无权调配之外，其他所有车辆都归其管束。古英俊要回乡过年，自然首先告知了自己最亲密的好友。鲁云生在接到信后懒得回信，直接一个长途电话打过去，然后只问一句话："英俊，你哪天的车票到太原？"

古英俊回答："腊月二十三一早8点到。"

鲁云生马上说道："记住，下车出站到东南角找一辆晋D牌照的212，到时车窗挡风玻璃上会有一行大字'欢迎北师大古英俊先生'。记住啊！"然后挂断。

　　有了鲁云生的高级礼遇，古英俊这次回乡的第一站并非正庄，而是今非昔比的县委大楼。具体说就是县委大楼第三层的鲁云生办公室。古英俊没有想到的是，在这里，他居然见到了老宋。重回县委党校担任教员的老宋满头白发，这也令古英俊初见之下不敢贸然相认。两个人，面对面看着，眼睛盯着眼睛，在老宋的眼里，面前的古英俊青春勃发，像极了20多年前的自己，而在古英俊的眼里，眼前的这个人满脸沧桑，像极了"五六半"枪案之后的老支书张成才。还是鲁云生首先打破了尴尬，指着老宋对古英俊说："英俊，你认不出来了吧，老宋啊，咱们青山县的'第一支笔'，你俩应该很熟啊。"

　　古英俊赶忙就坡下驴，事实上他也在这瞬间把眼前的老宋与记忆中的老宋实现了重合。但他不能不想，其中或许隐藏着、包含着什么难言之隐。回村的路上，鲁云生为他解开了这个谜：老宋确实在近期遭受了人生的"滑铁卢"，向来以"不倒翁"著称的这位笔杆子，最终还是吃亏在了他那一支行文作诗无所不能的铁笔上。而究其原因则是前任县委书记李三则在任时的翻云覆雨。原本李三则上任之前，青山县的革命传统教育搞得红红火火，曾经为《人民日报》等中央报刊所报道，县里也因此培养起一批从事革命传统教育的业余爱好者。老宋当然是此中翘楚，包括古英俊、鲁云生等人应该说都曾受其影响。李三则新官上任，对于前任几位书记的一切都是持否定态度的，但革命传统教育这一条好像直接否定不太合适。原因也有两条，一是你必须承认李三则还不至于对革命传统教育本身反感，二是青山县在外面乃至北京有许多老干部，而这些老干部是最为关心传统教育的，李三则深谙其道。李三则所反对或曰反感的是这些宣传、这些文字当中多有与现实相结合的部分，而这一部分则注定了要与他的前任甚至前前任相连接。或许还有一些喧宾夺主，轻重主次颠倒的成分。所以，李三则书记只一句话便停止了与此相关的一切，包括县文化馆组织编写的抗战故事，县剧团已经耗费巨资并请来省里专家精心编导的一部舞台剧和各中小学普遍开展的革命故事会，等等，通讯报道那就更不用说了。李三则书记的这句话要说单独放在一边，可以说毫无瑕疵。什么话呢？就这一句："还是把精力和财力放在干实事上好一些，现在提倡大干快上，我们青山更需要踏石留痕，多干实事，少说空话。"那么，什么是实事，如何干实事，什么是非实事，李书记不说，那就看你怎么理解了。而在另一方面，那些笔杆子们，基层工作的同志们则不得不从县委书记的工作日程安排中来寻找自己的行动轨迹，这轨迹就是，书记到任两年多（包括县长任内），连本县著名的国家级革命传统教育基地都只是因陪同上级领导参观而走马观花地去过一次，即使这仅仅去过的一次，也没有在迎合上级之外再吐半字真言。有句话叫不言而喻，其实一个人的心态最终还是要在其语言当中表现出来的。李三则书记也许并不想让人们猜测他在这一次陪同参访当中的心态，但所有这一切还是以超现代通信技术手段的速度迅速深入本县各级干部心中。于是，习惯于察言观色的人们不再用心于往日稍显急迫的革命传统教育宣传，剧团的剧目在无形中下了马，好不容易收集起来的革命故事也成了一堆废稿，至于各中小学为那些曾经的革命传统教育讲师下过的聘书，自然也就成为一张废纸。只有老宋，看着这些辛辛苦苦积攒起来的"文化遗产"或曰创作成果实在有些于心不忍，于是乎，在某一个早上，老宋为省党报采写的一篇以现任县委书记为主角而大唱赞歌的长篇报道正好当天刊登，趁着李三则书记心情舒畅，老宋斗胆建议，是不是可以将那些已经收集的文稿中涉及当今故事的文字适当修改，让传统服务于现实呢?

好主意,心情舒畅的李书记笑逐颜开,老宋则不辞辛苦,将那些故事、那些文稿在尽可能的情况下与时任县委书记挂上了钩。同时他以县委书记的名义撰写了一篇热情洋溢的5千字《序言》。于是,这本革命传统故事得以正常铅印面世。虽非正式出版,却也得以传扬。而剧团的同志们闻讯也赶紧找到老宋,央求"宋大笔杆"宋副部长好歹也把那个剧本给改一下,因为这台大戏的命运事实上也关乎着剧团几十号人的前途命运(首先是生计)。然而,正所谓天有不测风云,人有旦夕祸福,老宋正在夜以继日地修改那个剧本,企图使它绝处逢生,谁知上面一纸调令,李三则书记在毫无征兆的情况下就给突然调离了青山县。直到这个时候,兴头正浓的老宋还以为自己正在办着一件功德无量的大好事呢,可谁知道,李三则书记刚走,由青山县内发出的告状信件便雪片般飞往了长治、太原、北京,这些信件自然以反映李三则书记为主,但也不乏有人反映老宋同志为李三则的违纪违规推波助澜,助纣为虐。具体事例便是篡改早已定稿的革命故事,以及公然推翻省文化厅领导早已审定过的剧本而要另来一套。应该说明的是,这个时候的李三则之所以被调走,并回到市里赋闲,原因所在就是由于有人反映此公在那个10年期间表现较为突出,打砸抢、批斗老干部之类的事情没有少干。这个时候,全国规模统一部署的清理"三种人"还没有正式开始,但根据群众反映而揪出几个有问题的人和打砸抢分子还是时有发生。李三则就正是因为其在地委工作时的同事反映而成为提前入网的一条"鱼",并从此赋闲于茶肆酒楼,直到整整两年之后的1982年12月30日,中共中央正式发出《关于清理领导班子中"三种人"问题的通知》,李三则才有了一个正式的归宿。

　　反过头来说老宋，大江大海闯荡多年，偏偏阴沟里翻了船，上面还没有对李三则做出任何调查处理，一个"笔杆子"县委宣传部副部长就被停职检查，要求深刻反省。老宋自认倒霉，某一个晚上狂想通宵，各种曾经见过的受批判、挨批斗形式走马灯般在头脑中转来转去，当旭日东升，新的一天不得不开始的时候，他才猛然发现，镜中的自己竟然在这一夜之间白了头。如果不是这屋里确定只有一个人，老宋几乎都不敢确认镜子里的那个人就是自己。老宋一夜愁白头。当年曾经以一首打油诗闻名全县的小宋和属于小宋的那种气度已经荡然无存。这个时候，老子那句福祸相倚的名言就再次显示了它之所以成为经典的理由和意义。也就是说，这一头白发，反倒使老宋骤然间赢得了绝大多数人的同情与支持，包括县委常委会的大多数人在内，都觉得老宋不过是遵命而为，怎么就能成为李三则的"替罪羊"了呢？于是乎，"不倒翁"老宋因祸得福。最终的处理结果仅仅是让老宋到县委党校去当一个主管教学的副校长，级别待遇不变，上不上课，上什么课，由老宋自己定。岂不知，这样的处理结果正是老宋多年以来所期盼的闲适生活。下了班，他还可以走上街头，和那些"臭棋篓子"们杀上两把。老宋在大学时代就是象棋高手，平时很难遇到对手的，然而多年的"笔杆子"生涯却使他几乎都要忘记到底是象走日字还是马走日字。现在好了，杀两把，练练手，重回当年，潇洒自如，也是一种人生境界。然而，似老宋这般劳累惯了的人，又怎么可能放任自我？桃花源里的生活也就过了不到一个月，老宋便坐不住了，坐不住的原因不是有人不让他坐下去，而是老宋闲来无事听了几节本校教员对学员的授课便实在无法忍耐下去了。其实这也难怪，党校的两位教员，都是前几年工农兵学员刚毕业的那种。两位当中，一个上大学前读过初中两年，一个倒是标准的

"老三届"，却又因了一副1000多度的深度近视眼镜而严重影响了本人学习以及对他人的教学效果。总之两位讲师都是在课堂上照本宣科，一字不落地"宣讲"。如果说什么时候、什么地方其所讲学问和学员手中的教材或教师独有的辅导材料稍有出入的话，那便一定是念错了字。

"这怎么能行？这样的教学，岂不是误人子弟？党和国家这么困难还给我们创造这么好的条件，我们就这样让人失望？"老宋在县委副书记和宣传部部长参加的校党委会上大发感慨。谁知他这发言正好说中了党校正儿八经的挂名校长也是县委副书记的心中所想。老宋一说完，副书记马上就叫好："好！咱们的宋副校长说得好，这个问题也是我们迫切需要解决的。我看呢，其中又分为两个问题，一个是现有教员的培训问题，再一个就是接下来的上课问题。老宋啊，你既然把这个问题提出来了，那就说说你的解决方案吧。"

副书记倒将一军，老宋事前没有料到，但是对付这种事情的经验还是有的。他只略微思考几秒钟便回道："谢领导夸奖，其实我想啊，这个培训就在校内解决算了，这两个人送出去培训也不是三次五次了，有多大效果呢？主席在《矛盾论》中早就说过，外因是变化的条件，内因是变化的根据，外因通过内因而起作用。我们这两个同志现在更重要的是要使其内因本身发挥作用。我来党校时间不长但对这两个同志还是有所了解的，依我看，这两个同志的本质都是很好的，工作也是努力的。工作做不好，根本原因是他们本身就不适合做这个教师的工作。我们为什么不能把他们安排在合适其工作的岗位上，让他们人尽其才呢？譬如说，王老师眼睛深度近视，让他管理图书，做点儿研究，应该还是行的。而张老师底子薄，但人勤快又有热情，何不让他到办公室去当个干事呢？"

老宋说到此处，县委副书记又截住他了："哎，哎，老宋啊，你说的有一定道理，就算都说得对吧，我们就按你说的，让王老师、张老师都到新的岗位上去，可咱这党校的课还上不上？谁来上啊？"

老宋瞪眼，想说一句不行我上，又觉得这毛遂自荐有点唐突。可好宣传部部长为老伙计瞌睡垫了个枕头，部长大人拍拍老宋肩膀笑道："这个好办啊，就地取材，老宋自己上不就得了？"

老宋突然显得腼腆起来，竟然站起来对着两位常委表态："那，不行就我先试试？上得不好赶紧换。"

县委副书记带头鼓掌，老宋自己给自己又搭上了拉车的套。

听完鲁云生这一顿说，古英俊不由为老宋操上了心："老宋的课，怎么样？"

鲁云生笑道："老宋的水平你还不知道？党校那点儿培训课，都是基础理论和政策解读。基础理论对他来说是小菜一碟，政策解读又有大量材料撑着，这不，过几天上面就要来县里开一个党校教学现场会呢，就听老宋一个人讲课。怎么着，要不，你老兄也来凑凑热闹？"

说话之间，伏尔加轿车已经来到正庄，鲁云生停下了车，然后说："你是直接回家还是先去看谁？"

古英俊道："这意思你不下车了？"

鲁云生眨眨眼："是，我还要和你说一句，村上的事情，你就不要管了，少看一眼少麻烦，回来看看就生气。你待上几天就知道了。"

古英俊下车，提着大包，挎着小包往家走，迎面正好碰见王建青。两人相见，建青也不打招呼，直接把英俊的大包拿过来，跟着往家走。

古英俊这次回乡，原本不想张扬，所以连母亲都没有告诉一声。可是当他回到家里的时候，却发现事情绝没有自己想得那么简单。自家那永远干净整洁的小院子里，不知什么时候已经挤满了人。母亲正在堂屋里包饺子，围坐在炕头上参与包饺子的妇女们少说也有六七个，说说笑笑，煞是热闹。其中就有鲁云生的母亲毛青兰。别说，毛青兰眼尖，反应也最快，古英俊刚一踏进柴门，所有在院子里、屋子里忙碌的人们还都没有反应，毛青兰的大嗓门就报上了喜："哎呀，你们看，可把咱们的名牌大学生给等回来了。你们看啊，我大侄子回来了。"这一嗓子，直把还在院子里的古英俊都以为自己走错了地方。仔细看看，没错，是自己家的院子，他这才笑着和迎上来的每一位乡亲打招呼，然后把两个包都扔给了王建青，任凭他怎么安置，自己迈步先往母亲所在的堂屋走去。

母亲一脸微笑，这笑容在古英俊的记忆中并不多见，这笑容也代表了许多许多。古英俊知道，母亲思念自己的儿子，虽然还有弟弟妹妹两个近在咫尺，但有道是娘的心在儿身上，更何况在这个家庭只有英俊是伴随母亲度过了最艰难的岁月，也只有母亲伴随英俊走过了他整个的青春。可以说，在这母子之间，许多的话，不需要说破，想做点事，不需要商量。而今天这家中的热闹，必定不是出于母亲的初衷，可你又有什么理由拒绝这些热情且一定是好心的乡亲们呢？

古英俊走进堂屋，先向着围坐一炕的婶子大娘们长作一揖，然后说："各位婶子大娘们辛苦了，英俊谢谢大家了啊！"说着回头找王建青，"建青，我那书包里有从北京带回来的大白兔奶糖。你给大家分一分。"再转身又对妇女们说，"婶子大娘们，你们先忙着，我上成才叔家去一下就回来。中午大家一块吃饺子啊！"说完，古英俊掉头出了院子，不到两分钟，王建青也跟了上来，走近了，首先说："英俊啊，你出来就对了，不然，你看看那阵势，比闹洞房都缠人。"

古英俊惬意地点点头，王建青又说："奶糖我给她们一人一块啊，不然，连大娘自己都吃不上了。你看那一个个的恨不得把你的大包小包都翻空了呢，所以我临走把你那间小屋给锁起来了。"说着，王建青顺手将钥匙递给古英俊。

推开一扇崭新的大门，老支书张成才在院子里刚刚宰杀过两只公鸡，古英俊和王建青到来的时候，他的两只手正在忙着拔鸡毛，一边拔，一边蘸上浆糊将鸡毛用布条缠在一根两尺多长的木棍上，那样等鸡毛拔完，两只崭新的鸡毛掸子就会成功做好。杀鸡做掸子，这事几乎家家都要做的，但古英俊在王建青的带领下走进这个院子的时候还是多少有些吃惊。

在他的记忆里，老支书张成才是坚持自己院子不做大门的，理由是害怕村里人有事找起来不方便。为这事，想当初他还留下一句名言："咱一个无产阶级老百姓，弄个大门，难不成怕人偷的抢的？"为这事，婆姨和他没少生气，但最后都不了了之。那么，这大门是什么时候修起来的？坚持不搞大门，害怕脱离群众的老支书又为什么不怕脱离群众了呢？

看见古英俊和王建青来了，老支书张成才把手里的活儿往一条长凳上一放，随口喊了一声："他娘，你来继续给咱缠鸡毛掸子，我和英俊他们说会儿话。"古英俊则赶紧从上衣兜里掏出一盒没开包的过滤嘴"恒大"牌香烟，一手递给老支书，一手就从那条长凳上拿起一盒火柴划着，顺势给老支书把烟点上。来的路上，古英俊已听王建青说过，老支书张成才"五六半"事件之后烟斗是扔掉了，却又更进一步抽起了纸烟。

老支书张成才狠狠吸了一口，然后说："英俊啊，敢情这过滤嘴的就是香啊。这一盒很贵吧，难得你这么老远还记得给我带回来。你个穷学生又不挣钱，这可何苦呢？"

古英俊赶紧回道："叔，你要觉得好，明天我再给你拿几盒过来。这一次我带回来一整条呢。反正我家又没人抽烟，放着也是糟蹋。"古英俊没敢告诉老支书张成才，这一条烟其实是鲁云生塞给他的，并且明说了，要多少，找他要，就几条烟，供得起。你古英俊从伟大祖国首都归来，多少不给别人一点点稀罕的东西不行吧。

平心而论，古英俊之所以回村第一时间就去找老支书张成才，并不仅仅是为了躲开那些凑热闹的中老年妇女，更主要的是想听一听老支书对于整个正庄大队的宏图大计或者能够让人心动的什么安排。必要时，他甚至准备尽己所能，在最短的时间里帮助老支书张成才做一些事情。譬如王建青曾在信中提到的鱼塘的完善，水稻的实验。为此他还在王府井书店专门购买了一整套的鱼塘养鱼教材。可是，令他失望的是，老支书张成才一方面对古英俊的到访表示了感谢，另一方面则对整个正庄大队的所有事务一字未提。然后他就下逐客令了："英俊啊，你这一回来就跑我这里，你娘该不高兴了。赶快回去吧。有什么事以后再说。"说着，站起身来，从老婆手里又夺过了半成品的鸡毛掸子。

古英俊再次回到家里的时候，一众妇女终于走了，事实上，她们各有各的家务事，家里的男人小孩都要吃饭，他们哪里会有更多的时间在别人家里耗着？即便是想从古英俊这个"洋学生"身上打听点新鲜话题，那也不能误了回家做饭这件大事。当整个院子里只留下母亲和儿子的时候，母亲一面把热腾腾的羊肉饺子端上来，一边平静地对儿子说："你成才叔，变了。"

"什么？成才叔变了？变什么了？"古英俊问。

母亲说："不管他，咱吃饺子啊，这可是你最喜欢的胡萝卜羊肉馅。包饺子的面也是我前两日才在杏花镇上找人新磨的。"

"娘，为什么不在咱村水磨上磨啊？那么大两盘水磨，不至于连这点儿面粉都磨不下吧。"古英俊根本不敢相信，拥有水磨、水碾的正庄人竟然会去杏花镇上去磨面。

"英俊，咱村的水磨、水碾可已经停了快一年了。现在人们又不愿意像以前一样人推碾子驴拉磨，再说就算你想自己推碾子拉磨也没有了啊。前几年，那些玩意儿都该拆的拆，该扔的扔了，现在可不就都到外村加工米面去了。"母亲说着，还是那样平静，没有任何讲故事的感觉。

"那青年渠呢？渠道还通着吧？"古英俊已经急不可耐。

"明天你去看看不就什么都知道了？"母亲停止了这个话题的继续。

第二天一大早，天刚蒙蒙亮，古英俊就按照在学校的习惯起床跑步去了，不同的是，这一次，他的跑步路线是直通青年渠进水闸口。

虽是寒冬腊月，但因了一冬无雪，天并不是特别的冷，村前公路上明显多起来的汽车为这冬日农村的早晨增添了诸多活力。一个明显的变化让古英俊有所触动：这公路从名义上讲，自打20世纪50年代就是挂了名的省道，也就是省级公路。遗憾的是，这省级公路从来没有享受过足以代表省级水平的待遇，从来都是5米宽的道路上汽车、马车、自行车和牛羊人群共享。许多地方遇到对面来车那就需要有一方找个宽点的地段停下来，先让对面汽车通过，然后再行上路。也正是因为这道路太过狭窄，所以造成了3年前那次劳动节的突发事故。而今呢，眼前的公路显然已经发生了改变，这一条省道虽然距离真正的省道应有30米宽路面、双向四车道的标准还差得很远，但起码它的路面至少比原先拓宽了一倍，双向行车已经不再需要某一方特意避让。仅就这一点来说，农村之变化，正庄之变化，就不能不让人感慨和兴奋。是的，虽然比不了大城市里的车水马龙，比不了外面世界的精彩纷呈，但一切终究在变，历史并没有在这个山村陷于停顿。然而，当古英俊来到自己此行的目的地，来到青年渠进水闸口的时候，眼前的一切却让他正在兴奋的神经突然就冷缩起来。眼前是什么？是古英俊和伙伴们曾经千辛万苦流血流汗建起来的青年渠进水闸口，按照规定，它应该在春夏秋三个季节里波涌浪翻，渠道内流水潺潺。而在冬季则应该在上冻之前落闸禁水，修渠扎堰，清淤固体，以待来年再次放水时的渠道畅通。然而，眼前的闸口却是闸门高悬，冰凌层叠，渠道里更是半渠冰面，两坡荒草。可以想见，这闸门在冬天到来的时候根本就没有放下，或者说是当人们想要放下的时候已经来不及了。其结果就是渠道里的水在河道上冻之前未曾排泄，反而在应该干涸的渠道里结成了冰，而那闸口上的闸门则在风吹日晒下开始裂缝锈死。当然，所有这一切的结果就是待来年本应开闸进水的时候，那闸口上来不及清理的淤泥碎石又将注定成为一座座坚固堡垒，使得青年渠的引水困难重重。而即使好不容易有水流进渠道，也难免因为渠道本身的阻塞或渠体缝隙的泄露而让这渠道内流量骤减。到那时，更何谈引水浇地，水磨加工乃至鱼塘的养殖运转呢？

古英俊气愤至极，恨不得立马找见渠道维修工说个清楚，也恨不得立马找到老支书张成才把这个问题的严重性说个明白。愤怒之余，古英俊狠狠飞起一脚踹向那高悬的闸门，闸门只发出低而沉闷的一声沉吟，古英俊自己的脚趾却一阵阵生疼。

回村的路上，古英俊再次穿越公路，车还是那么川流不息，路还是那么宽敞平坦，但古英俊觉得它们似乎都失去了能够给人以激动的功能，反而只能让人讨厌这公路变宽、车流加快而引发的空气污浊，噪声充斥，使得原本快乐的田园不再快乐，宁静的沃土不再宁静。然而，也就在这种感觉、这种意识突然浮现的瞬间，他的脚下却不由被什么东西绊了一下，一个踉跄，竟让他几乎摔倒在曾经不知走过多少次的这条小路上。是的，这条路不像刚才跨过的那条省道，路很窄，正常的情况下，走一辆马车够宽敞的，过一辆汽车，不要说再大的汽车，即便是当时流行的解放牌汽车，那也要小心点儿，其间还不能容得哪怕只有一辆毛驴车与它共存。这条路没有任何的路牌标识，也没有一寸的水泥沥青，任何现代化的时代气息都与它无关无涉，但这条路的好处是经久耐用，早在明朝的时候就是一条连接正庄与外界的官道。它那没有沥青、没有水泥的路面几百年来经历了无数的狂风暴雨、无数的烈日冰霜，还见证过多少次地动山摇，而它就那么坚强地存活了下来，满足了正庄人最基础、最普通也是最迫切的交通需要。这条路古英俊究竟走过多少次，他不知道，但有一点他知道，那就是自己在这条路上从来没有被什么东西羁绊过，更不要说几乎绊倒。无论是你在这条路上肩挑手提，负重前行，还是在这条路上骑行疾驰，跃马扬鞭；无论你是在这条路上三五聊天，窃窃私语，还是在这条路上引吭高歌，低吟浅唱，从来没有因为眼睛不看道路，思维任意活跃而走错了路或者迈错了脚。因为这条路对于古英俊、对于每一个正庄人都再熟悉不过了，就像一个人熟悉自己的左手与右手，无论你看与不看，该出左手的时候绝对不会伸出右手。所有的正庄人，都对这条路养成了自然记忆，你的脚步与脚下的道路总会在他们彼此之间产生一种协同效应，而不会阳错阴差。而今天，这是怎么了？你古英俊竟然能够在这条路上几乎摔了跟头。这说明什么？说明你已经与这条路不再熟悉，这条路对于你也不再存有曾经的记忆。是的，由此想及，你古英俊怎么就可以判断那高悬的进水闸是出于什么原因而没有放下，你又有什么理由去向老支书提出质问？你已经不是这个大队的党支部书记，更进一步说，你连一个正庄人都已经不是，你有什么理由、什么资格来向今天正庄的当家人兴师问罪？冷静，你需要冷静！还是在这个时候，他想起了鲁云生在自己临下车时那句特别的嘱咐："老兄啊，村上的事你就不要管了，少看一眼少麻烦。"更想起了老母亲说的那句话："你看看就知道了。"

是的，如果说，母亲只是让自己看清楚这个村子所面临的现实，那么鲁云生的忠告就是点明了你对待这些现实所应该采取的态度。可是，鲁云生说的就一定对吗？这中间到底还有什么隐情？古英俊告诫自己，冷静，冷静下来，探秘寻踪，去发现事情的真相。这么想着，心态也便渐自平衡下来，脚下的路也不再生疏，这时，他才发现这寒冷的天气里，自己的头上竟然渗出了一圈汗珠。

接下来的几天里，古英俊以上门拜年为名，散出了整整8盒来自鲁云生的"恒大"牌香烟，深入接触了包括本村各个阶层至少不下50个人物。这其中包括鲁高明、古银元、党小爱、赵怀恩等具有代表性的人物，也有鲁大力、鲁成旺、宋向东这样的平头百姓。从他们与她们的话里话外，他大致摸清了从自己准备高考复习至今将近两年的时间里发生在正庄这块土地上的一些人文变迁。

两年，说长不长，说短不短，两年间，在正庄最重要的变化莫过于老支书张成才的嬗变。毫无疑问，从抗战到解放，从公社化到"文化大革命"后，张成才的人生经历可谓光彩灿烂，以一个人而影响一个村，造福于这个村的人民，共产党员张成才做到了，而且做得别具特色，堪为楷模。究其原因，除了党的领导，本人努力之外，应该还有一个不可忽视的因素，那就是那个时候的张成才像极了一个临阵冲锋的战士，一往无前而从不顾后，所以也就没有后顾之忧。他所能看到的，除了前方的硝烟，便是死去的战友。这个时候，你和他说什么金钱美色，宝马高车，他会连看都不看一眼，正如那句古今名言所云："视金钱如粪土"，以奢靡为耻辱。事实上，那时候的张成才以及张成才的家庭除了清贫之外，还是圆满而幸福的。年复一年的劳模、奖章，赞誉、颂扬。苦自苦矣，乐在其中。

然而，晴天霹雳，旦夕祸福，一个"五六半"事件，将生活在理想与"非我"当中的张成才一下子从空中被打落到地面，甚至深深地扎入地表三尺。张成才最喜爱的大外甥年少身亡，而造成这一切的竟然是自己的另一个外甥。更进一步深究，应该担负责任的又何止一个小外甥？是的，张成才自己、孩子的姥姥，老两口都"罪责难逃"！追悔，痛切，痛不欲生，以泪洗面。在经过这样一次打击之后，张成才对自己的人生信念也在无形之中发生了动摇。他不能再像以前一样喜欢村子里无论任何人家的每一个小孩，孩子越小，他就越不能看，为了不看，他宁愿躲开。他不能再忍受原本不应属于他的清贫，鲁高明小试水深，为他从城里"搬"回了一张据说是县委招待所淘汰下来的绒布蒙面沙发，而且是可伸缩的那种，拉开了，可以躺下睡觉，收起来，坐着柔软舒适，躺着也舒服放松。张成才问多少钱，鲁高明说"说钱，您老不是打侄儿的脸吗？反正也不值几个钱，我同学是招待所的所长。我拿一麻袋胡萝卜换的"。张成才不吭气了，等到鲁高明把沙发摆好又说："高明子，你从我这里拿点红薯去，顶了你的胡萝卜。你不能白要别人的东西，我也一样。"于是，鲁高明从院子里的红薯堆里拿走两个红薯，然后高声喊道："成才叔，您的红薯我拿走了啊！"

应该承认，这张硕大的沙发帮助张成才度过了许多的不眠之夜，也使他在漫长的反思中重回正轨，由家中这张沙发坐回到大队办公室那把他最熟悉的椅子，而后又是鲁高明特意为老支书从城里定制来可旋转的老板椅。而老支书张成才在看到这把沉重的老板椅后，也只是笑一笑，随口问了句："就我一个人坐这样的椅子不合适吧，再买几把折叠椅子，让大家坐嘛。"可以说，正是这张沉重的沙发，打通了鲁高明与张成才之间最后的那一点"隔膜"。从此之后，鲁高明所说的一切在张成才听来都颇为顺耳。鲁高明告诉他说："您这是孔夫子说的五十而知天命，六十而耳顺，七十而从心所欲，不逾矩。您是圣人啊！"

张成才哈哈一笑："高明子，我怎还成圣人了，孔夫子知道个我？"

关于此后的张成才与鲁高明，王建青可谓痛心疾首："英俊啊，实话告你说，但有半分奈何，我也是不愿离开正庄，离开我一手创建的咱村卫生所这一大摊子家业啊。可是不行，你走以后，成才叔也不是从前那个成才叔了。不管谁说什么，他都会问你一句，这事你和高明子说了没有。不说别的，就连我带几个人到县武装部参加民兵骨干培训他都得让我和鲁高明先说一声。这可是从来没有的事啊！再譬如说，卫生所要扩大，因为咱没有专职护士不行，最少也得招两个。我说这事得公开考试面试，能者则上，择优而定。鲁高明先是说一定要让他家侄女算一个，剩下的可以考。可你知道吗？他家那侄女是因为实在跟不上被学校劝退回来的。这样的人我怎么能要？这事就搁置下来了，可是等到人家第二医院说请我去了，鲁高明又改变策略，说是侄女儿确实不行，让她那民办卫校还没毕业的女儿来顶我。而且这一次干脆就是成才叔来说了，这事不用商量，就是照顾鲁高明，高明子给村里办了多少事，享受这点儿照顾还不应该？"

鲁大力的话言简意赅："英俊啊，我家云生不听我的，人家当官了，看不起我这个当爹的。可我知道他为什么不想管咱村的事，还不是怕给我和他娘找麻烦？现在的成才子和高明子我怕是要出事啊。你就不能点醒点醒？"

鲁成旺则说："英俊你知道，我和高明子是一家，按说不该说人家的坏话，成才哥也照顾我不少，那是我鲁成旺的恩人呢。可是他们做的事不行，我就不能不说。你看看，你英俊给咱村弄的水磨、水碾，方便了多少人。可你一走这就出问题了，三天两头停工，根本供不上全村人。出问题了为什么他张成才不急，鲁高明定时定量就派人把在杏花镇弄好的米面给他张成才送家里去了。说不好听的，水磨、水碾三天打鱼，两天晒网，这事他张成才都未必知道。按唱戏说的，鲁高明就是欺上瞒下的白脸大奸臣。"

党小爱作为妇女主任本来就对村里的事情不待多管，这个女人作为本村第二代女共产党员叱咤风云那还是远在大炼钢铁的火红年代以及后来的农业学大寨运动中。那个时候，以党小爱为代表的正庄大队铁姑娘是不输于方圆十里八村任何一家的存在。所以党小爱也曾得过几次县级劳动模范奖状，甚至到行署去开过妇女代表大会。只是后来她一连生了3个孩子，丈夫又在县供销社由临时工转为正式工，吃上了"皇粮"，家里的人虽然越来越多，经济状况却能保持不降反升，这也就促成了党小爱某种意义上的"修正主义享乐思想有所滋生"（"文化大革命"中党小爱同志的检讨）。另一方面，由于慧兰儿的出现，也就有了党小爱同志的妇女主任接班人。从那以后，党小爱就真的"退居二线"了。谁知慧兰儿半道上退了坡，说走就走，到了太原。虽说是户口、党籍都还在村里，可人不回来就等于个没有。所以党小爱同志不得不再次披挂上阵，成了复出的中年老干部。这些当然都是古英俊还在村里时候就已经发生的事情。那时候的党小爱表面上是重新参与到大队党支部的工作以及村里的妇女工作中去了，可实际上主要的表现也就是到公社开个会，回村里传达一下文件之类，基本没有任何主动性的工作。然而，这一次当古英俊来到她家，上门给小爱嫂子拜年的时候，党小爱却表现出了极大的热情，并主动和古英俊讲起了一些旁人难以理解的事情。

"英俊啊，嫂子听人说你这大学要上4年还是5年呢？你那么大学问，还上什么学啊。咱村可是急等着你回来呢。你不要问为什么，我告诉你，因为你再不回来，咱这个村子就毁在鲁高明和成才哥手里了。"古英俊注意到，党小爱在说到前者时用的是鲁高明的名字，而在说到后者时却是成才哥。

古英俊笑道："嫂子，我没有那么重要吧，再说能不能回来也不由我，一上大学，将来的分配就是听国家的，国家让你干啥你就必须干啥。不是自己想干啥就干啥的。"

党小爱皱皱眉头，又说："其实这事我也多少知道一些，我那口子你怀亮哥就是这样，当临时工还好，隔三岔五就能回来帮我做点事，一转正，成了国家的人，他倒好了，隔一天就能吃一顿白面，天天炒菜，天天有肉吃。可嫂子我就苦了，还不是个守活寡？"说到这里，似乎感觉跑题了，赶紧一边给古英俊拿出藏在柜子里的红枣、核桃和柿饼让尊贵的客人吃，一边嘲讽自己，"你瞧我这一说就跑远了，还说咱村的事，说说鲁高明。"

出乎古英俊原先的一切想象，在党小爱的叙述中，居然掺杂了慧兰儿和鲁高明的往事，也就是说，原本在正庄第一个企图勾搭慧兰儿的人竟然是鲁高明。据党小爱说，慧兰儿其实也是出于无奈，慧兰儿刚嫁到正庄那年的秋天，阴雨连绵，一连下了7天7夜，慧兰儿一个人，尽管省着用水，可到了第三天的时候水缸里的水就见底了，慧兰儿想去井上挑水，又畏惧从她家疙瘩上到离她最近的水井那一里多的泥泞坡路。说实话，那段路晴天还好，一到下雨天，精壮后生空人也怕摔跤的，何况慧兰儿女人一个。眼看着没办法，慧兰儿把七大八小几个木盆、铁盆、塑料盆一字长蛇摆在院子里开始积水，摆明了就是要拿雨水做饭了。这一幕让鲁高明看到了，他也没作声，穿着雨衣，蹬着高腰雨靴，踢破雨幕硬是将满满两桶水送到了慧兰儿的水缸里。那当时，慧兰儿想说感谢，想给人家递支香烟，可鲁高明连头也没回，挑起水桶便开门走进了雨幕。

"英俊啊，你说高明子用的这是啥计策？"党小爱一本正经地问。古英俊只好笑道："这叫欲擒故纵吧。高明哥还玩这个，书没白念。"

党小爱接着说："反正就是假装帮助人，假装学雷锋呗。其实他这一手在我身上也试验过，叫你嫂子我给臭骂一顿再也不敢招惹我了。"说到这里，党小爱摆出一副凛然不可侵犯的架势，然后又说，"慧兰儿年轻啊，再说这男人一年见不着几次面，能不心焦火燎的？高明子在你和云生回来之前那算咱村最有文化的人了，能说会道的，大概几句话把个慧兰儿也迷上了，几乎就入了他的套。还是高明媳妇有警觉，神不知鬼不觉地跟了高明子几次，发现他有一次大半夜的，在大队开完会不回家，竟然偷偷儿往慧兰儿家那边走，媳妇子当下扇了他两巴掌，吓得高明子赶紧双手捂住媳妇的嘴，一边还求上了，说是回家给人家下跪。这才算是保住了慧兰儿的清白身子，谁知道最后倒给那个王副局长占了便宜。这事你就知道了，嫂子我和你提这事是什么意思呢？我告诉你可别乱说。"说到这里，党小爱开门伸出头去在自家院子里看了一眼，又把屋门关上了，确认没人这才说，"高明子这一次是肯定要当咱正庄大队的党支部书记了。你信不信？反正嫂子我信。为啥呢，人家都把'美人计'使到新来的公社党委书记身上了。"

古英俊摆摆手："嫂子，这事没证据咱可不能乱说啊。人家高明家女儿中专还没有毕业呢。"

党小爱却莫测高深地撇撇嘴，颇有深意地说："这事没点影儿我敢瞎说？信不信在你，反正我就一句话，咱村的事儿我们在村上的都不想管，你好不容易离开了，就更管不着，不过你要真想管呢，嫂子支持你，说真的，盼着你回来当你的支部书记的人多着呢。就怕你说的那样，你也是身不由己啊！"

末了，不得不说一下鲁高明。鲁高明对于古英俊的来访表示了极大的热情。那一天，古英俊去鲁高明家的时候，鲁高明正在吃晚饭。虽说忙时腊月，但看上去正庄大队总会计鲁高明同志却在怡然自得地享受着忙里偷闲的乐趣。这一天，鲁高明家的院子同样没有关门，而且堂屋的门也敞开着。古英俊一进院子就看见鲁高明正一个人盘膝打坐地在炕桌前独自举杯品尝着小酒。小小炕桌上，已经摆上了两荤两素4道菜肴。其中一盘炒鸡蛋的香味直冲古英俊鼻腔，这味道显然只能在真正的农村才有，不说别的，古英俊在北京就从未让鼻腔有过如此的刺激。古英俊当然明白，这种味道那是只有本地土鸡蛋再配以本地小麻油才能炒出来的，大城市当然没有。但是不得不说的是，同样是在农村，农民绝少会做出这样一道菜来。因为真正的农民是舍不得轻易一顿吃掉几颗鸡蛋的。鸡蛋在他们手中那是要用来卖钱，用它来换油盐酱醋茶这些生活必需品的。这一点，古英俊在母亲的身上就已经深谙其道，古英俊当然也清楚，自己家庭的经济状况相比较于村里绝大多数人来说那还是要好得多的。然而，鲁高明的一餐晚饭竟然能炒这么多的鸡蛋，这就不能不让人眼馋嘴也馋。

"高明哥，正吃饭呢？"古英俊一声叫，鲁高明一个激灵，猛地抬头看见是古英俊，不禁有些喜出望外。他"噌"的一声跳下地来，伸手就把古英俊往炕上拉，一边拉，一边说："英俊兄弟，啊呀，前两天就听说你回来了，我还说找个空儿看你去呢，你倒来了。快快快，正好我让家里的准备了几个菜，咱兄弟俩喝上两杯。"说着，又从橱柜里拿出一个杯子、一双筷子，很是有些真诚地把酒杯塞到古英俊手里。

却之不恭，古英俊想，有道是兼听则明、偏信则暗，鲁高明是个聪明人，其所作所为的理由又是什么呢？不妨听听也好。

三杯酒下肚，鲁高明向古英俊打开了他的话匣子，只是，这些话真耶假耶，抑或就是借酒装熊？古英俊是越发难以判断了。因为，听起来，鲁高明的话起码在一定程度上是有着相当道理的，他的所作所为也是其他任何人难以替代的。

"英俊兄弟啊，你是大知识分子了，哥不如你，羡慕你呢。我就常给咱村学校的孩子们讲，不要说什么咱们农村条件差，条件差不也出了古英俊这样的名牌大学生吗？那可是硬碰硬考上的，而且是离开学校五六年去考的。万里挑一就叫咱正庄村的古英俊给考上了。所以呢，这说明什么，说明成不成才并不全靠学校好，主要还得靠自己。我还说了，等你们英俊叔叔回村来，好好给你们上一课。"说到这里，鲁高明自觉转了个弯，"说到你上课，那时候你和云生在青年夜校上课我听过，真好，比我在中学时崇拜的老师都好。这可不是拍兄弟你的马屁，我也用不着拍不是？那时候外村的青年都抢着来听你们的课呢。唉，还是咱村里留不住人，你们一走，这青年夜校也完了。不是成才叔和我不想办下去，是实在办不下去啊。没人了，听了你的课，听了云生的课，让别人再去讲，那不是让讲课的和听课的都难受吗？"

古英俊赶紧打断："高明哥，话可不敢这样说，人嘛，总有一个渐变的过程。但给学校的孩子们讲一下还是可以的。你安排吧，我走以前都行。"

鲁高明很高兴，非要和古英俊连干三杯，而后就说到了老支书张成才："英俊啊，我知道你回来一定有人给你告状，说我鲁高明如何是奸臣、小人，日哄成才叔哩。笑话，你也知道，咱们成才叔能让人日哄？能让人日哄的人能干了几十年的支部书记，而且是省里表彰的模范支部书记？可能吗？我是心疼咱成才叔哩。"这一次鲁高明自己干了一杯酒，又从方桌下面拿出一瓶"六曲香"来，往酒壶里倒满，然后接着说，"成才叔为了咱村辛苦付出多半辈子，那功劳有多大？是一般人能比的吗？大外甥死在小外甥枪下，这事搁谁头上谁能受得了？那阵子你走了，我看成才叔难受劲一下子也过不去，就去县委招待所找我的老同学弄了一张人家腾退下来的沙发，让老汉好受一些。这就成了罪过了？看看让人们说的，说我鲁高明给张成才盖了九色宫殿，选了三宫六院七十二妃子了。哈哈，那个罪名也不知是谁给弄得，我听说了好高兴了一阵子呢。你说说，我个鲁高明，一个农民给我这么大的帽子，能戴得住吗？"说到这里，鲁高明又笑，古英俊也忍不住笑了。两个人都笑，但笑与笑的不同他们彼此之间都多少知道一些，又不敢说全都知道。

从鲁高明家里出来，带着微醺的酒意，古英俊一边走一边想着，是的，鲁高明关心老支书，这本身并无任何不该，即便那张沙发的来路，也不应是什么大的问题。再说以古英俊对鲁高明的了解，这点玩意儿，他又怎么能留下任何让人真正抓住把柄的东西呢？然而，这并非问题的本质，以鲁高明的说法，有人说他是小号的赫鲁晓夫，这话未必准确，甚至让人怀疑这个帽子就是他自己给自己扣的。否则，在此之前和那么多人的交谈中为什么从没有任何人说过类似的话呢？还必须想到，能以赫鲁晓夫来作为攻击什么人的坐标，这样的做法恐怕也只有经过那场运动的那一代人所独有。以正庄人的经历而言，有过这种亲身经历的人恐怕除了鲁高明这个"老三届"之外还真的不多。也许，这个帽子、这个比喻恰恰是鲁高明的些小瑕疵，欲盖弥彰？

古英俊迷惘了。

故乡的正月与腊月完全是两个世界，一个是极忙极乱的繁忙世界，腊月里的人们，男人忙着挣钱采购，等待着生产队里的结账分红。当然这得看你这个生产队的集体经济状况如何，以大队核算的正庄大队而言，每个劳动日能够分到八九角钱，这已经是非常不错的了。也有一些地方，一个劳动日就只能分到一两角钱。如果你不幸恰好就在这样的地方日复一日地劳作，那么恐怕过年对你来说就是一种煎熬，因为你必须想办法为孩子们或多或少采买一些能够称为"见新"的东西，哪怕是一双几毛钱的袜子，哪怕是一根杨白劳买给喜儿的红头绳。你还必须得为你的家庭或多或少准备一些过年所不可或缺的"刚需"：起码够吃一顿饺子的白面，够包一顿饺子的猪肉或羊肉，初一、十五、初二、初五还有除夕夜晚必须放的炮仗，还有，最少半张红纸用来请人写春联。还有呢，初一早上天不明就涌动的拜年大军一旦来到你家，哪怕9分钱一包的"白皮烟"你也得准备几包。孩子们呢，人家城里人给孩子几元、几十、上百元的压岁钱你乡下人不能比，但也不能免俗，这同样是老祖宗流传下来的规矩，这一点上是城乡一体，概无例外的。区别在于别人给三元、五元、三角五角，你家孩子5分钱你还是得给吧。如此算来，一个4口之家，最最少的过年费用也得20元左右。而这在某些人看来不过是九牛一毛的零钱，对于那个时候的许多中国老百姓来说，起码是对于古英俊所能见到的许多老百姓来说，那就是一道雄关漫道的"卡口"。值得庆幸也值得骄傲的是，我们的人民，我们的劳动人民，总有办法挺过这难熬的腊月，走过那艰难的关卡。一到春节那天，整个中国农村便一准是气象万千，你准能看到家家户户门前都张贴着红彤彤的对联，那上面都是喜气洋洋、八方来财、万事亨通、吉祥如意的好词儿。你也能看到，所有的孩子们都在欢天喜地笑着、打闹着，不时从衣兜里掏出一两只鞭炮，"啪"的一声引来更多的欢笑。你还能看到，差不多也是所有的大人们互相见面打个笑盈盈的招呼，说出来的全是恭喜发财、吃得太饱之类。即便平时有隔阂不对付的两个人，这时相见也会忘却那一句老死不相往来的誓句，见面点个头，不再躲着走。因为青山风俗有讲究，大年这一天，谁若和人见面躲着走，保你一年抬不了头。

初一过后，人们的日子一下子就阳光灿烂起来，当然客观地讲，北方农村的正月，天依旧寒冷，地依旧封冻，农活基本干不了，劳累了一年的人们便开始尽情地享受这天时所赐的假日。男人们基本上是分成若干大小不一的"团伙"，聚在一起打麻将、下象棋、打扑克。女人们则凑在一起聊大天'扯八卦'，说着男人们也羞于出口的黄段子。人们累了的时候就尽情挥霍腊月里准备的一切。

对于古英俊来说，将近两年的别离，更让他感觉到了故乡亲切，年味醇郁，他很想把这一切都记载下来，准备有朝一日再把这些都传扬出去，为这个时代这方水土留下应该留下的印记。然而，他也不得不怀疑，自己似乎从来就没有真正融入这浓郁的乡情之中，无论是短暂别离的将近两年，还是朝夕相处，把汗水砸在大地的那5载岁月。其实他早就知道，麻将与扑克不只是人们闲来无事的消遣，更是情感交流的媒介。或许，他们或她们在娱乐之中会加入一些小小的筹码。但在农村，这筹码充其量也就是玩一把一两角钱，放开了玩，一晚上也就是几毛钱几块钱来回转圈。正因如此，在古英俊担任民兵营长、担任支部书记的时候虽然一再强调社员们尤其是党团员同志们不要参与任何形式的"赌博"，但实际上并没有对这种活动给予实质性的禁止和打击。村子里也从未发生过因此而导致妻离子散、家破人亡的恶性事件。甚至他还认为，这种活动其实是有益于村民之间的团结，有益于活跃农村整体生活气氛的。鲁明照算是特例中的特例，然而也仅仅是训斥教育而已，并没有更多实质性的处罚。尽管如此，古英俊本人从来不曾参与过这种活动，若有闲暇，他倒是宁肯把精力挥洒在运动场上，或者就躲进小屋成一统，伴随故纸度春秋。而今，5年过去了，又一个两年也将过去，这一次的故乡之行，反倒让古英俊仿佛才认识到自己之所以离开故乡的深层次原因其实并非与老支书和鲁高明之间的个人恩怨，也绝非更大背景上的李三则和仇凤英等人所造成的氛围。而是因为你古英俊从最早回到农村的时候就是朦胧的，为一种理想和诗意的憧憬而投入其中的。所以，你才能和鲁云生、章玉儿、范香儿们在同一个音频上产生共鸣，所以才会对老支书张成才式的领导佩服得五体投地，并在自觉与不自觉之间沿着老支书开创的或设计的路线一路冲杀。但遗憾的是，古英俊与老支书张成才说到底是完全不同的两种人，他们只是在某一个历史时期走在了彼此重合的轨道上。再往更深层次里剖析，"五六半"之前的老支书与

"五六半"之后的张成才也已经成为完全不同的两个人。如果你在这个时候再拿之前的张成才来要求老支书，那就只能是缘木求鱼。这也决定了你古英俊的未来注定了不在正庄，不在你曾经眷恋的故乡。或者说，你的故乡其实在一个特定的时期并不需要你，也不能容留你。因为你的存在破坏了它固有的生活节奏，也破坏了这里人们的心态平衡。毕竟，历史不是某一个人可以独立创造的，这也应了那句著名的论断：是时势创造英雄，而绝非英雄创造时势。当然，可以想见的是，在并不需要很久的将来，古英俊和他的伙伴们曾经的理想和憧憬将成为现实，一代新人，一个崭新的时代，一个曾经设想中的农村将出现在正庄，出现在青山。但同样遗憾的是，到那时，你古英俊很可能已经在滚滚前进的时代列车面前掉队了。

正月初六，鲁云生自己开了一辆"两头平"（当时青山人对小轿车的别称）回村给鲁大力和毛青兰老两口送回两箱子自己吃不了也用不上的年货，据毛青兰说，光烧鸡就三四只，烧肉也有六七方，还有各色水果、烟酒糖果等，总之是够老两口消费一阵子的。末了他还叮嘱毛青兰一句："让你吃，你就吃，不要出去乱显摆。"大约鲁云生也预料到毛青兰定然要显摆，所以在将10张"大团结"钞票塞给鲁大力的时候还特意避开了自己的母亲。但对于毛青兰来说，不把这些显摆出去那就不是她毛青兰了。鲁云生呢，在自己家只待了不到15分钟，就到古英俊那里把古英俊生拉硬拽地接到了县城。

故地重游，虽然两年未见，古英俊还是辨认出了鲁云生所在县委家属院的位置居然就是过去的县公安局大院。

"云生，这里不是公安局大院吗？公安局哪里去了？"古英俊问。

鲁云生还没有回答，胡灵儿抢着搭话了："英俊，现在的公安，又增加了治安大队的编制，看守所的面积也扩大了，原先的那点儿地方就放不下了。所以到城西新建了一座大楼，我们现在的办公室可比过去宽敞多了。"

胡灵儿的话里充满了幸福与兴奋，也等于告诉古英俊，她现在已经是一名正牌的人民公安了。于是古英俊赶紧祝贺："灵儿，祝贺你啊，光荣的公安战士。"

胡灵儿有些忸怩，转而马上豁然开朗，又说："嘿，我现在严格讲只是一名派出所的工作人员。人家本来都让我进机关了，你家鲁云生硬是不同意，非让我先到派出所待上两年再说。哼，谁知道这房子一拆，把我们城关派出所又借住到公安大楼上了。"话里话外，仍然是一派自得之意。这时，鲁云生实在忍不住了，眼睛一瞪，也不避讳古英俊，照着胡灵儿就吼道："您能不能干点儿正事，去给我们准备几个菜，待会儿我俩要喝两杯。现在我们要谈正事，你走开！"俨然是命令，胡灵儿冲古英俊撇撇嘴，一扭头走进了阳台上的厨房。鲁云生煞有介事地将古英俊领进自己的书房，关上了门。

"英俊，你知道我为什么要把你接下来吗？"鲁云生开门见山，不等古英俊回话，接着又说，"其实我想你回去这几天一定了解到许多情况，而且弄不好又给人表态了。是不是？"

古英俊一头雾水，不由反问："哎，鲁云生，你这话我可听不懂了。我给谁表什么态？"

鲁云生有些狡黠地笑道："没表态就好，我先告你一个消息，鲁高明的女儿和杏花公社新任党委书记刘新民的儿子好上了，而且很快就要结婚。而刘新民是什么人？我想你一定不知道，人家的舅舅是咱们地委的组织部副部长，专管各县干部调配的。明白了吗？"

"不明白！"古英俊照直顶了回去，"这不是八竿子打不着的事吗？我就不信他一个地委组织部的副部长会干涉一个生产大队的干部任免。"

鲁云生笑道："老兄啊，这你就不懂了。现在的官员，他才不给你直接干涉呢。因为根本用不着人家干涉，下面层层叠叠的想巴结还找不上机会呢，真有这么个空档，能不投其所好？"

古英俊想说，鲁云生啊鲁云生，看来你爹说你还说的真不冤枉，可是想了想，话到嘴边又咽回去了。鲁云生却不肯停下来："英俊，其实咱村的事情，我能不关心？真有机会我会不想办法解决一下？可是这事总得有很合适的机会才行，你管民兵营那会儿不是常说嘛，战则必胜，不打无把握之仗。说真话，鲁高明那两下子，我是早就看不惯了，别看他和我还是一家子，咱不能丧失党性原则不是？但成才叔呢？你就不想想？"

鲁云生一席话，让古英俊不免心灰意冷，计划中的深入调查和更深层次的了解也骤然觉得没有了意义。因为鲁云生说的那是真话，鲁云生对当地政治生态的了解显然要强于你古英俊一百倍。从这个意义上来说，鲁云生都觉得没有办法解决的问题，你古英俊岂不只能徒呼奈何？

正在这时，胡灵儿敲门，酒菜已摆好，过来催着吃饭了。鲁云生却有些不达目的不罢休的意思，只是口气变成了央求状："英俊啊，你就不能给我个痛快吗？"古英俊只好叹口气，颇有些无奈地说："行了，这一次，我听你的。可你也要说话算话。一年不行，两年不行，三年还没有你的机会？"

也许是古英俊的逼问让鲁云生觉得这家伙是当真在和自己较劲，也许鲁云生作为一个已经具有相当经验的官员确实预判在先，当天下午，鲁云生派车送古英俊回村里的时候，就在老朋友临上车时，突然说了一句很有些隐喻的话："英俊，你也别太急，不是有句话叫作三十年河东，三十年河西吗？说不定，咱大清河改道的时间很快就要来到了呢。"

正月初九，已经对故乡之行有些心灰意冷的古英俊没有和任何人告别便踏上了去往北京的行程。他不知道的是，鲁云生的预言正在飞快地带给青山一片新绿，而正庄也将在其中发生巨变。

二十九
鲁云生为官记

故事进行到这里的时候，颇有些写不下去的感觉，聪明的读者会发现，前面的几十万字虽然并非古英俊个人传记，却基本是以这个人物为主轴来展开的。然而，实事求是地说，自那个寒假中途再次离乡回到北京以后，古英俊这个人与正庄和青山发生的一切便没有多少直接的联系，这也导致我们很难将其与发生在青山与正庄的变化拼接到一起。欲表正庄情，欲说青山事，故事的主人翁那就只能无可避免地必须而且也扎扎实实地转移到鲁云生身上。

鲁云生的人生转折再次来临，这事发生在1981年的夏天。在青山，一位新任县委书记来了，此人便是鲁云生的省委党校同班同学老大哥徐继承。徐继承早在"文化大革命"之前就已经是一个正牌的大学生了。有些遗憾的是他的大学生涯是在运动中度过，但这并不影响徐继承本人的努力与进步，工作中也体现出了超乎常人的坚毅与果决。而在领导用人方面，徐书记则更多地实践着用人不疑的原则，鼓励部下放开手脚在新的时代去创造更大的成绩。鲁云生理所当然地成为老同学手下最得力的干将，很快就被派往全县最有名的"煤炭之乡"王岗公社担任了党委书记。

但凡对中国县一级机构有所了解的人们都知道，由副科级的县委办副主任而跃升为正科级的公社党委书记，这中间至少跨越了两道门槛。一般来说，似鲁云生这样刚刚当了不到1年副科级干部的主儿，要首先干够两年以上才有可能动窝，但其去向一般也都是公社党委副书记，好一点的撞大运给你个公社主任那就基本会视为破格了，而且你这个公社主任所在的地方也一定是非偏远即贫穷，好地方是轮不到你的。所以，鲁云生的这道任命体现了十足的徐氏用人风格。然而，尽管如此，在青山却没有什么人对这份任命表示出多少羡慕嫉妒恨。这又是什么原因呢？话到此处我们便不得不首先了解一下王岗这个地方的特色和传统。

特色之一，王岗是个煤炭极富区，公社有煤矿，村村有煤矿，虽然生产技术和手段极端落后，但廉价的劳动力，优质的主焦煤构成了这些煤矿想不发财都难的特点。尤其是进入20世纪70年代末80年代初的时候，这个公社15家煤矿的总产量已经达到了100万吨。在当时，这是一个相当引人注目的数字。毕竟当时年产百万吨那样的数字只能出现在国营几大矿务局身上。然而，由于20世纪70年代末开始的那一轮承包经营制实质上属于摸着石头过河，许多相互抑制的条款还没有出台，这便形成了许多煤矿的廉价承包，也直接造成了承包者和其个人小集团迅猛发财，而集体和国家却并没有从中得益，当地群众也没有因此而变富。具体而言，表面上，王岗公社富人成群，以私家车尤其是小轿车为例，1979年以后，国家允许个人拥有汽车，但在中国北方，凤毛麟角的汽车拥有者大多也都是用于生产的卡车和小型货车，小轿车则基本出现在南方沿海地带。而在王岗公社，仅仅1981年上半年就一下子增加了20多台私家轿车。所有的煤矿承包者们，可以说个个都提前进入富豪的行列。然而，相形之下，王岗公社的政府家底却实现了真正的一穷二白。除了公务员的工资由县财政统筹统支外，不说别的，公社党委政府连食堂都断了顿。这样一个穷地方，谁来谁不头疼？

特色之二，王岗山高林密，民风剽悍，早年间在大清和民国时便是青山一县匪盗出没的老巢，甚至20世纪60年代海峡对岸叫嚣"反攻大陆"的时候，也把这里选作空投特务的目标地，好在这个时候青山县内早已实现了人民战争，在王岗民兵和公安干警以及驻地部队的合力地毯式搜索下，几个空投特务藏匿了不到24小时便被全数活捉。王岗的富裕，始于近代，尤其是那个10年之后，而王岗人的凶悍则源于历史的沉淀。据《大宋宣和轶事》记载，北宋宣和年间与宋江几乎同时的四大农民起义中，猎户田虎的起义正是发端于斯。再后来，大清末年曾经震动上党豫西一带数年，义军人众达到5万有余的"干草会"起义也以此地为根据地并最终被扑灭于此。这些年来，王岗人富了，准确地说是王岗的一部分人富了，贫富对比也更悬殊了，这就造成了更多的更尖锐的矛盾对立，打架斗殴时有发生，黑社会性质的团伙苗头频发，但你真正追查起来却又层层包庇，甚至被害人与施害人共同隐瞒包庇，混淆视听。而真正为王岗各项恶名背黑锅的也就只有这里的官员了。

以上两点造成了王岗的书记不好当，王岗的官员不好做，所以鲁云生的破格重用也就无人羡慕嫉妒恨了。

对于这一切，鲁云生心知肚明，也做好了心理准备，但是，当他真正上任的第一天，还是感到了些许的棘手。

　　那一天，鲁云生没有要县委组织部安排欢送，也没有要县委办公室派车送行，骑车80里，一个人来到王岗公社上任。这位新书记到来的时候，正是中午，鲁云生码好自行车，随手将行李往大门敞开却空无一人的公社办公室一扔，便向门口标有"食堂"两字的地方走去。一路骑行早已腹中空空，也确实该吃饭了。可是，当他推那门时，却发现这门竟是锁着的。透过玻璃窗户看看，里面也确实没人，而且看那样子，这食堂被锁大概也不是一天两天的事情了。

　　鲁云生无奈，返身往一排溜办公室兼宿舍的房间去查看，还好，这里倒是有那么几个人的。一个是办公室秘书，一个是公社武装部部长，还有一个便是食堂管理员兼厨师。巧合的是，这几个人正在合伙做饭，厨师自然负责炒菜面案诸般事项，武装部部长和秘书负责一应采买以及到公社大院的菜园子里采摘蔬菜。

　　"公社有食堂，为何你们自己另外开火啊？"新书记问。

　　厨师咂咂嘴，不敢吭气，秘书摇摇头，一声干笑。武装部部长实话实说："鲁书记啊，你来了，这下可好了。他们不想说，不敢说，我说，不是我们不想吃食堂，实在是咱公社食堂穷得连咸盐都买不起了。也不光是食堂的问题，你看看这办公室，多少年没有装修过了。现在秋天还能凑合，你到冬天来试试，没有暖气，买不起煤，外面零下二三十度，里面也就零下一二十度。谁能受得了？"

　　这天中午的午饭鲁云生就在武装部部长他们三个人的"小灶"上用过了。饭后，新书记第一件事便是从自己的腰包里掏出10元一张的钞票10张来交给厨师兼食堂管理员："你记住，今天晚饭必须开火，就在食堂吃。"然后安排公社秘书，"通知所有人，下午两点半在会议室开会，任何人不得以任何理由缺席。否则以后就不要来了。"

下午的会果然准时开了，所有人，不仅是住在镇子上的，包括住在县城的几位，无一缺席。会议的内容出乎所有人的预料，新书记没有长篇大论，也没有对大家上班时间长期不在单位也不请假等考勤事项提出批评，鲁云生的讲话只有那么几句。

其一："从今这个会议开始，所有人请假只许和书记请，不请假不得离开。"

其二："现在开始，每人写一封自我总结和对公社工作的建议，不得少于3000字，不要空话套话，只要真话。"

其三："今天开始，食堂正常运转。大家可以放心吃饭。"

然后一周之内，新书记鲁云生便进入了隐形状态。白天只在屋子里找人谈话，夜晚则让秘书和会计把公社10年来的所有账册文件全部拿来，一一过目。

伴随着新书记的隐形，王岗人在躁动与不安之中度过了特殊的一周。大多数的人开始失望，对于新书记曾经寄予的希望在点点滴滴地消失。而对于一些特殊人群来说，则是在紧张与不安之中迎来了又一季"太平岁月"。

因为他们听人说，这个新书记是带着特殊使命来到王岗的，这个使命说到底就是要让他们这些富人"出血"，给穷人分钱、给公社"上贡"。他们已经做好了一切准备，然而，新书记却连面都不见，莫不是此人仅仅是又一个"过客"。不求有功，但求无过，就像曾经的几位书记一样，在他们一手软一手硬的攻势下暂且维持。

鲁云生当然没有歇息，而是在紧张地准备着自己的开场锣鼓。10天以后，一切准备就绪，鲁云生和公社武装部部长商量好了，趁着一个阴雨连绵的日子，把各村各队的支部书记、大队主任以及15个煤矿的承包者统统请到公社大礼堂，说是要开一个见面会。上午9点，听说了新书记开会规矩传闻的各色人等一个不落齐刷刷来到公社大礼堂。当然，这个所谓的礼堂，也就是那么称呼而已，好听自好听，却不怎么好看，也就是5间宽敞的大棚子，四面倒是有围墙，却各自只有两米左右的半截子墙，墙是土坯垒起来的，连个泥皮都没有挂上。但好处是不怕刮风下雨，百十号人开个会，就在会场中央的条凳子上一坐，会场大门一锁，让你跑也跑不了。10时整，大会开始，正在条凳上吵吵着，等着新书记作报告的人们忽然发现，台上那位端坐中央的年轻人，面前堆放的并非什么报告，而是一摞又一摞的账册和合同。他们清楚，这些东西乃是他们的命脉，这些年来，正是因为有了这些合同，他们才在攫取国家资源的时候有恃无恐，也正是因为这些合同当中存在着许许多多的问题他们才能在大发横财的同时为非作歹而不怕有朝一日东窗事发。他们当然清楚，两座归属于公社集体所有的煤矿，在当初签订合同的时候就没有经过公社党委的集体研究，而原先归属于村集体的煤矿也都没有经过村民代表大会讨论通过，更没有大队管委会和支委会这两委会议的研究。所有的合同竟然都是时任领导与承包者个人所签。这就从法律上决定了这些合同的无效与违法。更有甚者，这些合同当中的绝大多数煤矿是规定了年产量的，也就是说，所有的合同都是按照当年煤产量来签订的。承包者缴付村集体和公社的承包费是按当年标准来计算的。而事实上这些年来，所有的煤矿都在原基础上将产量增加了几倍以上，煤炭的价格也涨了几倍以上，可是他们所缴纳的承包费却没有任何改变。至于归属于公社原有的两大煤矿就越发可笑。当初签合同的那位公社领导为逞一时之快，竟然一次性收缴了承包者5年的承包费，这笔账就堂而皇之地体现在公社账册上面，可是这笔钱早在当年就突击挥霍光了。从上午10时15分开始，到中午12点整，鲁云生刚刚把账册与煤矿的承包者和大队支部书记们核对了不到一半。坐在硬生生、凉冰冰条凳上的人们实在有些坐不住了。这倒不只是因为这些人坐惯了沙发转椅老板椅，而是他们已经从一本本、一笔笔的账册核对中大致摸清了这位年轻的新书记现在要干啥。他们着急了，有人想跑，但礼堂大门口全副武装的民兵岗哨壁垒森严，只准进不准出。老板们着急归着急，心里还是有底的。想想也是，那些合同摆在那里，你说不合法它就不合法了？再说了，你这年轻人不知深浅，就不知道你这一动要动多少人？总而言之，如果你来软的，我们也来软的，你个人的腰包塞得鼓囊起来了，这些公家的闲淡事也就不再管了。这办法，屡试不爽，就不信你鲁云生是金刚不坏之身，三转九折不上套。

眼看着过了12点了，人们开始蠢蠢欲动，有人肚子里咕咕乱叫，有人说好了中午要在镇子上最好的酒家去做客，可看那新书记的样子，似乎根本就是个不食五谷杂粮的主儿。

13点，终于大多数人都坐不住，肚子也开始造反了，有人站起来大声嚷嚷："鲁书记，你就给个痛快吧，要杀要剐你一句话，我们听你的还不行吗？"也有人起哄："鲁书记，要我们死也别当饿死鬼啊，好歹给顿饭吃好不？"

鲁云生就等这句话，"啪"地一拍桌子，桌子上的一大堆材料好像要飞起来似的。"好啊，你们要吃饭，你们饿了，我也饿了，我又不是钢打铁铸的，别以为我这个当书记的就可以靠喝西北风过日子。吃饭可以，也应该。我们公社食堂也给大家准备了饭。别的没有，不像你们中的一些人天天大鱼大肉都吃烦了，我这里只有清水白菜窝窝头。而且我告诉你们，所有这些都是我鲁云生个人掏钱招待你们的。为什么？因为咱们公社账上没有1分钱，不，有的是钱，是上百万的负数，是欠债！"

下面开始小声议论："公社穷，也没有这么穷吧。"

"怪不得咱们公社都几个月不开会了，敢情都快关门了。"

鲁云生喝口白开水，接着又说："你们也知道饿肚子什么滋味，可凭什么就让公社干部饿肚子。你们知道不知道，王岗公社的十大员都一年没给人家发过工资了，王岗的民办教师工资也半年没有发过了。你让这些人怎么过？大家都是拖家带口的，真的喝西北风？做人要有良心，你们承包煤矿的，你们真的靠劳动赚钱，靠管理赚钱那没的说，可你们靠的是什么？是不规范的合同，当然这里面问题不光是你们的，但你们越界开采，超量开采，却不交国家和集体一分钱，你们心安理得吗？你们一顿饭吃晚了点就嚷嚷，公社食堂几个月开不了火，你们看不见吗？"接下来鲁云生郑重宣布：从今天起，所有承包合同全部推倒重签，按国家有关方面的法律法规做到合理合法，双方都要请律师，所有越界开采、超量开采的煤炭都要补齐缴纳国家税款和集体管理费，并处罚滞纳金。与此同时，将这段时间以来查证落实涉及前任、前前任公社领导的经济问题上报纪检委。而如此一来，仅仅公社原有两个煤矿因缴纳超采资源费用就达到上千万元，公社收缴的管理费也达上百万元。王岗公社的历史就此劈开生面，王岗不再是一个"亡岗"之地，而真正成为青山县的能源产业重镇、国家税收大户和全民致富的示范区域。

王岗治理的成功，也带动了青山县内反腐工作的开展，一连串与王岗相关的几任公社领导和县级有关领导，包括李三则书记都被查出数额不等的经济问题。也正是在这一波浪潮中，正庄大队总会计鲁高明的问题也被一并查处。在鲁云生差不多半年以后的来信中，古英俊才知道鲁高明做假账自然得到过老支书张成才的默许。但老支书张成才没能想到，原本只是为了应付上级检查，瞒报产量、瞒报收入的一系列假账竟然成了鲁高明营私舞弊，贪污受贿的黑洞。仅在1972年到1982年10年间，其个人贪污竟达3万元之巨，这在当时是一个令人惊讶的数字，鲁高明因此入狱，判刑5年。老支书张成才虽然或多或少在后来几年中也从鲁高明身上获得了一定的好处，但在直接的金钱利益面前，这位老革命还是守住了最后的底线。

王岗镇一战成名，两年间，王岗公社在鲁云生书记的领导下不仅煤炭生产再上台阶，成为全县财政收入的扛鼎大户，而且农业、林业、商业、贸易、文教卫生全面发展，真正成了在青山县具有举足轻重地位的重镇。

这一切都证明了徐继承书记对老同学鲁云生的提拔和重用不仅不是任人唯亲、拉帮结派，而且恰恰是出于公心，任人唯贤，是慧眼识珠、唯才是举、举贤不避亲。总之这是既证明了徐书记的英明，也证明了鲁书记的才干，那么，接下来徐继承对鲁云生的任何重用便不再是问题了。

不出所料，鲁云生果真再获重用，这一次的职务是县委常委、宣传部部长。应该说，鲁云生这个部长肯定是称职的，但了解情况的人都说，鲁部长其实并没有把主要的精力放在宣传部本身的工作上，因为他找了一个比他自己更放心的"替身"——我们的老熟人老宋。一般情况下，老宋在县委党校当他的副校长那是何等的轻松自在，不亦乐乎。但从心里讲，老宋其实并不甘于寂寞，他的才华、他的经验也让他在年轻的鲁部长的心中别具分量。虽然老宋年纪大了一点，但距离退休还有一段距离，而鲁云生这个部长事实上还有更加重要的工作。于是，鲁部长向徐书记做了担保，宣传部一切事项交由新任常务副部长老宋来承担，而老宋也在一众人等羡慕与嫉妒的目光注视下再次回到他无比熟悉的那座大楼和那间办公室。当然，严格地讲，也不仅仅是重回，而是重用和提拔，因为老宋这个常务是唯一，而且是县委委员并列席县委常委会会议。

那么这时的青山县委宣传部部长鲁云生在干什么呢？这个谜团直到多年以后在古英俊与鲁云生的一次深入交谈中，谜底才被揭开。

21世纪第一个10年行将结束的时候，古英俊带着创作任务重回青山县，再与鲁云生相聚。就在古英俊回到青山的第一天晚上，在县人大和县委宣传部举办的欢迎宴会上当众夸赞完老同学老朋友这些年来在文学创作方面所获得的累累硕果后，已经是青山县人大常委会主任的鲁云生突然大发感慨："老兄啊，可能你一直不知道，其实我从心底有多么羡慕你啊！唉，往事不堪回首，人生的道路是自己选的，后悔又有什么用呢？"

鲁主任这一句话，说傻了一众主人和宾客，也把鲁云生自己给镇住了，看看大家一个个满眼疑惑的目光，鲁云生又一挥手，似醉似醒地又说了一句："你们不知道，这是我和咱们大作家两个人的秘密。呵呵，秘密！"说完，也不管其他人如何反应，鲁云生一手拉着古英俊就走。县人大机关、县委宣传部和县文联的几个干部有些不知所措，鲁云生又半醉半醒似的吐出一句："放心吧，我没醉，我俩在一块怎么能醉？你们继续吃你们的喝你们的。我俩换个地方聊一会儿去。"

几分钟后，回到县人大常委会鲁云生主任的办公室，鲁云生把门关上，又把房间窗户上的窗帘全部拉上，然后这才一屁股坐在沙发上，如释重负地说道："你瞧瞧，就这样，任何时候我都得小心翼翼，哪像你啊，想干啥就干啥，想写什么就写什么，不想写的给钱也不写。真他妈痛快！"

古英俊回道："不对，你老兄要说的可不是我写什么，应该是你写什么吧？"说着，眼睛盯着毫无醉意的鲁云生。

鲁云生点点头，笑道："还是自己兄弟了解我呀。我对你的羡慕，其实何止始于今日，早在几十年前就羡慕上了。实话告诉你，我也不是没有写过长篇大论的东西，可那些由我这个隐形人一个字一个字码起来的几十万字，最终的结果却是以别人的名字发表的。而且你还得在别人面前拼了命地为人家鼓吹，说人家写得多么多么的好，然后还要组织别人认真学习其实是自己写的文章。你说这多憋气？可是，可是不这样你又能怎样呢？"

古英俊插话："云生，你说的该不是徐继承那本被南方那份报纸吹捧为一个改革者的心路历程的《县委书记的日记》吧？"

鲁云生一个激灵："你怎么知道的？我可从来没敢和任何人说过的，包括胡灵儿那个笨蛋和我的儿子。因为你可以想见，这事一旦泄露出去，那得有多大的影响。到时候，倒霉的可就首先是我了。"说到此，鲁云生再次表达了疑问，"不对，我是不是什么时候对你有过流露？"

古英俊道："云生啊，实话和你说，那本书我是认真看过的，毕竟是我家乡的父母官公开发表的作品嘛，而且又造了那么大的势。人家在我的家乡为青山人民造福乡梓，人家写出来的作品我还不该好好看看？可这一看我就看出问题来了。那语气，那文字，那对青山历史和现实的了解，分明是你鲁云生的手笔嘛。再说，一个外乡人，就算他再有本事，又怎么可能一边领导着那么大个县委，管着那么多的事情，按你那文章说的，每天起得比鸡早，每天睡得比狗晚，简直忙得三头六臂都嫌不够用了，哪里还一边又有闲情逸致去写那些动辄三千字、两千字的所谓日记？后来再一想，你老兄不是当着什么宣传部部长却又听说并不怎么管宣传部的事，而是像他的秘书一样天天跟着书记跑吗？"

鲁云生长叹一声，默然地点点头，然后道："英俊啊，这个世界上最最了解我的人看来还是你老兄。严格地讲，也正是从那以后，我不再写任何东西了，甚至连信都懒得去写。我那位老同学一看我不能写东西了，人家也算是照顾我，让我当了县委常委、青山县人民政府常务副县长。表面上没有提拔，实际上这个位置你可以想见，县委政府两头跨，那是确实忙、确实有事可干，但也确实让别人眼红的一个位置。可事实上呢，老实说，在这个位置上你干多了没人说你好，干少了那就两头不落好。书记是信任你，支持你，书记布置的工作基本上也都是着眼大局，谋划长远的。但这就势必影响到某些单位、某些地方、某些个人的利益。"

说到这里，鲁云生接过古英俊反客为主端来的茶水，喝一口，继续道："你譬如说咱们当初修建百里滩，那是一件多好的事情。建成了，大清河就从此起码一百年再不会为害百姓。可惜那时形势骤变，弄成个半截子工程，现在说叫'胡子工程''豆腐渣工程'。可你我都是在现场、在工地实打实干出来的。当时的工程质量怎么样，心里还没个谱？否则的话，这些年过去了，摆在河滩上的那一截又一截的石坝早被洪水冲击了多少次，可是它们却始终纹丝不动，稳如泰山。只是因为工程不配套，发挥不了应有的作用嘛。我那老同学徐书记看了这个半截子工程，觉得应该把它当作千秋大业来抓。让工程再上马，让废物再利用，这是多好的事。当然这个工程要花不少的钱，现在做工程也不能像咱们那会儿搞'一大二公'大平调。要请省里的专家重新设计，要请有资质的建筑公司评估投标。关键是你得拿出至少两三千万的资金来做后盾，否则一切免谈。"

古英俊插话："这么大工程，可以向省里申请专项资金啊。"

鲁云生笑笑，用手指着古英俊道："老兄啊，你可真是离开基层太久了。现在向上面要钱，那比要命都难。上面也有上面的考虑，人家是不见兔子不撒鹰，或者说叫不见鬼子不挂弦。反正就是你的工程不上马，人家连来都不来看一眼。等你工程做得差不多了，这才考虑给你报项目。当然了，如果这工程是省里先定的，或者说是国家工程，那就又当别论了。而咱们这个百里滩，它想当初就是县里自己折腾的，人家省里能给你追认一下就偷笑吧。尽管如此，好在徐书记省里关系多，人家已经答应会给一部分钱的，但前提还是你们得干起来，这也有个说法，叫作先结婚后恋爱，也叫先生孩子后补准生证。"

鲁云生兴致正浓，古英俊截断："可是我看大清河河滩上那些半截子石坝依然如故啊！"

鲁云生一摆手："这不问题就来了。徐书记在的时候，无论常委会还是县长办公会大家都是一致认可这项工程的，没有一个人提出反对意见。唯一一个提出动议的还是我这个主管工程的常务副县长，为什么呢，当时我分管财政，那我就不能不通盘考虑各行各业，每个单位的财政开支。譬如教育经费，这个一分钱也不能少，原则上是每年只增不减。但要上这个工程，那这几年教育上增加的比例就要少一点儿了。又譬如说你这个公共交通事业费，原先计划修100公里的乡镇公路，这下就得改为只修几十公里了。可这明显要影响到几个公社的交通问题，因为有的路再不修那就快不能走了。还有，咱们都喜欢打篮球，体委主任在篮球场上就和我说，鲁县长，咱们的体育馆也该动工了，这图纸都快烂了。你没有一个正规的篮球馆，高层次的篮球比赛人家省里市里就不给你安排。你说我就不想在一个正规的篮球馆里打比赛看比赛吗？可是不行，要上大清河百里滩的工程，这些就只能暂且靠边站。结果，常委会、县长办公会一致指定由我担任百里滩工程总指挥，我也全心全意投入进去了。可是呢，工程刚刚铺开，省建一公司的队伍开进来了，省设计院的图纸也重新出图了，就在这时，徐书记到中央党校中青班学习去了，学期一年以上。你知道的，人家徐书记到这个班，那就是进入中组部选拔中青年干部队伍中去了。明眼人都知道，徐书记行情看涨，肯定要提拔啊。不过呢，这提拔归提拔，原则上可就不会再回原单位了。这时就有人想到了'县官不如现管'这句古话，徐书记刚一离开，县委工作由县长临时代理主持。这本是一个正常的秩序，并不一定你这个县长就能接班当书记吧。可是，有人他就是急不可耐。为了争取所谓的大多数，让这些人在上级部门考察时为他说好话，所以要讨好那些因百里滩工程而在财政方面多少受到影响的单位和个人，为了这个，就让我率团到荷兰去考察奶牛饲养。一去去了20天，等我从荷兰回来，百里滩工程已经下马了，只留下省建一公司要账的天天堵在我办公室门前要赔偿。"

"厉害，兵法都用上了，这叫调虎离山。"古英俊打趣道。

鲁云生停了一下，再次伸手和古英俊要水喝，古英俊赶紧从刚烧好的水壶中给鲁云生已经凉了的水杯加满，鲁云生端起来，咕咚咕咚倒进喉咙里去，全然没有一个正县级领导的那种优雅，而彻底地恢复了当年和古英俊在正庄大队时的风采。一杯温开水下肚，鲁云生接着又说："是啊，狗日的这不是要我吗？我也不客气，照直把那几个要账的领到他办公室，当着他的面告诉那几个人，这是咱们的县长，工程下马是他定的，要钱你们和他要，这叫冤有头，债有主。说完，也不管他怎么叫我，我连头也不回就走了。你想啊，那几天，县委县政府这楼上可热闹了，民工找包工头，包工头找省建的领导要工资，他们和人家签的都是最少半年的合同，这下把人家中途给开了，你让民工喝西北风去？那家伙着急了，要调武警和公安干警去驱赶民工，我就照直给市里反映情况，市里当然不允许他这么胡来嘛。最后只好给人赔了一笔安置费，这才解除了合同。可百里滩工程也就让他给这么搅黄了，一拖拖到现在。"

"是啊，那个百里滩当初上的时候是有些盲目，但它的出发点是好的，也是解决大清河水患的根本大计。现在不解决，将来也得解决。只怕到时那些半截子石坝都给毁了，再弄就更难了。"古英俊感叹，说完又问，"那位县长呢？后来怎么样了？真的当上书记了？"

鲁云生笑道："他想得美，他以为抓住眼前出政绩，糊弄下面人给他说话好，上面就会按照他的如意算盘来。可这事一出，上面就警惕了，这个人要闹事啊，所以他这个代理和主持就只能是短命的。不过半年，他被调走了，回到市里面当了一任林业局局长。实话实说，干这个他倒是内行，然后就歇了。"

"你那位老同学徐书记呢？"古英俊没有忘记追问一下。

鲁云生道："这不就要和你说嘛，你说巧不巧？徐书记居然没有走，半年以后又回市里了，而且是市委常委、组织部部长，这下县里边那些'随风倒'就又开始摇旗呐喊了，似乎他们从来都是徐书记路线的坚定维护者，百里滩工程下马完全是前任县长的问题。你说在这个时候，我该怎么办？"

古英俊反问："是啊，你怎么办呢？但我想你不会在这个时候落井下石吧。"

鲁云生点头，而后朝着古英俊竖起大拇指："说对了，你还不知道我？还是咱们当年的脾气，你们朝东我偏西。当然这是因为这帮人说到底都是小人之心。当初徐书记在的时候他们不也都说徐书记英明正确吗？所以市里调查组来的时候，我公开讲了，县长有问题也只是工作方法问题，本人不贪不占，也不是为自己才否了百里滩。充其量是个认识不到位，思想境界不高的问题，说不上什么大问题。真正应该防止的是那些专事溜沟子拍马、打顺风炮的小人。调查组问我，谁是小人，我说谁和你们反映问题谁就是小人。弄得调查组的人都不会工作了，私底下说鲁副县长这个人是不是不正常。你看，居然说我不正常。一有反对意见就认为不正常，这才是不正常吧？"

古英俊没有吭声，只是眨了眨眼睛，算是对鲁云生的回答。鲁云生接着又说："好在我有徐继承呢，徐部长给我打电话，问我怎么回事，我一五一十讲了。而且我告徐部长，这事是你给我打电话我才说，你不打我绝不告你。"

"徐部长怎么回你？"古英俊问。

鲁云生笑道："徐部长当然了解我了，骂了我一句，你个狗日的，欺负调查组的小年轻。哈哈，堂堂市委组织部部长讲话不文明，让我给逮住了。我就回他一句，部长大人，讲话要文明啊！你猜你我这老同学怎么说？"鲁云生把一个包袱甩给了古英俊。

"怎么说？要我就说你个浑蛋，还敢和我讲文明，你忘了你在王岗镇玩的那套不文明了吗？"古英俊说出了自己的回答。

鲁云生再次为老朋友、老同学折服："行，你能当部长！徐继承就是这么回我的。不过说完就笑了，让我回市里一定到他家里去喝上两杯。"

"打是亲，骂是爱，看来不假。"古英俊打趣，然后又问，"你那位县长大人呢？就不感谢你的出手相助？"

鲁云生这一次又卖开了关子："嘿，还是那句话，你猜，你猜中我就彻底服你了。"

古英俊嘻嘻一笑："这还用猜，他得感谢你哪，而且你们应该能够成为好朋友了。所谓锦上添花易，雪中送炭难。你那几句话，那是雪中送炭啊！"

鲁云生装出一副不高兴的样子："古英俊啊，你这个人，当初为什么红得发紫却半途凋零，就因为你太聪明，又不肯把自己的聪明装到口袋里去。你就不能让我满足一下我的虚荣心，就不能猜不中一次吗？你这样的家伙，我当领导一定不重用！哈哈，信不？"

三十
尾声

2019年的秋天，已经退休在家的古英俊接到老友鲁云生的一个电话。电话里，鲁云生告诉古英俊："英俊，你这两天得回来一趟啊。一是咱们正庄村脱贫攻坚庆功大会村里和乡里都一定要邀请你这个功臣参加。二是我实在想你了，和你再见个面，我就算死了也此生无憾矣！"听那声音，不像是在开玩笑。尤其正庄村的脱贫大会，其实早些时候宋向东就已经说过了。而鲁云生所说的第二件事情就使古英俊听来很不舒服。虽然说这些年来鲁云生与古英俊之间开玩笑的时候已经远远多于说正话的概率，但如此不吉利，如此令人不得不生疑的玩笑还不曾有的。更何况古英俊知道，鲁云生这些年身体状况可谓是江河日下，早年间过量的觥筹交错、过量的吞云吐雾，再加上过量的加班开会都使他那原本小钢炮一样的身体严重受损。一个血糖过高，一个冠状动脉阻塞，致使鲁云生不得不放弃了多年饮酒与吸烟的习惯，还在自己的身体里装上了多达6个心脏支架。也正因为如此，越是往后的这几年，但凡有什么事，也都是古英俊和外面的朋友往县里跑得多，而鲁云生则尽量让他跑得少一些。就算是回到县里，基本上运动量大的活动也都给鲁云生放假了事。然而，这一次非同寻常，这一次活动的倡议者就是鲁云生，而附议者则为古英俊、章玉儿、范香儿和任建刚。作为东道主，如今的正庄村党总支书记宋向东邀请的主要嘉宾又无一不是鲁云生当年的密友战友。应该说，这也是20世纪七八十年代正庄大队那一代青年英杰整整半个世纪以来的首次真正聚会。

正庄脱贫或者说正庄走进小康，始于宋向东的回归。2010年，宋向东携大学毕业后勤奋创业所积累的上亿资金回到青山再投资，在鲁云生的一力撺掇下，回到正庄村里担任了党支部书记。

宋向东敢想敢干，也会想会干，而他最拿手的一招就是集思广益。在鲁云生的帮助下，他广发英雄帖，出马走四方，先后南下广州，北上京城，太原、长治更是三进三出。最终，他把伤情正庄，不愿回首以一望的章玉儿、范香儿请了回来，附带着也由章玉儿带来了珠三角的投资者，范香儿请来了太原城的企业家。还有古英俊，还有任建刚，还有一个个曾经的正庄村民、正庄社员，一个个都是50年前正庄大队"我们村里的年轻人"。

一年规划，三年建设，五年发展。如今的正庄，前山后山方圆十里整个就是一座庞大的乡村公园。公园里最引人瞩目的是一座高大挺拔的抗日英雄纪念碑。七米见方的花岗岩底座，整个由章玉儿个人捐赠，高达21米的碑体前后左右四面的浮雕上以逼真的画面和精湛的文字讲述了古维成、张树旺、张成才等老一辈的抗日故事。而在纪念碑的南面则是一座水面面积上百亩的农家水上乐园。水面上，荷花荡漾，轻舟穿梭；栈桥旁，锦鲤飞起，鱼虾踊跃；好一个北国江南，恍若西湖北移到青山，杭城浓缩为正庄。

　　不用问，这湖中之水，来自大清河，来自青年渠，而湖中之鱼，也不止观赏鱼，更有一年一捕捞的网箱养殖罗非鱼和虹鳟鱼。这些都给正庄的经济收入带来了极大的效益。也就在这农民公园的湖岸上，正庄农民自建自营的四星级酒店宾客盈门，车水马龙。这也带动了岸上几十户商家生意兴隆、效益喷爆。当然，最令正庄人骄傲的还不止这些，而是他们凭借自己的力量在后山兴建的整个上党地区首座滑雪场兼滑草场。也就是说，深居大山的人们不仅可以在漫天飞雪的季节里到自己的滑雪场上去感受一下电影《林海雪原》中解放军小分队雪上飞翔的酣畅，同样也可以在夏日的燥热中来到滑草场上体味一下飘然草上的惬意。而所有这一切，全部的经费竟然完全来自正庄人民，包括曾经的正庄人和今天的正庄人以及他们与她们的奉献与搭桥。面对如此庞大的工程，如此耀目的成就，不止一次也不止一人问宋向东："你们建这么大工程，总共需要多少钱啊？"

　　宋向东幽默地反问："您猜。"

　　被反问者的答案花样翻新，版本众多，但大致不外乎以下几种："一个亿，够吗？"

　　"3个亿，可以了吧？不过，你们以一村之力，是不是有点小驴拉大车啊！"

　　说这话的，自然是行内高手，无意中还透出了对于正庄人民的那么一点点关心和无限的担忧。而宋向东则开怀大笑，以更加风趣的语气回答："谢谢您的关怀！我们确实是工程搞得有点收不住的感觉，所以越搞越大，但总费用可真没有那么高。这么说吧，我们的总费用或者说总投资其实连你说的那个零头都远远不足。不过呢，这个费用可不包含我们正庄上千口人和在外的正庄人各种无私的奉献和你所想象不到的就地取材，土法上马，以尽可能的克勤克俭来办一切事业。我还要告诉你的是，我们从建设到今天，已经还完了全部的债务，收回了全部的投资。"

当古英俊把车子停在青年湖畔正庄国际大酒店花园般的停车场，然后步入酒店大堂的时候，一眼就看见了章玉儿和范香儿正在酒店大堂的茶吧里相对品茶。"章……"古英俊一句玉儿还未出口，就见茶吧里那两位齐声大叫："英俊！"说着，呼喊着，就像两只放飞的蝴蝶又像两只猎食的苍鹰，平举双臂向着他扑来。

三个人，六只臂膀，紧紧地缠绕在一起，一瞬间，仿佛时光倒叙，回到了45年前。首先开口的，还是章玉儿，一贯的章氏风格，偷偷地把自己的双臂抽开，然后拿起手机，摁一下，调侃道："老范，你就好好抱着你的大作家别放开啊，让我好好拍上几张。"

范香儿少女似的羞红了脸颊，意犹难舍地和古英俊分开，回怼章玉儿道："你别说我，你这次回来，和鲁云生把40年的约会都补齐了吧？"

范香儿一句话，点醒了古英俊，赶紧问道："就是啊，云生呢？这家伙，他给咱们定的时间，怎么他自己到现在也不来？"

范香儿趁火打劫，追问章玉儿："老章，你交代吧，把鲁云生藏哪里去了？"

章玉儿一副百口莫辩的样子，摇摇头："冤枉啊！苍天大地，我这次回来，一头就扎在咱们正庄大酒店了，鲁云生的面都没见着呢。"说到这里，四周瞅瞅，放低了声音又说，"再说了，人家鲁云生如今是有家室的，他家那只'母夜叉'能放他出来和我幽会？你们做梦去吧！"说完，又是一股优雅的笑声。

这时，古英俊才有机会仔细审视两位曾经熟悉的故人。岁月留痕，眼前的章玉儿到底还是老了，尽管保养得很好，尽管肤色还是那么白皙，但再好的皮肤也掩盖不了沧桑的经历，外表风韵犹存的章玉儿，说到底已经是年过花甲。范香儿呢？在古英俊的想象中，自从走进婚姻，这位美丽的女子就定格于某个牢固的生命阶段。通过许多其他的渠道，古英俊知道似乎是从打那次与自己在去往北京的列车上相会之后，曾经灿如牡丹的"厂花"范香儿转而就成为一个郁郁寡欢的冷美人。而今那爬满鬓角的皱纹也证实了古英俊心中的猜想。但是，古英俊同样相信，无论章玉儿，还是范香儿，她们的青春绝不会因为容颜的老去而尽失，因为她们有过"战斗的青春"，因为"革命人永远是年轻"。她们只是需要生活中欢乐的浪花和涌动的激流，而这一次正庄重逢，正是这种机缘的重叠与幸会。

宋向东来了，行色匆匆，满头大汗，随行的还有此次嘉宾接待的总负责任建刚、车队总指挥古建文等几人。任建刚也已经退休，退休之后，作为志愿者重返自己的第二故乡——正庄成了荣誉村民，自然也是宋向东脱贫攻坚战役的主力干将。而古建文则是退休之后便一头扎进了宋向东的队伍，成为这位新任支部书记最得力的帮手。

见到古英俊，古建文还是那么激动，任建刚则只是一如既往地憨笑，然后才说："你们的房间都安排好了，现在去看看，还是要等一下鲁主任。"

章玉儿或许是明知故问，或许是头脑中根本就没有关于鲁云生官场位置的概念，直愣愣地盯着任建刚问道："老任，鲁主任？哪个鲁主任？"

任建刚也不客气了，同样直愣愣回了一句："还有哪个鲁主任，咱们青山县人大常委会的鲁主任，你家鲁云生主任呗。"说完也笑。

宋向东有些挠头道："是啊，鲁主任说他准时到达，其他领导也都是约定今天上午10点到场，10点半开会。这不县里的领导、乡里的领导都来了，就等咱们的嘉宾进场呢，他却迟迟不到了。可是我打电话又几次都没人接。"

宋向东的话再次让古英俊感到一丝隐隐的不祥，想想几天前鲁云生在电话里所说的话也再次让他感到头皮发麻。于是他拿起手机，拨通了鲁云生的电话。铃声在响，却没有人接。古英俊锲而不舍，又拨鲁云生家里的电话，还是通了，没有人接。再看周围几个人，似乎都在拨打什么电话，又似乎全部没有回音。古英俊突然想起，为什么不给胡灵儿打一个试试呢？虽说这些年来鲁云生与胡灵儿夫妻之间早已形同陌路，可毕竟没有走出最后那一步。工于心计的胡灵儿最终没能守住鲁云生那颗早已叛逆的心，却守住了坚决不离婚的最后一道防线。而守住了这道防线，她也就守住了高质量的生活保障以及在青山县城里受人尊重的社会地位。也正是从这个意义上来说，胡灵儿始终是鲁云生的一道魔障，也可以说是鲁云生的一尊护身佛。因为毫不含糊地说，这个世界上大约也只有胡灵儿才是真正关心鲁云生健康的那个人。包括鲁云生自己在内，对于鲁云生的健康都有着一片祥和乐观的看法，因为鲁主任生性开朗，交友甚广，三教九流，无所不交，在任时为大家办了不少好事，也为青山的建设出过不少力气，所以人们都记得他，即便退休多年，在县里说话办事还是颇有分量。而事实告诉人们，对于绝大多数男人来说，你的社会地位往往就是你战胜一切病魔的最佳药方。当然，如果你不幸真的身患不治之症，那就只能遵循人生一世，生老病死的自然规律了。

胡灵儿！想到此，古英俊不由大呼一声"给胡灵儿打电话"！一边说，一边拨号，这一次，电话通了，但话筒中传来的声音让古英俊不由猛地一股疑惑：这声音，凄然而饱含苍凉，悲切又暗藏愤怒。这是胡灵儿吗？这会是胡灵儿吗？古英俊一阵犹豫，在他的印象中，这些年来的胡灵儿说话早已没有了当初的柔绵与甜感，而代之以一副十足的官太太所有的傲慢与跋扈。可是今天这是怎么了？对着话筒，古英俊大声再问一遍："灵儿吗？你是胡灵儿吗？我是古英俊！"

古英俊打开了免提，一个颤巍巍的声音回荡在人们耳际："英俊，我是灵儿，我是胡灵儿。"

古英俊大声又问："云生和你在一起吗？他为什么不接电话？"

低声的抽泣，然后是胡灵儿短促的声音："云生正在医院抢救！马上要做手术，可是他不让！"

像一颗炸弹引爆了整个酒店大堂，先是几秒钟的静默，在这猝不及防的打击之下，所有人都一下子不知如何反应，然后便是一片嘈杂。

"英俊，我们还在这里干什么？赶紧到医院去啊！"章玉儿发自内心的迫不及待，说话时，整个脸部都在抽搐。

"英俊，怎办么？去医院还是留一部分人在这里参加会议，另一部分人到医院去？这事只能你定啊！"范香儿保持了一贯的理性，两手紧握着章玉儿的双手。

"英俊哥，要不，这个会不开了，咱们先去看云生哥，等他好了出院了再开。"宋向东的意见使古英俊意识到现在真正左右为难的其实正是宋向东。是的，此时此地，此情此景，宋向东又该作何表态呢？鲁云生突发急病，危在旦夕，作为小兄弟，你能安若处子？可是，兴师动众邀请来的一众宾客来了，全村老少爷们都在等着庆功大会那一声隆重的礼炮，你这里却突然撤火，说这会不开了，且等下回分解？于情于理好像同样说不过去。

怎么办？宋向东也把求助的目光投向了他心目中的"智多星""导

师"古英俊。

古英俊知道，这个时候，自己不能不发言，自己不能不做主。他当然也想在一秒钟之内飞到鲁云生的身边，为他祈福，为他做自己能做的一切，把自己的血液置换到老友和兄弟的身上。可是，正庄的庆功会，同样不是可有可无，且不说事先鲁云生已经约定的当地几家媒体会后采访如果爽约实在有些不妥，而且这个会本身就是鲁云生一力主张，全身心操作给搞起来的。目的无非也是为故乡的小康和繁荣呐喊助威，多办实事。现在一句话就把它给推了，本质上岂不大大地有违云生的本意，反而更对不起云生呢？

想到此，古英俊骤然间又恢复了40年前在正庄担任支部书记时的那么一种果决与担当，用一种不急不缓的口气说道："这样吧，我说个意见，玉儿、香儿，建文带你俩先到医院去看云生；我和向东、建刚留下来参加庆功大会。开完会，我们马上就往医院赶。怎么样？"

众人点头，宋向东也算长吁一口粗气，古建文则二话不说，拉着章玉儿和范香儿就走。

当正庄村脱贫攻坚庆功大会行将结束的时候，在一片锣鼓声中，鲜花丛里，古英俊、宋向东、任建刚和杏花乡党委书记共同走向矗立在青年湖畔的抗日英雄纪念碑，以无比庄重的姿态向英雄献花，为碑文剪彩。随着几把金色的剪刀齐齐落下，湖畔广场响起已经激荡了80多年的歌声："红日照亮了东方，自由之神在纵情歌唱……"突然，古英俊换成了震动信号的手机开始剧烈抖动，一股不祥之兆袭来，古英俊悄然拿出手机，赶紧走到碑座背后稍微避音的地方接起了电话。范香儿的声音带着哭腔传来："云生快不行了，刚才一直喊着你的名字。你还不快来啊！"

　　五雷轰顶，古英俊一瞬间竟有站立不稳的感觉。古英俊知道，为了家乡的小康和振兴，为了让当年那个充满了理想与幻觉的"规划"梦想成真，退休后的鲁云生操尽了心，费尽了力，是他，带着遍布心脏的6个支架上北京，去太原，找专家，访友人，用自己毕生劳作换来的社会资源为家乡建设添砖加瓦；而今，正庄腾飞了，昔日那个梦幻正在变为现实，他却没有看到这辉煌壮丽的一幕。

　　古英俊站稳了，看看正在散去的人群，悄悄走到宋向东身边，低声说："云生不行了，咱们现在得赶快往医院赶。"

　　当古英俊、宋向东和任建刚赶到医院，赶到鲁云生身边的时候，倔强的鲁云生还是没能坚持到这3位老友的到来。但是，显然他平静的脸上没有丝毫的痛苦，也没有对尘世的眷恋。他就这样平静地走了。医院的院长，也是当年古英俊曾经帮助过的贫困学子吴超河告诉古英俊，鲁云生其实早已知道自己时日不久，仅仅去年到今年一年之内，便有两次心梗，所幸抢救及时，没有酿成大患，但这已经给鲁云生敲响了强烈的警钟。医生劝他，胡灵儿更是为了让鲁云生有足够的休息而多次阻止鲁云生外出，但是，鲁云生心心念念所想所系的只有正庄，只有宋向东和任建刚等人正在倾力描绘的也是系于鲁云生和古英俊心中的那幅属于正庄的蓝图。生命的警钟并没有使他停下为此奔波的脚步，反而加快了他前行的速度。他虽然往往足不出户，却用最现代化的方法联通了自己所能顾及的重重社会关系，一切的一切，就为着家乡的建设；他虽然深居简出，却把宋向东、古英俊、古建文、任建刚等人多次邀约到自己家中，经常彻夜畅聊，甚至为了某一个问题声嘶力竭。以至于古英俊等人为了照顾他的身体而不得不"违心妥协"。鲁云生比谁都清楚，他不能再有这样的生活，但他又比谁都"顽固"地坚持按照这样的轨迹走完自己生命的最后一程。直到今天，早上起来他就感到很不舒服，但是他只是吃了几颗必须每天要吃的药片便去自己开车，然而，就在他打开车门的那一刻，一阵剧烈的疼痛和随之而来的呕吐，使他一下子栽倒在自己的轿车前面。当人们赶来，将他送到医院的时候，鲁云生的第一句话居然是："别把我生病的事告诉正庄。"为了抢救鲁云生，吴超河和医院的医生们想尽了办法，但是最终还是无力回天。

鲁云生的离开，最伤心的是两个人，两个与鲁云生有着千丝万缕联系的女人。胡灵儿自不必说，无论如何，她与鲁云生走过了40多年的岁月，他们有共同的家业，共同的儿子和孙女，还有许许多多难以说清的共同利益。鲁云生的离开会给她带来什么，会让她失去什么，这一切胡灵儿比谁都清楚。所以她无比痛悔并号啕痛哭。而另一位悲痛欲绝的女人就是章玉儿，平心而论，章玉儿此次回归，原本是想着落叶归根，再不漂流了。一方面是留在这里的青春印记，总使她魂牵梦绕，另一方面则不能不说是对鲁云生的牵挂。尤其是当章玉儿经过缜密推理而得出结论，是她的母亲当年就像王母娘娘一样，以铁腕阻断了她与鲁云生的千里飞鸿，而自己却错怪鲁云生为负心郎之后，章玉儿不仅原谅了鲁云生，而且从心底对鲁云生更加眷恋，也下决心将自己的余生奉献给这片绿色与红色交相辉映的土地。所以，在这一次从广州回来之前，她以决绝的意志处理了留在广州的一切，包括那套价值不菲的花园别墅和宝马轿车。所幸，远在美国的女儿不仅理解母亲，而且专程从美国回来一趟，亲自将母亲送上飞往太原的飞机。然而，世界就这么无情，世界就这么无义，旦夕祸福就在顷刻之间，章玉儿昨天刚到青山，连鲁云生的面都未见，转瞬就已阴阳两隔，真叫人徒唤苍天何故如此刻薄!

当天晚上，安排好有关鲁云生的后事之后，古英俊、古建文和任建刚几个来到鲁云生的家中，却见章玉儿与胡灵儿两个女人正在相拥而泣。本是准备了一脑子话语的古英俊刹那间不知如何是好，胡灵儿却异常大度地请几位客人坐下，用纸巾抹抹眼泪，然后指着章玉儿对古英俊等人说道："是我把大姐请回来的，让大姐看看属于云生生前的这些东西。我还想请大姐今后就住在这里，鲁云生的家就是她的家，我知道，云生其实这一辈子就爱过大姐一个女人。"说到这里，胡灵儿止不住又是抽泣。

章玉儿却止住了泪水，拉着古英俊的手说："英俊，灵儿是好意，可是，我有我的想法，既然鲁云生这么寡情薄义，能够留下两个无比惦念他的女人撒手人寰，那我又为什么要死皮赖脸待在这里呢?"说着，脖颈一仰，对胡灵儿说道，"灵儿，你好自为之，我章玉儿谢谢你的好意，但我永远不会在这个家多待一秒钟的!"说完，也不管古英俊等人作何反应，她照直推门而出，走了。

古英俊一看这个状况，赶紧先和胡灵儿打个招呼，留下古建文先陪着胡灵儿，自己和任建刚转身下楼去追章玉儿，因为他从刚才章玉儿那脖颈一仰的动作中又看到了40多年前的那个章玉儿，而那时的章玉儿是什么出人意料的事情都能做出来的。然而，这一次，古英俊想多了，当他和任建刚两人追到楼下时，却见章玉儿和范香儿两人正在一棵大槐树下携手相谈，并没有着急要走的意思。古英俊紧走几步，赶上来问："香儿，你怎么在这里?"

范香儿回道："我一直就在这里等老章啊，我都看见你们几个刚才上去了，你却没看见我?"

章玉儿也已经完全不是方才在楼上时的那个章玉儿，笑着对古英俊说："我怕那个女人胡搅蛮缠，絮絮叨叨没个完，让老范在楼下等我，最多半小时就上去拉我走。结果，没有一刻钟你们就来了。"

如此而已，古英俊心中悬着的两把刀子放下了一把，只要章玉儿情绪稳定，应该就不会再出什么事的，何况还有范香儿陪伴，那就更应该放下心了。现在的问题是胡灵儿，胡灵儿孤身一人，儿子远在加拿大，一时半会儿回不来，女儿女婿都在海南，女婿是个商人，随时来去自由，女儿身为国家干部正在山区下乡。上午接到电话后，女婿要先去乡下把女儿接回海口，然后才能想方设法搞到飞太原的机票。如此算来，最快也要明天下午才可到家。这也就是说，今天晚上这最需有人陪伴的时候，胡灵儿身边恰恰就是形单影只，孤苦无处可诉。必须为胡灵儿找到一个可以陪伴她度过这个晚上的办法。章玉儿、范香儿，显然不是合适之人，而几位男士在这里通夜熬守不是不能，可那样的结果怕是大家都会疲惫不堪，明天还有更多的事情要做呢。怎么办？正在古英俊举棋不定，左右为难之际，一个人出现在大家面前。她来了，不说话，先是站稳了，定了定神，然后对着古英俊说："英俊哥，你们怎么不上去？站在这里干什么？"

鲁芳儿！古英俊真想握住鲁芳儿的手，说一声："芳儿，你可来了！"可是又觉得这话有点儿多余，本来鲁芳儿就是鲁云生最亲的亲人，今天晚上陪伴未亡人嫂子也应该是她的事啊！然而，古英俊也知道，这些年来，鲁芳儿与哥嫂的关系处得并不算好，姑嫂之间甚至到了老死不相往来的地步。即使兄妹之间，也仅仅是在两人都回到正庄的时候才会坐下来相谈几句。平日里，即使大街上相遇，最多也不过点个头就算打了招呼。现在这个特殊时期，鲁芳儿竟然能够来到嫂子身边，无疑也是化解双方矛盾的最佳时机。

就在古英俊脑际遐想的时候，鲁芳儿与章玉儿、范香儿三人却又低声抽泣，抱成一团，诉说着相互之间这些年来或真或假的思念。然后，范香儿陪着鲁芳儿上楼去了，再然后，大约又是一刻钟之后，范香儿一个人走了下来，于是，一行人就近入住青山县委招待所，准备第二天一早的忙碌。

送走了鲁云生，古英俊先往太原家里打个电话，告诉家人这一段估计要在青山多住几日，整理一下思路，也安排一下云生走后的一些事情，其中最重要的一件事就是胡灵儿以预想不到的大度，和她的女儿一起，将鲁云生足足有几百万字的30多本日记交给了古英俊。胡灵儿说，这是鲁云生生前唯一交代给她的未竟事宜，也是她唯一希望古英俊能够替她和鲁云生留给这个世界的人生记录。而鲁云生的女儿则希望英俊叔叔在最短的时间内对这些日记进行必要的选择，其余的作为女儿她将会全部带走。

于是，在正庄，在正庄国际大酒店，古英俊开始了夜以继日的阅读，鲁云生以他简明干净的笔触，准确地记录下了40年来走过的人生风雨，官场梦幻，读来让人往往拍案叫绝，胸闷气憋；也让人往往啼笑皆非，潸然泪下。在这些日记中，鲁云生撕掉了官场上重重的帷幕，解开了面具下真实的众生。他把自己展示给世人的同时，也入木三分地剖析了人性。这所有的一切，都让古英俊感慨再三，这也使他想起了10多年前那一次在青山的相会，鲁云生酒后所言的真诚与坦白。是的，鲁云生不是没有作家的才华，不是没有作家的笔力，而且他也不是没有用自己的笔书写出过华丽的文字。然而，他的一生，他所具有的官场历练，又使他不得不只能用自己的笔去书写一些完全不属于自己的文字。于是，他用另一种形式，把真正属于自我的人生用另一种笔触记载了下来。

感谢现代影像技术的直接与快捷，也感谢鲁云生女儿的帮忙，10天以后，古英俊完成了对鲁云生日记的阅读与选摘，他清楚，仅凭这些和自己对鲁云生的了解，不用很久，一个立体的鲁云生就将会重新回到人们中间，让更多的人了解这样一个独特的人物，让鲁云生的形象矗立于朋友们的眼前。可以说，也正是这一次青山之行，一个是正庄的巨变与曾经梦幻的实现，一个是鲁云生的不辞而别，这两件事都促使古英俊下定决心，用自己的笔，把他自己和鲁云生这一代人的经历书写出来，而不要真的"白了少年头，空悲切"。

现在唯一需要补充的应该是章玉儿的内心世界和她到广州之后的经历了。要写鲁云生，怎能没有章玉儿的戏份呢？这天一早，古英俊便想好，用一天的时间和章玉儿好好聊聊，反正这位曾经的大小姐、后来的官太太现在有的是时间。一段时间以来，章玉儿在青山县内游山玩水，遍访故旧，甚至是曾经只有一面之识的"故人"，这样的表现也使古英俊以为章玉儿就将真的会留在这里，成为一个完全的新型青山县民、正庄村民。可是邪门，早饭时，古英俊左瞅右瞅，就是不见以往总是准时起床、准时吃饭的章玉儿，吃完饭后，再到章玉儿的房间去找，房间关着，敲门没人。古英俊心生疑窦：这位大小姐到哪里去了呢？怎么连招呼都不打一个？按说，现在在这个大酒店里，甚至在整个正庄，古英俊就应该是她最可信赖的人了啊！古英俊不能甘心，快步又到一楼的总服务台去问，看看章玉儿今天是否有什么安排。谁知，走到前台，古英俊还没问话，一位漂亮而贴心的服务员就从吧台里面拿出一封信来，双手递给古英俊，然后说："古先生，这是章女士给您的信。"

古英俊赶紧把信拆开，刚刚读了不到几行，就大声对那服务员呼喊："小妹妹，请你赶紧紧急给我呼叫你们宋向东董事长，要他赶紧过来，有特别紧急的事情！"

几分钟后，宋向东赶到，任建刚也到了。古英俊一边把信交给宋向东，一边急切地说道："章玉儿走了，玉儿走了，问题是她没有说她要去哪里。可我看她的意思是要遁入空门。"

宋向东倒是显示出了一种特别的沉稳，拿过那封信，看了看，然后说："这信中虽然没说，但我估计，章姐极有可能是到二仙山去了，因为上次她来的时候就和我打听在咱们附近可有什么风光秀美又有人文历史而且是可以容留尼姑的名庵。"

"那你倒是告她什么地方没有？"任建刚也是一个急。

古建文道："告了，我说那还用找？在这太岳山上，有名的尼姑庵那就非二仙山上的滴水庵莫属了。它至少具有500年的历史，也是这方圆百里之内唯一有尼姑居住的地方啊。"

古英俊点点头："你说的有道理，如果章玉儿真想出家，那是谁也挡不住的。而且她在信中说了，希望我们给她这个自由，让她有这个选择的权利。她把所有的财产，包括上百万的存款，全部捐给了正庄学校和养老院。我们有什么理由不尊重她呢？"

已经越围越多的人们止不住唏嘘，古英俊又说："向东，虽然如此，但我建议，章玉儿的财产你们还是暂时不要动，因为这是人家的私人财产。我们起码得征求她女儿的意见。而且我也想请香儿和申晋英几个去再做做她的工作，毕竟，空门之空，并不是一般人能够真正遁入的。"

然而，一个月后，古英俊得到的信息是，范香儿等人终于在二仙山滴水庵找到了章玉儿。但是已经成为静玉法师的章玉儿只是礼貌地和"老范"等人打个招呼便径自读经修行去了。

一年后，古英俊又接到宋向东的电话：静玉法师（章玉儿）由于爱教崇佛，乐善好施，已经成为滴水庵的新任庵主，并增选为青山县政协委员。另，章玉儿的女儿也回信了，十分郑重，也十分真诚，不仅完全同意母亲捐赠财产的决定，而且愿意来青山到公证处替母亲做一公证。

放下电话，古英俊坐到写字台前，打开电脑，他想清楚了，章玉儿确实值得尊重，既然章玉儿已经不再是章玉儿，那么就让一个真实的章玉儿和鲁云生一样出现在一串不朽的故事中吧。当然，这生活也不能缺失古英俊自己，还有范香儿、慧兰儿、鲁芳儿和老支书张成才、"铁姑娘"仇凤英，等等。激流涌动，他知道自己再也停不下来了。

初稿完成于2022年12月7日夜23点43分

修改于2023年11月18日21点52分

于灵空书斋